民国世界文学经典译著·文献版（第六辑：德国及俄苏等国小说）

◆长篇小说◆

# 奥勃洛摩夫

[俄]冈察洛夫（Иван Александрович Гончаров）著
齐蜀夫 译

上海三联书店

**图书在版编目(CIP)数据**

奥勃洛摩夫 / [俄] 冈察洛夫著；齐蜀夫译 .
—上海：上海三联书店，2018.4
ISBN 978-7-5426-5840-1

Ⅰ . ①奥…　Ⅱ . ①冈… ②齐…　Ⅲ . ①长篇小说—俄罗斯—近代
Ⅳ . ① I512.44

中国版本图书馆 CIP 数据核字（2017）第 040824 号

# 奥勃洛摩夫

著　　者 / [俄] 冈察洛夫（Иван Александрович Гончаров）
译　　者 / 齐蜀夫

责任编辑 / 陈启甸
封面设计 / 清　风
责任校对 / 江　岩
策　　划 / 嘎　拉
执　　行 / 取映文化
监　　制 / 姚　军

出版发行 / 上海三联书店
　　　　　（201199）中国上海市闵行区都市路 4855 号 2 座 10 楼
电　　话 / 021-22895557
印　　刷 / 常熟市人民印刷有限公司

版　　次 / 2018 年 4 月第 1 版
印　　次 / 2018 年 4 月第 1 次印刷
开　　本 / 650×900　1/16
字　　数 / 880 千字
印　　张 / 55.75
书　　号 / ISBN 978-7-5426-5840-1 / I·1213
定　　价 / 246.00 元

敬启读者，如发现本书有印装质量问题，请与印刷厂联系 0512-52601369

# 出版人的话



中国现代书面语言的表述方法和体裁样式的形成，是与20世纪上半叶兴起的大量翻译外国作品的影响分不开的。那个时期对于外国作品的翻译，逐渐朝着更为白话的方面发展，使语言的通俗性、叙述的完整性、描写的生动性、刻画的可感性以及句子的逻辑性……都逐渐摆脱了文言文不可避免的局限，影响着文学或其他著述朝着翻译的语言样式发展。这种日趋成熟的翻译语言，推动了白话文运动的兴起，同时也助推了中国现代文学创作的生成。

中国几千年来的文学一直是以文言文为主体的。传统的文言文用词简练、韵律有致，清末民初还盛行桐城派的义法，讲究“神、理、气、味、格、律、声、色”。但这也在一定程度上限制了情感、叙事和论述的表达，特别是面对西式的多有铺陈性的语境。在西方著作大量涌入的民国初期，文言文开始显得力不从心。取而代之的是在新文化运动中兴起的用白话文的句式、文法、词汇等构建的翻译作品。这样的翻译推动了“白话文革命”。白话文的语句应用，正是通过直接借用西方的语言表述方式的翻译和著述，逐渐演进为现代汉语的语法和形式逻辑。

著译不分家，著译合一。这是当时的独特现象。这套丛书所选的译著，其译者大多是翻译与创作合一的文章大家，是中国现代书面语言表述和中国现代文学创作的实践者。如林纾、耿济之、伍光建、戴望舒、曾朴、芳信、李劼人、李葆贞、郑振铎、洪灵菲、洪深、李兰、钟宪民、鲁迅、刘半农、朱生豪、王维克、傅雷等。还有一些重要的翻译与创作合一的大家，因丛书选入的译著不涉及未提。



梳理并出版这样一套丛书，是在还原中国现代文学史上的重要文献。迄今为止，国人对于世界文学经典的认同，大体没有超出那时的翻译范围。

当今的翻译可以更加成熟地运用现代汉语的句式、语法及逻辑接轨于外文，有能力超越那时的水准。但也有不及那时译者对中国传统语言精当运用的情形，使译述的语句相对冗长。当今的翻译大多是在著译明确分工的情形下进行，译者就更需要从著译合一的大家那里汲取借鉴。遗憾的是当初的译本已难寻觅，后来重编的版本也难免在经历社会变迁中或多或少失去原本意蕴。特别是那些把原译作为参照力求摆脱原译文字的重译，难免会用同义或相近词句改变当初更恰当的语义。当然，先入为主的翻译可能会让后译者不易企及。原始地再现初时的翻译本貌，也是为当今的翻译提供值得借鉴的蓝本。

搜寻查找并编辑出版这样一套丛书并非易事。

首先确定这些译本在中国是否首译。

其次是这些首译曾经的影响。丛书拾回了许多因种种原因被后来丢弃的不曾重版的当时译著，今天的许多读者不知道有所发生，但在当时确是产生过一定的影响。

再次是翻译的文学体裁尽可能齐全，包括小说、戏剧、传记、诗歌等，展现那时面对世界文学的海纳百川。特别是当时出现了对外国戏剧的大量翻译，这是与在新文化运动影响下兴起的模仿西方戏剧样式的新剧热潮分不开的。

困难的是，大多原译著，因当时的战乱或条件所限，完好保存下来极难，多有缺页残页或字迹模糊难辨的情况，能以现在这样的面貌呈现，在技术上、编辑校勘上作了十足的努力，达到了完整并清楚阅读的效果，很不容易。

“民国世界文学经典译著·文献版”首编为九辑：一至六辑为长篇小说，61种73卷本；七辑为中短篇小说，11种（集）；八、九辑为戏剧，27种32卷本。总计99种116卷本。其中有些译著当时出版为多卷本，根据容量合订为一卷本。

总之，编辑出版这样一套规模不小的丛书，把世界文学经典译著发生的初始版本再为呈现，对于研究界、翻译界以及感兴趣的读者无疑是件好事，对于文化的积累更是具有延续传承的重要意义。

2018年3月1日

[俄]岡察洛夫（Иван Александрович Гончаров）著

齊蜀夫 譯

# 奧勃洛摩夫

中華民國三十五年十月初版

# 目次

# 第一部

# 第一章

一天早晨，伊里亞·伊里奇，奧勃洛摩夫躺在郭洛萑費街自己住宅的床上，他的住宅是在一幢入口多得像整個府城一樣的大房子裏。年紀三十二三歲，中等身材，外表愉快，深灰色的眼睛，可是臉上毫無確定的觀念和集中的神情。他的思緒，像自由的小鳥似的，在臉上徘徊，在眼睛裏翱翔，棲息在半張開的嘴唇上，潛隱在額角的縐紋中，隨後就完全消失了，那時候就滿臉閃爍着漠不關心底平靜的光。這漠不關心從他臉上轉到身的姿勢上，甚至於轉到睡衣的褶縐裏。時不時，由於疲勞或是無聊什麼的，他的眼睛就暗淡起來；可是疲倦也吧，無聊也吧，都不能將他臉上那股溫柔勁兒——那不單是他臉部底，並且也是他整個精神底主要而基本的表情——驅散待一刻。在他的眼睛裏，微笑裏，在他頭與手的每一動作裏，都公開地，明朗照耀着他的精神，冷淡而淺薄的觀察者會得瞥視一下奧勃洛摩夫而說：「一個好心眼兒的，單純的人！」觀察較深而同情一些的人，却會對他的臉部注視半天，在愉快的躊躇之中微笑着走將開去。

伊里亞·伊里奇的面色，既非粉紅，又非淺黑，也非眞正蒼白，而是分不清的，或者說不定因爲他發胖得和年齡不相稱，這纔顯得這樣的吧；而這發胖，許是因爲缺少新鮮空氣，或者缺少運動，再不就這兩個原因兼而有之。他的暗無光澤而白得過分的頸項，小而肥胖胖的手，以及軟綿綿的肩膀，一般地都現得對於男人太過柔弱。他的動作，那怕他着了慌，也不失其溫柔和他特有的懶惰的優雅。萬一一片煩悶從他心頭跑到了臉上，那他的眼睛就黯暗起來，額角就顯起縐紋，疑惑，悲哀和恐懼底遊戲就開始了；可是這不安卻難得形成一定的觀念，而且更難得變成一種企圖。牠不過解決在一聲嘆息之中，便消逝於冷淡或者睏懶裏。

奧勃洛摩夫的便服，著得多麼適合他那恬靜的面相和柔弱的身段啊！他穿着一件波斯料子作的睡衣，一件眞正東方式的睡衣，一絲兒也不帶歐羅巴的氣息——沒有流蘇，沒有絲絨，沒有腰身，寬敞得能夠把他裹上兩周。袖子，道地亞洲式的，從手指到肩膀一路漸漸肥上去。這件睡衣雖然失去了牠最初的鮮艷，而且有幾處地方還磨出了油光，以代原來的天然的光澤，卻還保持着東方色調的鮮明和料作的結實。

在奧勃洛摩夫眼睛裏，這件睡衣有着無數寶貴的價值，又軟又順，穿在身上毫不覺得牠，聽從身子的最細小的動作，有如一個馴順的奴隸似的。

在家裏，奧勃洛摩夫是從不繫領帶或者穿背心的，爲的是他喜歡舒暢和自在。穿着一雙長長的，軟軟的，肥肥的拖鞋；從床上起身，他看也不看，雙脚向地板上一落，總就筆直地穿進去。躺臥這一件事，對於伊里亞·伊里奇，既不像對於病人或是渴睡的人似的是一種必要，也不像對於疲乏的人似的是一種偶然的事，也不像對於懶漢似的是一種享樂：這是他的常態。在家裏——他差不多老是在家裏——他總躺着，而且經常躺在那同一個房間裏，就是我們此刻發見他在裏面的，他把來兼作臥室，書齋，以及客廳用的這間房裏。此外他還有三間房間，可是輕易他不上那裏去看一眼，除了朝晨傭人打掃他書齋的時候——那也並不是天天的事。在那幾間房間裏，傢具給用套子蒙着，窗帷給拉下着。

伊里亞·伊里奇躺着的這間房間，乍看上去，佈置得似乎也很漂亮。有一張紅木寫字桌，兩把綢緞套子的沙發，一架刺繡着宇宙間所沒有的禽鳥果木的漂亮的圍屏。還有紗羅的窗帷，地氈，畫幅，銅器，磁器，以及許許多多好看的小玩意兒。可是有鑒賞力的人底有經驗的眼睛，只要粗粗一望，馬上就會看破，這些東西之所以陳設在那兒，不過是希望遵奉難以避免的老例吧了。當然，奧勃洛摩夫佈置書齋時也就顧到這一點。鑒賞力强的人可不會滿意於這些笨重的不優雅的紅木椅子和搖搖擺擺的書架的，有一張沙發底靠背，已經塌下去了，膠上的木頭也有幾處脫了。那些畫幅，花瓶，以及小玩意兒也都是這種性質。

然而主人，看着自己書齋的佈置，態度竟如此冷淡而漠不關心，彷彿用眼睛問誰將這些東西帶到這兒安起來的，由於奧勃洛摩夫對自己家產態度這樣的冷淡，也許由於他的侍僕査哈爾對這東西態度的更冷淡，要是在那裏仔細看一看，那書齋的雜亂無章和漫不經心，可眞叫人吃驚，四壁上畫幅周圍，花綵似地掛着一簇簇灰塵蓬蓬的蜘蛛網；鏡子呢，照不出東西了，倒可以當作板子，在灰塵上面記記什麼事情，免得忘了；地毯上有着污點；一條毛巾給忘了在沙發上。桌子上，差不多沒有一天早晨不剩有一只頭天晚上用了晚餐未收去的，連同一枚鹽皿和一塊啃光的骨頭在上面的盆子，和撒滿麵包渣子的。

要不是這只盒子，和倚在床邊的一支剛吸完的煙袋，和躺在這床上的主人，人們也許以爲這間房子是沒有人住的——什麼東西都這麼灰塵蓬蓬，褪了色，絕沒有人住着的痕跡。不錯，書架上放着兩三本攤開的書和一張報紙，寫字桌上有着一具墨水缸和幾枝鋼筆；可是攤開的那幾頁已經泛了黃，蒙了灰塵——顯而易見，牠們給丟在那裏已經很久了，報紙的日子還是去年的，而且如果把鋼筆向墨水缸裏蘸去，說不定就有一匹嚇慌了的蒼蠅，嗡嗡地從裏面飛衝出來。

一反他的習慣，伊里亞．伊里奇很早——八點鐘光景便醒來了。他心裏非常之不安頓。面色一會兒現得恐怖，一會兒又憂愁，煩惱。分明他受着內心鬥爭的痛苦，而他的理智還不會來幫助他。

事情是這樣的：奧勃洛摩夫前二天收到了一封他的村長由鄉下寄來的內容不痛快的信。誰都知道，一位村長能寫些什麼樣的不痛快的消息：收成不好哪，欠項哪，收入減少哪，等等。雖然村長去年和前年也曾寫過完全同樣的信來，然而他最後這一封，影響却强烈得像突如其來的不痛快的事似的。

這並不是鬧着玩的！得急切想辦法才是。然而說公道話，伊里亞．伊里奇對自己的事的確也操心；幾年之前，收到了村長第一封不痛快的信，他便開始在心裏打好了經管自己領地的種種改良和變革的腹稿；預備施用種種嶄新的經濟的，警察的其他的方法．可是這計劃還不曾徹底想妥，而村長的不痛快的信，却逐年一次地來催促他行動，並且因此破壞他的平靜。奧勃洛摩夫也明白，必須得有斷然的辦法來完成那項計劃才是。

才一醒來，他就打算起身，洗臉，而且打算喝了早茶之後，好好的想一想，把什麼事都考慮一番，寫下來，一總辦法。他儘躺了有半個鐘頭，被這打算苦惱着！可是後來覺得，喝早茶，那他照常能在床上喝的，他還來得及辦，況且躺着思索也並不礙什麼事。

而他就這麼辦。用完早茶，他坐起身子，而且幾幾乎下床；向拖鞋望了幾眼，甚至於開始朝牠們伸下一只脚去，可是立刻又縮了上來。

鐘打着九點半。伊里亞、伊里奇猛吃一驚。「我實際上怎麼着呀？」他煩惱地高聲說。「真該害臊：是辦事的時候了！假使我再放任自已下去，那我就……」

「查哈爾！」他大聲叫。

從那間與伊里亞·伊里奇的書齋只隔開一條狹仄的穿堂的房間裏，先傳過活像一匹鎖住的狗的嗥哮，緊接着是雙脚從那裏跳下來的聲響。這是查哈爾在跳下爐台來。他通常總坐在那兒專心打瞌睡來打發日子的。

一個半老不老的人，穿着有銅鈕扣的灰色背心，和肢窩底下已經裂了口，露出了襯衫的一角的灰色上衣，走進房間來；頭頂禿得膝蓋一般，兩綹亞麻色裏攙着點兒灰白的鬍子，却每一綹都濃密得可以做成三撮鬍鬚。

查哈爾既不努力改變上帝所賦與他的容貌，也不努力改變那身在鄉下穿用的服裝。他的衣服，是按着從奧勃洛摩夫領地上帶出來的式樣裁製的。他所以喜歡灰色上衣和背心，是因爲這身「半制服」隱約地使他回想到早年侍候故世了的老爺太太去做禮拜或是作客時穿的那身號衣；而那身號衣，在他記憶裏又是奧勃洛摩夫家底聲望的惟一的代表。再沒有別的東西使這老頭兒回想到窮鄉僻壤裏他主人家裏的和平繁盛的生活方式。老主人老太太是死去了；祖先的神像也給丢在家裏，現在多半散放在屋頂樓裏什麼地方：關於從前的生活方式和門第底煊赫的故事已逐漸湮沒，就只活着在寥寥幾個留在領地上的老人底記憶裏面。這就是查哈爾寶貴的灰色上衣的原故：在這上衣上，尤其是保存在奧勃洛摩夫面貌舉止裏面的，叫人想起他雙親來的某幾點特徵上，以及他那任性的脾氣上，（對於這任性的脾氣，查哈爾不論心裏也吧，高聲也吧，雖然都抱怨過，可是內心裏却把牠尊敬爲主人的意旨和權力底表現，）他都看到過去的煊赫底隱約的暗示。要沒有這任性的脾氣，他就怎麼也感覺不到，還有一個主人在他上頭；那時節，就沒有什麼東西復蘇他的青春，他們離開已久的故鄉，以及關於老宅的那些故事，老邁的當差，保姆，奶媽們世世相傳的惟一的編年史了。奧勃洛摩夫家從前很殷富，在地方上着實有點聲望，可是天知道什麼道理，竟逐漸窮困式微下去，終於不知不覺在新鄉紳中看不見牠了。現在只有他們家的白髮老當差們還保持着，並且彼此相傳着過去時代的忠實的記憶，把牠們寶貴得神聖一般。這就是查哈爾所以喜歡他那灰色上衣的道理。恐怕他之所以珍貴自己的鬍子，也是因爲他童年時代曾經看見不少老當差們有這古色古香的，貴族的裝飾品吧。

專心一意在沉思的伊里亞·伊里奇，許久沒有注意到查哈爾。查哈爾一聲不響地站在他面前，終於他咳嗽了。

「有什麼事？」伊里亞·伊里奇問。

「您叫我了，不是？」

「我叫你了？是爲了什麼事叫你的呢？——我可記不得了！」他一邊回答，一邊伸着懶腰。

「現在你且去吧，讓我來想一想看。」

査哈爾走出去了，而伊里亞·伊里奇繼續躺在床上思索那封該咒詛的信。

又過了一刻鐘。

「哦，也該躺够了！」他說。「該起來了……倒不如把村長的信仔仔細細再念上一遍，然後再起來好了。査哈爾！」

又是同樣的一蹦，和一陣比先前更響的嗥哮。査哈爾進來了。而奥勃洛摩夫却又沈湎在思索裏。査哈爾站了有兩分鐘，惡意地側望着主人，終於朝房門口走去。

「你這上哪兒去？」突然之間，奥勃洛摩夫問。

「您不開口，我幹嗎？白站在這兒呢？」査哈爾嗄聲說；據他宣稱，他有一次同老主人騎了馬帶了狗去打獵，一陣烈風灌進了喉嚨，因此上嗓子就啞了。此刻他轉過半個身子，站在房間正中央，依舊側看着奥勃洛摩夫。

「是不是你的腿枯爛了，因此你不能站了嗎？你瞧我正在犯愁——所以你得等着！你還不會夠嗎？把我昨天從村長收到的信給我出來。你把牠放到哪兒去了？」

「怎麼樣的信？我沒有看見過什麼信啊。」杳哈爾說。

「你從信差手裏接下來的，那麼髒的一封信」！

「把牠放到那兒去了——我怎麼知道呢？」杳哈爾一邊說，一邊用手輕拍着桌子上的紙章和各種物件。

「你從不知道什麼事情的。瞧瞧那邊字紙簍裏看！或者落在沙發後邊去了。瞧，沙發的靠背至今還不曾修好；幹嗎你不叫木匠來修呢？是你弄壞的呀。毫不理會牠了！」

「我可沒有弄壞，」杳哈爾回答，「是牠自己壞的。那總不能用一輩子——遲早終要壞的呀。」

伊里亞·伊里奇覺得用不到去反駁牠。

「找到了沒有？」他只不過問。

「那裏不是幾封信？」

「那不是的。」

「那再沒有信了。」杳哈爾說。

「好的，你去吧」，伊里亞．伊里奇怪不耐煩地說．「我起來了自己找吧。」

査爾哈便回到自己房間裏去，可是剛把雙手撑在爐台上要跳上去，立刻又聽到一陣急促的呼喚：「査哈爾，査哈爾！」

「哦，我的老天爺！多苦惱！」査哈爾一路嘀咕着，又走進書齋去。「倒不如早些死了吧。」

「什麼事？」他用一隻手抓住着門問，而且爲了表示惡意起見，他將頭偏得只能從自己眼梢角上望到主人，而奧勃洛摩夫呢，就只看見一大綹連鬢鬍子，從中彷彿等着就有兩三只小鳥飛出來似的．

「拿一條手帕來，快！這你自己能想到的：懂得不懂得？」伊里亞．伊里奇嚴厲地說．

査哈爾被主人這麼命令和責備了一頓，也並沒有特別不滿或是吃驚的表示，多分他覺得這件事都極其自然．

「誰知道手帕在什麼地方？」他一邊嘀咕說，一邊滿房間兜着圈子，摸索着每一張椅子，雖然明明看得出上面並沒有什麼東西。

「您把東西全弄丟了！」一邊說，一邊他打開通入客廳的門，想去看看手帕在不在那裏．

「上哪兒去？在這邊找就得了，我兩天不曾到那邊去了。快、快！」伊里亞．伊里奇說．

「手帕在那兒呢？沒有呀，」査哈爾說，一邊張開着雙手，朝四壁角落巡視着。「一瞎，那不是！」驀然間，他怒沖沖地噴聲說。「在您身子底下！有一隻角露出着。你自己壓住了，却問別人要手帕！」

回話也不等。査哈爾便要走了。奧勃洛摩夫叫自己的失敗弄得很有幾分尷尬。他急忙找出另外一個口實來編派査哈爾的不是。

「這房間你收拾得乾淨呀：又是灰塵，又是垃圾，我的天爺，瞧、看看四壁角落看——你是什麼也不幹的！」

「什麼事也不幹，倒的確……」査哈爾似受了侮辱的聲音說。「我是盡心竭力，拚捨性命的！我差不多天天都擦洗打掃……」

他指指地板中央，和奧勃洛摩夫吃飯的桌子。

「瞧，」他說，「管什麼都打掃和收拾得像辦喜事似的……還要怎麼呢？」

「那末這是什麼？」伊里亞・伊里奇截住他，指着四壁和天花板道，「還有這個？這個？」

他又指指昨天起就給丟在沙發上的那條毛巾，和忘在桌子上的那只有一片麵包在上面的盆子。

「哦，這我可以拿去的。」査哈爾寬大爲懷地取了盆子說。

「就只這個嗎！四壁上的灰塵，蜘蛛網呢？」奧勃洛摩夫指着牆壁說。

「牆壁在復活節前我是要打掃的；那時候我要把聖像都撣乾淨，蛛網都掠去……」

「那你什麼時候撣書本和畫幅呢？」

「聖誕節前撣；那時候婀妮茜雅和我要把所有的書架統統淸一淸，可是現在，什麼時候可以收拾呢！你總坐好在家裏呀。」

「我有時候去看戲或者拜客，那你……」

「夜晚能收拾什麼？」

奧勃洛摩夫譴責地瞧瞧他，搖搖頭，嘆一口氣，査哈爾呢，滿不在乎地，望望窗子也嘆一口氣。主人彷彿在想：「哦，老兄，你倒比我更是奧勃洛摩夫」，査哈爾呢，多分是這麼想：「吹牛皮！你就擅於說些古怪而可憐的話，灰塵和蜘蛛網你並不在乎。」

「你知道不知道，」伊里亞．伊里奇說，「灰塵是蛀蟲的孳生之地！有時我看見牆上有臭蟲哩。」

「我身上還有跳蚤哩。」査哈爾滿不在乎地回答。

「這難道是好的麼？還是骯髒！」奧勃洛摩夫說。

査哈爾滿面微笑，笑得眉毛鬍子直飛動，一片紅的斑點直佈到他的額角。

「世界上有臭蟲，那也是我的錯處嗎？」帶着質樸的驚愕說。「難道是我想出牠們來的？」

「那是因為骯髒的緣故，」奧勃洛摩夫截住他道。「你還儘胡扯些什麼！」

「我也並沒有想出骯髒來呀！」

「每夜老鼠在你房間裏跑來跑去——我聽到。」

「我也並不會想出老鼠來。到處都多的是這些東西——老鼠哩，貓哩，臭蟲哩。」

「怎麼別人就沒有蛀蟲和臭蟲呢？」

査哈爾的面孔上表現出一種懷疑，或者不如說表現出不會有這件事的，一種恬靜的確信。

「我樣樣都多得很，」他固執地說。「你總不能注意每一只臭蟲，爬進裂縫裏去逮牠。」

他似乎在想：「要沒有臭蟲，將怎麼睡覺呢？」

「你將角落裏的垃圾打掃打掃，那就什麼也沒有了，」奧勃洛摩夫教導他道。

「你弄乾淨了牠，到明天又會積起的。」

「不，不會的，」主人截住他：「不應該積起來的。」

「我知道會積起來的，」當差的重覆說。

「積了那你就再掃。」

「什麼？天天掃淸所有的角落嗎？」査哈爾問。「哼！這還成什麼日子！倒不如早一點死了吧。」

「幹嗎別人家裏就乾乾淨淨的？」奥勃洛摩夫反駁道。「看對門鋼琴修理師家裏——看看也叫人喜歡，而且他就只一個女傭人。」

「德國人那裏來的灰塵？」査哈爾突然間反駁說。「你看看他們怎樣生活的！全家的人整禮拜只啃一根骨頭。一件上衣從老子肩膀上遞給兒子，又從兒子肩膀上脫回給老子。老婆和閨女們穿着很短很短的衣裳，母鷄似的儘是盤坐着……他們哪裏來的灰塵？他們不像我們似的有一堆穿破的衣服經年存在櫃子裏，或是一冬天積起一整角落麵包皮……他們可一片麵包皮也不白扔掉；把牠烤成麵包乾，和啤酒一起吃！」

談到這種吝嗇的行徑，査哈爾甚至於打牙齒縫裏唾棄着。

「別說了！」伊里亞·伊里奇反駁道。「倒不如收拾吧。」

「有時候我要收拾，可是您又不讓。」査哈爾說。

「又胡說了！是我妨礙你的，倒彷彿是。」

「當然是您囉：您老是坐在家裏，有您在這裏，怎麼能收拾？且出去一整天，那我就來收拾乾淨。」

「瞧，你又想用什麼念頭來了？出去！你倒不如回自己房間去吧。」

「可是您眞得出去」查哈爾堅持說。「要是今天就出去，那我和婀妮茜雅就來把一切都收拾好，然而兩個人可辦不了：得雇幾名女工來統統洗一洗。」

「多好的主意——雇女工！去你的吧，」伊里亞・伊里奇說。

他很不高興惹起了這場說話。他老是記不住，一碰到這個細緻的問題，他便麻煩了。奧勃洛摩夫雖然願意乾淨，不過他希望，怎麼一下子他自己就一無驚動地乾淨起來；可是只要一叫查哈爾掃灰塵洗地板什麼的，查哈爾就儘打官司，在這場合，查哈爾總開始證明需要大鬧一場，他知道得十分清楚，只消一想到這場大鬧，便叫主人恐怖了。

查哈爾走了出去，而奧勃洛摩夫又沈入思索之中。幾分鐘之後，鐘敲着另一個半點。

「什麼？」伊里亞・伊里奇差不多恐怖地說。「快十一點了，我却還不會起身洗臉哩！查哈爾・查哈爾！」

「哦，我的天爺爺！唔！……」從前堂裏傳過來，然後又是那熟習的一蹦。

「準備我洗臉了嗎？」奧勃洛摩夫問。

「準備好了，」查哈爾回答。「幹嗎您不起來呢？」

「幹嗎你不告訴我準備好了呢？不然，我早起來了。去吧，我一霎兒就跟你來。我得辦事，我要坐了寫字。」

查哈爾走了出去，可是一霎又帶着一本塗滿字的，油膩膩的雜記簿和一些紙條回來了。

「假使您要寫字，那請您把這些賬順便對一對——得付人家錢了。」

「什麼賬？什麼錢？」伊里亞·伊里奇不滿意地問。

「肉店哩；蔬菜舖哩，洗衣作，麵包房哩，——全都要錢！」奧勃洛摩夫嘰咕道。「你呢，又爲什麼不把賬單零零碎碎交給我，却要一下子交出來？」

「可是您老是趕開我呀——明天又明天的……」

「現在難道就等不到明天了嗎？」

「不行，他們釘得厲害；再也不賒賬了。今天是一號。」

「哦，天爺爺！」奧勃洛摩夫憂鬱地說。

「一件新的焦心事兒！喂，你站著幹什麼？放在桌上。我立刻就起身，洗臉查對他們，」伊里亞·伊里奇說：「準備好我洗臉了，你不是說？」

「準備好了，」查哈爾說。

「哦，現在……」

他呻吟着在床上坐了起來，要起身了。

「我忘了告訴您，」查哈爾開頭說，「剛纔您還睡着，經租賬房着了看門的來，說，我們非搬不可……他們要房子了。」

「好吧，這有什麼大不了？假使他們要房子，不用說，我們搬就是。你幹嗎釘着我呢？這是你第三次來告訴我這件事了。」

「可是他們也釘着我呀。」

「對他們說，我會搬就是。」

「他們說，你答應了一個月了，可是儘不搬；他們說要報告警察了。」

「讓他們報告去！」奧勃洛摩夫決然地說。「再過三個來禮拜，天氣一暖和，我們自己就搬。」

「過三個來禮拜，倒說得好！經租賬房說，過兩個禮拜，工匠要來拆房子……他說明後天您就搬……」

「哦，太急了！再怎麼的！倒不命令我們此刻就搬？你竟敢向我提起房子的事。我已經禁止過你一次，而你又來了。當心着！」

「可是叫我有什麼辦法？」査哈爾回答。

「有什麼辦法？瞧，他竟這樣來躲開我！」——伊里亞·伊里奇回答說。「是他在請求我！這關我什麼事？假使你不打攪我，那你就可以隨意辦一辦，只消免得搬走就好；你總不能替主人出力！」

「可是我能怎麼辦呢？伊里亞·伊里奇，老爺？」査哈爾用軟和的嗓子開頭說。「房子又不是我的，住陌生人的房子怎麼能不搬，假使趕我們的話？倘若是我的房子，我倒不勝高興……

……」

「你不能想法子勸勸他們？說，我們住了多年了，房錢從未拖欠過……」

「我說過了。」査哈爾說。

「那他們又怎麼呢？」

「又怎麼！說來說去還是要我們搬，因爲他非翻造房子不可。他們想趕房東少爺結婚之前，把我們的和醫生那邊的房子打通一氣。」

「哦，老天爺！」奧勃洛摩夫煩惱地說，「原來有的是這種傻瓜要討老婆！」

他躺平了。

「您給房東寫封信去，老爺，」査哈爾說。「那也許不驚動您，而吩咐先拆那邊的房子。」

說着，査哈爾用手指指右首什麼地方。

「好吧，起來我就寫……你回自己房間裏去，我要來想一想。你是什麼事也不辦的。」他加添說，「那怕還種瑣瑣屑屑的事，都非得我親自操心不可。」

査哈爾走了出去，奧勃洛摩夫開始思索起來；可是他決定應該思索什麼：關於村長的信呢，搬新房子呢，還是査對賬目？他迷失了在世慮紛紜的急流之中，儘躺在床上直是翻來覆去。時不時，只聽得些斷斷續續的感喟：「哦，天爺爺，生活不放人安靜，到處都撥弄人！」

說不準他會再這樣猶豫不決下去多久，可是前室裏門鈴響了。

「已經有什麼人來了！」奧勃摩洛夫一邊說，一邊把睡衣裹着自己。「而我却還不會起來哩——眞丢人！這麼早能是誰呢？」

躺在床上，他好奇地望着房門口。

# 第二章

進來的是一位二十五歲左右的青年。煥發着健康的光彩，帶着微笑的面頰，嘴唇，和眼睛。這人，瞧着就叫人羨妒。

他梳扮和穿着得無可責備地漂亮，臉龐，襯衫，手套和燕尾服都是鮮明得眩人眼睛。背心上扯着一條雅緻的，掛有許多小玩意兒的錶鍊。他抽出一條細麻紗手巾來，聞了聞上面東方底香氣，然後漫不在乎地抹抹臉和嶄亮的帽子，並且拂拂漆皮靴子。

「哈，伏耳柯夫，您好？」伊里亞．伊里奇說。

「您好，奧勃摩洛夫？」那位燦爛奪目的先生一邊說，一邊朝他走過去。

「別走近我，別走近我，您才從冷的地方來！」奧勃摩洛夫說。

「哦，你這位嬌生慣養的大少爺！」伏耳柯夫一邊說，一邊在找可以放帽子的地方，可是瞧到到處都是灰塵，他便那裏也不放下去，他擺開燕尾服的兩片後擺要坐下去，但是仔細看了看那把圈子椅，却又站着不坐下去了。

「您還沒有起身！您這穿的是什麼便服？這種東西人家早就不穿了！」他羞辱奧勃洛摩夫道。

「這不是便服，是睡衣，」奧勃洛摩夫一邊回答，一邊愛戀地把睡衣的寬闊的前身包着自己。

「您的身子很好吧？」伏耳柯夫問。

「好什麼？」奧勃洛摩夫說，打着哈欠，「壞極了！苦死啦。您呢？」

「我嗎？沒有什麼：又健康，又愉快——非常愉快！」那位青年感情地加添說。

「這麼早您從哪兒來？」奧勃洛摩夫問。

「裁縫那裏。瞧，這件燕尾服好不好？」一邊說，他一邊在奧勃洛摩夫面前轉一個身。

「好極啦！縫得很有味兒，」伊里亞·伊里奇說，「不過爲什麼後背這樣寬闊？」

「這是騎裝，騎馬穿的。」

「什麼，您在騎馬嗎？」

「可不？就爲了今天我纔特意定做這身燕尾服的。今天是五月一號！我要和郭劉諸甫一家子上葉卡德琳霍夫去。噢，您不知道嗎？密夏·郭劉諸甫昇了級了，所以我們今天日子過得不同一點！」伏耳柯夫狂喜地加添說。

「噢，原來如此！」奧勃洛摩夫說。

「他有一匹栗色馬，」伏耳柯夫繼續說道：「他們聯隊上都是栗色馬，而我有一匹黑的。你怎麼着——步行呢，還是坐車？」

「哦……我什麼也不！」奧勃洛摩夫說。

「五月一號不上葉卡德琳霍夫去！您怎麼的，伊里亞．伊里奇！」伏耳柯夫愕然地說：「人人都上那裏去的！」

「那裏的話，並不人人都去的！」奧勃洛摩夫懶洋洋地說。

「去吧，伊里亞．伊里奇，我的好人兒！車子裏就只莎非雅，尼古拉也芙娜和麗笛亞她們倆，對面有小凳子：那您和我們……」

「不，我不坐小凳子。而且我上那兒幹什麼？」

「哦，那麼您喜歡不喜歡密夏旻給您一匹馬？」

「天知道他要想出些什麼來，」奧勃洛摩夫差不多獨白地說。「郭劉諾甫家對您有什麼好處？」

「哦！」伏耳柯夫興奮地說。「要講嗎？」

「講吧！」

「您可千萬誰都不要告訴，大丈夫，一句話，」伏耳柯夫一邊繼續說，一邊挨着他坐下在沙發上。

「放心就是。」

「我——愛上麗笛亞了，」他低語說。

「好極啦！很久了吧？她非常可愛的吧。」

「已經三個禮拜了！」伏耳柯夫深深地嘆一口氣說。「而密夏也愛上達馨卡。」

「哪一位達馨卡？」

「您是從哪裏來，奧勃洛摩夫？竟不知道達馨卡？哼，全市都發着狂，她跳舞跳得多好！今天我要和她看舞劇去，她要去拋一束花。得領着她！她胆子小，還是新手。哦，我還得去弄一些山茶花來……」

「您這上哪裏去？得了，來吃午飯吧；我們可以談一談。我有兩樁倒霉事兒……」

「那不行，我要上鄒梅乃夫公爵家吃午飯去；郭劉諾夫一家子都在那裏，她……麗婷卡（麗笛亞的愛稱——譯者），」他低語地添加說。「幹嗎您不同這位公爵來往呢？多麼快活的一家人家！多大的氣派！而且那所別墅！簡直是埋在花裏邊！又添造了一圈迴廊——Gothique（註一）●到夏天，我聽說，要舉行跳舞會和活動畫片哩●你去不去？」

「不，我想不去●」

「哦，那是怎樣一家人家！今年冬天，每逢禮拜三，至少總有五十多客人，有時候竟多到一百……」

「我的天爺爺！那一定無聊死了●」

「這那能會？無聊！人越多才越快活●麗笛亞常上那兒去，起先我沒有注意到她，忽然……！」

「我徒欲不復以伊爲念兮
而以理性制勝我熱情……」

唱完了，他便毫不經意地坐下在圈手椅裏，可是突然間又跳起來，開始撣衣服上的灰塵。

「您房間裏到處都是灰塵！」他說●

「都是查哈爾呀，」奧勃洛摩夫訴苦道。

「哦，我該走了，」伏耳柯夫說●「要替密夏去買些山茶花來做花束● Au revoir（註二）●」

「晚上散了舞劇，來喝茶，將劇場裏的事給我講一講，」奧勃洛摩夫邀他道。

「那不行，我答應莫沁斯基家了：今天是他們家的 Jour fixe（註三）。您也去吧。要不要我來介紹您？」

「在莫沁斯基家嗎？對不起，有半市的人在那兒出入哩！怎麼幹什麼？那裏是縱談一切的去處。」

「縱談一切，這就無聊，」奧勃洛摩夫說。

「那麼，上梅芝特羅夫家去，」伏耳柯夫截住他道。「那裏就只談一件事——藝術；只聽到：威尼斯派啦，貝多汶啦（註四），巴克啦（註五），萊沃納獨啦，達·文西啦（註六）……」

「永遠談那一件事——多無聊！一定是些多烘先生，」奧勃洛摩夫說，打着哈欠。

「又不稱你的意。但是有的是人家可去。現在都全規定了日子：禮拜四是薩文諾夫家請吃午飯，禮拜五是馬克拉與家，禮拜日是維約士尼可夫家，禮拜三是鄭梅乃夫公爵那裏。我天天都忙不開交！」伏耳柯夫雙眼閃亮地結論說。

「每天弔而郎當過日子，您不膩煩嗎？」

「膩煩！怎麼會膩煩？才有趣哩！」伏耳柯夫毫不關心地說。「早晨，看看書報——一個人必須Au cowrant（註七）一切事情，知道新聞。我有一個不必上班的差使，謝謝老天爺：一個禮拜不過去將軍那裏兩趟，坐坐，吃吃午飯。然後去拜訪拜訪久不見面的朋友；哦，然後……不是俄國戲院，便是法國戲院裏到了一個新的坤角……快演歌劇了，我要去定下座位……而現在呢，在戀愛……夏天來啦：密夏已經請准了假；我們要到他領地上去住上一個月換換生活。在那裏打獵。他們有一些舉行bo'a chanyetres（註八）的，很好的鄰居。我要和羅笛亞在樹林裏散步，划船採花，……喲！」他高興得旋了一個轉身。「可是我該走了……再見吧，」他一邊說，一邊徒然試看向灰塵蓬蓬的鏡子裏前前後後照了一照自己。

「稍等一下，」奧勃洛摩夫挽留他說，「我想同您談一些事。」

「pardon，我沒有工夫。」伏耳柯夫急促慌忙地說：「過一天再說吧！您不同我去吃牡蠣嗎？那時候您再講給我聽。來吧，是密夏請客呀。」

「不，再會吧！」奧勃洛摩夫說。

「那麼再見了。」

他走了，可是又回了轉來。

「您看見這個了沒有？」他一邊問，一邊伸出一只好像鑄就在手套裏的手。

「這是什麼？」奧勃洛摩夫狐疑地問。

「是時新的Lacets——（註九）瞧，扣得多麼好：你不必爲了扣一粒扣子花上兩個鐘頭。將帶子一抽就成了。這是新從巴黎來的，要不要我替你帶一副來試試看！」

「好的，就請您帶一副！」

「再瞧這個，很好玩的，不是？」他一邊說，一邊從那些小玩意兒裏挑出一件來，「這是一張折一只角的名片。」

「我可看不淸上面寫的什麼。」

「Pr.—prince, M—Michel, 可是沒有寫上郗梅乃夫的姓：這是他復活節時送給我代替節蛋的。可是再見了，Au revoir。我還有十處地方要去呢。老天爺，人生在世多麼快活啊！」

而他消失了。

「一天上十處地方——可眞倒霉！」奧勃洛摩夫想。「而還就是人生！」他使勁地聳聳肩膀。「這還成什麼人？他爲了什麼分精勞神呢？當然啦，逛逛戲院子，同隨便哪一位麗笛亞戀愛戀愛，那都不壞……她挺可愛的哪！同她在鄉下採採花，划划船，也怪好的；可是一天上十處地方——可眞倒霉！」他一邊下着結論，一邊轉過身去平躺着，慶幸着自己倒並沒有這種空想和擬望，倒並不東奔西跑，而就躺在這兒，保持着自己的平靜與人的價值。

一陣新的鈴聲打斷了他的思忖。

另一位客人進來了。

這人穿一件墨綠色的，有紋章紐扣的燕尾服；黑鬍子恰好圈圍着他張刮淨的臉；久經風塵的臉上有一對疲憊的然而表情安詳的眼睛，和一片深思的微笑。

「您好，蘇特平司基！」奧勃洛摩夫欣然地招呼他。「終於來看老同事了！別走近我，別走近我！您從冷的地方來。」

「你好，伊里亞．伊里奇？我早打算看您來了，」客人說，「可是您知道，我老是鬼忙着公事。喏，您瞧，我還帶着一滿皮包的公事要報告哩；現在吩咐了信差，假使那兒有什麼事找我，趕到這兒來就是。我簡直一分鐘都身不由主。」

「您這才上班去嗎？怎麼這麼晚？」奧勃洛摩夫問。「您一向是十點鐘就到的……」

「不錯，一向如此，可是如今不同一些；我十二點鐘才坐車去。」他特別着力於後面三個字。

「噢，我明白了！」奧勃洛摩夫說。「現在當科長了！當了很久了吧？」

蘇特平司基意味深長地點點頭。

「從復活節前，」他說。「可是公事之繁——簡直可怕！八點到十二點，在家裏，十二點到五點，在辦公處，晚上還是不容。變得絕無交際了！」

「哼，當科長啦，了不得！」奧勃洛摩夫說。「恭喜恭喜！是什麽科。我們從前還一塊兒當過科員哩！我想明年你會一躍而成文官了。」

「哪來的話！今年還得到手勳章才是；本來我想他們會『銓升』的，可是現在居了新職：那就不能連昇兩年。」

「來吃午飯，讓我們喝一盅酒賀賀你，」奧勃洛摩夫說。

「不，今天我在次長那裏吃午飯。禮拜四之前我得將報告準備好——一件苦差事！省方的呈報是靠不住的。我得將那些表冊親自一一審核；福福．福米奇爲人多疑，什麽事都要親自經手，所以飯後我們還要一起坐一坐。」

「飯後，眞的嗎？」奧勃洛摩夫懷疑地問。

「您想怎麽樣？假若我脫身得早，趕得及坐車子上葉卡琳霍夫去，那還算好。哦，我是來問您去不去玩一趟？我來……」

「我不能去，我的身體不好，」奧勃洛摩夫皺着眉頭說。「而且我還有許多事要辦……不，我不能去！」

「那眞可惜，」蘇特平司基說。「今天天氣挺好。我就指望今天舒一口氣。」

「唔，您那裏有些什麼新聞？」奧勃洛摩夫問。

「哦，許多的事：在信件裏，取締寫『你的最順從的僕人』，而寫『永久可信的』了；現在不必送上兩份職員名冊去了。我們添設了三課和兩位特任官。我們的委員會已經結束了……許多的事！」

「我們那些舊同事怎麼樣了？」

「就那麼着；史文金弄丟了一宗案卷！」

「眞的嗎？部長怎麼辦？」奧勃洛摩夫以發抖的聲音問。根據老經驗，他害怕起來了。

「在案卷沒有找到之前，他吩咐扣住史文金的獎金。是一件重要公文，關於罰鍰的，部長的意思是，」蘇特平司基差不多低語地加添說，「他故意把牠弄丟的。」

「那不會的！」奧勃洛摩夫說。

「不，不！那是毫無理由的，」蘇特平司基嚴肅而袒護地確認道。「史文金爲人輕率。有時候，鬼知道他會向你作出什麼總結，把所有的文件弄得亂七八糟。我給他苦死了；不過這一件事他是寃枉的……他不會作的！他把案卷塞在了什麼地方；以後會找到的。」

「因此，你老是忙着，」奧勃洛摩夫說，「工作！」

「忙得可怕！可是，當然啦，同福瑪．福米奇那樣的人一起工作，是愉快的；也將獎賞人；就是一事不作的人，他也忘不了。一滿期，他便銓升，期限不够銓敍文官，得十字勳章的——便幫忙弄幾個錢……」

「你現在拿多少錢？」

「噢：一千二百盧布薪水，七百五十膳貼，六百房貼，九百補助費，五百出差費，以及多至一千盧布的獎金。」

「呸！見鬼！」奧勃洛摩夫一邊說，一邊從床上跳起來。「您的嗓子好呢，還是怎麼？您的收入竟像一位意大利歌唱家啦！」

「這算不得什麼！培雷斯威托夫他也拿這些外快，事情却比我幹得少，而且什麼也不懂得。可是，當然啦，他也沒有我那樣的聲譽。他們都十分看重我，」他謙遜地加添說，眼睛向下面注視着；「最近部長還表示過，說我是『一部的點綴』。」

「好傢伙！」奥勃洛摩夫說。「可是從八點到十二點，又從十二點到五點，而且在家裏還要辦公——阿唷唷唷唷！」

他搖搖頭。

「可是假使我不辦公，叫我幹什麼事情呢？」蘇特平司基問。

「有的是！可以讀啦，寫啦……」奥勃洛摩夫說。

「我現在也不過讀讀寫寫呀。」

「不是那個話；你可以寫作呀……」

「並不是誰都能當作家的。你自己就並不寫。」蘇特平司基反駁道。

「我可是有一塊領地在手裏，」奥勃洛摩夫嘆一口氣說。「我在考慮一個新計劃，實施種種改良。才苦惱哩……可是你是幹別人的事，並非你自己的。」

「這也是沒有辦法！要拿人家的錢，就得工作。夏天我就要休息了：福瑪·福米奇允許特意替我想出一件出差的差使，那樣我可以領五匹馬的旅費，三盧布一天的日用費，而且以後還有一筆獎金……」

「哦，毀了你了！」奥勃洛摩夫嫉妒地說，隨卽嘆一口氣，深思起來。

「我短錢用：秋天我要結婚了，」蘇特平司基加添說。

「什麼！眞的嗎，和誰？」奧勃洛摩夫關切地問。

「不是開玩笑——和姆拉興小姐。您記得嗎，他們住在我隔壁的別墅裏？您在我那兒喝過茶，大概見過她的。」

「不，我記不得了。挺標緻的吧？」奧勃洛摩夫說。

「不錯，長得挺好看。您要是高興的話，我們上她們家吃飯去。」

奧勃洛摩夫囁嚅起來。

「唔……好是好的，不過……」

「下禮拜，」蘇特平司基提議說。

「好，好，下禮拜，」奧勃洛摩夫快活了，「我的衣服還沒做好。哦，是一頭好親事吧？」

「不錯，她父親是四等文官，他給她一萬盧布，官邸是公家的；他分給了我們整整一半，十二間房子；傢具，燈火和暖氣也都是公家的；尙可生活……」

「當眞尙可生活！多走運的蘇特平司基！」奧勃洛摩夫加添說，不無有點兒妒忌。

「來吃喜酒，我請您當男儐相，伊里亞·伊里奇，記着！」

「一定，一定。」伊里亞．伊里奇說。「哦，庫士奈卓夫，乏西連也夫，馬霍夫他們怎麼樣？」

「庫士奈卓夫早結婚了，馬霍夫現在頂着我的位子，乏西連也夫給調到波蘭去了。伊凡．彼得羅維奇得了聖．弗拉第密爾勳章，奧米希金現在是『鈞座』了。」

「他是一位好好先生，」奧勃洛摩夫說。

「不錯，他的確是好人。」

「他爲人很好，脾氣又和善，又平靜。」奧勃洛摩夫說。

「又這樣慇懃，」蘇特平司基加添說，「而且您知道，他從不爲了要爬上去就觸鐙脚，扯後腿或者出風頭……能幫忙他總替人家幫忙的。」

「頂好的人！有時候，你弄糟了一件公文，漏掉了什麼，摘錯了由，或是引錯了條文，那也沒有什麼：他不過吩咐另外一個人重做一遍。大大的好人！」奧勃洛摩夫結論說。

「而我們那位帥密翁．帥密奧尼奇，他却本性難移，」蘇特平司基說：「他只擅於一手掩盡天下耳目。您知道最近他幹了什麼事？——省裏請求在我們部屬機關旁邊蓋幾個狗屋子，以防公家的財產被竊：我們那建築師 是一位能幹，老練而清廉的人物，他造了一份十分公道的豫算，可是帥密翁・帥密奧尼奇認爲豫算太高；他四處去調査造一所狗屋子究竟要多少錢，找到了一處少要三十戈貝克（註十）的地方，立刻便上了一件報告……」

「再會吧，」那位官吏說・「我儘在這兒扯談，也許部裏有什麼事要找我了……」

「再坐一下，」奧勃洛摩夫挽留他。「哦，我有事情同你商量：我碰到了兩樁倒霉事兒……」

「不，不，不如過一天再來看你吧，」他一邊說，一邊走出去・

「他是陷住了，親愛的朋友喲，直陷到耳朶邊了、」奧勃洛摩夫一邊想，一邊目送着他。「他對於世界上其他一切都是不見，不聞，不問，可是他會出人頭地，慢慢兒變做幕後人物，攫取官爵的……這就是我們所謂前程！可是蹧蹋了人：他的智慧，意志，感情都有什麼用？簡直是奢侈！他要生活一世，而內心裏有許多東西卻不會覺醒……而這之間，從十二點到五點，他在衙門裏辦公，八點到十二點，在家裏辦公……才倒霉哩！」想到自己從九點到三點，從八點到九點都可以在沙發上打發日子，他便感得一陣平靜的喜悅，並且驕傲着不必去做報告或者寫公文，而能馳騁自己的感情和想像・

奧勃洛摩夫儘瞑想着，竟沒有注意到有一位非常之瘦而黑的人站在自己床邊：他的頰髯，唇鬚以及領髭都很濃密，而衣裳呢，又故意穿得落拓不羈・

「您好，伊里亞・伊里奇。」

「您好，彭金。別走近我，您纔從冷處來的！」奧勃洛摩夫說。

「哦，您這怪物！還是這樣一個毫無救藥無所用心的懶胚！」

「無所用心，倒的確！」奧勃洛摩夫說。「我來拿一封村長寄來的信給你看：才頭痛哩，而您倒說我無所用心！您這從那裏來？」

「從書舖子來，去打聽一下那些雜誌出來了沒有。您讀到我的文章了嗎？」

「沒有。」

「我給您送來，您讀牠一下。」

「是關於什麼的？」奧摩洛摩夫問，一邊大打其哈欠。

「關於商業，關於婦女解放，關於我們命裏註定的這晴朗的四月天氣，以及關於一種新發明的滅火器。您怎麼不唸雜誌的？這裏就有我們的日常生活。尤其是，我在文學上是擁護現實主義傾向的。」

「那您很忙吧？」

「不錯，非常之忙。我每禮拜替報紙上寫兩篇論文，之後再寫些作家評論，並且剛寫完一篇短篇小說……」

「講些什麼？」

「講一個城市裏市長打市民們的耳光……」

「不錯，那的確是現實主義的，」奧勃洛摩夫說。

「可不是？」——文人高興起來。「我所表現的思想是——我知道這思想是新穎而大胆的：有一位過路的旅客，目睹了這場打架，和總督會面時告訴了他。總督就命令一位正到這城市去辦案子的官員，將這案子順便調査一下，並且察訪察訪這位市長的人品行爲，這官員便召集了市民們，好像要詢問他們商情似的，把這事件向他們査詢。市民們怎麼樣？他們竟然鞠躬，笑，對於市長大加讚賞。這官員再向別方面打聽，又聽說那些市民都是可怕的騙子，寡廉鮮恥，出賣爛東西，短少斤兩尺碼，甚至欺騙官府，因此那場飽打倒是一種當然的懲罰：……」

「所以，市長的毆打正盡着古代悲劇中『命運』的任務不是？」奧勃洛摩夫問。

「才對啦，」彭金接着說。「您眞非常機敏。伊里亞·伊里奇，您該當一位作家才好！同時我還曝露出市長底專橫和老百姓底紀綱墮落，屬吏們底行動底惡劣的組織和嚴厲而合法的懲戒方法之必要。您不認爲這是一種——十分新穎的思想嗎？」

「對了，尤其是對於我，」奧勃洛摩夫說。「我書讀得這麼少。」

「眞的，在您房間裏看不見有什麼書！」彭金說。「可是我求您唸一篇東西；一首可以說是偉大的詩就要出版了，一個愛賭者對一個娼婦的戀愛。我可不能告訴您作者是誰，這還是一個秘密。」

「裏邊寫些什麼？」

「牠曝露着我國社會運動的整個機構，而且完全是詩的色彩。所有的發條都給觸動着一社會這梯子底所有的階段都給檢討着。作者，彷彿提向法庭似的，提出了一位柔弱無能，立身有疵的顯貴和一大羣欺騙着他的受賄者，解剖着各種各樣的娼婦……法國女人哩，德國女人哩，芬蘭女人哩，一切都是眞實得出奇驚人……我聽到過一些片段——那作者可眞偉大！在這裏面人們聽得到但丁（註十一），莎士比亞（註十二）……」

「那未免過火吧！」奧勃洛摩夫坐了起來，吃驚地說。

彭金理會到自己確屬過火，便突然間停住口。

「讀牠一遍，您自己就會明白的，」他加添說，可毫不興奮了。

「不，彭金，我不讀。」

「幹嗎不讀？牠很轟動着呢。人家都在談牠……」
「讓他們談去！有一些人，除了談談，就再沒有別的事幹。那就是他們的天職。」
「就是出於好奇心，您也可以讀牠一讀呀。」
「我有什麼不明白的？」奧勃洛摩夫說。「他們寫這個幹什麼？——不過自得其樂罷了。」
「怎麼自得其樂？牠是多麼眞實！眞實得可笑了。簡直是一張張活的肖像。無論他們寫什麼人——商人也好，公務員也好，軍人也好，警察也好，都表現得活靈活現。」
「那他們爲什麼賣力氣：是不是爲了好玩兒要寫誰，誰就眞實地出現？可是在任何作品中，都沒有生命，旣沒有對於生命的理解和同情，也沒有您所謂的人道。那只不過是自尊而已。他們描寫竊賊或者娼婦，恰像在街頭捉住了他們，送他們上監獄去似的。在他們的小說裏，人們感到的並不是『看不見的眼淚』，而只是看得見的，粗野的，嘲笑，憎惡……」
「那還要什麼呢？好極啦，您自己就說過：這是火燒一樣的憎惡——對於邪惡的情不自禁的壓迫，對於墮落的人的輕蔑嘲笑……這就是一切！」
「不，這不是一切！」奧勃洛摩夫說，突然發火了。「你描寫一個竊賊，一個娼婦，一個傲慢的笨伯都可以，可是你別忘了他們是人。那人性在那兒？您是單憑頭腦在寫作！」奧勃洛摩夫差不多嘲謔作孽了。「您以爲思想是用不到感情的嗎？不，思想是愛所孕育的。伸出一支手去扶起墮落的人來，或者在他身上流淚，假使他在毀滅的話，可是別嘲弄他！愛他，在他身上記起你自己來，並且對待他，像對待你自己一般——那時候我才讀您的作品，並且在您面前低頭……」他說，一邊重新舒舒服服躺在沙發上。「他們描寫一個竊賊或是一個娼婦，」他說：「可是忘了，或者竟不會描寫人。您在這裏找到的是什麼藝術，什麼詩的色彩？揭發淫亂和卑鄙齷齪，可以的，不過請你別妄稱詩人。」

「難道您吩咐我們描寫自然——薔薇啦，夜鶯啦，或是嚴寒的朝晨啦，當我們周圍的一切，都在沸騰動盪的時候？我們要的是社會底赤裸裸的生理學；目下我們沒有工夫作什麼詩歌……」

「您拿『人』給我，」奧勃洛摩夫說：「愛他……」

「愛重利盤剝者，愛僞善者，愛小偷，愛低能的官吏——您聽說過沒有？您這講的是什麼話？可見您並不是研究文藝的！」彭金興奮地說。「不，必須懲罰他們，把他們從市民階層裏，從社會裏擯逐出去……」

「從市民階層裏擯逐出去！」奧勃洛摩夫在彭金跟前起了身，帶着突如其來的靈感說。「那是忘了在這一無價値的血管裏有着一種最高的元素；雖然墮落，他終究是個人——同您一樣的一個人。擯逐出去！您將怎樣從人類裏，從大自然的懷抱里，從上帝的仁慈里擯逐他們出去？」兩眼炎炎的，他差不多大叫了。

「那未免過火吧！」這一回輪到彭金驚愕地說。

奧勃洛摩夫覺到自己也太過火。他突然閉停住口，站了一會，打個呵欠，慢慢的又躺在沙發上。

兩個人誰都不作一聲。

「那您讀些什麼呢？」彭金問。

「我——唔，大部分是遊記。」

又是一陣子寂靜。

「等那首詩出版了，您要不要讀牠一讀？我來帶給您……」彭金問。

奧勃洛摩夫搖搖頭。

「那我給您帶我自己的短篇小說來？」

奧勃洛摩夫點點頭。

「我可該到印刷所去了，」彭金說，「您知道，我是幹嗎看您來的？我來約你一塊兒上葉卡德琳霍夫去；我有一輛車子。明天我必須寫一篇關於遊春的文章；我們一塊兒四處看看去，您可以將我觀察不到的告訴我，那也許更快活些。去吧！」

「不，我身體不好，」奧勃洛摩夫一邊說，一邊感着眉頭，用棉被蒙上了自己。「我怕濕氣，現在還不會乾燥哩。可是今天你可以來吃午飯；我們來談一談……我有兩樁倒霉事兒……」

「不，今天我們編輯部全體同人在聖．喬其吃飯，並且就從那兒玩去。夜晚呢，我要寫文章，趕天明之前送到印刷所去。再會吧。」

「再會，彭金。」

「夜晚要寫文章，」奧勃洛摩夫想：「那他什麼時候睡覺？然而，我猜想他一年有五千光景收入——那倒未嘗不可！可是要儘寫儘寫，要將一個人的思想和精神消磨在瑣瑣屑屑上，要改變一個人的信念，要出賣一個人的智慧和想像，要戕賊一個人的天性，要興奮，要激昂，要熱烈，要不知道休止而老是向那裏動着動着……而儘要寫，寫，像一枚輪子或是一架機器一樣，明天寫，後天寫，假期來了，夏天近了——而他還得要寫！什麼時候他才可以停止和休息呢？眞倒霉！」

他朝桌子那兒轉過去，那上面一切都光光滑滑，墨水乾了，鋼筆不見了，他欣然於自己像一個初生的嬰兒那樣，無所罣慮地躺着，毫不浪費精力，或者出賣任何東西………

「然而村長的信和房子呢？」他忽然間想起來了，於是又墮在沉思中去。

可是又來了一陣子鈴響。

「彷彿我今天有一次盛大的宴會似的，」與勃洛摩夫想，等着看來的又是誰。

進來的那個人，他的年齡也吧，他的面貌也吧，都不確定；他正當難被猜測年歲的時期。他長得既不醜，又不美，既不高，又不矮，皮膚既非淺黑，又不皙白。造化並不曾賦與他任何顯著的觸目的，或者好或者壞的特徵。有許多人叫他伊凡，伊凡尼奇，另一些人却喚他伊凡，之西里伊奇。又有些人以為他叫伊凡、米哈伊里奇。他的姓也有幾種說法：有人說是伊凡諾夫，另一些人却叫他之西勒也夫或者安特列也夫，又有些人却以為他是亞力克先也夫。要是一個生人頭一次看見他，聽到了他的名字，馬上就會把牠忘了，好像忘掉他的面孔一樣，而他說的話呢？也不會加以注意的。有了他這人，對於社會上無所補益，沒有他，社會上也無所缺損。他的頭腦裏沒有機智，獨創性，和其他的特性，有如他的身體上沒有任何特徵一般。或許他至少總會講講見到或者聽到的事情，來引起別人的興趣，可是他從未到過任何地方；在彼得堡一生下地，就從沒有上那裏去過，因此他所看到聽到的，別人早已知道了。這樣的人是否與人以好感？他愛不愛，憎不憎，有無痛苦？似乎他也應該痛苦，愛或者不愛——因為這是誰也免不了的——但是他却偏想法子愛每一個人。有些人在他們心裏無論如何你也激不起敵視，復讎等等的心意的。無論怎樣對待他們，他們還是一樣討好，不過說公道話，以熱度而論，他們的愛是永遠達不到熱烈的程度的。雖然人家說，他們愛每一個人，所以他們是好人，實際上呢，他們是一個人也不愛的，說他們是個好人，那不過因爲他們並非壞心眼兒吧了。倘使別人在他們面前佈施一個窮人，他就也給他一個小錢；可是倘使別人駡那個人或者嘲笑他，或者趕走他，那他就跟別人一起辱駡和嘲笑。他不能算作有錢，因爲與其說他富，倒不如說他窮，可是他也不能算作絕對窮，因爲有的是許多比他更窮的人。他有一年三百盧布的私人收入；此外，他還有一件小差使，領着一筆小薪水；他並不感到拮据，並不向誰舉債，當然別人也從不曾想到過向他借錢。在衙門裏，他並沒有特別的經常工作，因爲他的同事們和上司們總也沒有發見有任何一件事，他幹得比別許多事好一些或者壞一些，以便決定他最宜於幹什麼。要是交給他去辦這件事，他一辦，論起他的工作來，長官可總感到困惑；看而又看，考慮而又考慮，臨了只是說：『擱下吧，慢慢兒我來看吧……唔，牠們用是差不多用得的。』

你決不能因他此刻在自言自語，便在他臉上看到一絲担心和空想的痕跡，也決不能因爲他將探究的眼光投向外界任何物體上，便知道他想獲得什麼知識。

熟人在街上碰到他，問他：「上哪兒去？」「唔，唔，去上衙門，」或者「去買東西，」或者「去看誰。」「我們一塊兒，」那一位說，「上郵政局，或者到裁縫舖，或者散步去吧。」他便同他一起上裁縫舖，郵政局，或者往與原路相反的方向散步去了。

世界上，除了他母親以外，怕不見得有誰注意他的出現；他活着，沒有多少人留心他，將來當然誰也不會注意他是怎樣過世的；沒有一個人會探問他，惋惜，或者稱快他的死。他沒有朋友，沒有仇敵，可是有許多的熟人。恐怕只有他的喪儀會引起走路人的注意，他會第一次用一個深深的鞠躬來致敬這位一無特色的人物；甚至於也許有好奇心的人會跑在儀仗前面去打聽死者的名字，而一問過立刻又把牠忘了。

這位亞力克先也夫，乏西勒也夫，安特列也夫，或者隨你喜歡叫他作什麼，不過是芸芸衆生底一種不完全的，非人格的暗影，牠底含糊的迴響，牠底朦朧的返光而已。

就是杳哈爾吧，當他在大門口或是小舖子裏那些集合上，用率直的談吐給所有的來客作一幅性格素描的時候，一臨到他——我們假定叫亞力克先也夫吧，他總感到困惑，他想了半天，想在這人的五官、舉止，或者個性上抓到些些有棱角的特色，而終於揮一揮手，這樣表示道：「這一位可眞說不出他什麼來。」

「噢，」奧勃洛摩夫迎接他道，「是您啊！亞力克先也夫？您好吧？從那兒來呀？別走近我，我不伸手給您了，您是從冷處來！」

「那裏的話，天氣並不冷呀！今天我本來不想來看您的，」亞力克先也夫說，「可是遇見了奧巫契甯，他拉了我上他家裏去。我這是來接您，伊里亞・伊里奇。」

「接我上那兒去？」

「上奧巫契甯家去。馬脫威・安特烈也奇。阿黎阿諾夫，卡濟米爾・阿爾別爾託維奇・潑卡伊洛・和乏西里，薛乏斯蔣納奇，科立米阿金都在那兒。」

「他們在那兒幹什麼？要我去作什麼？」

「奧巫契甯邀您去吃午飯。」

「哼，吃午飯……」奧勃洛摩夫單調地重複說。

「然後統統要上葉卡德琳霍夫去：他關照我說他要您雇一輛馬車。」

「怎麼！今天在那兒郊遊呀！你不知道今天是五月一號嗎？」

「請坐下；我們來想一想看，」奧勃洛摩夫說。

「起身吧！該穿衣服了。」

「稍等一等，時候還早。」

「還早，渭的確！他們請您十二點鐘去；要早一些，大約兩點鐘吧，吃飯，吃了飯就玩去。快走，快走！要不要我吩咐査哈爾來給你穿衣服？」

「幹嗎穿衣服，我還不曾洗臉哩！」

「那就洗臉吧。」

亞力克先也夫開始在房間裏蹀來蹀去，隨後在一張早已看過一千遍的畫幅跟前停一停，向窗子外面瞟一瞟，從書架上檢起件把小擺設來，在手裏轉弄一下，從四面八方端詳一番，仍將牠放好，於是吹着口嘯蹀來蹀去，都爲的是不要打攪奧勃洛摩夫起身洗臉。這樣地過了十來分鐘。

「您怎麼啦？」亞力克先也夫突然之間問伊里亞・伊里奇。

「什麼？」

「還躺着嗎？」

「難消必得起來嗎？」

「怎麼！人家在等着我們。您不是想去嗎？……」

「到那兒去？我那兒也不想去呀。」

「咦，伊里亞・伊里奇，剛才您不是說我們上奧巫契甯家去吃午飯，然後到葉卡德琳霍夫去嗎？……」

「叫我冒着濕氣去嗎？那裏有什麼東西我沒有看見過？瞧，要下雨了，外邊烏沉沉的。」奧勃洛摩夫懶洋洋地說。

「天上一絲雲彩也沒有，而您想出了下雨，烏沉沉的，因爲您的窗子從什麼時候起，就不曾洗過！那上面的灰塵！瞭得咫尺莫辨，而且有一張窗帷差不多完全垂下着。」

「不錯，可是假使您向查哈爾提起這句話，他馬上就提議雇幾個女工，並且趕我出門一整天！」

奧勃洛摩夫墮入了深思裏，而亞力克先也夫呢，坐在桌畔，用手指在桌子上忐楞楞地敲出着鼓聲，茫然地望着四壁和天花板。

「我們到底怎麼辦呢？您是穿衣服呢，還是儘這樣子下去？」幾分鐘後，他問。

「那您說怎樣辦？」

「咦，上葉卡德琳霍夫！」奧勃洛摩夫煩惱地回答說。「在這兒您覺得不安頓嗎？是房間太冷呢，還是氣味不好，所以您這樣向那裏望着？」

「那裏的話，同您在一起在我總是好的；我很滿意着，」亞力克先也夫說。

「假使這兒很好的話，那爲什麼要到別處去呢？倒不如在我這兒就一整大，吃午飯，到晚上您要上那兒，就上那兒。哦，我忘了：我怎麼能去！塔朗鐵也夫他要來吃午飯：今天是禮拜六。」

「要是的話……好吧……我遵命就是。」亞力克先也夫說。

「我向您提起過自己的事了沒有？」奧勃洛摩夫活潑地問。

「什麼事？我不知道呀，」亞力克先也夫說，圓睜着眼睛看着他。

「幹嗎？我這麼久還不會起身？我儘躺在這兒想，怎麼樣我才能逃開這場災難。」

「怎麼一回事？」亞力克先也夫問，竭力裝出吃驚的臉相。

「兩樁倒霉的事兒！我不知道怎麼才好。」

「究竟什麼倒霉事兒？」

「他們在趕我搬家；您想想看——那就得走，東西破碎，亂糟糟……想想也就可怕！我住在這兒八年了。房東竟來開我一次大大的玩笑，『快一點走，』他說。」

「快一點！我猜想是他急需這房子，搬家這件事可眞受不了，總有許多的麻煩……」亞力克也夫說，「東西打壞啦，丢失啦——眞非常之討厭。而且您有這樣好的房子……您付多少房租？」

「你上那兒再找得出這樣的房子來？」奧勃洛摩夫說，「而且還急急於要？房間又暖又燥，房子還算順當：統共只遭一次竊！喏，天花板似乎不牢了：泥灰都完全剝落了——可總不塌下來。」

「您說說看！」亞力克先也夫搖着頭說。

「要怎麼辦才可以……不走呢？」奧勃洛摩夫躊躇地在心裏算盤着。

「您租這房子有沒有合同的？」亞力克先也夫問，向這房間上上下下瞧着。

「有是有的，可是滿期了；這一向我都是按月付租……只是記不淸有多久了。」

「那您打算怎麼辦呢？」隔了一歇，亞力克先也夫問。「搬呢，還是不搬？」

「毫無打算，」奧勃洛摩夫說。「我連想牠都不要想。讓査哈爾隨便想一個法子就是。」

「有些人可是喜歡搬家的，」亞力克先也夫說「換個住處他們倒覺得愉快。」

「好吧，讓這些人搬家得了！至於說我，我是任何變換都受不了的。房子的事倒還算不了什麼！您瞧村長寫給我些什麼話，我馬上拿給您看封信……噢，信在那兒？査哈爾，査哈爾！」

「哦，天后娘娘！」査哈爾一面自個兒嘆聲說，一面從爐台上跳下來；「多早晚天老爺來帶我去呢？」

他走了進來，滯鈍地望望主人。

「那封信怎麼還沒有找到？」

「叫我上那兒找去？我怎知道您要的是那一封信？我是認不得字的。」

「那沒有關係，去找去，」奧勃洛摩夫說。

「昨晚上，您自己唸過一封什麼信，」查哈爾說，「從此我就沒有見過。」

「那牠在什麼地方呢？」伊里亞·伊里奇煩惱地反問。「我並不曾吞牠下去呀。我記得清清楚楚，是你從我這裏拿了去，放在那邊什麼地方的。啊，瞧，在這兒了！」

他將棉被抖了一抖：那封信就從棉被摺縫裏落到地上。

「您老這樣對我！」「唔，去吧，去吧！」查哈爾和奧勃洛摩夫彼此同時吆喝着。查哈爾走了出去，奧勃洛摩夫就開始唸那封用「渴伐水」（註十三）寫在灰色紙上的，以褐色的火漆封固着的信。大而蒼白的字母，自上而下成着直行，以莊嚴的行列，彼此不相關聯地伸躺着。這些行列，時不時給「蒼白墨水」的大斑點所破壞。

「『伊里亞·伊里奇，我們的父親，恩主老爺閣下……』」奧勃洛摩夫開始唸道。

這裏他略去了幾句客套和祝頌，從半中間讀起。

「『敬稟者，我們的仁慈的恩主喲，在您的領地上，一切安寧。已有五禮拜無雨：諒必激怒了上帝，所以無雨。老人們亦記不得曾否有過如此大旱：春蒔如被火燒一般。冬蒔有的遭了蟲害，有的受了大寒之傷：乃耕之以布春種，惟不知可得收成否也。但願大慈大悲的上帝寬恕您老爺，自己呢，我們雖死亦不顧也。相近聖．約翰節，又逃去了三名農民：拉潑台夫，巴羅卓夫及鐵匠的兒子瓦司卡。我着了娘兒們去追她們男人，娘兒們亦一去不返，聽說現下住在卓爾基。我的一位教親由威爾赫里奧伏卓爾基去了。他是管事派了去的，聽說一種外國犂帶到了卓爾基，故管事派我的教親上卓爾基去看此犂。我將逃去農民之事告訴了他：他說：我去求了警察廳長，廳長說：「遞一張呈文上來，那我就設法辦去，將這些農民遣送回籍安居。」此外他再無別語，我伏其腳旁，涕泣哀求，他高聲大喝曰：『滾蛋，滾蛋，告訴過你了，遞呈文上來，我就辦！』惟我未遞呈文上去，此地無人可雇；均往伏爾伽船上做工去矣——此地的人目下竟如此愚蠢，父親和恩主伊里亞．伊里奇啊！今年集上將無吾家的粗布了：我已將收燥房及漂白房鎖好，並派雪朱格日夜看守之。他不貪杯；防他偷竊老爺的任何東西，我自己又日夜看守他，別的農民們飲酒甚多，且請求繳納年貢免役。欠項尚未付淸。我們的父親與恩主啊！除非旱災使我們完全破產，今年我將比去年少繳二千，但我們要繳上此數的，因我已向閣下說過之矣。』」

接下去是表示忠實和簽名：「你的村長和最卑賤的奴僕，潑鹿柯飛・維替阿古希金親手謹具。」爲了不通文墨，他在信的底下劃上了一個十字花押。「村長口述，內弟第奧姆伽・克里伏也代筆。」

奧勃洛摩夫瞥了瞥信的末梢。「沒有年，沒有月，」他說：「這封信一定是從去年起就擱在村長那裏的：這裏他講着聖・約翰節和旱災哩！什麼時候才想起了的！」他又沉思起來。

「您覺得他少繳二千的話，覺得怎樣，嗳？」他繼續說。「那還剩多少？去年我收到了多少？」他望着亞力克先也夫問。「那時候我沒有告訴您嗎？」

亞力克先也夫將眼睛轉向天花板，沉思起來。

「我得等斯托爾玆來再問他，」奧勃洛摩夫接下去說。「像是七千或者八千吧……不把事情寫下來可眞糟糕！所以現在他要剋減到六千了！哼，要餓死了！指什麼生活呢？」

「您幹嗎？這樣着急，伊里亞・伊里奇？」亞力克先也夫說。「什麼時候都不必絕望：天無絕人之路。」

「可是您聽見他寫的話沒有？不寄錢來，不怎麼安慰我，他倒只是使我不痛快，好像開玩笑似的！而且年年如此！現在我不是我自己了！『少繳二千！』」

「不錯，是一筆很大的損失！」亞力克先也夫說：「兩千呢，不是鬧着玩的！人家說，亞力克先·洛根今年也只收到一萬二，不是一萬七了。」

「然而總是一萬二，不是六千嚜，」奥勃洛摩夫打斷他的話說。「村長把我全然毀了！那怕眞是歉收和旱災吧，幹嗎預先就叫我苦惱呢？」

「不錯……那倒是眞的……」亞力克先也夫開頭說，「不必要的，可是怎能從農民身上指望什麼細緻的感情？那種人是什麼也不懂得的。」

「好吧，要是您在我的地位，怎麼辦？」奥勃洛摩夫問，一邊詢問地瞧着亞力克先也夫，甜蜜地期待着他許會想出些叫人安心的辦法來。

「我得想上一想，伊里亞·伊里奇，不能一下子就決定，」亞力克先也夫說。

「是不是該給總督寫信去？」伊里亞·伊里奇沉思地說。

「您那邊的總督是誰？」亞力克先也夫問。

伊里亞·伊里奇沒有回答，他沈入在思索中。亞力克先也夫也就不再開口，也深思起來。

把信在手裏團縐了，奥勃洛摩夫雙手托住頭，胳膊撑在膝蓋上，這樣地坐了一會兒，叫無益的想頭藉苦着。

「但願斯托爾茲快些來吧！」他說，「他寫信說就要來，可是，可是鬼知道他在那裏流浪。他會給我解決的。

他又怏怏不樂了。兩個人沉默了半天。終於，奧勃洛摩夫第一個回過了神來。

「還是我得辦的，」他決然地說，並且幾幾乎離開了床，「而且還得儘快地辦去，…… 第一……」

那時節，前室的鈴聲絕望地響了。奧勃洛摩夫和亞力克先也夫都一怔，而查哈爾立即跳下了他的爐台。

註一：帝俄時代的貴族，喜歡在日常生活中夾幾句法文，猶之現在的高等華人喜歡說英文一樣。Gothigne 在法文是「哥德式的」係建築物的一種式樣。

註二：法文的『再會』。

註三：法文，『規定的日子』。

註四：普魯士的作曲家（一七七〇——一八二七），Beethoven。

註五：德國的作曲家兼音樂家（一四八三——一五三〇）Bach。

註六：意大利的畫家，雕刻家，建築家兼工程師（一四五二——一五一九）Leorardo da vince。

註七：法文，『熟悉』。

註八：法文，『田野跳舞會』。

註九：法文『繫衣履的花邊』。

註十：Kopeck，俄幣，值百分之一盧布。

註十一：意大利的詩人（一二六五——一三二一）Dante。

註十二：英國的詩人兼戲劇家，（一五六四——一六一六）Shakespeare。

註十三：Kvass是一種用舊的黑麵包釀成的。像檸檬水似的清涼飲料，這兒，我用吳語音譯牠。

# 第三章

「在家嗎？」有人在前室裏粗暴地大聲地問。

「這時候能上那兒去？」奆哈爾更其粗暴地回答。

走進來的人，年紀在四十左右，身材又高又大，闊肩膀，大頭，大五官，粗短頸頸，大暴眼睛，厚嘴唇。只消粗粗看他一眼，人們就產生一個粗暴不乾淨的觀念。分明是不講究衣服的漂亮的。人們不常看見他把鬍子刮得乾乾淨淨。可是他也顯然不在乎此：他對於自己的衣服並不覺得困惑，穿着牠們，倒認爲有一種犬儒學派的價値。他叫米海·安特烈也維奇·塔朗鐵也夫，是奧勃洛摩夫的同鄉。

塔朗鐵也夫陰沉地，半輕蔑地，以公然的惡意來看他週圍的一切；隨時就開口罵世界上的每一個人和每一件事，彷彿他遭了某種不公平的侮辱，或者有什麼價値沒有被人認識，所以像一位個性堅强的人，受了命運的迫害，不銷沉地，不甘心地向他屈服着。他的舉止是大胆而奔放的；說話呢，響亮，活潑，而且差不多常常怒氣沖沖；倘使稍爲遠遠裏聽他說話，那簡直像三輛空車子經過橋上一般。他從不對誰顧忌，和放鬆一句半句話，不管朋友不朋友，他同別人交往一律是粗暴，彷彿叫人家感到，他同一個人講話，或者擾他的午飯或者晚飯，是賞賜了對方一個大大的面子似的。

塔朗鐵也夫爲人伶俐狡猾；處理起一般人生問題，或者錯綜複雜的法律案件來，誰也比不上他好，在任何場合：他總馬上作出行動的理論，非常精密地，引用證據，而到末了，差不多老將同他商量的人臭罵一頓。

然而，在一個機關裏當了二十五年的書記，當到頭髮也白了，却仍然還守着那只位置。但是不論他自已或別人，却從沒起過他可以升官的念頭。事實是，搭朗鐵也夫光擅於講空話；口頭上，他把一切都解決得明白而容易，尤其是關於別人的事。可是只要他手指動彈一下，身子動一動——換一句話，只要他應用自己作出的理論，付諸實行，顯出幹才與敏捷來，——他便變成了一個全然不同的人：這時候他就不行了。突然之間他就變得棘手，害病或者又要發生另一糟糕的事，這件事，他也不會着手去做，而且即使做了，又誰知道怎麼個結果。他活像一個小孩子：這兒把事情看得忽略，那兒對於瑣細的事也是外行，這兒拖拖延延，那兒半途而廢，再不就攪得亂七八糟，再也整理不了，之後呢，他還亂罵一通。

他的父親，是一位舊時代的地方審判廳的書記，他本來要兒子繼他那替別人辦理律務的技術與經驗，和自己巧妙地混了一輩子的衙門裏的那宗差使；可是命運卻給他指定了另一方面。這位俄文都學得才半瓶醋的父親，願意兒子不落在時代之後，希望他除了辦理律務底巧妙的技術以外，再學一些別的東西。他送他到一位牧師那兒去學習了三年拉丁文。

孩子天資聰明，三年之間，便學完了拉丁文的文法和文章學，剛要開始研究柯乃劉斯·乃怕斯（註一）時，父親認爲這已經足夠了：他獲得的這些智識，已經使他着實勝過了上一代的人，再讀下去結果倒會害了他在衙門裏的差使。不知道怎樣運用自己的拉丁文，十六歲的米海，開始在父親家裏把牠漸漸忘了，可是當他候着出席地方審判廳或者高等審判廳的榮譽時，他卻參預了父親的一切飲宴；而就在這學校裏，在率直的談話之中，這年輕人的智慧便微妙地發展了。他以青年的感受性，傾聽着父親和父親的朋友們所講的，由這些舊時代的審判廳書記經辦的種種民訴，刑訴和有趣的案子。然而這一切都毫無結果，雖然他父親費盡心力，米海卻並沒有成爲一位律師或者事業家，可是當然會成功的，要不是把這老人的計劃打破了的話。米海確乎精通了他父親的談話的那些理論；就只消實際應用了，可是因爲父親死了，他就沒有進成審判廳，而由某一位慈善家帶上了彼得堡，那人替他找到了某機關裏的一只書記位子，隨即將他忘得一乾二淨。

而因此塔朗鐵也夫一生一世只是一位理論家。他的拉丁文，以及他那一副精妙的，公平不公平全隨自己擺佈的辦案子的本事，在彼得堡竟一無用處；然而他卻自覺有一股潛伏的力量，被敵意的環境老閉住在他裏面，好像童話裏似地，把惡魔閉在緊緊的施了魔法的牆內，使他去了害人的力量，毫無出外的希望。恐怕就是他裏面這股無益的力量的自覺，使得塔朗鐵也夫對別人粗暴，惡意，動不動生氣，和漫駡的吧。他對他現在的職業——抄寫文件，歸當等等——是懷着痛苦和蔑視的。遠的前途，有一線最後的希望在向他微笑：改業酒類專賣的差使；在他這是他父親要他承繼而沒有達到目的的事業的惟一有利益的更替。而在等待之際，他父親給他準備和創設了的那套活動與生活的理論　那套營私與納賄的理論——在地方上雖未得有價值地，主要地運用，現在卻在他彼得堡的貧弱生活的一切方面應用了，而且因爲缺少公的出路，便在他一切朋友的關係上拿出顏色來。他是一位有理論的，十足的貪贓佬，既沒有訴訟案子，又沒有當事人，他就設法從同事和朋友那裏收受賄賂：天知道怎麼樣和爲什麼，不是歡來，就是硬上，只要那裏和誰可以，他便強迫別人請他吃喝，要求別人非分的敬服，他從沒有自慚形穢過自己破破爛爛的衣服，可是假使一天之中盼不到一頓有相當數目的葡萄酒與伏特加酒的大吃大喝的話，他便感覺得恐慌。

因此在朋友中間，他是扮演着一匹龐大的看家狗的脚色，牠向誰都要吠，不讓誰移動一步半步，同時隨你將一片肉拋從那裏，他總一定搶得牢牠。

這就是奥勃洛摩夫的兩位最最殷勤的客人。這兩位俄羅斯的普羅列塔利亞幹嗎要上他那兒去呢？他們是非常明白這所以然的：吃咧，喝咧，抽好雪茄咧。他們找到了一處溫暖而舒適的安息所，並且老受着同樣的招待——即使不是由衷地歡迎，可也還無所謂。可是奥勃洛摩夫之所以讓他們來，他怕回答不出道理來。多分因爲在我們那些遙遠的奥勃洛摩夫卡，每一家富裕的人家，至今都充塞着這一類男男女女——沒有麵包，沒有職業，沒有生產的手，但是有着消費的胃，而且大抵是有官爵勳位的。至今還有一些奢靡逸樂之徒，他們生活上需要這種補充品世界上：要沒有了多餘的人，他們便無聊的。誰將他們丟在那裏的煙盒遞給他們，或者拾起一條落在地板上的手帕來呢？他們可以向誰訴說頭痛，以博取應分得到的同情，或者講述惡夢，要求詳解呢？誰在就寢時唸書給他們聽，來催眠他們呢？而且，有時候，可以派這位普羅列塔利亞向最近的城市去買買東西，或者在屋子裏打打雜——自己就不用跑來跑去！

塔朗鐵也夫做出了許多的聲音，將奥勃洛摩夫從倦怠不動中引了出來。他嚷嚷着，議論着，無異在演着戲，因此省得懶拖拖的主人有話說或者動作的必要。塔朗鐵也夫給這間叫夢和安靜統冷着的房間帶來了生命，活動，有時還帶來一點外面的消息：一個手指頭也不動一動，奧勃洛摩夫能夠聽着，看着一件活生生的東西在前面講呀動呀的。此外，他簡直還相信塔朗鐵也夫眞能給他一些有見識的忠告。

奧勃洛摩夫之所以容忍亞力克先也夫的訪問，還有另外一個並不次要的理由，倘使他想自己的方式生活，那就是，不作一聲地躺躺，打打瞌睡，或者在房間裏踱踱，那麼亞力克先也夫正等於不在那裏一樣：他也不作聲，打瞌睡，或者看書，或者一邊望着畫幅和小玩意兒，一邊懶洋洋地哈欠連連得眼淚直流。他能夠這樣子過三天三夜。而倘使奧勃洛摩夫嫌厭一個人太寂寞覺得需要發表意見，講講話，唸唸書，議論議論，表現表現興奮，那他老有一位順從而現成的聽客和對手，一樣同意地分享着他的靜默，他的談話，他的興奮，以及他的思維方式。別的客人可不常來，就是來也只來一會兒，好像頭先三位似的；奧勃洛摩夫跟他們的活生生的關係是越來越疏遠了。有時候，他對於一則新聞，一場五六分鐘的談話有興趣，之後就滿足了，又不作聲了。而他們呢，却要一點回敬，希望他也參加他們有興趣的事。他們是慣在人羣裏的；每人自己的，奧勃洛摩夫所不要了解的人生觀，然而他們把他拖在裏面：他可不喜歡這一切，懷着反感和不快。

奧勃洛摩夫有一位知心合意的人；他也不給他安靜；他也愛好新聞，世界，學問，以及整個人生，可是不知怎麼比較深遠，比較誠摯，雖然奧勃洛摩夫對誰都親切，可是由衷地愛的，信託的却只有他一個人，說不定是因爲他們在一塊兒長大，唸書生活的緣故吧。這一個人是安特烈·卡羅維奇·斯托爾兹。他不在這裏，可是奧勃洛摩夫却無時無刻都在盼着他。

註一：一位羅馬的歷史家，Cornelius Nepos。

# 第四章

「您好，老鄉？」塔朗鐵也夫斷斷續續地說，一邊向奧勃洛摩夫伸出支毛茸茸的手去。「怎麼這時候你還木頭似地躺着？」

「別走近我，你才從冷處來！」奧勃洛摩夫用棉被蓋着自己說。

「虧你想出來的——從冷處來！」塔朗鐵也夫大叫說。「喂，既然伸了給你，就拉我的手呀！快十二點了，你還躺着哩！」

他想將奧勃洛摩夫從牀上拖起來，可是奧勃洛摩夫預防他有這一手，趕忙將雙脚一落，正好伸進兩只拖鞋裏去。

「我正要起身了，」他打着哈欠說。

「我知道你怎樣起身的；你會在這裏一直躺到吃午飯。喃，查哈爾，你在那兒，老傻瓜你快幫你老爺穿衣服呀！」

「您先自己僱了個查哈爾，那時候再罵吧！」查哈爾一邊說，一邊走將進來，惡意地看着塔朗鐵也夫。「把地板跺得這般髒，彷彿小販似的！」他加添說。

「還在回嘴哩，傻瓜！」塔朗鐵也夫說，舉起脚來，想將走過他身旁的查哈爾從後踢他一脚；可是查哈爾立停下，氣昂昂地朝他轉過身來。

「只消碰一碰看！」他憤然地說。「你這是什麼？我走……」他說，一邊朝房門口走回去。

「得了，米海，安特烈也奇！你怎麼這樣不休不歇的！幹嗎你去撩他？」奧勃洛摩夫說。「把需用的東西給我，查哈爾。」

查哈爾回過身來，斜睨着塔朗鐵也夫，急忙走過他去。像一個十分疲倦的人似的，奧勃洛摩夫凭着查哈爾勉强地從牀上起來，並且一樣勉强地走向一把大的圈手椅去，他落進了去，就不動地坐着。查哈爾從梳子上取起香髮油，一把梳子和幾個刷子，油了油奧勃洛摩夫的頭髮，分了分，然後再刷着牠。

「現在洗臉不？」他問。

「我還要等一下子，」奧勃洛摩夫回答，「你回去得了。」

「啊，您也在這兒？」在查哈爾刷着奧勃洛摩夫頭髮的當口，塔朗鐵也夫突然朝亞力克先也夫轉過身去說。「我竟沒有看到您。您在這兒幹什麼？您那位親戚是怎樣的一頭豬玀！我早要就統告訴您了……」

「什麼親戚？我可沒有親戚的呀。」亞力克先也夫狼狽地，胆怯地回答，向塔朗鐵也夫鼓着眼睛。

「什麼，就是還在這兒服務的那個傢伙呀，姓什麼？……姓亞法納雪夫。怎麼不是你的親戚？是親戚。」

「可是我姓亞力克先也夫，不姓亞法納雪夫，」亞力克先也夫說。「而且我是沒有親戚的。」

「還說不是親戚！他同你一樣的窮相，名字也叫之西利·尼哥拉伊奇。」

「賭咒也不是親戚；我叫伊凡·亞力克先也伊奇。」

「好吧，反正像你就是。不過他是豬玀；看見他，您這麼告訴他。」

「我不認識他，我從不曾看見過他，」亞力克先也夫揭開着煙盒說。

「給我些煙草，」塔朗鐵也夫說。「但是您這是普通的，不是法國的吧，不錯，是普通的，」他嗅了嗅說。「幹嗎不是法國的呢？」他嚴厲地加添說。

「我可沒有見過像您親戚那樣豬玀，」塔朗鐵也夫繼續說。「已經兩年之前了，我向他借了五十盧布・五十盧布也不是數目，您以他會忘了？不，他記着・過了一個月，不論在那裏碰到，他總說：『那筆債怎麼樣了？』眞討厭！這還不够，昨天他竟到我機關上來，說，『您大槪拿到薪水了吧，現在總可以還我了。』我把薪水給了他！當衆羞辱得他連大門也找不到。『我是窮漢，自己要這錢使。』好像我就不要使似的！我竟當得白給他就是五十盧布，給我一支雪茄，老鄉。」

「雪茄在那個盒子裏，」奧勃洛摩夫指着一只書架回答說。他是按着自己的，懶惰地優雅的姿態，沉思地坐在圈子椅中，不注意他四週有什麼事，也不聽在說什麼話。他正愛惜地考究着和撫弄着自己又小又白的手。

「還和從前一樣的嗎？噯！」塔朗鐵也夫取出了一枝雪茄，瞧着奧勃洛摩夫嚴厲地問。

「是的，一樣的，」奧勃洛摩夫機械地回答說。

「可是我告訴過你，叫你買些別樣的外國雪茄！人家對你說的話，你是怎麼記着的！下禮拜六之前，務必要買，不然我就要好久不來了。瞧，多蹩脚的貨！」他燃了一支雪茄，向空中噴出了一口煙雲，又將另一口嚥了下去，繼續說。「抽不得。」

「今天你來得早，米海，安特烈也奇，」奧勃洛摩夫打着哈欠說。

「叫你討厭了不是？」

「不，我不過這麼說一說；通常你總是吃午飯時候來的，而現在才不過十二點多哩。」

「我是故意早一些來的，來看看午飯吃什麼，你老給我吃蹩脚東西，所以我來看看，今天你吩咐預備些什麼。」

「上廚房裏看去，」奧勃洛摩夫說。

塔朗鐵也夫走了出去。

「果然！」他一邊說，一邊走回來，「牛肉和犢肉！唉，奧勃洛摩夫兄，你還算是地主，竟不知道怎樣生活！你這是什麼老爺？你竟像老百姓一樣生活：你是不知道款待朋友的！好吧，買了馬特伊拉酒（註一）沒有？」

「我不知道，你問査哈爾去，」奧勃洛摩夫回答說，差不多不去聽他。「大概有着吧。」

「是從前的，由德國人那裏買來的吧？不，得在英國舖子裏買去。」

「哦，有這個就成了，」奧勃洛摩夫說。「不然還得派人去。」

「給我錢，我要路過那裏，我去帶來，我還得上一處地方去。」

奧勃洛摩夫在一只抽屜裏摸索了一陣，取出一張當時的紅色的十盧布的票子來。

「馬特伊拉賣七盧布一瓶，這是十盧布，」他說。

「給我得了，他們會找的，別害怕！」他從奧勃洛摩夫手裏搶了那張鈔票，趕忙藏進口袋裏。

「唔，我走了，」塔朗鐵也夫戴着帽子說，我五點鐘來：我得上一處地方去：人家答應了我酒店裏一只位子，叫我接洽去……哦，伊里亞·伊里奇，今天雇不雇馬車上葉卡德琳霍夫去？帶我一道去呀。」

奧勃洛摩夫搖搖頭。

「什麼，懶呢，還是吝惜錢？唉，你眞是一只口袋！」他說。「唔，現在再會吧。」

「等一等·米海·安特烈也奇，」奧勃洛摩夫打斷他說。「我要同你商量件事。」

「又是什麼事？快說：我沒有功夫。」

「嗐，我突然碰到了兩樁倒霉事兒·人家在趕我出房子·」

「分明沒有付房錢囉：報應！」塔朗鐵也夫說，又要走了。

「那裏的話！房錢我總是先付的，不，他們是要翻造房子——可是等一下，你這上哪兒去？教給我怎麼辦：他們催着在一個禮拜以內就……」

「幹嗎我要來指教你？……你這是白空想……」

「我完全沒有想什麼」奧勃洛摩夫說．「別鬧，別嚷嚷，倒不如想想得怎麼辦。你是講求實際的人……」

塔朗鐵也夫已經不再去聽他，而在沉思什麼了。

「唔，這麼辦，謝謝我吧．」他摘着帽子，坐將下去說，「吩咐備香檳酒吃午飯：你的事解決了．」

「是怎麼呢？」奧勃洛摩夫問．

「備不備香檳？」

「備就是，假使這指教值得備香檳的話．」

「不，你才不值得指教哩．幹嗎我要白指教你？喏，你問他去，」他指着亞力克先也夫加添說，「或者問他的親戚去。」

「得了 得了，講吧！」奧勃洛摩夫懇求說．

「是這樣，明天你就搬……」

「唉，你這是什麼主意！那我自己也知道的：……」

「等一下，別插嘴！」塔朗鐵也夫大叫說。「明天搬上費勃爾格·斯陀洛那我教親家裏去…………」

「這算得什麼消息？費勃爾格·斯陀洛那去！他們說，冬天有狼跑去的。」

「偶而有從島上跑去的，可是干你什麼？」

「那裏很無聊，很空虛；人也沒有一個。」

「胡說！我的教親就住在那裏；她住着自己的房子，有幾片大的菜園。她是名門閨秀，是兩個孩子的寡婦；同單身的哥哥一起住着；他的頭腦可不像坐在這裏角落裏的那一位，」他指着亞力克先也夫說，「比你我還強些。」

「這一切干我什麼事？」奧勃洛摩夫不耐煩地說。「我又不上那兒去。」

「那我就看你怎樣不去！不，既然同人家商量了，說什麼就聽什麼。」

「我不去。」奧勃洛摩夫決然地說。

「唔，見你的鬼！」塔朗鐵也夫把帽子戴到了眼睛上，回答說着，向門口走去。

「你是這樣一個怪人，」他轉過身來說。「這裏有什麼好處？」

「什麼好處？這裏離那裏都近便，」奧勃洛摩夫說：「鋪子哩，戲院哩，熟人哩……或是市中心，什麽都……」

「什麽？」塔朗鐵也夫截住他說。「說，你多久沒有出去了？你多久沒有上戲院子了？你去看些什麽朋友？你何必要在這市中心裏，請問你？」

「沒理由麽，理由多的是！」

「瞧，你自己都不知道！而那裏，你想想看：你住在我教親，名門閨秀的家裏，又平安又寂靜，誰也不來打攪你；沒有聲音，沒有喧鬧，幹什麽都乾淨，清楚。瞧，你住在這兒，正像住客棧裏一般，而你還是一位老爺，一位地主呢！那兒呢，又乾淨，又肅靜；要是無聊，有的是講話的人。除了我沒有人上你那裏去。有兩個小孩子，儘多儘少同他們玩耍。你再要什麽呢？而且有怎樣的利益！這兒你付多少錢？」

「一千五。」

「而那兒，一千盧布差不多有整幢房子，而且多軒朗，多漂亮的房間！她早就要找一位又靜又謹愼的房客——所以我選上你……」

奧勃洛摩夫心不在焉地搖搖頭。

「胡說，你要搬的！」塔朗鐵也夫說。「你想想看，這就花你現在的一半：單只在房錢一項上，你就便宜五百盧布。你的伙食要兩倍這樣的豐美，乾淨；老媽子也吧，査哈爾也吧，誰都偷不了……」

從前室裏傳過來一陣嗥哮。

「而且秩序也要好一點，」塔朗鐵也夫繼續說。「現在呢，坐在你這兒吃飯就髒，找胡椒，——胡椒沒有，醋沒有買，刀子沒有擦乾淨；你不是說丟儘襯衫，到處都是灰土——唔，眞惹厭！而那兒呢，有女人料理家事，你也吧，你那位蠢材査哈爾也吧……」

前室裏嗥哮得更厲害了。

「那條老狗，」塔朗鐵也夫接下去說：「就什麼也不用煩心：現成過日子就是。這有什麼想？一搬，便完了……」

「可是我怎能一無緣故就搬到費勒爾格•斯陀洛那去呢？……」

「瞧他！」塔朗鐵也夫拭着臉上的汗說。「現在是夏天，這正像別墅一般•幹嗎你要一夏天爛在這郭洛霍費街上呢？那兒有貝滋鮑羅特金花園，奧里塔就在邊頭，奈之河只離得你兩步路，還有自己的菜園——旣沒有灰土，又沒有暑穢！不必想」麼：我現在就去，趕吃午飯之前到她那兒——你給我車錢，明天就搬……」

「怎麼樣一個傢伙！」奧勃洛摩夫說。「突然之間，他竟想出鬼知道是什麼主意來：『搬到費勃爾格·斯陀洛那去……』」出這種主意是不難的。不，你要想法子，怎樣留在這兒。我住了年了，所以不想更換……」

「這事情解決了：你非搬不可。現在就到教親那兒去，位子的事情過一天去接洽……」

他走了。

「等一下，等一下．你上那兒去？」奧勃洛摩夫挽留他說。我還有一件更重要的事，我收到了村長怎樣的一封信，你給我決定，怎麼辦。」

「瞧，你是怎樣一個傢伙！」塔朗鐵也夫反駁說。「自己什麼也不知道辦的，什麼都靠我！你配作什麼？不是人簡直是稻草。」

「倘在那裏？查哈爾！查哈爾！他又把牠放到哪裏去了！」奧勃洛摩夫說

「村長的信在這兒，」亞力克先也夫說，檢起了那封揉縐的信說。

「不錯，在這兒，」奧勃洛摩夫重覆說，並且高聲唸起來。

「你說怎麼呢？叫我怎麼辦呢？」唸完了伊里亞·伊里奇問。「旱災哩，欠項哩……」

「毀了，你整個兒毀了！」塔朗鐵也夫說。

「爲什麼毀了呢？」

「怎麼不毀了呢？」

「唔，就算毀了，那你告訴我怎麼辦。」

「可是憑什麼？……」

「不是說了：備香檳酒；你還要什麼？」

「香檳酒是爲了我房子的。哼，我施了你恩，你不覺得，倒還爭辯哩；你眞忘恩負義。要不，你自己找找房子看！而且是安靜：有如住在親姊姊家裏一樣。兩個孩子，一位未婚的哥哥，我要天天來看你……」

「唔，好的，」奧勃洛摩夫打斷他說。「現在你告訴我，村長的事，我得怎麼辦才行？」

「不，午飯添一樣黑啤酒，那我才告訴你。」

「現在又要黑啤酒了！有的是給你……」

「唔，那麼再見吧，」塔朗鐵也夫重新戴上帽子說。

「哦，我的天爺爺，這裏村長寫信說，收入『要少繳兩千』，而他還要添黑啤酒哩！唔，好吧，買啤酒吧。」

「再給我些錢，」塔朗鐵也夫說。

「十盧布鈔票上，不是還有找頭在你手裏。」

「那上費勃爾格·斯陀洛那去的車錢呢？」

奧勃洛摩夫又取出了一塊銀盧布來，煩惱地遞給他。

「你那位村長是一個騙子——這是我要告訴你的，」塔朗鐵也夫將銀盧布藏進口袋裏去說，「而你張着嘴巴去相信他。瞧，他唱着什麼曲子！旱災哩，收成不好哩，欠項哩，逃走農民哩，謊話！我聽說在我們那邊蘇密洛伕的領地上，因爲去年的收成把債全還清了，而你那裏卻突然有旱災和歉收。蘇密洛伕離你那兒只差五十維爾斯他（一維爾斯他等於一·○六七公里——譯者）爲什麼那邊穀物沒有燒焦呢？又想出了欠項來！那他一向監督些什麼？爲什麼容許他們積欠？這欠項是從那裏來的？好像我們那邊就沒有工作或者市面似的！哼，他是强盜！我來教訓他！而且農民之所以逃走，我想是他自己硬奪了他們任何東西，遣走他們的，他也不想去告訴警察廳長。」

「那不致於，」奧勃洛摩夫說。「他在信裏把廳長的回答都轉述着哩……這樣自然……」

「唉，你是什麼也不懂的。騙子寫起來全是自然的——這你信我。這兒，比方說吧，」他指着亞力克先也夫說，「坐着一位規矩的人，一頭羊中之羊，他會寫得自然不會？決不會。而他的親戚，雖然是猪玀和滑頭，他倒會的。而你也寫不自然！因此你那位村長一定是滑頭，就因爲他寫得巧妙自然。瞧，這個他佈置得多好：『遣送回籍安居！』」

「我得怎麼對付他呢？」奧勃洛摩夫問。

「馬上換掉他。」

「可是叫我派誰去？關於農民的事，我懂得些什麼？另一個人也許更壞一些。我有十二年沒有在那邊了。」

「自己上領土去，非去不可；在那邊過夏，秋天就一直搬到新房子去，我在這裏跑腿，把房子備好。」

「搬新房子，自己上領地上去！你還提議的儘是些多麼絕望的辦法！」奧勃洛摩夫不滿地說。「別走極端，要想折衷的辦法……」

「唔，伊里亞．伊里奇老兄，你是完全毀了。哼，要是我在你的地位，早把那塊領地押掉，另買上一塊，或者在這裏挑好的地段買上一所房子：這總值你的領地的。隨後又把房子押掉，再買上一所……假使你的領地給了我，那我就出名了。」

「別吹牛了，只消想法子讓我不必搬家，或者不上領地上去，事情就成了……」奧勃洛摩夫提采說。

「可是你要不要任何時候從這地方動一動？」塔朗鐵也夫問。「哼，瞧瞧你自己看！你有什麼用？對於祖國你有什麼益處？你不可以上領地上去？」

「要我去現在未免早一點，」伊里亞．伊里奇回答。「完成改革的計劃，那是我打算帶上領地上去實施的。懂不懂得，米海，安特烈也奇，」奧勃洛摩夫突然地說，「你去吧，你是明白事情的，地方我也知道．我不愛惜費用就是。」

「難道我是你的管事？」塔朗鐵也夫傲慢不遜地反駁說。「而且對付農民的方法，我也荒疏！……」

「怎麼辦呢？」奧勃洛摩夫深思地說。「我簡直不知道。」

「唔！寫信給警察長：問他，村長向他講起逃走失農民沒有，」塔朗鐵也夫指教說，「請他上你領地去一趟；隨後寫信給總督，請他令命廳長呈報村長的品行。你說，『伏乞鈞座垂憐，慈眼擊照，人民因村長行為不端，身罹無可避免之可怖之不幸，定將與一妻及毫無扶養與麵包之十二幼兒同陷絕境……』」

奧勃洛摩夫笑了。

「我上那兒去弄這許多孩子來，假使要給他們看看的話。」他說。

「胡扯！寫『十二幼兒』得了：他們會是耳邊風，沒有人會調　的，這樣很『自然』……總督會把信交給秘書，而同時就寫信給秘書，不用說，要裝個附件，（指行賄——譯者）那他就會發號施令請四鄰幫忙；你那兒是誰？」——

「近處是杜伯里甯，」奧勃洛摩夫說。「我在這兒常見到他；現在他在鄉下。」

「寫信給他，好好向他請求，你說：『請以基督徒，朋友，及鄰居之故惠賜骨肉之恩。』連信送些彼得堡的禮物去……」雪茄什麼的，你就這麼辦去，可是你却不懂得。你是毀了！村長要跟我搗亂，我就來上他！鄉差什麼時候上那裏去？」

「後天。」奧勃洛摩夫說

「那你就坐下來馬上寫信。」

「要後天哩，那何必現在就寫？」奧勃洛摩夫提示說。「明天也行。聽着，米海．安特烈也奇，」他加添說：「你索性『好事』行到底，那我就添個魚或者小鳥吃午飯。」

「又是什麼事了？」

「坐下來寫信。胡亂寫三封信，要不了你多久的吧？你講得這麼「自然」，」他加添說，努力把微笑藏起來，「謄呢，伊凡・亞力克也先夫會謄的……」

「呵！多好的想頭！」塔朗鐵也夫回答說。「竟要我寫信！在機關上我也三天不寫字了，一坐下，我左眼睛就湧出眼淚來；可見是吹了風，一彎身子，頭就發眩……你還懶胚，你是毀了，伊里亞・伊里奇，老兄，毀得一文不值！」

「哦，但願安特烈趕快來吧，」奧勃洛摩夫說：「他會把一切都弄妥貼的。」

「原來找到一位慈善家了！」塔朗鐵也夫截住他說。「一位可咀咒的德國人，一條狡猾的惡漢！」

塔朗鐵也夫對外國人懷有一種天性的嫌惡。在他眼內，法國人、英國人、德國人就是惡棍，騙子，滑頭或者強盜底同義字。他甚至不分國籍，在他眼內，全都一樣。

「聽着，米海・安特烈也奇。」奧勃洛摩夫嚴厲地說，「我請你說話謹慎些，尤其是對我親近的人……。」

「對親近的人！」塔朗鐵也夫憎惡地反駁說：「他總不是你的親戚吧！是德國人——誰都知道。」

「可是比親戚還親近：我同他一塊兒長大，唸書，我不允許對他無禮的……」

塔朗鐵也夫憎惡得臉色赤赤紫。

「好了，如果你把我換德國人，那我就一步也不再踏上你這裏了！」他說。

他戴上了帽子，向門口走去，奧勃洛摩夫登時就軟下來了。

「你把他尊敬作我的朋友，談起他來慎重一些就是——此外我別無要求：這似乎不是一件大事吧，」他說。

「尊敬德國人？」塔朗鐵也夫帶着極度輕蔑說，「爲的什麼？」

「我已經對你說過了，就爲的同他一塊兒長大，唸書。」

「眞了不得，有的是彼此在一塊兒唸書的人！」

「可是假使他在這兒，那他早就不用我煩心一切了，既不要黑啤酒，又不要香檳，……」奧勃洛摩夫說。

「好！你責備我！那帶着你的啤酒香檳見鬼去吧！這兒，把你的錢取去……咦，我放了那兒去了？我竟一點兒想不起塞到那兒去了，眞該死！」

他掏出一張油膩膩的，寫滿字的紙張來。

「不，不是的！」他說。「我將牠們放到那兒去了？」

他在幾個袋口裏亂摸了一陣。

「別費心了，別拿出來了，」奧勃洛摩夫說。「我不是責備你，不過請你談𣍐這位同我親近的，替我辦了這麼許多事的人來，有些禮貌吧了……」

「許多！」塔朗鐵也夫懷有敵意地反駁說。「等着吧，他還要辦得更多一些——你依他的就是了！」

「你爲什麼向我講這個話？」

「爲的是等你那位德國人剝你皮時，你可以明白，將一位俄國人，自己的同鄉，去換一個流浪漢，是怎麼回事？……」

「聽着，米海．安特烈也奇……」奧勃洛摩夫開頭說。

「沒有什麼聽的，我聽得多了，而且爲了你難過！天知道我要受多少侮辱……我想是，在薩克遜納（註二），他父親麵包也看不到了，才到這兒來拱鼻子的。」

「幹嗎你使死者不安？他父親有什麼罪？」

「兩個人都有罪，父親和兒子，」塔朗鐵也夫揮了揮手，陰鬱地說。「我父親勸我提防這些德國人，不是徒然的，他早明白他那時候的各種各樣的人！」

「他父親有什麼叫你不樂意的，比方說？」伊里亞・伊里奇問。

「因爲他九月裏只穿了一件燕尾服和靴子到我們省裏來，突然間却留給他兒子一筆遺產——這是什麼意思？」

「他只傳給兒子四萬來盧布。一部分是他太太的陪嫁，其餘是教書和經營領地賺來的；他的薪水很大。可見父親並沒有罪，兒子有什麼罪呢，現在？」

「好的孩子！他從父親的四萬，一下子變了三十萬資本，而且扶搖而爲七等軍官，還是學者哩……現在竟還旅行去！壞人路路通！眞正的好俄國人，會幹這一切嗎？俄國人，總是挑一件事，不慌不忙，從從容容幹去，他要是把家財放在專賣上——那怎麼致富倒是瞭然的，可是却什麼也不，呸！那才髒哩，這種人我要告他去！現在他流浪着，鬼知道在什麼地方！」塔朗鐵也夫繼續說。「爲什麼要上別國流浪去呢？」

「他要學習學習，見識見識一切，明白明白。」

「學習！他還學得少嗎？有什麼要學的？是他胡說，你別信他：他在當面騙你，像騙小孩一樣。聽聽，他講的什麼看？七等官還要去學習！他是在學校裏學過的，現在學習不學習？他學習不學習？（指着亞力克先也夫）他的親戚學習不學習？好人有誰在學習？他是不是在那裏，坐在德國學校裏，學習功課？胡說八道！我聽說，他是去看而且定一種機器的，明明是繳俄國錢的壓搾機！我要把他送進監牢去……這些個份子……哦，攪得我六神不安了！」

奧勃洛摩夫哈哈笑起來。

「你爲什麼呲牙裂嘴的笑，我說得不對嗎？」塔朗鐵也夫說。

「唔，我們別講這個了，」伊里亞·伊里奇打斷他說。「你上要去的地方去，我同伊凡·亞力克先也奇寫這一切的信，竭力把自己的計劃趕快寫在紙上，正好當作一件事辦……」

塔朗鐵也夫走進了前室，可是突然又回了轉來。

「我竟忘了一乾二淨！我早晨上你這里來是有事的，」他開始已經毫不粗暴了說：「明天我去吃喜酒：鹿柯禿夫結婚了，把你那身燕尾服借我穿一穿，老鄉，我的是磨破一點了，你知道的……」

「怎麼可以呢？」奧勃洛摩夫對於這個新的要求縐着眉說。「我的燕尾服你穿了不合身……」

「合身的：怎麼不合身？」塔朗鐵也夫截住說：「記得不記得，你的燕尾服我試過的：彷彿替我做的！齊哈爾．齊哈爾上這里來，老畜生！」塔朗鐵也夫喊。

查哈爾熊一般咆哮着，可是不來。

「你叫他，伊里亞·伊里奇，他是怎麼的！」塔朗鐵也夫訴苦說。

「查哈爾！」奧勃洛摩夫叫。

「哦，什麼事……」從前室裏同雙脚蹦下爐台的聲音一起傳過來。

「唔，您要什麼？」他轉向塔朗鐵也夫問。

「把我那身黑燕尾服拿到這里來，」伊里亞·伊里奇命令說。「米海·安特烈也奇要試試看合身不合身：明天他要去吃喜酒……」

「我不拿，」查哈爾決然地說。

「主人吩咐你，你怎麼敢？」塔朗鐵也夫叫喊說。「你怎麼不把他送上感化院去，伊里亞·伊里奇？」

「是的，還還不够；把老頭兒送上感化院去！別執拗了，查哈爾，去拿來！」

「我不拿，」查哈爾冷然地回答說。「讓他先還了我們的背心和襯衣再說：在那裏作了五個月客了。拿去赴命名日的，就此化爲輕塵；背心是天鵝絨的，襯衫是薄薄的荷蘭貨，值二十五盧布，我可不拿燕尾服給他。」

「唔，再見吧，見你們倆的鬼，」塔朗鐵也夫發火地結論說，一路走出去，一路向查哈爾揚着拳頭。「那麼記着，伊里亞‧伊里奇，我去給你租房子去——你聽見了沒有？」他加添說。

「唔，好吧，好吧，」奧勃洛摩夫不耐煩地說，就只爲要避開他。

「你就在這裏寫必要的信，」塔朗鐵也夫繼續說。「可別忘了向總督寫，你有十二個孩子，「一個小似一個，」……到五點鐘，湯放好在桌子上。幹嗎你不吩咐弄一道麵餅？」

可是奧勃洛摩夫沒有作聲，早已不去聽他，閉了眼睛，在想另外的事。

塔朗鐵也夫一走，室內叫打不破的寂靜統治了十來分鐘。奧勃洛摩夫是給村長的信，同眼前的搬家煩擾着，而且一部分給塔朗鐵也夫的嘩啦嘩啦疲勞着。終於他嘆一口氣。

「你怎麼不寫信呢？」亞力克先也夫悄悄地問。「我來給你削一枝鵝毛筆。」

「削吧，而且隨便上那兒去吧！」奧勃洛摩夫說：「我一個人來幹，飯後你抄牠出來就是。」

「好極了，」亞力克先也夫回答說。「事實上，我許還打攪着你……那我現在去告訴他們，不用等我們上葉卡德琳霍夫。再見。伊里亞‧伊里奇。」

可是伊里亞‧伊里奇並沒有聽他：他將他腳盤在身子底下，差不多躺在圈手椅裏，悲苦地陷於瞌睡或者沉思之中。

註一：Madeira 產的一種白葡萄酒。
註二：Saxang 是德國的一部份。

# 第五章

奥勃洛摩夫，以出身說是紳士，以官階說是十等官，寸步不離地在彼得堡住了十一二年。最初，雙親還活着的時候，他生活得緊一些，只租住兩間房子，對於自已從鄉下帶出來的侍僕查哈爾，也很滿足。可是父母過世之後，他就成爲三百五十名農奴底惟一的所有者。他承繼來的還三百五十名農奴，是在相近亞洲的遼遠的一省裏。

他的收入，現在不是五千了，已經增加到七千乃至一萬紙盧布，那時候他的生活也就採取另一種較大的規模。他租了一所大一些的房子，又添雇了一位廚師，養了一對馬。

那時節他還年靑，縱使說不上生氣蓬勃，至少總比現在要活潑一些；他還充滿種種憧憬，還希望什麼，對於命運和本身，還有許多的期待，還準備登上人生舞台，扮演脚色——首先不用說是官途，他是爲了這個目的才上彼得堡來的。之後他想到社會上的脚色；最後，當由靑年轉入壯年的轉換期間，在遙遠的前途，家庭的幸福又在他想像中閃爍，微笑。可是日月如矢，光陰似箭，毫毛變成了硼硬的髭鬚，瞳仁的光變成了兩點遲鈍的點子，腰圓了，頭髮開始殘酷地脫落了，已經三十出頭，而在任何方面他都不會逃得一步，還像十年之前一樣站在自己事業底起點上。然而他還打算和準備開始生活，還在心裏描繪自己前途的雛形；可是在他頭上每閃過去一年，這雛形便總有一些要更改和否定。

在他眼內，生活是分成兩個一半：一半是辛苦和無聊——這在他是同義字——另一半是安靜和和平的快樂。爲此故，他主要的活動範圍——官途——才一開頭，就以最不快的姿態困惑着他。

在鄉村的懷抱裏，在故鄉底溫柔馴良的風俗習慣中養育起來，二十年間在親戚，朋友，熟人的擁抱之中傳來傳去，他被家庭的元素如此滲透，竟把將來的職務看作一種家務，例如像他父親一般，在帳簿上懶拖拖地記記收入與支出而已。

他預想，一個機關的官吏就像一個友愛而親密的家庭，不倦地關心着彼此的安靜與滿足；他幻想，到衙門去辦公決不是每天都需遵守的，義務的習慣，而下雨，天熱，或者簡直不高興，就往往是缺席的充分而合法的藉口。

可是當他知道，至少要有地震，否則健康的官吏非去辦公不可——不幸的是，彼得堡從不會有過地震——的時候，他是多麼悲傷；當然啦，洪水也可以算作一種障礙，可是就是洪水也不大發生。

奧勃洛摩夫更其沉悶的是，當一個個標着「要件」和「要要件」的信封在他眼前飛動，當人們強迫他作種種調査，摘由，搜尋文件，寫兩手指厚的薄冊——這些東西，好像揶揄似的，喚做「記錄」——的時候。而且誰都要求迅速，誰都向那裏匆忙，毫不休止：還沒有來得及脫手一件公事，又猛抓上第二件，好像其中有一切力量一般，而辦完了，也就將牠忘了，又着手做第三件事——而這就永無窮盡！

有兩次，他夜裏被人叫起來寫「記錄」，有幾次，他去訪朋友，被信差請回來——老是爲了這些記錄。這一切，使得他害怕與非常無聊。

「什麼時候生活呢？什麼時候才生活呢？」他重複說。

在老家裏，他聽說，上司是下屬的父親，對於這位人物形成一種頂快樂，頂親切的觀念。他將他想像爲第二位父親，他惟一的繫念是，不問有事無事，一味獎賞自己的下屬，不但關心他們的需要，也關心他們的愉快。

伊里亞．伊里奇以爲，上司要替自己下屬設身處地，要關心地問他：夜裏睡得怎樣，爲什麼眼睛沒有神，頭痛不痛。可是才頭一天上衙門，他還想像就大大地幻滅了。長官一到，就開始鬧烘烘，亂糟糟，誰都騷動，誰都彼此絆脚，有幾位整整衣服，生怕在長官面前顯得不够好。

據奧勃洛摩夫後來的觀察，所以發生這情形，是因爲有些長官，在趕出來迎接他的下屬們底嚇得發呆的臉上，不單看出對於自己的尊敬，甚至看出對於職務的熱心，有時對於職務的才幹也看出。

伊里亞・伊里奇倒不必怕自己的長官，他待人接物是和善而愉快的，他從不會對誰作過惡，下屬們都滿意之至，再也不盼望更好的長官了。誰也不曾聽他說過不愉快的話，呼喝和嘩啦嘩啦；他從不要求什麼，可總是請求。辦事——請求，到他那裏作事——請求，逮捕——請求。他從不向誰說「你」；可總用「您」——對一個人也吧，對全體一齊也吧。可是不知怎麼，他們在他面前總還是胆怯；他們回答起他的親切的問話來總不用自己的，而用另一種聲音，那同別人講話是不用的。

而伊里亞・伊里奇，當長官踏進房間時，自己也不知道爲什麼，突然間害怕了，局長一對他開口，他就開始失去自己的聲音，而用一種細細的難聽的聲音了。

在親切易與的長官手下辦事，伊里亞・伊里奇尚且苦於恐怖和憂愁，假使落到嚴峻的長官手裏，那只有天知道他怎麼了！

奧勃洛摩夫對付着服務了兩年，要不是一件特別的事故，使他早些放棄職務的話，也許他會幹第三年，而得到官位了。有一次，他將一件該送給阿司脫拉杭的必要公事，錯送給了阿爾杭及爾斯克。事情敗露了；開始調查着責任者。其他的人誰都帶着好奇心，等着看長官怎樣把奧勃洛摩夫叫去，怎樣冷冷地，從容不迫地問他：「是不是他將這份公事送給了阿爾杭及爾斯克的，」而且誰都不知道伊里亞．伊里奇要用什麼聲調來回答他。有人料想，他壓根兒就不回答；他回答不出的。瞧着別人，伊里亞．伊里奇自己也怕起來了，雖然他和其他的人都知道長官頂多把他申斥一頓；然而自己的良心，却比申斥遠爲嚴厲。他不等應受的處罰，就回家去，送上一份健康診斷書來。

診斷書上這樣寫：「本醫師茲蓋章證明，十等官伊里亞．奧勃洛摩夫患有心臟肥大左心室擴大症（Hyperirophia cordis cum dilationejus ventriculi sinistri），（註一）及肝臟（heritis）（註二）慢性脹痛症，症如再增重，將危及患者之健康與生命。據診察所得，其症實由於每日赴機關辦公所致。茲爲預防此症之復發及增重起見，本醫師認爲有暫時禁止奧勃洛摩夫君赴機關辦公之必要，並一般地主張其禁絕勞心及一切活動。」

可是這不過一時之計：遲早總要復原的，那時節又不得不天天辦公去。奧勃洛摩夫受不了這候，他遂上了辭呈。因此，他的官吏生活就此告終，而且從此不再恢復。

他的社交生活，比之官吏生活要成功一些。住在彼得堡的最初幾年，在他早年年青的時期，他那平靜的臉上，常是生氣勃勃，眼睛長長時間地輝煌着生命之火，從中流出着光明，希望與力量。他像所有的人一樣興奮，希望爲了瑣屑的事情而高興，而且由於瑣屑的事情而苦惱。可是這還在很久以前，還在柔嫩的時期，在這時期，人們把每個人都看作誠懇的朋友，差不多愛每個女人，而且準備把手和心獻給她（意謂求婚——譯者），這，有些人是竟然成功的，後來可終生時常大爲悲痛。在這幸福的時代，伊里亞．伊里奇也從美女之掌裏領略到不少溫柔的，天鵝絨似的，甚至於熱情的流盼，若干會心的微笑，兩三次偷偷的接吻，以及更多次痛出眼淚來的，親密的握手。

然而他從未被美女所俘虜，從未當過她們的奴隸，甚至從未當過十分殷勤的崇拜者，因爲接近女人是非常煩勞的。奧勃洛摩夫之崇拜她們，大抵就限於敬而遠之的距離。命運輕易不使他同社會上的女人接近得能夠興奮幾天，而且自認是在戀愛。因此，他的戀愛事件沒有演成羅曼司：剛一開頭，他們便中止了，而且他們的無邪，單純和潔白，竟不讓於年青的女學生底戀愛故事。

他最避免那些蒼白的，悲哀的，大抵有輝耀着「苦惱的白日和不寐的黑夜」的，黑眼睛的姑娘們；有無端的喜悅與悲哀的姑娘們，她們老有什麼事要信賴和告訴別人，而到不得不說的時候，却又渾身發抖，突然間雙淚直流，隨即雙手勾住對方的頭頸，長時間地凝視着對方的眼睛，隨後又凝視着天空說，命運咒咀着她們的生活，時不時還昏倒下去。奧勃洛摩夫是懷着恐懼躲開這種姑娘們的。他的靈魂還純潔無瑕；也許他在期待自己的戀愛，自己的支柱，自己的消魂的熱情，而後來呢，每過一年，似乎就停止期待和失望一年。

伊里亞．伊里奇和朋友之羣，告別得更爲冷淡。收到村長第一封關於欠項和歉收的信札以後，他馬上就將自己第一個朋友，那位廚師，代以一位女廚子，後來又將馬匹賣去，而終於將其餘的「朋友們」也都遣散。

什麼也輕易引誘不了他出門，於是他一天一天更其凝固地住定在自己房子裏。

最初，他苦於整天穿上衣服，後來除了在知己的，大半單身的朋友家裏以外，竟懶得在外面作客吃飯，在這些朋友家裏，他可以解下領帶，鬆開背心紐釦，甚至於「躺躺」或者打瞌睡。不久，夜宴也使他討厭了：必得穿上燕尾服，天天刮鬍子。他在那裏讀到了只有早晨的水蒸氣才有益於身體，而夜晚的是有害的以後，就開始怕濕氣了。雖然他有這一切怪癖，他的朋友斯托爾茲却還能引他到人間去，不過斯托爾茲時常離開彼得堡，往莫斯科，尼芝尼，克利密約，後來又出國去——而一沒有他，奧勃洛摩夫就又息交絕游，離羣索居，那只有日常生活現象之外的，不尋常的事才能引他出來，但是這一類的事却並沒有，而且預見也不會有。

因此一切，他與年俱增地回復到一種小孩子似的胆怯，對於每一件日常生活範圍以外的事，都預期有危險和災禍——那是同種種外界現象不熟習的結果。

譬如說，他臥室裏天花板上的那道坼裂，他就不怕，他習慣於牠了；他已沒想到過，房間內永久不流通的空氣和經常關坐在屋子裏，對於健康，比之夜晚的濕氣，倒更爲有害，他也沒想到過，天天把胃塞足，是一種慢性的自殺；這他可習慣了，不怕了。不習慣於運動，生活，人多，奔走。在擠緊的人堆裏，他便覺得窒息；坐進船去，他便將信將疑地希望平安到達彼岸；坐在馬車裏，他便期待馬匹横衝直撞，磕壞車子。此外他有一種神經的恐怖：他怕自己周圍的寂靜，或者簡直自己也不知道爲什麼——覺得小螞蟻遍身爬着。他時不時害怕地向暗角落裏斜睨，期待着想像同他惡作劇，使他看到超自然的現象。

他的社會的脚色是如此扮演的。懶洋洋地他向欺騙了他的，或者被他欺騙了的一切靑年時代的希望，有些人到老想起還心跳的一切悲哀而光明的回憶揮揮手。

註一：是上述病名底拉丁文。

註二：「肝臟」的拉丁文。

# 第六章

那他在家裏幹什麼？讀書？寫字？研究學問？是的：假使有一卷書或者一張報紙落到他手裏，他就讀牠。聽到一本什麼名著——，他也有同牠相識一下的慾望；他就搜求，請託，假使馬上帶到，他便讀牠，並且開始形成關於這問題底一個觀念；只消再進一步，他便可以精通牠了，可是瞧，他却已經茫然地望着天花板躺着、念書呢，既未讀完，又未懂得地躺在他身旁。

他的心，冷下去比之熱起來要快：他從不回到一冊已經拋開的書去。

然而他也像別人一樣，所有的人一樣求學，那就是，在寄宿學校裏讀到十五歲；後來在長長的爭論之後　奧勃洛摩夫家的老人們才決定把伊里烏夏（伊里亞的愛稱——譯者）送上莫斯科去，那裏，他願不願都得一直唸到底。胆怯，而冷淡的氣質，阻使他在學校裏，陌生人中間，儘量暴露自己的懶惰和任性，那裏，對於寵壞的小孩兒，是一視同仁的。他不得不在課室裏坐得筆直，聽教員講的話，因爲非此不可，而他遂渾身大汗，唉聲嘆氣，非常辛苦地學習課與給他的功課。

這一切，他一般也認爲是蒼天對我們的罪孽的一種天譴。

他從不越出敎員在下面用手指甲標出的那一行書去，他不發問，也從不要求解釋。他滿足於寫在筆記簿裏的筆記，那怕不完全懂得聽到和學到的東西，他也不露出一點可厭的好奇心來。

如果他涉獵過一冊叫作統計學，歷史，或者政治經濟學的書籍，他就完全滿足了。每當斯托爾玆給他帶來課外必讀的書籍，奧勃洛摩夫便不作一聲地長時間地瞧着他。

「你也反對着我。布廬吐斯（註一）！」他嘆口氣說，一邊讀着這些書。

這樣漫無節制地讀書，在他覺得是不自然而苦痛的。

費去許多紙張，時間和墨水的這些筆記簿有什麼用？敎科書有什麼用：最後，六七年的幽閉，所有的嚴厲懲罰，端坐，爲功課而疲憊，當功課沒有完全終了的時候，禁止跑，胡鬧，作樂，又有什麼用？

「什麼時候才生活呢？」他又自己問自己。「畢竟什麼時候才運用這筆智識的資本，其中大部分是生活上毫無用處的？政治經濟學也好，譬如說，代數也好，幾何也好——在奧勃洛摩夫卡我把牠們來作什麼用？」

歷史本身不過使人陷於哀愁：你求學，讀書，知道災厄的年頭來了，人是不幸的；於是他集中力量，工作，騷亂，忍受非常的勞苦，一切爲明朗的日子作準備。漸漸地這日子來了——這裏，歷史本身也許要休息吧：不，陰雨又出現了，建築又坍倒了，又不得不工作和騷亂……明朗的日子是並不留駐，要逃走的——生活不絕地流走而又流走，破壞而又破壞。

認眞的讀書使得他疲倦。思想家們並設法在他裏面喚起對於思辨的眞理的渴望；代之，詩人們却觸及他的肺腑：他成爲青年了，有如一切的人一樣。幸福的，對誰也不辜負，向什麽都微笑的生活時期，力的充沛，對生活的切望，幸福的希求，勇毅，活動的時期，心臟和脈搏强烈地躍動，戰慄，熱烈的言論，甜蜜的眼淚底時期——向他近來了。他的理智和心開朗了：他將睡魔擺脫了，他的心要求活動了。

斯托爾茲嘗他將這時期儘量延長到像他朋友這樣一個天性所能延長的限度。他抓住奧勃洛摩夫的愛詩的心，鞭策他思想與研究學問有一年半之久。利用他底青年的夢想底狂喜的飛躍，他將享樂以外的其他目的導入讀詩裏去，給奧勃洛摩夫底，和自己底生活，嚴格地指出遙遠的途徑，並且吸引向前途去。雙方都激動，哭泣，彼此莊嚴地保證要走理性與光明之路。斯托爾茲底青年的熱情，感染了奧勃洛摩夫，而他便燃起一股渴望工作，渴望遙遠而有魅力的目標的火。

可是這生命之花却萎而不實。奧勃洛摩夫奄下去了；只不過偶然，由於斯托爾茲的指示，他混讀讀這本那本書，可是並不突然，並不急切，也並不貪婪，而只是懶洋洋地用眼睛一行一行地走馬看花。無論他逗留的那一段多麼有趣，可是只要睡覺或吃飯的時候一到，他就將那本書倒扣著，跑去吃飯或者吹滅了蠟燭躺下睡覺。如果給他的是一部作品的第一卷，那他讀完之後，是不問人要第二卷的，但是假使帶了來，那他也就慢慢地讀。後來，他連第一卷也不好生讀，大部分的空閒時間都將胳膊支在桌子上，頭托在胳膊上打發過去；有時候他就用斯托爾茲強迫他讀的那本書來代替胳膊。

奧勃洛摩夫的學習生活就是這樣終了的。他聽最後一堂課的日子，就是他的學問的雷池。校長，如同從前教員用指甲一樣，用自己的簽字，在文憑上劃出一條我們的主人公認為不必將自己的求知欲越出牠去的線條。他的頭是死的事跡，人物，時代，數字，宗教，和一無關聯的政治經濟學的，數學的，或其他的真理，問題，學說等等的雜然紛陳的案卷保管處。這彷彿是種種智識部門的一些殘本的圖書館。

學問給與了伊里亞．伊里奇一種奇異的影響：在他，生活與學問之間，是橫着一道深淵的，而這深淵，他並不嘗試渡過去。在他，生活是一件事，學問又是一件事。他學習了一切現存的和久已不再存在的法律學，修畢了實用訴訟法，然而逢到家裏遭了竊，得寫公事去報告警察局的時候，他却取了一張紙，一枝筆，想呀想呀的，還是派人去叫書記來。

他領地上的帳目是由村長經管的。「這裏學問有什麼用？」他狐疑地想。

於是他沒有帶着一大堆智識回到自己的孤獨裏去，這智識是可以指導在他頭腦內自由地徬徨或者無益地瞌睡的思考的。

那他幹些什麼？喏，依然繼續描畫自已生活的模型。就中他不無理由地找到這麼多的智慧和詩意，那就是沒有書本和學問，你也永遠取汲不盡。

拋棄了職務和社交之後，他開始把生存問題別樣地解決，潛思自己的使命，而終於發見，他的活動與實生活的範圍，是潛藏在本身裏面。他知道，他的命份是家庭的幸福和為領地操心。直到如今，他還不十分知道自己的事；斯托爾茲時不時替他煩心。他並不確切知道自己的收入和支出，也從不編製預算——什麼也不。

老奧勃洛摩夫把領地傳給自己兒子，正像他從父親手裏接受來一樣。他雖然一生都住在鄉下，可不像如今的人那樣，自作聰明，在種種發明上費心機：如像發見農產的任何新源泉，或者擴充和加强舊源泉之類。祖父時代如何種田，怎樣出賣農產品，到他手裏還是一成不變。而且，假使由於年成好或者價錢往上漲，他的收入比上一年多了一些，老頭兒就非常滿足了：他稱這為上帝的祝福。他就不喜歡爲了弄錢而捏造和牽强附會。

「父親和祖父們並不比我們傻，」他對在他以爲有害的任何忠告說，「而且一輩子過得很幸福；我們會活下去的：上帝會給我們吃飽的。」

一些不使詭計，從領土上拿到必要的收入，够每天同一家子和種種客人吃午飯和晚飯，他便感謝上帝，而且認爲努力再多掙錢是一種罪過。

假使管事向口袋裏藏起三千，給他送來了兩千，流着眼淚訴說冰雹，天旱和歉收，那老奧勃洛摩夫就劃十字，也流眼淚說：

「是上帝的意志；你別同上帝爭！就是眼前還一些，也該感謝上帝才是。」

老人們一死，領地上的經濟情形不但不見改善，而且從村長的信就可看到，倒反而更壞。明明白白，伊里亞・伊里奇得親自上那兒去一趟，實地調查一下收入所以逐漸減少的原因。

他打算這麼辦，可是儘拖延着，一部份因爲旅行在他差不多是一件新的未經驗過的偉業。

他一生只作過一次長時間的旅行，帶着羽褥，箱籠，皮包，臘肉，麵包，各色各樣燒的和煮的家畜和禽鳥，再由幾名當差的護送着。

他這樣從鄉下到莫斯科作了唯一的旅行，並且把這次旅行一般地作爲一切旅行的標準。而現在他聽說，人家不這樣旅行了：得急急忙忙地跳！

隨後，伊里亞·伊里奇所以延遲自己的旅行，還因爲沒有準備好從事自己的事。

伊里亞·伊里奇可不像父親和祖先。他上過學，在世界上生活過：這一切把他導入了他們所不知道的種種觀念裏。他了解，取得收入非但不是罪過，而誠實地勞動以維護一般的福利，倒才是每個國民的天職。

因此，他在孤獨中所描畫的生活模型的大部分，是一種新穎潑剌的，與時代底要求相一致的，經營領地和管理農民的計劃。這計劃的基本觀念，順序和主要部分——早巳準備在他頭腦裏了：就只剩細目，豫算和數字沒有想好。在這計劃上，他不倦地工作了若干年，躺着想牠，走着想牠，在人羣裏也想牠；或者補充和修改種種的項目，或者回想晚上想出來而夜裏忘了的事，有時候，出其不意的新的思想突然像電光似地一閃，而且在頭腦裏沸騰——工作便進行了。

他不是別人現成思想的瑣細的實行者，他是親自創造和實行自己的觀念。

早上一起床，喝過早茶，他便立刻躺在沙發上，手托着頭，不惜精力地想，一直想到頭腦因爲工作過度而疲乏了，那時候良心說，「對於公衆福利，今天盡够了力了，」這才罷休。

那時候他也不過決心欲欲之，並且將勞心的姿勢改成了另一種比較不事務性，比較不嚴格，而更便於空想和逸樂的姿勢。

從事務的操心解放出來，奧勃洛摩夫總喜歡遁入自己裏面，住在自己創造的世界中。他理解高尚思想底樂趣；對於全人類的悲哀，也並非不知道。他時不時爲了人類底不幸，在他心之深處，痛苦地流着淚，經驗着捉摸不住而莫明其妙的苦楚，煩悶，向遙遠裏什麼地方，多半就是斯托爾茲一向引他去的那個世界的憧憬……

甜蜜的眼淚在他雙頰直流……

偶或他深惡痛恨於人類的罪惡，虛僞，誹謗，以及在世界上橫流的一切邪惡，而燃起一種將自己的創傷指給人看的希望；而突然在他裏面燃起一些思想，海波似地在他頭腦漂浮，隨後發展成爲企圖，使他身上的血液沸騰，筋肉活動，血脈僨張，而企圖又變成憧憬：被精力所激動的他，在一分鐘內迅速地改變兩三次姿勢，雙眼輝亮地在床上半坐起身子，伸出一支手感動地環顧四周……憧憬眼看着要實現了，要成爲偉業了……這時候，天哪！由這樣高尙的努力期待到的竟是些什麼奇蹟，什麼幸福的結果！……

可是瞧，早晨閃逝了，白晝已經趨向黃昏，同白晝一起，奧勃洛摩夫疲勞的精力也趨向平靜！暴風雨和激動在心裏鎭靜了，頭腦由煩心中靜下來，血液在血管裏流得慢了一些。奧勃洛摩夬靜悄悄地，深思地轉身仰臥，將悲哀的眼睛注視窗外，天空，憂傷地目送太陽向識家四層樓的房子後邊莊嚴地落將下去，他這樣地目送日落，有多少次了啊！

到早晨，可又有生命，激動和空想！他喜歡把自己有時候想像爲一位無敵的將軍，在他面前，不單拿破崙，就是埃盧一蘭．拉查萊維支也毫無意義；他杜撰出一場戰爭和這戰爭的起因，譬如像，他的非洲的民族侵入了歐洲；或者呢，他建立了新十字軍，在作戰，在解決民族的命運，在毀滅城池，在寬恕，在嚴懲，在表彰仁慈寬洪底偉業。或者他跳上一位思想家或大藝術家的地位：誰都崇拜他，他獲得桂冠（註二）；羣衆追在他後面叫，「瞧，瞧，那走着的就是奧勃洛摩夫，我們的有名的伊里亞．伊里奇！」

在痛苦的當口，他叫那些焦慮所苦痛，翻來覆去，合撲地躺臥，有時候竟覺得完全迷失；這時候他便從床上起身跪下，開始熱心地虔誠地禱告，求上帝把威脅着的暴風雨鎭住。隨後，把自己的命運委諸上帝之後，他對於世界上的一切，就都平靜而冷淡了，而隨這暴風雨愛怎麼就怎麼。

他就是這樣推動自己的精神力，這樣整天時常激動，只有到白晝趨向黃昏，太陽大球似地開始莊嚴地沒入那四層樓房子後邊時，這才從魅人的空想或者苦惱的焦慮之中，長嘆一聲，淸醒過來。這時候他又用深思的眼睛和哀愁的微笑目送日落，而從激動復歸於平靜。

誰也不了解和看出奧勃洛摩夫的這種內心生活；大家以爲奧勃洛摩夫就是那副樣子，不過躺躺，吃得健康，此外，對他再也無可期待，以爲他頭腦裏的思想不大一貫。凡是認識他的，誰也這麼解釋。只有斯托爾茲詳細地了解，並且能够證明他的才能，熱烈的頭腦底，和惻隱的心底這種內心的噴火作用，可是斯托爾茲很難得在彼得堡。

只有一輩子在自己主人身邊轉來轉去的查哈爾，更詳細地了解他的一切內心狀態，可是他確信，他和主人都是正常地作事和生活，一如他們應當的，另樣地生活可是不行。

註一：Brutus，一位羅馬的政治家，（公曆紀元前八五——四二）；他是凱薩大帝的好友，後來背叛，刺殺凱薩。在莎士比亞劇本 Julius Caesar 內，凱薩被刺氣絕前說過這麼一句：「你也嗎，布魯吐斯！」

註二：古希臘人用月桂的葉子作爲名譽的記號，後來就用桂葉做的冠子來表示學術的榮譽。

# 第七章

沓哈爾年紀在五十開外。他並非俄羅斯「卡來勃」們底直系子孫；「卡來勃」是僕役中的武士，不害怕，不責難，奮不顧身地效忠主人，富有一切的善行，而一星罪惡也沒有的。這位武士却害怕和責難。他屬於兩個時代，這兩個時代在他身上都捺有痕跡。從一個時代，他承襲了對奧勃洛摩夫家無限的忠心，而從另一個時代，最近的時代，又承襲了機巧頹廢習氣。

雖然出心地効忠主人，他却沒有一天不向他撒些謊。舊時代的僕役向來阻止主人浪費和放縱，可是沓哈爾却喜歡用主人的錢同朋友們喝酒；從前的僕役是貞節得像太監一般，可是這一位却老跑到一位品性可疑的女人那裏去。從前，僕役保管主人的錢財，是比任何箱子還要結實，可是沓哈爾却竭力在任何支出上揩油主人十戈貝克銀幣，而且老把擱在桌子上的十戈貝克或五戈貝克銅幣據爲己有。的確如此，假使伊里亞．伊里奇忘了問沓哈爾要找頭，那他決不歸還給他。沓哈爾所以不拿大一些的數目，說不定是因爲他以銅幣和十戈貝克銀幣來衡量自己的需要的緣故吧，或者呢，怕事情敗露；可無論如何不是因爲過分的廉潔。舊時代的「卡來勃」，像訓練精良的獵犬一樣，甯可死在託付給他的食物上，而不碰一碰，可是這一位卻俟機來吃去或者喝去沒有託付他的東西；舊時代的『卡來勃』只担心主人要吃得多，而當主人不吃時，他就憂愁，可是這一位當主人不擱下在盆子上而統統吃盡時，倒憂愁了。

此外，查哈爾是一位閒話大家。在廚房內，在小舖子裏，在大門口的集合上，他每天都訴說，過的不是生活啦，從不會聽見過更壞的主人啦，他爲人任性，小器，好發脾氣，什麼也不合他的意啦，一言以蔽之，他甯可死去，不願意同他生活。查哈爾說這個話，既非出於憎惡，也並不希望傷害他，而是從他父親和祖父承襲來的習慣——在每一適當的機會上罵主人。有時候，由於無聊，由於缺乏談話的材料，或者要引起聽衆更大的興趣，他突然編造主人的謠言。

「我們老爺常上那位寡婦那裏去，」他靜靜地信賴地嗄聲說：「昨天他寫了張條子給她。」

或者說，他主人是蓋世無雙的酒鬼和賭客；通夜玩牌和痛飲。

其實從來不會有過：伊里亞．伊里奇並不上寡婦那兒去，夜夜安靜地睡覺，牌也沒有上過手。

查哈爾爲人骯髒。他好容易才刮一回臉，臉和手洗雖然洗，可是似乎做做樣子而已，用任何肥皂也洗不淨的。洗澡的時候，他的手也不過由黑轉紅兩個來鐘頭，隨後又黑了。

他爲人非常粗笨；開大門或房門時，開了一扇，另一扇閉上了，他跑去開那一扇，這一扇又閉上了。他從不能一下子從地板上拾起一條手巾或者別的什麼東西來，可總得偏下去三次，才彷彿抓住，就是第四次上拾了起來，他還是要掉下去的。

如果他拿了一大堆碗盞或者別的東西走過房間，才跨出一步去，頂上一些便開始向地板上閑小差。最初落下一件，他突然拔馬後砲要阻止牠落下去，於是又落下了兩件；他吃驚得張大嘴巴，瞧着落下去的東西，而不瞧還在手裏的，因此盆子一側，東西便紛紛掉下去——這樣，有時候他拿到房間另一頭的，就只剩一只高脚酒杯或者盆子，而有時候，兜駡着把剩下的最後一件東西也摔了下去。

走過房間，他不是脚便是横腹撞在桌子或者椅子上，時或向一扇開着的門筆直走去，將肩膀撞着另一扇門，於是駡這兩扇門，或者駡房東，或者駡造牠們的木匠。

差不多與勃洛摩夫書齋裏一切東西，尤其是需要當心使用的小東西，都虧得查哈爾給打破或者弄壞了。他對一切東西，都同等地應用自己取用東西的能力，在使用這樣那樣東西的方法上，都一無差別。譬如說，叫他剪一枚蠟燭頭，或者倒一玻璃杯水，他在這上面用的力氣和開大門所需要的一樣大。

天不保佑，每逢查哈爾燃起熱心要討好主人，企圖收拾一切，打掃，佈置，爽爽快快整理一番的時候，那不幸和損失可就無窮無盡。就是敵軍衝進這房子來，怕也不見得會有啥大的損害。種種東西開始破碎，墜落，碗盞打破，椅子翻倒；結局，得把他趕出房間去，或者呢，他咒罵着，自動走出去。

幸而，他很難得燃起這樣的熱心。

當然，這一切之所以發生，是因爲他不是在富麗堂皇的，收拾得想入非非的書齋和閨房底狹隘和薄暗之中，那裏鬼知道什麼東西沒有佈置着，而是在鄉間，在平靜，廣闊和自由的空氣之中，受到教育和學得派頭的。

那裏他習慣在笨重東西邊頭做活，對自己的行動無所顧慮：使用儘是結實而堅牢的傢私，鏟子咧，鐵棒咧，鐵的搭鈕咧，以及那種動也不動了的椅子咧。

別的東西，像燭台，洋燈，透明畫，紙鎮之類，放在那裏三四年——沒有什麼，他剛一拿，瞧——又破了。

「哦，」逢到這，他有時候吃驚地向奧勃洛摩夫說：「您瞧，老爺，是怎樣的寶貝，剛把這東西拿到手裏，他就粉碎了。」

或者呢，一聲不響，趕快偷偷地又放在原處，隨後再使主人相信，是牠自己碎的；而有時候，有如您在這部小說開頭時看到的，他辯解說，東西應該有終局的，那怕牠是鐵的吧，總也不會永遠存在。

最初兩次還可以同他爭論，可是當他極端地，用最後的論證武裝起來時，那一切的反駁都無補於事了，他總歸是對的，上訴也無可上訴。

查哈爾一度給自己劃下了一定的活動範圍，他就決不自願越出去。早晨，他生茶炊（註一）的火，擦皮靴，拭主人問他要的衣服，可是不問他要的衣服呢，即使掛上十年，他也從不拭一拭。隨後他打掃——也並非每天如此——房間的中央，而不去碰壁角落，只擦沒有東西在上面的空桌子，省得搬動東西。這之後，他認爲自己已經有權利在爐台上打瞌睡，或者在廚房裏和婀妮茜雅，或者在大門口和僕役們聊天。

要是此外再吩咐他幹任何事情，那他在爭論和說服，說這吩咐他去幹的事是無用的，或者這命令是不可能執行的，之後，還才勉強幹去，要強迫他在給自己劃定的作業之外，添上新的經常的一項，那是無論用什麼方法也辦不到的。

假使吩咐他擦洗任何東西，或者拿那個去，拿這個來，那他通常總嘀咕着去執行命令；可是假使誰希望他隨後自己經常做去，那這個希望是不可能達到的。

第二天，第三天以及再往後去，必須重新吩咐這件事，並且重新和他不愉快地解釋。

查哈爾喜歡喝酒，講閒話，拿奧勃洛摩夫五戈比克和十戈比克銅幣，弄壞或打破種種東西，和躲懶，縱然有這一切，他却是深深地効忠主人的一名僕從。他爲了他不辭赴湯蹈火，不以爲這是英雄事業，値得驚嘆或者任何獎讚。他以爲是一件自然的，非如此不可的事，或者不如說，他根本不以爲什麼，而就這樣地想也不想地做去。

關於這問題，他並無什麼理論。他從不會想到要分析自己對奧勃洛摩夫的感情和態度；這感情和態度並不是他自己發明的；牠們是從他父親，祖父，兄弟，他在他們中間生長和受教育的僕役們那裏承繼而來，並且變成了他的血肉。他不辭代主人赴死，以爲這是無可避免而天然的義務，甚至於不以爲什麼，簡直就挺身赴死，恰像一條狗在樹林中遇到一匹野獸一樣，並不去推論，爲什麼應當是牠，而不是牠主人撲上牠去。但是，反過來說，譬如，假使奧勃洛摩夫的健康甚或生命，要靠查哈爾通夜不合眼睛，坐在他的床邊，那他一定會睡熟的。

表面上，他非但不表現出對主人奴顏婢膝，甚至倒對待他粗暴而熟不拘禮，並不是開玩笑，倒爲了每一件小事情向他發火，甚至於，有如我先前說過的，在大門口說他的壞話；然而，這不過一時隱蔽，可決不是減低，他那血統的天生天賦的盡忠的感情，那不單對伊里亞·伊里奇本人爲然，凡是冠有奧勃洛摩夫的姓的，在他是親近，可愛和寶貴的東西，也無不如此。

這感情說不定和查哈爾對奧勃洛摩夫人格的本身的見解相矛盾，大概是，查哈爾對主人性格的研究，喚起他另一種信念。假使有人把他對伊里亞·伊里奇那種忠心的程度向他說明，那他多分要爭辯的。查哈爾愛奧勃洛摩夫卡，正如一只貓愛自己的屋頂樓，一匹馬愛牠的馬廐，一條狗愛牠生長在裏面的狗屋一樣。在這眷戀的範圍以內，他已經造成了獨特的個人的印象。因此，譬如說，他愛廚子不及愛奧勃洛摩夫卡的馬夫，愛牧牛的姑娘瓦爾瓦拉又比這兩個都要厲害，而愛伊里亞·伊里奇却最少；可是這奧勃洛摩夫卡的廚子，在他依然比世界上任何別的廚子都好。伊里亞·伊里奇又勝似所有的地主。

他不能够容忍管伙食的塔拉司卡，然而他不肯把這塔拉司卡去換全世界頂好的人，就因爲塔拉司卡是奧勃洛摩夫卡的。他對待奧勃洛摩夫粗暴而熟不拘禮，正像一位黃教僧侶對待他的偶像一樣：他打掃牠，落牠在地上，有時牠說不定還惱怒地敲打牠，可是神像的天性比自己的優越這一個意識，却始終盤踞在他心裏。只要一件頂小的事由，就足够從查哈爾的心之深處把這感情喚起，而使他懷着虔敬去瞧他，有時他甚至感動得流淚，上帝保佑，使他把其他任何主人那怕不勝過，就同他主人同等看待吧！上帝保佑，假使別人想到這麼辦也好！

查哈爾對上奧勃洛摩夫家來的別的老爺和客人，都懷有幾分輕視，伺候他們，遞茶水什麼的，都帶着一種屈就的意味，彷彿使他們覺得他們享有得他主人招待的光榮。他謝絕他們起來是粗暴的。

「老爺在睡覺，」他一邊說，一邊傲慢不遜地從脚到頭打量客人一眼。

有時候，他在小舖子或者大門口的集合上，不造伊里亞·伊里奇的謠言，不說壞他，突然開始過甚其詞地捧他，那時候他的歡喜就無邊無際了。他突然開始列舉主人的價值，智慧咧，親切咧，慷慨咧，仁慈咧：而假使奧勃洛摩夫的品質不够作頌讚，那他就借用別人的，給他把名望高，錢財多，權勢大，添將上去。如果他需要威嚇門丁，經租帳房，甚至於房東本人，那他老用奧勃洛摩夫來威嚇：「你等着，」他威嚇地說，「我去告訴我主人去，馬上要你好看！」他並不疑心，世界上還有更高的權威。

然而外表上，查哈爾同奧勃洛摩夫的關係倒常是敵對的。長在一起，他們彼此都處膩了。人與人天天密切接觸，是有牠的代價的：要僅僅享受優點，而不戳破對方的缺點，也不被對方戳破缺點，那雙方都需要許多生活經驗，邏輯，和心底溫暖。

伊里亞·伊里奇已經曉得査哈爾有一樣莫大的價值——對自己的忠心，並且對這忠心習慣了，也以爲這是應當如此，而且不能够不如此的；永久習慣了這價值，他便不以牠爲享受了；然而，雖然他對一切都冷淡，他可不能耐心忍受査哈爾的無數小的缺點。

假使査哈爾在心之深處懷着舊時代的僕役們對主人特有的忠忱，但是因爲他有若干時代的缺點，畢竟與他們不同，那從奥勃洛摩夫一方面說，雖然他內心裏看重他的忠忱，對査哈爾可也沒有從前的主人對自己的僕役那種親切的，幾乎是骨肉的氣分。他有時候竟容許自己和査哈爾大吵其架。

査哈爾呢，也討厭他。年靑時期，他在主人家裏先當跟丁，隨後升爲照看伊里亞·伊里奇，打那天起，他便自以爲不過是一件奢侈品，這一家的一件貴族的附屬物，命定來保持這舊家底光輝和殷實，而不是必需品。因此，早晨替小主人穿衣服，晚上替他脫下之外，其餘的時間他便什麼也不幹。

他天生本來就懶，因爲受了跟丁的教育，便越發懶了。他在僕役堆裏拿架子，不自己辛苦地生茶炊的火或者掃地。他不是在前室裏打瞌睡，就跑到僕役室裏或者廚房裏去聊天，再不就在大門口站上幾個鐘頭，雙臂交叉在胸前，夢樣地，深思地東張西望。

而在這樣一種生活之後，突然把做全家的事的重擔擱在肩膀上，他要伺候主人，抹桌子，掃地，和跑腿！這一切使得他陰鬱，而他的脾氣遂變成粗暴和殘酷，因此，每當主人的聲音迫使他離開爐台的時候，每次他總要嗚哮。然而，表面上他雖然陰鬱和粗暴，查哈爾的心卻非常地溫柔善良。他甚至喜歡同孩子們消磨時光。時常看見他在大門口，院子裏和一羣孩子在一起。他調解他們，逗弄他們，組織遊戲，或者簡直同他們坐在一起，每個膝蓋上都放上一個孩子，而第三個頑皮孩子又從背後勾他的頸子，或者揪他的鬍子。

因此，奧勃洛摩夫時時刻刻叫查哈爾到自己身邊來幹什麼事，是妨礙查哈爾的生活的，當查哈爾底心，健談的性情，貪懶以及不絕地打哈欠的需要，吸引他往女人那裏，或者廚房內，小舖子裏或者大門口去的時候。

他們彼此了解，而且一起生活得很久了。查哈爾雙手撫育過小奧勃洛摩夫，而奧勃洛摩夫也記得他是一個年青，敏捷，狡滑，食量洪大的青年。他們之間的舊的結子，是解不開的。沒有查哈爾幫助，伊里亞·伊里奇就不會起身，就睡，梳頭，穿鞋，吃飯；查哈爾呢，除了伊里亞·伊里奇，也不能想像別的主人，除了給他穿衣，吃飯，對他粗暴，使狡滑，說謊，同時內心裏却又崇敬着他，也不能想像別的存在。

註一：Samovar 一種俄國式的茶壺，中間生火，兩邊有耳朵可端的。

# 第八章

塔朗鐵也夫和亞力克先也夫出去之後，查哈爾關上了門，並不坐上爐台去，在等主人立刻叫他，因爲他聽說奧勃洛摩夫要寫信。可是奧勃洛摩夫書齋裏，一切寂靜得像坟墓似的。向裂縫中望進去——望見什麼？伊里亞．伊里奇躺在沙發上，手掌支着頭，面前放着一本書。查哈爾打開門。

「怎麼您又躺下了？」他問。

「別打攪我；瞧，我在唸書，」奧勃洛摩夫斷斷續續地說。

「該洗臉和寫信了，」查哈爾絮聒說。

「不錯，不錯，」伊里亞．伊里奇覺悟說。「馬上就：你去得了。我要想一想。」

「什麼時候他又躺成的呢？」查哈爾一邊嘀咕，一邊跳上爐台去。「手脚倒才快哩！」

然而，奧勃洛摩夫唸成了那頁日久泛黃的書；這本書，他是在一個月之前間斷了的。他將牠放還了原處，打了個哈欠，隨後就沉入關於『兩件倒霉事兒』的，纏擾不清的思索中。

「多討厭！」他低語說，一會兒伸出脚去，一會兒又縮回來。

他耽於安逸和空想；他將眼睛轉向天空，尋找自己心愛的天體，可是牠正在天頂心，只將奧勃洛摩夫每晚看太陽落向牠後邊去的那所房子的石灰牆，浴在燦爛的光亮裏。「不行，首先得辦正事，」他嚴厲地想，「隨後再……」

鄉下的朝晨是早已過去了，彼得堡的却方興未艾。一片人的和非人的混合的聲音，從院子裏飛到奧勃洛摩夫耳朵裏；有幾位江湖藝術家和着大部份狗吠聲在唱；有帶了一匹海獸來給人看的；有用種種聲音叫賣各色各樣出產的。

伊里亞·伊里奇仰臥着，雙手放在頭底下。他忙於完成領地的計劃。在頭腦裏，他迅速地跑過關於年貢，關於耕地的若干重要而根本的項目。他想到一個對付懶惰和逃亡的新的更嚴厲的方法，還進而安排自己在鄉下的生活。

他津津有味於建設自己鄉下的家；他有若干分鐘欣然地滯留在配置房間上面，決定膳廳和彈子房底長度和闊度．設想他的書齋該朝什麼方向開窗戶；甚至還記起傢具和地毯。這之後，他又配置邊屋，斟酌想要招待的客人的數目，規定馬廐，倉屋，僕役室及其他種種外屋的地點。末後，他轉到花園上面；他決定照舊留下所有老的菩提樹和橡樹，可是將蘋菓樹和梨樹砍盡，改栽皂角樹；他還想到公園，可是在心裏把支出大體預算了一下，覺得太貴，便把牠暫時擱開一邊，先移到花壇和溫室上去。關於將來的果子還一誘惑的念頭，如此活生生地閃過，以至他突然將自己搬到幾年之後的鄉下去，那時候，領地已經依照他的計劃建設起來，他呢，一步不離地住在那裏。

他想像自己在一個夏天的晚上，坐在露台上喝茶，在太陽透過的濃蔭之下，用一枝長煙管懶洋洋地吸煙，沉思地享受着展開在樹後的景色，涼爽；遠遠裏，田野泛黃，太陽正向那熟習的樺樹小林子背後落去，而平滑如鏡的水池，染成一片緋紅，四野裏騰起水蒸氣來；天氣漸涼，暮色四垂，農民成羣結隊地回家去。空閒的僕役們坐在大門口；打那裏傳過來一陣陣快活的聲音，哈哈大笑，和三角琵琶的聲音；女孩子們在玩「捕捉」，在他本人周圍，自己的幾個孩子在嬉戲；爬上他的膝蓋去，勾他的頭頸；而茶炊旁邊，坐着……周圍一切底女王，他的神……一位女人！他的妻！這之間，在佈置得樸素文雅的膳廳裏，輝煌地照着親切的燈火，一張大的圓桌子上舖着桌布。升做了管家的查哈爾，鬍子全白了，在舖桌布，帶着一片愉快的叮叮噹噹擺着銀傢私和玻璃傢私，不斷地落下一把叉子或者玻璃杯到地板上。坐下去用豐盛的晚餐；那裏坐着他童年時代的朋友，他的忠實不變的朋友斯托爾茲，和其他幾張熟面孔；隨後睡覺去……

奧勃洛摩夫的臉突然幸福地緋紅起來；這空想是如此鮮明，如此生動，如此詩意。以至他立刻把臉轉向枕頭去。他突然感得一種縹緲的希望，希望戀愛，希望靜靜的幸福，突然渴望故鄉的田疇和山丘，自己的家，妻子和孩子們。

他伏在枕上躺了五分鐘光景，又慢慢地翻身仰臥。他的臉輝耀着柔和而動人的感情：他幸福着。

他徐徐地，享樂地，將雙脚伸出去，因此將褲子捲上了一些，可是他沒有注意到這小小的不整齊。如意的空想，將他較快地，自由自在地帶到遠遠的將來去了。此刻他全神貫注於可愛的想頭，他想到一方朋友們底小小的殖民地，他們移住到自己村子四周十五或者二十維爾斯他的小村莊裏和農場上，每天互相輪流作客，吃午飯，吃晚飯，跳舞；他看見的儘是些明朗的日子，明朗的臉，沒有憂慮，沒有皺紋，含笑的圓圓的緋紅的臉，有着雙下巴，和興緻不衰的食慾；是永久的夏天，永久的快樂，甘美的食品，和甘美的懶惰……

「哦，天哪！」他充滿着幸福說，醒悟轉來了。

此時有五個聲音從門外傳來，「馬鈴薯，砂砂要不要！炭！炭！……好心眼兒的老爺太太佈施些香錢蓋廟宇哪！」而從隔壁一所新在蓋造的房子那裏，傳來劈斧頭和工匠的叫喊。

「唉！」伊里亞·伊里奇喪氣地高聲嘆氣說。「什麼生活！都市的聲音多嘈雜啊！渴望着的天堂的生活，什麼時候才來呢？什麼時候才上田野和故鄉的樹林去呢？」他想。「現在躺在樹底下草地上，從樹枝間眺望太陽，點數棲息在樹枝上的小鳥。那裏，有一個紅潤面頰，太陽晒黑了頸頸，又軟又圓的，裸露的臂肘的女僕，給他送早飯，或者午飯到草地上來；還狡猾的女人垂眼微笑着……這日子什麼時候才來呢？「可是計劃，村長，房子呢？」突然在他記憶中想起來。

「是的，是的，」伊里亞・伊里奇性急慌忙地說。「馬上就，此刻就！」他迅速起身，坐在沙發上，隨後放下脚去，一度套進拖鞋裏，這樣坐了一歇，隨後完全起來，深思地站了兩分來鐘。

「查哈爾！查哈爾！」他高聲地喊，瞧着桌子和墨水缸。

「又是什麼事？」同蹦跳的聲音一起傳過來。

「我的脚倒還搬得動我？」查哈爾以嗄聲的低語加添說。

「查哈爾！」伊里亞・伊里奇沉思地重覆說，眼睛不離開桌子。「瞧，老兄……」他指着墨水缸開始說，可是話沒有說完，卻又墮入了思索之中。隨即雙手向上一伸，膝蓋一曲，他開始伸起懶腰，打起哈欠來…………

「我們有些路留着……」他慢慢地間歇地說，繼伸懶腰。「再……拿些馬特伊拉酒來；午飯還早，所以我要點早飯……」

「那裏有乾酪留着？」查哈爾說。「什麼也沒有留下………」

「怎麼沒有留下，」伊里亞·伊里奇打斷他說。「我記得非常清楚：是這樣一塊……」

「沒有，沒有！一塊也沒有留下，」查哈爾固執地重覆說。

「有的，」伊里亞·伊里奇說。

「沒有，」查哈爾回答。

「唔，那就買去。」

「拿錢來。」

「有找頭在那邊，拿去得了。」

「那裏只有一盧布四十戈貝克，要一盧布六十戈貝克哩。」

「那邊還有些銅幣。」

「我沒有看見過，」查哈爾，雙脚輪替踏着地說。「原來的銀幣還在那裏，可沒有銅幣。」

「有的：昨天小販親手遞給我的。」

「他給你時，我也在場，」查哈爾說。「我看見他給你些銀幣，可沒看見銅幣……」

「是不是塔朗鐵也夫取去了？」奧勃洛摩夫躊躇不決地想。「可是不，要拿他銀幣也要拿去的。」

「那裏還有什麼？」他問。

「什麼也沒有了。還有沒有昨天的火腿，那得問娳娓西雅，」查哈爾說。「要拿來麼？」

「有什麼就拿什麼來。可是怎麼沒有乾酪了？」

「就是沒有嘛！」查哈爾說，走出去了。伊里亞．伊里奇在房間裏慢慢地，深思地踱來踱去。

「不錯，罣慮眞多，」他靜靜地說。「就拿領地計劃來說——還有的是工作！……可是，是有乾酪留着的，」他深思地加添說：「查哈爾把牠吃了，倒說沒有了！而且銅幣上那兒去了？」他說，一邊在桌子上搜尋。

一刻鐘之後，查哈爾雙手端着只盤子，開門進來，進了房間，想用只脚去關門，可是沒有踢中，却踢了個空；一只高脚酒杯，連同酒瓶上一個塞子，一個麵包捲落下去了。

「沒有一步路不出這種事！」伊里亞．伊里奇說。「唔，把落下去的東西，拾起來呀；他還站在那裏讚賞呢！」

端着盤子，查哈爾傴下身子去拾麵包捲，可是蹲了下去，忽然又想到，兩只手都佔着，就沒有法子拾。

「喂，拾起來呀！」伊里亞·伊里奇嘲弄地說。「你怎麼啦？有什麼東西礙事？」

「哦，見鬼去，該死的！」查哈爾轉向掉落下去的東西大發雷霆。「那裏有臨吃飯還吃早飯的？」

放下了盤子，他將掉下的東西從地板上拾起來；拾起了麵包捲他吹了吹，放在桌子上。

伊里亞·伊里奇開始吃起早飯來，而查哈爾離他若干距離站着，斜睨着他，顯然，想說什麼話。可是奧勃洛摩夫儘吃早飯，絲毫也不去注意他。查哈爾咳了兩聲嗽，奧勃洛摩夫依舊沒有什麼？

「經租帳房剛才又派人來，」到底，查哈爾胆怯地說；「包工的在他那裏，問可不可以看看我們的房子。關於翻造的事依舊……」

伊里亞·伊里奇一語不答地吃着。

「伊里亞·伊里奇！」停了一下，查哈爾更其靜靜地說。

伊里亞·伊里奇裝作沒有聽見的樣子。

「關照下個禮拜就搬，」查哈爾啞聲說。

奧勃洛摩夫喝下一杯酒，什麼也不說。

「我們怎麼辦，伊里亞・伊里奇？」查哈爾差不多低語地問。

「我不是禁止過你，不許向我講這件事了！」伊里亞・伊里奇凛然地說，一邊起身，向查哈爾走去。

查哈爾退開他。

「你是多麼毒的人，查哈爾！」奧勃洛摩夫憤然地加添說。

查哈爾被侮辱了。

「毒，倒的確！」他說。「我怎麼是毒的？我不會殺過人。」

「怎麼不毒！」伊里亞・伊里奇重複說。「你毒害着我的生命。」

「我可不毒，」查哈爾堅持說。

「那你爲什麼把房子的事來瀷擾我？」

「叫我怎麼辦？」

「那叫我怎麼辦？」

「您不是要給房東寫信去？」

「唔，要寫的。等一下：總不可以突然就寫。」

「那您現在就寫。」

「現在，現在！我還有更重要的事。你以爲這是劈柴火？弔兒郎當的事？嗐，」奧勃洛摩夫將一枝乾的鋼筆在墨水缸裏轉動着說：「墨水也沒有，叫我怎麼寫？」

「我馬上攙『渴伐水』去，」査哈爾說，拿了墨水缸迅速地走向前室去，而奧勃洛摩夫開始尋起紙來。

「什麼紙也沒有，」他獨白說，一邊在抽屜內翻，在桌子上摸。「果然沒有！哦，這位查哈爾，我叫他害死了！」

「唔，你怎麼不是毒的人，」奧勃洛摩夫向走進來的査哈爾說，「什麼事也不照料！怎麼家裏紙也沒有！」

「這是什麼刑罰，伊里亞．伊里奇！我是基督徒，幹嗎您罵我毒？一味毒不毒的，我們在老主人時代生養，長大，他就喜歡罵人狗仔，扯人耳朶，這種話可從不曾聽見過，他是沒有什麼新花樣的！報應就在眼前！嗐，紙頭在這裏。」

他從書架上取起半張灰色的紙，遞給奧勃洛摩夫。

「這上面也可以寫字？」奧勃洛摩夫問，將紙一摔。「這張紙是我夜裏用來蓋玻璃杯的，為的不叫落進……毒物去。」

查哈爾車轉身子，瞧着牆壁。

「唔，不必了：就給我吧，我來起份草稿，叫亞力克先也夫謄去。」

伊里亞・伊里奇坐下在桌子邊，迅速地寫：「謹啓者……」

「多髒的墨水！」奧勃洛摩夫說。「下次留神些，查哈爾，而且正正當當幹自己的事！」

他想了一下，開始寫：

「鄙人所居住之二樓房屋，即台端所擬加以翻造者，全合鄙人之生活方式，及久居此屋而成之習慣。頃聞家奴查哈爾・特羅非莫夫云，台端曾傳語鄙人云，鄙人居住之房屋……」

奧勃洛摩夫停下筆，把寫下的唸一遍。

「不流暢，」他說；「這裏連用了兩個『云』字，那裏又是兩個『所』字。」

他低語着，顛易着字眼：結果，『所』字指二樓了——又是糟糕。他設法把牠改妥了，再開始想怎樣避免兩個「云」字。他一會兒塗去，一會兒又寫上。將「云」字搬了三次場，結果不是無意義，就是跟另一個「云」字換掉。

「你怎麼也去不了這第二個「云」字！」他不耐煩地說。「哦，這該死的信！在這種小事情上煩心。我不習慣寫正經信了。可是兩點巳經過了吧。」

「嗐，給你，查哈爾！」他將信撕成四片，扔在地板上。

「看見了嗎？」他問。

「看見了，」查哈爾拾着紙片回答。

「所以別再把房子的事來纏擾我。你還拿的是什麼？」

「是帳單子。」

「哦，天哪，你逼死我了！唔，多少？快說。」

「肉舖子裏八十六盧布五十四戈貝克。」

伊里亞·伊里奇拍拍手。

「你瘋了嗎？光是肉舖子就這麼一大堆錢？」

「三個月沒有付了，自然要這麼一大些帳都寫下在這裏，不是搶你的。」

「唔，怎麼你不毒呢？」奧勃洛摩夫說。「買了無數的牛肉！這是怎麼會事？好處很大吧！」

「我可沒有吃，」查哈爾回頂說。

「什麽！沒有吃嗎？」

「幹嗎您用吃的東西來責備我？嚐，您瞧去吧！」他將帳單子往奧勃洛摩夫那裏一塞。

「唔，還有誰要付？」伊里亞·伊里奇說，一邊把油膩膩的帳本子困惱地推開去。

「還欠麵包房和疏菜舖一百二十一盧布十八戈貝克。」

「眞糟糕！從沒聽說過這樣子的事！」奧勃洛摩夫發怒地說。「你是牛還是什麽，嚼下這麽多的青草？……」

「不，我是毒人！」查哈爾苦痛地述說，差不多從主人完全車轉身去。「如果您不讓米海·安特烈也奇來，那就要少花些，」他加添說。

「唔，這一總是多少，算算看！」伊里亞·伊里奇說，並且自己開始算起來。

查哈爾扳着手指計算着。

「鬼知道怎麽糊裏糊塗：算一遍不同一遍！」奧勃洛摩夫說。「唔，你算出是多少？兩百，對不對？」

「等一下，給我功夫來算！」查哈爾說，一邊瞇細着眼睛，喃喃着：「八十，加一百——一百八十，加二十………」

「這樣算法，你一輩子也算不完的，」伊里亞·伊里奇說；「去吧，帳單子明天給我得了，轉轉紙和墨水的念頭吧，………這麼一大些錢！告訴過你了，另另星星地付——不　突然一下子統要了。………混帳東西！」

「兩百零五盧布七十二戈貝克，」查哈爾算完了說。「把錢給我，請你………」

「怎麼，馬上就給！再等一下，明天我來對一對………」

「隨您的意，伊里亞·伊里奇，他們都在討呢………」

「去，去，別煩我了！我說了明天，那你明天拿就是。上自己地方去吧，我要工作了；我有的是更重要的事………」

伊里亞·伊里奇坐下在椅子上，把雙脚盤在身子底下，可是沒有來得及沉思，門鈴響了起來了。進來的是一位矮矮的，有着適度的肚子的人。此人白面，紅頰，禿頂，後腦上又濃又黑的頭髮，像繸子似的鑲着禿頂。禿頂又圓，又乾淨，像用象牙雕成似地亮光光。他的臉上有着對他看到的一切都担心注意的表情，深謀遠慮的眼光，適度的微笑，和謙遜的，職務上的禮貌。穿一件舒服的燕尾服，只消碰動一下，就敞開得像大門一樣寬闊和便利。身上的襯衫白得發亮，彷彿同他的禿頂匹配似的。在右手食指上，戴一枚鑲有黑寶石的重甸甸的戒指。

「醫生！什麼風把您吹來的？」奧勃洛摩夫一邊喊，一邊向客人伸出一只手去，而另一只手拖一把椅子。

「我因爲您儘不生病，討厭了，所以就不邀而至，」醫生開玩笑地回答。「不，」隨後他一本正經地加添說，「我是來診樓上您同居的病的，順便就看看您。」

「謝謝您。他怎麼樣？」

「噢，他可以挨三四個禮拜，或者挨到秋天也說不定，隨後，……還是胸部水腫症：結果不言可喻。唔，您怎麼樣？」

奧勃洛摩夫悲傷地搖頭。

「不行，醫生。我正要請教您去。我不知道怎麼辦才好。胃差不多不消化；心窩裏重甸甸的，胃氣痛，呼吸困難……」奧勃洛摩夫作着悲哀的臉相說。

「把手伸給我，」醫生說，於是按脈，閉目片刻。「咳嗽不咳嗽？」他問。

「夜裏咳的，尤其是吃晚飯的時候。」

「嗯，嗯！心跳不跳？頭痛不痛？」

醫生又問了幾句相似的話，隨後偏倒自己的禿頭，深深地轉着念頭。過了兩分鐘，他突然抬起頭來，以堅決的聲音說。

「如果您再在這種氣候裏過兩三年，再躺臥，吃肥膩而不消化的東西——您就要死於中風症。」

奧勃洛摩夫嚇得一跳。

「那我得怎麼辦？千萬教給我吧！」他問。

「那就同別人一樣辦：出國去。」

「出國去！」奧勃洛摩夫驚愕地重覆說。

「是的，怎麼樣？」

「對不起，醫生，出國去！這怎麼可以？」

「爲什麼不可以？」

奧勃洛摩夫默然地瞧瞧自己，瞧瞧房間，機械地重覆說：

「出國去！」

「有什麼事妨礙着你？」

「什麼事，種種的事……」

「什麼種種的事？錢呢還是什麼？」

「對了；實際上錢也沒有，」奧勃洛摩夫快活地說，欣然於找到這個可以全身躲進去的，最自然的障礙。「您瞧村長寫給我的話……信在哪兒？我把牠放到那裏去了？査哈爾！」

「好了，好了，」醫生說，「這不是我的事；我的義務是告訴您應當改變生活方式，地點，空氣，職務——一切的一切。」

「好吧，我來想想看，」奧勃洛摩夫說。「我得上那兒去，幹什麼去？」他問。

「上克沁根（註一）或者愛姆斯（註二）去，」醫生開始說，「在那裏度過六月和七月；喝那裏的水；隨後上瑞士或者梯樂兒（註三）去：用葡萄治療。在那裏度過九月和十月……」

「什麼話，上梯樂兒！」伊里亞·伊里奇近於無聲地低語說。

「隨後到什麼乾燥的地方去，譬如說，到埃及吧……」

「竟有這等事！」奧勃洛摩夫

「避免煩心和苦惱……」

「您說說是很好的，」奧勃洛摩夫說，「您可沒有收到村長那種信……」

「還得避免思想。」醫生繼續說。

「避免思想？」

「是的．避免精神緊張。」

「那我經營領地的計劃呢？我可不是一段白楊木頭，您知道！」

「唔，那就隨您的便。我的義務不過是警告您。您還得避免熱情，熱情是妨害治療的。還得試着用騎馬，跳舞，在新鮮空氣內作適度的運動，愉快的談話，尤其是同太太小姐們，來散散心，使您的心臟輕輕地而且只由於愉快的感覺而跳動。

奧勃洛摩夫垂倒着頭傾聽他。

「隨後呢？」他問。

「隨後別唸書，寫字——斷斷乎不可以的，租一所窗戶朝南的，有許多花的別墅，使得周圍是音樂和女人……」

「那吃什麼呢？」

「避免吃肉，尤其是動物的肉，還避免粉食和膠粘的東西。可以吃些清淡的肉湯，蔬菜，不過要留心：現在虎列拉非常流行，所以得更加當心……每天可以散步八小時。置一管鎗……」

「天爺爺！」奧勃洛摩夫呻吟說。

「末後，」醫生結論說，「到冬天上巴黎去，在那邊生活的漩渦中散散心；別想什麼；從戲院子出來，就上跳舞會或者化裝跳舞會去，去郊外訪友，使得您周圍是朋友，騷動，笑……」

「再不需要什麼了吧？」奧勃洛摩夫帶着難以隱藏的困惱問。

醫生沉思起來……

「還要用海上的空氣來治療，從英國搭船上亞美利加去……」

他站起來，開始告辭。

「如果您統統切實實行……」他說……

「好的，好的，一定實行，」奧勃洛摩夫一邊送他出去，一邊譏刺地回答。

醫生走了，他把奧勃洛摩夫留在一種頂可憐的情狀中。他閉上眼睛，雙手放在頭上，身子在椅子裏團成一球，就這樣一無所覺，一無所見地坐着。

一聲胆怯的呼喚，從他背後傳過來。

「伊里亞·伊里奇！」

「唔？」他喊叫說。

「怎麼對經租帳房去說呢？」

「說什麼？」

「咦，關於撇場的事。」

「你又提這個了？」奧勃洛摩夫愕然地問。

「可是叫我怎麼辦呢，伊里亞・伊里奇，老爺？，你自己評評看：我的生活這麼苦，我是一隻脚伸在棺材裏。」

「那裏的話，瞧，你才想用撇場的事逼我進棺材裏去，」奧勃洛摩夫說。「聽聽醫生說的話看！」

査哈爾找不出什麼話好說，但不過使勁嘆一口氣，嘆得他圍巾兩端在胸口直動。

「你是不是決心要我死？」奧勃洛摩夫又問。「我叫你討厭了嗎，是不是？喂，說呀！」

「基督保佑您長命百歲，誰希望您有什麼不吉呢？」査哈爾喃喃說，他叫這場談話變成悲劇，弄得狼狽了。

「你就希望！」伊里亞・伊里奇說。「我禁止過你提撇場的事，可是你，不到一天就又提醒了我五遍；這擾亂着我的方寸——你懂得不懂得！這樣我的健康那裏會好。」

「我是想，老爺……我是想爲什麼不搬呢？」查哈爾以心驚肉跳得發抖的聲音說。

「爲什麼不搬？你把這件事看得這麼容易！」奥勃洛摩夫連人帶圈手椅朝查哈爾轉過去說。

「可是搬場是什麼意思，你好好地想過沒有，嗳？我相信你沒有想過吧！」

「是沒有想過，」查哈爾謙遜地回答，他準備同意主人的一切，免得惹起一場比苦蘿蔔還壞的感傷的場面。

「沒有想過，那就聽着，並且想想看，能不能搬。搬場是什麼意思呢？這意思是，主人要出去一整天，並且從早晨起就穿着衣服走來走去……」

「就說是出去，還又怎麼樣？」查哈爾說。「爲什麼不出去一整天呢？坐在家裏是不合衛生的。瞧，您的臉色變得多難看！從前您像一條小胡瓜一樣，現在因爲坐着坐着，天知道像什麼了。在街上蹓躂蹓躂，看看人，或者看看別的東西……」

「別再胡說八道了，聽着！」奥勃洛摩夫說。「在街上蹓躂蹓躂！」

「不錯，是眞的，」查哈爾非常熱心地繼續說。「聽說，還來了一頭沒有聽見過的怪物：去看牠一看。要不然，上戲院子或者假面跳舞會去，而這裏趁您不在就搬家了！」

「別說廢話了！你好好地扭心主人的安靜就是！照你的話，要一整天蕩來蕩去——我不知道在那兒，並且怎樣吃飯，吃了飯又不能躺躺，那就沒有你的干係了？……他們趁我不在就搬家！不照看着，那就會搬得——粉碎。我懂得，」奧勃洛摩夫說得越來越動聽。「搬家是什麼意思！那就是破碎，喧鬧；什麼東西都堆積在地板上：皮包裡，沙發底背裡，畫幅裡，長煙管裡，書裡，平時看不見的瓶瓶罐罐哩，鬼知道會從什麼地方出現！一切都得看着，才不至於遺失和打破……一半在這裏，另一半在車子上或者新房子裏；要抽煙，拿起煙管來，可是煙葉運走了……要坐下，沒有坐的東西；蒙你碰上什麼——便髒了；全蒙着灰塵；又沒有東西洗手，就得帶着像你一樣的手走來走去……」

「我的手乾淨着呀，」查哈爾遞說，一邊伸出一雙與其說是手，不如說是鞋底的東西來。

「得了，別伸出來看了！」伊里亞·伊里奇車轉身子說。「想喝水，」他說下去，「拿起水罐，可是杯子沒有……」

「可以從罐子裏喝的嘛，」查哈爾親切地加添說。

「你是什麼事都這樣的：可以不掃地，不抹灰塵，不打地毯。而在新房子裏，」伊里亞·伊里奇說下去，他叫自己想像出栩栩如生的圖畫弄恍惚了，「至少要收拾三天；什麼都不在原地方：畫幅在牆脚邊地板上，套鞋在床上，甑子同茶葉和頭髮油在一包裹。瞧，不是圈手椅的一條腿折了，就是一幅畫上的玻璃破了，或者沙發沾髒了。你要什麼沒有，誰也不知道在那裏，或者是遺失了，或者是忘在舊房子裏；得跑上那裏找去……」

「有時候你要來來回回跑十趟哩，」查哈爾打岔說。

「你瞧！」奧勃洛摩夫繼續說。「而到早晨你在新房子裏起身，多無聊！水沒有，炭也沒有，冬天得這樣冰冷地坐着，房間冰冷，木柴也沒有；就得跑去借一些……」

「那還要看上帝給我們什麼鄰人哩，」查哈爾又說。「有人是別說借一綑柴借一杓水也借不到的。」

「對啦！」伊里亞·伊里奇說。「搬家，似乎到晚上心就煩完了；不，還有兩個禮拜要忙煞。似乎什麼都安排好了……瞧，還有些事未了：窗帷要掛起，畫要釘上——要用全付精神，生活都不想生活……而且那筆費用……」

「上一次，八年之前，花了兩百盧布——我記得好像還在目前似的，」查哈爾證明說。

「哼，那不是鬧着玩的！」伊里亞·伊里奇說。「而在新房子裏生活，開初是多麼生疏啊！要好久你才習慣？在新的地方，我要五個晚上睡不着覺；一起來，看見對面不是轆轤匠的這方招牌，而且是別的什麼東西，那悲哀就要嚙我了；或者如果這位短頭髮老太婆，午飯之前不從窗戶裏張望一下，那我就覺得無聊……現在你明白不明白，要使得主人怎麼樣？」伊里亞·伊里奇責備地問。

「明白了，」查哈爾溫順地低語說。

「那你幹嗎向我提起搬家？這一切是人力所能忍受的嗎？」

「我想別人並不比我們壞一些，他們既然搬家，我們自然也可以……」查哈爾說。

「什麼？什麼？」伊里亞·伊里奇突然驚愕地問，一邊從圈手椅中站起來。「你說什麼？」

查哈爾突然間困惑了，不知道自己怎麼惹起主人這激烈的叫喊和姿勢的。他默不作聲。

「別人並不壞一些！」伊里亞·伊里奇恐怖地重覆說。「你還說的是什麼話！現在我才知道，在你，我是同『別人』一樣的！」

奧勃洛摩夫向查哈爾譏誚地鞠躬，並且做出大受侮辱的臉相。

「對不起，伊里亞·伊里奇，難道我把您同誰個打比了嗎？……」

「滾蛋！」奧勃洛摩夫用手指着門命令說。「我不能看見你。啊，『別人』！好，好！」

深深地嘆着氣，查哈爾退回自己房間裏。

「這種生活，你想想看！」查哈爾嘀咕說，一邊坐下在爐台上。

「哦，我的天哪！」奧勃洛摩夫也在呻吟。「原想這一朝晨幹些正經的事，竟給惱了一整天的心曲！是誰？是我自己忠心可靠的侍僕，可是他說的什麼？他怎麼能說這個話？」

奧勃洛摩夫的心很久靜不下去；他躺下去，站起來，在房間裏走上走下，又躺下去。他從查哈爾把自己降低到「別人」的程度上，看出他對查哈爾的獨佔優先權給破壞了。他將這對比細細研究，分析「別人」是什麼，自己是什麼，這對比可能和公平到什麼程度，而查哈爾加於他的侮辱如何重大。最後，查哈爾是否有意侮辱他，那就是，他是否眞以爲伊里亞・伊里奇同「別人」一樣，還是這句話他想也沒有想，脫口而出的？這一切激起了奧勃洛摩夫的自尊心，他決心把自己與查哈爾所說的「別人」之間的差別，指出給查哈爾看，使他覺得他的行爲底一切卑劣。

「查哈爾！」他緩慢而莊嚴地叫。

聽到這叫喚，查哈爾並不同尋常一樣發着嘷哮，或者撲通一聲跳下爐台；他慢慢地從爐上滑下來，用手和肋腹磕着每樣東西，寂然地，趦趄地走去，有如一頭狗，從主人的聲音上，感得牠的惡作劇給發覺了，而這是叫去受罰。查哈爾把房門打開一半，可是並不決心走進去。

「進來！」伊里亞・伊里奇說。

門雖然很容易打開，可是査哈爾開得彷彿走不過去似的，因此，軋住在門口，不走進去。

奥勃洛摩夫坐在床邊沿上。

「上這裏來！」他堅持地說。

査哈爾好容易離開門，可是馬上把牠關上，用背部扎扎實實抵着牠。

「上這裏！」伊里亞・伊里奇用手指指着靠近自己的一塊地方說。査哈爾走上半步，離開指定的地點兩沙浮（一沙浮等於二・一三四米突——譯者）站下。

「再過來些！」奥勃洛摩夫說。

査哈爾裝作跨步的樣子，可是實際上不過晃晃身子，將一只脚撲通一聲，仍舊踏在原處。

看到這一次沒法引査哈爾再走近些，伊里亞・伊里奇就讓他站在那兒，責備地，默然地瞧了他一陣。因這無言的注視，感得進退兩難的査哈爾，裝作不注意主人的樣子，身子車轉得比平常更偏地站着，一眼也不去瞥覷他。他執拗地向左首另一邊望去；那邊，他看見有一件相熟已久的東西——畫幅周圍一圈蛛網，而在這匹蜘蛛身上——看到對自己的疏忽的一個活生生的譴責。

「査哈爾！」伊里亞・伊里奇靜靜地，威嚴地說。

査哈爾不回答；他彷彿在想，「唔，你要什麼吧？有沒有另外一個査哈爾？我就站在這裏呀，」並且將眼光自左至右掠過主人；那邊，蒙着棉紗似的，厚厚的灰塵的鏡子也向他提醒他自己：那張陰鬱而難看的臉，透過灰塵，像從霧裏似地，怪相地，聳肩蹙額地瞧着他。他從這憂鬱的，在他太熟悉的東西，不滿地轉開眼光去，決心在伊里亞·伊里奇身上停留下來。他們的眼光相遇了。查哈爾受不了寫在主人眼睛裏的譴責，就將自己的眼光落下去看着脚底下。這裏，在污點斑斑，灰塵蓬蓬的地毯上，他又讀到一張對伺候主人欠缺熱心的可哀的證明書。

「查哈爾！」伊里亞·伊里感情地重覆說。

「什麼事？」查哈爾聽不大見地低語說，並且預感有一番感傷的言論而微微顫慄。

「給我些『渴伐水』！」伊里亞·伊里奇說。

查哈爾放心了；他像小孩子一樣高興地，提快跑上碗櫥那裏，取了些『渴伐水』來。

「唔，你說怎麼樣？」伊里亞·伊里奇從玻璃杯裏喝了一口水，將杯子棒在手裏，溫和地問。「不好吧？」

查哈爾臉上的獷悍的面相，頓時被輝耀在他面貌上的一片悔悟的光彩化爲馴良了。查哈爾感到，對主人的虔敬的感情，在他胸口覺醒，並且迫近他的心的最初的朕兆，突然他正看起奧勃洛摩夫的眼睛來。

「你悔不悔自己的罪？」伊里亞・伊里奇問。

「這又是什麼罪？」査哈爾苦痛地想。「是什麼可憐的事吧，」他一開始這樣逼人，那就不由你不哭。」

「什麼，伊里亞・伊里奇，」査哈爾用自己音域裏最低的音階開始說，「我什麼也不會說，除了……」

「不，你等着！」奧勃洛摩夫打斷他說。「你明白不明白，你幹下了什麼事？喏，把杯子放在了桌子上再回答我！」

査哈爾什麼也不回答，他完全不明白他幹下了什麼事，可是這並不妨礙他虔敬地瞧着主人；他甚至微微垂頭，伏認自己的罪。

「你怎麼不是毒人呢？」奧勃洛摩夫問。

査哈爾依舊不開口，但不過狠狠地䀹兩三次眼睛。

「你苦惱了主人！」伊里亞・伊里奇間歇地說，並且凝視着査哈爾，快意於他的手足無措。

査哈爾憂鬱得不知道向那裏藏身。

「是不是苦惱了他？」伊里亞・伊里奇問。

「是的，」查哈爾低語說，完全茫然於這新的『可憐』的語句。他將眼光投向右首，左首，正面，想討救兵，而蛛網，灰塵，鏡子裏自己的反映，和主人的臉却又在他面前一閃。

『我但願鑽到地底下去！唉，死了吧！』看到無論如何，總逃不了一場感傷的場面，他這麼想。他並且覺得眼睛越映越勤，眼看着眼淚要奪眶而出。終於他以著名的歌，不過是散文的，來回答主人。

「我什麼事苦惱了您呢，伊里亞．伊里奇？」你差不多哭着說。

「什麼事？」奧勃洛摩夫重覆說。「哼，你有沒有考慮過，『別人』是怎樣的人？」

他住下口，繼續地瞧定查哈爾。

「要告訴你嗎？這是怎樣的人？」

查哈爾像穴裏的熊似地轉動一下，向全房間嘆一口氣。

「『別人』——你所了解的——是可咒咀的窮漢，住在骯髒，貧窮的屋頂樓裏的，粗鄙的未受教育的人。他在那裏院子裏舖上氈子就睡覺，這種人什麼事都做得出來，他們大吃其馬鈴薯和鯡魚。貧乏驅使他從一只角落到另一只角落，而他遂整天價奔波。他們是可以搬到新房子去的。就拿婁雅珈愛夫來說吧，他將一支尺挾在胳肢窩裏，兩件襯衫包起在手絹裏就走…………『你上那兒去？」「搬家，」他說。還就是所謂『別人』！而我，按你說，是『別人』嗎？」

查哈爾向主人一瞥，將雙脚輪流踏地，不開心。

「『別人』是什麼人？」奧勃洛摩夫繼續說。「『別人』是自己擦靴子，自己穿衣服的人，雖然有時候看上去像老爺，那是吹牛，他連什麼是僕役也不知道的，沒有人派，他就自己跑去辦什麼事；自己在火爐裏添木柴，時不時還抹灰塵…………」

「德國人裏有許多是那樣的，」查哈爾憂鬱地述說。

「才對啦！而我呢？你心思我是『別人』嗎？」

「您是完全不同的！」查哈爾可憐地說，依然不解主人要說什麼話。「上帝知道，是什麼事臨到了您頭上…………」

「我是完全不同的嗎，嗳？等着，你瞧你說的話！你想想『別人』是怎樣過活的？『別人』不倦地工作，奔走，忙碌，」奧勃洛摩夫說下去。「不做工，就沒得吃。『別人』鞠躬，懇求，低首下心…………而我呢？唔，說呀：你心思我是『別人』嗎，嗳？」

「您別再用可憐的話來困頓我了，老爺！」查哈爾懇求說。「哦，天哪！」

「我是『別人』！哼，難道我要奔走，我要工作？還是吃得不够？臉上消瘦或者可憐相？難道我有什麼不足之處？伺候我，給我做事——似乎有的是人。叨天之福，我一輩子還沒有自己穿過襪子呢！要我煩心嗎？幹嗎我要煩心？而且我在對誰說這番話？你不是從小就在我身邊的？你是知道這一切，看見我嬌生慣養，受不了飢寒，不知道貧乏，沒有替自己掙過麵包，一般地沒有作過骯髒事情的。所以你怎麼想到把我同別人打比？難道我有『別人』一樣的健康，難道我能夠幹這一切，忍受這一切？」

查哈爾全然失去了理解奧勃洛摩夫的說話的一切能力，但是他的嘴唇因爲內心的激動而腫脹着；這感傷的場面，像一片烏雲似地，在他頭上雷鳴。他不言語。

「查哈爾！」伊里亞・伊里奇重覆說。

「什麼事？」查哈爾差不多聽不見地嗄聲說。

「再拿些『渴伐水』給我。」

查哈爾去拿了些『渴伐水』來，當伊里亞・伊里奇喝完了，把玻璃杯遞給他時，他正要趕快走回自己房間去。

「別走，別走，你等着！」奧勃洛摩夫開始說。「我問你：你怎麼能這樣痛苦地侮辱小時候你就抱在手裏，你伺候了一輩子，而且蒙恩於你的主人？」

查哈爾這可受不了：『施恩』這兩個字使他太那個了。他的眼睛開始陝得越來越勁。伊里亞·伊里奇的感傷的言論，他理解得愈少，在他就覺得愈悲哀。

「對不起，伊里亞·伊里奇，」他悔悟地開始嗄聲說。「這是因爲愚蠢，眞的，因爲愚蠢，我才……」

不明白自己幹下了什麼事，查哈爾不知道用什麼動詞來結束自己的話。

「我却，」奧勃洛摩夫以被侮辱，被抹殺了眞價值的人底聲音繼續說：「還日夜操心，辛苦有時候，頭發燒，心往下沉，夜裏睡不着，翻來翻去，儘想，怎麼樣可以好一些……想什麼爲了誰？爲了你們，爲了農民；那就是爲了你。看到我有時候把被子連頭蒙上，你也許以爲我像木頭一般躺着，睡熟了；不，我沒有睡着，我儘在狠勁地想，要使得農民們不忍受任何貧乏，不羨慕別人，到末日審判，不向上帝訴告我，而替我祈禱，並且記得我的好處——。這輩忘恩負義之徒！」奧勃洛摩夫以痛苦的譴責收梢說。

查哈爾被最後幾句『可憐』的話澈底感動了。他開始徐徐地啜泣；嗄聲和啜泣聲這一次合成一種任何樂器奏不出來的音調，怕只有中國的銅鑼，或者印度的大鼓還奏得出吧。

「伊里亞·伊里奇，老爺，別再說了吧！」他懇求說。「天可憐見，您這多辛苦啊！哦，聖母馬利亞呀，突然間出其不意地降下了怎樣的不幸……」

「而你呢，」奧勃洛摩夫不去聽他，接下去說，「說出來你該害臊吧！哦，我暖了怎樣一條蛇在我胸口！」

「蛇！」査哈爾雙手拍了拍，說，並且發出這樣一陣哭聲，彷彿飛進了二三十四甲蟲，在房間內嗡嗡着。「什麼時候我說起過蛇的呢？」他啜泣着說。「這不潔的東西，我做夢也沒有看見呀。」

雙方彼此不再了解了，而終於每人自己也不了解了。

「你的舌頭怎麼這樣翻的？」伊里亞．伊里奇繼續說。「而在我的計劃之中，我倒還指定給你一所房子，一片菜園，一份糧食，一筆薪水。你是我的管事，管家和事務代表！農民們要向你折腰；誰都要稱你査哈爾，特羅非莫夫，査哈爾．特羅非莫夫！而他還儘不知足，竟以『別人』相訴！這就是我的報酬，尊敬主人的好法子！」

査哈爾繼續啜泣，而伊里亞．伊里奇本人也受感動了。一邊訓誡着査哈爾，一邊他深深地意識到自己向農民們，所施的恩典，於是眼淚汪汪，用顫抖的聲音作最後的譴責。

「唔，現在去吧！」他對査哈爾以和解的聲調說。「等一等，再拿些『渴伐水』給我！喉嚨完全乾了，——聽見沒有，主人的嗓子都啞了？竟一至於此！

「我希望你明白自己的罪，」査哈爾去拿了「渴伐水」來，伊里亞·伊里奇說。「以後別再把主人同「別人」打比。爲了贖自己的罪，你該怎麼同房東辦交涉，使我不必搬家才好。而你是怎樣保持主人安靜的：把我的方寸完全擾亂，使我作不成什麼新穎的有益的念頭。誰吃虧呢？是你們自己；我把我全身都供獻了你們，就爲了你們，我才辭掉差使，悶坐在四壁之中……唔，不說了吧。喲，打三點啦！到吃午飯只有兩個鐘頭了；兩個鐘頭裏來得及辦什麼事？——什麼也不成。而且事情一大堆呢。那只有把信留到下一班發，計劃明天再摘下來。唔，現在我要躺一會兒，累死了；你把窗帷拉下來，嚴嚴實實地關我在房間裏，別叫誰來打擾我：也許我要睡上個把鐘頭；到四點半叫醒我……」

査哈爾開始將主人閉在書齋裏；首先他給蓋上一床被，把牠塞好在他身子底下，隨後拉下窗帷，把所有的門嚴實地關上，就回到自己房間裏去。

「窒死你，你這木鬼！」他嘀咕說，一邊拭着淚痕，爬上爐台去。「眞是木鬼！獨自一所房子，一片菜園，一筆薪水！」査哈爾說他只瞭解末後幾句話。就擅於說些可憐的話：那簡直是用刀子剜人的心：這裏就是我的房子和菜園，我就要雙脚一挺死在這裏！」他憤怒地拍着爐台說。

「一筆薪水！要不撈幾個銀幣銅幣到手，那就沒有錢買煙草，請女朋友的客！那你就空空如也！……你想想看乾脆死了吧！……」

伊里亞。伊里奇仰臥着，可是並不一下子就睡熟。他想這想那的儘興奮着……

「一下子兩樁倒霉事兒！」他沒頭沒腦蒙向被窩裏說。「但願能抗得住才好！」

然而實際上，這兩樁「倒霉事兒」，那就是，村長那封不吉利的信和搬上新房子去，早不再驚擾奧勃洛摩夫，而已經列入不安的記憶之中了。「離村長用來威脅我的災殃，還遠得很，」他想，「在這之前，可以發生許多的變化，也許雨水會救回穀物，也許村長會收足餘欠，也許像他所寫，逃走的農民會給『遣送回籍安居。』」

「他們這都跑到那兒去了，這些農民？」他想，並且越來越從藝術的觀點去觀察這件事。「等一下，也許是夜裏，冒着濕氣，麵包也沒有帶就走的。那他們睡在那兒？怕不是在樹林子裏吧？那坐也沒得坐，鄉下人家臭固然臭，可是至少總還暖和……」

「有什麼要驚擾的？」他想。「計劃馬上就及時完成——有什麼要預先怕的？唉，我……」

關於搬家的念頭驚擾得他比較厲害一些。這是件新鮮的，最近的「倒霉事兒」；可是奧勃洛摩夫的隨遇而安的精神，已經把這件事實歸入了歷史裏。雖然他茫然地預見到，家逃不了總要擺，尤其是有塔朗鐵也夫纏在這邊，可是心裏，他將自己生活上的這件不安的事件，擱開一個禮拜，因此就得到整一禮拜的平靜。「『也許』查哈爾還可以竭力交涉，使得根本不必搬，『恐怕』會好轉的吧！挨到明年夏天再翻造，或者竟全然停止翻造：唔，『總有法子』辦去的！事實上，的確不能……搬！」……

他就這樣交替地興奮一陣，安心一陣，到末了，像尋常一般，此次在『恐怕』，『也許』，和『總有法子』這些和平了事而令人安心的字眼之中，有如我們祖先在約櫃（註四）之中似地，奧勃洛摩夫找到一整櫃子的希望和慰藉，而且他此刻就用牠們來招架開兩樁倒霉事兒。

一陣輕快的痲痺，通過他的四肢，並且開始漸漸地使他的感覺朦朧，恰像水面被最初的怯怯的輕寒所朦朧一般；再過一分鐘——他的意識就會飛向天知道什麼地方去了，可是奧勃洛摩夫突然醒悟過來，並且張開眼睛。

「原來我還沒有洗臉哩！還是怎麼回事？而且什麼事也沒有辦，」他低語說。「想把計劃摘在紙上，沒有摘；給警長的信沒有寫，給總督的也沒有，給房東的才開了個頭，沒有寫完；帳沒有對，錢沒有給——早晨就這樣過去了！」

他深思起……「這是怎麼回事？要是『別人』，這一切統辦了吧？」閃過他的頭腦。「別人，別人……『別人』是怎樣的人？」

他沉潛於將自己同『別人』比較。他想而又想；跟他向查哈爾發表的完全相反的，關於『別人』的觀念，現在一一形成起來。他應當承認，要是『別人』，些信也許寫好了，而且寫得『所』字和『云』字一次也不相衝突，新房子也許搬去了，計劃也許實行了，也許下鄉去了……

「這一切，我也能辦到……」他想。「我未嘗不會寫，從前不單單這種信，就是比這更爲奧妙的也寫過！這一切跑到那裏去了？而搬場又算什麽？願意搬就搬！『別人』可從來不穿睡衣……」爲了表現『別人』的性格，他加添說：「『別人』……」到這裏他打起哈欠來了……「輕易不睡覺……別人享受生活，那裏都去，什麼都看，對什麼都發生關係……而我呢？我並非『別人』！」他已經憂鬱地說，而且沈入深思之中。他甚至從棉被底下探出頭來。

這是奧勃洛摩夫一生之中清明，覺醒的瞬間之一。

當關於人的運命和使命的出動而明晰的觀念，在他心裏突然發生的時候，當這些使命與自己的生活之間的對比閃現的時候，當種種人生問題在他心裏一一覺醒，而且像小鳥在睡眠着的廢墟內，突然被一道太陽光驚醒似地，一無秩序怯怯飛翔的時候，在他是多麼恐怖啊。

爲了自己的不發達，精神力的停止發展，爲了有重荷妨害一切。他很悲哀和苦痛，看着別人這樣充實而壯闊地生活，自己則彷彿有一塊沉重的石頭給投在他那狹仄而可憐的生活途徑上，嫉妒就咬嚙他。

理解到自己天性的某許多方面完全沒有覺醒，別許多方面僅僅觸發，而一方面也沒有澈底發展，他那怯弱的心中就形成一種苦痛的意識。

然而他苦痛 感到，有一種好的光明的元素，像在坟墓裏似地，埋在他的裏面，也許現在已經死了，或者呢，像深山裏的黃金那麼埋着，雖然早已是把這黃金來造通貨的時候了。可是這寶藏被髒東西和堆積的灰塵深厚地埋了起來。彷彿誰把世界和人生贈給他的寶藏偷了去，埋在他自己的心裏。有某種東西阻礙他，投身上人生舞台去，以理智和意志全速力地全台翺翔。有一位秘密的敵人，在他人生之路底開始，就將一支重實的手加在他身上，把他從筆直的人生的使命遠遠地摔了開去……而且好像是，他從密林和荒野中囘不到筆直的小徑。他周圍的，以及他心裏的樹林，越來越密而暗；小徑越來越蔓草叢覆；清明的意識覺醒得越來越稀，睡眠着的力量只被喚起一刹那頃。他的理智和意志，好像是，不可恢復地癱瘓了。

他的生活上的事件，縮小到用顯微鏡的程度，可就是這些事件，他也對付不了；並非他從一件事移到另一件事，而是牠們把他波浪似地來囘翻弄；他不能用意志的彈力去對抗一件事，或者用理性去熱中另一件事。

這自己對自己的暗暗的懺悔，在他是苦痛的。關於過去的無效的哀惜，和燃燒似的良心底譴責，針似地刺着他；他竭力要擺脫這些譴責的重荷，要找另外一個人來歸咎，要將這針刺轉向他。可是轉向誰呢？

「這都是……查哈爾！」他低語說。

他回想到他和查哈爾那場場面的詳細情形，他的臉便羞熱得很厲害。

「假使有人偷聽了去，那怎麼辦？……」他想，叫這念頭麻痺着了。「上帝保佑，查哈爾是不會向誰去轉述的；人也不會信他的；上帝保佑！」

他嘆氣，咒詛自己，翻來覆去，找可以歸咎的人，可是找不出。他的呻吟和嘆息甚至達到查哈爾的耳朵裏。

「他喝「渴伐水」喝脹了！」查哈爾火冒地喃喃說。

「我怎麼會這樣的？」奧勃洛摩夫差不多帶着眼淚問自己，並且將頭又藏到棉被底下。「究竟怎麼的？」

徒然地搜索了一陣阻礙他像「別人」一樣當然地生活的敵對的根源之後，他嘆口氣，閉上眼講，過了幾分鐘，渴睡又開始漸漸把他的感覺桎梏了。

「我也……希冀過，」他困難地睞着眼睛說，「什麼……恐怕是天性這樣侮辱我……不，天可憐見，抱怨是不行的……」隨即發出一聲息事甯人的嘆息。他從興奮回復到自己的常態，平靜和冷淡。

「可見是命運如此吧？……叫我又有什麼辦法？」他被睡眠克服了，很難聽見地低語說。

「短少兩千光景的收入，」他忽然間高聲地作着譫語說。「馬上就，馬上就，等一等……」半醒了。

「然而……我倒很想知道……我怎麼會這樣的？」他又低語地說。他的眼瞼完全闔上了。「不錯，怎麼的？……這……一定是……因爲……」他努力要說，可是沒有說成。

他始終不曾想出原因來；他的舌頭和嘴唇在一句話的半中間，忽然死了，而且依舊半開着。發出的不是一句話，卻是又一聲嘆息，隨後開始發出一個安眠的人底平勻的鼾聲來。

睡眠把他那徐徐的，懶懶的思想之流止住，而且頓時將他移到另一個時代，另一些人，另一處地方　，這地方，讀者和我在下一章內就要跟他前去。

註一：Kissingen，德國 Bavaria 省的一個村子。

註二：Ems普魯士的一個市鎮。

註三：Jyrol，奧國西部的一省。

註四：聖經中所默示，以世人的服從，悔過，信仰等等為條件的。

# 第九章

我們在哪兒？奧勃洛摩夫的夢把我們帶到世界上那一個被祝福的角落來了？多美妙的境界啊！

這是眞的，這裏沒有大海，沒有高山，沒有絕壁，沒有深淵，沒有森林——毫無雄壯，粗野和陰慘之處。

可是粗野和雄壯又有什麼用？海，譬如說，上帝祝福牠吧！牠不過勾人哀愁而已：瞧着牠，人就想哭。一看到水面的浩瀚無際，心裏就胆寒，而且叫一望無極的單調的景色所疲憊的眼睛，又沒有可資休息的東西。

波濤的怒吼和洶湧，並不撫慰微弱的聽覺：牠們儘重覆着牠們同一支陰慘而無從理解的，終古如此的曲調；在這支曲調裏，儘聽到同一的呻吟，同一的，彷彿由一只判定受難的怪物發出來的怨訴，和誰的刺人的，不祥的聲音。沒有小鳥在這四近囀鳴；只有無言的鷗，好像給判了罪似地，惆悵地在海濱飛翔，並且在水上迴旋。

跟這些大自然的慟哭一比，猛獸的咆哮就無力了，人的聲音就微弱了，而人本身呢，是如此渺小微弱，如此無聲無嗅地消失在這廣大的景色底細目之中！也許就爲此故，聽着海使人如此苦痛。不，上帝祝福牠，海吧！就是牠靜寂不動，心裏也不發生安慰的感覺；在水的不容易注意到的激盪之中，人還是看得見那無限的，雖然是睡眠着的力，牠時不時如此惡毒地揶揄他的高傲的意志，如此深深地埋葬他那些大胆的計劃，以及他所有的勞心和勞力。

高山和深淵，也不是爲了人的娛樂給創造的。牠們是猙獰可怕得像野獸底伸向人的爪牙一般；牠們活生生地使我們想起我們的無常來，而給我們的生活以恐懼和憂戚。而絕壁深淵頂上的蒼穹，似乎遠不可及，彷彿牠是捨棄了人似的。

我們的主人公突然出現在這和平的一角，可並不是那樣。這裏的蒼穹，相反地，好像更迫近地面，並非爲了投下更強烈的箭，而只是爲了用愛來更緊緊地擁抱大地；牠低垂在頭上，宛如祖屋的可靠的屋頂一般，好像來保護這選定的一角，免於一切不幸似的。

太陽在這裏明朗而熱烈地照臨了半年光景，隨後漸漸地，正像無可奈何地退去，彷彿掉轉頭來看這可愛的地方一兩次似的，又在陰雨之中惠賜它幾天秋天的，溫暖，晴朗的日子。

這裏的山，好像只是那些聳立在那裏的，可怕的，駭人想像的山底雛形而已。這是一串陡斜的山丘，從那裏遊戲地仰天溜下去，或者坐在上面沉思地眺望夕照，那都很愉快。

河川愉快地，玩耍而戲謔地流走；一會兒它泛濫成一片廣闊的池塘，一會兒又像一條急遽的線似地向前闖去，再不就溫靜得彷彿耽於思索似地，一邊沿着石卵匍匐前進，一邊向各方面派出一條條湍急的小溪，那淙淙的水聲，使人愉快地打起瞌睡來。

周圍十五或者二十維爾斯他，這一帶就是一串入畫的，快樂的，微笑着的風景。那澄川的陡斜的沙岸，那從山丘直到水邊的小灌木林子，那灣灣曲曲的，底下有一川流水的山澗，那白樺林子——一切都彷彿故意給放在一起，而精巧地畫了出來。

一顆叫興奮疲憊了的，或者根本不知道興奮的心，都願意向這與世相忘的一角裏來藏身，並且生活在誰也不了解的幸福之中。這裏，一切都保證平靜的，長期的生活，直到頭髮變黃，死亡像睡眠一樣悄悄地來到爲止。

這裏，每年不差分毫的巡環一度。按着歷書的指示，三月裏，春天來了，汚濁的流水從山丘上衝下來，大地解凍，溫暖的水蒸氣便蔚爲煙霧；農民脫下短的羊皮外套，只穿一件襯衫出門，用一支手遮了眼睛，長時間地以陽光自娛，時不時還滿意地聳聳肩膀；隨後他把翻倒的車子一根車槓一根車槓地拖動，或者査看査看和用脚踢踢閒躺在屋簷底下的犂，預備去幹照常的工作。

春天，沒有突如其來的大風雪來盡沒田地，壓倒樹木。

多天，像一位冷靜的，難以親近的美人似的，把自己的性質，直保持到規定的春暖季節；它既不以非時的溫暖來揶揄人，也不以沒聽說過的嚴寒來加倍磨折人，一切都依照自然所規定的普通的順序進行。十一月開始下雪和嚴寒，到主顯節（註一），冷得農民走出屋子一下，準帶着一鬍子白霜回來；而到二月，一個靈敏的鼻子，在空氣中就已經嗅得出迫近的春天底柔和的氣息。

這一帶的夏天，卻特別使人陶醉。在這裏，一定找得到新鮮的，乾爽的，充滿芳香——不是檸檬和月桂的，而只是苦艾，松樹和木莓的芳香——的空氣；在這裏，找得到晴朗的天日，輕暖的，但並不炎熱的陽光和差不多一連三個月的纖雲不染的長空。

晴朗的天日一來，它就連續三四個禮拜，這裏的黃昏是溫煦的，夜晚是悶熱的。星星從天空中如此慇懃，如此親睦地映着眼睛。

下起雨來——那是怎樣有益的夏雨啊！傾盆而降，愉快地濺跳，像是喜出望外的人底大顆熱淚似的；而且剛一停下，太陽馬上又陪着光明的，愛底微笑，來瞧望和晒乾田野和山丘，而到處又以幸福的微笑來答復太陽。農民快活地歡迎雨水。「雨兒淋濕，太陽兒晒乾，」他一邊說，一邊愉快地將臉龐，肩膀，和背脊去承受暖烘烘的驟雨。

這裏的雷雨並不可怕，而倒是有益的；經常在同一時期出現，也輕易忘不了聖・伊里亞日，彷彿爲了要在民衆中間保持一種傳說似的●霹靂的强度和次數，似乎是年年一樣的，彷彿從國庫裏每年發給這地方一定量的電。

這一帶，從沒聽說有怕人的颶風和破壞●

誰也不曾在報紙上讀到過一次，在這上帝所祝福的一角，發生過類似的事件。這地方也從沒有甚麼叫人揭載和聽聞的事，除了一位二十八歲的，農民的寡婦，馬利娜●枯爾可娃一胎生下四個嬰兒，這件事可怎麼也不能緘默的。

上帝沒有以埃及的或者普通的瘟疫罰過這地方。居民們誰也不曾見過或者記得天空中任何可怕的變異，火球，或者突然的黑暗；這裏是毒蟲不孳生，蝗蟲不飛來的；這裏旣沒有作吼的獅子●也沒有發嘯的老虎，甚至連狼和熊也是沒有，因爲沒有森林。只有哞哞哞的牛，咩咩咩的羊，和咯咯咯的雞，大羣地漫野漫村地逍遙。

只有天知道，一位詩人或者空想家會不會滿足於這和平的一角的自然。誰都知道，這班先生是喜歡望月和聽鶯的。他們喜歡風騷的嫦娥，披着淡黃的雲裳，從樹枝間神秘地掩映窺視，或者向崇拜者的眼睛裏投下一束束銀樣的光線。而在這裏，誰也不知道月亮是甚麼——大家都喚她月亮就是●它圓睜着眼睛，和藹地望着村莊和田野，極像一只擦亮的銅盤。詩人以消魂的的眼睛去凝視它，些白費的；它會像圓臉的鄉村美女回望城市登徒子底熱烈而含情的顧盼一樣質樸地來瞧這詩人的。

這一帶也沒有聽到過夜鶯，說不定因爲沒有遮蔭之處和薔薇花不多之故吧；可是代之，有多少的鵪鶉啊！夏天，當收割時期，孩子們用手去捕捉它們。然而，他們可沒想到把鵪鶉當作佐膳的珍品——不，這裏的居民的習俗還沒有這樣的墮落；鵪鶉未被規定爲食用的小鳥。這裏它們以歌唱來悅人之耳：爲了此故，差不多每一家屋脊下都掛有一頭鵪鶉在繩編的籠子裏。

詩人和空想家，甚至也不會滿足於這塊謙遜而樸素的地方底一般的外觀。在這裏，他們看不到一個瑞士或者蘇格蘭風味的黃昏，當整個自然——樹林，水，草屋的四壁，和沙丘——完全被赤紫的夕陽所燃燒的時候；當在這赤紫的背景之前，鮮明地顯出一隊人馬，在陪送一位太太向某處陰慘的廢墟去散步之後，正沿着一條砂子的，七灣八曲的路趕到一座鞏固的城堡去，那裏，有祖父要講的，關於薔薇之戰（註二）的插話，晚飯用的山羊肉，和由年輕的姑娘和着琵琶唱的山歌，在等待她們——瓦爾德·斯各得（註三）的筆這樣豐富地裝入我們想像裏的畫面的時候。

不，我們這一帶沒有這樣的事。

構成這一角的三四個村莊，一切都多麼寂然如睡啊！他們位置靠得彼此相近，彷彿一支巨大的手，偶然將它們扔下來，撒在各方面，而它們從此就這樣。

一棟屋子落在山澗的崖子上，從太古以來就懸空在那裏，一半臨空，由三根柱子撐着。其中，有三四代人平靜而幸福地生活過來了。似乎老母雞都怕走進去，可是奧尼沁．蘇四洛夫，一個身體結實在自己家裏不能全身站直的人，却同他女人一起住在這裏面。並不是誰都懂得怎樣走進奧尼沁的屋子裏去；除非訪問者請它「背脊朝樹林，正面朝他」。踏級懸空在山澗上面，要一脚踏上去，必須一只手抓住草，另一只手抓住屋頂，然後才筆直踏上去。

另一棟屋子像燕子的窠似地黏着山丘；三棟偶然排成一行，再有兩棟站在山澗的儘底下。村子裏，一切都寂然如睡：一無聲息的屋子敞開着大門；一個人也看不見；只有一些蒼蠅子烏雲似地飛翔，在悶熱的空氣中嗡嗡作聲。

走進屋子去，你大聲地叫也是白費；回答你的將是死一樣的寂靜；難得有一棟屋子裏，有一位在爐台上度送殘年的老太婆，以一聲病痛的呻吟或者空咳嗽來作答，或者從板壁後面出現一個三歲的，長頭髮，赤脚，穿一件襯衫的小孩子，默然地向來人凝視一下，又胆小地藏起來。

在田野裏，也是同樣的深深的和平與寂靜；不過隨處有炎熱炙晒的農夫像螞蟻似地在黑土上蠕動，渾身大汗地推着犂。

這寂靜和泰然自若的平靜，也支配着這裏的人民的風習。這裏，不會發生過盜刼，殺人，或者任何怕人的事件；沒有猛烈的情感，或者大胆的計劃使他們興奮；而且，怎樣的情感或者計劃才能使他們興奮呢？他們誰都知道他自己的本身。這一帶的居民住得離別人很遠。就是最近的村子和市鎭也在二十五和三十維爾斯他以外。

在一定的時期，農民們將穀物運到最近伏爾伽河的碼頭去，這就是他們的柯爾契斯和赫邱利底圓柱（註四）；有幾位一年一度去趕市集，此外就同誰也不相往還。

他們的興趣都集中在他們自己身上，不和別人的相衝突，相抵觸。

他們知道，八十維爾斯他之外是『省』，那就是省城，可是很少有人去過；隨後知道，再過去是薩拉托夫（註五）或者尼茲尼（註六）；也聽說過有彼得堡和莫斯科，彼得堡再往前去住有法國人或者德國人，可是再遠去，像從前的人一樣，他們以爲是黑暗的世界，住着怪物，住着雙頭人，住着巨人的一些不知名的國土；接着是黑暗，而在一切的盡頭，是那條背負世界的魚。

旣然輕易沒有人走過他們這一帶，他們又從哪裏得知正在世界上進行的最新的消息：那些搬運木器的只住在二十五維爾斯他以外，也不比他們知道得多一些。他們甚至無從比較自己的生活：他們生活得好或者不好；富或者窮；還能不能希望些別人所有的東西。

這一班幸運兒，信以爲不應當而且不能够有別樣的生活，誰的生活都像他們的一樣，要不然是罪惡。

如果有人告訴他們說，別人是用別的方法耕作，播種，收割，出賣，那他們簡直不相信。他們能有怎樣的熱情和興奮呢？

像所有的人一樣，他們也有煩惱和弱點——付稅，納貢，懶惰，睡眠；可是這一切都很廉價，並不使他們的血液興奮。

最近五年間，在幾百名人口裏，全然不會有過死亡，甚至自然的死亡也沒有，更不用說暴死。而要是有人由於衰老或者任何慢性的疾病長眠了，那這裏的人要很久爲這件異常的事件吃驚。然而，譬如像，鐵匠塔拉司在土屋裏差一點沒有親手把自己蒸死，得用冷水去澆他這種事，他們倒一點不以爲異。

有一種犯罪最流行，那是：從菜園裏偷豌豆，胡蘿蔔，和蕪菁，可是有一天，兩頭乳猪和一四母雞忽然不見了——這件事竟轟動四近，而且一致地歸罪在頭一天路過這裏趕市集去的搬運木器的人身上。可是，一般地，這一類的事都是極少極少。

然而有一天，還發見一個人躺在迂路之外的橋邊的溝裏，顯然他是由路過這裏上城裏去的，那幫工人之中拉下來的。是孩子們首先看見他，失魂落魄地跑進村子，通報有一條可怕的蛇呢，還是不知狼精，躺在溝裏，還畫蛇添足地說，它還追了他們一陣，差一點沒有把枯茲卡吃去。

胆子大一些的農民，用叉子和斧頭武裝了起來，就一窩蜂地向那條溝走去。

「你們上哪兒去？」老人們阻止說。「是頸子結實嗎？你們想怎麼的？隨牠去：誰也不追趕你們。」

可是他們還是去了，離那地點五十沙尋光景，就開始用各種各樣的聲音喊那怪物，毫無回答；他們站定下來；隨即再往前走。

一位農民躺在這溝裏，頭靠在高地上：身邊有一只袋子和一支棒，棒上掛着兩雙草鞋。

農民們不敢走近去碰他。

「嗨，喂，老兄！」他們輪流地喊，有的搔着後腦，有的搔着背脊。「你怎麼在那裏的？嗨，你！你在這裏幹什麼？」

過客動了一動，想舉起頭來，可是不行；可見他不是害病，就是太疲乏了。

有一個人決定用叉子去碰碰他。

「別碰他！別碰他！」許多人喊。「怎知道他是什麼：瞧，他怎麼也不響：也許有點那個呢……別碰他，伙計們！」

「我們走吧，」有些人說。「當眞我們走吧；他跟我們不相干的，是不是，大爺？活該他倒霉！」

於是統統囘進村子，告訴老人們說，有一個不是本地的人躺在那裏，口也不開，天知道他在那裏幹甚麼………

「要不是本地人，那就隨他去！」老人們說，一邊坐下在土堡上，將臂肘撐住膝蓋。「放他一個人得了！不干你們的事！」

這就是奧勃洛摩夫忽然在夢裏出現的一角。

分佈在這裏的三四個村子之中，有一個是叔史諸巫卡，另一個相距一維爾斯他的是乏微羅巫卡。這兩個村子是奧勃洛摩夫家世襲的財產，所以通稱爲奧勃洛摩夫卡。主人的住宅和別業是在叔史諸巫卡。離叔史諸巫卡五維爾斯他光景是威爾赫侶奧伏，這村子一度也屬於奧勃洛摩夫家，但是早已同分佈在這裏那裏的幾棟屋子，一起過戶到了別人手裏。這村子現在屬於一位有錢的地主，他一次也沒有到自己的領地上來過：由一位德國管事來管理它。

這就是這一帶的全部形勢……

伊里亞・伊里奇早晨在自己的小床裏醒來・他才只七歲・他覺得輕鬆快活・他是多麼美麗，緋紅而肥胖啊！臉頰滾圓，別的小流氓就是故意鼓也鼓不成那個形狀・

保姆在等待他醒。她開始給他穿襪子；他不給穿，晃着兩只脚搗蛋；保姆捉住他，而兩個人哈哈哈都笑起來・終於她使他起了身；她給他洗臉，梳頭，並且帶他上母親那裏去・

看到死了很久的母親，奧勃洛摩夫即使在夢裏，也由於喜悅和對她的熱愛而戰慄；兩行熱淚，在他睡夢中，慢慢地從睫毛底下淌出來，停着不動・

母親向他渾身熱烈地親吻，隨即以貪饞而熱切的眼睛瞧他，看他的眼睛混濁不混濁，問他有什麼痛苦；再問保姆他睡得好不好，夜裏醒了沒有，睡夢中翻來覆去沒有，發熱不發熱；隨後攙着他的手，領他到聖像跟前。在那裏跪下了，用一只手抱着他，她叫他跟着做禱告。孩子一邊心不在焉地跟着唸，一邊望着窗外，從那裏，冷空氣和紫丁香的香味，正灌向房間裏來・

「媽媽，今天我們去不去散步？」他在禱告的半中間忽然問・

「去的，小寶貝，」她急急忙忙地說，並不把眼睛移開聖像，趕快把禱告唸完・

孩子沒精打彩地跟着唸，可是母親卻將自己整個靈魂放在禱告裏・隨後他們去看父親，隨後去喝茶・

在茶桌上，奧勃洛摩夫看到了和他們同住的年老的八十歲的叔母，她一刻不停地嘀咕着自己的「丫頭」；丫頭站在她椅子背後伺候她，因爲年紀老了，頭一晃一晃的。那裏是三位老姑娘，他父親的遠親和他母親的，略爲有些瘋癲的妹夫，擁有七個農奴的地主，在他們家作客的契克梅涅夫，此外還有幾位老頭兒和老太婆。

所有這些奧勃洛摩夫家的家屬和門客都捉住伊里亞·伊里奇，把他愛撫和稱讚個不住；他竟來不及去拭這些不邀而來的親吻底痕跡。

此後開始餵他麵包捲哩，餅乾哩，乳酪哩。

隨後母親再愛撫了他一陣，便讓他到花園裏，院子裏和草原上散步去，並且向保姆切實叮囑，別叫孩子一個人耍，別放他走近馬，狗，山羊去，別離家太遠，而主要的，別讓他走到山澗去，那是四近最怕人的，享有惡名聲的地方。

有一次，那裏發現一條狗，被認爲是瘋狗，就因爲它遠離開人，當人們拿了叉子和斧頭去打死它的時候，它在山背後甚麼地方不見了；人家把獸屍拋入山澗裏；這裏面，料想是有強盜，狼以及這一帶或者世界上根本沒有的種種別的生物。

孩子不等母親告誡完畢：他早已在院子裏了。

懷着高興的驚愕，好像生平第一次似的，他細看並且遍繞祖屋，這屋子的大門歪在一邊，木頭屋頂的中央陷了進去，上面長着又嫩又綠的苔蘚，台階搖搖擺擺，有着各種各樣的添建部分和一片荒蕪的花園。

他熱望着要爬上環繞全屋的，吊起的露台，去看一看河道；可是露台太舊，勉強支持着，只許「下人」上去；主人是不上去的。

他不把母親的禁令放在心上，竟向這誘人的扶梯跑去，可是保姆出現在台階上，好容易將他捉住。

他又從她手裏投身到乾草場，打算去攀登那陡絕的梯子，而她剛趕到乾草場，又得趕快去破壞他那爬進鴿舍，鑽進牛欄和——上帝保佑！——跑向山澗的計劃。

「天哪，什麼樣的孩子，這樣的一位淘氣精，你老老實實，靜靜地坐一坐不好嗎，老爺？羞！」保姆說。

整天整夜，保姆都大驚小怪，東奔西走：爲了孩子，一會兒受叱，一會兒又非常高興，一會兒怕孩子跌倒，摔破鼻子，一會兒又被他天眞的孺戀深深地感動，一會兒又替他遙遠的將來茫然地煩惱。只有這些事才鼓動她的心，這些興奮才溫暖這老太婆的血液，它們才好容易支持她的如睡的生命，要不然，說不定她早就煙消火滅了。

然而孩子也並不老是玩兒的；有時候坐在保姆旁邊，他忽然間老實下來，這樣的凝視一切。他的孩子的智慧，觀察着發生在他面前的一切現象；它們深深地落進他的心裏，隨後就同他一齊生長和成熟。

是一個莊嚴的早晨；空氣涼爽；太陽還沒有高。房屋，樹木，鴿舍和露臺——一切都遠遠地拖着一條長的影子。花園裏和院子裏都有引人深思和入眠的蔭涼的角落。只有遠遠裏的麥田，火似地燃燒着，而河流在太陽裏燦爛輝煌得使人眼睛發痛。

「保姆，爲什麼這裏暗，那裏亮，一會兒那裏又亮起來呢？」孩子問。

「是因爲太陽去迎接月亮，我的小寶貝，沒有看見她，所以就綯起眉頭來；等遠遠地一看見它，那就又亮起來了。」

孩子沉思着，並且儘瞧着周圍：他看見安提潑去汲水，另一個比眞的十倍大的安提潑在地上和他齊步前進，水桶似乎有房子那麼大小，而馬的影子呢，蓋沒了整片草原：影子只跨得兩步，就忽然移到山背後去了，而安提潑還沒有來得及離開這院子。

孩子也走了兩步，再走一步——他就要走到山背後了。他想到山邊去看看，那匹馬上那裏去了。他向大門口跑過去，但是聽到母親的聲音從窗裏喊：

「保姆，不看見孩子在太陽地裏跑出去嗎！帶他到陰涼地方去；晒了他的頭——又要頭痛，嘔吐，吃不下飯了。你這樣帶他，他會跑到山澗裏去了。」

「哦，你這寶貝孩子！」保姆一邊靜靜地嘀咕說，一邊把他帶上台階。

孩子以銳利明敏的眼光，觀察着大人們在幹什麼，他們在怎樣利用這早晨。一件小事，也逃不開孩子底銳利的注意：他家庭生活的圖畫，給不能磨滅地打進心裏去；他的柔軟的智力，吸收着活生生的實例，不知不覺地照周圍的生活給自己的生活作下綱領。

誰也不能說，奧勃洛摩夫家的早晨是白糟蹋的。廚房裏，剁肉切菜的刀聲，直傳到村子裏。從僕役室裏，傳來紡錘的呼呼之聲，和一個農婦底輕悠悠的細細的聲音：很難以分辯，她是在哭呢，還是在哼一支沒有字眼的，悲哀的歌曲。

院子裏，安提潑剛帶了水桶回來，馬上就有農婦，車夫，從四面八方帶着提桶，水槽。水壺朝他走去。

而那裏，一個老太婆從倉屋裏取了一茶杯粉和一堆鷄蛋走到廚房裏去；這裏，廚子突然從窗戶裏潑出水來，淋得阿拉潑伽一身，它是一早晨就目不轉睛地望定窗子，舐嘴唇，巴結地搖尾吧。

老奧勃洛摩夫本人也並不空閒。他一早晨都坐在窗邊，嚴密監視着院子裏的一切。

「嗨，伊格納希卡！你這拿的什麼，笨伯？」他問一個走過院子的人。

「拿刀子到僕役室裏去磨，」他回答，並不向主人望一望。

「唔，拿去，拿去；可是當心磨得好好的。」

隨後喊住一名農婦：

「哦，女人！女人！上哪兒去了？」

「上地窖裏去了，老爺，」她並且站定下，用一只手擋着眼睛，望着窗子回答。「去取食桌上用的牛奶」。

「唔，走吧，走吧，」主人回答。「可是當心別溢出了牛奶。」「哦，查哈爾卡，小流氓，你這又跑上那裏去？」他又喊，「我要來叫你奔跑！這是我看到你第三次奔跑了。回到前室裏去！」

而查哈爾卡就又回到前室裏去打瞌睡。

牛從田野裏回來，主人總頭一個擔心給飲水；從窗戶裏看見他在追母鷄，他就立刻採用嚴格的方法來取締這毫無秩序。

他的太太才忙得厲害：她向裁縫何惠爾伽解釋了三個來鐘頭，怎樣用丈夫的羊毛衫給伊里烏夏（伊里亞的愛稱——譯者）改裁短上衣，劃粉線，並且監視何惠爾伽別偷去料作；隨後上女僕室裏，給每名女僕派定這一天編多少花邊；隨後不是叫納司塔司約．伊凡諾芙娜，便是叫斯節派尼達．阿伽帕芙娜，再不就叫她隨從之中的另一員，為了實際的目的，跟她到花園裏去走一遭：看蘋果熟得怎麼樣了，上一天就熟了的那一只落下了沒有；那裏要接枝，這裏要修剪等等。

可是最關心的還是廚房和午飯。全家的人都商量午飯：連老耄的叔母也給邀來商量。每人提出自己的菜：有人提鵝雜湯，有人提麵條或者肚子，有人提四件，有人提紅醬油，有人提白醬油。每一個意見都經過考慮，詳細討論，然後由女主人最後決定，接受或者否決。納司塔司約．彼得羅芙娜和斯節派尼達．伊凡諾芙娜一息不停地給派到廚房裏去，提醒那樣，添這樣，或者取消那樣，取煮菜用的糖，蜜，酒，看廚子把交給他的作料統統用上沒有。

在奧勃洛摩夫，對於飲食的關心，是生活上第一而且主要的關心。那裏餵肥着多少頭節日用的犢牛啊！飼養着多少的禽鳥啊！照料它們要多少細密的考慮，工夫和操心啊！規定在命名日和其他節日用的吐綬雞和雛雞，是以胡桃來飼養的；在節日之前幾天，就剝奪鵝的運動，便把牠們一動不動地吊在口袋裏，使得它們長肥膘。那裏貯藏着多少的果醬，鹹菜和麵食啊！在奧勃洛摩夫卡，釀着多少的蜜蜂，多少的「渴伐水」，烤多着少的麵餅啊！

誰都這樣奔忙和操心到中午，誰都度着這種充實的，螞蟻似的，顯著的生活。這些好動的螞蟻，就是在禮拜日和節日也並不鬆懈；那時候，廚房裏的刀聲來得更頻繁，更響亮；農婦從倉屋到廚房來來回回要走幾趟，拿着加倍的粉和雞蛋；雞塒裏有着更多的呻吟和流血。烤了一個極大的麵餅，主人直吃到第二天；在第三天和第四天上，殘片才拿到女僕室裏；到禮拜五，完全綳硬的，沒有餡的一塊，才作爲特別的恩惠，落到安提潑手裏，安提潑呢，劃着十字，大無畏地喀嚓一聲咬碎這塊珍奇的化石，與其說是享受麵餅本身，不如說因爲這是主人的麵餅這一意識而自鳴得意，恰像考古學家得意地從千年的古瓶底碎片裏喝蹩脚的酒一般。

孩子以什麼也不錯過的兒童的智慧，儘傍觀着，儘觀察着。他看到，在有益地和忙碌地過去的早晨之後，又是中午和午飯了。

中午是熱的；天上一片雲彩也沒有。太陽不動的站在當頂，燒灼着草。空氣停止流動，不動地凝滯着。枝頭沒有一聲綷縩，水面沒有一絲漣漪；不破的寂靜統治着四野和村子，彷彿萬物都死盡了。人的聲音，在空中遠遠地反響地傳來。聽見有一匹金龜子在二十沙繩以外振翅飛鳴，深草裏，誰儘在打鼾！彷彿誰倒向那裏美夢地熟睡。

屋子裏，死樣的寂靜統治着。到了一般地午睡的時間。孩子看到，父親，母親，老耄的叔母和隨員——統統分散到自己的一角去了；沒有自己的一角的，有的到乾草場去，有的到花園裏去，第三位在穿堂裏找尋涼爽的地方，也有人用手帕蒙着臉來擋着蠅，暑熱和飽頓頓的午飯在哪裏制服他，他就倒睡在哪裏。園丁在花園裏灌木底下傍着自己的鶴嘴鋤伸躺着，車夫睡在馬廐裏。

伊里亞・伊里奇向僕役室裏望望：那裏，誰都躺着，長凳上也是，地板上也是，穿堂裏也是，放着孩子們自己攪去；孩子們在院子裏爬來爬去，在砂子裏掘弄。狗們鑽進狗屋的儘裏邊，因爲沒有人可吠了。

也許可以穿過全屋，不遇見一個人；很容易把四周的一切偷了，從院子裏搬上車去：誰也不會阻礙的，只要這一帶有竊賊出沒的話。

這是一場吞噬一切的，難以制勝的睡眠，眞像死亡一樣。一切都死滅了，只有各種聲調的鼾聲從一切角落裏發出來。時不時，誰從睡夢中突然擧起頭來，向兩邊毫無意義地驚愕地瞧瞧，翻轉身去，或者呢，眼睛也不睜，睡朦朧地吐口唾沫，咂咂嘴脣或者用鼻音獨自嘀咕什麽，又睡熟了。而另一個人，突然裏，事先一無預備，彷彿怕失去寶貴的時機似地，從床舖上雙脚跳起來，抓住裝「渴伐水」的杯子，把浮在裏面的蒼蠅吹向一邊，吹得至今不動的蒼蠅，狠命動彈，希望改善它們的位置，潤潤喉嚨，隨後彷彿給槍斃似地，又倒在牀上。

孩子儘觀察又觀察。

午飯之後，他又同保姆到戶外去。可是不管主婦怎樣嚴令，自己怎樣下決心，保姆總也抵擋不住睡眠底蠱惑。她也染上了這流行在奧勃洛摩夫卡的傳染病。最初，她好好的看顧孩子，不放他走遠去，厲聲叱罵他不叫東奔西跑；隨後，感到傳染病迫近的徵候，就開始懇求他別走出門外，別觸惹山羊，別爬上鴿舍或者露臺。她自己在甚麼地方陰蔭裏坐下：在台階上，在地窖門口，或者簡直就在草上；顯然想一邊織襪子，一邊看顧孩子。可是她立刻頭點呀點的，懶得去管束他了。

「喲，要爬了，瞧，這淘氣精要爬上露台去了，」她幾乎在夢中想，「或者還要……走到山澗去」……

這裏，老婦人的頭俯到膝上，襪子從手裏放去了；他忘了孩子，略爲開張些嘴，發出輕輕的鼾聲。

孩子不耐煩地等待這開始自己的獨立生活的時機。好像整個世界上只有他一個人似的；他從保姆那裏用脚尖溜開去，去看睡在甚麼地方的每一個人；誰一醒，吐口唾沫，在睡夢中嘀咕甚麼，他就立停下來凝視，隨後，懷着一顆往下沉的心，他跑上露台，繞着軋啦軋啦的木板飛跑，攀登鴿舍，走入花園深處，聽金龜子嗡鳴，目送它在空中遠遠裏飛行，聽到甚麼東西在草裏儒叫，便去找和捉住這靜寂底破壞者；捉到一只蜻蜓，扯去它的翅翼，看它究竟如何，或者打它身上穿過一根稻草，看它帶着這附屬物飛；屏住氣，欣然地注視蜘蛛吸捉到的蒼蠅的血，而那可憐的犧牲者，在它爪子裏掙扎，嗡鳴。孩子把犧牲者和迫害者都弄死才終場。

隨後他走向小溝，刨起一些甚麼根，剝去皮，津津有味地吃起來，比吃媽媽給的蘋果和果醬還喜歡。

他又跑出大門，原想上白樺林去。這林子在他似乎這樣近，在五分鐘以內便可走到，不繞灣子，不遵大路。而一直越過小溝，籬笆，和坑穴；可是他害怕：據說那裏有木鬼，強盜和怕人的野獸。

他也想跑向山澗去，那離開花園一共五十來沙覃；孩子已經跑到了邊緣，瞇細了眼睛，正想像望進火山的噴火口去那樣望下去……但是突然間，關於這山澗的一切謠言和傳說，都湧現在他眼前；恐怖向他襲來，他半死半活地往回疾走，嚇得索索抖，投身向保姆身邊，把保姆弄醒了。

她從夢中醒來，整整頭巾，用手指把花白頭髮掖好在頭巾底下；假裝完全不曾睡過，懷疑地瞧瞧伊里烏夏，隨後又瞧瞧主人的窗子，開始用索索抖的手指，一針一針地織起放在自己膝蓋上的襪子來。

這時際，暑熱開始漸漸減退；自然在蘇醒了；太陽已經移近樹林。

屋子裏的寂靜也逐漸破壞了；在那裏的一角，一扇門格啦格啦響；院子裏，聽見有誰的足音；誰在乾草場上打噎。立刻，一個人重得彎下身子，從廚房裏急急端來一個大的茶炊。開始聚攏來喝茶；一個人眼睛裏淌着淚，臉發着縐；另一個人睡得臉頰上和顳顬上起着一片紅斑；第三個睡得不用原來的聲音說話。全都因爲纔只醒來而鼻子噴氣，太息，打哈欠，搔頭，伸懶腰。

午飯和睡眠使他們口渴難止；口渴燒着喉嚨；每人喝下十二杯，可是這不濟事；聽得見呻吟和嘆息；都跑去喝覆盆子水，梨水，「渴伐水」，也有人乞靈於藥，來解救他們喉嚨裏的渴燥。誰都尋求解渴，好像解免甚麼天譴似的，誰都翻來覆去，困頓疲憊，宛像一隊在阿拉伯沙漠裏旅行的，那裏也找不到泉源的隊商一般。

孩子在他母親身邊：他在觀察他周圍這些希奇古怪的臉，傾聽他們沒有精神的，夢樣的談話。他很高興瞧他們，他們所說的每一句蠢話，在他彷彿都很新奇。

喝罷茶，誰都有些事忙着：一個人走下河邊，一邊沿着河岸徐徐地漫步，一邊用脚將石子踢進水裏去；另一個人坐在窗口用眼睛抓住每一掠過的現象：一匹貓跑過院子，或者一頭鴉飛過，觀察者就用眼睛和鼻尖去追蹤它們，將頭一會兒轉到右邊，一會兒轉到左邊。狗有時候就喜歡這樣在窗檻上坐一整天，頭晒着太陽，仔細端詳着每一位行路人。

母親將伊里烏夏的頭放在自己膝蓋上，一邊慢慢地給他梳頭，一邊讚賞它的柔軟，並且使納司塔司約．伊凡諾芙娜和斯節派尼達．鐵霍諾芙娜也一路讚賞，還同她們講伊里烏夏的將來，把他認爲出諸她的創作的光明燦爛的敍事詩底主人公。而她們呢，給他保證一座座的金山。

暮色四垂了。廚房裏，火又噼啪噼啪，刀聲又響起來：在準備晚飯了。

僕役們聚集在大門口：那裏有三角琵琶的聲音和笑聲傳來。他們在玩「捉拿」。

太陽已沒入樹林後面，它投出來的幾條溫暖的光線，火線一般貫穿全林，給松樹底樹梢灌上一片燦爛的黃金。隨後光線一條一條地消失了；最後的一條還留連半晌；像一支細的針似地，它穿透茂密的樹枝；可是這一條也不見了。

萬物失去了自己的形狀：所有的東西最初溶成一片灰色，隨後又溶成一片黑色。小鳥的歌唱逐漸地消歇，一霎間，除了一只以外，它們全然不作聲了，那頑固的一只，彷彿和全體作對似地，在一般的寂靜之中，獨自間歇地單調地囀鳴着，可是越叫越稀，終於它作了最後一陣又輕又弱的嘯鳴，使它周圍的樹葉輕輕振動了一下……就睡熟了。

萬籟俱寂。只有一些蟋蟀爭着叫得越來越響。從地上升起白的水蒸氣，佈滿草地和河流。河流也靜了；隔一陣，甚麼東西突然在河裏潑刺了最後一次，河流就不動了。有一股潮溼的氣味。天色越來越暗。一叢叢的樹木簇聚成鬼怪；樹林裏變得可怕了；那裏，誰忽然間格啦格啦響，宛像鬼怪之一在從原處出動，而乾枯的樹枝在它脚下格啦格啦似的。

天上，燦亮地閃着第一顆星星，像一只活潑的眼睛一樣；而屋子的窗戶裏，燈火亮起來了。是大自然底一般的神聖的寂靜底瞬間，此時，創造的頭腦工作得更其厲害，詩意沸騰得熾盛，此時，情熱在心裏燃燒得更富生氣，或者悲哀痛楚得更其厲害，此時，殘酷的靈魂裏，犯罪的思想種子更無阻礙地更强烈地成熟起來，此時……在奧勃洛摩夫卡，一切都睡得如此酣熟而平和。

「我們散步去吧，媽媽，」伊里烏夏說。

「你這是甚麼話？這時候去散步，」母親回答。「天氣潮溼，你脚上要受涼的；而且也怕人；樹林裏現在木鬼出沒，他要帶走小孩子的。」

「帶到哪裏去？他是怎樣的東西？住在哪裏？」孩子問。

母親一任自己無羈勒地幻想。孩子將眼睛一霎睜開一霎閉攏地傾聽她，直到最後睡魔抓住他爲止。保姆來將他從母親膝蓋上抱起，帶他到牀上去，睡熟了，他的頭垂在她的肩上。

「一天過去了，上帝保佑！」奥勃洛摩夫家的人一邊說，一邊上牀，嘆息，給自己劃十字祝福。「平平安安過去了；上帝保佑明天也如此吧！託您老天爺的福！」

隨後奥勃洛摩夫又夢見另一個時節：一個其長無盡的冬晚，他正胆怯地團縮在保姆身邊，而保姆呢，在對他低聲地講某一未知的國土，那裏，既沒有夜，又沒有寒冷，一樁樁奇怪的事，河裏流着牛奶和蜜，一年到頭，誰也不做任何工作，一個個像伊里亞·伊里奇這樣的好青年，和言語不能形容，筆不能描述的美女，天天就只知道散步而已。那裏住着一位和氣的女妖，有時她幻化成一條梭魚，上我們這裏，挑選一位安靜而無害的人，換句話說，就是一位誰都侮辱他的懶人，作自己的戀人，用種種理由將各種各樣的寶物贈送給他，他呢，甚麼也不幹，就只吃個稱心如意，穿個現成，隨後，同一位絕世的美人，密莉脫莉莎·克爾畢脫葉芙娜結婚。

孩子睜着眼睛，尖着耳朶，熱中地鑽進故事裏去。保姆——或者傳說——在童話中如此巧妙地避開現實的一切，以致由虛構滲透了的智慧和想像，到老還是做它的奴隸。保姆善良地講述笨伯爾梅里亞的童話，這對於我們祖先，說不定還對於我們自己的，刻毒，陰險的諷刺。雖然，伊里亞．伊里奇後來成了成人，知道既沒有蜜和牛奶的河，也沒有善良的女妖，而微笑着揶揄保姆的這些童話，然而他這微笑是不眞的，它暗地裏由嘆息伴隨着：在他，童話和生活打成了一片，他有時候總不知不覺地悲傷，童話不是生活，而生活又不是童話。他不由自主地夢想密莉脫莉莎．克爾畢脫斐芙娜；他老被僅知道散步的無憂無慮的國土所吸引；他老存有躺在爐台上，穿着現成的，不勞而獲的衣服來去，吃善良的女妖所備的食物的意向。

由保姆們和廝役們口頭上刻板地世世相傳的這些童話，與勃洛摩夫的父親和祖父，在童年時代也曾經聽到過。

這時際，保姆又給孩子的想像描繪另一幅圖畫。

她對他講俄國的阿溪里（註八）和攸力栖茲（註九）的勳業，講伊里亞．模羅梅此，獨勃盧尼亞．尼豈濟豈，阿略夏．坡坡維奇的驍勇，講力士坡爾康，講旅人卡里奇解，（註十）講他們怎樣漫遊俄羅斯，毀滅無數異教徒底軍隊，講彼此爭着一口氣喝乾一杯綠酒，哼也不哼一聲；隨後講兇惡的强盜，講睡着的公主，成爲化石的城市和人；到末了，轉到我國的鬼神學，死屍，怪物，和狼精。

保姆以荷馬（見註八）底單純和善良，以像他一樣的，細目底具體生動和畫面底浮彫，給孩子的記憶和想像之中灌進俄羅斯生活的伊里亞特（見註八）去，這些伊亞特是由俄國的荷馬們在混沌時代創造下的，那時候，人還沒有和自然與人生底危險和秘密協調，在狼精和木鬼面前，他就發抖，而找阿略夏·波坡維奇來抵禦周圍的災禍，那時候，空中，水中，樹林中和原野中到處都是奇事。當時的人的生活是恐怖不安的；在他，走出自己家的門檻就危險——隨時有野獸來捉住他，强盜來殺死他，獰惡的韃靼人來奪去他的一切，或者竟一無消息，一無痕跡地就不見了。

突然間，不是出現空中的徵兆，火柱和火球，就是那裏，新墳上面，火光閃耀，或者誰在樹林裏，彷彿提着燈籠漫步，在黑暗中眼睛發亮，怕人地哈哈大笑。

人遇見多少奇怪的事：一個人生活得很久很久——甚麼事也沒有，可是一下子他說起胡話來，或者用不是自己的聲音喊叫，或者夜夜起來夢遊；開始一無理由地扭別人，打在地上。而剛在這之前，一匹母雞作過雄雞的啼聲，一頭烏鴉在屋頂上叫過。

一位弱者恐怖地四顧人生，他就茫然若失，而在想像之中去找尋探求他周圍的，和他自己天性上的秘密的鑰匙。

也許就是這夢，還萎靡不振的生活底無窮的寂靜，這運動，種種現實的恐怖，冒險和危險底缺乏，迫使人在天然的世界中創造出另一個難以實現的世界，而在其中給空想尋求放蕩和逸樂，在現象本身以外，尋求現象底狀況與原因底一般的聯繫底解答。

我們可憐的祖先，度的是暗中摸索的生活；他們既不抑制自己的意志，又不使它附翼翱翔，隨後却質朴地對着缺陷和不幸吃驚或者害怕，並且在自然底無言而模糊不淸的象形文字之中，去探求它們的原因。他們之死，是因爲在這之前，有一個死人給頭先抬出大門，而不脚先抬出大門所致；火災呢，是因爲狗在窗下吠了三夜；他們留心把死人脚先抬出大門去，但是東西仍舊吃得那麼多，睡覺還是照舊在光光的草上；他們把吠着的狗打或者攆出院子去，但是依然把有火星的木片丟進破地板縫裏。而直到如今，俄羅斯人處在他周圍的嚴峻而一無虛飾的現實之中，還喜歡相信這些從前的誘惑的奇談，要他們擺脫這個信仰，恐怕還有些年頭哩。

傾聽着保姆講俄國的「金羊毛」（註十一），火鳥，講魔法城底障礙物和密室，孩子一會兒把自己想像爲建功立業的英雄而意氣揚揚，雖然小螞蟻跑遍他的背脊，一會兒又爲壯士的失敗痛苦。

童話一節又一節地流出。保姆懷着熱心，有時候懷着靈感，熱中地講得活靈活現，因爲她自己就一半相信它們。她的眼睛閃着火花，頭感動得抖呀抖的；聲音提高到非尋常的調子。孩子，叫莫明其妙的恐怖所襲，眼睛裏噙着淚水，扶緊保姆。她講死人半夜裏從墳墓中起來，講犧牲者在怪物的俘囚中憔悴下去，講裝着木腿的熊，跑遍大村小村，去找那條割掉的天然的腿——孩子嚇得頭髮直竪；童年的想像一會兒凝凍，一會兒又沸騰；他經驗着一種又痛苦又甜蜜的病的心情；神經緊張得像弦線一樣。

當保姆悽慘地重覆着熊的說話：「軋拉，軋拉，菩提樹的脚；我走遍了大村，走遍了小村，所有的女人都睡了；一個女人沒有睡，她坐在我的皮上，煮我的肉，紡我的毛，」等等時，到末後，當熊走進草屋，正要將奪去自己的腿的人一把捉住時，孩子再也受不住了：他渾身索索抖，尖叫一聲撲到保姆臂膊裏；他害怕得雙淚迸流，同時卻因爲自己不在熊的脚爪裏，而在爐台上保姆身邊，而歡喜得哈哈大笑。

孩子的想像，給希奇古怪的幻影充斥着；恐怖和悲哀，在他心裏生根已久，說不定竟永久生根了。他悲哀地環顧周圍，在生活中老看到損害與災難，老夢想那沒有災禍，沒有顧慮，也沒有憂愁的，住着密莉脫莉莎·克爾畢脫葉芙娜的，可以平白無故地吃得如此好穿得如此好的魔法的國土。

在奥勃洛摩夫卡，童話不單對於孩子們，就是對於大人，也一罩子保持自己的權力。這一家和這一村子裏，上自主人主婦，下至健壯的鐵匠塔拉斯，在黑洞洞的夜晚，誰也莫明其妙地發抖；那時候，每一顆喬木都變成巨人，每一顆灌木都成爲强盜的洞窟。百葉窗底刮辣刮辣，和煙囪裏風底呼盧呼盧，就使得男女老小臉色發白。主顯節晚上，十點鐘以後，誰也不獨自走出大門去；復活節夜裏，誰都怕上馬廐去，怕在那裏撞見家宅神。

奥勃洛摩夫卡的人是甚麼都信的：狼精也信，鬼也信。對他們講，一堆乾草在田裏來，那他們毫不猶豫就相信；誰放謠言說，那不是綿羊，而是別的甚麼，或者說那位馬爾發或斯節潘達是魔法使，那他們就怕那頭綿羊和馬爾發了；他們從來想不到問問爲甚麼那頭綿羊不是綿羊，爲甚麼馬爾發成爲魔法使了呢，誰要是懷疑這一點，他們倒反而要攻擊他——在奥勃洛摩夫卡，對奇蹟的信仰，是如此奇强的！

伊里亞·伊里奇到後來知道，世界是單純地組成的，死人不會從墳墓裏起來，巨人一出現，馬上就給裝在雜耍場裏，而强盜是打入監牢的；但是即使對幻影的信仰消失了，恐怖和不知不覺的哀愁底沉澱却仍舊如此。

伊里亞·伊里奇知道，沒有一種災難是由怪物而起，而且輕易不明白，世界上究竟有些什麼災難，可是每走一步，他總期待發生可怖的事，而害起怕來。就是現在，留在黑洞洞的房間裏，或者看到死人，他還因為不祥的哀愁而顫慄，這哀愁是兒童時代就打入他心裏的；早晨，他笑他自己的恐怖，到晚上，他又臉色發白了。

隨後伊里亞・伊里奇突然夢見自己是十三四歲的孩子。他在離奧勃洛摩夫卡五維爾斯他光景的威爾赫仁奧伏，從當地底管事德國人斯托爾茲唸書。斯托爾茲給附近鄉紳子弟辦了一所小規模的寄宿學堂。

他有一個兒子，叫安特烈，同奧勃洛摩夫差不多一樣的年歲。此外還有一個孩子，差不多從不唸書，常為瘰癧所苦，整個兒童時代，不是綳着眼睛，就是綳着耳朵，為了不住在祖母身邊，而住在陌生人家裏，和壞人同住，為了他無處撒驕，沒有人給他烤心愛的麵餅，他老是偷偷地哭泣的。

除了這兩個孩子，這寄宿學堂裏再沒有別的學生了。

沒有辦法，父母還是使伊里烏夏這寶貝心肝唸書去。這博得眼淚，悲歎和任性。終於還是送去了。

這德國人是一位嚴格而務實的人，像差不多一切德國人一樣。要是奧勃洛摩夫卡離威爾赫仁奧伏有五百維爾斯他，那伊里烏夏也許從他好好地學成些什麼。但是怎麼學得成呢？奧勃洛摩夫家的寮園，生活方式和習慣底魔力，直擴展到一度也是奧勃洛摩夫家的威爾赫俚奧伏；那裏，除掉斯托爾茲一家以外，誰都呼吸着這同一的原始的懶惰，風俗底淳樸，幽靜和無為。

孩子的智慧和感情，在他看到第一冊書籍之前，先已充滿着這種生活底一切景色，場面和風習。可是誰知道，在孩子的腦子裏，智慧的種子，怎樣很早就開始發達了？孩子心裏的最初的觀念和印象，怎樣去追踪它們的產生？也許當孩子還不大會說話，也許還完全不會說話，甚至走路，而不過用孩子的無言的，成人們所謂滯鈍的凝視來瞧一切的時候，它就已經意會出和猜度出它周圍的事像底意義和聯繫，不過沒有把這個向自己和別人直認罷了。

也許伊里烏夏早已注意和理解他面前所說的話，所做的事，他爸爸怎樣穿着絲絨短褲和栗殼色布的綿上衣，整天只知道反背着手，從一只角落蹲到另一只角落，嗅煙草，醒鼻子，而媽媽呢，儘從咖啡忙到茶，從茶忙到午飯；父親從不想到點一點刈下多少堆草或者收割多少堆麥子，和罰一罰不上勁的人，可是不馬上將手巾遞給他，他便大罵這雜亂無章，而使整個屋子翻身朝天。

也許他的孩子的頭腦，久已決定，只可以像他周圍的成人那樣生活，而別無其他的生活。怎麼叫他作別樣的決定呢，不是？而奧勃洛摩夫卡的成人，是怎麼生活的？

他們會否自問，爲什麼與以生命？那只有天知道。而對於這問題怎麼回答？多分是無法回答：這在他們似乎非常簡單和明瞭。

他們沒有聽說過，有所謂艱苦的生活，有胸頭懷着令人疲憊的罣慮，爲着什麼在地面上到處徬徨，或者把生活投向無窮的，永久的勞苦的人。奧勃洛摩夫卡的人也不相信心神的不安；他們不以生活爲嚮往什麼的無窮的循環；他們害怕熱情的衝動，有如熊熊之火；在別的地方，人的肉體很快就給內部的，精神的火底噴火作用所燒盡，而奧勃洛摩夫卡的人的精神，却平靜地，毫無妨害地，沉潛在柔軟的肉體中。

生活並不以早熟的縐紋毀人的精神上的打擊和病痛來烙印他們，有如烙印別人似的。這些好好先生將生活確然地理解爲安靜和無爲底理想，這時不時被疾病，損害，吵架，尤其是勞苦之類的，不愉快的事件所破壞。他們將勞苦作爲施於我們祖先們的懲罰來忍受，但是不能夠喜歡它，有機會總要逃避開去，認爲這是可能而應當的。

他們從不以任何渺茫的，倫理上或者精神上的問題來自尋苦惱：這就是他們健康，快樂和長壽的原因；四十歲的人活像青年一樣；老人們也不和不勝痛苦的死亡掙扎，活到不能再活下去，他們便靜靜地冷却，不被注意地呼出最後一口氣，彷彿偷偷裏似地死了。爲此故說，早先的人比較健朗。

實際也的確硬朗：早先，人們不急急於向小孩子解釋生活底意義，使他們像準備什麼賢明而嚴肅的事似地，準備生活；不以書本去苦惱他，那在頭腦裏會引起無限問題，而問題是耗竭人的智慧和感情，促短人的壽命的。

生活方式，是由雙親給準備和教授他們的，雙親是由祖父那裏現成接受來的，祖父是由曾祖父母手裏，連同將它保持得像惠斯塔（註十二）底火一樣完整和不可侵犯的訓諭一起傳下來的。歷祖歷宗的時代，怎麼辦，那在伊里亞．伊里奇父親的時代也這麼辦，而且說不定，在奧勃洛摩夫卡，現在還是這麼辦着。

那他們有什麼要思索和興奮？有什麼要知道的，有什麼目的要追求呢？什麼也不需要：生活就像靜靜的河似地流過他們去，他們就只消坐在河岸上，觀察不可避免的，不約而至地依次呈現在每人跟前的現象而已。

在睡着的伊里亞．伊里奇的想像裏，是在奧勃洛摩夫家族中和親戚朋友家中上演的三幕主要的生活——生孩子，結婚，送葬——開始像活人畫片似地，依次地一幕一幕展開。接下去是斑斑雜雜的悲歡的小節目：施洗啦，命名啦，家慶啦，斷肉啦，開齋啦，熱鬧的午餐啦，親族大會啦，招待啦，道喜啦，形式上的眼淚和微笑啦。

每一件事都辦得如此道地，如此莊嚴而顯煥。

他甚至看到那些相熟的臉，和他們在種種儀式上的面相以及他們那股忙亂勁兒。無論訂婚禮怎樣繁縟，無論結婚禮或者命名怎樣顯煥，他們總完全依照規矩，絲毫也不怠慢地辦去。誰該坐在哪裏，上什麼菜，怎樣上菜，誰和誰同車去行禮，守不守儀式，奧勃洛摩夫卡的人誰也從不有一點點兒差池。

撫養孩子，他們又懂不懂呢。只消看一看當地的母親們帶着或者牽着的是何等緋紅而壯實的美少年啊！他們主張，孩子是要肥胖，白皙和強健。

假使春初不烤雲雀，那他們就放棄春天，不希望知道它。他們怎麼會不知道和實行它呢？

這是他們的全部生活和學問，這是他們的全部悲歡；因此他們排遣去其他一切的憂慮和悲哀，不知道其他的喜悅，他們的生活是只由這些根本的，免不了的事來充實的，這些事給他們的理智與感情以無窮的糧食。懷着興奮得怦怦跳動的心，他們期待一次禮節，宴會，儀式，隨後，給一個人施洗了，結婚了或者埋葬了，就將他本人和他的命運忘卻，而又沈入慣常的無感覺中，那要新的同類的事——命名，結婚等等——才將他們喚醒。

孩子一生下地，做父母的第一件担心的事，是儘可能正確而毫不怠慢地舉行禮節上所需要的一切儀式，那就是，在命名之後舉行一次宴會；然後開始仔細看護。母親給她自己和保姆定下的任務是，把孩子養得健康，留心他別受感冒，別遭毒眼（註十三），別碰到其他敵對事件。她們熱心地煩忙，使得孩子老是快樂和吃得多。

等孩子一會站立，那就是，他不再需要保姆的時候，母親心裏就有給他找一位配偶——也要健康而緋紅的——的秘密的願望。又來了宴會和儀式的時代，終於舉行婚禮；在這上面，集中着人生底一切感奮。然後又循環下去：生孩子，舉行儀式，舉行宴會，直到舉辦喪事才改換裝飾。但是這也並不長久：一批人讓地位給另外一批，孩子們成爲青年，同時成爲未婚夫，結婚，又發生和自己相類的事——生活就這樣像連續的同樣的布匹似地，照這程序展開去，要到墳墓邊頭才不被注意地中斷。

不錯，有時候，也有別些煩惱來糾纏他們，可是奧勃洛摩夫卡的人們，大抵以淡泊甯靜的態度迎受它們，而這些煩惱呢，在他們頭上環旋一陣之後，宛如飛到一堵光緻緻的牆壁跟前，找不到容身之處，徒然在堅硬的石頭旁邊鼓一鼓翅膀，而再往前飛的小鳥一般，飛過去了。

例如說，有一次，露台底一部分突然從屋子的一邊坍了下去，把一匹母雞和雛雞埋在坍塌物底下；在露台底下紡績的阿克新雅，安提潑的老婆，恰巧在這時候取亞麻去了，這才幸免於難。家裏起了大騷動：大大小小全都跑來，想到若不是母雞和雛雞，而是主婦本人帶了伊里亞‧伊里奇走到這裏，他們便都感覺恐怖。全都慨嘆，彼此責怪怎麼早沒有想到這層：一個人誤了提醒別人，另一個人誤了下命令，而第三個人又誤了執行命令。誰都詫異於露台的坍下來，雖然頭一天還都詫異於它的耐得這麼久！開始提供怎麼樣修理的焦慮和意見；表示對於母鷄和雛雞的惋惜；嚴禁了不許讓伊里亞‧伊里奇走近露台去，就慢慢地各回原處。

隔了三個禮拜，安特烈烏希卡，彼得路希卡和瓦斯卡才受命將坍下來的木板和欄杆，拖向倉屋去，免得擋路。它們在那裏直擱到春天。每次老奧勃洛摩夫從窗子裏望見它們，他們總想到要修一修：叫了木匠來，同他商量是造一座新露台好呢，還是把剩下的東西拆下來；隨後一邊讓他回家去，一邊說：

「回去吧，我來想一想再說。」

這一直繼續到瓦斯卡或者摩脫卡報告主人說，今天早晨他爬上露台的殘餘部分時，看見四角落從牆壁已經完全脫開，眼看又要坍了。於是又去把木匠叫來，作最後的商量，其結果呢，決定將露台底下倖存的一部分，用舊的木料撐一下，這，到當月月底果眞給辦了。

「哼，露台又像新的了！」老人對妻子說．「瞧，賓虔脫把柱子立得多巧，正像元首官邸裏的圓柱一般！現在好啦；這又耐一時啦。」

有人提醒他，順便可以把大門和台階也修一修，因爲打台階之間，別說貓，甚至猪也鑽得進地窖去了．

「不錯，要修理，」伊里亞．伊凡諾維奇掛念地回答，並且立刻就走去看台階．

「實際上，你瞧，它的確完全搖動啦！」他說，一邊用脚把台階擺動得像搖籃一般。

「它剛一造好起就搖動的，」有人陳述說．

「搖動又有什麼？」老奧勃洛摩夫回答說．「雖然不加修理地用了十六年．它還不會坍下來呀。盧卡造它造得眞好極啦！……他才是一位眞正的木匠哩！……死了——天國是他的了！現今可眞馬虎不會造到這樣的了．」

他將眼睛轉到另一面去，台階雖然說搖動，但是還不會坍下來．

實際上，這盧卡的確是一位刮刮叫的木匠。

然而，應當對主人說句公道話：有時候，遇到不幸或者缺陷，他們也非常不安，甚至憤激和發怒的．怎麼可以把這個或者那個放下不管呢？得馬上想法子。於是他們就只講怎樣修理架在小溝上的小橋，或者怎樣把花園的一部分攔起來，免得牛羊蹧踏樹木，因爲籬笆的一部分完全倒在地上了。伊里亞·伊凡諾維奇担心到，有一次，在花園內散步時，竟哼哼唧唧地親手將這籬笆舉起來，而且盼咐園丁馬上豎起兩根木樁；虧得主人的這次處置，這籬笆才這樣立過一夏天，不過到冬天，却又給雪壓倒了。終於到如此程度，安提潑剛從小橋上連人連馬連水桶跌進小溝去，橋上立刻就舖起三塊新木板來。他的傷還沒有養好，小橋已經像新的一樣了。籬笆又倒下去之後，羊們也沒有沾多少光：它們剛只吃去了那些覆盆子樹，開始啃第十顆菩提樹的皮，但是還不曾達到蘋果樹的時候，將籬笆好生栽穩，甚至掘一道小溝的命令就下來了。當場捉獲的兩頭母牛和一頭山羊，活該在橫腹上挨了一頓飽打！

奧勃洛摩夫還夢見雙親家裏那間又大又暗的客廳，那裏有老式的，始終蒙着套子的槐木圈手椅，一張又大又笨又硬，張着褪色的，汚點斑斑的天藍色天鵝絨面子的沙發，和一把大的皮圈手椅。

一個漫長的冬晚在迫近。

母親蹺起了脚坐在沙發上，一邊懶懶地織孩子們的襪子，一邊打着哈欠，時不時還用編針搔搔頭。

她旁邊坐着納司塔司約・伊凡諾芙娜和培勒蓋婀・伊格納鐵芙娜，鼻子鑽在活計裏，在爲伊里烏夏，或者他父親，或者爲她們自己賣力氣地縫節目穿的衣服。

父親反背着手非常滿足地在房間中來回踱步，或者坐下在圈手椅裏，才坐下不久又開始重新踱步，注意地傾聽着自己的脚步聲音。隨後嗅嗅煙草，醒醒鼻子，再嗅嗅煙草。

房間裏，朦朧地燃着一枝油燭，就這個也只有在秋冬的晚上才准點。夏季的時候，誰都竭力趁日光而不點臘燭就寢和起身。這一部分是由於習慣，一部分是爲了經濟。凡是不是自己製造，而是買來的東西，奧勃洛摩夫卡的人都極端地吝嗇。

他們誠懇地宰一隻出色的吐綬雞，或者一打雛雞來招待一位客人，但是不放一粒多餘的葡萄乾在食物裏；而如果那位客人竟任意給自己杯子裏斟酒，那他們就臉色發白。然而，這樣的胡來，這裏差不多沒有發生過：怕只有輿論所不齒的胡作胡爲之徒纔會這麼辦，而這樣的客人是不讓走進院子的。這裏沒有這樣的風習；在敬給他三次之前，客人決不去碰什麼。他知道得清楚，只敬他一次往往就是請求他推辭勸他用的菜或酒，而不去嘗牠的意思。

也並非爲每位客人都要點兩枝臘燭；臘燭是在市裏花錢買來，而且像所有買來的東西一樣，由主婦親自鎖櫃的。臘燭頭也仔細數過，收藏起來。

這裏的人一般地都不喜歡費金錢，無論東西多麼必要，拿出錢去總非常心疼，而且這還要數目不大才行。花大筆錢，那就要伴隨嘆息，呻吟和罵詈。奧勃洛摩夫卡的人，倒甯可忍受種種不方便，而不願花錢，甚至習慣了不以它們爲不方便。因此客廳裏的沙發很久就全是汚點，因此伊里亞．伊凡諾維奇的皮圈手椅徒有皮的虛名，而實際上，它盡是麻屑和繩子，只在靠背上還剩有一片皮，其餘的五年之前早已經紛紛脫落了。說不定也因此大門任其歪斜，台階任其搖晃。東西雖然不可少，要一下子爲它付出兩百，三百或五百盧布，在他們總好像近於自殺。

聽到一位年輕的地主，上莫斯科去，花三百盧布買一打襯衫，二十五盧布買一雙靴子，四十盧布買一件結婚用的背心，老奧勃洛摩夫便劃了十字，作着恐怖的表情，急口地說，「這種靑年應當送去坐牢。」

關於資本的迅速和活潑流通之必要，關於生產品的加緊生產和交換，這些經濟學的眞理，他們是充耳不聞的。在他們惇樸的心裏，他們只懂得而且實行一種運用資本的方法——把它藏在箱子裏。

這一家的居民，或者尋常的客人，以種種不同的姿態，坐在客廳的圈手椅中打鼾。在對談者之間，大部分給深深的靜默統治着；彼此天天相見；智識上的寶藏，都已互相汲盡，而外界的新聞，又很少聽到。

靜悄悄地；只有伊里亞・伊凡諾維奇那雙自己家裏做的重甸甸的靴子底脚步聲音，還有從一只壁鐘盒子裏發出的瘖幽幽的擺聲，以及堵勒蓋婀・伊格納鐵芙娜或者納司塔司約・伊凡諾芙娜時不時用手或者牙齒裂線的聲音，打破這深深的寂靜。

有時候，這樣過去半點鐘；於是誰大聲哈欠，一邊在嘴邊劃十字，一邊說，「主啊，饒恕我吧！」接着在他旁邊的人，也打起哈欠來，然後再旁邊一位，好像服從號令似地，也慢慢地張開嘴來，於是這肺內空氣底傳染的遊戲，一一傳遍全體，就中有人還淌出眼淚來。

或者，伊里亞・伊凡諾維奇走到窗前，看一看外面，略帶驚愕說：

「還不過五點鐘，而外面已經多暗啊！」

「不錯，」誰回答說，「老是這時候就暗了；夜長啦。」

而到春天，却又因日長而驚喜。假使你問他們，日長對他們有什麼用，那他們自己也不知道。

又是一陣子靜默。

於是誰動手剪臘燭煤頭，突然把臘燭弄滅了；誰都一楞。

「有料不到的客人！」誰必然說。

有時候，談話便釘住在這上面：

「這客人是誰呢？」一主婦說。「該不是娜士塔士耶．法捷葉芙娜吧？是她多好啊！可是不，節前她不會來。才快樂哩！我們倆要擁抱，一起哭它一場！還要一起去作朝禱和彌撒……可是我哪裏趕得上她！雖然年紀比她輕，我可站不了那麼久。」

「看，她是什麼時候離開我們的？」伊里亞．伊凡諾維奇問。「好像在聖．伊里亞節之後吧，我相信是。」

「你說什麼，伊里亞．伊凡諾維奇？老是攪夾不清！她在聖靈降臨節前（註十四）就走了，」太太訂正說。

「好像她在這裏過聖．彼得節的不是，」伊里亞．伊凡諾維奇反對說。

「你老是這樣子！」太太責備地說。「你爭就是，不過是你丟人！」

「咦，怎麼沒有過聖．彼得節？那時候還儘烤香菌麵餅哩．她喜歡的……」

「這是馬利亞．奧妮西摩妮娜；她才喜歡香菌麵餅——你怎麼這也記不得了！就是馬利亞．奧妮西摩芙娜也沒有住到聖．伊里亞節，不過住到聖．蒲洛霍和尼卡諾爾節。」

他們以節日，季節，各種宗族的和家庭的事件來計算時日，却從不提到月份和日子。除了奥勃洛摩夫本人以外，其餘的人全都將月份的名稱和日子的前後混在一起。

伊里亞・伊凡諾維奇給打敗了，默不作聲，全體又沈入微睡之中。靠在母親背後的伊里烏夏，也就微睡起來，有時候竟還完全入睡。

「是的，」隨後，客人之中，誰深深地嘆息一聲說，「馬利亞・奥妮西摩芙娜的丈夫瓦西里・福米奇多麼健朗，上帝祝福他吧，他竟死了！六十還沒有活到——以爲他要活一百歲哩！」

「全要死的，誰早誰遲——那是上帝的意志，」培勒蓋婀・伊凡諾芙娜嘆息一聲反對說。「一死的固然有，而赫樂帕甫家却忙不迭施洗：據說，安娜・安特烈也芙娜又生了——這是第六個了。」

「那豈止安娜・安特烈也芙娜！」主婦說。「等他兄弟一結婚，有了孩子——那還不知多麻煩哩！娃兒長大起來，也要成爲未婚夫；那裏，女孩子們又要出嫁，可是目前女壻在哪裏？如今的人，你知道，都要陪嫁，而且還要現款……」

「你們在講什麼？」伊里亞・伊凡諾維奇走近談話者去問。

「唔，我們講……」

又把這一番話向他重覆一遍。

「這就是人生！」伊里亞·伊凡諾維奇教訓地說。「一個人死，另一個人生，第三個人結婚，而我們漸漸老起來；兩天就大不相同，更不用說兩年！爲什麽如此呢？要是每天像昨天一樣，昨天又像明天一樣，那多好！……想想就愁人……」

「老的變老，而年輕的又長大！」誰從一只角落裏以睡眠的聲音說。

「應該多向上帝禱告，而什麽也別想！」主婦一本正經地陳述說。

「對了，對了！」伊里亞·伊凡諾維奇沈潛於哲學的思索，怯生生地急口說，而又在房間裏蹓來蹓去。

又靜默了許久；只聽見針穿來穿去時線底綷縩綷縩。時不時，主婦打破沈寂。

「是的，外邊暗了，」她說。「要是上帝容許，到聖誕節，自己人來做客，那就更快樂了，就不注意到黃昏過去了。要是馬蘭雅·彼得羅芙娜來到，那才有玩兒哩！她什麽都想得出！澆鉛鎔蠟，跑出大門外去；我的女傭人 都着了迷！她會想出種種的遊戲來……眞有她的！」

「不錯，是交際場中的太太，」交談者之中的一位說。「前年她還想出從山上滑雪橇哩，不是路卡・撒維奇還傷了眉毛……」

誰都突然一怔，瞧瞧路卡・撒維奇，哈哈哈笑起來。

「你這是怎麼的，路卡・撒維奇？喂，喂，講呀！」伊里亞・伊凡諾維奇說，笑得前仰後合。

誰都繼續哈哈大笑，伊里烏夏醒了轉來，也哈哈大笑。

「唔，有什麼可講的！」路卡・撒維奇狼狽地說。「這都是亞力克先・納烏米奇杜造出來的，全無其事！」

「哼！」全體同聲地回答。「怎麼全無其事？難道我們死了不成？喏，喏，額角上至今還看見疤痕哩！」

又哈哈哈笑起來。

「你們笑什麼？」路卡・撒維奇竭力在笑聲的空擋裏說。「我本來不……不的……都是瓦斯卡那個强盜……給我偷偷換上一付舊雪橇……它在我身子底下粉碎了……所以我就……」

他的聲音給淹沒在鬨堂大笑之中。他徒然努力講完他摔跤的歷史，笑聲驚天動地，直傳到前室和女僕室，泛濫全屋，全都回想起那件滑稽的事，像沃林帕斯（註十五）的神們那樣，「非可言宣地」，一致地，長時間地哈哈大笑。剛一開始靜息，誰又領頭——於是又爆發起來。終於好容易靜了下去。

「今年聖誕節滑不滑雪橇，路卡·撒維奇？」歇了一刻，伊里亞·伊凡諾維奇問。又爆發一陣鬨堂大笑，經有十來分鐘。

「要不要吩咐安提潑卡在齋期裏造一座雪山？」奧勃洛摩夫突然間又說。「路卡·撒維奇頂喜歡這個，他等不了了……」

滿堂大笑不給他講完話。

「可是原先那一付雪橇……還齊全麼？」交談者之中的一位笑得話都說不出來。又笑將起來。

全都笑了半天，終於漸漸平息下去；一個人在擦眼淚，另一個人醒鼻子，第三個人一邊大咳大嗆，吐痰，一邊困難地說：

「哦，天哪！痰把我窒死了：那時候才引人發笑哩，真造孽！他摔得背心朝天，外套的裾都東西分離了……」

跟着又來一陣最後的，最長的大笑，隨後就統統寂然無聲。有一位嘆一口氣，另一位高聲地一邊打哈欠，一邊嘀咕什麼，於是誰都沈在寂靜之中。

照舊只聽得鐘擺的暡喀暡喀，奧勃洛摩夫的鼾聲，以及咬斷線的輕微的聲音。

突然間，伊里亞．伊凡諾維奇按住鼻尖，帶着吃驚的樣子，站定在房間的中央。

「這是什麼災禍，瞧？」他說。「主死人吧：我的鼻尖儘是發痒……」

「哦．天爺爺！」他太太將雙手拍了拍，說。「如果鼻尖發痒，這哪裏主死人？要鼻樑發痒，那才主死人。你還是怎麼的，毫無記性，伊里亞．伊凡諾維奇！什麼時候你在人堆裏，或者去作客，說出這樣的話，可就丟人了。」

「那鼻尖發痒是什麼意思呢？」伊里亞．伊凡諾維奇忸怩地問。

「主見酒杯。這怎麼會是主死人！」

「我老纏夾不清！」伊里亞．伊凡諾維奇說。「叫人那裏記得清：一會兒痒在鼻子邊上，一會兒鼻尖上，一會兒又是眉毛上……」

「鼻子邊上，」培勒蓋婀．伊凡諾芙娜順着說。「主音信；眉毛痒，主眼淚；額角痒，主鞠躬；痒在右邊，向男人，左邊，向女人；耳朵痒，主遇雨；嘴唇痒，主接吻；髭鬚痒，主吃禮物；臂肘痒，主睡新地方；脚底痒，主行路……」

「您眞行，培勒蓋婀．伊凡諾芙娜！」伊里亞．伊凡諾維奇說．「還有，牛油便宜時，那是不是後腦發痒？」

女太太們開始笑和低語；男人之中有幾位微笑起來；又準備爆發一陣新的大笑，但是就在這時節，房間內發出一片好像狗和貓正要彼此相撲時的嗚嗚嗚，喵喵喵的聲音來．這是時鐘在敲．

「啊，已經九點啦！」伊里亞．伊凡諾維奇帶着高興的吃驚發言。「瞧，沒有注意到時間怎樣過去的。嗨，瓦斯卡！王卡！摩脫卡！」

出現三張睡眼惺忪的臉．

「爲什麼你們不舖食桌？」奧勃洛摩夫又驚愕又困惱地問．「設想不到主人的！站着幹嗎？快拿伏特加（註十六）來！」

「所以鼻尖發痒！」培勒婀．伊凡諾芙娜輕快地說．「您要喝伏特加，見酒杯！」

晚餐之後，接了吻，彼此劃了十字，便各自分散上牀，不久，睡魔就支配着這些一無煩惱的頭顱．

伊里亞．伊里奇夢見的不只是一個或者兩個這樣的黃昏，而是經年累月這樣消磨去的白日和黃昏．什麼打破不了這生活底單調，而奧勃洛摩夫卡的人們，本身也並不以此爲苦，因爲想像不到別樣的存在；假使想像到了　那也要恐怖地從它逃開去的。他們不想望，也不喜歡別的生活。如果環境給他們的生活狀態帶入任何變化　，那他們要難過的。如果明天不像今天，後天不像明天，那哀愁就要咬嚙他們。

別人所營求的多樣變化和意外之事，在他們有什麼用呢？讓別人喝乾這杯子得了；奧勃洛摩夫卡的人們，是一向與此無關的。別人喜歡怎麼生活，讓他們怎麼生活得了。即使有什麼利益，不意之事總歸使人不安；它們要求繁忙，擔心，奔走要你不坐定，做買賣，或者寫信，一言以蔽之，要你栗六不停，那不是鬧著玩兒的！

他們幾十年間繼續不斷醒鼻子，打磕睡和打哈欠，或者由於鄉村的幽默而爆發善意的鬨笑，或者圍坐著講述夜裏誰夢見了什麼。如果是個惡夢，就統統一本正經地沉思和害怕；如果是預言的，就看夢中的情境，當眞地或悲或喜。如果這夢要求遵奉什麼慣例，那他們馬上就着手作切實的辦法。

再不然，那就玩「傻瓜」（註十七），玩「脫侖潑」（註十八），節日則同客人們玩「波士頓」（註十九），或者擺「配與司」（註二十），用心形皇帝和棍棒形皇后來占卜婚姻。（註二十一）

有時候，哪一位娜堷麗亞．法捷葉芙娜來作客一兩個禮拜。老太太們最初議論東鄰西舍，誰怎樣生活，誰幹些什麼；她們不單深入他們的家庭狀況和內幕生活，並且深入他們那些秘密的思想和計劃，爬入他們的靈魂，叱責和詬駡那些不合式之輩，尤其是不忠實的丈夫們；隨後列舉種種事件：命名咧，洗施咧，生產咧，誰請了什麼菜，邀了哪一位，沒邀哪一位。

這也膩了，就開始拿出新衣料，衣裳，外套，甚至襯裙和襪子來看。主婦誇口自己家裏做的亞蔴布，線和花邊。

但是這也有時而盡。那時候就以咖啡，茶和果子醬來度日。隨後就轉入靜默。她們長時間地坐着，彼此相視，時不時重重地爲什麼嘆一口氣。有時候，哪一位哭起來。

「你怎麼啦，我的媽媽？」另一個人驚慌地問。

「噯，覺得傷心，親愛的！」客人重重地嘆一口氣，回答說。「我們觸怒了上帝，眞該死。結果不會好的。」

「哦，別嚇唬我吧，親愛的！」主婦截住說。

「是的，是的，」那一位繼續說，「末日到了：民要攻打民，國要攻打國……世界的末日要來了！」終於娜塔麗亞．法捷葉芙娜開口說，而兩位便都痛哭起來。

娜塔麗亞・法捷葉芙娜還結論是毫無根據的，因爲誰也沒有攻打誰，甚至這一年上連彗星也沒有一顆；但是老太太們却時不時有黑暗的豫感。

偶或，也有出其不意的事件，譬如像，全家大大小小都中煤毒，來打破這樣的度日。別樣的疾病，在這一家或者這一村子裏，差不多沒有聽說過；要就是誰在黑暗中撞上一根柱子，或者從乾草堆上摔下來，或者被屋脊上掉下來的木板打在頭上。但是這種事也很少發生，而且有的是對付這些意外的，家傳的經驗良方：傷口用水苔或者白芷來擦，給喝聖水，或者給低聲唸咒——一切就過去了。中煤毒可時常發生。那時候誰都倒在牀上；有的是呻吟和嘆息；一位把胡瓜放在頭的周圍，用手巾紮起；另一位把紅莓苔子塞在耳朵裏，嗅山葵，第三位只穿了一件襯衫出去到嚴寒之中，第四位簡直一無知覺地躺在地板上。

這，一個月裏總要定期發生一二次，因爲他們不喜歡把熱氣無端放進管子裏去，而每當惡魔羅般爾脫（註二十二）裏似的火燄，還在爐子裏撩來撩去時，就把煙道關死。不論哪一只爐台或者爐子，都不可以放上手去：眼看就燙出水泡來。

只有一次，他們的單調的生活才被一樁眞正出其不意的事所打破。在一頓飽飽的午飯之後，休息了一下，大夥兒集攏來喝茶的時候，從城裏回來的，奧勃洛摩夫家的一位農民，突然間走

來，在衣兜內掏了又掏，結果好容易掏出來一封揉縐的，寫給伊里亞・伊凡諾維奇・奧勃洛摩夫的信・

誰都一呆；主婦甚至臉色也變了一些；誰都朝那封信冲出眼睛和鼻子去・

「多奇怪啊！這能是誰寄來的呢？」終於太太蘇醒了，說。

奧勃洛摩夫接下了信，進退兩難地把它在手裏翻來覆去，不知道怎麼辦才好・

「你可從哪裏拿來的？」他問那農民說・「誰給你的呢？」

「在我城裏打頓的地方的天井裏，你聽着嘛，」農民回答說：「郵政局裏來問了兩回，有沒有奧勃洛摩夫家的農民：聽着嘛，有一封給主人的信・」

「啵？……」

「啵，我開初躲了起來：那個兵就帶着信走了。但是威爾赫俚奧伏的助祭看見了我，他去說了・於是第二次又來了，第二次一來就開始罵人，把信交給我，還取去五戈貝克・我問，叫我拿這信怎麼辦，拿上哪裏去？吩咐說交給您老爺・」

「你就不該拿的，」太太火冒地述說・

「唔，我本來不拿的・我說，我們要信做什麼——我們不要。我說，沒有吩咐我們拿信——

我不敢拿，您帶着信走吧，但是那個兵破口大罵：要稟告上司去，我就拿了。」

「笨伯！」太太說。

「這是誰寄來的呢？」奥勃洛摩夫端詳着姓名住址，深思地說。「筆蹟倒似乎很熟。」

信給在手裏傳來傳去。開始解釋和猜測，它能是由誰寄來，關於什麼事？終於誰也莫明其妙。

伊里亞．伊凡諾維奇吩咐找眼鏡；找了有一個半鐘頭。他戴上眼鏡，正要拆信。

「得，別拆了，伊里亞．伊凡諾維奇，」太太不安地阻止他說：「誰知道是什麼信？說不定還是可怕的，是什麼災難吧。你知道如今的人是什麼人。明後天拆還來得及——它也逃不了的。」

信和眼鏡都[illegible]收好，鎖起來，大夥兒開始喝茶。要不是奥勃洛摩夫卡的人的頭腦被這件太不尋常的事所刺激，都它會經年累月地在那裏。喝茶之後和第二天，誰都談來談去談這封信。終於耐不住了，到第四天上，聚成一堆，戰戰兢兢地拆了開來。奥勃洛摩夫望一望具名。

「拉第希契夫，」他唸道。「噢，是飛利浦．馬脫惠也奇寄來的。」

「哦，原來是誰！」從四面八方發出來。「怎麼他至今還活着呢！你想想看，他還不曾死哩！唔，謝天謝地！他寫些什麼？」

奧勃洛摩夫高聲地唸起來。原來是飛利潑．馬脫惠也奇要討一張在奧勃洛摩夫卡釀得特別好的啤酒的方子。

「把它送去，給他送去！」大夥兒都說。「應當寫封信去。」

兩個禮拜這樣過去了。

「一定，一定寫信去！」伊里亞．伊凡諾維奇向太太重覆說。「方子在哪裏呢？」

「它在哪裏？」太太回答說。「還得找一找哩。但是等一等，忙什麼？要是上帝容許，我們等到過節開了齋，那時候你再寫信也還不遲……」

「的確，倒不如趕過節寫吧，」伊里亞．伊凡諾維奇說。

到得聖誕節，關於這封信的話又來了。伊里亞．伊凡諾維奇下了重大的決心要寫。他退入書齋，戴上眼鏡坐向桌邊。深深的寂靜統治着這屋子；僕役們都受命別走路頓頓和說話嘁嘁。「老爺在寫信，」誰都以家裏有喪事時的那種敬畏的聲音說。

他用戰抖的手，慢慢地，好像幹什麼危險的事那樣愼重地，剛歪歪斜斜地寫下：「謹啓者」，太太進來了。

「那張方子，我找了又找——都沒有，」她說。「還得到臥房的橱裏找一找。可是這封信怎麼送去呢？」

「應當是郵政寄，」伊里亞·伊凡諾維奇回答說。

「還要多少錢？」

奧勃洛摩夫拿出了一本舊曆書來。

「四十戈貝克，」他說。

「哼，白丟掉四十戈貝克！」她述說。「倒不如等有從城裏來的人順便捎去。你吩咐農民們打聽。」

「的確，倒不如順便捎去吧，」伊里亞·伊凡諾維奇回答說，將筆在桌子上啪噠敲了一敲，便插入墨水缸裏，又將眼鏡摘了下來。

「不錯，那裏好一些，」他結論說。「也還不遲：來得及送去的。」

飛利潑·馬脫惠也奇究竟等到方子沒有，那可不知道了。

有時候，伊里亞·伊凡諾維奇也取一冊書在手裏——是什麼書，在他都無所謂。他並不懷疑讀書是一種根本的要求，但是把它當作一件奢侈品，一件很容易丟手的事，恰像牆上掛一幅畫也好，不掛也好，去散一次步也好，不去散步也好似的：因此，是什麼書，在他都無所謂；他看它好像無聊和無所事事的時候，用來解悶的東西一樣。

「好久沒有唸書了，」他說，有時候他或者把句子改成：「讓我來唸書吧。」或者，偶而碰巧看見他哥哥留給他的一小堆書，就毫無選擇地隨手抽出一册來。碰到是郭歷柯夫也吧，是最新的詳夢書也吧，是海拉斯柯夫的歷細亞達也吧，或者是蘇馬羅柯夫的悲劇也吧，是前兩年的新聞紙也吧——讀起來他總是同等地滿足，而且時不時還加添說：

「瞧，虧他想得出的！這强盜！啊，你這全是空論！」

這些叫喊是向作者而發的——在他眼裏不受任何尊敬的一種稱呼；對於作家，他甚至抱有舊時代的人所懷有的那種半輕蔑。有如那時候的許多人一樣，他以爲一位作者非是滑稽家，浪蕩子，醉漢和幫閒，舞人之流不可。

有時候，爲着大夥兒起見，他朗誦那份前兩年的新聞紙，或者把消息報告他們。

「海牙通訊，」他說，「陛下在作短期旅行之後，已安然旋宮矣，」一路唸，一路打眼鏡裏望望全體聽衆。

或者：

「駐維也納之某國公使已經遞國書矣。」

「這裏寫着，」他又唸道，「莊夏思夫人之著作，業已譯成俄文。」

「所以翻譯這一切，多半是爲了騙我們貴族的金錢吧了，」聽衆之一，一位小地主說。

然而不幸的伊里烏夏，却還是上斯托爾茲那裏唸書去。

禮拜一他剛一醒來，悲哀便向他襲擊。他聽到瓦斯卡尖聲氣地從台階上喊：

「安提潑，把花斑馬駕上；送少爺上德國人那裏去。」

他的心便一顫。他悽然地走到母親那裏。她知道他的來意，便開始給丸藥鍍金，暗暗地却爲了要同他離開一整禮拜而嘆氣。

這朝晨，竟不知道給他吃什麼東西好，給他烤有麵包捲和脆餅乾，又交他帶去鹽漬食品，糕餅，果醬，各種糖食，以及其他一切乾的和溼的蜜餞，甚至於糧食。所以交他帶去這一切，是爲了德國人不給他油水吃。

「那裏吃不飽的，」奧勃洛摩夫卡的人們說：「午飯給你湯，燒肉，馬鈴薯，喝茶給你牛油，但是晚飯 Morgen fri（註廿三）——抹抹鼻子就是。」

然而，伊里亞．伊里奇夢見的，大多是這樣的禮拜一，那時候他不聽見瓦斯卡，吩咐駕花斑馬的聲音，而母親帶着微笑和愉快的消息迎他去喝早茶。

「今天你不去了：禮拜四是大節日：犯得上爲了三天去來回跑一趟？」

或者，有時候突然向他宣告：

「今天是祀祖週——不唸書了：要烘油煎餅哩。」

再不然，母親在禮拜一的朝晨，向他凝視一番，說：

「怎麼今天你的眼睛不漪亮。你身體好嗎？」還搖搖頭。

還狡猾的孩子，身體倒是好的，但是不開口。

「這禮拜你蹲在家裏吧，」她說，「而在那裏——誰又知道將怎麼樣。」

這一家子誰都有還麼一個信念，求學和祀祖的禮拜六是勢不兩立的，或者禮拜四是節日，那就對於整一禮拜的求學，是一個無法克服的障礙。不過時不時，爲了少爺挨罵的男僕或女僕，會嘀咕說：

「哦，你這寶貝！快上你的德國人那裏去吧！」

再或者，在一個禮拜的中間或者開頭安提潑卡駕着那匹熟習的花斑馬，突然出現到德國人家裏，來接伊里亞·伊里奇。

「馬利亞・撒維希娜，或者娜塔麗亞・法捷葉芙娜，或者枯卓夫柯夫一家，帶了孩子們來了，請你回家去！」

於是伊里烏夏就在家裏作三個禮拜的客，而隨後，瞧，耶穌受難的禮拜已爲期不遠，再後來是復活節，再後來，家族之中的任何人，不知何故决定說，復活節後的一禮拜裏，是不唸書的；夏天只剩兩個禮拜——値不得再去，而夏天德國人自己也要休息，於是更好挨到秋天。

瞧，伊里亞・伊里奇竟耍了半年，在這期間，長得多高，養得多胖！睡得多好！家裏可並不賞識他，倒相反地說，禮拜六從德國人那裏回來，孩子竟反蒼白又消瘦。

「這不是造孽嗎？」父親和母親說。「學問是逃不了的，但是健康你可買不到，人生莫貴乎健康。你瞧，他上學回來，就像從醫院裏回來：肉都落了，瘦得這副樣子……也眞淘氣：整天價只是跑來跑去！」

「不錯，」父親述說，「求學不是自己的同胞：使人奴化而已！」

於是慈愛的雙親就繼續找藉口，將兒子留在家裏。除了節日之外，有的以事作爲藉口。多天，他們認爲太冷；夏天，因爲炎熱，也不宜於去，而且時不時還下雨；秋天則泥濘爲阻。有時候，疑心安提潑卡，分明：醉是沒有喝醉，但是不知怎麽見得獷野：就說沒有災殃，也要在那裏把車子黏住或者翻倒。

然而，奧勃洛摩夫家的人却竭力使這些藉口，在自己眼內，尤其在斯托爾茲眼內，儘可能地合法；而斯托爾茲却不論當他們的面，或者背著他們，爲了這樣姑息孩子，總不惜 Donnerwetters（註廿四）。濮鹿斯塔柯夫和斯柯鐵甯的時代，久已過去。（註二十五）「學問是光，無學是暗」這句諺。已同書舖裏出賣的書一起鑽入大村小莊。

老人們是懂得教育的利益的，但不過是牠的外表的利益。他們看到，除了教育這條路，就別無出人頭地之道，——那就是，得到官爵，十字章和金錢；他們看到，老式的書記們，爲事務所苦的，在年深月久的習慣，引號和訟棍生活中衰老的事務家們已日就壓迫。

到處盛傳不祥的謠言，不僅需要唸唸寫寫的智識，還需要直到如今沒有聽說過的別種學問。在九等文官與八等文官之間橫有一條鴻溝，那要用畢業文憑來作爲橋樑。舊式的官吏，習慣底子孫和賄賂底後裔，已逐漸絕跡。有許多尚未死去的，或以不誠實而遭逐，或則對簿公庭；最幸運的，是那些向事物的新秩序揮了揮手，就潔身引退到既得的一角的人。

奧勃洛摩夫家的人是理解這一點，而且懂得教育的利益的，但不過是顯見的利益，就學問的內在需要而論，他們還只有漠然的，遙遠的理解，因此他們給他們的伊里烏夏取得的，也只是若下光輝的，特權而已。他們替他幻想一身刺繡的制服，把他想像爲一位國會議員，母親甚至還把他想像爲一位總督；但是他們想慣地，以種種狡猾的手段，偷偷地避開散佈在教育和名譽的路上的石塊和障礙物，而不是使勁跳過牠們去，來得到這一切，那就是，比方說，輕易唸一下書，既不疲勞身心，又不失去童年時代得來的被祝福的肥碩，而只遵守制定的形式，怎樣一下子得到一張說是伊里烏夏『修畢所有的學問與技術』的文憑。

奧勃洛摩夫家的這一切教育方針，是與斯托爾茲的方針尖銳地對立的，這是一場頑强的鬥爭。斯托爾茲直接地，公然地和不屈不撓地打擊敵手，而他們呢，則以上述的和其他狡猾手段來擋開這些打擊。雙方怎麼也不分勝敗，要不是德國人在自己方面遭遇困難，以至決不定勝敗誰屬，那德國人的堅執也許會戰勝奧勃洛摩夫家的頑固和執拗。事實是，斯托爾茲的兒子縱容着奧勃洛摩夫，不是偷偷地指點他功課，便是代他做翻譯。

伊里亞·伊里奇淸淸楚楚地夢見自己家裏的和在斯托爾茲家裏的生活。

在家裏剛一醒來，查哈爾卡，就是後來那位有名的侍僕查哈爾·特羅非米奇，就已站在他床邊。

查哈爾，像保姆向來一樣，給他穿襪子，穿鞋，而伊里烏夏，此刻已然是十四歲的孩子，就只知道躺着將兩只脚交互地伸給他；而只要稍不如意，他就一脚踢上杳哈爾卡的鼻子。假使杳哈爾卡不服氣，想去禀告，那他就再挨老人們一頓打。

隨後杳哈爾卡給他梳頭，穿上衣，小心地把伊里亞．伊里奇的臂膊穿進衣袖裏去，免得打擾他，並且還提醒他朝晨應當辦的這件那件事——起來了，洗臉等等。

伊里亞．伊里奇想要任何東西，他只消睞眼睛，三四個傭人就趕去實行他的願望；他落下任何東西，需要得到一件東西而得不到——去拿什麼，爲什麼事要跑一躺：在他，一個愛耍的孩子，有時候倒很想親自跑去完成這一切，但是這時候父親和母親以及三位叔母却用五個聲音喊道：

「幹什麼？上哪裏去？要瓦斯卡，王卡，杳哈爾卡幹什麼的？嗨，瓦斯卡，王卡！杳哈爾卡！你們在看什麼，蠢材？我要給顏色你們看了！………」

因此伊里亞．伊里奇就從沒有親自給自己辦過任何事情。後來，他覺得這樣倒舒服得多，於是自己也學會了叫喊：

「哦，瓦斯卡！王卡！給我那個，給我這個！不要那個，要這個！去拿來！」

有時候，父母的慈愛的担心，倒也使他厭煩。他走下台階，或者．院子內跑路，就突然在他背後發出十個絕望的聲音：「嗨，嗨！拉住他！止下他！要摔破的………停下，停下！」

冬天他想出去到穿堂裏，或者打開氣窗，那又有叫喊了：「哎，上哪裏去？怎麼行呢！別跑，別走，別開！要受傷的，要着涼的………」

於是伊里烏夏就儼然地蹲在家裏，像溫室裏的洋種的花似地被人愛撫，而且正像後者一樣，他在玻璃底下慢慢地，了無生氣地生長。向外發展的力就轉向裏邊，並且逐漸枯萎。

而有時候他却醒來得如此安甯，爽快而快樂；他感覺到：有什麼東西在他裏面遊戲，沸騰恰像爲什麼小鬼所憑，引他去爬屋脊，騎淡黃色的馬，馳向割乾草的草原去，或者騎跨地坐在圍牆上，或者撩惹村犬；或者，忽然想跑過村子，然後走向田野，穿過峽谷，去到白樺林子，三跳跳向山澗的底裏，或者追隨孩子們玩雪球，試一試身手。小鬼如此引誘他；他堅持又堅持，到末了，可熬不住了，冬天裏竟帽子也不戴就突然竄下台階，跑入院子，再從那裏跑出門外，雙手抓起兩球雪來，向孩子堆裏飛奔而去。他的臉被新爽的風所切割，嚴寒扭擰他的耳朵，寒氣灌入他的嘴巴和喉嚨，而他的胸懷却喜氣洋溢——他信足地前去，自己也尖叫和大笑。孩子們就在眼前了；他將雪球擲去，沒有中：不熟練；剛要再抓起雪來，噗，一大塊雪糊得他滿臉都是：他摔倒了；他感到不習慣的痛，可是很快樂，他哈哈哈笑起來，眼睛裏噙着淚水………

家裏可天翻地覆了：——伊里烏夏不見了！叫喊，喧鬧。査哈爾卡衝入院子，後邊跟着瓦斯卡，米脫卡，玉卡，——都手忙脚亂地在院子裏奔跑。在他們背後又有兩條狗咬着他們的鞋跟奔跑，因爲誰都知道，狗看見人在奔跑，總不能無動於中。人們叫喊着，號哭着，狗們吠着，飛奔過村子去。終於跑到孩子們那裏，並且開始執行公正的裁判：有的給揪頭髮，有的給扯耳朵，也有的給打後腦杓子，並且威嚇他們的父親。然後抓住少爺，將他在帶來的皮襖裏，再包上父親的皮外套和兩床被，莊嚴地抱回家去。

家裏已經不希望再看見他，以爲他是死了，可是看到他竟一無損傷地生還，做父母的喜悅是難以形容的。他們感謝了上帝，然後給他喝薄荷和接骨木水，到晚上又給他喝覆盆子水，並且叫他在床上睡上三天，可是只消一件事就有益於他：再去玩雪球………

註一：Epiphany，俄曆一月六日，是祝耶穌之出顯的。

註二：Wars of the Roses 十八世紀英國 York 族與 Lancaster 族的內戰，各以紅薔薇和白薔薇爲徽章。

註三：Walter Scott 蘇格蘭的一位小說家和詩人，（一七七一——一八三二）。

註四：Colchis，一個古代的國家，在現今外高加索，喬其亞地方。Pillars of Hercules，意謂世界之邊。

註六：Saratov 俄國東部的一個城池，在伏爾伽河岸上。

註七：Nizhni，俄國中部的一個城池。

註八：Achilles，古希臘詩人荷馬的名著伊里亞特中的勇士。

註九：Wlysses，即荷馬奧特賽詩中的主人公 Odysseus。

註十：Ilya Muromets, Dobrynia Nikititch, Alyosha Popovitch, Polkan Koletchishtche
還些都是俄羅斯古傳中的人物。

註十一：Golden fleece 希臘神話中，Jason 帶了五十多名徒衆，遠航至黑海東岸Colchis，
地方拿回來的。

註十二：Vesta 羅馬神話中的女竈神。

註十三：Evil eye，按古時候的迷信說，還種眼力乃由嫉妒，固執等等生成的，一瞧就可以
加害於人。

註十四：Whitsuntide，復活節後第七星期日，（特別指最初的三天。）

註十五：Olympian 希臘 Jhessaly 的神山。

註十六：Vodka，一種烈性的酒，相同中國的高粱酒。

註十七：Durak，一種紙牌遊戲。

註十八：Trump，一種紙牌遊戲。

註十九：Boston，一種紙牌遊戲。

註二十：Patience，一種單人玩的紙牌遊戲。

註二十一：亦紙牌遊戲之一種。

註二十二：Robert le Diable，一本法文的傳奇，係根據關於惡魔羅蔽爾脫的傳說而寫成的。

註二十三：德文，「早晨」和「空」，這裏大概是說「到早晨肚子裏空空如也」。

註二十四：德文，「雷雨，」罵人時亦用此字，這裏似乎可引伸作「大發雷霆。」

註二十五：Prostakov 和 Skatinin 是十八世紀末出版的，Von Vizin 底戲劇Nedorosl內的兩個人物。

# 第十章

伊里亞·伊里奇的鼾聲，一達到查哈爾的耳朵邊，他就小心地無聲息地跳下爐台，踮着走到穿堂裏，把主人鎖上了，便向大門口而去。

「啊，查哈爾·特羅非米奇：你來啦！好久沒有見到您了！」大門口的車夫，跟丁，女人和小孩們，以種種的聲音說。

「你們老爺怎麼樣了？出去了嗎？」看門的問。

「在睡覺，」查哈爾沉鬱地回答說。

「怎麼啦？」一個車夫問。「這時候似乎早着吧……多半是身體不好吧？」

「什麼身體不好！喝醉了！」查哈爾用那種彷彿自己也確信的聲音說。「你們信不信？他獨自喝了一瓶半馬特伊拉酒，兩瓶『渴伐水』，所以現在躺下了。」

「嗬！」那車夫嫉妒地說。

「怎麼他今天醉得這樣的？」女人中的一位問。

「不，塔提雅娜·伊凡諾芙娜，」查哈爾瞟了她一眼說，「不光是今天；他這人是毫無用處的——說起來就叫人惡心！」

「分明像我們的太太一樣！」她歎息着說。

「她今天要上哪裏去嗎，塔提雅娜·伊凡諾芙娜？」那車夫問。「我上近處去走一趟，行不行？」

「她上哪裏去！」塔提雅娜說。「同她情人坐在一起，彼此正欣賞不迭哩。」

「他常上你們家走動，」看門的說。「夜裏，才他媽的討厭：走的都走了，回來的都回來了：他可總歸是最後一個，而且還嘩啦嘩啦闖，幹嗎把大門關上……我倒是替他在這裏承值大門的！」

「他是怎樣的傻瓜，列位，」塔提雅娜說：「再也找不到這樣的一位！他送她不知多少東西。她打扮得宛然孔雀一般大模大樣來去；但是如果誰瞧瞧她穿的是怎樣的襯裙和襪子，那才不好意思瞧哩！頸子兩個禮拜沒有洗了，但是臉可塗得……我固然也是有罪孽的，有時候却想，「哦，你這可憐的人喲，你還是頭上裹頭巾，上修道院裏巡禮去吧……」」

除了查哈爾，誰都哈哈哈笑起來。

「塔提雅娜·伊凡諾芙娜可眞半點沒有錯！」一個個聲音嘉許地說。

「是眞的，」塔提雅娜繼續說。「老爺們怎麼同這樣的女人交往呢？……」

「您這上哪裏去？」誰向她問。「您這一包是什麼東西？」

「送衣服上裁縫那裏去；我那騷貨派去的：嗜，肥了嘛！可是我和杜涅霞緊一緊還胖子，那總要過後三天兩條路膊不能做事：都折斷了！唔，我該走了。再見吧。」

「再見，再見！」有幾個人說。

「再見，塔提雅娜·伊凡諾芙娜，」那車夫說：「晚上來呀……」

「可不知道怎麼樣；能來我總來的……再見吧！」

「唔，再見，」大夥兒說。

「再見……望你們都走運！」她一路回答，一路走。

「再見，塔提雅娜、伊凡諾芙娜！」那車夫還在背後喊。

「再見！」她從遠遠裏響亮地喊。她一去，查哈爾就彷彿等待輪到他說話似的。他在大門口的鐵柱子上一坐，開始幌着雙脚，陰沉地，心不在焉地眺望着行人和車馬。

「唔，今天你們老爺怎麼樣，查哈爾·特羅非米奇？」看門的問。

「還不是照常：亂發脾氣，」查哈爾說。「可是老爲了你，叨你的光，我倒了多少的霉啦，老是爲了房子的事！他發脾氣：不想搬……」

「可是怎麼怪我呢？」看門的問。「依我，倒願意他一輩子住下去；難道我是房東不成？是人家吩咐我的……假使我是房東也好，但是我可不是房東……」

「他罵人呢，還是怎的？」那一位車夫問。

「他罵得好厲害，那只有上帝給我力量來忍受！」

「唔，那算什麼！如果老是罵人，這倒是好的主人！」一位跟丁說，一邊慢慢地軋拉軋拉打開一只圓的煙盒，除開查哈爾，全體的手都伸出去捻煙草。大夥兒開始嗅煙草，打噴嚏，吐唾沫。

「如果罵人，那倒更好，」那一位接下去說：「罵得越多越好：如果罵人，至少總不會打人了。但是我碰到過一位主人：你還不知道爲什麼事，他已經一把揪住你的頭髮。」

查哈爾蔑視地等待這一位嘮叨完畢，這才朝車夫轉過身去，接下去說：

「這樣平白無故地侮辱人，」他說，「在他簡直是兒戲！」

「很難伺候的吧，大概是？」看門的問。

「對啦！」查哈爾瞇細了眼睛，意味深長地嘎聲說。「難伺候得要命！那個錯了，這個不對，罵你不會走路，不會開飯，把東西統統打壞，不收拾屋子，偷盜，吃去東西……呸，去你的……今天又大發脾氣——聽聽也丟人，可是爲什麼？爲了上禮拜留下來的一小片牛酪——丟給狗吃都不好意思——但是不，可別想吃牠！他問起，聽說沒有了，就說：「應當把你絞死，放在滾熱的瀝青裏煮，用燒紅的火鉗來割；應當用白楊木樁子打你裏面去！」說着，說着，他還漸漸挨攏來……你們心思怎麼樣，列位兄弟？最近叫你用水燙了他一支脚——誰知道是怎麼會事——他竟嚷嚷的！不是我跳開去，那他一拳就打上我的胸口了……是這樣對準的！眞會打的……」

車夫搖搖頭，而看門的說，「不知道他是一位生龍活虎的老爺：不把人慣了！」

「唔，如果還是罵人，還是一位好的老爺，」這是那一位跟丁冷淡地說。「不罵人那才更壞呢：瞧呀瞧呀，突然一把揪住你的頭髮，而你還不明白是怎麼一回事！」

「但是白費，」查哈爾說，一點兒也不再去注意打他岔的跟丁的話，「雖然儘搽油膏，脚可至今不會治好；活該！」

「一位很難對付的老爺！」看門的說。

「眞倒了天大的霉！」查哈爾繼續說。「遲早他會殺人的：一定會的！而且爲了每一件芝蔴大的事情，動不動便罵人禿……也不必說出來。而今天，又想出一句新鮮的話：說是『毒的』！舌頭上竟說出這種話來！」

「唔，這算什麼？」仍是那位跟丁說。「如果罵人，那倒謝天謝地，上帝給這種人以健康吧……但是如果老不開口，你走過他面前，他瞧呀瞧呀，一把揪住你，像我所碰到的那一位似的。罵人可算不了什麼……」

「才對付得你好，」查哈爾因爲他橫插進來反對，而懷有惡意地向他說。「是我，還不這樣對你哩！」

「他罵你什麼啦，查哈爾、特羅非米奇，」一位十五歲的小廝問。「『禿』鬼呢，還是怎的？」

查哈爾慢慢地朝他轉過頭去，將混濁的視線注定他。

「你當心着我！」隨後他譏刺的說：「你這小子倒很伶俐！我不管你是將軍家裏的：我可要揪你的額髮！滾回自己的地方去！」

小廝退後了兩步，又站下來，笑迷迷地望着查哈爾。

「呲牙咧嘴地笑什麼？」查哈爾憤怒地嗔聲說。「等你落到我手裏——我可準拉你的耳朵：

叫你呲牙咧嘴地笑我！」

這當中，從大門裏跑出來一位脚登長靴，身穿沒有扣扣子，綴有肩紐的號衣的，大個子的跟丁，他走向小廝跟前，先兜臉給他一巴掌，隨後又駡他混蛋。

「您這是怎的，馬脫威·莫西奇，爲的是什麼？」被打得莫明其妙而侷促不安的小廝按着臉頰，痙攣䀹着眼睛說。

「嗅，你竟還嚕囌？」跟丁回答。「我滿屋子跑去找你，而你倒在這裏！」

他一把揪住他的頭髮，將他的頭按了下去，慢慢地，穩穩地，有板有眼地用拳頭在他頸裏搥上三下。

「主人按了五次鈴，」作爲一種教訓，他加添說：「爲了你這種狗崽仔，累我挨駡！滾！」

他命令他用一支手指指台階。孩子莫知所措地站了一陣，䀹了兩下眼睛，望望跟丁，知道除了又來這麼一頓，從他再也盼不到什麼，就將頭髮一甩，若無其事地跑上台階去了。

杳哈爾得到了多大的勝利啊！

「揍得好，馬脫威·莫西奇！再揍，再揍！」他幸災樂禍地說。「嗨，不够嘛！上呀，馬脫威·莫西奇！謝謝！他太伶俐了……這就是你的『禿鬼』！以後再呲牙咧嘴地笑不笑？」

僕役們哈哈笑起來，同情着挨小廝的跟丁和幸災樂禍的查哈爾。誰也不同情小廝。

「喏，喏，我從前的主人就是這樣的，」仍是那位儘打查哈爾岔的跟丁又開始說：「你剛覺得好像有點樂趣，他彷彿猜到了你的心事，突然走過身邊，一把揪住你，就像馬脫威．莫西奇揪住安特烈烏希卡似地。如果光是駡人還可算得什麼！駡駡「禿鬼」又有什麼大不了？」

「你，他們主人也許揪得住，」那車夫指着查哈爾回答他說。「瞧你頭上是怎樣的一張氈子！可是他揪查哈爾．特羅非米奇什麼呢？他的腦袋宛像一個南瓜…… 除非揪顴骨上的兩部鬍子，唔，那裏倒很可以揪！……」

全部笑起來了，但是查哈爾却被同他一直親密地談到現在的車夫這一陣惡作劇好像打擊了一下。

「要是我去告訴了老爺，」他開始向車夫憤怒地嗄聲說，「那他就知道來揪你那裏：他會替你把鬍子燙平：瞧你那鬍子完全成爲冰條了！」

「要是把別人的車夫的鬍子都燙平，那你主人眞行！不，你們自己蓄了鬍子，那時候再去燙平吧，這可太慷慨了！」

「會僱你這種流氓來當車夫？」查哈爾 聲說。「把你駕在我主人車上還不値得哩！」

「唔，好一位主人！」車夫惡毒地陳述說。「你在那裏掘出他來的？」

「他自己，和看門的，剃頭的，跟丁們，以及漫駡制度底擁護者，全哈哈笑起來了。

「笑吧，笑吧，我可要向主人說去！」査哈爾嗄聲說。「而你，」他向看門的轉過身，說「原應當鎭壓這些强盜，而不應當笑的。派你在這裏幹什麼的？是維持秩序呀。而你却怎麼？我要告訴老爺去；等着吧，有你的就是！」

「唔，得了，得了，査哈爾．特羅非米奇，」看門的竭力平他的氣說，「他對你怎麼了？」

「他怎麼敢這樣議論我的主人？」査哈爾指着車夫，激烈地抗議說。「他知不知道，我的主人是什麼人？」他帶着敬意問。「你做夢也夢不到這樣的主人的，」他朝車夫轉過去，說：「又和善，又聰明，又漂亮！而你們主人呢，恰像一匹沒餵草料的駑馬！看你們駕着那匹褐色的母馬走出院子，可眞丟人，簡直是叫化子！你們吃的是蘿蔔和「渴伐水」。瞧你身上這件衣，窟窿多得數也數不淸！」

應當注釋的是，車夫身上那件上衣，是一個窟窿眼也沒有的。

「這樣的一件你可找不到，」車夫打岔說，並且將露出在査哈爾胳肢窩底下的那片襯衫嚓的一把扯了出來。

「得了，得了！」看門的重複說，一邊雙手劈開他們。

「啊，你撕我的衣服！」查哈爾叫喊說，一邊將襯衫再扯出一些。「等着，我去稟告我主人夫！喏，衆位弟兄，你們看，他幹的是什麼事：把我的衣服都扯破了！」

「是我嗎！」車夫說，多少有點害怕了。「是你主人扯破的！」

「這種主人會扯破！」查哈爾說。「這樣和善的一個人；這是黃金——不是主人，求上帝給他健康吧！我在他那裏簡直像在天堂一樣：要什麼有什麼，一輩子沒有被喚過笨伯，我生活得又舒服，又平靜，同他一桌子吃飯，要上那裏就那裏——就這樣子——……而在鄉下，我有個人的房屋，個人的菜園，分派的糧食，農民們都向我鞠躬！我是管事兼管家！而你同你主人……」

他憎惡得聲音也發不出來，到底沒有把自己的敵手消滅。他停一下，想蓄蓄力，並且想出一些惡毒的話來，但是由於憤怒過度，竟想不出來。

「哼，等着吧，瞧你把這衣服怎麼了事：他們會教你撕的！……」終於他說出來。

看輕他主人就是看輕查哈爾本人。他的好勝心和自尊心被喚起了：他的忠心被喚起了，並且以全力表現出來了。他準備把憤怒不單惡毒傾瀉在自己的敵手身上，並且也傾瀉在他主人，以及主人的親戚朋友身上，雖然不知道，他有沒有親戚朋友。這裏，他以可驚的精確，把平素同車夫誹話時撿來的，關於主人們的一切誹謗和讒言，一一都重複出來。

「你和你主人是該咒咀的窮漢，猶太人，比德國人還不如！」他說。「我知道你們祖父是什麼人：舊衣服鋪的夥計。咋天晚上，你們客人出去的時候，我還疑心是什麼騙子溜進屋子來哩：看看也眞可憐！他母親也把偷來的舊衣服在舖子裏賣錢。」

「得了，得了！」看門的調停說。

「不錯！」査哈爾說，「我們老爺是上帝保佑！是一位世代的貴族，交往的無非是將軍，伯爵和公爵。還不是每一位伯爵他都接見：有幾位來了，還要站穿堂裏……作家們也儘有來的……」

「這些作家是怎樣的人，老哥？」看門的希望停止這場口角，問。「是官員呢，還是什麼？」

「不，這些老爺是自以爲有用的人，」査哈爾解釋說。

「他們在你們那裏幹些什麼？」看門的問。

「幹什麼，有的要煙管，有的要車薩酒（註一）……」査哈爾說，看到差不多都在嘲弄地微笑，便停住口。

「而你們都是下流胚，你們每一個人都是！」他向所有的人瞟了一下，急口地說。「教你撕撕別人的衣服看！我要去稟告主人去了！」他加添說，並且迅速地往家裏走。

「得了吧！站下，站下！」看門的喊。「查哈爾·特羅非米奇，我們上酒店裏去，請，我們去……」

查哈爾在半路上停了下來，迅速地車轉身，看也不看僕役們，就更迅速地衝到街上去。他向誰也不轉過身去，一直走到對街那家酒店門口；那裏，他旋轉身來，向全體陰鬱地望一下，陰鬱地向全體招招手，叫他們跟他去，便消失在門內。

其他的人也都四散開去：有的到酒店裏，有的回家去；就只剩下跟丁一個人，

「唔，要是他去稟告主人，那又有什麼大不了？」他慢慢地打開着煙盒，深思地冷淡地獨自說。「從每一件事來看，他都是一位和善的主人，就只罵人而已！如果罵人，那算得什麼！？而有種人瞧呀瞧呀，一把頭髮……」

註一：Sherry，西班牙南部地方所產的白葡萄酒。

# 第十一章

一過四點鐘，查哈爾就小心地，無聲地打開前室，踮着走到自己房間裏；那裏，他抄走到主人的書齋門口，將耳朵貼在門上，隨後又蹲下去將眼睛湊在鑰匙孔上。

書齋裏響着勻稱的響聲。

「還睡着，」他低語說。「應當喚醒他了，快四點半了。」

他咳一下嗽，便走進書齋去。

「伊里亞．伊里奇！喂，伊里亞．伊里奇！」他站在奧勃洛摩夫枕頭邊，靜靜地開始說。

鼾聲還繼續着。

「噢，還睡着！」查哈爾說。「宛然石工似的！伊里亞．伊里奇！」

查哈爾輕輕地碰了碰奧勃洛摩夫的袖子。

「起來吧：四點半了。」

伊里亞．伊里奇只以嗯嗯嗯來作答，但是沒有醒。

「起來吧，伊里亞・伊里奇！這多丟人！」查哈爾提高着聲音說。

沒有回答。

「伊里亞・伊里奇！」查哈爾碰碰主人的袖子，重復說。

奧勃洛摩夫將頭略爲轉了轉，好容易睜開一只眼睛來瞧瞧查哈爾，像是一位中風病者看人似的。

「誰？」他嗄聲地問。

「是我，起來吧！」

「走開！」伊里亞・伊里奇喃喃說，又沉入甜睡之中。現在不是打鼾，是鼻子裏發出嘯聲來。查哈爾拉拉他的衣裾。

「你是幹嗎？」奧勃洛摩夫突然間睜開雙眼，威脅地問。

「您吩咐過我叫醒您。」

「唔，知道了。你盡了你的義務了，走吧！餘下是我的事了……」

「我不走，」查哈爾又拉拉袖子說。

「得了，別麻煩了，」伊里亞・伊里奇柔聲地說，將臉埋在枕頭裏，開始打起鼾來。

「不行，伊里亞·伊里奇，」查哈爾說。「我倒樂於如此，但是無論如何不行！」

又磁磁主人。

「唔，做做好事，別打擾，」奧勃洛摩夫睜開眼睛，娓娓地說。

「是的，向您做了好事，回頭可又要火冒不來叫醒您了……」

「哦，我的天爺爺。你是怎樣的一個傢伙啊！」奧勃洛摩夫說。「唔，那怕讓我睡一分鐘也好；一分鐘又算得什麼！我自己知道……」

伊里亞·伊里奇突然被睡眠襲擊，不作聲了。

「你就知道睡覺，」查哈爾確信主人聽不見他的話，「哦，睡得活像一段白楊木似的：您生在世界上幹什麼的!?喂，起來吧！人家對您說……」查哈爾咆哮說。

「說什麼？說什麼？」奧勃洛摩夫抬起頭來，威脅地說。

「是說，幹嗎您不起來，老爺？」查哈爾溫柔地回答說。

「不，你怎麼說的，嗳？你怎麼敢如此——嗳？」

「敢怎麼？」

「敢無禮地講話？」

「你這是做夢吧，……一定是做夢」

「你以爲我睡熟了嗎？我並沒有睡熟，什麼我都聽到的……」——可是他又睡熟了。

「唔，」查哈爾絕望地說。「噢，您這個人哪！怎麼躺得像木頭似的？看見您叫人噁心。瞧他，好人們！……呸！」

「起來，起來！」他突然間用吃驚的聲音說。「伊里亞·伊里奇！瞧，您這周圍出了什麼事了……」

奧勃洛摩夫趕忙抬起頭來，往四下裏瞧瞧，深深地歎一口氣，便又躺下去。

「讓我安靜得了！」他莊重地說。「我原先命令你喚醒我，可是現在取消這命令了——聽見沒有？什麼時候我要醒，我自己會醒的。」

有時候，查哈爾說了一句：「唔，睡吧，見你的鬼！」也就讓他去了，但是有時候他卻堅持到底，這一回也是如此。

「起來，起來！」他放開喉嚨說，並且雙手抓住奧勃洛摩夫的衣裾和袖子。

奧勃洛摩夫突然出其不意地跳起來，向查哈爾撲過去。

「等着我來教訓你，主人想要休息的時候，你竟驚擾他！」他說。

查哈爾以全力迅速閃開他去，但是到得第三步上，奧勃洛摩夫就已完全清醒，開始一邊打哈欠，一邊伸起懶腰來。

「給我些……「渴伐水」……」他趁哈欠的空擋裏說。

這時候，誰從查哈爾背後，發出一陣哈哈大笑。兩個人便都回頭看去。

「斯托爾茲！斯托爾茲！」奧勃洛摩夫朝客人飛奔過去，快活地喊。

「安特烈・伊凡尼奇！」查哈爾伴笑着說。

斯托爾茲繼續捧腹大笑：他目擊了剛纔上演的全部戲文。

# 第二部

# 第一章

斯托爾茲，就他父親的血統而論，不過是半個德國人：他母親是俄國人；他信奉正教。俄國話是他天然的語言；這是他從母親，書本子裏，大學的講堂內，同村童們遊戲，同他們的父親們談話之中，以及在莫斯科的市場上學來的。他又從父親和書本子裏承繼了德國話。

斯托爾茲在他父親當管事的威爾赫俚奧伏村長大和受教育。從八歲起，他就同父親一起學地圖，依照音階來研讀赫德（註一）底，維蘭（註二）底和聖經的詩句，和結算農民，市民和職工們的，別字連篇的帳目底總數，同母親一起讀聖經裏的歷史，學克里洛夫底寓言，也依照音階來研讀Telemaque。

一離開教鞭，他便同孩子們跑去破壞鳥窠，而且不止一次兩次，在祈禱時，或者在教室內，有小鳥鴉吱吱吱的聲音從他口袋裏發出來。

有時候，下午，父親坐在花園裏底樹底下抽煙管，母親織什麼毛衣或者在帆布上刺繡：突然從街上傳來一片喧鬧和叫喊，並且有一大堆人闖進家裏來。

「是什麼事？」母親失驚地問。

「大概又是送安特烈回來吧，」父親冷淡地說。

門敞開了，一羣農民，農婦和小孩子，闖進花園裏來。果眞是送安特烈回來——可是怎樣一副形狀啊：靴子掉了，衣服撕裂了，鼻子破了——或者是他的，或者是別的孩子的鼻子。只要安特烈烏夏半天不着家，母親總就見得着急，要不是父親斷然禁止她去妨礙他，那她就會把他留在自己身邊。

她給他洗澡，換襯衣，衣服，於是安特烈烏夏半天這樣乾淨而像模像樣地走來走去，但是到晚上，有時候到早晨，又渾身齷齪，頭髮蓬亂，認也認不出地給人送回家來，或者由農民們載在乾草車上，或者竟睡熟在漁網上，和漁夫同船而來。

母親淌着眼淚，但是父親並不在乎，倒還笑着。

「會成爲刮刮叫的大學生的，刮刮叫的大學生！」他時不時說。

「對不起，伊凡·包格達尼奇，」母親訴苦說，「他沒有一天，不帶着青痕回來，最近還把鼻子都打得出血。」

「假使他一次也不打破自己的，或者別人的鼻子，那成什麼孩子？」他父親笑着說。

母親哭而又哭，隨即就坐在鋼琴前面，彈一曲赫爾茲來解悶：眼淚一滴接連一滴地掉在樂鍵上。可是安特烈烏夏却由人送着或者自己回來了；他開始講得這樣高興，這樣生動，引得她也笑起來，同時他又如此伶俐！他馬上會同母親一樣地讀Telemaque，並且同她用四隻手彈鋼琴。

有一次，他失蹤了有一個星期；母親眼睛也哭腫了，但是父親並不在乎，還在花園裏散步和抽煙。

「要是奧勃洛摩夫的兒子失蹤了，」他回答太太的，去找安特烈的建議說，「那我就使全村的人和鄉村警察都站起來，但是安特烈會回來的，刮刮叫的大學生！」

第二天早晨，發現安特烈平靜地睡在自己床上，床底下，安着誰的一枝槍，一磅火藥和一些霰彈。

「你上哪裏去了？哪裏拿來的槍？」母親接一連二地問。「幹嗎你不作聲？」

「就是這麼！」是他惟一的回答。

父親問他：把柯乃劉斯·奈帕斯（註三）譯成德文沒有。

「沒有，」他回答說。

父親一把抓住他的領子，將他拖出門外，替他戴上帽子，從背後給他一脚，踢得他倒下地去。

「你從哪裏來，還上哪裏去」他加添說：「這一遭，可要帶兩章翻譯回來，一章不行了，再把母親叫你學的法國喜劇裏的角色給她學一學：要不然，就不用見人！」

安特烈過了一個星期回來了，而且帶來了翻譯，學了那個角色。

他長成了，父親就帶他坐在彈簧馬車上，把繮繩交給他，叫他駕上工場，隨後又上田裏隨後又上城裏，商店裏，衙門裏，隨後又駕去看某種粘土，他用手指捻起一撮，嗅嗅，有時候還舐舐，又給他兒子嗅嗅，並且向他解釋，這是什麼粘土，宜於做什麼用。再不然，就去看怎樣提煉苛性鉀或者焦油，怎樣化獸油。

到得十四五歲，孩子就時常獨自駕着車或者騎着馬，鞍子上帶着一只口袋，上城裏替父親辦事，而且從沒有忘記，弄錯，注意不到或者辦糟什麼。

「Recht gut, mein lieber junge，」（註四）聽取了他的報告，父親說，並且用寬闊的手掌拍拍他的肩膀，同時按任務的輕重，給他兩個或三個盧布。

母親呢，過後要很久才能給安特烈烏夏洗淨煤灰，泥漿，粘土和獸油。

這種勞動的，實際的教育，她可並不完全喜歡。她怕自己的兒子會成爲像他父親所自出的，那種德國的bürgher（註五）。她把整個德國民族看作一羣特許商人，不喜歡他們的粗野，獨立心和傲慢，這些性格，是德國民衆用來到處主張自己一千年來所獲得的市民權的，有如一頭牛長了角，不懂得將牠們適切地隱藏起來。

在她的眼光內，整個德國民族裏沒有，並且也不能有，一位紳士。在德國人的性格中，她看不出有任何柔和，細緻，遷就，以及使上流社會的生活如此愉快，可以用來省略規則，破壞一般的習慣，不遵從規律的東西。不，這些粗人是如此死釘住給他們定下的，和鑽入他們頭腦裏的事物，只要依照規則做去，還不惜以自己的額角撞上牆壁。

她在一家富庶之家當過家庭教師，有機會出過國，走遍過德國，而把所有的德國人混爲一羣抽短煙管，在牙齒縫裏吐唾沫的店夥，工匠，商人，直得像棒一樣的軍官和士兵，以及面目平凡，只能幹幹雜役，勤勞地糊口，守守平凡的秩序和乏味的生活規則，學究似地盡盡義務的官吏——所有這些市民都舉止乖常，雙手粗大，談吐粗魯，而有平民氣色。

「無論德國人穿什麼服飾，」她想，「無論他穿多麼細而白的襯衫，漆皮靴子，甚至戴上黃手套，他還是像由靴子的皮裁成的，從雪白的袖口底下，伸出來的還是粗硬而微紅的手，穿着優雅的衣裳，總見得不是麵包師，便是酒保。這些粗硬的手，要求拿一把錐子，或者充其量要求拿前面管弦樂隊裏的弓子。」

而在兒子身上，她夢見貴族的理想，雖然父親是黑身體的市民，可究竟是一位俄國貴族的兒子，究竟是一個白皙而體格很好的孩子，手脚如此之小，臉龐乾淨，眼睛又清明，又靈活——同他在俄國富庶之家以及外國，當然，德國是沒有的，看見的孩子一模一樣。而突然間，他幾乎親自在磨坊裏轉磨子，像他父親似地從工場裏或者從田裏回家來，渾身是獸油和肥料，雙手髒紅而粗硬，胃口像狼一般！

她趕忙替安特烈烏夏剪指甲，鬈頭髮，縫漂亮的領子和硬胸，在城裏定短上衣；教他聽赫爾玆底沉思的音樂，給他唱花和詩的人生，向他低語軍人或者作家底光輝的使命，同他一起幻想有些人命定要扮演的高貴的脚色……

而這一切瞻望，當然被撥算盤珠，整理農民們油膩膩的收條，以及應付工匠所破壞！她甚至憎惡安特烈烏夏駕了上城裏去的那輛車子，父親給他的那身油布外套，以及那副綠色的羚羊皮手套——勞動生活底一切粗野的屬性。不幸的是，安特烈烏夏功課很好，父親便使他在這小的學塾內當助教。這本來也隨它去，但是他却完全按照德國派頭，像對工匠似地付他一筆薪水：十個盧布一個月，而且還叫他在賬簿上簽字。

放心吧，善良的母親啊，你兒子是生長在俄國土地上，不是在長着市民的牛角，轉磨子的雙手的，平凡的一羣之中。相近就是奧勃洛摩夫卡：那裏是永遠休假的！那裏是將工作像軛一樣解脫的；那裏，主人並不剛天亮就起身，並不在工場裏來去，並不挨近塗着獸油和魚油的輪子和彈簧。

就在威爾赫俚奧伏，有一所一年之中倒有大半年空關起來的房子。可是這頑皮的孩子，却時常偷跑到那裏去，那裏他看到一些長長的廳堂和迴廊，牆上掛着一些暗黑的肖像，並無粗野的氣概和粗硬的大手——他看到懶怠的碧眼，敷着髮粉的頭髮，白皙而漂亮的臉，飽滿的胸膛，在顫巍巍的袖口裏堂皇地按着劍柄的，青筋累累的優美的手；他看到一串穿着錦繡，絲絨和花邊，華而不實地在逸樂之中流走的世代。他在這些人物裏，看到一番榮華時代，戰爭和聲譽的歷史；他在那裏讀到一段關於往昔的故事，這故事與他父親吐着唾沫，抽着煙管，向他講過一百次的，在舞蓆與馬鈴薯之間，在市場與菜園之間的，薩克遜納（註六）的生活迴不相同。

每三年一次，這城堡裏突然充滿着人，沸騰着生活，祝宴和跳舞會；在長長的迴廊裏，徹夜地煇煌着燈火。公爵和公爵夫人帶着家族一起來到：公爵是一位白髮老人，長着褪色的，羊皮紙似的臉，昏暗而凸出的眼睛和大而禿的額角，佩着三枚寶星，攜着一只金煙盒，和一支鑲着碧玉頭子的手杖，穿着天鵝絨靴子；公爵夫人呢，是一位容貌，身材和骨格都很堂皇的婦人，雖然有了五個孩子，還彷彿從不曾有人，連公爵本人也算在裏面，親近過，擁抱過，吻過她。她似乎高出在這世界之上，每三年才下凡一次，她同誰也不講話，哪裏也不去，就只同三位老太太坐在角落裏的綠色房間內，越過花園，沿一條有遮掩的迴廊步行上禮拜堂去，坐在圍屏背後的椅子上。

但是除了公爵和公爵夫人之外，這房子裏還有一批那樣快樂而活潑的人，以致安特烈烏夏用小孩子的碧綠的眼睛，一下子就看進三四種不同的範圍內去，而以他潑剌的智慧來貪婪地無意識地觀察這形形色色的人羣底典型，好像觀察假面跳舞會底錯雜的現象一般。

那裏有皮雷和米希爾兩個小公爵，就中第一位即刻就指教安特烈烏夏，在騎兵隊和步兵隊裏怎樣打鼓，驃騎兵底佩刀和馬刺是如何如何，龍騎兵的又是如何如何，什麼聯隊用什麼顏色的馬，爲了不失體面，學業一了，就應當上哪裏去入伍。第二位，米希爾公爵，他剛同安特烈烏夏相識，就將他放定地位，開始用一對拳頭幹出可驚的惡謔——揎在安特烈烏夏的鼻子上和肚子上，隨後說，這是英國式的拳鬥。

過了三天，安特烈烏夏單憑他兩條筋肉累累的胳膊，和一股子鄉氣，沒有學過任何拳術，竟又是英國式，又是俄國式地，把米希爾的鼻子打破，並且獲得兩位公爵的權威。

還有兩位公爵小姐，一位十一歲，一位十二歲，高大，美觀而盛裝，她們同誰也不講話，向誰也不鞠躬，而且害怕農民們。

還有她們的教庭教師M-lle愛因斯坦，（註七）她上安特烈烏夏母親那裏喝咖啡，教她給安特烈烏夏鬈頭髮。有時候，她把他的頭按在自己膝蓋上，用鬈髮紙把他的頭髮鬈得很痛，隨後用雪白的手捧住他的雙頰；如此親切地吻他！

隨後是在旋盤上車煙盒和鈕扣的德國人，隨後是從星期日醉到星期日的音樂教師，隨後是一大批女僕，最後是一羣大狗和小狗。

這一切使得這房子和這村子充滿喧鬧，嘈雜，噼啪　喊叫和音樂。

一方面是奧勃洛摩夫卡，另一方面是公爵的城堡，和奢麗的安樂，這兩方面遇上了德國的氣分，於是安特烈並不成爲一位善良的市民，甚至也不成爲一位俗物。

安特烈烏夏的父親是一位農業家，技術員兼教師，他從自己的父親，一位農夫，受過實際的農事訓練，在撒克遜納的工廠裏學過工業，而在附近的，有四十來位教授的大學內，又接受過把四十位聖賢向他解釋清楚的東西教授別人的使命。

他並不再求上進，但是固執地往回走，决定必須幹一番事業，便回到父親那裏。後者給他一百退勒（註八）和一只新的背囊，就把他放諸四方。

從此，伊凡·包格達尼奇就沒有看見故鄉和父親。他在瑞士和奧大利流浪六年，但是在俄國住上二十年，並且慶幸自己的命運。

他住過大學，所以决定自己的兒子也必須如此，縱使不是德國的大學，縱使俄國的大學準會在自己兒子的生活裏引起變革，並且把他引出父親在心裏給兒子的生活安排下的軌道。可是他做這事非常簡單：他從自己的祖父取了這軌道，就將牠像一支尺一樣，繼續到將來的孫子爲止，而且就放下心，沒有疑心到赫爾玆的變調，母親的空想和故事，公爵府裏的迴廊和閨房，會把這狹仄的德國的軌道，改造成一條不論他祖父，父親和本人都不曾夢見的、如此寬闊的大道。

然而，在這場合上，他却並不是一位迂夫子，並不堅持自己的主張；不過不會在自己的頭腦中給兒子規劃另一條道路吧了。

關於這一點，他很少煩心。他兒子從大學裏回來，在家裏住上三個月，父親就說，在威爾赫俚奧伏他再沒有事可幹，甚至奧勃洛摩夫也給送上了彼得堡，因此他也該前去。老人並不問問自己：爲什麼安特烈必須上彼得堡，爲什麼他不能留在威爾赫俚奧伏，幫同經營領地；他只記得，自己修畢了學業，父親就把他送走了。所以他也把兒子送走——這是德國的習慣。這時節，母親已經去世，再沒有反對的人。

動身的那一天，伊凡 包格達尼奇給他兒子一百紙盧布。

「你騎馬到省城，」他說，「那裏，向卡林凡可夫拿三百五十盧布，但是把馬留給他。要是他不在，那就把馬賣去；那裏將舉行市集，就是外行也會出四百盧布。上莫斯科要花四十盧布，從那裏上彼得堡——七十五盧布；還有足够的錢剩下。往後那就隨你。你同我一起辦過事，所以你知道我有若干資本；但是在我死前，你可別指望牠，而我，除非石頭落在我頭上，大概還有二十年可活 燈火燃得很亮，裏面還有許多的油。你受過好教育：所有的前程都展開在你的面前；仕宦，經商，那怕著作，都行——我不知道你選什麼，感覺得喜歡幹什麼……」

「可是我要看一看，能不能一下子什麼事都幹，」安特烈說。

父親使足力氣地哈哈大笑，並且，啪一聲把兒子的肩膀拍得馬都受不住。安特烈可沒有什麼。

「唔，要是你不老練，一下子自己找不到道路，需要商量，打聽，那就去找萊茵霍爾特：他會教你的。哦！」他舉着手指，搖着頭，加添說，「他是……他是……」想稱讚一下，可是找不出適當的話。「我們倆一起從薩克遜納上這裏來。他有一幢四層樓的房子。我來把地址告訴你……」

「不必告訴了，」安特烈反對說，「等我有了四層樓的房子，那我才找他去，但是目前沒有他我也行……」

又在肩膀上拍一下。

安特烈跳上馬背，鞍子上綁着兩個袋子：一個裏裝着一件油布外套，而且看得見有一雙肥大的釘靴，幾件由威爾赫俚奧伏的蔴布做成的襯衫，以及父親主張帶的幾件東西；另一個袋子裏是一件華美的，細料子的燕尾服，一件有毛的大衣，和爲了紀念母親的教訓，在莫斯科定製的一打細的襯衫和一雙皮鞋。

「唦！」父親說。

「唦！」兒子說。

「齊全了嗎？」父親問。

「齊全了，」兒子回答。

他們默然地彼此看了一陣，彷彿用眼睛穿透對方似的。

這之際，四圍聚起一羣好奇的鄰人，張着嘴巴看管事送兒子上別處去。

父親和兒子互相握握手。安特烈便策馬而去。

「是怎樣的狗崽仔：竟一滴眼淚也不流！」鄰人們說。「那邊羅巴上不是兩只老鴉在刮刮刮叫：他們是爲他而叫的——等着就是！」

「老鴉在他又有什麼？聖·約翰節，他還夜夜獨自在樹林裏走動：在他們，這都無所謂。俄國人可就脫不開手！」

「可是這位老異族教徒也眞好！」一位當母親的陳述說；：「他竟把他像小貓一般投到街上去：抱也不抱，哭也不哭！」

「停下，停下！安特烈！」老頭兒喊。

安特烈便勒住馬。

「嘈，多半是良心發現了！」人羣裏讚許地說。

「怎麼？」安特烈問。

「馬肚帶鬆了，該緊一緊。」

「到了沙姆什夫卡我自己來緊吧。不必糟塌工夫，必須趕天黑之前到達那裏。」

「啾！」父親揮揮手說。

「啾！」兒子點點頭，重複說，並且略微偏側身子，正要刺馬。

「唉，你們這兩條狗，眞正是狗！竟像生人似的！」鄰人們說。

人羣裏，突然發出一陣大哭：一位女人忍不住了。

「啊，可愛的少爺，」她用頭巾的一角拭着眼睛說，「可憐的孤兒！沒有了親生的娘，竟沒有人給你祝福啦……讓我給你劃十字吧，我的美人兒！……」

安特烈向她騎攏去，跳下馬，將這老婦人擁抱一下，隨後正想上馬——她在他身上劃十字，吻他時，他一下子哭起來了。在她熱烈的語言之中，他彷彿聽到母親的聲音，而母親慈愛的音容，閃現一霎。

他把這女人緊緊地又擁抱一下，趕忙拭去眼淚，縱身上馬。書，一鞭子打在馬的肋腹上，他便消失在一片塵霧之中；三條狗打兩邊追在他背後絕望地汪汪大叫。

註一：Herder德國的一位著作家，（一七四四——一八〇三）。

註二：Wieland，德國的一位著作家，（一七三三——一八一三）。

註三：Cornelius Nepos 羅馬的一位歷史家。

註四：德文「好極，我的可愛的少年」。
註五：德文「市民」。
註六：Soxony，德國的一部份。
註七：法文「愛因斯坦女士」。
註八：Thaler，德國銀幣名，一退勒等於三馬克。

# 第二章

斯托爾茲和奧勃洛摩夫是同年；已經在三十以外。他做過官，後來退了職幹自己的事，而且實際上掙到了一幢房子和一些錢。他現在參加一家做出口生意的公司。

他是一刻不停地活動的：公司要派一位代理人到比國或者英國去，總派上他；要作什麼方案或者應用新思想在事業上，也總選上他。這之際，他還　行，交際和讀書：天知道他怎麼有工夫的。

他渾身由骨頭，筋肉和神經組成，宛如一匹純英國種的馬。他很瘦：差不多完全沒有面頰，那就是，有骨頭和筋肉，而無脂肪和豐滿之處；臉色平穩，淺黑而一點不紅，眼睛雖然有點藍悠悠，可是富於表情。

他不作多餘的動作。如果他坐，那就坐得平平靜靜；如果活動，也只使用必要的姿勢。恰像他肉體上沒有什麼多餘的東西一樣，在他生活底精神作用上，　也找求實際方面與精神的纖細的要求之間的平衡。雙方平行地前進，一路上交切和交織，但是從不糾纏成重甸甸的解不開的死結。他堅毅地，善良地前進；按着預算，一寸光陰一寸金似地生活，寸刻不懈控制着時間，努力，精神力與感情底消耗。彷彿是，他支配自己的悲哀和喜悅，如同手足的動作一般，或者像對待天氣的好壞似的。下雨的時候，他撐傘，那就是，在悲哀持續的時候，他就忍受，而且不是以膽怯的恭順來忍受，而大半以困惱和傲慢來忍受，而他所以耐性地忍受，只是因爲他將苦痛的一切原因都歸諸自己，而不把他當作一件外套似地掛在別人的釘子上。

他享受歡樂，有如享受一朶從路旁摘來的花，到牠在手裏萎謝爲止，決不把杯子喝乾到留在每一場歡樂的結末的痛苦的一滴。

向人生單純地，那就是直接而眞實地注視——是他經常的課題，他一邊逐漸達到牠的解決。一邊理解牠的一切困難，每當他注意到自已途程上的一段彎曲，而糾正牠時，他內心裏總是驕傲和幸福的。

「單純地生活是神妙而困難的！」他時常獨自說，並且趕緊察看哪裏彎曲了，哪裏歪斜了，哪裏生活的線索扭絞成了錯誤而錯綜複雜的結子。

他最害怕想像，這位兩張臉孔的伙伴，一張是朋友的臉孔，另一張是仇敵——少去信任牠，是朋友，而如果在牠的甜蜜的低語之下信任地睡覺，那就是仇敵。

他害怕一切的空想，而萬一走進了牠的領域，那就像人們走進榜着：Masolitude, mon hermitage, mon repos（註一）的洞窟，知道在哪一點鐘，哪一分鐘上出來。

他靈魂裏沒有空想，隱謎和神秘的餘地。凡是未經經驗和實際的眞理所分析的，在他眼中，都是視覺的欺騙，網膜上光線與色彩底另一反映，或者至多是一件經驗所尙未達到的事實而已。

他並無喜歡馳入奇蹟的領域，或者在對千年之前的推測和發見底原野之中，唐・吉訶德（註二）似地馳騁的那種半諷諧的愛美心。他固執地停留在神秘的門口，旣不表示孩子似的信仰，也不表示紈袴子似的懷疑，但是等待打開這神秘的法則底出現。

對於感情，如同對於想像一般，他也細密而愼重地監視着。時常在這上面顚躓，他遂不得不自認，感情作用底範圍，在他還是一處 Terra incognita（註三）。要是在這未知的領域內，他能及時辨別染紅的虛僞和蒼白的眞理，他總熱烈地感謝命運；當他受了由花朶巧妙地隱藏起來的欺騙而顚躓，但是並不跌倒的時候，如果只是熱病地加强地心跳，他並不怨艾，如果心不出血，如果額角上不滲出冷汗，而隨後漫長的陰影不長時間地留下在他生活上，他倒非常欣喜。

他自以爲很幸福，因爲能够保持某一高度，騎在感情的馬駒上馳驟，而並不越出那條劃分感情的世界與虛僞和感傷的世界，劃分眞理的世界與可笑的世界的細線，或者，馳驟回來，而並不跑入那片剛硬，詭辯，狐疑，瑣屑和無情底乾沙漠。

他在熱中之際，也感到脚踏實地，而且裏面有足够的力量，至不濟還可以擺脫，自由。他不被美色所眩惑，因此並不忘掉或者降低男子的尊嚴；不作奴隸，「不拜倒石榴裙下，」雖然也沒有體驗過如火如荼的歡喜。

他並沒有偶像，然而他保持靈魂與肉體的力，並且以貞潔自傲；他身上發出一種健壯和力量，在這面前，就是放浪的女人也不由自主地會退縮。

他知道這些希罕而寶貴的性質底價值，而且把牠們用得如此吝嗇，以致人們稱他利己和冷酷。人們叱責他的制止衝動，能够不越出自然的，自由的精神狀態，同時却辯解，有時候還懷有妒忌和驚異，別人的全力地飛入泥沼，破壞自己的和別人的生存。

「熱情，熱情是辯解一切的，」他周圍的人說：「而您在自己的利己主義之中，却只愛惜自己：我們倒要知道您這是爲誰呢。」

「爲了隨便哪一位，」他彷彿望着遠處似地，深思地說，而且依舊不相信熱情底詩意，不讚嘆熱情底狂暴的表現，和破壞的痕跡，而還是想看見在人生底嚴密的理解和作用之中的人底存在和憧憬底理想同他爭辯得越多，他越深深地「滯留」在自己的固執之中，甚至，至少在爭辯之中，陷入清敎徒的狂熱。他說：「人底正常的使命是，一無突躍地活過一年的四季，那就是人生底四季，而把生命之杯一滴也不白流地帶到末日。一片平穩而徐緩地燃燒的火，總比猛烈的火災爲好，無論後者多麼富於詩意。」結梢，他加添說：「假使我能親自證明我的信念，那我倒很幸福，但是不希望達到牠，因爲這是很困難的。」

但是他本人還是固執地走着自己選下的路。誰也沒有看見過他爲了任何事情病樣地苦惱地深思；似乎他沒有被勞瘁的心底悔恨所蝕盡；他的精神沒有痛苦，他從來沒有迷失在新穎的，艱難的或者複雜的環境之中，却像向先前的熟人似地走向牠們，彷彿他重複地生活，路經相熟的地方一般。

碰到有什麼事，他總立刻使用必要的手段，相同一位女管家從掛在帶子上的一串鑰匙之中，挑出正是開這扇或者那扇門的合用的鑰匙一樣。

他最看重的是執拗地達到目的：在他眼內，這是性格底一種特徵，而對於具有這種執拗的人，無論他們的目的如何不重要，他可從來不辭尊敬。

「這才是人！」他說。

不用說，他向他自己的目的前進，是勇敢地跨過一切障礙的，除非有一堵牆壁湧現在他的路上，或者迸開一條無法通過的深淵，這才放棄任務。

他不能用那種閉着眼睛跳過深淵去，或者盲目地磕上牆壁去的勇氣來武裝自己。他將深淵或者牆壁估計一下，如果沒有可靠的方法去克服牠，那他不管人家說他什麼，抽身便走。

要組成這樣一 性格，沒有斯托爾茲所由組成的那些混合的要素，說不定還不成。我國的活動家，從早就鑄成了五六種刻板的形式，以半只眼睛，懶洋洋地望着周圍，將一只手放上社會的機器，踏着前輩遺留下來的足跡，微睡地依着常軌去推動牠。但是，瞧，他們的眼睛從微睡中醒來了，聽得見勇敢，寬闊的步伐，生氣蓬勃的聲音了……應當有多少冠着俄國姓名的斯托爾茲出現啊！

這樣的人怎麼能和奧勃洛摩夫親近呢，後者的每一行為，每一動作，整個存在，都與斯托爾茲的生活都大相逕庭？這似乎是已經解决的問題，對立的兩個極端，即使不像從前的人所想一樣，成為同情的動機，那總也無礙於同情。此外，使他們聯結的是，童年時代和學校——這兩條有力的發條，隨後是在奧勃洛摩夫的家庭中，大量地浪費在這德國孩子身上的，俄國式的仁慈而濃烈的愛撫，隨後是在肉體與精神方面，斯托爾茲對奧勃洛摩夫所扮演的强者的脚色，而最後與最主要的是，在奧勃洛摩夫的天性的根柢中，有一種純潔，光明而善良的本質，對於凡是良好的，凡是同這顆單純，無邪而永久信任的心相應和的事物，都具有深摯的同情。

誰只要偶然或者故意向這光明的，孩子的靈魂看一眼——那怕他是陰鬱或者惡意的吧——他也不能拒絕同他相愛，或者假使環境妨礙他們親近，那總也有一個美好的經久的記憶。

安特烈時常從事務或者交際社會，從晚會或者跳舞會硬抽出身子，跑來坐在奧勃洛摩夫的寬暢的沙發上，在懶洋洋的談話之中，展和鎮靜他的騷亂的或者疲勞的靈魂，而且時常體味到從雄壯的客廳回到自己簡陋的家庭　或者從南國的自然的美麗回到童年時分在那裏散步的樺樹林子時的那種安心的感覺。

註一：法文『我的孤獨，我的隱居，我的休息』。

註二：西班牙西萬提斯所作的同名的小說中的主角。

註三：法文『未知的國土』。

# 第三章

「您好，伊里亞？看到你，我多高興啊！你生活如何？身體很好吧？」斯托爾茲問道。

「哦，不，身體才壞哩，安特烈兄！」奧勃洛摩夫嘆一口氣說。「什麼健康！」

「怎麼，害病嗎？」斯托爾茲着急地問。

「麥粒腫害得才厲害哩：上星期不過右眼睛上長一顆，現在又有一顆長出來了。」

斯托爾茲哈哈哈笑起來。

「就只如此嗎？」他問。「這都是你睡出來的。」

「誰說就只如此：胃痛得才苦哩。你聽聽剛才醫生說的話看。『出國去』他說，『要不然就糟糕：也許會中風。』」

「唔，那你怎麼呢？」

「我不去。」

「爲什麼？」

「那怎麼行！你聽聽他說的話看：『您去住在什麼地方山上，上埃及或者亞美利加……』」。

「那又有什麼？」斯托爾茲冷淡地說。「兩個星期你就在埃及，三個星期就在亞美利加。」

「唉，安特烈兄，你也這麼着！你是惟一有理性的人，竟也發狂了。誰上亞美利加或者埃及去！英國人：上帝就是這樣造他們的；而且他們在本國也沒有地方生活。但是我們有誰去？恐怕是哪一種輕生的絕望的人嗯。」

「事實上，是怎樣的英雄事業：坐上車，或者船，呼吸清潔空氣，領略外國，城市，風俗，見識種種奇事奇物……唉，你啊！唔，告訴我，你的事怎麼樣，在奧勃洛摩夫卡有些什麼事？」

「唉！」奧勃洛摩夫揮揮手說。

「遭了什麼事？」

「還不是生活擾人！」

「謝天謝地！」斯托爾茲說。

「怎麼謝天謝地！要是始終在頭上摸摸倒也好，可是牠像愛鬧事的孩子們在學堂裏糾纏一位溫柔的學生：不是偷偷裏抓一下，就是突然從額角上直撞上去，並且撒沙子那麼糾纏我……眞受不了。」

「你也太馴良了。究竟發生了什麼事？」斯托爾玆問。

「兩樁倒霉事兒。」

「究竟是什麼事！」

「完全毀了！」

「怎麼毀了？」

「我來將村長寫的信唸給你聽……信在哪裏？査哈爾，査哈爾！」

査哈爾找到了信。斯托爾玆匆匆地唸一遍，笑起來，多半是笑村長的文句吧。

「這位村長多混蛋！」他說。「把農民放走了，倒來訴苦！那不如給他們護照，讓他們上四面八方去。」

「對不起，這樣他們就統要走了！」奧勃洛摩夫反對說。

「讓他們走！」斯托爾玆毫不介意地說。「誰覺得住下好，並且有利，他就不會走；假使於他無利，那於你也無利，爲什麼要留他？」

「這是什麼主意！」伊里亞・伊里奇說。「奧勃洛摩夫卡的農民都是安分守己，足不出戶；何必叫他們去流浪呢？」

「你不知道，」斯托爾茲截住說，「有人想在威爾赫倪奧伏造一座棧橋，並且提議闢一條公路，那奧勃洛摩夫卡就要靠近大路，而且城裏要舉行市集……」

「哦，天哪！」奧勃洛摩夫說。「這可不得了！奧勃洛摩夫卡本來如此安靜，偏僻，而現在是市集，大路！農民將要習慣上城，商人們將要絡繹地上我們這裏來——全完事了！不幸！」

斯托爾茲哈哈大笑。

「怎麼不是不幸？」奧勃洛摩夫繼續說。「農民們本來都很好，關於他們，不論善惡都沒有聽說過什麼，他們就幹自己的活。什麼也不想望；現在可是要墮落了！會跑去喝茶，喝咖啡，穿絲絨褲子，拉手風琴，穿塗油的靴子……不會有益處的！」

「不錯，要是如此，那當然沒有多少益處，」斯托爾茲陳述說：「但是你在村子裏立學堂呀……」

「不，早着嗎？」奧勃洛摩夫說。「學問倒於農民有害：教了他，他就不肯種田了……」

「可是他們倒會讀關於怎樣種田的事——怪人！可是聽我說：不是開玩笑，今年你眞非親自住在領地上不可。」

「不錯，是眞的；不過我的計劃還沒有完全……」奧勃洛摩夫胆怯地陳述說。

「壓根兒用不到！」斯托爾茲說。「你只要去就是：當場去看，該怎麼辦。你很早就注力於這計劃：當眞還沒有完全準備好嗎？你在幹什麼？」

「哦，老哥，彷彿我只有領地事似的。可是另一樁倒霉事兒呢？」

「是什麼事？」

「人家趕我們出去。」

「怎麼趕？」

「嗐：光是說，搬走。」

「唔，那又有什麼？」

「怎麼又有什麼？我就爲了這些麻煩，翻來覆去得背脊和肋腹都擦破了。就只一個人：而這也要辦，那也要幹，那裏對帳，這裏付款，那裏又是付款，而這裏又是搬家！錢花得怕人，連我自己也不知道花上哪裏去的！眼看你就要莫名一文……」

「這人才嬌壞了：連搬一次家也困難！」斯托爾茲驚異地說。「說起錢，你那裏有多少？給我五百盧布，非得馬上送去不可；明天我從我們公司拿去……」

「等一下！讓我想想看……最近鄉下送來過一千盧布，可是現在還剩……哦，等一下……」

奧勃洛摩夫開始在抽屜內摸索。

「這是一十……二十，這是二百盧布……這又是二十。這裏曾經還有一些銅幣……查哈爾，查哈爾！」

查哈爾依着先前的順序跳下爐台，走進房間。

「桌子上兩個十戈貝克銀幣哪裏去了？昨天我放在……」

「怎麼您就惦着兩個銀幣，伊里亞·伊里奇！我稟告過您，這裏沒有什麼兩個銀幣……」

「怎麼沒有！買橘子找下的……」

「您給了什麼人，忘了吧，」查哈爾朝房門口轉過身去，說。

斯托爾茲哈哈笑起來。

「啊，你們這些奧勃洛摩夫家的人，」他譴責說：「自己口袋裏有多少錢也不知道！」

「你剛才給米海·安特烈也奇的是什麼錢？」查哈爾提醒說。

「哦，對了，塔朗鐵也夫還拿過十盧布，」奧勃洛摩夫趕忙朝斯托爾茲轉過身去：「我可忘了……」

「幹嗎你放這畜生上你這裏來？」斯托爾茲陳述說。

「什麽放進來！」査哈爾插嘴說。「他上這來，就像同自己的家或者旅館似的。把老爺的襯衫和背心取了去，從此就一無影蹤。方纔還來借燕尾服：『拿給我穿！』您鎭壓他一下吧，安特烈·伊凡尼奇老爺……」

「沒有你的事，査哈爾。上自己的地方去！」奧勃洛摩夫嚴厲地說。

「給我一張信紙，」斯托爾茲請求說，「寫寫雜記。」

「査哈爾，拿紙來：安特烈·伊凡尼奇要用……」奧勃洛摩夫說。

「沒有紙！剛才找過了，」査哈爾就從前室裏回答說，甚至沒有走進房間。

「隨便給我一小片就行，」斯托爾茲堅執說。

奧勃洛摩夫在桌子上找了一氣：一小片也沒有。

「唔，再不濟給我一張名片吧。」

「我好久沒有名片了，」奧勃洛摩夫說。

「你這裏怎麽的？」斯托爾茲譏諷地反駁說。「而你還打算辦事情，寫計劃哩！請你告訴我，你去不去任何地方，儘上些哪裏？會些什麼人？」

「上哪裏！我哪裏也很少去，就坐在家裏：這計劃叫我很着急，而且又有房子的事……幸虧塔朗鐵也夫肯出力去找……」

「有沒有誰上你這裏來？」

「有的……塔朗鐵也夫，還有亞力克先也夫。剛才醫生來了……彭金，蘇特平斯基，伏爾柯夫來了……」

「我沒看見你這裏有什麼書籍，」斯托爾茲說。

「那不是書！」奧勃洛摩夫指着擱在桌子上的一本書，提示說。

「是什麼書？」斯托爾茲望望那本書，問。「非洲旅行記。你擱下的一頁可已經發霉了。也沒有看見報紙……你看不看報紙？」

「不看，字體小，傷眼睛……也無此必要：要是有任何新聞，那就整天到處都談這件事。」

「對不起，伊里亞！」斯托爾茲以驚愕的視線轉向奧勃洛摩夫說。「那你自己幹些什麼？就麵粉似地團着，躺着嗎？」

「不錯，安特烈，像一團麵粉，」奧勃洛摩夫悲哀地回答說。

「招認難道就是辯解？」

「不，這不過是回答你的話；我可並非辯解，」奧勃洛摩夫太息一聲回答說。

「那你應當從這夢裏擺脫。」

「早先我也試過，沒有成功，可是現在……爲什麼呢？一無引誘，心地非常平靜，理智睡得酣熟！」他懷着輕易看不出來的痛苦結論說。「別談這個吧……倒不如告訴我，你現在是從哪裏來？」

「從基輔（註一）來，過兩個星期我就要出國。你也去吧……」

「好的，說不定我也去……」奧勃洛摩夫決心說。

「那就坐下來，寫護照申請書，明天遞上去。」

「明天就！」奧勃洛摩夫怔一下，開始說。「他們都是多麼匆忙，彷彿有誰趕着似的！我們來想一想，談一談，然後聽憑上帝。恐怕要下鄉在先……而出國……在後吧……」

「爲什麼在後呢？不是醫生關照的嗎。你先去掉你的脂肪，體重，那時候精神底睡眠就會飛走。需要肉體和精神的操練。」

「不，安特烈，這一切會使我更疲勞：我的健康很壞。不，你不如放下我，自己一個人去吧……」

斯托爾茲瞧瞧躺着的奧勃洛摩夫，奧勃洛摩夫也瞧瞧他。

斯托爾茲搖搖頭，而奧勃洛摩夫嘆一口氣。

「你似乎是懶得生活吧？」斯托爾茲問。

「哦，也實在是懶，安特烈。」

安特烈在心裏盤算，用什麼來觸動他的嫩肉，並且他的嫩肉在哪裏，一邊默然地向奧勃洛摩夫端詳，忽然笑起來。

「怎麼你穿着一只絲襪子，一只紗襪子？」他指着奧勃洛摩夫的脚突然說，「而且襯衫也反穿着！」

奧勃洛摩夫瞧瞧脚，又瞧瞧襯衫。

「果眞不錯，」他狼狽着承認說。「這查哈爾是派來罰我的！你不相信，我是怎樣吃他的苦！又嘮嘴，又無禮，可是事情你就別問！」

「唉，伊里亞·伊里奇！」斯托爾茲說。「不，我不放你這樣下去。過一個星期你就會不認識你自己。到晚上，我來把給我們倆打算好的計劃詳詳細細告訴你，可是現在穿衣服吧。等着，我來振作你，查哈爾！」他叫。「給伊里亞．伊里奇穿衣服！」

「對不起，你上哪裏去？塔朗鐵也夫和亞力克先生馬上就來吃午飯了。隨後想……」

「查哈爾，」斯托爾茲說，不去聽他：「給他穿衣服。」

「是，是，安特烈．伊凡尼奇老爺，我這就擦靴子，」查哈爾欣然地說。

「怎麼？到五點鐘你還沒有擦靴子？」

「擦是擦過了，還是在上星期，可是老爺沒有出去過，所以又暗無光澤了……」

「唔，就這樣拿來得了。將我的皮鞄送到客廳裏去；我要住在你們這裏。我這就去穿衣服，你也準備起來，伊里亞。我們在路上隨便哪裏吃午飯，隨後去訪問兩三家人家，再……」

「可是你……也未免太突兀……等一下……讓我想一想……我不是沒有剃鬍子嗎……」

「不用想，也不用搔後腦……鬍子在路上剃：我來領你去。」

「我們還上哪些人家去？」奧勃洛摩夫惆悵地叫喊。「上生人家裏嗎？這是什麼主意！我甯可上伊凡．蓋拉西米奇那裏：三天沒有去了。」

「這伊凡．蓋拉西米奇是誰？」

「早先和我同事的那一位……」

「哦，那位白頭髮科員：你在那裏發見了什麼？竟有熱情同這些笨伯消磨時間！」

「批評人物，安特烈，有時候天知道你多麼刻薄。他倒是一位好人：只是不穿荷蘭的襯衫來去……」

「你在他那裏幹什麼？同他談些什麼？」斯托爾茲問。

「你知道，在他家裏，怎麼好像很正常，安適。房間都很小，沙發深得沒頭沒腦，連人也看不見。窗子上完全遮着長春藤和仙人掌，有一打以上的金絲雀和三條狗，那麼好的狗！桌子上始終有冷菜。彫版上盡是些家庭風光。去了就不想走。什麼也不想，什麼也不犯愁地坐着，知道有一個人在你身邊……當然，平凡是很平凡，想同他交換意見和思想是不行的，但是不狡猾，善良，親切，不自負，而且不在背後中傷你！」

「你在那裏幹些什麼？」

「幹些什麼？喏，我一去我們就連人連脚面對面坐在沙發上，他抽煙……」

「那你呢？」

「我也抽煙，聽金絲雀囀鳴。隨後瑪爾發端來茶飲。」

「塔朗鐵也夫，伊凡．蓋拉西米奇！」斯托爾茲聳着肩膀說。「唔，趕快穿衣服吧，」他催促說。「塔朗鐵也夫來的時候，就向他說，」他向査哈爾轉過去，加添說：「我們不在家吃午飯，而到秋天他就有許多的事，便不能會他了………」

「我向他說，忘不了的，我完全向他說，」査哈爾回答說：「但是還頓午飯怎麼辦呢？」

「同誰儘量把牠吃了就是。」

「是，是，老爺。」

十分鐘後，斯托爾茲換上衣服，剃淨鬍子，梳好頭髮走出來，可是奧勃洛摩夫却憂鬱地坐在床上，慢吞吞地扣着襯衫的前胸，扣不進鈕孔去。

査哈爾一膝跪在他面前，盆子似地捧着一只未擦的靴子，在等待主人扣完扣子，給他穿上去。

「你還沒有穿上靴子！」斯托爾茲吃驚地說。「唔，伊里亞，快，快！」

「但是這上哪裏去？去幹嗎」奧勃洛摩夫憂悶地說。「那裏我有什麼沒有見過？我落伍了，不想………」

「快，快！」斯托爾茲催促說。

註一：Kiev俄國烏克蘭西部的一個城市。

# 第四章

雖然已經很遲，他們還上哪裏辦一件事，隨後斯托爾茲拉一位經營金礦的一起吃午飯，隨後又上後者的別墅裏喝茶。那裏，碰見一大批人，而奧勃洛摩夫從全然孤獨之中，突然又來到人羣裏。到深夜他們才回家。

第二天，第三天，又都如此，而整整一星期不知不覺地過去了。奧勃洛摩夫抗議，訴苦，爭辯，可是還是被自己的朋友拉着到處走。

有一次，從哪裏深夜回來，他對這種奔忙反對得特別厲害。

「成天，」他一邊穿睡衣，一邊嘀咕說：「不脫靴子，脚這麼痒痒的！我不喜歡你們這種彼得堡的生活！」他一邊躺下在沙發上，一邊繼續說。

「那你喜歡怎樣的生活？」斯托爾茲問。

「跟這裏不同的。」

「你究竟不喜歡這裏的什麼？」

「全不喜歡：無窮的奔波，卑鄙的情慾，尤其是貪慾底永久的活動，彼此傾軋，流言，誹謗，互相侮辱，這種從頭到脚的睇視；聽到他們談話，你就頭暈，發獃。看上去，這些人都很聰明，臉上氣概軒昂，但是聽聽看：「這一位收受過這個，那一位得到過租權。」「對不起，怎麼啦？」誰叫喊說。「這一位昨天在俱樂部裏賭輸了；那一位要到手三十萬！」無聊，無聊，無聊！……這麼着，人何在？人的完全又何在？牠向哪裏藏身去了，怎麼在一切瑣事上浪費精力？」

「世界和社會可總應當有事呀，」斯托爾茲說：「各人有各人的趣味。此中才是人生……」。

「世界，社會！你大概故意送我進世界和社會去，爲的是把我上那裏去的慾望更加打破吧，安特烈。人生：好一種人生！在那裏找什麼？理智的趣味呢，還是感情呢，你瞧，哪裏是這一切環繞牠旋轉的中心：沒有，毫無深切，中肯的東西。這一切都是死人，都是睡着的人，比我更壞，這些世界的和社會的人物。他們人生的目的是什麼？他們並不躺臥，每天像蒼蠅一樣飛來飛去，可是有什麼益處？你走進大客廳，讚賞不迭客人們分坐得多麼勻稱；坐着玩牌，是多麼馴良而深思啊！沒有話說，是絕好的人生問題！是對於尋求活動的頭腦的刮刮叫的實例！難道這不是死人嗎？難道他們不是一輩子坐着睡覺嗎？爲什麼我躺在家裏，不以『三點』和『兵士』（註一）來毒害頭腦，就比他們有罪呢？」

「這都是老生常談，人家說過一千遍了，」斯托爾茲提示說。「有什麼新鮮一些的沒有？」

「而我們頂好的青年，又幹些什麼？難道不是在奈甫斯基大街上步行，坐車，跳舞着睡覺嗎？見天是空虛的更迭！可是瞧，他們懷着何等的傲慢，莫明其妙的威嚴，和拒人千里的目光，來看誰穿得和他們不同，誰沒有自己的名聲和地位。而這些不幸的人自以爲高於一大批人：『我們担任別人所不担任的職務，我們坐池座的前排，我們去赴只許我們去的N公爵的跳舞會』……但是他們遇在一起，却像生番似地醉酒，打架！這難道是活的，清醒不睡的人？而且不單是青年：瞧瞧中年人看。遇在一起，彼此邀去吃喝，但是既不親切，又非善意，也非彼此投己！聚在一起吃午飯，吃晚飯，就像辦公一般，冷淡，一無興緻，爲的是誇口各人的廚子和客廳，而事後又彼此嘲笑和絆倒別人。在前天的午餐會上，當他們開始破壞沒有在場的人的名譽：『那一位愚蠢；這一位卑劣，另一位是賊，第三位可笑』時，我眞不知道眼睛往哪裏看好，很想爬到桌子底下去——還簡直是追獵！他們一路談，一路以這種眼光相看，彷彿說：『只要你走出門去，那就也要駡你』……假使如此，那他們爲什麼遇在一起呢？爲什麼又如此緊緊地互相握手呢？既無由衷的笑，又無絲毫的同情！就是努力爭取高官，名聲。隨後便吹牛：「某某人來過我這裏，我到過某某人那裏」：……這是什麼生活？我可不要。我在那裏學得什麼，提煉出什麼？」

「你知道，伊里亞，」斯托爾茲陳述說，「你這議論就和古人一般，在古書裏都如此寫着的。但是這也好：至少你是發議論，而不是睡覺。唔，還有什麼？說下去罷。」

「有什麼要說下去的？你瞧：這裏的人誰也不活潑，誰也沒有健康的臉。」

「這是氣候所致，」斯托爾茲攔住說。「你的臉不也是打皺，雖然你並不跑動，而老是躺臥。」

「誰也沒有明朗的，安詳的目光，」奧勃洛摩夫繼續說。「全以苦悶和痛苦的憂慮彼此感染，病樣地找尋什麼。而要是爲眞理，爲自己和別人的幸福，倒也好——不，由於伙伴的成功，他們倒會臉色蒼白。有的人担心：明天去上法庭，官司打了五年，對方要贏了，而五年內，他頭腦裏只有一個想頭，一個希望：把別人弄倒，而在他的毀滅上建立起自己的幸福。於是五年內，在候審室裏出入，坐，嘆氣——這就是人生底目的與理想！有的人因爲判定每天要上辦公處去，坐到五點鐘而痛苦，也有人因爲得不到這種幸福而沉重地嘆氣……」

「你倒是一位哲學家，伊里亞，」斯托爾茲說：「人人都担憂，只有你一個人却什麼也不需要。」

「那位戴眼鏡的，黃臉皮的先生，」奧勃洛摩夫接下去說，「儘釘着問我：讀過哪一位議員的演說沒有，當我告訴他，我不看報紙的，他就圓睜着眼睛瞧我。話又轉到路易·飛利浦（註一）身上，彷彿他是他親生父親似的。隨後又糾纏着向我問，依我想：法國的公使爲什麼要離開羅馬？哼，一輩子只是每天裝進些全世界的新聞，於是叫喊一星期，直得叫完爲止！今天梅克梅脫·阿梨（註三）派一艘軍艦上君士坦丁諾潑爾，他便苦苦思索：爲什麼？明天堂·卡樂司失敗了，他又着急得要命。那兒開鑿運河，這兒輸送軍隊到東方去；天哪，開起火來了！面孔失色，奔走，嚷嚷，好像這支軍隊就在追他似的！他們反覆地議論，想像，但是本身倒是無聊——這並不使他們發生興味；通過這些叫喊，看得見酣熟的睡眠！這對他們沒有關係；他們並非載自己的帽子來去。沒有自己的事，他們便毫無目標地向各方面浪費精力。在這包羅萬象之下，隱藏着空虛，對一切都缺乏同情！可是選取一條中庸的勞苦的小徑，循着牠前進，劃一道深轍——這是乏味而微細的，在這場合，無所不知就沒有用，就騙不了誰！」

「唔，我們倆可沒有浪費精力，伊里奇。我們的中庸的勞苦的小徑又在哪裏呢？」斯托爾茲問。

奧勃洛摩夫忽然默不作聲。

「嗐，我只要完成……計劃……」他說。「但是祝福他們！」隨後他困惱地加添說。「我並不干涉他們，並不追求什麽；不過在這裏面我沒有看到正常的生活而已。不，這不是生活，而是自然向人作爲目的指出的生活底常規與理想底歪曲……」

「這生活底常規與理想又是什麽呢？」

奧勃洛摩夫沒有回答。

「唔，告訴我，那你給自己規劃過怎樣的生活？」斯托爾茲繼續問。

「我已經規劃過。」

「是怎樣的生活？請你說，怎樣的？」

「怎樣的？」奧勃洛摩夫翻身仰臥，瞧着天花板，說。「是這樣！想上鄉下去。」

「有什麽事阻礙你呢？」

「計劃沒有完成。隨後又想不要一個人，而同太太一起去……」

「噢，原來如此！唔，上帝保佑你吧。那你等待什麽？再三四年誰也不嫁你了……」

「有什麽辦法，不是這份命！」奧勃洛摩夫嘆息一聲，說。「情勢不許可我。」

「對不起，不是有奧勃洛摩夫卡嗎？三百名農奴哩！」

「這算得什麼？指什麼同太太一起過活？」

「兩口子指什麼過活？」

「可是生下小孩子呢？」

「小孩子受了教育，自己會生活的；懂得領導他們，這樣就……」

「不，貴族出身可不能當工匠！」奧勃洛摩夫冷淡地截住說。「而是除了孩子們，也哪裏會是兩口子？所謂夫婦倆，那只是這麼說說，但是實際上，只要一結婚，就有種種女人跑上你的門。瞧隨便哪一家人家：是親戚也吧，不是親戚也吧，不是女管家也吧，若不是住下，那就天天跑來喝咖啡，吃午飯……指三百名農奴，怎麼能供養這樣一所寄宿舍？」

「唔，好吧；讓人家再送你三十萬盧布，那你怎麼辦呢？」斯托爾茲懷着强烈的，被激起的好奇心，問。

「馬上存入銀行，」奧勃洛摩夫說。「指利息過活，」

「利息這麼微少；幹嗎不放在哪裏公司裏，譬仿說，我們公司裏呢？」

「不，安特烈，你騙不上我的。」

「怎麼：你連我都不信任嗎？」

「決不信任；不是不信任你，但是一切都可能發生：嗐，一倒閉，我不是一文莫名了。存在銀行裏有沒有事呢？」

「唔，好吧；你再怎麼辦呢？」

「嗐，我就搬上一所清靜的新造的房子………四近住得有一些好鄰居，譬如說，你吧………可是不，你不會坐定在一處地方的………」

「難道你就始終坐定在一處？哪裏也不去嗎？」

「決不去。」

「如果生活底理想——是坐定在一處地方，那人家幹嗎不怕麻煩去到處舖鐵路，跑輪船呢？我們來上一個條陳，叫他們停止吧，伊里亞：我們哪裏也不去。」

「除了我們，有的是人；不是有很多經理，管事，商人，官吏，遊手好閒的旅行者嗎？讓他們儘自去旅行得了！」

「那你是什麼人？」

奧勃洛摩夫默然不語。

「你將你自己歸在社會底哪一種範疇內？」

「你問查哈爾，」奧勃洛摩夫說。

斯托爾茲將奧勃洛摩夫的希望照着字面實行。

「查哈爾！」他喊。

查哈爾睡眼惺忪地走來。

「這躺着的是什麼人？」斯托爾茲問。

查哈爾突然間醒轉來，先向斯托爾茲，又向奧勃洛摩夫，懷疑地睨視一陣。

「怎麼是什麼人？難道您看不見嗎？」

「我看不見，」斯托爾茲說。

「是什麼怪事？這是伊里亞．伊里奇老爺啊。」

他微笑起來。

「好的，去吧。」

「老爺！」斯托爾茲重複說，並且哈哈大笑。

「不，是紳士，」奧勃洛摩夫困惱地糾正說。

「不，不，你是老爺！」斯托爾茲笑着繼續說。

「又有什麼區別？」奧勃洛摩夫說。「紳士就是老爺。」

「紳士是自己穿襪子，自己脫靴子的老爺，」斯托爾茲確定說。

「不錯，英國人因爲沒有很多傭人，都自己來，但是俄國人……」

「繼續給我描寫你生活底理想吧……哎，周圍是好朋友；其次呢？你怎麼打發自己的日子？」

「嗯，早晨起身……」奧勃洛摩夫開始說，一邊將雙手放在後腦上，滿臉洋溢着安詳的表情；他精神上已在鄉下。「天氣很好，天空是一片深，深的蔚藍，纖雲不染，」他說：「在我的計劃內，房子的一邊是朝東的露台，向着花園和田野，另一邊向着村子。等待太太醒來，我穿上睡衣，在花園裏踱步，呼吸早晨的空氣；那裏我發見一位園丁，就一起澆花，修剪灌木和喬木。我給太太做成一個花束。隨後上浴室裏或者河裏洗一次澡，回來，露台的門已經打開；太太穿着寬舒的上衣，披着飄輕的頭巾，頭巾搭着剛一點點，眼看着會從頭上飛去似的……她等着我。「茶備好了，」她說。怎樣的接吻！怎樣的茶！怎樣舒適的圈手椅啊！我在桌邊坐下；桌子上是餅乾，乳酪，新鮮的牛油……」

「隨後呢？」

「隨後穿上寬敞的上衣或者任何短上衣，勾住太太的腰，同她沒入一條沒有盡頭的，暗洞洞的林蔭路；靜悄悄地，沉思地，默然地向前走去，或者出聲地思索，空想，計算脈搏似地計算幸福底瞬間；諦聽心底跳動和停止停動；在自然界尋求共鳴……而不知不覺走到河邊或者田野……水波微興，穗子因微風而波動，天很熱……坐進艇子裏，太太駕駛，差不多沒有舉槳……」

「你倒是一位詩人呢，伊里亞！」斯托爾茲剪住說。

「不錯，是人生的詩人，因爲人生就是詩。都是人們把牠自由地歪曲了！隨後也許走進花房裏，」奧勃洛摩夫繼續說，陶然於自己所描寫的幸福底理想。

他從自己久已描寫好的景色之中，抽出一些現成的想像，因此講得有聲有色，一停也不停。

「瞧一下桃子，葡萄，」他說：「講拿什麼來佐膳；隨後回家去，進些清淡的早餐，等待客人……這時候，不是哪一位馬利亞．彼得羅芙娜給太太送來一張便箋，附着一冊書或者一本樂譜，便是有人送來一個渡蘿蜜當禮物，再不然，自己花房裏一個大得異常的西瓜成熟了，就把牠送給一位好朋友明天吃午飯用——而且親自前去……而這時候，廚房裏上勁極了；廚子穿着雪白的圍胸，戴着雪白的帽子，忙不開交，將一只煎鍋放上去，又把另一只拿開，那裏通火，這裏開始和麵，那裏倒出水去……刀聲還麽響亮……是切靑菜……那裏搖冰淇淋……飯前向廚房裏去看看，揭開煎鍋，聞聞，看怎樣包麵餅，打乳酪，才愉快哩。隨後躺在長沙發上：太太朗讀一本新書；我們倆停下來，議論一通……可是客人來了，譬如說，你和太太。」

「噢，你叫我也結婚了？」

「當然啦！此外再有兩三位朋友，始終是這幾個人。開始昨天沒有結束的談話；開玩笑，或者來一陣雄辯的緘默，沉思——並不是因爲失去地位，也不是因爲元老院的事件，而是因爲希望的十足圓滿和歡樂的逡巡……聽不見對不在場的人吐沫四濺的痛罵，看不到對你約定，你一走出門，也就這樣駡你的，向你投射的瞥視。不喜歡誰，誰不好，就不同誰向鹽皿裏一起蘸麵包。在交談者的眼睛裏看得到同情，在開玩笑中看得到誠懇而毫無惡意的笑……完全出於肺腑！心上有什麽，眼睛裏，嘴裏就有什麽！飯後，陽台上有莫卡，哈佛那（註四）……」

「你向我描寫的，正同祖父們和父親們所經歷的一模一樣。」

「不，並不然，」奥勃洛摩夫近乎憤怒地回答說，「哪裏是如此？難道我的太太也要做菓醬，醃菌子不成？難道也要計算線束，區別鄉下的蔴布不成？也要打女僕的耳光不成？你聽到沒有：樂譜，書籍，鋼琴，高雅的傢具？」

「唔，可是你自已呢？」

「我自己就不唸去年的報紙，坐老式馬車，吃通心粉和鵝，而要使廚子在英國俱樂部或者公使館裏去受訓練。」

「唔，隨後呢？」

「隨後，暑熱一退，就駕一輛車載着茶炊和尾食上白樺林裏，要不就上田野裏，在刈過的草上，在乾草堆之間舖開毯子，就在那裏享受到冷湯和牛排爲止。農民們肩頭上荷着大鐮刀從野而來；那裏爬着一輛乾草車，把整個車子和馬都蓋沒，上面從乾草裏露出一頂插着花的農民的帽子，和一顆孩子的頭；那裏，一羣赤脚的女人，帶着鐮刀，在大聲嚷嚷……忽然看到主人們，就變得肅靜，低低地鞠躬。其中有一個，裸露着臂肘，有着太陽曬黑的頭頸，胆怯地沉低的，然而狡滑的眼睛，只是裝作防禦主人的愛嬌，但是本身却感到幸福……噓，上帝保佑，別叫太太看見了！」

奧勃洛摩夫本人和斯托爾茲兩個人都嚡然大笑。

「田野裏潮濕了，」奧勃洛摩夫結論說：「天色已暗；霧像倒轉的海似地懸掛在裸麥上面；馬們抖着肩膀，頓着蹄子：該回家了。家裏已經燈火輝煌；廚房裏五柄刀子在辟啪辟啪：一煎鍋的菌子，肉片，草莓……隨後有音樂……Casta diva……Casta diva！」（註五）奧勃洛摩夫唱起來。「我可不能毫不關心地想起Casta diva，」唱完這歌曲的開端，他說。「這女人哭得多麼傷心！在這些聲音內，含有怎樣的悽涼啊！……而周圍誰也不知道什麼……就只她一個人……這秘密使她很悲痛；她把牠向月亮宣洩……」

「你喜歡這一段歌曲嗎？我很快活：奧爾迦．伊林斯基唱牠唱得極好。我來介紹你——那付嗓子，那支歌曲！而她本人又是多麼魅人的一個孩子。雖然也許是我偏心：我對她可眞有弱點……然而，別扯遠了，別扯遠了！」斯托爾茲加添說，「講下去吧！」

「唔，」奧勃洛摩夫繼續說，「還有什麼講的？……大概不過如此！……客人們四散到邊屋和亭臺裏；可是第二天又四散開去：有的去釣魚，有的去行獵，也有的簡直儘自凝坐……」。

「簡直，手裏什麼也不拿嗎？」斯托爾茲問。

「你要什麼？唔，作算是一條手帕吧。幹嗎你不希望這樣過活呢？」奧勃洛摩夫問。「哎，這不是生活嗎？」

「是不是一輩子完全如此？」斯托爾茲問。

「直到老，直到死。這是人生！」

「不，這不是人生。」

「怎麼不是人生？這裏還短什麼？你想想看，你就一張蒼白的，殉道者似的臉也不會看見，一點憂慮，一點關於元老院，交易所，股份，報告書，謁見部長，官階和增加膳貼的問題也不會有。而完全是推心置腹的談話！你永遠不必搬家——單只這件事也不無價值。這不是人生嗎？」

「這不是人生，」斯托爾茲固執地重複說。

「依你說，是什麼呢？」

「這是……」斯托爾茲瞑想，並且尋思怎樣來稱呼這種生活。「一種……奧勃洛摩夫主義，」終於他說。

「奧勃——洛——摩夫主義！」伊里亞·伊里奇一邊慢慢地說，一邊驚訝這個異樣的字，把牠分成一個個音節，「奧勃——洛——摩夫主義！」

他異樣地，凝然地望着斯托爾茲。

「依你說，哪裏才是生活的理想？怎麼才不是奧勃洛摩夫主義？」他胆怯地，毫無熱心地問。「我所空想的，不就是每個人所要爭取的？請問你！」他更爲勇敢地加添說，「所有你們的奔波，熱情，戰爭，商業和政治，其目的豈不是在造成安靜，在憧憬這個失去的樂園底理想？」

「你這是奧勃洛摩夫式的烏托邦，」斯托爾茲反對說。

「誰都尋求休息與安靜的，」奧勃洛摩夫答辯說。

「並非誰都如此，以你自己而論，十年前，在生活中尋求的就不是這個。」

「我尋求過什麼？」奧勃洛摩夫一邊緬思過去，一邊狐疑地問。

「記記看，想想看。你那些書籍和翻譯在哪裏？」

「查哈爾擱到哪裏去了，」奧勃洛摩夫回答說。「大概在什麼地方角落裏。」

「在角落裏！」斯托爾茲責備地說。「『只要還剩有力量，總歸要服務，因爲俄國需要手與頭腦來開發不竭的泉源（這是你自己的話），工作是爲了要更甘美地休息，而休息的意思，是度另一種藝術的，華麗的生活，詩人與藝術家的生活。』——你這些思想也躺在這只角落裏了嗎？還一切思想查哈爾也給擱在角落裏了嗎？你記得不記得，你想唸完書再出國去旅行，以便更了解，更愛自己國家？『整個人生就是思想和勞動，』那時候你重覆說：『那怕是不明顯的，暗中的，而且不休不歇的勞動，並且懷着鞠躬盡瘁的意識而死。』哎？你這些思想躺在哪一個角落裏了？」

「是的……是的……」奧勃洛摩夫說，不安地追踪着斯托爾茲的每一句話。「我記得我彷彿……似乎……好像，」他忽然想起過去的事，說：「哦，安特烈，我們最初不是打算縱橫走遍歐洲，徒步旅行瑞士，在威蘇阜斯山上（註六）烤脚，再下赫爾咯蘭紐姆古城（註七）。差一點沒有發瘋呢！多少的蠢話啊！……」

「蠢話！」斯托爾茲責備地重複說。「瞧着拉飛爾（註八）底馬頓娜（註九），鄺萊基奧（註十）底夜底彫板，瞧着阿帕羅·培爾威台爾，你不是眼睛裏噙着眼淚說：『我的天哪！難道我永不能見到這些原作，站在米契郎琪羅和提田（註十一）底作品跟前，踐踏着羅馬的土地，悚懼得啞然無言嗎？難道一輩子只在花房裏看，而不能在牠們本土上去看番石榴樹，桔樹和橙樹嗎？呼吸不到意大利的空氣，吸飲不到長空的蔚藍嗎！』從你頭腦裏放出過多少壯麗的花爆啊！蠢話！」

「是的，是的，我記得！」奧勃洛摩夫緬懷着過去，說。「你還拉住我的手，說：『我們來約定，沒有看到這一切，我們別死……』」

「我記得，」斯托爾茲接下去說，「有一次，你給我帶來一篇師氏的作品的譯文紀念我的命名日，這譯文我還完全保存好。而且你把自己同數學教員鎖在一起，想一定弄明白爲什麼你要知道方與圓，可是半途而廢，沒有弄明白。又開始學英文……也沒有學成！可是當我計劃出國去旅行，招呼你去看看德國的大學時，你竟跳起來，抱住我，伸出莊嚴的手：「我是你的，安特烈，你上哪裏，我也上哪裏。」這全是你的話。你始終有一點演員味兒。怎麼啦，伊里亞？我出過兩次國，在我國的大智大慧以後，在蓬，葉那，厄耳浪根（註十二）謙卑地坐過課桌，像自己的財產似地研究過歐洲。可是，假定說，旅行是一種奢侈，並非人人都能，人人都應當利用這種方法；但是俄國呢？我把俄國各到各處都看過。我努力……」

「你總有一天會停止努力，」奧勃洛摩夫說。

「決不停止。爲什麼要停止呢？」

「你的資本成爲雙倍時，」奧勃洛摩夫說。

「四倍了我也不停止。」

「那你爲什麼要努力呢，」緘默一下，奧勃洛摩夫又說，「要是你的目的並非在保證永久，隨後避向安靜與休息？……」

「田園的奧勃洛摩夫主義！」斯托爾茲說。

「或者以仕宦在社會上得到威望和地位，隨後在可尊敬的優游之中，享受適當的休息？……

……」

「彼得堡的奧勃洛摩夫主義！」斯托爾茲反對說。

「那什麼時候才生活呢？」奧勃洛摩夫對於斯托爾茲的陳述，困惱地反對說。「爲什麼要苦惱一輩子呢？」

「爲了勞動本身，再無其他目的。勞動——是生活的形式，內容，要素與目的。至少在我如此。這裏，你把勞動從生活中排除去，這生活又像什麼？我要來試着把你舉起來，也許這是最後的一次。假使這次以後，你還是同塔朗鐵也夫和亞力克先也夫坐在這裏，那你就萬事全休，將成爲你自己的累墜。現在或是永不！」他結論說。

奧勃洛摩夫一邊聽他，一邊以驚愕的目光望他。彷彿這位朋友對他舉起一面鏡子，他認出了自己，吃驚起來。

「別罵我，安特烈，倒不如實際上幫助我吧！」他嘆息一聲開始說。「我自己也叫牠苦惱死了；要是今天你看見和聽見我怎樣掘我自己的墳墓，哭我自己，這種責備就不會出諸你的舌頭。一切我都知道，一切我都明白，但是沒有力量，沒有意志，把你的意志和理智給我，要領我上哪裏，就領我上哪裏吧。也許我會追隨在你的後邊，但是獨自一人便寸步難移。你說得對：「現在或是永不。」再過一年就太遲了！」

「這是你嗎，伊里亞？」安特烈說。「可是我記得你是一個纖弱而活潑的孩子，每天從蒲雷契斯吞卡步行到庫特里諾；那裏，在小花園裏……你沒有忘掉那兩姊妹吧？沒有忘掉盧騷，席勒，哥德，拜倫（註十三）吧，你將他們的作品帶給她們，而從她們手裏取去莊麗思和柯亭的小說……在她們面前故作矜持，想澄清她們的趣味？」

奧勃洛摩夫從床上跳起來。

「怎麼，你連這也記得嗎，安特烈？一點不錯！我同她們作過空想，低語過對將來的希望，展開過計劃，思想……乃至感情，怕你取笑而瞞住你。這一切都已經死了，從來也沒有重複過！可是這一切到哪裏去了——爲什麼都幻滅了？不了解！我既沒有過暴風雨，也沒有過激動；我沒有失去過什麼；我良心上一無重荷：牠潔淨像玻璃一般；也不會有任何打擊，殺害過我的自尊心，可是天知道爲什麼，竟會百無一成！」

他嘆一口氣。

「你知道嗎，安特烈，在我的生活中，從不曾燃起過什麼火，不論救助的也吧，破壞的也吧，我的生活，不像別人似的，宛如一個早晨，逐漸地得到色彩與火，隨後轉成白日，而熱烈地燃燒，於是萬物在明朗的中午沸騰，活動，隨後又逐漸靜下去，靜下去，逐漸蒼白下去，於是萬物自然地逐漸地消褪成暮色。不，我的生活是以消褪起始的。是異樣的，但是事實如此！從我自覺的最初一刻起，我便感覺得已經在幻滅。我開始在辦公室內鈔寫文件上幻滅，隨後，當我在書本子裏讀到眞理，而不知道怎樣在生活上應用時又幻滅，傾聽着種種謠傳，閒話，摹仿，惡意而冷酷的饒舌，空談，保持着用既無目的，又無同情的會面來維繫的友誼，對朋友又幻滅；在閔娜身上花去我收入的一大半，自以爲愛她時，又爲她幻滅和浪費力量；陰鬱而懶怠地在奈甫斯基大街上，在浣熊皮大衣和水狸皮領子中間徘徊時，去赴晚餐會時，去參加把我作爲可取的求婚者而殷懃地接待的招待日時，又幻滅；從城裏搬到別墅，又從別墅搬上郭洛霍費街時，我又幻滅，並且在一些小事情上糟塌我的生命與智慧。以龍蝦和牡蠣的運到來確定春天，以規定的宴會日來確定秋天，以郊遊來確定夏天，而以像別人一樣的懶怠的安靜的微睡確定一生時，又幻滅和零零碎碎地浪費生命與理智，甚至我的自尊心——牠又消磨在什麼上面？向著名的裁縫舖定製衣服！出入著名的人家！受P公爵的握手！而自尊心是生活之鹽啊！牠又上哪裏去了？或者是我不了解這種生活，或者是這種生活毫無用處，可是我沒有知道，沒有看見更好的生活，誰也沒把牠指點給我看。你呢，宛如一顆彗星，燦爛地，迅速地，一刻兒出現，一刻兒消失。我便把這一切都忘却，幻滅……」

斯托爾茲不再以輕率的嘲笑來回答奧勃洛摩夫的言論。他傾聽，並且陰鬱地默不作聲。

「你才說，我的臉不完全新爽，起皺了」奧勃洛摩夫繼續說。「不錯，我是一件鬆塌塌的穿舊的破外套，可是並非由於氣候或者勞動，而是由於十二年來有一道光給閉在我裏面，牠找不到出路，只把自己的牢屋燒燬，沒有衝向自由便已熄滅。既然十二年已經過去，我的親愛的安特烈：我不想再醒了。」

「為什麼你沒有擺脫，沒有跑上哪裏，而默然地滅亡呢？」斯托爾茲不耐煩地問。

「上哪裏？」

「上哪裏？那怕同自己農民們上伏爾加河去也好：那裏有活動的餘地，有興趣，目的，勞動！是我，就上西伯利亞，西脫伽（註十四）去了……」

「看你開的是多麼烈性的方子！」奧勃洛摩夫意氣銷沉地陳述說。「又豈止我一個人？瞧：米哈衣洛夫咧，彼得洛夫咧，帥密奧諾夫咧，亞力克先也夫咧，斯節潘諾夫咧……你數也數不清：我們的姓氏有一大隊哩！」

斯托爾茲還在這懺悔的影響之下，所以不作聲，隨後，他嘆一口氣。

「是的，許多水流走了！」他說。「我不放你如此下去，我要將你從這裏帶走，先出國，隨後再往鄉下：你會瘦下一些，不再悒鬱，而在那裏尋找工作……」

「不錯，讓我們隨便上哪裏去吧！」奧勃洛摩夫脫口而出。

「明天就開始奔走出國護照，隨後着手準備……我不放下你的——聽見沒有，伊里亞？」

「你老是明天！」奧勃洛摩夫反對說，彷彿從雲端裏跌下來。

「那你想『把今天可以辦的事，不挨到明天』嗎？多大的毅力啊！今天太遲了，」斯托爾茲添說，「但是過兩星期，我們便已走得遠遠的……」

「你說什麼，老兄，過兩星期，怎麼這樣倉卒！……」奧勃洛摩夫說。「讓我好好地想一想，準備一下……需要一輛旅行馬車……大概過三個來月吧。」

「竟想出旅行馬車！我們要坐郵車到國境，或者坐郵船到盧培克（註十五）看哪一樣方便而定：而在國外，許多地方都有鐵路。」

「可是房子，查哈爾，奧勃洛摩夫卡呢？都應當處理呀，」奧勃洛摩夫辯解說。

「奧勃洛摩夫主義，奧勃洛摩夫主義！」斯托爾茲笑着說，隨後取起蠟燭，道過晚安，走去睡覺。「現在或是永不——記着吧！」他朝奧勃洛摩夫轉過身來，一邊加添說，一邊把門關在自已背後。

註一：都是紙牌的名稱。

註二：Louis philippe，法國的一位皇帝，（一七七三——一八五〇）。

註三：Mehmet ali埃及的一位總督，（一七六九——一八四九）。

註四：產自阿拉伯Mocha的咖啡，故名；產自古巴Havannah的雪茄，故名。

註五：這是NORMA祈禱歌的首句，詳見第七章註二。

註六：Vesuvius，意大利南部的一個火山，高四二六七呎。

註七：Herculaneum，意大利的一個古城，與Vesuvius火山相近。

註八：Raphael，意大利的一位畫家，（一四八三——一五二〇）。

註九：Madonna，即聖母馬利亞。

註十：Correggio，意大利的一位畫家，（一四九四——一五三四）。

註十一：Michelangelo，意大利的一位畫家，彫刻家兼建築家，（一四七五——一五六四），Titian，意大利威克斯的一位畫家，（一四七七——一五七六）。

註十二：Bonn、Jena和Erlangen，是德國的三個城市。

註十三：Rousseau，法國的一位哲學家兼作家，（一七一二——一七七八）；Schiller，德國的一位詩人兼劇作者，（一七五九——一八〇五）；Goethe，德國的一位作家，（一七四九——一八三二）；Byron，英國的一位詩人，（一七八八——一八二四）。

註十四：Sitka，北美洲Alaska東南Baranof島上的一個城市。

註十五：Lubeck，德國北部的一個城市。

# 第五章

早晨剛一醒來，「現在或是永不」這句威脅的話，馬上向奧勃洛摩夫出現。他下得床，在房間裏來回踱上三次，向客廳裏望望：斯托爾茲坐着寫字。

「査哈爾！」他喊。

沒有聽到跳下爐台的聲音，而査哈爾也不來：斯托爾茲已派他上郵局去。

奧勃洛摩夫走向他那張滿是灰塵的桌子，坐下，取起筆，拿來在墨水缸裏蘸蘸，但是沒有墨水；找紙——紙也沒有。

他墮入思索之中，並且機械地用手指在灰塵面上劃寫，隨後瞧瞧寫下的字：出現的是「奧勃洛摩夫主義」。

他趕忙用衣袖把寫下的字擦去。他夜裏也夢見這個字，給用火寫在牆上，好像在埒爾涉査爾（註一）底宴席上似的。

査哈爾走來，發見奧勃洛摩夫不在床上便漠然地望着主人，失驚着他的起身。在這遲鈍的失爲的眼光中，寫得有「奧勃洛摩夫主義」。

「就只一個字，」伊里亞・伊里奇想，「但是多麼……毒辣！……」

查哈爾照例取起梳子，刷子和毛巾，走近去給伊里亞・伊里奇梳頭。

「你上鬼那裏去」奧勃洛摩夫發火地說，並且將刷子從查哈爾手裏打掉，而查哈爾本人又把梳子落在地板上。

「不再躺下了吧？」查哈爾問。「那我就整理床鋪了。」

「去拿些紙和墨水給我，」奧勃洛摩夫回答說。

他在沉思「現在或是永不！」這句話。

他一邊諦聽這理性與毅力底絕望的呼籲，一邊意識和估量，自己還殘留得有一些意志，他要把這貧乏的殘餘導上哪裏，作何處置。

痛苦地思索了一陣，他拿起筆，從角落裏抽出一本書，想在一小時之內，把十年內沒有唸，沒有寫和沒有想的一切，完全唸一下，寫一下和想一下。

現在他怎麼辦呢？前進還是停留？這奧勃洛摩夫的問題，在他，比之哈姆雷特（註二）的問題更爲深奧。前進的意思是，不單從肩膀上，並且也從靈魂上，智慧上，一下子脫下寬舒的睡衣；從牆壁上，同時也從眼睛上，掃去灰塵與蛛網而恢復視力！

第一步怎麼辦？從何起始？我不知道，我不能……不……我這是狡猾，我是知道的……況且斯托爾茲也在這裏，在我身邊；他馬上會告訴我的。

可是他會說什麼呢？他會說：「在一星期內，向代理人發一道詳細的命令，派他到鄉下去，把奧勃洛摩夫卡押掉，買進地皮。送一份建築計劃去，把這房子放棄，取到護照，出國半年，去掉多餘的脂肪，拋開悒鬱，用向來同這位朋友所空想的那種空氣來振作精神，沒有睡衣，沒有査哈爾和塔朗鐵也夫地生活，自己穿襪子，脫靴子；只在晚上睡覺，人家上哪裏，我也上哪裏，坐火車，坐輪船，隨後……隨後……定居在奧勃洛摩夫卡；研究什麼是播種和收穫，爲什麼農民們窮和富；下田，參加選舉，上工廠，上磨坊，上船碼頭。同時還要看報，唸書，担心爲什麼英國人派一條船到東方去……」

喏，這就是他所要說的！這意思就是前進……而我一輩子都如此！再會吧，生活底詩的理想！這是一種鍛冶場，而非生活；這裏永久地是火燄，叮叮噹噹，熱氣，喧囂……什麼時候才生活呢？倒不如停留吧？

停留的意思是，反穿襯衫，傾聽査哈爾跳下爐台，同塔朗鐵也夫吃午飯，對於一切想得越來越少，始終不唸完非洲旅行記，在塔朗鐵也夫的教親家裏平和地老去……

「現在或是永不！」「不是活，就是死！」奧勃洛摩夫要從圈手椅裏起來，但是雙脚沒有立刻落入拖鞋裏去，於是又坐下。

兩星期後，斯托爾茲由奧勃洛摩夫取得了直接上巴黎去的保證，便到英國去了。伊里亞·伊里奇的護照也已準備，他甚至定製一件旅行用的外套，買下一頂帽子。事情就演進至此！

査哈爾深謀遠慮地證明，定一雙新鞋子，再把舊的一雙重掌個底就够了。奧勃洛摩夫買下一條毯子，一件羊毛衫，一只旅行用的化粧箱，還想買一只裝乾糧的袋子，但是十個人告訴他說，在外國是不帶乾糧的。

査哈爾渾身大汗地跑一家家作場，店舖，雖然從店舖的找頭上，將許多銀幣和五戈貝克銅幣落入自己的腰包，可是還咒罵斯托爾茲和一切想出旅行來的人。

「他一個人在那裏怎麼辦？」他在店舖裏說。「據說那裏都是女傭人伺候老爺。女傭人那裏可以脫老爺的鞋子？她怎麼將襪子穿上老爺的光脚去？……」

他搖搖頭，並且笑得頰鬚都向旁邊直翹。奧勃洛摩夫並不躲懶，將要帶走的和留在家裏的東西都寫下。委託塔朗鐵也夫把傢俱和其他東西，運到費勃爾格·斯陀羅那他教親家裏，將牠們鎖在三間房間裏，保存到他從外國回來。

---

奧勃洛摩夫的相識者，有的懷疑，有的笑，也有的吃驚，說：「他要走了，想想看，奧勃洛摩夫也活動起來啦！」

但是過了一個月，過了三個月，奧勃洛摩夫還未走。

臨動身的前一夜，嘴唇腫了。

「蒼蠅叮了，這樣的嘴唇是不能上船的！」他說，便等下一班的船走。

轉瞬已是八月，斯托爾茲早已到達巴黎，給他寫去幾封激烈的信，可是沒有收到回信。

爲什麼呢？大概是墨水缸裏墨水乾了，紙沒有了吧？不然也許因爲在奧勃洛摩夫的文體裏，「所」字和「云」字常是衝突吧？再不然，也許因爲伊里亞・伊里奇停留在「現在或是永不」這句威脅的話語的結尾，將雙手枕在頭底下，查哈爾叫他不醒了吧？

不，他的墨水缸裏滿是墨水，信，紙，甚至他親筆寫的紋章的紙，也都有在桌上。寫了幾頁，他一次也沒有運用兩個「所」字；他的句子自然而來，有幾處還很傳神，很雄辯，有如「往日」同斯托爾茲空想勞動的生活和旅行的時候一樣。

他七點鐘起身，讀書，把書本還帶上哪裏。臉上旣無睡眠，又無疲勞，也無倦怠。臉上甚至現出血色，眼睛裏有光，是一種勇氣，或者至少是一種自信。他沒有穿睡衣：塔朗鐵也夫把牠連同其他東西運上敎親家裏去了。

奧勃洛摩夫穿着一件室內用的外套，頭頸裏圍着一條輕巧的頸卷，坐下看書或者寫字；襯衫的領子翻出在領結上面，亮得像雪。他穿着縫得很漂亮的燕尾服，戴着時髦的帽子出去……他愉快，歌唱……這是爲什麽呢？……

這裏他坐在自己別墅的窗口（他住在離城幾維爾斯他的別墅內），身旁放着一束花。他匆忙地書寫什麽，可是不斷地向灌木叢中望那條小徑，又匆忙地書寫。突然間，在小徑上，砂子在輕輕的步履之下綷縩綷縩響起來；奧勃洛摩夫扔下筆，攫起花束，跑向窗口。

「是您嗎，奧爾迦・賽爾格葉芙娜？馬上來，馬上來，」他說，攫起帽子，手杖，跑出耳門，向一位美麗的女子送過胳膊去，便同她消失在樹林之中，在大的樅樹底陰蔭之中……

査哈爾從一只角落裏出來，目送他走去，便關上房門，向廚房而去。

「走了！」他對婀妮茜雅說。

「要囘來吃午飯嗎？」

「誰知道？」查哈爾夢樣地回答說。

查哈爾還和從前一模一樣：同樣的大頰鬚，未剃的頷髭，同樣的灰色背心，和上衣上的破綻，但是他同婀妮茜雅結婚了，是不是因爲他同那位女人反了目，或者由於男人應當娶親這一信念而然；他是結婚了，但是與俗語剛相反，竟未改變。

斯托爾茲把奧勃洛摩夫介紹了給奧爾迦和她的伯母。他第一次帶奧勃洛摩夫到奧爾迦叔母家裏時，那裏剛有些客。奧勃洛摩夫很不自在，而且照例很尷尬。

「把手套脫下來才好哩，」他想，「房間裏很熱。我一切都不習慣了！」

斯托爾茲坐在奧爾迦旁邊，奧爾迦則獨自離開茶桌，背脊靠着圈手椅坐在燈下，不大與聞在她周圍發生的事。

她很樂意斯托爾茲；雖然她的眼睛並不燃燒光輝，而頰並不烘染紅暈，但是滿臉都洋溢着平穩的安靜的光彩，顯現着微笑。

她稱他作朋友，愛他，因爲他老是逗她笑，不使她無聊，但是也有點兒怕他，因爲感覺得在他面前自己太是小孩子。她心裏發生問題或者疑念時，她並不立刻決定去信賴他：他太在她之前，太在她之上，因此有時候她的自尊心常被這種幼穉，常被他們年齡上和智慧上的懸殊所苦惱。

斯托爾茲也是一無私慾地把她當作一位有芬芳而新鮮的智慧與感情的美人兒來看承。在他眼內，她不過是一個美麗的，頗有希望的孩子而已。然而他同她講話，比之同別些女子，可來得高興而頻繁，因爲雖然是不自覺地，可是她走着一條簡單而自然的生活之路，並且，由於她的幸福的天性，健康的，不工心機的教育，她並不迴避作思想，感情，意志，甚至眼睛，嘴唇，手臂底最小的，輕易看不出來的動作的自然的表現。

她所以如此確信地前進，也許因爲時不時聽見她所信任的，自己和他採同一步調的「朋友」底另一些更爲確信的步子吧。

無論如何，眼光，言語，行爲這樣單純和自然地自由的女孩子，你總很少遇見。在她眼睛裏，你永遠讀不到：「現在我要微抿嘴唇和瞑想——這樣我倒不醜。我要向那邊瞧一瞧，吃一驚，輕輕地尖叫一聲，人家就馬上會向我跑來。我要在鋼琴旁邊，露出一點點腳尖去……」

她並不矯揉造作，賣弄風情，虛僞，裝假，奸詐！因此差不多只有斯托爾茲一個人賞識她，因此他不止一次在跳馬佐爾加舞（註三）時獨坐，而並不掩飾她的無聊，因此青年之中最殷勤的，瞧着她也不知道講什麼和怎麼講話而默默無言……有的人認爲她單純，淺薄，不深入，因爲並無關於人生，關於戀愛的賢明的警句，迅速，大胆而出人意外的對答，讀來的或者聽來的，關於音樂與文藝的議論出諸她的舌頭：她講話講得很少，而且只講自己無關重要的話——於是聰明而大胆的「騎士們」避開她；反之，胆小的又認爲她太伶俐，而有點兒怕她。只有斯托爾茲一個人滔滔不絕地同她講話，並且逗她發笑。

她愛好音樂，但是大抵不是悄悄地唱，就是對斯托爾茲或者哪一位女同學唱；可是依斯托爾茲的話來說，却沒有一位歌唱家趕得上她。

斯托爾茲剛坐下在她旁邊，她的笑聲就在房間裏響開，如此鏗鏘，如此眞摯而富於傳染性，誰聽到牠，不知道是什麼理由，一定會笑起來。

然而斯托爾茲並非始終都逗她笑：過了半小時，她便好奇地傾聽他，並且以雙倍的好奇心，將眼睛轉到奧勃洛摩夫身上，但是奧勃洛摩夫就因爲她望這幾眼，很想鑽入地縫裏去。

「他們在講我什麼呢？」他不安地睨視着她們想。他正想走開去，可是奧爾迦的叔母却招呼他到桌邊，使他坐在自己旁邊，在所有的交談者底視線底十字炮火之下。他畏葸地向斯托爾茲轉過身去，他已經不在了，又向奧爾迦望望，却遇見還是同樣的，注向自己的，好奇的眼光。

「還在看我！」他手足無措地瞧着自己的衣服想。他甚至用手帕擦擦臉，想，不是自己的鼻子髒了吧，摸摸自己的領結，鬆了沒有：這是他往往碰到的；不，似乎一切都很整齊，但是她還在看！

可是一位僕役給他送來一杯茶和一盤餅乾。他想鎭鎭自己的心神，自在一些，而在這自在的心情之下抓起那麽一大把餅乾，以致和他坐在一並排的一位小姑娘笑起來。別人也好奇地望着這一把餅乾。

「我的天哪，她在望了！」奧勃洛摩夫想。「我把這一把餅乾怎麽辦呢？」

不用看，他就見到奧爾迦怎樣從自己坐位上站起來，走向另一只角落裏去。他放心了。可是那小姑娘尖着眼睛瞧他，等待看他將這些餅乾怎麽辦。

「快吃了吧，」他想，並且開始將牠們趕忙吃完；幸而牠們入口即化。只剩得兩片了：他自由地舒一口氣，决定看一看奧爾迦所去的地方……天哪！她站在一座半身像旁邊，背脊靠着座子，注視着他。

她之離開原先的角落，倒彷彿是爲了要更自由地瞧他：她已注意到他同這些餅乾的尷尬事兒。

晚餐時，她坐在桌子的另一端，一邊講話，一邊吃，好像全然不把他放在心上似的。但是奧勃洛摩夫剛畏葸地轉向她的方向去，希望也許她不瞧了，馬上就遇到她那充滿好奇心的，同時却如此親切的眼光……

晚餐之後，奧勃洛摩夫趕忙向叔母告辭：她邀他第二天去吃午飯，並且請他轉邀斯托爾玆。伊里亞·伊里奇鞠了躬，眼睛也不抬地穿過客廳而去。屏風和門剛巧是在鋼琴背後，他望一下——奧爾迦正坐在琴後，懷着極大的好奇心瞧着他。他覺得她在微笑。

「一定是安特烈告訴過她，說我昨天穿上鴛鴦襪子，或者反穿襯衫！」他結論說，並且心緒不快地回家去，這心緒不快是起於這一假定，尤其是起於邀吃午飯，對這，他已經以鞠躬作答：那就是說，已經接受了。

打這時候起，奧爾迦底執拗的眼光，就從沒有離開過奧勃洛摩夫的頭腦。他徒然挺得儘長儘長地仰臥，徒然採用最懶惰，最舒服的姿勢——怎麼也睡不着。他覺得睡衣別扭，查哈爾愚蠢不堪，灰塵和蛛網也是受不了。

他吩咐把幾幅髒污的，某一位窮藝術家們底保護者硬要他買的畫摘下來；親自把久已捲不上的窗帷修好，又將阿妮茜雅喚來，吩咐她抹窗子，掠蛛網，隨後就偏着身子躺下，想念一個鐘頭——奧爾迦。

最初，他凝思她的外貌，在記憶中描畫她的肖像。嚴格地說，奧爾迦可並不是美人，那就是，肌膚既不白皙，面頰和嘴唇也並不色彩鮮豔，眼睛裏也並不燃燒着內心的火，嘴唇既非珊瑚，牙齒也非珍珠，手也並不小得像五歲的孩子的，手指形如葡萄。

但是如果把她變成彫像，那準是一個優美與和諧底立像。略嫌太高的身材恰恰與大的頭顱相稱，而大的頭顱——又與臉底橢圓與尺寸相稱；這一切又依次與肩膀調和，肩膀——又與軀幹調和。即使一位漫不經心的人遇見她，也會在這樣一位被嚴密地設計和藝術地創造的人物跟前停留片刻。

鼻子形成一條隆起得看不大出的，優美的線條；嘴唇很薄，大抵是抿緊的：是不斷地憧憬什麼的思想底徵兆。在炯利的，始終愉快的，暗黑的，灰藍的，什麼也不放過的眼睛內，也輝耀得有同樣的如語的思想。兩道眉毛給她的眼睛以一種特殊的美：牠們並非弧形，並不以兩條絕細的以手指摘取的線箍上眼睛——不，這是兩條亞麻色的，絨毛的，差不多筆直的，不大對稱的線條；一道比另一道高出一點點，因此在這道眉毛上面有一條小小的皺紋，其中彷彿含有言語，彷彿潛藏思想似的。奧爾迦的頭，是如此齊整而高貴地安在纖細而高傲的頸項上，走路時，她將牠微微朝前彎下；以全身平勻地行動，步子輕盈得幾乎覺不出來……

「為什麼她昨天那樣凝視我呢？」奧勃洛摩夫想。「安特烈發誓說，沒有講襪子和襯衫，不過講他對我的友誼，講我們怎樣長大、上學——都是好的事情，其間據說還講我如何不幸，凡是優美的東西，因爲缺乏同情和活動，都怎樣在滅亡，生活怎樣微弱地閃爍，以及……」

「究竟笑什麼呢？」奧勃洛摩夫繼續想。「要是她有若干良心，那牠應當出於憐恤而停止跳動或者流血，但是她卻……唔，祝福她吧！別再想她吧！我只是今天再去吃一次午飯——此後就一脚也不踏上門。」

一天接連一天：不單雙脚，而且雙手與頭也在那裏。

在一個天氣很好的早晨，塔朗鐵也夫把他全家的東西都搬上費勃爾格・斯陀羅那一條小街上他的教親家裏，而奧勃洛摩夫就床和沙發都沒有一張地——他久未如此了——過了三天。並且在奧爾迦的叔母家裏吃午飯。

恰巧知道她們別墅對面另有一幢空起。奧勃洛摩夫看也沒看就將牠租下來，住在那裏。自朝至暮，他都和奧爾迦在一起；他同她一起唸書，送花給她，一同遊湖，遊山……他，奧勃洛摩夫！

世界上眞是無奇不有！這怎麼能發生的呢？但是確是如此。

他和斯托爾茲在奧爾迦叔母家裏吃午飯時，奧勃洛摩夫在吃飯的當口感受到同頭天晚上一樣的諸問：他一邊在她的目光之下咀嚼，講話，一邊知道和感覺，這眼光像太陽一般落在他身上，在燃燒他，驚擾他，攪動他的神經和血液。只是在露台上抽雪茄時，他才從這默默無言的，執拗的目光躲開一刻。

「這是怎麼？」他向四下裏轉來轉去說。「這不是苦惱嗎！我使她發笑呢還是怎麼？對別人她都不這樣看——她就不敢。我老實一些，所以她……我要同她講去！」他決定。「不如親自在口頭上說一下，她就這麼用眼睛在從我心裏拉出什麼。」

突然間，她出現在他面前，在露台的入口處；他遞給她一把椅子，她便坐在他的旁邊。

「是眞的嗎，您很無聊？」她問他。

「是眞的，」他回答說：「但是也不怎麼……我也有些事情。」

「安特烈·伊凡尼奇說，您在寫什麼計劃吧？」

「是的，我想到鄉下去住，所以一點點準備起來。」

「可是您上外國去不去？」

「去的，只要安特烈·伊凡尼奇準備好，一定去。」

「您高興去嗎？」她問。

「是的，我很高興去……」

他瞧瞧她：微笑在她滿臉上爬動，一會兒輝亮在眼睛裏，一會兒洋溢在面頰上，只是嘴唇像往常一樣抿緊着。他缺少勇氣來泰然自若地說謊。

「我有點兒……惰性……」他說，「但是……」

同時他却因爲她如此容易，差不多默然地便騙到他的惰性底供認而困惱。「她對我有什麼關係？我怕她究還是怎麼？」他想。

「惰性！」她帶着一種輕易覺察不出的狡猾反對說。「這是可能的嗎？男人而有惰性！——這我可不明白。」

「有什麼不明白？」他思忖。「我以爲很簡單。」

「我始終坐在家裏，所以安特烈以爲我……」

「但是大概您寫得很多，唸得很多吧，」她說。「您有沒有唸過……」

她凝然地瞧着她。

「不，沒有唸過，」他怕她又想到要盤問他，突然脫口而出。

「什麼？」她笑着問。

他也笑了。

「我心想您要問我什麼小說：那我是不唸的。」

「猜錯啦；我是要問您遊記……」

他銳敏地瞧瞧她，她滿臉微笑，但是嘴唇不笑……

「嚯，她才……同她應當謹愼才好……」奧勃洛摩夫想。

「那您唸些什麼呢？」她好奇地問。

「說起來，我倒比較喜歡遊記……」

「非洲旅行記嗎？」她狡猾地，靜悄悄地問。

他不無根據地推測到，她不單知道他唸什麼，並且也知道他怎樣地唸，於是臉紅起來。

「您是音樂家吧？」她問，免得他狼狽。

這當口，斯托爾茲走來。

「伊里亞！我向奧爾迦·謝爾格葉芙娜說過，說你熱烈地愛好音樂，請她唱一支什麼歌……Casta diva。」

「爲什麼你亂說我呢？」奧勃洛摩夫回答說。「我其實並不熱烈地愛好音樂……」

「怎麼啦？」斯托爾茲截住說。「他倒彷彿受到侮辱似的！我將他推崇爲可尊敬的人物，他却趕忙自作自受地使你幻滅！」

「我不過是逃避音樂愛好者的脚色而已：這是一個曖昧的，難演的脚色。」

「您比較喜歡什麼音樂呢？」奧爾迦問。

「這倒難說！什麼我都喜歡！有時候樂意聽嗄聲的手風琴，奏一支殘留在我記憶之中的主題曲，有時候却連歌劇也聽不終場，梅葉爾貝爾（註四）固然使我感動；就是船夫們底歌也未嘗不然；全看心情如何！有時候莫扎特（註五）竟也掩耳不聽……」

「意思是，您當眞愛好音樂囉。」

「唱一曲吧，奧爾迦·謝爾格葉芙娜，」斯托爾茲請求道。

「可是如果麥歇（註六）奧勃洛摩夫現在在掩耳不聽的心情之下呢？」她轉向奧勃洛摩夫說。

「這裏原該恭維幾句，」奧勃洛摩夫回答說，「我可是不會，而且即使會，我也不這麼辦……」

「爲什麼？」

「如果您唱得整脚呢？」他純樸地陳述說。「隨後我就尷尬……」

「尷尬得像昨天餅乾的事一樣……」她突然脫口而出，而自己臉紅起來。她情願付任何代價，別說這句話。「對不起——得罪您！……」她說。

奧勃洛摩夫怎麼也沒有料到這一下，竟然迷失了。

「這是不義的叛逆！」他小聲地說。

「不，只是小小的報復而已；就這也不是故意的，因爲您竟一句話也不恭維我。」

「聽到您唱也許會恭維的。」

「那麼您要我唱嗎？」她問。

「不，是他要您唱，」奧勃洛摩夫指着斯托爾茲回答。

「那您呢？」

他否定地搖搖頭。

「我不能要不知道的東西。」

「你眞是無禮，伊里亞！」斯托爾茲陳述說。「這是因爲躺在家裏，把襪子穿……」

「得了，安特烈，」奧勃洛摩夫不讓他說完，迅速地攔住說：「要我說說也無所謂：『啊，我很欣幸，您當然唱得好極啦……」」他轉向奧爾迦繼續說：「『這將使我十分愉快……』等等。難道這是必要的嗎？」

「但是至少您可以希望我唱……就算出於好奇心吧。」

「我可不敢，您又不是一位女優……」

「唔，我給您唱吧，」她對斯托爾茲說。

「伊里亞，準備恭維吧。」

這之際，黃昏已經來臨。點上一盞燈，像月亮一樣透過常春藤的棚架。暮色已將奧爾迦底臉和身段底輪廓掩沒，彷彿披上一幅紗在她身上；臉在暗處：只聽到圓潤的但是有力的，帶着感情底神經的顫動的聲音。

依着斯托爾茲的指示，她唱了不少的抒情曲和小詩樂；有的表現苦痛和渺茫的幸福底豫感，有的表現喜悅，但是在這些聲音之中却潛藏得有悲哀底胚胎。這歌詞，這調子，這純潔的，有力的，少女的聲音，使得心臟跳動，神經戰慄，眼睛閃亮而湛滿淚水。就在這同一瞬間，想死去，別從這調子醒來而立刻心裏又渴望生活……

奧勃洛摩夫臉紅，無力，努力地止住自己的眼淚，更努力地抑住一聲就要從自己靈魂裏發出來的歡呼。他已很久沒有感覺到這樣的元氣和力量，現在似乎從靈魂深處泛起來，準備幹些大事業。就在這一刹那間，他甚至可以出國，要是只餘下坐上車船動身。

結末她唱Casta diva：那歡喜，那電光一般在他頭腦中閃過的思想，那跑遍全身的針刺一樣的戰慄——這一切把奧勃洛摩夫征服了！他無力了。

「今天您對我滿意嗎？」停下歌唱，奧爾迦突然間問斯托爾茲。

「問奧勃洛摩夫，他怎麼說，」斯托爾茲說。

「啊！」奧勃洛摩夫脫口而出。

他突然抓住奧爾迦的手，但是立刻又鬆開，而且非常忸怩。

「對不起……」他喃喃說。

「聽見沒有？」斯托爾茲向她說。「憑良心說，伊里亞：你已有多久沒有經驗到這個？」

「也許今天早晨經驗到，假使一只嗄聲的手風琴經過窗前……」奧爾迦親切地插嘴說，溫柔得竟把針刺從諷刺中拔了出來。

他責備地瞧瞧她。

「他的窗子至今還沒有取下框子：聽不見外邊的事，」斯托爾茲加添說。

奧勃洛摩夫責備地瞧瞧斯托爾茲。

斯托爾茲握住奧爾迦的手。

「不知道是什麼理由，奧爾迦．謝爾格葉芙娜，今天您唱得比從來都好，至少我好久沒有聽到了。喏，這就是我的悲維！」他吻着她每一個手指說。

斯托爾茲走了。奧勃洛摩夫也打算走，但是斯托爾茲和奧爾迦挽留他。

「我是有事情，」斯托爾茲陳述說，「但是你不就是去躺躺嗎……還早着哩……」

「安特烈！安特烈！」奧勃洛摩夫用懇求的聲音說。「不，今天我不能留下，我要走！」他加添說，也就走了。

他通夜沒有睡覺。悲哀而深思的，他在房間裏踱來踱去；天一明，就從家裏出去，沿着奈瓦河滿街漫步，天知道有些什麼感覺，想些什麼……

過了三天，他又在奧爾迦家裏，而到晚上，當其他客人坐下玩牌時，發見自己同奧爾迦兩個人在鋼琴邊頭。伯母正害頭痛；她坐在書齋裏嗅酒精。

「要不要我把安特烈．伊凡尼奇從奧特薩（註七）給我帶來的畫集拿給您看？」奧爾迦問。

「他沒有拿給您看過吧？」

「似乎是，您爲了盡主人的義務，在竭力招待我吧？」奧勃洛摩夫問。「您就不必！」

「爲什麼不必？我要您不無聊，要您在這裏像在家裏一樣，要您舒服，自由，毫無拘束，要您不去……躺臥。」

「她是一位惡毒的揶揄者，」奧勃洛摩夫想，一邊違反着自己的意志觀賞她的一舉一動。

「您要我毫無拘束，自由和不無聊嗎？」他重複說。

「是的，」她一邊回答，一邊像昨天一樣，但是帶着更爲好奇和親切的表情瞧他。

「要是這樣，首先您別像現在，以及那一天似地瞧我……」

她以加倍的好奇心來瞧他。

「喏，就是這副眼光使得我很不安逸……我的帽子在哪裏？」

「爲什麼不安逸呢？」她溫柔地問，她的眼光已失去好奇的表情，而只是親切和愛嬌了。

「那我不知道；我只是覺得，您用這種眼光，從我裏面得到不要別人，尤其是您，知道的一切……」

「又爲什麼呢？您是安特烈·伊凡尼奇的朋友，而他是我的朋友，因此——」

「因此沒有理由叫您知道安特烈·伊凡尼奇所知道的，關於我的一切，」他把來說完。

「理由固然沒有，但是可能性是有的……」

「那全使我朋友的走漏——這是他一方面的拆爛污！」

「難道您有什麼秘密不成？」她問。「也許是犯罪吧？」她加添說，笑着從他那裏移開去。

「也許是的吧，」他嘆一口氣回答。

「不錯，這是一件重大的犯罪，」她胆怯地，靜悄悄地說，「穿鴛鴦襪子。」

奧勃洛摩夫抓起帽子來。

「可受不了！」他說。「而您倒要我舒服哩！我不再喜歡安特烈了……他把這也告訴您了嗎？」

「這是他今天用來逗我大發其笑的，」奧爾迦加添說。「他老是逗我笑。寬恕我吧，再不了，再不了，我要努力來另樣地瞧您……」

她裝出一副狡獪地正經的面相。

「這一切都還是第一步，」她接下去道。「唔，我已不像昨天那樣瞧您，所以您現在一定自由，毫無拘束。此刻第二步，得怎麼才使你不無聊呢？」

他筆直地向她那雙灰藍色的，愛嬌的眼睛望去。

「喏，現在您自己不也是怪樣地瞧我嗎……」她說。

實際上，他彷彿不是以眼睛，而是以思想，以他整個意志，像一位催眠術者似地瞧她，但是沒有力量不瞧，而情不自禁地瞧的。

「我的天爺爺，她多漂亮啊！世界上竟有如此漂亮的女子！」他一邊想，一邊差不多以失驚的眼睛瞧着她。「這一片白皙，這像深淵一樣暗黑的眼睛，同時却有什麼東西在發光，那一定是靈魂吧！微笑像書本一樣可以讀；笑起來，這副牙齒和整個頭顱……牠多麼優美地安在肩膀上啊，宛像一朶花似地招展，吐放芬芳！……」

「是的，我從她那裏也已得到點什麼，」他想，「有什麼東西已從她那裏移到我裏面來。喏，這裏，我的心開始沸騰和鼓動起來……我心裏感覺得一種好像從未有過的多餘的東西……啊，天爺爺，瞧着她是多麼幸福啊！甚至呼吸都困難了。」

這些思想在他頭腦內像旋風似地飛馳，而他儘歡愉地，忘我地注視她，有如人們注視無盡的遠處，無底的深淵一般。

「得了，麥歇奧勃洛摩夫，現在您自己也在怎樣瞧我啊！」她一邊說，一邊羞答答地別轉頭去，但是敵不過好奇心，她沒有將眼睛從他臉上移開。

他什麼也沒有聽見。

實際上，他儘是在注視，沒有去聽她的話，並且默然地在檢查自己心裏所起的念頭：，摸摸頭——那裏也起騷擾，迅速地疾馳。他捉不住這些念頭：牠們像一羣小鳥似地飛來飛去，但是心臟旁邊，左脇肋那裏，似乎在痛楚。

「別這樣怪樣地瞧我吧，」她說。「我也尷尬了……一定是您要從我靈魂裏得到什麼吧……」

「我能從您得到什麼？」他機械地問。

「我也有一些鬧過頭而未完成的『計劃』呀，」她回答說。

他被這關於他的未完成的計劃的暗示喚醒了。

「這才怪哩，」他說，「您惡毒是惡毒，但是您的眼光倒很善良。怪不得人家說，女人是相信不得的：她們有意以舌頭，又無意以目光，微笑，臉上的血色，甚至以發暈來說謊……」

她不使這印象加強下去，便靜悄悄地取下他的帽子，坐在椅子上。

「我不了，我不了，」她迅速地重覆說。「寬恕我吧，是舌頭熬不住！但是憑上帝，這並不是嘲笑！」她近乎歌唱說，而在這句句子的歌唱之中有感情顫抖着。

奧勃洛摩夫安心了。

「安特烈這傢伙！……」他責備地說。

「唔，第二步，告訴我，怎麼辦才叫您不無聊呢？」

「唱歌吧！」他說。

「瞎，這就是我所期待的恭維啦！」她打岔說，高興得臉紅一陣。「您知道不知道，」她起勁地加添說，「要是前天在我唱完之後，您不說那一聲『啊！』我大概會通夜睡不成覺，說不定會哭的。」

「爲什麼呢？」奧勃洛摩夫吃驚地問。

她沉思一下。

「我自己也不明白，」隨後說。

「是您自尊心强；就是這個緣故。」

「是的，當眞是這個緣故，」她沉思着，用一只手彈着琴鍵，說：「但是自尊心誰都有，而且很强的，安特烈·伊凡尼奇說，自尊心差不多是支配意志的惟一的原動力。您當然是沒有自尊心的，所以您老是……」

她沒有說完。

「老是怎麼？」他問。

「不，沒有什麼，」她改口說。「所以我愛安特烈．伊凡尼奇，不單是因爲他逗我笑——有時候他講話我倒哭的——也不是因爲他愛我，而似乎是因爲……他愛我比愛誰都厲害：瞧，自尊心竟到得什麼地步！」

「您愛安特烈嗎？」奧勃洛摩夫問她，並且將緊張的，搜索的目光沒入她眼睛裏去。

「是的，假使他愛我比愛誰都厲害，那我當然更其愛他，」她一本正經地回答說。

奧勃洛摩夫默然地望着她，她呢，以單純的，無言的眼光回答着他。

「他也愛安娜．瓦西列也芙娜和捷納達．米哈衣羅芙娜，可沒有這麼厲害，」她接下去道。「他不會同她們坐兩個鐘頭，逗她們笑，講什麼心話；他談事業，談戲院子，談新聞，但是他同我談話就像同妹妹……不，就像同女兒一樣，」她趕快加添說。「有時候，假使我一下子不理解什麼，或者不聽從他，不同意他的意見，他便叱駡我。但是她們他是不叱駡的，而我似乎因此倒越發愛他。自尊心！」她深思地加添說。「但是我不知道．這自尊心怎麼竟進入我的歌唱裏？我的歌唱是一向博得很多好評的，但是您連聽也不要聽我，差不多是強迫您聽的。而如果我唱完之後，您一句話也不對我說便走開去，如果我在您臉上沒有瞧出什麼……恐怕我會害病的吧……不錯，這的確是自尊心！」她果斷地結論說。

「難道您在我臉上瞧出什麼了嗎？」他問。

「眼淚，雖然您把牠們隱藏起；害臊自己的感情，這是男子的一個劣點。這也是一種自尊心，不過是虛僞的。他們倒不如有時候害臊自己的智慧：那倒時常出紕繆。就是安特烈．伊凡尼奇，他也害臊自己的感情。這話，我也向他說過，他也同意我的意見。可是您呢？」

「瞧着您，哪會有不同意的！」他說。

「又是一句恭維話！可是多麼……」

她難於找到字眼。

「平庸！」奥勃洛摩夫說完，並不將眼睛從她移開去。

她用微笑來確認這句話的意義。

「我不想請您唱歌時，就是怕這一手……第一次聽人唱歌，你說什麼？但是又不得不說。同時要靈巧，又要出於眞心，是困難的，尤其是像當時那樣，在感情之中，在那樣的印象的影響之下……」

「可是實際上，我很久，甚至恐怕從未唱得像當時那麼好……別請我唱了吧，我不會再唱得那樣了……等一下，我來唱一支……」她說。而就在這一瞬間，她的臉似乎紅起來，眼睛燃燒起來，她坐下在椅子上，使勁地敲了兩三下和音，就唱起來。

天哪，在這歌唱之中，聽到些什麼啊！希望，對於暴風雨的茫然的恐懼，暴風雨本身，幸福底奔湧——這一切，不是在歌裏，而是在她的聲音裏鳴響。

她唱得很長久，時不時向他瞧一瞧，小孩子似地問：「够了嗎？不，就再唱這一支，」而又唱下去。

她的面頰和耳朵，由於興奮而緋紅；時不時，在她新爽的臉上，突然閃耀一下感情底閃電的遊戲，燃起一道那樣成熟的熱情底光芒，彷彿她心中正體驗一種遙遠的未來的生活，而這道瞬息的光芒一下子又消熄，歌聲又爽快而銀樣地響開。

而在奥勃洛摩夫內心裏，也是這同樣的生活在活動；他覺得，他不是一兩個鐘頭，而是經年累月地在生活和感覺這一切……

他們倆表面上雖然靜止不動，可是爆裂着內心的火，以同一的戰慄而顫動；眼睛裏噙着由同一的心情所喚起的眼淚。這一切都是熱情底表徵，這些熱情看來遲早一定要在她青春的靈魂裏發生，現在却還只隸屬於短暫的曇花一現的暗示和睡眠着的生活力底一閃而已。

她以曼長的裊裊的尾聲來作結，而她的聲音就消失在這尾聲之中。她驀然而止，將雙手放在膝蓋上，激動而興奮地望着奧勃洛摩夫：看他怎麼？

他臉上輝耀着從心底裏蘇醒過來的幸福底曙光：湛滿眼淚的眼睛傾注着她。

現在是她，像他上次似地，不由自主地握住他的手。

「您怎麼啦？」她問。「您是怎麼一副臉相！爲什麼呢？」

但是她知道他爲什麼是這副臉相，而且內心裏謙遜地慶祝着，得意着自己的力量底這些表現。

「在鏡子裏照照看，」她向他指着鏡子裏的他的臉，笑微微地接下去道，「眼睛在發亮，天哪，還有眼淚在裏面哩！您對於音樂感覺得多麼深啊！……」

「不，我感覺的……並非音樂……而是……愛！」奧勃洛摩夫靜悄悄地說。

她頓時放開他的手，而且一下子變色。她的眼光和傾注着她的他的眼光遇在一起：這眼光是凝然不動而近於瘋狂的；瞧她的並不是奧勃洛摩夫，而是熱情。

奧爾迦知道，他的話（他不由自主地脫口而出的，而話——倒是一句眞話。

他醒悟過來，取起帽子，瞧也不瞧便跑出房間。她也不以好奇的眼光目送他，她在鋼琴旁邊，彫像似地一動不動地站得很久，執拗地望着地下，胸脯拚命地一起一落……

註一：Belshazzar，巴比倫底最後一個國王，見聖經。

註二：Hamlet，莎士比亞的悲劇 Hamlet 中的主角，父親被叔父和母親所謀殺，後爲復仇。

註三：mazurka，在波蘭流行的一種跳舞。

註四：meyerbeer，德國的一位猶太人作曲家，（一七九一——一八六四）。

註五：movzart 奧國的一位作曲家，（一七五六——一七九一）。

註六：monsieur，法文的「先生。」

註七：Odessa，烏克蘭西南，黑海上的一個城市。

# 第六章

每當奧勃洛摩夫以懶洋洋的姿勢怠惰地偃臥，鈍然地微睡和靈感發作時，在前景內老是出現一位作爲太太，有時候作爲情婦的女子。

在空想內，浮現在他面前的是一位高大的，身材勻稱的女子底形像，雙手悠閒地交叉在胸口，目光文靜，可是高傲，心無所屬地坐在小林子裏常春藤中間，在地毯上，在林蔭路的砂子上輕盈地緩步，有擺動的腰部，優美地安在肩膀上的頭顱，沉思的表情——這是他的理想，是充滿歡樂與莊嚴的安靜的整個人生底化身，是安靜本身。

最初，他夢見她全身是花，站在祭壇旁邊，披着一方長長的紗，隨後夢見她在合歡之床的枕畔，羞答答地彎眼低垂，最後又夢見她爲在一羣孩子中間的母親。

他夢見她嘴唇上的並不熱烈的微笑，和並不由於希望而潮潤的眼睛，可是這微笑對於他，對於丈夫，乃是同情，而對於別人則是謙遜；眼光呢，只是對於他是一往情深，而對於別人却是含羞，甚至是嚴峻。

他從不想看到她內心裏的戰慄，聽見熱烈的空想，突如其來的眼淚，愁悶，疲憊，以及瘋狂的突然的歡喜。也不要月亮和憂愁。她不必突然臉色發白，暈倒，體味强烈的感情……

「這種女人是有戀人的，」他說，「而且又非常麻煩！醫生咧，鑛泉咧，和無數的各種各樣的幻想咧。睡覺都不得安靜！」

但是在高傲，知恥而安靜的妻子身邊，人就毫不担心地睡覺。他夫就寢，確信一醒轉來便會遇到同樣溫柔而同情的眼光。而過了二三十年，他的溫情的目光，在她的眼睛內，還是會遇到同樣溫柔而靜悄悄地閃爍的同情之光。就這樣到臨死為止！

「這不就是每一個男子和女子的秘密的目標嗎，要在自己朋友之中，找到不變的安靜相，平坦而永久的感情之流？這是愛底常規，只要離開牠一點點，變心或者冷淡——我們就苦惱：所以我的理想就是一般的理想，」他想。「這不就是兩性關係底完成與闡明底絕頂嗎？」

爲全國的利益起見，給熱情一條正當的出路，讓牠像河一般有規律地流去，這是全人類的問題，這是進步底最高峯，所有這些喬治。藏達們（註一）都向牠爬上去，然而紛紛迷路。這問題一旦解決，就沒有變心與冷淡，而只有安甯幸福的心底永久平穩的跳動，由此，永久充實的生活，生活底永久的液汁，永久的道德的健全。

這樣的幸福底例子有是有，但是聊聊無幾；牠們被當作奇蹟來指出。人家說，人必須爲了牠而生。但是天知道，是否爲了牠受教育，而意識地向牠前進……

熱情！這一切在詩裏，在舞台上都很好，在舞台上，演員們披着無袖的外套，執着刀來來去去，而隨後殺人者和被殺者却一塊兒去吃晚飯……

要是熱情也這樣完畢，那也未嘗不好，但是留下在牠們後邊的却是煙和臭氣，幸福是沒有的，回憶呢，又只是慚愧和扯頭髮而已。

最後，倘使熱情陷於這樣的不幸，那就等於碰巧走上一條崩壞的難以通過的山路，一路上馬匹翻倒，而騎者乏力，但是本村却已經在望；必須一眼不釋，趕緊，趕緊脫離這危險的地點……是的，熱情必須被限制，窒息和消滅在結婚之中……

要是一位女子突然以眼睛來燃燒他，或者一邊呻吟，一邊閉着眼睛倒在他的肩膀上，隨後醒過來，雙手緊摟住他的頭頸，以致他呼吸困難，那奧勃洛摩夫會恐怖地從她跑開去……這是一個花爆，這是一桶火藥底爆炸；可是結果如何？耳聾，眼瞎和燒焦頭髮！

但是我們來瞧瞧，奧爾迦是怎樣的女子呢！

在奧勃洛摩夫那次無心的自白以後，他們倆很久沒有單獨見面。只要一望見奧爾迦，他便像小學生似地躲起來。她對他也改變了態度，但是並不避開，並不冷淡，而只是沉靜一些。

她似乎因爲發生了一件什麼事，妨礙她以好奇的注視來折磨奧勃洛摩夫，妨礙她以對於他的躺臥，懶惰和尷尬的揶揄來善意地傷害他而難過。

她心裏覺得好笑，但是還是看到兒子可笑的服裝而不得不微笑的母親的好笑。斯托爾茲已經走了，她因爲沒有聽歌的人而落寞；她的鋼琴閉着——一言以蔽之，雙方都感覺不自然和桎梏，雙方都尷尬。

可是經過多麼良好啊！他們相知得多麼單純啊！他們相交得多麼自由啊！奧勃洛摩夫比斯托爾茲單純而善良，雖然不那樣逗她笑，然而以本身來逗笑，而且如此輕易地寬恕她的嘲笑。

此外，斯托爾茲臨走的時候，曾經將奧勃洛摩夫託付給她，請她照呼他，別讓他坐在家裏。在她聰明漂亮的腦袋裏，已經作成一個詳細的計劃，怎樣來中止奧勃洛摩夫飯後睡午覺，而且不僅是睡覺，她還不許他大白天躺在沙發上；她要取得他的承諾。

她空想，怎樣來指示他讀斯托爾茲留下的書，隨後每天看報，把新聞講給她聽，寫信到鄉下去，寫完經營領地的計劃，準備出國——一言以蔽之，他別在她旁邊微睡；她要向他指示目標，使他再愛他幻滅了的一切，而斯托爾茲回來，便認不得他。

她，至今沒有人聽從，還沒有開始生活的，這位胆小的，緘默的奧爾迦，竟要作出這一切奇蹟來！她——就是這轉變的原因！這轉變已經開始：自從她唱歌以來，奧勃洛摩夫——就不是原先的他了……

他將要生活，活動，祝福生活和她。使一個人恢復生活——醫生救助一位絕望的病人時，他會享到多大的聲譽！那救助精神上滅亡的心智和靈魂，又將如何？……

她甚至感到一陣驕傲的，喜悅的戰慄；認爲這是蒼天派定下的課業。她心裏把他當作自已的書記和圖書館員。

可是突然間這一切都必須完畢！她不知道怎麼辦才好，所以碰見奧勃洛摩夫時，便默不作聲。

奧勃洛摩夫因爲自己驚駭了和侮辱了她而苦惱，期待着電樣的瞥視和冷淡的嚴厲，於是看見她時便發抖，避到斜刺裏去。

這之際，他已經搬上別墅，並且一連三天獨自通過山丘和沼澤，出發到樹林子裏，或者步行到村子裏，悠閒地坐在村屋門口，看孩子們，犢牛們奔跑，鴨子們在池塘裏戲水。

靠近別墅有一片湖，一個大公園：他害怕上那裏去，免得單獨碰見奧爾迦。

「我怎麼出言魯莽呢！」他想，甚至問也不問自己，實際上是脫口說出了眞理呢，或者不過是音樂在神經上一時的作用。他惹下的這尷尬，羞愧或者他所謂「恥辱」底感覺，阻礙他去分析爆發的是什麼；一般地，奧爾迦對於他算是什麼？他也不去分析，這加添在他心上的，從前所沒有的一塊多餘的核塊是什麼。在他裏面，所有的感覺都合成一片——羞愧。

當奧爾迦在他想像之中出現一霎時，那裏就出現另一個形像，那化身的安靜，生活底幸福底理想：這理想的的確確是奧爾迦。這兩個形像合而爲一。

「喲，我竟幹下了什麼！」他說：「把一切都斷送了！謝天謝地，斯托爾茲已經走了！她已來不及告訴他，要不，就得鑽進地縫裏去！戀愛哩，眼淚哩——這與我是否相稱呢？奧爾迦的叔母並不送信來，也不邀我去：一定她講過了……我的天哪！……」

他一邊這麼想，一邊走向公園深處，進入旁邊的一條林蔭路去。

奧爾迦的惟一的困難是，她要怎樣來遇見他，怎樣來了却這重公案：應當向他說些什麼，還是若無其事地默不作聲？

但是要說又說什麼？擺出一副嚴厲的面相，傲然地瞧他呢，還是竟然完全不去瞧他，而冷淡地，目空一切地說：「我決沒有料到你這一手：你把我看作什麼人，所以胆敢這樣放肆？」這是叔尼奇卡在跳馬佐爾加舞時用來回答某一位騎兵旗手的，雖然她着實費過一番心思，來弄得他神魂顚倒。「但是這怎麼是放肆？」她自問。「如果他當眞這麼感覺，爲什麼他就不說呢？……然而這是怎麼的，才認識就突然……要是別人，第二三次看見一位女子，就不會說這種話；而且也不會鍾情得這麼快。這只有奧勃洛摩夫才能够……」

但是她記起，她曾經聽說和唸到，戀愛有時候是突然而來的。

「是他一時的衝動，情不自禁；現在他已不來：他害臊了，所以這並非放肆。那麼這是誰的不是呢？」她還是想。「當然是安特烈．伊凡尼奇囉，因爲是他使我唱的。」

但是奧勃洛摩夫最初並不要聽——她着惱起來，於是她……努力……她的臉紅得很厲害——不錯，她努力以全力來感動他。

斯托爾茲曾經說過，他是麻木無情的，什麼也不使他發生興趣，他內心裏一切都已消歇……她就是要看看，是不是一切都已消歇，於是她唱，唱得……比一向都好……

「我的天哪，那倒是我的不是了！我要請求他寬恕我……可是寬恕什麼？」她自問。「我要對他說什麼呢：麥歇奧勃洛摩夫，是我的不是，是我引誘了你……多丟人！這是不實在的！」她臉紅一陣，將一只脚頓一下，說。「誰胆敢想到這一層？……難道我知道要有什麼結果的嗎？而如果沒有這回事，如果他不脫口說出這句話來，那時候又將如何？……」她問。「我不知道……」她想。

打那一天起，她心裏便有一種異樣的感覺……一定是她受了大大的侮辱……她甚至發燒，面頰上現出兩片緋紅的斑點……「受了刺激……有一點小寒熱，」醫生說。

「都是這位奧勃洛摩夫幹下的！哼，應當給他一次教訓，今後才沒有這種事！我要請Matante（註二）拒絕他上門：他一定沒有忘記吧……他怎麼敢！」她一路在公園裏步行，一路想，她的眼睛閃耀着……

突然間有誰走來，她聽到。

「誰來了……」奧勃洛摩夫想。

面面對面遇見了。

「奧爾迦．賽爾格葉芙娜！」他發抖得像白楊葉子似地說。

「伊里亞．伊里奇！」她胆怯地回答，而他們倆都站下來。

「您好，」他說。

「您好，」她說。

「您這上哪裏去？」他問。

「就這麼走走……」她說，並不抬起眼睛來。

「我打攪您嗎？」

「哪裏，一點也不……」她迅速地，好奇地向他望一眼，回答說。

「我可以陪您一起走走嗎？」他向她搜索地瞥覷一下，突然問。

他們倆默然地沿着小徑走去。不論是教師的戒尺也吧，校長的眉毛也吧，都從不會使得奧勃洛摩夫的心像現在這樣別別地跳動。他想說什麼話，克制自己，但是舌頭上說不出話來；只是他的心在狂跳，彷彿面臨着不幸似地。

「您收到安特烈．伊凡尼奇的信沒有？」她問。

「收到了。」

「他寫些什麼？」

「叫我上巴黎去。」

「那您怎麼呢？」

「我要去。」

「什麼時候走」

「馬上……不，明天……等我準備好。」

「爲什麼這麼急促呢？」她問。

他不作聲。

「您不喜歡這所別墅呢，還是……告訴我，爲什麼您要去？」

「放肆之徒！他還想出國去哩！」她想。

「有一件事使我痛苦，爲難，燃燒我，」奧勃洛摩夫低語說，並不瞧她。

她不作聲，採下一枝紫丁香，掩住臉和鼻子，聞牠。

「聞聞看，香得多好啊！」她說，並且把來掩在他的鼻子上。

「這裏有鈴蘭呢！等一等，我來採，」他偃在草上說，「這香得好一些，是田野之香，樹林之香；更爲自然。紫丁香卻老是生在房子邊頭，枝子就這樣探進窗戶來，而且香得太甜。瞧，鈴蘭上的露水還沒有乾哩。」

他遞給她幾箭鈴蘭。

「可是木犀草您喜歡不喜歡？」她問。

「不：那香得太濃郁；木犀草，薔薇花我都不喜歡。而且一般地，我是不喜歡花的；在田野裏尙且如此，但是在室內可就是多少痲煩……屑屑粒粒的……」

「那您喜歡房間裏乾淨的囉？」她問，狡獪地望着他。「受不了屑屑粒粒的囉？」

「是的；但是我却有着那樣一個傭人……」他喃喃說。「啊，你這惡貨！」他獨白地加添說。

「您一直上巴黎去嗎？」她問。

「是的；斯托爾玆等得我很久了。」

「帶一封信給他；我來寫，」她說。

「那今天就給我；我明天就要搬上城裏去。」

「明天？」她問。「爲什麼這樣匆促？彷彿誰在趕您似的。」

「是在趕我嘛……」

「誰？」

「羞恥……」他低語說。

「羞恥！」她機械地重覆說，並且想：「現在我要對他說了：『麥歇奥勃洛摩夫，我決沒有料到……」

「是的，奧爾迦‧賽爾格葉芙娜，」終於他克制住自己：「我想您在驚訝……發火……」

「唔，現在是時候了……就在此刻。」她的心這樣地跳動。「我的天哪，我可不能！」

他努力向她的臉望一下，想看出她要怎麼；但是她聞着鈴蘭和紫丁香，自己也不知道要怎麼……她應當說什麼，幹什麼。

「要是叔尼奇卡，就立刻想出什麼主意來了，但是我卻如此愚蠢！什麼也不會……眞苦惱！」她想。

「我完全忘了……」她說。

「您相信我，這不是存心的……我是無法自主……」他開始說，胆子漸漸壯起來。「那時候就是天雷劈下來，石頭砸在我身上，我還是要說的。這是任何力量所不能抑制的……看在上帝份上，您別心想我是故意如此……一說出口，我就肯付任何代價來收回這句冒失話……」

她垂着頭嗅着花，往前走去。

「將牠忘了吧，」他繼續說，「尤其因爲牠是不實在的，所以忘了吧……」

「不實在的？」她突然重複說，挺直身子，將花扔去。

她的眼睛突然間大睜開，並且亮出一片驚愕的光來……

「怎麼是不實在的呢？」她又重覆一次。

「是的，看在上帝份上，別發火吧，忘了吧。我保證你，這不過是一時的衝動……由於音樂而然。」

「只是由於音樂而然嗎！……」

她面孔變色：兩片緋紅的斑點消失了，眼睛也黯暗了。

「不是沒有事了！他不是已經收回這句冒失話了，那就不必發火了！……不是好了嗎……現在放心吧……可以照舊講話，開玩笑了……」她想，並且一路走，一路使勁從樹上折下一枝樹枝，用嘴唇咬下一瓣葉子，隨後立刻將樹枝和葉子都扔在小徑上。

「您不在發火嗎？忘了沒有？」奧勃洛摩夫向她偏下去說。

「可是還是怎麼？您是要求什麼？」她從他轉開身子去，興奮地，近於着惱地回答說。「我完全忘了……我是如此健忘的！」

他不作聲，而且不知道怎麼辦。他知道她突然着惱，但是不明白所以然。

「我的天哪！」她想，「不是一切都秩序井然了：那一幕戲似乎沒有發生似的，謝天謝地！

隨後又將如何……啊，我的天哪，這是怎麼的？啊，叔尼奇卡，叔尼奇卡！你多麼幸福啊！」

「我要回家去了，」她突然間說，一邊加緊脚步，轉灣進另一條林蔭路去。

她喉嚨裏哽着眼淚。她恐怕哭出來。

「別往那裏走，這裏近一些，」奧勃洛摩夫說。「蠢材，」他向自己沮喪地說，「必須解釋一下才好！現在倒更其侮辱了。原不該提起的：牠就這樣也會過去，自然而然忘掉。現在沒有辦法，非得請求寬恕不可。」

「我之所以着惱，一定是因爲，」她想，「我沒有來得及對他說：麥歇奧勃洛摩夫，我決沒有料到您竟敢……他倒佔在我的前頭……『不實在的！』您瞧，他還在說謊哩！可是他怎麼敢？」

「您果眞忘了嗎？」他靜悄悄地問。

「忘了，完全忘了！」她匆促地說，急急於回家去。

「把手伸給我，表示您不在發火。」

瞧也不瞧他，她將手指尖伸給他去，等他剛一碰上，就馬上將手收回去。

「不，您在發火！」他嘆息一聲說。「叫我怎樣使您確信，這是一時的衝動，我不會讓自己忘了的？……不，當然啦，我再不聽您唱歌了……」

「壓根兒就不必使我確信：我不需要您的保證……」她活潑地說。「我也不唱歌了！」

「好吧，那我就不說了，不過看在上帝份上，別這樣地走開，要不然，就有那樣一塊石頭留在我心上……」

她慢慢地走去，並且開始全神貫注地傾聽他的話語。

「倘使這是眞的，您要是沒聽到我因爲您的歌唱而啊的一聲叫起來，您就會哭，那麼現在，要是您這樣地走開，並不微笑，並不友誼地伸出手來，我就也要……發發慈悲吧，奧爾迦，賽爾格葉芙娜！我要生病了，我的雙膝在發抖，我是勉強站着……」

「爲什麼呢？」她瞥視他一下，突然地問。

「我自己也不知道，」他說。「現在我的羞恥心沒有了：我不因爲我的話害臊了……我覺得，其中……」

又有一羣螞蟻在他心上爬；那裏又有了一塊多餘的東西；她的愛嬌而好奇的注視又開始燃燒他。她如此優雅地向他轉過身去，如此不安地在等待回答。

「其中是什麼呢？」她不耐煩地問。

「不，我害怕說：您又要發火的。」

「說吧！」她命令地說。

他不作聲。

「咦？」

「瞧着您，我又想哭了……瞧，我是沒有自尊心的，我不以自己的感情爲羞……」

「究竟爲什麼要哭呢？」她問，面頰上現出兩片紅暈。

「我始終聽見您的聲音……我又感覺着……」

「什麼？」她問，眼淚從胸口湧上來；她緊張地等待着。

他們已經走近台階。

「我感覺着……」奧勃洛摩夫急於要說完，可是又停下。

她慢慢地，彷彿艱難地步上台階。

「同樣的音樂……同樣的……興奮……同樣的……感……對不起，對不起——我對我自己眞沒有辦法……」

「麥歇奧勃洛摩夫……」她嚴厲地開始說，隨後她的臉突然被微笑的光所輝亮，「我並不發火，我原諒您，」她溫柔地加添說，「不過此後……」

並不旋轉身子，她將一支手反伸給他；他握住了，吻着手掌；她輕輕地按一按他的嘴唇、頓時就閃進玻璃門裏，可是他却好像埋着似地留在那裏。

註一：George Zanda，不詳，大概是一位進步之士。

註二：法文，「我的叔母」。

# 第七章

奧勃洛摩夫很久睜大着眼睛望着奧爾迦的後影，很久望着那些灌木……

走過一些生人，飛過一些鳥。一位過路的農婦，問他要不要草莓——他却依舊茫然自失。

他又慢慢地走上原先的林蔭路，悄悄地走到半路上，猛看到奧爾迦落下的鈴蘭，她摘下了又着惱地扔掉的一枝丁香。

「她爲什麼如此呢？……」他開始思量，回憶。

「我眞傻瓜！」他一邊拾起鈴蘭和丁香，一邊猝然地高聲說，而且近於奔跑地走下林蔭路。
已經請她原諒，可是她……莫非是眞的吧？……是什麼想頭啊！」

他幸福而容光煥發，有如乳母所稱，「額角上掛着月亮」地回家，坐下在沙發的一角裏，在桌子的灰塵上，以很大的字體迅速地寫：「奧爾迦。」

「多厚的灰塵啊！」他由歡喜之中回過神來，說。「査哈爾，査哈爾！」他叫了半天，因爲査哈爾正同車夫們坐在朝着小路的大門口。

「你來！」婀妮茜雅拉着他的袖子，以威脅的低語說，「老爺叫你半天了。」

「瞧，查哈爾，這是什麼？」伊里亞·伊里奇說，可是很溫和而親切；這當口他是發不了火的。「你想這裏也弄得雜亂無章，都是灰塵和蛛網嗎？不；對不起，我可不許！就這奧爾迦·謝爾格葉芙娜也不放我過門：『您喜歡髒汚的，』她說。」

「不錯，講講是很好的；她們是有五個傭人，」查哈爾轉向門口說。

「你上哪裏去？去拿東西來掃一下：這裏坐也坐不下，撐在桌上也不行……這是不潔淨，這是……奧勃洛摩夫主義！」

查哈爾嘴唇一撅，向主人斜睨一下。

「嗐！」他想：「又想出什麼可憐的話了！可是怪熟的！」

「噯，掃呀，站着幹什麼？」奧勃洛摩夫說。

「掃什麼？今天我掃過了，」查哈爾頑固地回答說。

「要是掃過了，又哪裏來的灰塵？瞧，嗐，嗐！要沒有才好哩！馬上掃吧！」

「我掃過了，」查哈爾重複說。「你總不能掃十次囉！灰塵從路上吹來的……這裏是田野，別墅：路上有的是灰塵。」

「可是你，査哈爾·特羅非米奇，」婀娓茜雅突然從另一個房間裏窺視一下，開始說，「先掃地，後抹桌子，是白白裏的：灰塵又要積上的……你要先……」

「你也上這裏來教訓我？」査哈爾憤怒地嗄聲說。「上你自己的地方去！」

「哪裏見到過先掃地，隨後收拾桌子的？……無怪老爺發火……」

「好，好，好！」他向她的胸脯揚着臂肘，喊。

她微笑一下，便不見了。奧勃洛摩夫向他擺擺手，叫他出去。他把頭靠在繡花的靠墊上，將一支手放在心口，開始聽牠跳動。

「這於我有害的，」他獨白說。「怎麼辦呢？假使去求教醫生吧，對不起，他就要送你上阿比西尼亞（註一）去！」

在査哈爾和婀娓茜雅沒有結婚之前，他們倆各幹各的事，誰也不管誰，那就是，婀娓茜雅專管買東西，下廚房，以及一年一度洗地板的時候，參加進去收拾房間。

但是結婚以後，她出入主人的房間，就變得方便一些。她幫助査哈爾，而房間也就乾淨些，一般地，她將丈夫的某幾項職司放在自己身上，這一部分是出於自願，一部分是因爲査哈爾專制地將牠們放在她的身上。

「喏，把地毯打一打吧，」他命令地嘎聲說，或者呢：「你把堆在那邊角落裏的東西理一理，把不相干的拿到厨房裏去，」他說。

他這樣享福了一個月：房間裏乾乾淨淨，主人既不嘀咕，也不說什麼『可憐的』話，而他，查哈爾，却什麼也不做。可是因爲某種理由，這享福已經完畢。

他和婀妮茜雅剛一着手共同照呼奧勃洛摩夫的房間，便見得，凡是查哈爾所幹的，都是愚蠢的。他的每一步驟，都不是那麼一回事。他在世界上活了五十五年，信以爲凡是他幹的一切，都不能幹得更好，而且非如此不可。而此刻，突然間，在兩星期以內，婀妮茜雅便證明給他看，他是一無用處，而且是以侮辱的寬容，好像只有對待小孩子或者十足的笨伯那麼靜悄悄地來證明這點，瞧着他，她還微笑哩。

「你，查哈爾．特羅非米奇，」她嬌嬌地說，「先閉煙道，隨後開窗戶，是白白裏的：房間又要冷下去的。」

「可是依你又怎麼呢？」他以丈夫的粗暴問：「什麼時候才打開呢？」

「生爐子的時候；把空氣放出去，可是隨後又會暖和起來，」她靜靜地回答說。

「怎樣的傻瓜！」他說。「我就這樣幹了二十年，可是爲了你倒要更改……」

茶葉，糖，檸檬，銀器，以及黑鞋油，刷子和肥皂，査哈爾是一齊放在櫃架上的。有一天他走來，突然發覺肥皂擱在洗衣檯上，刷子和鞋油在廚房裏窗台上，而茶葉和糖在櫃子的各別的抽屜裏。

「你這是怎麼的，自作主張地將我的東西弄得亂七八糟，嚶？」他威脅地問。「我故意把來放在一只角落裏，為的是湊手，可是你卻東拋西散？」

「可是為的是茶葉不沾肥皂氣味呀，」她溫柔地陳述說。

還有一次，她把奧勃洛摩夫衣服上兩三個蛀洞指給他看，說，一星期非得抖一次和刷一次衣服不可。

「讓我用笤帚刷吧，」她愛嬌地結束說。

他打她手裏把笤帚和剛拿下的衣服都奪下來，把來放回原先的地方。

有一天，當他像往常一樣，開始怨怪主人，為着一些「又不是他想出來的」蟑螂，而平白無故地罵他時，婀妮茜雅一言不發，從櫃架上把記不得從什麼時候就扔在那裏的黑麵包底碎片和渣子都檢起來，把櫃子和陶器掃的掃，洗的洗——而蟑螂差不多就完全絕跡。

査哈爾依舊不明白是怎麼一回事，而只是把牠歸諸她的熱心。但是有一天，當他端着一托盤

茶杯和玻璃杯　打破了兩只玻璃杯，正開始像尋常一樣漫駡，並且要把整個托盤扔在地板上時，婀妮茜雅從他手裏拿過托盤去，擺好其他的玻璃杯，還有糖缸，麵包，一切安排得一只茶杯也不晃動，隨後做給他看，怎樣使一隻手拿托盤，怎樣使另一隻手捏穩，隨後在房間裏走來走去兩三次，將托盤晃到右邊，晃到左邊，竟一把匙子也不晃動，查哈爾才恍然大悟，婀妮茜雅是比自己聰明！

他從她手裏奪過托盤，落下玻璃杯去，而且從此不能寬恕她這件事。

「瞧，應該怎樣拿！」她還靜靜地加添說。他帶着蠢笨的高傲瞧着她，可是她倒笑了。

「你要充聰明嗎，你這鄉下婆子，多傻瓜！難道我們在奧勃洛摩夫卡的家是這樣的嗎？統統歸我一個人管：光是跟丁和小廝就有十五名！而你們這羣婆娘，竟連名字也不知道呢……可是這裏你倒……啊，你！……」

「我倒是出於好意，」她開始說。

「好，好，好！」他用臂肘向他胸口作着威脅的姿勢，嗄聲說，「滾出老爺的房間，上廚房裏去……管你們娘們的事去！」

她微笑一下，便走出去，可是他卻陰鬱地，斜視地目送着她。

他的自尊心被傷害了，而他便陰鬱地對待自己的女人。然而，當伊里亞·伊里奇問他要什麼東西，而東西不在，或者雖在而已經打壞，而且一般地當屋子裏亂七八糟，而伴同「可憐的話」的狂風暴雨，聚集在查哈爾頭上時，查哈爾便向婀妮茜雅要要眼，朝奧勃洛摩夫的書齋點點頭，一邊用大姆指向那裏指指，一邊低語地命令說：「你上老爺那裏去：看他要什麼？」

婀妮茜雅便走進去，而狂風暴雨往往被一陣簡單的解釋所消散。只要在奧勃洛摩夫的說話中剛開始有「可憐的話」，查哈爾本人也就向他提議叫婀妮茜雅來。

要不是婀妮茜雅，奧勃洛摩夫的房間準又荒蕪了：她已經把自己歸作奧勃洛摩夫一家，不自覺地分担着丈夫同伊里亞·伊里奇的生活，家和本人的分拆不開的聯繫，而她女性的眼睛和勞碌的手，照顧着這些荒涼的房間。

只要查哈爾一上哪裏去，婀妮茜雅就把桌子上，沙發上的灰塵撣去，窗戶打開，窗幃拉好，把丢在房間中央的靴子和搭在圈手椅上的褲子收起，把所有的衣服，甚至桌上的紙張，鉛筆，削鉛筆刀，鵝毛筆都清理一遍，一切都佈置得井然有序，把睡亂的床舖好，枕頭放正——而一切只是三個舉動；隨後還滿房間掃一眼，搬好一張椅子，關上一只半開的抽屜，打桌子上取去一條餐巾，一聽到查哈爾嘁啦嘁啦的靴聲，便一溜煙跑進廚房裏去。

她是一位活潑迅速的女人，年紀四十七歲，有着忙碌的微笑，活潑地東張西望的眼睛，堅實的頭頸和胸脯，和紅色的，膠黏的，永不疲勞的手。她的臉差不多完全沒有，只有鼻子顯著，小固然小，但是彷彿和臉脫離，或者沒有安合適；而且下端往上掀起，因此臉就見得不顯著：她是如此平塌，而無血色，因此關於她的鼻子，你久已得到清楚的觀念，但是臉卻完全沒有注意。

世界上，有的是像查哈爾一樣的丈夫。有時候一位外交家會漫不經心地傾聽妻子的勸告，聳聳肩膀，而偷偷地把她的意見寫下來。有時候，一位行政官會吹着口哨，以遺憾的怪相來回答妻子關於一件重要公事的絮叨——但是到明天，又一本正經地將這絮叨報告給部長聽。這些先生們陰沉地或者輕率地對待妻子，輕易不聽從她們的話，要不是像查哈爾一樣把她們看作娘們，就是把她們當作調劑事業的正經生活的花朶……

正午的太陽，久已炎炎地燒灼着公園的小徑。誰都坐在陰地裏，布幕之下；只有保姆們和孩子們，成羣結隊地，大無畏地冒着中午的日光步行和坐在草上。

奧勃洛摩夫依然躺在沙發上，將信將疑着早晨同奧爾迦談話的意義。

「她愛着我，她心裏對我發生着感情。這是可能的嗎？她夢想着我；爲了我她才唱得那樣熱情，而音樂使我們倆發生了共鳴。」

自尊心在他裏面抬頭了，生活，生活的魔法的遠景，至今還沒有的一切色彩與光線輝煌起來了。他看見自己同她一塊兒在國外，在瑞士的湖上，在意大利，徘徊在羅馬的廢墟裏，徜徉在剛陀拉（註二）中，隨後迷失在巴黎和倫敦的人羣之中，隨後，隨後在自己的人間樂園，在奧勃洛摩夫卡。

她是作可愛的空談，有漂亮而白皙的臉，優美而纖細的頭頸的女神……

農民們從沒有看見過像她這樣的美人，他們俯伏在這位天使面前。她輕盈地在草上步行，同他一塊兒在白樺林的陰地裏蹓躂；她給他唱歌……

他感覺到生活，生活的徐緩的流走，牠的甘美漣漪，潺湲……他因爲自己幸福的充實，希望的滿足而墮入深思……

突然間，他的臉又陰霾起來。

「不，這是不可能的！」他高聲說，從沙發上站起身，在房間裏踱步。「愛可笑的，有夢樣的眼光和一無血色的面頰的我……她一定始終在笑我……」

他站定在鏡子跟前，很久地望着自己，開初是敵意地，隨後他的眼光輝亮起來，他甚至於微笑。

「我似乎比在城裏時好一些，爽朗一些，」他說，「我的眼睛不翳暗了……原先不是長一顆麥粒腫，現在可沒有了……一定是因為這裏的空氣吧；我走路很多，完全不喝酒，也不躺臥……不用上埃及去了……」

由奧爾迦的叔母，馬利亞·米哈益羅芙娜那裏來了一位傭人，請他去吃午飯。

「就來，就來，」奧勃洛摩夫說。

傭人便走了。

「等一等！這是給你的。」

他給他一些錢。

他覺得愉快而輕鬆。大自然是這樣輝亮。人人都很善良，都很怡然自樂；誰的臉上都是幸福。只有査哈爾一個人陰鬱，儘斜睨着主人，代之，阿妮茜雅却善良地微笑着。

「我要喂一條狗，」奧勃洛摩夫下着決心，「或者一匹貓……貓好一些；貓呼嚕呼嚕起來怪可愛的。」

他跑向奧爾迦家裏去。

「然而……奧爾迦愛着我！」他一路上想。「這樣年輕，爽朗的美人兒！人生底最詩意的一方面，現在正展開在她的想像跟前：她一定在夢想身材勻稱而高大的，黑鬈髮的青年，有沉思的，潛藏的力，臉上有勇敢，有高傲的微笑，眼睛裏有溶化和顫慄在眼光中的，如此容易達到心頭的火花；有柔和而清脆的，像金屬的弦線一樣鳴響的聲音。畢竟也有不愛年青，不愛臉上的勇敢，跳馬佐爾加舞的熟練和騎術的高強的……假使奧爾迦不是一位看到口髭就心癢，聽見佩刀的聲響就動情的尋常女子；但是那時候總需要別的東西……譬如說，智力，才可以使女子馴服並且拜倒在這智慧之前，才可以使全世界向牠拜倒……或者是一位成名的藝術家也好……但是我是什麼呢？奧勃洛摩夫——再無什麼。斯托爾茲可就不同。斯托爾茲有智慧，有力量，有支配自己，別人和命運的能力。他上哪裏，同誰交往，便佔有他，像樂器似地玩弄……而我呢？……查哈爾也支配不了……自己也支配不了……我是奧勃洛摩夫！斯托爾茲！天哪！……她不是愛着他嗎，」他恐怖地想，「她自己也說過：像朋友似地愛他，她說；但是這是扯謊，也許是不自覺的扯謊……男女之間是沒有友誼的……」

他不勝疑惑，而走得越來越慢。

「如果她同我獻媚，那又怎麼辦？……如果只是……」

他完全立停下，茫然若失了一陣子。

「如果這是一種詭計，陰謀呢……我有什麼根據，以爲她愛我呢？她沒有說過呀：這是自尊心底撒佀的低語！安特烈！當眞嗎？……不可能的！她是如此，如此……她就是這樣的！」他看到奧爾迦迎面走來，突然與高采烈地說。

帶着愉快的微笑，奧爾迦把手伸給他。

「不，她並不如此，她並不騙人，」他下着決心：「騙人的女子不以這樣愛嬌的眼光瞧人；她們沒有這樣眞誠的笑容……她們老是唧唧嗜嗜……但是……她可沒有說過愛我呀！」突然間又吃驚地想。這都是他自己這樣解釋……「但是又爲什麼着惱呢？……天哪，我是掉在怎樣一個深潭裏啊！」

「您這是什麼？」她問。

「一枝花。」

「什麼花？」

「您瞧：是一枝丁香。」

「是哪裏摘來的？這裏沒有丁香呀。您上哪裏去了？」

「是您剛才摘了扔掉的。」

「那您拾起來幹嗎？」

「我喜歡您……着惱地把牠扔掉牠。」

「喜歡着惱——這倒是件新聞！爲什麼呢？」

「我不說。」

「說，我請您說……」

「怎麼也不說！」

「我懇求您！」。

他否定地搖搖頭。

「假使我唱一支歌呢？」

「那時候……也許……」

「那麼說，只有音樂使您感動嗎？」她皺着眉頭說。「這是眞的嗎？」

「不錯，出於您的音樂……」

「唔，我來唱……Casta diva Casta di……」她唱了諾爾瑪（註三）的呼籲，便停下。

『唔，現在說吧！』她說。

他內心鬥爭了一陣。

「不，不！」他比先前更爲堅決地結論說，「怎麼也不說……決不說！如果這是不對的，如果是我這麼想呢？……決不說，決不說！」

「這是什麼呢？是什麼恐怖的事吧？」她說，將思想貫注在這問題上，可是將搜索的眼光貫注在他身上。

隨後她的臉逐漸被意識所充滿；思索底，推測底光芒鑽入每一個五官裏，而突然間整個臉龐被意識所輝亮，太陽有時候就這樣從雲裏出來，逐漸地照亮一叢灌木，又一叢灌木，屋脊，而突然以光明來注滿全部景色。奧爾迦已經明白奧勃洛摩夫的思想。

「不，不，我的舌頭不會轉出來的……」奧勃洛摩夫重覆說。「別問吧。」

「我不在問您呀，」她冷靜地回答說。

「可是怎麼啦？現在您……」

「我們回家去吧，」她並不聽他，一本正經地說，「Ma tente在等着了。」

她走在頭裏，將他留在叔母一塊兒，便筆直走進自己房間裏去。

註一：Abyssinia，東非的一個國家。

註二：Gondola，威尼斯的一種平底船。

註三：Norma V. Baliini（意大利的一位歌劇作曲者，一八〇二——一八三五）作的一齣歌劇Norma（一八三一年首次上演）裏的女主角。

# 第八章

這一整天在奧勃洛摩夫是逐漸幻滅的日子。他將牠同奧爾迦的叔母一塊兒打發過去。奧爾迦的叔母，是一位極有才智的，合禮的女子，老是穿得很漂亮，老是穿一件非常合身的綢衣，領子上老是鑲着如此華美的花邊；頭巾也做得饒有風味，緞帶則俏麗地匹配她相近五十歲的，可是還鮮潔的臉。鍊子上掛一付金邊的有柄眼鏡。

她的姿勢和態度都充滿威儀；她非常巧妙地披一條富麗的披肩，將一只臂肘如此適切地撐在繡花靠墊上，如此莊嚴地伸躺在沙發上。從來不看見她做事：彎腰，縫紉，幹瑣屑的事 都與她的臉，堂皇的儀態不相稱。她簡短而冷淡地，以漫不經心的語調，向男僕和女僕們下命令。

她有時候唸書，却從來不寫，可是話講得很好，雖然大部份是法國話。然而她立刻注意到，奧勃洛摩夫的法國話並不十分在行，所以從第二天起又改用俄國話。

在談話之中，她既不空想，也不賣弄聰明，她頭腦中似乎給劃下一條嚴密的，智慧決不越出他去的線。從種種方面都能看出，感情，一切的共鳴，以及愛情，將與其它要素同等地進入，或已經進入她的生活之中，而要是在別的女子，你就立刻看到，即使事實上不然，至少在口頭上，愛情是關係着一切生活問題，愛情留出多少地位來，其餘的一切，才得從旁進去多少。

對於這位女子，最主要的是通曉生活，支配自己，保持思想與計劃，計劃與實行的平衡。好像一位小心的敵人，你什麼時候窺伺他，老是遇見他期待的眼光注定在你身上一樣，她不會給出其不意地，毫無準備地捉住的。

社會是她的要素，因此她的每一思想，每一言語與行動，都先之以機警和愼重。

她從不在誰的面前、把心底秘密的活動打開，從不把心靈的秘密信賴任何人；看不見她周圍有一些好的女友，一些老太婆，同她一起喝咖啡談心。她只同望．朗瓦根男爵時常單獨在一起；晚上，他時不時同她一塊兒就到半夜，可是大抵都有奧爾迦在場．大抵他們都默然不語，但是默然得有意義，有才智，宛然他們知道別人所不知道的什麼事——但是也就如此而已。

顯然，他們倆喜歡在一塊兒——這是看着他們所能得出的唯一的結論；她對待他，恰像對待別人一樣：慇懃，親切，同時又平易，安詳。

惡意的舌頭便利用這一點來暗示某一次老交情，暗示一次一起出國去的旅行，可是在她對他的態度上，却任何特別的私情的陰影也看不出，若是有，這一定要顯露的。

這之際，他是奧爾迦的小小的，怎麼在一張契約裏給抵押掉而未經贖回的領地的受託人。男爵在進行訴訟——那就是，叫一位官吏寫文件，從有柄眼鏡裏讀牠們，簽字，派這位書記帶着牠們去上法庭，他自己呢，利用他的社會關係來給這案子以滿意的進行。他寄與着迅速而幸福地結束的希望。這把惡意的閒話止息了，而大家就習於看見男爵像親戚似地在她們家裏。

他相近五十歲，可是非常鮮潔，只把口髭染色，一只脚略爲有一些兒跛。他彬彬有禮到細緻的程度，從不當着婦女的面吸煙，或者把一條腿擱在另一條腿上，而且嚴厲地叱責允許自己在大庭廣衆之間仰臥在圈手椅中，將膝蓋和靴子擧得齊鼻子的青年們。在室內他也戴上手套，只有坐下去吃飯時，這才脫下來。

他穿得很時髦，在燕尾服的紐孔內佩上緞帶。出門老是坐一輛轎式馬車，並且異常當心馬匹：上車之前，他先要繞着車子走一遭，檢査馬具，甚至馬蹄，有時候還要抽出手帕來抹抹馬匹的肩膀或者脊椎，看照料得好不好。

他以慇懃而有禮貌的微笑來迎接熟人：對於不認識的，開初是冷淡的；但是一經介紹，冷淡就也被微笑所替代，而被介紹者此後就可以始終指望牠。

他議論起一切來——善行，物價騰貴，科學和教會都同等明確：推以明確的，現成的語句來發表自己的意見，彷彿說已經寫下在什麼教科書裏，發行作一般指導之用的文句一般。

奧爾迦同叔母的關係，至今非常簡單而平靜；她們既不越出適度的親愛，她們之間也從無不滿的陰影。

這一部分是由於馬利亞．米哈窊羅芙娜，奧爾迦的叔母的性格，一部分是因爲雙方都全然缺乏另樣的行動的動機。叔母並不想要求奧爾迦做任何與她的希望截然相反的事；奧爾迦也並不夢想不實行叔母的希望，不遵從她的勸告。而這些希望也不過表現在衣服的選擇上，梳頭的式樣上，以及，比方說，上歌劇院呢還是上法國戲院。

叔母表示什麼希望，或者給與什麼勸告，奧爾迦便聽從什麼，但是決不更多，而馬利亞．米哈窊羅芙娜的給與勸告，始終適度到冷淡的程度，只就叔母的權利所許，也決不更多。她們的關係是如此無色，因此怎麼也不能斷定，在叔母的性格裏，是否主張奧爾迦的聽從和特別的親熱，或者在奧爾迦的性格裏，是否具有對叔母的聽從和特別的親熱。反過來說，看到她們在一起，最初一眼便可以斷定，她們是叔母和姪女，不是母親和女兒。

「我上鋪子裏去：你要不要什麼？」叔母問。

「要的，Ma tante，我要換那件淡紫色的衣服，」奧爾迦說，而她就一路去；或者呢：「

不，Ma tante，我不久才去過。」

叔母使用兩個手指碰碰奧爾迦的雙頰，吻吻她的額角，她呢，吻吻叔母的手，就一個人去，一個人留下來。

「我們要不要租那所別墅？」叔母既非詢問，也不肯定地說，但是彷彿同自己商量，而委決不下似的。

「租嘛，那裏很好，」奧爾迦說。

別墅就租下來。

但是假使奧爾迦說：

「啊，Ma tante，難道您不討厭那樹林和砂地嗎？不如在別處找找看？」

「我們來找找看」叔母說。「我們去看戲吧，奧倫卡（奧爾迦之愛稱——譯者）？」叔母說。「這齣戲人家已講得很久。」

「我樂意去，」奧爾迦回答說，可是既無奉承叔母的急忙的希望，也無順從的表現。

有時候，她們也有小小的爭執。

「綠緞帶同你的臉相稱嗎，Ma Che're（註一）？」叔母說。「買淡黃色的吧。」

「啊，Ma tante！淡黃的我已戴過六次，看也看膩了！」

「那麼買Pense'e（註二）的吧。」

「可是這一種您喜歡不喜歡？」

叔母瞧一瞧，慢慢地搖搖頭。

「隨你喜歡得了，Ma Che're，要是我是你，我就買淡黃的或者Pense'e的。」

「不，Ma tante，我不如買這種吧，」奧爾迦柔和地說，就買下自己喜歡的來。

奧爾迦求教叔母，並不像求教一位權威者，他的話在她一定是金科玉律似的，而是像求教比自己有經驗的其他一切女人一樣。

「Ma tante，這本書您讀過——是怎樣的書呀？」她問。

「啊，才糟糕哩！」叔母一邊說，一邊把書推開去，但是既不藏起來，也不使用任何方法不叫奧爾迦讀。

而奧爾迦也就決不想去讀牠。如果她們倆誰也不知道，那便把這問題請教望·朗瓦根男爵，或者斯托爾茲，要是他正在那裏，而依照他們的話，讀牠或是不讀牠。

「Ma Che're 奧爾迦，」有時候叔母說，「關於在扎伐特司基家裏時常走近你去的那位青年，我昨天聽到一些話，是一些蠢話。」

也就完了。而再同不同他講話，那就隨奧爾迦的便。

奧勃洛摩夫在她們家裏出入，在叔母，在男爵，甚至在斯托爾茲，都沒有引起什麼問題，什麼特別的注意。斯托爾茲是想把自己的朋友介紹給這家多少有點古板的人家，這裏，不單不容許飯後午睡，甚至將一條腿擱在另一條腿上也不方便，必須穿得很鮮潔，記得在講什麼話——一言以蔽之，既不可以微睡，又不可以仰臥，而要經常進行合時的活潑的談話。

其次，斯托爾茲心想，假使把一位年青，富於同情心，聰明，活潑，而有幾分幽默的女子引進奧勃洛摩夫的如睡的生活裏，就等於帶一盞燈到黑暗的房間裏，牠的平穩的光會注滿黑暗的四隅，把溫度提高幾度，而房間便愉快起來。

這就是他把自己的朋友介紹給奧爾迦時所要達到的全部結果。他沒有預料到，他會帶來一枚花爆，更何況奧勃洛摩夫和奧爾迦呢。

伊里亞·伊里奇一次也沒有疊腿，同叔母彬彬有禮地坐兩個鐘頭，關於一切都談得很洽當；甚至有兩次還伶俐地將踏脚凳送在她的脚底下。

男爵來了，客氣地微笑一下，懇懃地同他握手。

奧勃洛摩夫舉止得更有禮貌，三個人彼此都滿足得好像無可再滿足似的。叔母將奧爾迦同奧勃洛摩夫的散步和在角落裏談話，看作……或者不如說，根本不看作什麼。同年青人，同花花公子散步，這就不同：那時候她也不說什麼，但是以她特有的機警，看不出地安排其他的程序：親自同他們去一兩次，第三次又派別的什麼人去，而散步也就自己停止。但是同『麥歇・奧勃洛摩夫』散步，坐在大廳的一角，或者露台上……這又有什麼？他已三十出頭：不會對她講無聊的話，給她什麼書籍……誰的頭腦裏也沒有想到這一點。

此外，馬利亞・米哈益羅芙娜，在斯托爾茲出發的前夜，曾經聽見他向奧爾迦說，別讓奧勃洛摩夫微睡，要禁止他睡覺，要苦惱他，壓制他，給他種種任務——一言以蔽之，要主宰他。斯托爾茲也會請求馬利亞・米哈益羅芙娜，別讓奧勃洛摩夫離眼，要時常邀請他，吸引他散步，旅行，用一切方法來鼓舞他，假使不出國去。

在奧勃洛摩夫和叔母同坐之際，奧爾迦並不露面，而時間便徐徐地拖過去。奧勃洛摩夫又開始一陣子發熱，一陣子發冷。現在他已經推猜到奧爾迦這次變化底原因。這次變化，在他比先前的一次更爲痛苦。

由於第一次的過失，他只是恐怖和羞恥，但是現在卻痛苦，爲難，寒冷，心地銷沉，好像在潮濕的下雨的天氣裏。他已經使她知道，他猜到她對於自己的愛，可是也許不合時呢。這實在是一種侮辱，難以糾正的侮辱。而且卽使合時，那也多拙劣啊！他簡直是一位紈袴子。

他可能把怯怯地叩打着她年青的，處女的心的感情嚇跑，這感情像小心地，輕輕地棲息在樹枝上的小鳥一樣：一有陌生的聲息和綷縩之聲就要飛走。

他懷着直往下沉的心，等待奧爾迦出來吃午飯，看她說些什麼話，怎樣說話，並且怎樣瞧他。

她出來了，——而瞧着她，他竟驚異不迭；他已不大認得她。她的臉不同，甚至她的聲音也不同。年青的，無邪的，近於孩子氣的笑，竟一次也不在她的嘴唇上顯露，她一次也不以大大地睜開的，其中或者表示疑問，或者是困惑，或者是單純的好奇心的眼睛來瞧望，彷彿她已經沒有什麼要詢問，要知道，要驚異的了！

她的眼光不像從前一樣追踪他。她瞧起他來，彷彿久已知道他，研究他，最後，彷彿他對她並無關係，同另外完全一樣——一言以蔽之，他像一年沒有看見她，而她已經長了一年。嚴峻和昨天的着惱都沒有了，她打趣，笑，詳盡地回答先前所不回答的問題。顯然，她決意強制自己做別人所做而自己早先沒有做的事。想到什麼就說什麼的自由和無拘無束，已經沒有。這一切突然都上哪裏去了呢？

午飯之後，他走近她去，問她去不去散步。並不回答他，她轉向叔母問：

「『我們』去不去散步？」

「可以稍爲走一走，」叔母說。「叫他們拿我的洋傘來。」

就一齊出發。他們沒精打采地前進，向遠處，向彼得堡眺望，走到樹林爲止，便回到露台上來。

「今天您似乎沒有意思要唱歌吧？我可不敢請您唱，」奧勃洛摩夫一邊問，一邊在期待，這拘束會不會終止，她會不會轉爲高興，在期待，會不會在一言，一笑或者歌唱之中，閃現出誠意，天眞和信賴底光來。

「天眞熱！」叔母陳述說。

「沒有關係，我來試試看，」奧爾迦說，而就唱一支小詩樂。

他傾聽，却不能相信自己的耳朵。

這不是她：先前的熱情的聲音竟在哪裏了？

她唱得如此淸晰，如此正確，同時又如此……如此……正像一切的姑娘們，當人家請她們在大庭廣衆之間唱歌時候一樣：一無動人之處。她將自己的靈魂從歌唱中抽去，而聽者的神經使一條也不顫動。

她是不是在使狡猾，裝假，發火呢？這可沒法推測：她愛嬌地瞧望，欣然地講話，但是講得和唱歌一樣，和一切女子講話一樣……這是怎麼的啦？

不等到喝茶，奧勃洛摩夫便取起帽子來告辭。

「平日老是我們自己，」馬利亞・米哈益羅芙娜說：「假如您不覺得乏味，就時常來，至於星期日我們總有一些客人，不會乏味的。」

男爵有禮貌地站起來，朝他鞠躬。

奧爾迦像對親切的熟人似地對他點點頭，而當他走出去時，她便轉向窗戶，往那裏眺望，並且滿不在乎地傾聽奧勃洛摩夫的漸漸遠去的步履。

這兩個鐘頭，以及以後的三四天，許多星期，在她身上發生一種很大的影響，使她進步不少。這種急遽的力的旺盛，精神的一切方面的發達，只有女人們才可能。

奧爾迦似乎不是每一天，而是每一小時，都聽講生活的課程。像小鳥似地閃過男子鼻子去的，最小的，輕易注意不到的經驗和機會底每一小時，女子以無可言表的敏捷便捉住：她會追踪牠向遼遠裏飛行，而這劃下的飛行曲線，會作爲一個難以磨滅的符號，指示和教訓，殘留在她記憶之中。

在男子需要豎一方刻有題額的路標的場合，在女子，一陣微風底綷縩，一陣輕易聽不出來的空氣底震動就足夠了。

爲什麼，由於什麼原因，上星期還如此無所容心，臉相天眞得可笑的女孩子的臉上，忽然間帶上嚴重的思想？而且是怎樣的思想？關於什麼事的？這思想裏似乎包含得有一切，一位男子的全部邏輯，全部推論的和實驗的哲學，全部生活系統！

不久以前才離開一位小姑娘去的表兄，修畢學業，佩上肩章，欣然地跑近她去，意欲像先前一樣拍拍她的肩膀，同她拉着手打一個轉，在椅子上，沙發上跳一下……而突然間，向她的臉凝覷一下，就羞怯而狼狽地退開去，理解到，自己還是一個孩子，而她却已經是一位婦人。

怎麼啦？出什麼事了？一齣活劇嗎？一件沸沸揚揚的事嗎？是全城都知道的什麼新聞嗎？

不，不論Ma-man（註三）也吧，Mon-oncle（註四）也吧，Ma tante也吧，保姆也吧，婢女也吧，誰都一點不知道。而且也沒有時間出什麼事：她就跳過兩趟馬佐爾加舞，幾趟土風舞，而她的頭便怎麼痛起來：一夜睡不成覺……

可是隨後一切又都過去，不過她的臉上有一些新的東西：她另樣地瞧人，不再高聲大笑，不一下子吃一整只梨，不講『在學校裏她們怎麼怎麼』了……她也修畢學業了。

下一天和再下一天，奥勃洛摩夫和表兄一般，不大認得奥爾迦了，並且怯怯地向她望，而她却單純地瞧他，不過沒有好奇心，沒有愛嬌，正像瞧別人一樣。

「她這是怎麼啦？她現在想念什麼，感覺什麼呀？」他以一個個問題來苦惱自己。「天可憐見，我一點也不理解呀！」

他怎麼會理解，她所完成的，正是一位二十五歲的男子，有二十五位教授和圖書館相助，在遨遊世界之後，有時甚至還需要喪失若干靈魂底道德的芬芳，思想底清新和頭髮，才得完成的，那就是，她已經進入意識底領域。她竟如此廉價，如此容易地進入了。

「不，這是苦痛而乏味的！」他結論說。「我要搬到費勃爾格·斯陀羅那，要工作，讀書，上奥勃洛摩夫卡……獨自地，」他懷着深深的頹喪加添說，「不同她去！再會吧，我的樂園，我的光明而平靜的生活底理想！」

第四天和第五天上，他也不上奥爾迦那裏去；不讀，也不寫，打算出發散步，走出去到塵埃漫漫的路上，再遠去就得上山。

「竟有興緻冒着暑熱漫步！」他向自己說，便打個哈欠，回家來，躺在沙發上，好像往常在郭洛霍夜街上似地，在灰塵蓬蓬的房間裏，下着窗帷，做沉重的夢。

他的夢是這樣雜亂無章。醒回來，面前是舖好的食桌，冷湯，碎肉。查哈爾站在那裏，夢樣地望着窗外；在另一房間裏，婀妮茜雅將盆子響得括辣括辣。

他用罷午飯，坐下在窗戶邊。乏味，無意義，老是一個人！又不想上哪裏去，幹什麽事！

「您瞧，老爺，鄰居家送來了一只小貓：要不要？您昨天討的呀，」婀妮茜雅說，試着使他開心，便將小貓放在他的膝上。

他開始撫摩小貓：但是同小貓在一起也是乏味！

「查哈爾！」他說。

「有什麽吩咐？」查哈爾沒精打采地回答。

「也許我要搬到城裏去，」奥勃洛摩夫說。

「往城裏哪裏搬？沒有房子呀。」

「那就搬上費勃爾格·斯陀羅那去。」

「從一所別墅搬到另一所，這又有什麼？」他回答說。「那裏有什麼您未見過的？是米海・安特烈也奇嗎？」

「可是這裏不方便……」

「這還搬嗎？天哪！現在已經累透了，尚且有兩只茶杯和一把地板刷子沒有找到，要不是米海・安特烈也奇帶上那裏去，那恐怕是丢了。」

奧勃洛摩夫不作聲。查哈爾走出去，立即拖着一只衣箱和旅行袋又回來。

「這我們送上哪裏去？是不是把來出賣，」他用脚踢踢衣箱，說。

「你發瘋了嗎？我日內就要出國了，」奧勃洛摩夫冒火地剪住說。

「出國！」查哈爾笑一笑，突然說。「說說固然蠻好，去是不會去的！」

「你覺得有什麼奇怪嗎？我要去的，那就完了……我的護照也已備妥。」

「可是那裏誰給您脫靴子！」查哈爾譏誚地提示說。「女傭人們吧，是不是？可是沒有我，您會在那裏迷失的！」

他又笑一笑，笑得鬍子和眉毛都向四邊飛舞。

「你講的盡是廢話！把這拿出去！」奧勃洛摩夫困惱地回答說。

第二天早晨九十點鐘，奧勃洛摩夫剛一醒來，查哈爾就給他送上早茶，說，在去麵包房的路上，他遇見過那位小姐。

「哪一位小姐？」奧勃洛摩夫問。

「哪一位？伊林斯基家的小姐，奧爾迦·賽爾格葉芙娜。」

「怎麼啦？」奧勃洛摩夫不耐煩地問。

「是這樣，她吩咐我向您致候，問您身子好不好，在幹什麼？」

「那你怎麼說？」

「我說身子很好；他有什麼事可幹？……」查哈爾回答說。

「爲什麼添上你這蠢笨的議論？」奧勃洛摩夫提示說。「『他有什麼事可幹！』你怎麼知道，我有什麼事可幹，唔，再有什麼？」

「她問，昨天您在哪裏吃午飯？」

「唔？」

「我說，在家裏，晚飯也在家裏。『他果真吃晚飯嗎？』那位小姐又問，我說，只吃得兩隻雛雞……」

「蠢材！……」奧勃洛摩夫有力地說。

「怎麽是蠢材！這不是眞的嗎？」查哈爾說。「不信我把骨頭拿出來看……」

「當眞是蠢材，」奧勃洛摩夫重覆說。「唔，那她怎麽呢？」

「她微笑一下。隨後加添說：『爲什麽這麽少呀？』」

「這不是蠢材嗎！」奧勃洛摩夫重覆說。「你把替我反穿襯衫的事也講了吧。」

「沒有問，所以沒有說，」查哈爾回答說。

「她還問些什麽？」

「她問這些日子您在幹什麽。」

「唔，那你怎麽呢？」

「我說，什麽也不幹，儘是躺着。」

「啊！……」奧勃洛摩夫將拳頭舉到顳顬邊，大怒地開口。「滾開！」他威脅地加添說。「要是你什麽時候再敢講我這些蠢語，就知道我的手段了！這傢伙是怎樣的毒物啊！」

「叫我怎麽，偌大一把年紀說謊不成？」查哈爾辯正說。

「滾開！」伊里亞·伊里奇重複說。

只要主人不說『可憐的話，』挨挨駡査哈爾倒並不在乎。

「我說，您想搬到費勒爾格．斯陀羅那去，」査哈爾結梢說。

「走！」奧勃洛摩夫命令地喊。

査哈爾便走出去，向整個前室嘆一口氣，而奧勃洛摩夫開始喝茶。

他喝下茶，並且從一大堆麵包捲和脆餅乾之中，只吃得一個麵包捲，恐怕査哈爾說話又是不檢點。隨後燃上一支雪茄，坐在桌邊，打開一本什麼書，唸上一頁，想再揭過去，但是書頁沒有切開。

奧勃洛摩夫用手指裁開書頁：因此四邊形成花綵，可是書是別人的，是斯托爾茲的，他如此嚴格而乏味地遵守秩序，尤其是書！每件小東西，紙也吧，鉛筆也吧，他都要放在原來的地位。奧勃洛摩夫原說取一柄骨頭的小刀，可是沒有；當然，也可以要一柄餐刀來，但是他甯可將書放在原處，走向沙發那裏；他剛將一支手支在繡花靠墊上，正要舒舒服服躺下去，査哈爾走進房間來了。

「那位小姐請您上那個……叫做什麼呀……咦！……」他通知說。

「那你爲什麼方才，在兩個鐘頭之前，不告訴我呢？」奧勃洛摩夫急速地問。

「不是吩咐我出去，不讓我說完嗎……」查哈爾抗辯說。

「你是在毀我，查哈爾！」奧勃洛摩夫悽然地說。

「唔，又來了！」查哈爾將左首鬍子向着主人，看着牆壁想：「像上次似的……要揷進一個字了！」

「上哪裏呀？」奧勃洛摩夫問。

「上那個，叫做什麼呀？上花園，是不是……」

「上公園？」奧勃洛摩夫問。

「對了，上公園，『散步去，要是高興的話；我在那裏……』」

「給我穿衣服！」

奧勃洛摩夫滿公園跑來跑去，向花壇裏和亭子裏張望——都沒有奧爾迦。他沿着那條吐露過心曲的林蔭路走去，而在那裏，在離她摘了丁香又扔掉的地點不遠的一張椅子上會到她。

「我以爲您不來了，」她向他愛嬌地說。

「我滿公園找您半天，」他回答說。

「我知道您要找，才故意坐在這條林蔭路上：我想您一定會走過這裏的。」

他本想問：「爲什麼您這麼想呢？」但是看看她，又不問了。

她的臉改樣了，不像先前他們在這裏散步時的樣子，而像最後一次離開她，叫他如此吃驚時的臉相。就是愛嬌，那似乎也是矜持的，臉上的全部表情是如此集中，如此確定；他看到，同她玩猜測，暗示和天眞的質問底遊戲是不成了，那種快活的，孩子氣的瞬間是過去了。

許多沒有說到頭而可以用狡猾的質問來迫近的事，在他們之間，已經不用言語，不用解釋，天知道怎樣地解決了，可是要向他倒轉去已經不成。

「怎麼很久沒有見到您？」她問。

他不作聲。他本想再旁敲側擊地使她明白，他們倆底關係神秘的魔力已經消失，她這雲彩似地包圍住自己，彷彿遁入自己裏面的集中的神情使他苦惱，他不知道怎麼辦，對她取什麼態度。但是他感覺得，這話只要暗示一點點，就會引起她驚異的目光，隨後在態度上添上冷淡，也許完全失去，才一開場他就如此不謹愼地弄熄的同情之火。這火必須慢慢地，小心地再吹起來，但是要怎樣吹起來，他可全然不知道。

他模糊地曉得，她已經長成，而且差不多凌駕自己，孩子似的信任已經一去不返，他們面前橫着一條盧比更（註五）而失去的幸福已在彼岸：非得渡過去不可。

可是怎麼渡過去呢？假使他獨自渡過去呢？

此刻他心裏所起的念頭，她比他自己曉得的更爲清楚，因此是她佔着優勢。

她洞然地看入他的靈魂，看到感情怎樣在他的靈魂深處產生，怎樣活動和形諸外表，看到，女性的狡猾，詭譎，媚態——叔尼奇卡底武器——對他並不需用，因爲不會有鬥爭的。

她甚至看到，不管她年青，在這共鳴之中，頭牌和主要的脚色倒是屬於她，所能期待於他的，只是深刻的印象，熱烈而懶怠的順從，和她的脈搏的每一跳動相應的永久的和諧，可沒有意志底活動，主動的思想。

她在一霎之間，把自己對於他的權力估量一下，便很喜歡這領路星的脚色，她把來注在靜止的湖上，而反映在湖裏的，這光線的脚色。她多樣地來慶祝在這決鬥之中自己的優先權。

依種種情形而看，在這齣喜劇或者悲劇之中，兩位登場人物差不多始終以同樣的性格出現：一位迫害者（男或女）和一位犧牲者。

像每一位飾主角的，那就是，飾迫害者底脚色的女子一樣，當然比別人是差一些，而且並不自覺，可是奧爾迦却不能拒絕自己拿他貓似地玩弄一下的滿足；時不時她會閃電似地，出其不意的任性似地，射出一道感情之光，隨卽她又突然神思集中，遁入自己裏面；但是大抵她都推他前進，知道他自己一步也不走，她把他放下在哪裏，他就滯留在哪裏。

「您很忙吧？」她問，織着一小塊帆布。

「要不是這査哈爾，我就說忙了，」奥勃洛摩夫暗暗裏叫苦。

「是的，我唸過一點書，」他漫不經心地回答說。

「唸什麼，小說嗎？」她問，並且抬起眼睛來，看他以怎樣的臉相來說謊。

「不，小說我是不大唸的，」他非常沉着地回答。「我唸了發見與發明史。」

「幸而我今天瀏覽了一頁書，」他想。

「是俄文的嗎？」她問。

「不，是英文的。」

「您唸英文嗎？」

「唸是唸的，可是很吃力。您沒有上城裏什麼地方去嗎？」他問，主要是將談話從書籍上移開去。

「沒有，始終在家裏。我始終在這裏，在這條林蔭路上做活。」

「始終在這裏嗎？」

「是的，我非常喜歡這條林蔭路，我感謝您，將牠指引了給我：這裏誰也不大走得到………」。

「我並沒有將牠指引給您呀，」他攔住說，「您記得嗎，我們是碰巧在這裏遇見的？」

「對了，一點也不錯。」

他們倆誰都不作聲。

「您的麥粒腫完全退了嗎？」她直望着他的右眼，問。

他臉紅了。

「退了，謝天謝地！」他說。

「您眼睛發癢的時候，用普通的酒洗洗牠，」她繼續地說：「麥粒腫就不長了。這是保姆教給我的。」

「怎麼她始終講麥粒腫呢？」奧勃洛摩夫想。

「而且別吃晚飯，」她一本正經地加添說。

「查哈爾！」他在喉嚨裏怒喝查哈爾。

「只消一頓飽飽的晚飯，」她繼續說，眼睛並不從活計上抬起來，「和三天躺臥，尤其是仰臥，就一定長麥粒腫。」

「蠢……材！」奧勃洛摩夫在心裏面痛罵査哈爾。

「您在繡什麼？」他問，以便改變話題。

「叫人給，」她一邊說，一邊把那卷帆布打開，拿花樣給他看，「給男傭繡的。好不好？」

「不錯，很好 這花樣很可愛。這是不是一枝丁香？」

「好像似吧，」她漫不經心地回答。「我就隨便挑一個……」

臉略爲紅一下，便趕快把帆布捲攏。

「然而如果老這樣繼續下去，如果從她得不到什麼，這是沒趣的，」他想。「別人，譬如像，斯托爾茲，也許得到了，但是我卻不會。」

他縐起眉頭，麥樣地往四下裏瞧去。她看他一下，便將活計放進一只籃子裏。

「我們來到樹林爲止吧，」她說，將籃子交給他拿着，自己撐開陽傘，拉直衣服，走去。

「爲什麼您不快活？」她問。

「我不知道，奧爾迦·賽爾格葉芙娜。但是爲什麼我要快活呢？而且怎樣才快活呢？」

「工作，多同別人來往。」

「工作！有目的時才能工作。我又有什麼目的呢？我沒有目的呀。」

「這目的是生活。」

「當你不知道爲着什麼生活時，就隨隨便便過一天是一天；欣然於白天過去，黑夜來臨，而在睡夢裏，就沒有今天爲什麼生活，明天又爲什麼要生活這乏味的問題。」

她着嚴肅的目光，默然地傾聽他，在皺起的眉毛裏隱藏着嚴峻，在嘴唇的紋路裏，蛇似地爬動着既非懷疑，又非輕蔑的神氣。

「爲什麼生活！」她重覆說。「有任何人的存在，能够是無用的嗎？」

「能够的。譬如像我的吧，」他說。

「您至今不知道，您的生活的目的何在嗎？」她立停下，問。「我不相信：您這是在誹謗自己 否則您就不值得生活……」

「我已經過了應該有生活目的的地點，而再往前去已什麼也沒有。」

他嘆息一聲，可是她却微笑一下。

「已什麼也沒有嗎？」她詢問地重複說，可是活潑，愉快，帶着嘲弄，彷彿不相信他，而且預見他有一番前途似的。

「由你笑去，」他繼續說，「可是是如此。」

她垂倒頭慢慢地向前走。

「我要爲着什麼，爲着誰生活呢？」他跟在她後面，說。「尋求什麼，把思想和計劃朝向什麼呢？生活之花已凋落了，只是剩下針刺。」

他們倆靜靜地走去：她心不在焉地傾聽，一路走，一路摘下一枝丁香，並不瞧他便把牠遞給他。

「這是什麼？」他發一下怔問。

「你瞧：一枝花。」

「什麼花？」他睜足眼睛瞧着她，說。

「丁香。」

「我知道……但是意味着什麼呢？」

「生活之花和……」

他立停，她也立停。

「和？……」他詢問地重複說。

「我的着惱，」她以集中的目光直瞧着他說，而她的微笑是說，她知道自己在幹什麼。滲不透的雲彩從她飛開了。她的目光是如語而可理解的。她彷彿故意打開書籍的某一頁，容許他讀神秘的一章。

「所以我可以希望……」他喜悅地臉紅一下，忽然說。

「一切！但是……」她沒有作聲。

他忽然復活了。這一遭，輪到她不認識奧勃洛摩夫了：曚矓的，夢樣的臉頓時變形，眼睛張開；面頰上現出血色；思想活動起來，眼睛閃耀着希望和意志。她在這臉相底無言的遊戲之中，清楚地看出，奧勃洛摩夫頓時有了生活的目的。

「生活！生活又向我展開啦！」他譫語似地說。「喏，在您眼睛裏，在微笑裏，在這枝丁香花裏，在Casta diva裏……完全都在這裏……」

她搖搖頭。

「不，並不完全……是一半。」

「是較好的一半吧？」

「也許是，」她說。

「那另一半在哪裏呢？此外還有什麼呢？」

「去尋求呀。」

「又爲什麼呢」

「爲的是別失去最初的一半，」她說完，便把一支手臂伸給他，於是他們就回家去。

他歡喜地，偷偷地看她的頭，身體和鬈髮，並且緊握住那枝丁香。

「這都是我的啦！我的啦！」他沉思地重複說，連自己也不相信自己。

「您不搬到費勃爾格．斯陀羅那去了吧？」當他要回家時，她問。

他哈哈大笑，甚至不罵否哈爾作蠢材。

註一：法文「我的姪女。」

註二：法文，「紫羅蘭色。」

註三：法文，「媽媽。」

註四：法文，「我的叔父。」

註五：Rubicon 意大利的一條小河，這裏引伸作「鴻溝」。

# 第九章

這之後，奧爾迦並無突然的變化。同叔母和別人在一起，她是平靜而安詳，只有同奧勃洛摩夫在一起，這才生活，而且感覺到生活。她不再問誰，她得怎麼辦，怎樣行動，也不在心裏訴諸叔尼奇卡的權威。

生活底，那就是感情底，諸相既然展開在她面前，她從而銳敏地觀察諸現象，靈敏地傾聽自己本能的聲音，以她積貯的寥寥觀察來略一校對，用一隻脚試着要踐踏的地，謹愼地前進。

她沒有可以詢問的人。叔母嗎？但是她在這一類問題上，却滑過得如此輕巧，因此奧爾迦從不能將她的答語引成格言，而銘諸記憶，斯托爾茲又不在。奧勃洛摩夫嗎？但是他是一位格拉提亞（註一），她倒得充他的皮格瑪笠翁（註二）哩。

她的生活充實得這樣安靜，這樣不露聲色，因此她生活在自己的新天地中，不引起注意，又無顯明的熱情和不安。在其他一切人看來，她還是像先前一樣做事，可是實際上完全不同。

她也上法國戲院去，可是劇情同她的生活有關聯了；唸一本書，書裏動不動寫得有她心智的火花，哪裏都閃耀她的感情之火，載有她昨天所說的話，彷彿作者竊聽到她的心現在怎樣跳動似的。

樹林裏的樹木還是原先的，可是牠們的蕭蕭瑟瑟發生特別的意味 她與牠們之間，有了活生生的和諧。小鳥們不僅在鳴叫和啼囀，而是始終在彼此講什麼話；而且周圍的一切都在講話，都在應和她的心情；開一朶花，她也似乎聽得牠的呼吸。

夢裏也出現自己的生活：他們充斥某些幻影和形像，時不時她還同牠們高聲講話……牠們對她講什麼事，但是含糊得她不懂：她試着對牠們講話，問牠們，但是也說得牠們不懂。不過早晨卡提雅告訴她，她說過夢話。

她想起斯托爾玆的預言來：他時常對她說，她還沒有開始生活，而且有時候還因爲他把她二十歲的人當作小姑娘而感得侮辱。可是現在她才知道，他是對的，她是剛才開始生活。

「當您肉體中的力量完全活動時，您四週的生活就也要活動，而且您會看見現在您閉目不視的，聽見現在您聽不見的：您的神經會奏音樂，您會聽到天籟，會傾聽草的生長。等着，別着急，自然會來的！」他恫嚇說。

牠來到了。

「還一定是力量在活動，肉體在覺醒啦……」她用他的話來說，一邊靈敏地聽着前所未有的顫動，銳利而畏怯地看着覺醒的新鮮的力量底每一新鮮的表現。

她並不陷於空想，並不被樹葉的憑空的振動，夜的幻影，和神秘的低語所奴服，當夜裏似乎有誰湊在她耳朵上，說什麼含糊而不解的言語時。

「是神經！」她有時候透過眼淚微笑着重複說，好容易克服着恐懼，保持着尙未强固的神經，和覺醒的力量的格鬥。

她從床上起來，喝一杯水，打開窗子，用手帕扇扇自己的臉，從夢境裏回過神來。

早晨，奧勃洛摩夫剛一醒來，想像中的第一個形像，便是奧爾迦手執一枝丁香的全身長的形像。就寢，他想着她，去散步或者唸書，她也隨處出現。他心裏不會晝夜地同她作不斷的談話。他儘將奧爾迦外貌上或者性格上某種新的發見，加上發見與發明史去，並且發明出與她不期而遇的機會，送書給她，贈送她想不到的禮物。

同她會面時講了話，他在家裏還繼續這談話，因此有時候查哈爾走進來，他便以心與同奧爾迦說話的，異常優美而柔和的聲調對她說：

「你這禿鬼，方才又拿沒有擦的靴子遞給我：留心我同你算賬……」

但是從她初次給他唱歌的一剎那起，平靜的心地就從他飛走。他不再過先前的生活，那時候，不論仰臥也吧，看着牆壁也吧，自己坐在伊凡·蓋拉西米奇旁邊也吧，亞力克先也夫坐在自己旁邊也吧，在他完全一樣，那時候，不論白天黑夜，他什麼事，什麼人都並不期待。

現在白天黑夜，晨昏的每一小時，都有自己的形像，或則充滿長虹的光彩，或則蒼白和憂鬱，看這一小時是否充實奧爾迦的在場，或是沒有她，因而乏味地，沒精打采地度去而定。

這一切都反映在他的存在之中：他的頭腦是不斷地考慮，猜測，預見和無定底苦悶的一面網子，而這一切都起於這些問題：他要不要看她去？她將說什麼，做什麼？她將怎樣看，給她什麼差事，詢問什麼，是否滿足？這一切考慮變成他生活上不可缺少的問題。

「啊，要是只體驗到愛的這種溫暖，而不體驗到愛的煩惱　這多好啊！」他空想。「不，生活使人不安，上哪裏也這樣燃燒！有多少新的活動與事情，忽然擠在裏面！戀愛是人生底最難的學校！」

他讀了幾本書：奧爾迦請他把內容講給她聽，並且以難以置信的耐心傾聽他。他寫了幾封信到鄉下去，更換了村長，並且通過斯托爾茲的介紹，同鄰人之一發生了關係。要是認爲可能離開奧爾迦，他甚至上鄉下去了。

他已不吃晚飯，而且已有兩星期不知道消夜的意義。

在兩三星期之間，彼得堡的近郊，便全都玩遍。奧爾迦和叔母，男爵和奧勃洛摩夫出現在一次次郊外音樂會和宴會之中。還講起要到芬蘭的伊瑪屈拉去。

就奧勃洛摩夫而論，比公園再遠的地方，他是哪裏也不要去的，但是奧爾迦儘出花樣，而只消他對於上哪裏去的邀請躊躇作答，這次旅行便一定計劃。那時節，奧爾迦的微笑就沒有盡頭。在別墅四周五維爾斯他以內，沒有一座山丘，他不曾爬過幾次。

這之際，他們倆的共鳴，在生長，發展並且依照自己不變的法則表現出來。奧爾迦同感情一齊越來越華麗。眼睛裏增加了光，舉動裏增加了優美，她的胸脯發育得如此美麗，波動得如此有韻律。

「上了別墅來，你更漂亮了，奧爾迦，」叔母向她說。在男爵的微笑裏，也表現同樣的稱讚。

奧爾迦紅着臉，把頭靠在叔母肩膀上；後者愛嬌地輕拍拍她的面頰。

「奧爾迦！奧爾迦！」奧勃洛摩夫有一次在她約他在那裏取齊了去散步的一座山丘的脚下，慎重地，差不多低語地喊。

沒有回答。他看看錶。「奧爾迦．賽爾格葉芙娜！」隨後高聲地加添喊。

寂然無聲。

奧爾迦坐在山頂上，聽到他喊，忍住笑，不作聲。她想使他爬上山來。

「奧爾迦．賽爾格葉芙娜！」他從灌木中間上到半山，望着上面喊。「她約的是五點半，」他說。

她不禁笑出來。

「奧爾迦，奧爾迦！噢，您在那裏！」他說，並且往山上爬。

「喔！您竟有興緻躲在山上！」他坐下在她身邊。「爲了苦我，您倒苦了自己。」

「您從哪裏來？一直從家裏來嗎？」她問。

「不，我上您家裏去過；他們說，您出去了。」

「今天您幹了些什麼？」她問。

「今天……」

「同杳哈爾吵架嗎？」她說完。

對這句話，他像對全然不可能的事似地笑起來。

「不，我是在唸La Reuve（註三）。可是聽我說，奧爾迦……」

但是他什麼也不說，只是坐在她身邊，凝視着她的側面，頭，以及她把針向帆布上穿進去，拔出來時，手的忽前忽後的動作。她像取火鏡似地把目光向着她，不能移開去。

他本人一動也不動，就只目光依着她的手的動作，或右或左或下地轉動。他裏面也在活動地工作：血液加速地循環，脈搏加倍地跳動，心臟沸騰，這一切起着如此强烈的影響，以致他像人們在受刑之前，或在最高的精神歡樂的瞬間似地，呼吸徐緩而艱難。

他啞然無言，甚至身子也不能動彈，只有因感動而潮潤的眼睛，禁不住凝注着她。

她時不時向他投去深深的一瞥，讀着寫在他臉上的淺顯的意義，想：「我的天哪，他多麼愛我啊！他多麼優美啊！」而讚賞着和驕傲着自己的力量使他俯伏在腳下的的這位男子！

象徵的暗示，含情的微笑，以及丁香花的時期是無可挽回地過去了。戀愛變得更嚴肅，苛求，開始成為一種義務；已表現為相互的權利。雙方都越來越公開：誤會和懷疑消失了，或者把地位讓給更明朗，更肯定的問題了。

對於他悠閒地消磨去的歲月，她還是以輕微的諷刺來刺他，作嚴正的宣判，比斯托爾茲更深地，更實際地來處罰他的無感覺；隨後，同他越來越接近，她就從諷刺他的沒精打采，萎靡不振的存在，一轉而爲專斷地表現意志，大胆地向他提醒人生底目的和義務，嚴厲地要求他活動，不斷地喚起他的智慧，不是把他引入一個精微，嚴重而她所熟悉的問題，就是以她所模糊而無法接近的問題自己向他求敎。

於是他努力奮鬥，殫精竭慮，爲的是別在她眼內沉重地倒下去，而能幫助她鬆解什麼結子，要不就英勇地將牠割斷。

所有她這些女性的戰術，都充滿着優美的同情；所有他這些與她智慧的活動亦步亦趨的努力，都呼吸着熱情。

但是他更頻繁地精疲力盡，躺在她的脚下，將一支手按在心上，聽牠怎樣跳動，而不將凝然不動的，驚異的，歡喜的注視從她移開去。

「他多麼愛我啊！」在這些瞬間，她讚賞着他重複說。要是有時候她注意到潛伏在奧勃洛摩夫的靈魂裏的原先的特色，最輕微的疲勞，輕易覺察不出的生活底微睡——可是她能深深地看進他的靈魂——她便一五一十地責備他，在這些責備裏，往往還混有後悔底痛苦和錯誤底恐懼。

有時候，他剛張開嘴巴想打哈欠，她的驚異的目光使他猛吃一驚：頓時牙齒啪嗒一聲便把嘴巴閉上。只消他臉上有一點點睡眠底影子，她就加以迫害。她不單問他在做什麼，並且問他要做什麼。

比這些責備，更有力地喚起他的勇氣的是，他看到，由於他的疲勞，她也疲勞，而且變得輕率，冷淡。那時候，他便表現出熱烈的生活，力量和活動，而影子便又消失，共鳴便又像有力而澄清的泉源似地湧出。

可是這一切煩惱，始終都不出戀愛底魔圈之外；他的活動是消極的；他不睡覺，唸書，有時候還想寫計劃，多走路，多坐車。但是更進一步的方針，生活底思想本身，以及事業，依舊還是計劃而已。

「安特烈還希望怎樣的生活和活動呢？」午飯之後，奧勃洛摩夫圓睜着眼睛，免得睡覺，說。「難道這不是生活嗎？戀愛不就是工作嗎？他倒試試看！每天步行十維爾斯他，昨天在城裏一家蹩脚旅館裏宿夜，穿着衣服，只把靴子脫去，查哈爾又不在——多蒙她的差使！」

他所最痛苦的是，當奧爾迦向他提出一項專門問題，要求他回答得像任何大學教授一樣充分滿意，可是這往往完全不是出於她的學究態度，而單是出於她要知道是怎麼一回事的希望。她甚至時常忘却關於奧勃洛摩夫的自己的目的，而專心於問題本身。

「為什麼不把這個教給我們呢！」她時不時熱切地，片斷地傾聽着習慣認為對於女子不需要的任何問題，懷着沉思的困惱說。

有一次，她突然向奧勃洛摩夫談起關於雙星的問題：他一不小心引證了赫希爾（註四）的話，就給派上城裏去，必須讀一本書，並且講給她聽，直到她滿意爲止。

再有一次，在同男爵談話之際，他又是不小心，脫口說出了關於畫派的兩句話——又給了他一星期的工作：讀書咧，講解咧；隨後還一齊上皇家博物館（註五）去，那裏他還得向她具體地例證他所讀過的書。

要是他信口開河，亂說什麼，她立刻便會看出，而這就麻煩。

隨後他必須費去一星期跑店鋪子，搜尋名畫底彫版畫。

可憐的奧勃洛摩夫不是溫習舊業，就是跑書鋪子搜尋新作品，有時候還通夜不睡，發掘，研讀，以便到早晨可以用從記憶底文書中得來的知識來臨時對付昨天的問題。

她並不帶着女性的心不在焉，並不是出於要知道這件那件事的一時的任性，但是固執地，不耐煩地提出這些問題，而要是奧勃洛摩夫默然不作聲，她便以一道持續的搜索的眼光來處罰他。看到這道眼光，他怎樣顫慄啊！

「幹嗎您一句話也不說呀？」她問。「也許以爲叫您厭煩了呢。」

「啊，」他說，彷彿從昏厥中醒回來。「我多麼愛您啊！」

「是眞的嗎？若是我不問 牠倒不像呢，」她說。

「難道您沒有感覺得，我心裏發生什麼事嗎？」他開始說。「您知道，我甚至難於說話呢。瞧，這裏……把手伸過來，有什麼東西作梗，好像有石頭似的什麼沉甸甸的東西堵着，彷彿是在深深的悲哀之中，可是也奇怪，在悲哀之中和在幸福之中，肉體上對於人竟是同樣的作用，呼吸困難，近於苦痛，直想哭泣！要是我哭一場，眼淚倒會使我覺得輕鬆，恰像在悲哀之中似的……

……」。

她默默地看着他，彷彿核對他的說話，憑他的面色來同他的說話比較，並且作着微笑：核對是得是滿意的。她的臉上洋溢着幸福底呼吸，但是這幸福是平靜的，宛然無從打攪似的。顯然，她的心並不苦痛，而只是像這寧靜的淸晨的大自然本身一樣美好。

「我怎麼啦？」奧勃洛摩夫遲疑地問，彷彿自己問自己。

「要講嗎？」

「講吧。」

「您是在戀愛。」

「不錯，一定是的，」他把她的手從枱布上拿開說，可並不吻牠，而只是把她的手指緊緊地貼在自己嘴唇上，好像打算永遠握着似的。」

她試着悄悄地脫出來。但是他握得緊緊的。

「唔，鬆手吧，够了，」她說。

「可是您呢？」他問道。「您……不是在戀愛……」

「在戀愛，不……我不愛這個：我愛您！」她說，並且長久地看着他，彷彿要確定是否當眞愛他。

「愛！」奧勃洛摩夫說。「但是可以愛母親，父親，保姆，甚至於狗：這一切都用一般的，綜合的觀念『愛』來蓋上，相同用一件舊的……」

「睡衣嗎？」她笑了一陣說。「說起睡衣，您的睡衣在哪裏？」

「什麼睡衣？我沒有什麼睡衣呀。」

她帶着責備的微笑瞧瞧他。

「瞧，您提起舊的睡衣來啦！」他說。「我等待着，不耐煩得靈魂都出竅了，要聽您講，感情怎樣從您的心裏迸湧，您把這些感情喚作什麼名稱，可是您卻……上帝保佑您吧，奧爾迦！是的，我愛上您，並且說，沒有這個就沒有眞正的愛：人並非愛上父親，母親或者保姆，而是愛他們……」

「我不知道，」她沉思地說，彷彿在查究自己，並且努力捉住心裏的念頭。「我不知道，我是否愛上你；假使不，那也許是時機還沒有到；我只知道一點，我沒有這樣愛過父親，母親，保姆……」

「有什麼區別呢？您感覺得有什麼特別嗎？」他搶着說。

「可是要知道嗎？」她狡猾地問。

「要，要，要！難道您沒有形諸言語的願望嗎？」

「但是爲什麼您要知道呢？」

「爲的是每分鐘都指牠生活：今天，今夜，明天——直到再見爲止……我只是指他生活着。」

「瞧，您是需要天天更新您的愛情底貯藏！這就是戀愛與愛的區別。我……」

「您？……」他不耐煩地等待着。

「我愛得可不同，」她背脊靠着椅子，眺望着行雲，說。「沒有您我便無聊；同您小別——悲傷，久別——苦痛。我斷然地明白，看到並且相信，您愛着我——即使您永遠不再向我說您愛我，我也幸福。我不會比這愛得更多更好了。」

「這活像是科第莉雅（註六）的話，」奧勃洛摩夫熱情地看着奧爾迦，想。

「您……死了，」她結結巴巴地說下去，「我就永遠替您服孝，一輩子不再笑。您愛上另一位女子，我也不怨艾，不咒詛，可是在心裏希望您幸福……在我，這戀愛就等於……生活，而生活……」

她尋找着字眼。

「生活是什麼呢，按您說？」

「生活是一種責任，一種義務，因此戀愛也是一種責任；彷彿上帝把牠送來給我，」她把眼睛抬向天空，說完：「命令我愛似的。」

「科第莉雅！」奧勃洛摩夫高聲說。「而她是二十一歲呢！所以這就是您的戀愛觀，」他深思地加添說。

「是的，而且我覺得我有力量生活一輩子，愛一輩子……。」

「誰把這個教給她的！」奧勃洛摩夫想，近於崇敬地看着她。「她並未經過經驗，苦惱，火與煙之路，便已達到這生活與愛底明瞭而簡單的理解。」

「可是有沒有生動的喜悅，有沒有熱情呢？」他開始說。

「我不知道，」她說。「我沒有體驗過，而且不了解是什麼。」

「啊，我現在多麼了解啊！」

「也許我遲早會體驗，也許會有和您一樣的感情，遇見您，我也要看着您，而不相信是否眞是您在我面前……可是這一定是很可笑的！」她快活地加添說。「有時候您使着怎樣的眼光：我想 Ma tante 注意到了吧。」

「假使您沒有我所體驗的那種生動的喜悅，」他問，「那您在戀愛之中有些什麼幸福呢？」

「什麼幸福嗎？喏，這就是！」她指指他，指指自己，指指他們周圍的幽寂的境界，說。「這不是幸福嗎？我曾經這樣生活過沒有？從前，在這些樹木中間，沒有書，沒有音樂，我不會在這裏獨坐一刻鐘。除了安特烈・伊凡尼奇，同男子們講話，我都無聊，沒有什麼可說……而現在呢……兩個人默然在一起也是愉快！」

她向四下裏望望樹木，草，隨後將眼睛停在他身上，微笑一下，把一支手伸給他。

「您要走的時候，難道我不苦痛？」她加添說。「難道我不急急於上床睡覺，以便睡着了，別看見乏味的夜？難道到第二天早晨，我不就派人上您那裏去？難道……」

她每說一句「難道」，奧勃洛摩夫的臉便開一次花。眼睛便充滿一次光彩。

「對了，對了，」他重複說。「我也等待早晨，討厭黑夜，到明天平白無故地派人上您那裏，就只爲說一遍您的名字，聽聽您名字的聲音，從傭人嘴裏知道您的詳情，而妒忌他們已經看見您……我們同樣地想念，等待，生活和希望。饒恕我的懷疑吧，奧爾迦：我確信，您愛我，勝似愛父親，叔母和……」

「和小狗，」她說，並且笑出來。

「那麼相信我，」她結論說，「像我相信您一樣吧，而且別犯疑，別把無端的懷疑來擾亂這幸福，要不然牠會飛走的。凡是我一度喚作自己的，我就不再把牠放回，除非奪去。我知道這一點，雖然我年輕，可是……您知道不知道，」她聲音中帶有信念說，「自從我認識您以來，在一個月內，我思想了和體驗了許多，好像一點一點地獨自唸完一本大書似的……別犯疑吧……」

「我不得不懷疑，」他剪住說。「別要求這一點。此刻，當您的面，我什麼都相信：您的目光，聲音，說着一切。您看着我，就仿彿說着話：我不需要言語，我會讀您的眼色。但是您一不在，這樣苦惱的，問題和疑惑的遊戲便開始，而我非得再跑上您那裏，再看一看您不可，不然我就不相信。這是怎麼回事？」

「可是我却相信您：這是怎麼的？」

「您還不相信嗎！在您跟前是一位瘋子，一位熱情所迷住的人！我想，您在我的眼睛之中，像在鏡子之中似地看見您自己。況且，您是二十歲；瞧瞧您自己看：遇見您，男子怎能不向您納驚異的貢……哪怕是匆匆一瞥吧？可是認識您，聽您講話，長時間地看着您，愛您——啊，這簡直要發瘋！可是您却如此沉着，如此鎮靜；如果一晝夜，兩晝夜過去，我不從您嘴裏聽見『愛……』這裏就要開始發慌……」

他指着心。

「愛，愛，愛——這是您三晝夜的給養！」她一邊說，一邊從椅子上站起來。

「您動不動就開玩笑，但是在我如何！」他一邊嘆一口氣，說，一邊同她一路下山。

他們倆之間，就這樣變化無窮地奏着全然相同的調子。會面，談話——這都是一支歌，一片音響，一片熊熊地燃燒的光，不過牠的光線屈折成和粉碎成玫瑰色，綠色和淡黃色，在牠們周圍的大氣之中顫抖。每一天和每一小時都帶來新的音響和光線，但是燃燒着同一的光，響着同樣的調子。

他和她把這些音響捉住了傾聽，並且急急於把自己聽到的在對方面前唱出來，並不疑心明天

會響出別的聲音，會出現另外的光線，而到第二天，又忘記昨天的歌是不同的

她把感情的流露，披上當時她的想像用來燃燒的色彩，信以爲這些色彩忠實於自然，而急急於帶着天眞而不自覺的媚態，在這美麗的服飾之下，出現在自己朋友的眼前。

他更相信這些魔法的音響，妖魅的光，而急急於披着熱情底全副甲冑，出現在她的跟前，向她表示蝕盡他靈魂的火底一切光輝與力量。

他們倆既不向自己撒謊，又不向對方撒謊：心說什麼，嘴就說什麼，可是牠的聲音是通過想像的。

奧爾迦之是否作爲科第莉雅而出現，是否依舊忠實於這一形像，抑是走上一條新的小徑，而轉化成另一個幻影，在奧勃洛摩夫實際上都無所謂，只要她在她生活在他心中的同樣的色彩與光線之中出現，只要他覺得好就是。

奧爾迦也並不查究，她熱情的朋友是否會拾起她的手套來，要是她把牠投進獅子的嘴裏，是否會爲了她投身深淵，只要她看見這熱情的徵候，只要他依舊忠實於男子底理想，通過她才向生活覺醒的男子的理想，只要他的勇敢之火由於她眼睛的光芒，她的微笑而燃燒，而他不息地在她身上看到生活底目標就是。

因此，在科第莉雅的閃現的形像裏，在奧勃洛摩夫的熱情底火裏，只反映一個瞬間，愛底一次瞬息的呼吸，愛底一個晨，一個奇妙的雛型而已。而明天，明天又會輝煌出另外一個，也許也這樣美麗，但是究竟是另外一個……

註一：Galatea，居伯羅王皮格瑪笠翁所彫的象牙女像，他愛牠，祈禱時Aphrodite神就給與牠生命。

註二：Pygmalion，見註一。

註三：法文，『評論。』

註四：Herschel，在英國的一位德國天文學家，（一七三八——一八二二。）

註五：Hermitage，在彼得堡舊冬宮內，由葉卡德琳娜二世所創。

註六：Cardelia，李耳王將他的王國分給他兩個大的女兒Goreril和Regan，沒分給他那頂小的女兒Cardelia，但是Cardelia却仍以人子之道愛他。當李耳被兩位大女兒虐待得發瘋時，Cardelia就親切地侍奉他。後來她被人奉她兩位姊姊之命給殺死了。事見莎士比亞底劇本李耳王。

# 第十章

奧勃洛摩夫是在這樣的心情之中，相同一個人目送着夏天的落日，享受着粉紅[illegible]的殘陽，心裏什麼也不想，只想着到明天溫暖與光明底歸來，不將目光從夕照扯開去，也不回過頭去看看夜底來臨。

他仰臥着和享受着昨天的會晤底最後的情景「愛，愛，愛」還在他耳朶內震動，比之奧爾迦的任何歌唱都好；她的深深一瞥底最後的光線，還安憩在他的身上。他在其中讀出着意味，確定着她的愛底程度，正要南柯一夢，而突然間……

第二天早晨，奧勃洛摩夫蒼白而憂鬱的[illegible]來；臉上掛着失眠的痕跡；額角上完全是皺紋；眼睛內既無火，又無希望。忙人底得意的神色，愉快而元氣的目光，適度而自覺的動作底匆忙——統統消失。

他沒精打采地喝了茶，既不坐向桌邊，也不觸動一冊書，卻沉思地燃起雪茄，坐下在沙發裏。早先他已躺下，但是現在連靠在靠墊上也已經不習慣；雖然他將臂肘撐在靠墊裏——暗示他的老脾氣的一種徵象。

他很憂鬱，時不時嘆一口氣，突然聞聳聳肩膀，遺憾地搖搖頭。

有什麼東西在他裏面劇烈地活動，但是並非戀愛。奧爾迦底形像是在他的跟前，但是牠彷彿在遠遠裏，在霧裏漂漾，一無光彩，在他竟像陌生人似的；他以病樣的目光望着牠，嘆着氣。

「按上帝所吩咐的，別按你所希望的，生活——這是一條賢明的法則，可是……」

而他沉思起來。

「不錯，不可以按你所希望的生活——這是明明白白，」他裏面有一個陰鬱的，頑强的聲音開始說：「你要跌入矛盾底混沌裏，人的智慧無論多麼深，多麼大胆，都解不了這些矛盾！昨天希望什麼，今天熱情得要命地去達到所希望的，可是後天却因爲曾經作此希望而臉紅，於是咒詛人生，就因爲這希望已經實現——這就是在人生大道上獨立地，大胆地闊步，遵從自己意志的結果。一定要摸索前進，對於許多事物閉上眼睛，不夢想幸福，不敢因爲幸福滑走而怨艾——這才是生活！是誰想出來的，生活是幸福，享樂呢？白癡！「生活乃是生活，責任，」奧爾迦說，「義務，可是義務總是艱苦的。我們來盡我們的責任吧……」」

他嘆一口氣。

「別同奧爾迦會面吧……我的天哪！你啓開了我的眼睛，向我指示了責任，」他望着天空，說，「但是從哪裏去取得力量呢？分手！雖然痛苦，現在還有可能，然而以後總不會因爲沒有分手而咒詛自己……可是此刻她的人就要到了，她會派人來的……她料不到……」

這是什麼理由呢？是什麼風突然吹到了奧勃洛摩夫身上？吹來了些什麼雲彩？爲什麼他負着這樣悲哀的羈軛呢？可是好像昨天他還瞧入奧爾迦的心，而且在那裏瞧見光明的世界和光明的命運。讀出自己底和她底星宿哩。發生什麼事了呢？

一定是他吃過晚飯，或者仰臥過，於是詩的心情就把地位讓給一種恐怖。這時常發生的，在星斗閃爍的悄靜而無雲的夏夜就寢，想，到明天，在明朗的晨輝之中，田野將多麼美好！沒入叢林之中去避暑將多麼愉快！……而突然間，被淅淅嗒嗒的雨聲，灰色的悲哀的雲彩所覺醒；寒冷，潮濕……

從晚上起，奧勃洛摩夫照例傾聽自己的心跳，隨後用手撫摸一下，檢查那裏的硬塊是否擴大了，到末了便潛心於分析自己的幸福，而突然碰到一滴苦汁，中了毒。

毒素作用得又快又劇烈。他在心裏思量自己的生平：對於過去的後悔，和悔之已晚的憾惜，第一百次侵襲他的心。他設想，如果當初勇敢地前進，他現在怎麼了，如果當初曾經活動，他的生活現在就多麼充實，多方面，隨後又轉向這一問題，現在他是什麼，奧爾迦怎麼能愛他，愛他什麼？

這莫非錯誤吧？突然像電光一般在他心裏一閃，而這電光正打在他的心上，把牠打碎。他呻吟起來。「錯誤！是的……的確是錯誤！」在他頭腦裏打轉。

「愛，愛，愛，」突然在他記憶裏響起來，而他的心便開始溫暖，可是突然又冷下去。奧爾迦的這三遍「愛」，是什麼呢？是她眼睛的欺騙，是依舊空虛的心底狡猾的低語；並非戀愛，而只是戀愛底豫感！

這聲音遲早要響開的，可是要如此强烈地鳴響，要以全世界都顫慄的諧音轟傳！叔母和男爵也會知道，而且這聲音的餘音要遠遠地傳開去！那種感情，不會像一股藏在草裏，發着輕易聽不出的淙淙之聲的小溪那麼靜悄悄地流走。

她現在像在帆布上繡花一樣地戀愛：花樣慢吞吞，懶洋洋地現出來，她更懶洋洋地把牠打開，讚賞，隨即擱下，忘却。不錯，這不過是對於戀愛的準備，不過是一次實驗，而他剛巧是第一件出現的尚可用得的試驗品……他們的相聚和接近是偶然的。她本來不會注意他：斯托爾茲指出了他，以自己的同情感染了她的年青，敏感的心，對於他的境遇發生了憐憫，便自負要從他頹廢的靈魂上拂去睡魔，隨後把牠放下。

「就是如此！」他一邊恐怖地說，一邊從床上起來，用索索抖的手點上一支蠟燭。「此外再沒有，而且再也不會有過什麼！她準備着戀愛的感受，她的心銳敏地期待着，而他偶然碰上，陷於錯誤……另一位就要出現的——她便要恐怖地從錯誤中清醒！那時節，她將怎樣瞧他，怎樣轉開身子去……才可怕哩！我在偷別人的東西！我是賊！我在幹什麼？我是多麼瞎眼——我的天哪！」

他照照鏡子：蒼白，焦黃，眼睛暗淡無光。他想起那些幸福，有潮潤，沉思，但是像奧爾迦似地深入，有力的目光，眼睛裏有抖動的火花，微笑裏有勝利的信念，有那麼元氣的步履，有洪亮的聲音的青年。而他要等待其中的一位出現：她就要突然臉紅，向他，奧勃洛摩夫，瞥視一下，而……哈哈哈笑起來！

他又照照鏡子。

「誰都不愛這樣的男子！」他說。

隨後躺下去，將臉伏在枕頭上。

「再會吧，奧爾迦，祝你幸福，」他結論說。

「査哈爾！」到早晨，他喊。「要是伊林斯基家派傭人來請我，就說我不在家，上城裏去了。」

「是，是。」

「不錯……不，我不如寫一封信給她吧，」他獨白說。「要不然，她就會奇怪，我竟突然不見。非得解釋不可。」

他在桌畔坐下，開始迅速地，熱心地，非常急遽地寫，不像五月初寫信給房東似的。一次也沒有發生過，有兩個『所』字和兩個『云』字不愉快地挨近在一道。

「奧爾迦・賽爾格葉芙娜，」（他寫道）當我們相見如此頻繁的時候，見到的不是我本人，而是這封信，您要奇怪的吧。唸到底，您就會明白，我非如此不可。早應當開始寫這封信，免得我們倆將來受許多良心的譴責；可是現在還並不遲。我們倆相愛得如此兀突，如此迅速，彷彿兩個人一下子病倒似的，而這妨礙我早一些醒悟。況且，每一點鐘瞧着你，聽着你，誰又甘心承當從魅惑之中清醒的艱苦的義務？哪裏能隨時回顧而蓄有意志力，來停留在每一斜坡上，不溜下牠的坡子去？我每天都想，『別再溜下去，我停下吧：這操在我手裏，』但是還是溜着，現在門爭來了，在這門爭裏；我請求您幫忙。直到今天，這晚上，我才明白，我的脚溜得多快啊：直到昨天我才得向我在跌進去的深淵裏，更深地望了望，於是我決定停下。

「我只講着自己——並非出於利己主義，而是因爲當我躺在這深淵底下時，您將依舊像純潔的天使似地高高地翱翔，我不知道您是否要向牠投射一眼。聽着，我來直捷了當，不繞灣子地講吧：您並不愛我，而且也不能愛我。聽從我的經驗，無條件地信任我。瞧，我的心很久以前就已開始跳動，雖然這跳動是假的，不合時的，可是牠教給我區別心的正規的跳動與偶然的跳動。您不能够，但是我能够，而且應當知道眞理何在，謬誤何在，而且我負有警告尙未明瞭這一點的人的義務。所以我警告您：您是在謬誤之中，回頭吧！

「當戀愛作爲輕淡的，微笑的幻影在我們中間出現時，當牠在 Casta diva 內鳴響，在丁香花的香氣裏，在不說出來的共鳴內，在羞怯的目光中飛翔時，我並不相信牠，以爲是想像底活動和自尊底低語而已。但是開玩笑的階段過去了；我開始爲戀愛所病，並且感覺到熱情底徵候；您變得深思和莊重；您把空閒時間都給了我；您的神經講起話來；您已開始激動，而那時候，就是目前，我便害怕，並且感覺得，停止和說出這是什麼的義務，正落在我的身上。

「我向您說過我愛您，您也以同樣的話回答過我——聽到沒有，這聲音是響得多麼不調和？沒有聽到嗎？那麼，往後，當我已經在深淵裏時，您會聽到的。瞧瞧我，想想我的情形：您能够愛我嗎，您是否愛我呢？『愛，愛，愛！』您昨天說。不，不，不！我毅然地回答。

「您並不愛我，可是您也並不撒謊——我趕快加上這一句——並不欺騙我；您心裏說『不』的時候，您嘴裏不能說『是。』我只是想向您證明，您目前的『愛』，並非現在的愛，而是將來的；還不過是戀愛底不自覺的要求，這要求，因爲短少現在的營養，缺乏火力，乃以假的，不熱人的光燃燒，這要求，在女人們時不時吐露在對小孩子，對另一位女人的撫愛之中，甚至簡直吐露在眼淚或者歇斯蒂里的發作之中。我最初就應當嚴肅地對您說：『您錯誤了，在您眼前的，並不是您所期待的和夢想的人。等着哪，他要來的，那時候您就會醒悟：您要由於自己的錯誤而煩惱和羞澀，可是這煩惱和羞澀，會使我痛苦』——我應當向您這麼說，假使造化使我有更透澈的理智和更元氣的精神，最後，假使我更坦白一些……我說是說過了，但是您記得是怎麼說的罷：是懷着惟恐您相信，惟恐這事情發生的恐懼而說的；我把別人日後所能說的，預先統統都說出，爲的是準備您別聽和別信牠們，可是我卻趕快同您見面，並且想：『在另一位還沒有來之前，我倒很幸福。』這就是誘惑與熱情底邏輯。

「現在可想得不同。可是當我對她戀戀不捨的時候，當見面成爲不是生活底奢侈，而是必要的時候，當戀愛吸住在我心上（無怪我覺得那裏有一團硬塊）的時候，將怎麼樣？那時候又怎樣擺脫呢？是否終生挨這痛苦？那我就糟糕了。現在想起來，我也不能毫無恐怖。假使您，經驗豐富一些，年紀大一些，那我就祝福自己的幸福，將手永久給您。可是……

「那我爲什麼寫信呢？爲什麼不走去直接告訴您，同您見面的希望是與日俱增，然而不應當見面？向您當面說這一點——有無勇氣，您自己想想看！有時候我想說這一類的話，但是說呀說，又說得截然不同。也許您臉上要見得悲哀，（如果您當眞不討厭同我在一起，）或者您不明瞭我善良的計劃，會給觸怒：二者我都受不了，於是說呀說，又說出別的來，而光明正大的計劃就化爲塵土，而終於約定在第二天見面。現在，您不在，就完全兩樣：您優美的眼睛 美好而俏麗的臉蛋不在我跟前；紙是有耐性而不作聲的，於是我鎭靜地（我在撒謊）寫：「我們將不再見面」（我並不撒謊。）

「換一位也許添上『流淚而寫，』但是我不在您跟前拿腔作勢，不文飾自己的悲哀，因爲我不想加强痛苦，引起憾惜和哀傷。這一切文飾往往把更深地植根在感情底土壤裏的企圖隱蔽住，可是我卻要把您裏面的，和自己裏面的牠的種籽消滅。何況哭泣適宜於專門以空話來捉住女子底疏忽的自尊心的誘惑者，或者疲憊的空想家。我說這話向您告辭，有如人家向遠行的好友告辭一般。再過三星期一個月，便遲了，困難了：戀愛是進步得難以置信的，這是精神的脫疽症。現在我已經不像樣子，我並不計算鐘點和分數，不知道日出和日入，而是計算：見過——沒有見過，要見——不要見，來過——沒有來過，要來……這一切對於青年是適合的，他們容易忍受愉快的和不愉快的激勵，但是我却適合於安靜，雖然乏味和惺忪欲睡，可是我熟悉牠：我對付不了暴風雨。

「許多人會驚異我的舉動：爲什麼逃走呢？他們要說；也有人要笑我：由牠去，反正我下了决心。如果我决心不同您見面，意思是，什麼都下了决心。」

「我在深深的哀愁之中，略覺安慰的是，我們的生活的這短短的插話，將給我永久留下如此純潔而芬芳的回憶，單憑這回憶，就足以使我不再陷入先前的精神睡眠之中，而在您則並無害處，却可以作爲將來正常生活的指導。再會吧，安琪兒，受驚的小鳥，從錯棲的樹枝上飛走似地趕快飛走吧，而且像牠從偶然棲留的樹枝上飛走一樣輕捷，元氣而快活地飛走吧！」

奥勃洛摩夫興奮地寫着；筆桿滿紙飛馳。眼睛輝亮，面頰燃燒。信寫得長長的，同所有的情書一樣：戀人是極其健談的。

「才怪呢！我已不再無聊，不再痛苦！」他想。「我現在近於幸福……這是爲什麼？一定是因爲我把精神的重荷卸下在信裏。」

他把信唸一遍，折好，封上。

「查哈爾，」他說，「男傭人來的時候，把牠交給他帶給小姐去。」

「是，是，」查哈爾說。

奧勃洛摩夫果眞變得近於快活。他連脚坐在沙發上，甚至問：有沒有什麼當早餐。吃下兩隻鷄蛋，燃上一支雪茄。他的心和頭腦都很充實；他生活着。他想像，奧爾迦將怎樣收受信件，怎樣吃驚，一路讀，一路將作出怎樣的臉相。隨後又將如何？……他享樂着這一天底展望和情況底新穎……他提心吊胆地傾聽叩門的聲音，傭人來了沒有，奧爾迦已經唸信沒有……不，前室裏寂然無聲。

「這是什麼意思呢？」他不安地想。「誰也沒有來：怎麼會這樣呢？」

此時有一個秘密的聲音向他低語說：「你爲什麼不安？你不是需要沒有人來，可以斷絕關係嗎？」但是他把這個聲音遏住。

半小時後，他把同車夫一起坐在院子裏的查哈爾叫來。

「沒有誰來嗎？」他問。「沒有來嗎？」

「不，來了，」查哈爾回答。

「那你怎麽啦？」

「說您不在家：上城裏去了。」

奥勃洛摩夫直目瞪眼地看着他。

「爲什麽你這麽說呢？」他問。「我吩咐你，男傭人來的時候，怎麽辦的？」

「可是來的不是男傭人，是丫鬟呀，」查哈爾以泰然的冷靜回答。

「那把信交給她了嗎？」

「沒有：您最初吩咐說不在家，隨後吩咐把信交給他。哦，等男傭人來，我給他就是。」

「不，不，你……簡直是殺人者！信在哪裏？給我！」奥勃洛摩夫說。

查哈爾把信拿來，已經非常髒污。

「留心把手洗洗！」奥勃洛摩夫指着污點，惡意地說。

「我的手很乾淨，」查哈爾望着一旁回答。

「婀妮茜雅，婀妮茜雅！」奥勃洛摩夫喊。

婀妮茜雅從前室探進半個身子來。

「瞧查哈爾幹的事！」他向她訴苦說。「把這封信交給伊林斯基家來的男傭人，或者丫鬟去，交給小姐——聽見沒有？」

「聽見了，老爺。給我，我來交。」

但是她剛走出到前室裏，査哈爾就從她手裏把信奪去。

「滾蛋，滾蛋，」他喊，「管娘兒們自己的事去！」

丫鬟立刻又跑來。査哈爾正給她開門，婀妮茜雅便走攏來，但是査哈爾忿然地瞪她一眼。

「你來這幹嗎？」他嗄聲地問。

「我只是來聽聽您怎樣……」

「啾，啾，啾！」他向她揮着臂肘吆喝。「滾開！」

她笑笑，走開去，而從隔壁房間的裂縫裏張望，看査哈爾是否在執行主人的命令。

聽到聲音，伊里亞·伊里奇便親自跳出來。

「什麼事，卡提雅？」他問。

「小姐吩咐我來問，您上哪裏去了？可是您却沒有出去，在家裏！我要跑去稟報她，」她說了便跑。

「我是在家。這都是査哈爾撒謊，」奧勃洛摩夫說。「喏，把這封信送給小姐去。」

「好的，我來送去。」

「小姐此刻在哪裏？」

「上村子裏去了，吩咐說，假使您唸完書，就請你兩點來鐘上花園裏去。」

卡提雅便走了。

「不，我不去……當一切都應當結束時，爲什麼要刺戟感情呢？」奧勃洛摩夫一邊想，一邊朝村子裏走去。

他遠遠裏看見奧爾迦走上山坵，卡提雅趕上她，把信給她；看見奧爾迦立停一刻，瞧瞧信，想一下，對卡提雅點點頭，便走入公園的林蔭路去。

奧勃洛摩夫繞過山丘，從另一頭走進這條林蔭路，走到半路，便坐下在灌木中間的草上，等待奧爾迦。

「她要走過這裏的，」他想。「我只是偷偷望一下，便永遠分手。」他提心吊胆地等待她的脚步聲音。寂然無聲。大自然正忙碌地生活：周圍沸騰着看不見的，渺小的活動，但是萬象似乎都在莊嚴的安甯之中。

這之際，草裏的一切都在活動，匍匐，紛忙。

那裏，螞蟻們向四面八方奔跑，如此匆促而紛忙地擠撞、跑散，趕行，恰像從高處望一處市場似的：同樣的羣集，同樣的雜沓，同樣的蠢動。

這裏，一匹山蜂圍着花在嗡鳴，並且在爬進牠的花萼裏去；那裏，一簇蒼蠅攢聚在一滴從菩提樹的罅裂裏淌出來的液汁的周圍；這裏，一只鳥在樹叢裏什麼地方半天重複着同一的鳴叫，也許在召喚伴侶吧。

那裏，兩隻蝴蝶像跳華爾茲舞一樣急遽地在空中彼此迴旋着掠過樹幹去。草裏發出濃郁的香氣，從中無休無歇地傳出一片喧噪……

「這裏是多麼騷動啊！」奧勃洛摩夫看着這紛忙，聽着大自然底微弱的喧囂，想：「但是從外面看起來，卻如此肅靜，安甯……」

但是始終沒有聽見腳步聲音。終於來了……

「啊！」奧勃洛摩夫舒着氣，靜悄悄地走披樹枝。「是她，是她……這怎麼的？在哭嘛！我的天哪！」

奧爾迦靜靜地走着，用手帕擦着眼淚；但是剛一擦去，新的又出現。她覺得害臊，便忍不住眼淚，甚至想不叫樹木看見，但是不行。奧勃洛摩夫從未看見過奧爾迦的眼淚；他沒有料到這一層，她的眼淚似乎將他燃燒。但是燒得他溫暖而不熱。

他迅速地跟在她後面。

「奧爾迦，奧爾迦！」他跟隨着她溫柔地說。

她一怔，回頭望去，吃驚地看看他，隨卽車轉身子，往前走去。

他和她並肩而行。

「你在哭嗎？」他說。

她的眼淚掉得更厲害。她再也抑制不住，便把手帕按住臉，抽咽起來，並且落坐在第一把椅子上。

「我幹的什麼事！」他握住她的手，試着從她臉上拉開去，恐怖地低語說。

「別管我！」她說。「走開！你在這裏幹嗎？我知道，我不應當哭泣：哭什麼？你很對：不錯，一切都可能發生的。」

「怎麼辦才叫你不哭呢？」他在她面前跪下來，問，「說吧，命令我吧：我準備作一切：」

「眼淚是您使我掉的，但是要止住牠，你却沒有這份權力……你沒有那麼强！別管吧！」她使手帕扇着自己的臉，說。

他瞧瞧她，內心裏讀着對於自己的咒詛。

「倒霉的信！」他悔恨地說。

她打開手工籃子，取出信來，遞給他。

「拿去，」她說，「把牠帶走，免得我看見牠再哭。」

他默然地把牠放在口袋裏，便垂倒頭坐在她旁邊。

「至少你承認我的計劃是正當的吧，奧爾迦？」他靜靜地說，「這證明，你的幸福在我是多麼寶貴！」她嘆一口氣說。「不，伊里亞・伊里奇，一定是你妒忌我如此平靜地幸福，所以急急於擾亂牠。」

「擾亂！那你沒有唸信吧？我來向你重複一遍……」

「沒有唸完，因爲眼睛汪着眼淚：我還是傻！但是其餘的我也已猜到：別重複了，免得再哭。」

又流出眼淚來。

「我不是爲了預見你將來的幸福，把我自己犧牲於牠，」他開始說。「才同你絕交嗎？……難道我是若無其事地這麼辦的嗎？難道我內心裏不哭嗎？爲什麼我要這麼辦呢？」

「爲什麼？」她突然停止哭泣，向他轉過身來，重複說。「就和現在躲在灌木中間，偷看我哭不哭和怎麼哭同一理由呀——就爲此故！如果你誠心希望信上所寫的話，如果確信應當分手，那你就見也不見我，上外國去了！」

「什麼念頭！……」他責備地說，沒有說完。

這假想使他一驚，因爲他突然明白，這是對的。

「不錯，」她確認說，「昨天你需要我的「愛」，今天要我流淚，而明天也許你想看我死去。」

「奧爾迦，竟可以如此侮辱我嗎！難道你不相信，此刻我肯送去半條性命來聽你笑，而別看見眼淚……」

「不錯，此刻，當你看到一位女人爲你哭泣，那也許如此……不，」她加添說，「你沒有心肝的，你說你不要我哭，如果不要我哭，那就不叫我哭了……」

「難道我是知道的嗎!?」他把兩枚手掌按在胸口，聲音中含有疑問和驚嘆地說。

「戀愛的時候，心有自己的智慧，」她反駁說，「牠知道希望什麼，並且知道要發生什麼。昨天我本不能上這裏來；家裏突然闖到了些客人，但是我知道你等我等苦了，也許會睡不好覺；

我便來了，因爲我不要你苦惱…………可是你…………你倒因爲我哭泣而快活。聽吧，聽吧，享樂吧！……」

她又哭起來。

「就這樣我已經沒有睡好覺，奧爾迦，我苦惱了一夜……」

「因爲我睡得好，我沒有苦惱，所以你覺得遺憾——是不是？」她打岔說。「假使我現在沒有哭，那你今天又睡不好了。」

「現在我得怎麼辦呢——請求原諒嗎？」他以恭順的溫柔說。

「孩子們，或者在人堆裏踩了誰的脚，才請求原諒，但是這裏道歉是不成的，」她說，又用手帕扇着臉。

「然而，奧爾迦，如果這是眞的呢。如果我的意見是公正的，而你的戀愛是錯誤呢？如果你愛上了另一位，那時候看見我臉紅起來呢……」

「那又怎樣？」她以譏諳地深入和銳敏得使他困惑的目光瞧着他，問。

「她想從我裏面得到什麼！」他想。「堅持呀，伊里亞·伊里奇！」

「怎麼「那又怎樣？」」他機械地重複說，不安地瞧着她，猜測不到她頭腦裏想，她要怎樣辯解自已的『那又怎樣，』因爲要是這戀愛是錯誤的，那顯然不能辯解這戀愛的結果。

她如此自覺，如此確信地瞧着他，分明如此把握着自己的思想。

「您害怕，」她諷刺地反駁說，「跌入『深淵底下』；您害怕將來我不再愛您的侮辱！……『那我就糟糕了，』您寫得有……」

他依舊不十分明白。

「可是假使我愛上另一位，那時候我不是好了嗎：那意思是我幸福了！您不是說，『預見我將來的幸福，並且準備爲我犧牲一切，甚至於性命嗎？』」

他凝然地看著她，時不時大霎眼睛。

「竟得出怎樣的邏輯！」他低語說。「承認我沒有料到……」

可是她如此惡毒地從脚到頭打量着他。

「可是使您發狂的幸福呢？」她接下去說。「可是這些朝朝暮暮，這公園，以及我的『愛』——這一切竟不值得什麽，不值得任何代價，任何犧牲，任何痛苦嗎？」

「哦，但願鑽到地底下去吧！」他想，因爲澈底明瞭了奧爾迦的意思而內心苦痛。

「可是假使，」她開始激烈地問：「您像倦於書籍，倦於仕宦，倦於社會似地倦於這戀愛呢！假使逐漸地，沒有敵手，沒有其他戀愛，有如在自己沙發上一樣，突然睡在我旁邊，我的聲音喚不醒您呢，假使心裏的硬塊消了，我在您非但不如另一位女人，就比您的睡衣也趕不上呢？……」

「奧爾迦，這是不可能的！」他不滿地打岔說，從她身邊走開去。

「爲什麼不可能？」她問。「您說我『犯着錯誤，會愛上另一個人，』可是我有時候想，您簡直會討厭我。那時候又如何？對於現在所做的事，我將怎樣向自己辯解呢？別提別人和社會，就向我自己，我將說什麼呢？……因此我有時也睡不成覺，可是我不以對於將來的推測來苦惱您，因爲我相信好的方面。在我，幸福勝過恐懼。當您的眼睛由我而輝亮，當您爬上山丘去找我，忘却怠惰，爲了我冒着暑熱趕到城裏去買花束和書籍，當我看到，我使您微笑和希望生活時，我是什麼都看重的：……我所期待和尋求的只是幸福，而且相信已找到了。如果我會做出錯誤，如果我眞會因自己的錯誤而哭泣，至少這裏（她將一枚手掌按在心口，）我感覺得，我可並無過失；意思是，命運不濟，天不賞賜。但是我不怕將來的眼淚；我並非白白裏哭泣：我用眼淚買到了什麼……我一向……如此幸福啊！……」她加添說。

「讓您再幸福吧！」奧勃洛摩夫懇求說。

「可是您却只看見前途慘淡；您看幸福如弁髦……這是忘恩負義，」她接下去說：「這不是戀愛，這是……」

「利己主義！」奧勃洛摩夫說完，既不敢看奧爾迦，也不敢講話，又不敢請求原諒。

「上您想去的地方去吧，」她靜靜地說。

他看看她。她的眼睛乾了。她沉思地看着下面，用洋傘在砂上畫着。

「再仰臥吧，」隨後加添說，「就不會犯錯誤，「跌入深淵之中」。」

「我既未直捷了當地幸福，倒毒了自己和毒了您……」他悔恨地喃喃說。

「喝「喝伐水」吧：就不會毒您了，」她嘲笑他道。

「奧爾迦，這是度量不廣！」他說。「在我以懺悔來處罰我自己以後……」

「不錯，口頭上您處罰自己，投身深淵，犧牲半條性命——可是一會兒疑惑又起，又是一夜不睡；您對自己依舊多麼親切，仔細，小心和遠見啊！……」

「這是怎樣一條眞理，而且這眞理是多麼單純啊！」奧勃洛摩夫想，但是恥於說出來。爲什麼他自己沒有向自己解釋這條眞理，倒是一位才開始生活的女子向他解釋呢？她成長得多快啊！不久她還見得是小孩子哩！

「我們再沒有什麼可說，」她站起來，結論說。「再會吧，伊里亞．伊里奇……安心吧；這才是您的幸福呀。」

「奧爾迦！不，看在上帝份上，不吧！現在，一切又都明白，別趕我吧……」他抓住她的手，說。

「您需要我什麼？您疑心我對您的愛是否錯誤：我平不了您的疑心；也許是錯誤吧──我不知道……」

他把她的手放下。刀子又舉起在他的上面。

「怎麼不知道？難道您不覺得嗎？」他臉上又見得懷疑地問。「難道您不犯疑嗎？……」

「我什麼也不犯疑；昨天我已把我所感覺的向您說過，但是一年之後怎麼樣，那我不知道。難道在一次幸福之後，有第二次，隨後又有第三次這樣的幸福嗎？」她睜足眼睛看着他，問。「說呀，您比我有經驗呀。」

但是他不再想使她堅信這意見，便用一只手搖晃着金合歡花，默不作聲。

「不，戀愛是只有一次的！」他像學童一樣，把暗誦的句子重複一遍。

「嗐　您瞧，我也相信這一點，」她加添說。「要不是如此，說不定我就不愛您，說不定我就要因錯誤而痛苦，說不定我們就要分手！……戀愛兩三次……不，不……我不要相信這一點！」

他嘆一口氣。這『說不定』三個字在他心裏直打轉，他沉思地在她後面走着。但是每走一步，他更輕鬆一些；他夜裏所想出的『錯誤』，是在如此遙遠的將來……「這不獨是戀愛，就是整個生活也何嘗不然……」他突然間想：「如果把每一個機會都當作錯誤推開去，那什麼時候才不是錯誤呢？我這是怎麼回事？彷彿瞎了眼睛似的……」

「奧爾迦，」他用兩個手指輕輕地觸着她的腰部，（她便立停下，）說：「您比我聰明些。」

她搖搖頭。

「不，我是比較單純和勇敢。您怕什麼？難道您當眞心想會失戀嗎？」她懷着傲然的確信問。

「現在我不怕了！」他快活地說。「同您在一起，命運是並不可怕的！」

「近來我在哪裏唸到過這句句子……好像是在蘇（註一）的作品裏吧，」她向他車轉身子，突然間譏誚地說，「不過那裏是女人向男人說這句話……」

奧勃洛摩夫面孔通紅。

「奧爾迦！讓一切都像昨天一樣吧，」他懇求說：「我不怕『錯誤』了！」

她不作聲。

「可以嗎？」他膽怯地問。

「唔，假使你不肯說，給我一個什麼暗號也成……丁香花……」

「丁香花……過去了，謝了，」她回答說。「喏，你瞧，剩下一些什麼——是謝了的。」

「過去了，謝了！」他瞧着丁香花，重複說。「那封信也過去了！」他突然說。

她搖搖頭。他跟在她後面走着，心裏盤算着那封信，昨天的幸福和謝了的丁香。

「丁香確乎是謝掉了！」他想。「幹嗎要寫這封信呢？爲什麼我通夜不睡，到早晨寫牠呢？現在，頭腦倒又平靜了……（他打一個哈欠）……我非常想睡覺。如果沒有這封信，那就沒有這件事：她就不哭，一切就都像昨天一樣；我們倆便靜靜地坐在這林蔭路上，互相望着，談着幸福。今天如此，明天也如此……」他張足嘴巴打一個哈欠。

隨後他又突然想到，如果這封信達到目的，如果她分有他的思想，像他一樣害怕錯誤，和遙遠的未來的風暴，如果她聽從他的所謂經驗和常識，而贊成分道揚鑣，贊成彼此相忘，那就要怎麼了？

上帝保佑！那就要告別奧爾迦，回到城裏，搬新房子去！跟着延長下去是一個悠長的夜，一個乏味的明天，一個難堪的後天，和一串越來越蒼白的日子……

這怎麼成？這不就是死嗎？可是會這樣的！他就會害病。他並不想同她分手，他受不了這件事，他又會跑去求見。「我幹嗎寫這封信的呢？」他向自己問。

「奧爾迦・賽爾格葉芙娜！」他說。

「什麼事？」

「我不得不向你再表白一件事……」

「什麼事？」

「那封信是完全不需要的……」

「不然，那是必不可少的，」她決定說。

她轉過身來，看到他的臉：他的睡意忽然消失。吃驚得把眼睛都睜開，她便笑起來。

「必不可少的嗎？」他把吃驚的眼睛凝注着她的背脊，徐徐地重複說。

但是那裏只有外套上的兩條縫子。

「那這些眼淚和責備是什麼意思呢？難道是一種狡猾嗎？」——可是奧爾迦並不狡猾：這他知道得清清楚楚。

只有心地或多或少地狹仄的女人才使狡猾，並且以狡猾度日，因爲缺乏卽時的智慧，她們便用狡猾的手段來運轉日常瑣細生活的發條，而且不注意她們周圍生活的主要路線的所在，趨向和會合點，就花邊一樣地編織自己的家庭政策。

狡猾有如買不到多少東西的小額貨幣一般。正像可以用小額貨幣來生活一兩個鐘頭一樣，也可以用狡猾來遮掩什麼事，作欺騙，作曲解，但是牠不足以觀察遙遠的地平線，聯接重要事件的始末。

狡猾是近視的：只看得清鼻子底下，而看不淸遠處，因此時常自己陷入給別人設下的陷阱裏。奧爾迦有着單純的智慧：不僅今天的問題，她解決得多麼容易而淸楚，而且每一個問題都如此！她立刻明瞭事件的眞正意義，而抄着捷徑迫近牠去。

可是狡猾宛如一匹耗子：在周圍繞彎子，躲躲閃閃……奧爾迦的性格可並不這樣。那這是什麼呢？是什麼新鮮事情呢？

「爲什麼那封信必不可少呢？」他問。

「爲什麼？」她重複說，帶着快活的臉相，迅速地朝他轉過身去，得意於每一步都使他摸不着頭腦。「就因爲，」隨後不慌不忙地開始說：「你一夜沒有睡，完全爲我而寫；我也是利己主義者！這是第一點……」

「假使你現在和我同意，那你方纔爲什麼責備我呢？」奧勃洛摩夫打岔說。

爲了你自尋苦惱。我却並非自尋苦惱，而是苦惱自己發生，並且我因爲苦惱已經過去而快樂，但是你却準備牠們，並且事先引以爲快。你是抱着惡意！我是責備你這一點。隨後……在你信裏活動着思想，感情……這一夜和早晨，你並不依自己的方式，而照你的朋友和我所希望你生活的樣子生活——這是第二點；最後，第三點……」

她向他走得這麼近，以致血液衝到他的心裏和頭裏；他開始困難地，昂奮地呼吸。可是她却筆直望着他的眼睛。

「第三點，因爲在這封信裏，有如在鏡子裏似地，看得見你的溫柔，你的愼重，對我的關切，對我幸福的恐懼，你純潔的良心……安特烈．伊凡尼奇向我指出，我所愛好的，使我忘却你的怠惰……冷漠的你裏面的一切……你在那裏無意之中表現了自己：你並非利己主義者，伊里亞．

伊里奇，您所以寫，完全不是爲了要同我分手——這你並不希望——而是爲了恐怕欺騙我……這是出於眞誠的話，要不然這封信就侮辱了我，而我也不哭了——由於自尊心起見！瞧，我知道爲什麼我愛你，不怕錯誤：我沒有弄錯你呀……」

她作這一番話時，奧勃洛摩夫覺得她好像在一輪光輝之中。她的眼睛輝亮着戀愛的勝利，和自己力量的自覺；臉頰上佈着兩片紅暈。而他，他是其起因！他用自己眞誠的心的活動，向她的靈魂裏投入了這把火，這場遊戲，這片光輝！

「奧爾迦！你是……女子之中頂好的，你是世界上天字第一號女子！」他歡喜地說，並且忘形地伸出兩條胳膊，向她偏下去。「看在上帝份上……來接一次吻，作爲不可言宣的幸福的印證吧……」他譫語似地低語說。

她頓時退後一步；勝利的光輝，紅暈，已從臉上飛走；溫柔的眼睛威嚇地輝亮起來。

「決不！決不！莫走過來！」她把雙手和洋傘冲出在他們之間，驚惶地，近於恐怖地說，屏息着，取着威嚇的姿勢，作着怒目，半轉着身子，好像埋着似地，化石似地站住。

他突然平靜下來：眼前不是溫柔的奧爾迦，而是一位抿着嘴唇，眼睛裏有雷電之光的，被侮辱的，傲慢與憤怒底女神。

「對不起！……」他喃喃說，狼狽了，被打垮了。

她慢慢地轉過身子，又往前走，胆怯地打肩頭上斜睨他在幹什麼。但是他怎麼也不怎麼：他像給人家踩了一脚的狗似地，拖着尾巴靜靜地走着。

她正要加緊步子，可是看見他的臉，便遏住微笑，走得從容一些，不過時不時還發抖。紅暈又先後出現在兩片臉頰上。

越往前走，她的臉越晴朗，呼吸越稀疏而平靜，於是她又以平勻的步子走去。她看到她這「決不」，在奧勃洛摩夫竟是何等神聖，她的憤怒的發作便漸漸平靜下去，並且讓地位給憐憫。她走得越來越慢……

她想緩和自己的發火；她尋找開口的藉口。

「全毀了！這才是眞正的錯誤！『決不！』天哪，丁香謝掉了，」他望着垂下的丁香，想：「『昨天』謝掉了，信也謝掉了，這一瞬，我生命中最好的一瞬，一位女子，像天上降下的聲音似地，第一次向我說，我裏面有什麼優點的一瞬，也謝掉了……」

他瞧瞧奧爾迦——奧爾迦沉低眼睛，站着等待他。

「把信給我！……」她靜靜地說。

「牠謝掉了！」他悽然地回答，把信遞過去。

她重新又走近他，並且把頭偏倒；眼瞼完全垂下……她近乎在發抖。他把信遞給她；她既不抬起頭來，又不走開去。

「你嚇了我，」她柔和地加添說。

「對不起，奧爾迦，」他喃喃說。

她不作聲。

「這一聲怕人的『決不』！」他悽然地說，並且嘆一口氣。

「會謝掉的！」她紅着臉，輕易聽不見地低語說。

她向他投去含羞而愛嬌的一瞥，取起他的雙手，緊緊地握在自己手裏，隨後把來按在自己心上。

「聽牠跳得如何！」她說。「你嚇了我啦！放我走吧！」

瞧也不瞧他，她轉過身子，把衣服的前身略爲舉起一些，便沿着小徑跑去。

「你這上哪裏去？」他說。「我乏了，跟不上你了……」

「別管我。我是跑去唱歌，唱歌！……」她滿臉通紅地重複說。「我胸口苦悶，我差不多覺得痛苦！」

他站在那裏，長久地看着她的背影，彷彿她是一位飛走的天使似的。

「這一瞬難道也會謝掉嗎？」他近於悽然地想，自己也感覺不到是在走路呢，還是站着。

「丁香是過去了，」他又想：「昨天也過去了，夜同幻影和夢魘也過去了……是的！這一瞬也要像丁香一樣過去的！但是今天的晚上過去時，明天的早晨便開花了……」

「那這是什麼呢？」他漫不經心地高聲說。「戀愛……戀愛也要過去嗎？我却以爲牠要像酷熱的正午一樣，懸掛在愛人們的頭上，而在牠的雰圍之中，什麼也不動彈，什麼也不呼吸：而戀愛之中竟也並無安靜。牠儘朝前面什麼地方活動……『有如一切的生活一樣，』斯托爾茲說。而向牠說：『站着別動！』的耶蘇．納溫（註二）還沒有生出來。明天又將怎麼呢？」他不安地向自己問，沉思地，懶洋洋地走回家去。

走過奧爾迦窗前，他聽到苦悶的胸口是怎樣舒暢在許彼得（註三）的歌曲之中，彷彿她由於幸福而啜泣着。

我的天哪！活在世上是多好啊！

註一：Sue，法國的一位小說家，（一八〇四——一八五七）。

註二：Jesusnavin，不詳。

註三：Schufert，奧國的一位作曲家，（一七九七——一八二八）。

# 第十一章

到家裏，奧勃洛摩夫發見一封斯托爾茲寄來的信，開頭和結梢都用「現在或是永不！」這句話，隨後充滿對於惰性的責備，再後來邀他務必到斯托爾茲準備去的瑞士去，最後，到意大利去。

要不然，他就叫奧勃洛摩夫到鄉下去，整頓自己的事務，振作農民們怠惰的生活，整頓和確定自己的收入，親自指揮建築新房子。

「記住我們的約定：現在或是永不，」他結論說。

「現在，現在，現在！」奧勃洛摩夫重複說。「安特烈不知道，我生活中正演着怎樣的詩篇。他還要怎麼呢？難道我能始終這樣忙碌什麼嗎？他倒試試看！你讀讀法國人和英國人看：彷彿他們老是工作，彷彿始終想着正事！人家跑遍歐洲，有人甚至上亞洲和非洲，就這樣，毫無事故：有人用畫冊作畫，或者發掘古物，也有人射獅子或者捉蛇。否則就帶着高尙的悠閒坐在家裏：同朋友們和女人們用早餐，用午飯——就是這些事！爲什麼我要做苦工呢？只有安特烈以寫：「工作呀，像馬似地工作呀！」爲的什麼？我吃得飽，穿得暖和。然而奧爾迦又問過，我是否有意思上奧勃洛摩夫卡去……」

他急忙寫信，考慮，甚致還跑到建築師那裏。立刻，房子和花園的設計圖樣，放下在他的小桌子上。是一所廣大的，有兩只露台的全家住的房子。

「這裏是我，這裏是奧爾迦，這裏是臥室，『育嬰室』……」他微笑着想。「但是農民們，農民們……」微笑飛走了，焦心得使他的額角發着皺。「鄰居寫信來，寫得詳詳細細，講起耕作，收獲。多無聊！而且還提議，合資開拓一條道路，通往商業茂盛的大村子去，架一座橋在河上，問我要三千盧布，希望我將奧勃洛摩夫卡抵押去……但是我怎麼知道，這件事是否需要？……是否有利，他不是欺騙我吧？……就算他是老實人：斯托爾茲知道他的。但是說不定他也上當呢，而我的錢就損失了！三千盧布！——喏大一筆數目！上哪裏拿去？不，才可怕呢！他還寫，要移住幾名農民在荒地上，並且要求趕快回信——老是趕快。他來把抵押領地用的一切文件送進法院。「您送一張委任狀給鄙人，上法院作證」——還希望怎麼呢！可是我連法院在哪裏，跑去怎麼開門都不知道。」

奧勃洛摩夫到下星期也沒有給他回信，這之際，甚至奧爾迦也問，他上法院去過沒有。最近，斯托爾茲又給他和她來信，問：「他在幹什麼？」

然而奧爾迦只能表面上觀察自己朋友的行動，而且在她所達得到的範圍以內。他是否見得快活，是否欣然地到處走動，是否在約定的鐘點到樹林子裏，對於城裏的新聞，一般的談話發生多少興趣。她最熱心地監視，他是否放鬆生活的主要目的。假使她問他法院的事，那不過爲了回答斯托爾茲關於他朋友的什麼事情而已。

時值盛夏；七月將盡，天朗氣清。奧勃洛摩夫和奧爾迦差不多片刻不離。晴朗的日子，他們在公園裏，炎熱的中午，躲在樹林子裏，松樹底下，他坐在她的脚邊，唸書給她聽；她已在繡另一塊帆布——爲他繡的。

而他們也被炎夏君臨：時不時有雲彩飛來，又浮開去。

假使他作惡夢，有懷疑叩他的心，奧爾迦就像天使似地站着守護：她用自己明朗的眼睛朝他的臉一望，看出他心裏的東西——一切便又平靜，感情便又像反映長空的新的變幻的河似地悠然流去。

奧爾迦對於人生，對於戀愛，對於一切的見解，變得更明朗，更確定。她比先前更確信地看着周圍，不以將來來煩惱自己；她裏面展開着智慧的新的方面，性格的新的特色。他一會兒表現得詩意地多樣，深奧，一會兒又正確，明晰，順序漸進而自然……

她有一種執着，那不僅克服命運的一切威脅，甚至也克服奧勃洛摩夫的懶惰和冷漠。如果出現一項計劃，那事情便迅速進行。便只聽到講這件事。要是聽不到，就只一件事在她心上，她既不忘掉，又不放下，也不迷失，而始終考慮和達到她所追求的。

奧勃洛摩夫不能夠明白，她的這種力量，無論發生什麼事件，都知道和會得怎樣對付的這種機敏，是從哪裏得來的。

「這是因爲，」他想，「她的一道眉毛永遠不直，始終抬起一些，並且上面有一道細得輕易看不出的皺紋的緣故……她的執着就營巢在這道皺紋裏。」

她臉上的表情無論怎麼平靜和光明，這一道皺紋總是不平，眉毛總是不直。但是她沒有外部的力量，果斷的態度和脾氣。對於計劃的頑固和執着一步也不把她引出女子的範圍。

她並不想當一頭母獅，用尖利的言辭把拙劣的崇拜者沒頭沒腦淋一陣，以急智叫滿座的賓客吃驚，以致誰從角落裏喊：好哇！好哇！

她甚至也有許多女子所特有的胆怯：果然，她並不看見老鼠便發抖，椅子翻倒便發暈，可是她怕走得離家太遠，看見她認爲可疑的農民就避開，夜裏總把窗戶關上，惟恐有賊爬進來——十屌地女人氣派。

隨後　她又如此富於同情和憐憫！喚起她的眼淚是不難的；很容易接近她的心。在愛情上，她又如此優美；在所有她同每一個人的關係上，竟有那麼多的溫柔和愛嬌的關心——一言以蔽之，她是一位女子！

有時候，她說話裏也閃耀得有諷刺底火花，可是其中輝亮出這樣的優雅，這樣溫良可愛的智慧，因此人人都樂於抬起額角！

她不怕窗縫裏透進來的風，黃昏邊穿得薄薄地走路——在她也無所謂！她很健康；吃東西也很有胃口；她有心愛的菜；她還曉得這些菜的做法。

這一切，許多人也都知道，但是她們不知道在這個或者另一個場合上該怎麼辦，即使知道，也只是學來的和聽來的，並不知道爲什麼如此，而她們就只這麼辦，引用叔母或者表姊的權威……

有許多甚至自己也不知道自己希望什麼，而且如果決定做什麼事，那也是沒精打采，似需要似不需要似的。這一定是因爲她們的眉毛很平，起着用手指摘成的拱，而且額角上沒有皺紋之故吧。

在奧勃洛摩夫和奧爾迦之間，有一種別人所看不見的，秘密的關係：每一瞥視，每一句當着別人的面說的，無意義的話，在他們都有特別的意味。他們在事事物物上都看到戀愛的暗示。

奧爾迦縱然富有自信心，每當人家在桌子門前講一件同自己的相像的任何人的戀愛史，時不時還臉紅；既然所有的戀愛史彼此都十分相像，所以她就不得不時常臉紅。

奧勃洛摩夫呢，逢到戀愛的暗示，喝茶時他就狼狽地一下抓起這麼一把餅乾，因此任誰都一定一起來。

他們倆變得銳敏而謹愼。有時候，奧爾迦不向叔母說起，她見過奧勃洛摩夫，而他在家裏，也總說上城裏去，實則是上公園裏去。

然而，無論奧爾迦的頭腦多麼淸爽，對於周圍看得多麼明瞭，她多麼新鮮，健康，竟也開始顯出一些新的病徵。時不時有一陣不安侵襲她，她沉思，不知道怎麼向自己解釋牠。

挽着奧勃洛摩夫的胳膊，在炎熱的中午步行，她時不時懶洋洋地靠上他的肩膀，在一種乏力的狀態之中機械地走去，執拗地一言不發。她的潑消失了；疲乏而了無生氣的目光，變得凝滯在哪裏的一點上，而她懶得將牠移到別的東西上去。

她覺得悶損，有什麼東西壓迫她的胸膛，使她不安。她把外套和圍巾從肩膀上脫下，但是這不濟事——還是壓迫，還是擠緊。她很想躲在樹底下，躲上幾個鐘頭。

奧勃洛摩夫可迷亂了，便用樹枝給她搧臉，但是她不耐煩的手勢叫他不用担心，而疲憊着。隨後忽然歎一口氣，意識地向四下裏望望，瞧瞧他，握緊他的手，微笑一下，又現出元氣和笑容來，她已經有自制力了。

特別是某一天晚間，她墮入這不安的心情裏，患着一種戀愛的夢遊病，在奧勃洛摩夫竟見得是在新世界內。

天氣又悶又熱，從樹林裏呼盧呼盧括着溫暖的風，空中濃雲密佈。天色越來越暗。

「要下雨啦，」男爵說，便回家去。

叔母也回到自己房間裏。奧爾迦長久地，沉思地彈着鋼琴，可是隨後就停止。

「不能彈了，我的手指在發抖，我覺得悶得很，」她對奧勃洛摩夫說。「我們到花園裏去走一走。」

他們倆手挽手沿着林蔭路默然地走了很久。她的手又濕又軟和。他們走進公園。

喬木和灌木融合成暗洞洞的一片；兩步以外就什麼也看不見 只有砂子的小徑蜿蜒着白洋洋的一條。

奥爾迦向黑暗之中凝視着，緊偎着奥勃洛摩夫。他們倆默然地漫步着。

「我怕！」當他們倆在一條狹仄的，在兩垛漆黑的，穿不透的樹林的牆壁之間的林蔭路上，近乎摸索地前進時，她寒戰一下，突然說。

「什麼？」他問。「別害怕，奥爾迦，有我同您在一起。」

「我也怕您，」她低語地說，「但是不知怎麼倒怕得很愉快。我的心直發沉。把手伸過來，摸摸看，跳得如何。」

她顫慄着，向四下裏望着。

「看見沒有，看見沒有？」她顫慄一下，雙手緊緊地抓着他的肩膀，低語說。「看見誰在黑暗裏閃動沒有？……」

她向他偎得更緊些。

「沒有人呀……」他說；但是他也感覺得毛骨悚然。

「用什麼東西把我眼睛掩上吧……掩得緊一些！」她低語地說……「唔，現在沒有事了……這是神經，」她心神不安地加添說。「喏，又來啦！瞧！這是誰？我們在哪裏凳子上坐下吧……

……」

他摸索地找到一張凳子，使她坐下。

「回去吧，奧爾迦，」他勸告說：「你身體不好。」

她把頭擱在他的肩膀上。

「不，這裏空氣新鮮一些，」她說，「我覺得這裏心口很悶。」

她的呼吸熱烘烘地衝在他的面頰上。

他用手摸摸她的頭——頭沸熱。胸口呼吸困難，時常以歎息來舒緩。

「倒不如回去吧？」奧勃洛摩夫不安地重複說：「應當躺一躺才好……」——「不，不，由我去，別理會我……」她疲憊地，難於聽見地說。「我這裏在燃燒……」她指着胸膛。

「當眞回去吧……」奧勃洛摩夫催促說。

「不，等一等，這會過去的……」她握住他的手，時不時貼近地望着他的眼睛，半天不作聲。隨後開始哭起來，最初是靜靜地，隨後啜泣着。他迷亂了。

「看在上帝面上，奧爾迦，趕快回去吧！」他不安地說。「沒有事，」她啜泣着回答：「別打攪，讓我哭它一場……火會在眼淚內發洩去，而我就輕鬆了；這都是神經作用……」他在黑暗裏傾聽她沉重地呼吸，感到她的熱淚滴在自己手上，她痙攣地握住自己的手。

他呼吸也不呼吸，手指也不動。可是她的頭擱在他的肩膀上，呼吸熱烘烘地銜在他的面頰上……他也發着抖，可是他不敢用嘴唇碰她的面頰。

隨後她越來越安靜，呼吸也平勻一些……她緘默了一陣。他想，莫非她睡熟了吧，便不敢動彈。

「奧爾迦！」他低語地喊。

「什麼事？」她也低語地回答，而且高聲歎息。

「嗐，……現在過去了……」她頹然地說：「我覺得輕鬆一些，可以自由呼吸了。」

「走吧，」他說。

「走吧，」她無可奈何地重複說。「我的親愛的！」隨後溫柔地低語說，握住他的手，靠在他的肩膀上，步履不穩地走到家裏。

在客廳裏，他瞧瞧她：她很虛弱，可是異樣地，不自覺地微笑着，彷彿在夢裏似的。

他使她坐在沙發上，跪在她旁邊，在深深的感動之中，一次一次地吻她的手。

她始終含着同樣的微笑看他，將雙手聽他擺佈，並且用眼睛伴送他走到門口。

在門口，他轉過身來：她還是目送着他，臉上還是同樣的乏力，同樣的熱烈的微笑，彷彿她不能制御似的……

他沉思着走開去。他在哪裏見過這微笑；他回想到某一幅畫，畫着一位女子作着這樣的微笑……不過不是科第莉雅……

第二天，他派人去問健康。回來說：

「謝謝您，請您今天去用飯，晚上一齊去五維爾斯他以外看燄火。」

他不相信，便親自前去。奧爾迦新麗得像一朶花：眼睛裏是光輝，元氣，臉頰上烘着兩片紅暈；聲音又如此嘹亮。但是奧勃洛摩夫走近她時，她却忽然慌張，幾幾乎叫起來，而當奧勃洛摩夫問她：打昨天以後她感覺得怎樣？她竟滿臉通紅。

「這是輕微的神經失常，」她慌忙地說。「Ma tante說，應當早一些休息。我這病是近來才起的……」

她並未說完，便彷彿請求宥恕似地轉過身來。

但是她自己也不知道爲什麼慌張。回憶起昨天晚上和這次神經失常，爲什麼咬嚙她，燃燒她呢？

她感覺得害臊什麼，並且煩惱誰，這可旣非自己，又非奧勃洛摩夫。可是一會兒又好像，奧勃洛摩夫變得可愛，更親近，以致她覺得對他傾心到流淚的程度，彷彿從昨天晚上起，她同他已進入一種神秘的親族關係……

她半天沒有睡覺，到早晨又獨自在煩燥的心情之中，沿着從公園到家裏的林蔭路上，來來回回走半天，左思右想，迷失在種種猜測之中，一會兒皺眉，一會兒突然滿臉通紅，對什麼微笑，可始終不能解決什麼。

「啊，叔尼奇卡！」她煩惱地想。「多麼幸運的人！是她便馬上解決了！」

而與勃洛摩夫呢？昨天同她在一起，他爲什麼啞口無言，凝然不動，雖然她的呼吸熱烘烘地吹上他的面頰，她的熱淚滴在他的手上，他差不多摟着她回家，聽到她的心底輕率的低語？……可是換一個人呢？另一些人就見得敢作敢爲……

雖然與勃洛摩夫將青年時代在一批什麼都懂得，久已把一切生死問題都解決，什麼都不信，一切都冷靜地，賢明地分析的青年中間度去，可是他精神上燃燒着對於友誼，愛情與人的尊榮的信仰，而且無論他在人間作過多少錯誤，無論他還要作多少錯誤，他的心多麼苦惱，善良底基礎和對於善良的信念底基礎，却一次也並不動搖。

他偷偷裏謨拜女性底純潔，承認牠的權力和權利，向牠奉上犧牲。

可是他並無足够的性格，來公然承認善良底和對淸白無辜尊重底敎養。他暗地裏陶醉牠的芬芳，但是表面上却時常附和對貞操和尊重貞操懷疑得甚至發抖的犬儒學派之流，並且把自己的輕薄言語，加到他們狂暴的合唱裏去。

他從未明白地考究過，投入人的言語之流的一句善底，眞底，純潔底言語，有多少斤兩，牠用怎麽深徹的彎曲，沒有想到，大胆而高聲地，毫無虛僞的羞恥之色，而懷着勇氣說出來的話，牠不會被世俗的色情狂者底醜惡的叫喊所淹沒，而會像珍珠似地沉向社會生活的底裏，而且往往有貝殼來承受牠。

許多人羞得臉紅，訥訥於說善良的話，而大胆地，高聲地說輕薄的話，不疑心，這些話不幸也不是白說的，遺留着一條長長的，有時候竟是不能磨滅的，惡底痕跡。

代之，事實上奧勃洛摩夫是正當的：他良心上絕無一點汚點，絕無一點旣鮮魅惑，又乏鬥爭的，冷淡無情的犬儒主義的責備。某人怎樣更換了馬，傢具，某人怎樣更換了女人……在這更換上花了多少錢——這些日常的談話，他是聽不得的……

他屢次爲要失官位和名譽的男子苦惱，爲同他不相干的，墮入泥涸的女子哭泣，但是他害怕輿論，竟默不作聲。

必須推測這一點：奧爾迦就是推測的。

男人笑這種怪人，可是女人會立刻認識他們：純潔的，貞節的女人出於同情而愛他們；墮落者則尋求同他們親近，以便洗脫墮落。

夏天垂盡了，過去了。早晨和晚間變得暗而潮濕。不單是丁香，就是菩提樹也謝了，莓子也過去了。奧勃洛摩夫和奧爾迦天天會面。

他趕上了生活，那就是，又熟習了久已放棄的一切；知道法國的公使爲什麼離開羅馬，英國人爲什麼派軍艦輸送軍隊往東方去；津津有味於在德國或者法國興築一條新的道路。可是他並不涉想那條經由奧勃洛摩夫卡到大村子去的道路，也不上法院去作證，也不向斯托爾茲寫回信。

他只熟習在奧爾迦家日常談話的範圍之內轉來轉去的事，在那裏接下來的報紙上讀到的事，而且幸虧奧爾迦的堅持，還非常勤勉地注意流行的外國文學。其他一切就都淹沒在純粹戀愛的範圍之中。

雖然在這桃色的寨圍之中時常有變化，主要的基礎却是地平線上的片雲全無。假使奧爾迦有時候對於奧勃洛摩夫，對於自己對他的戀愛，發生躊躇，假使這戀愛在她心裏剩下空閒的時間與空間的地位，假使她的問題在他頭腦內不完全得到圓滿而始終準備好的答案，而他的意志對她的意志的召喚不應和，而他只以凝然不動的熱情的一瞥，來回答她生活的勇氣和戰慄——她便墮入重壓的沉思之中：冷得像蛇一樣的東西，爬進她的心裏，將她從空想中喚回，而溫煦的，神話的戀愛世界，便變成萬物都現得灰色的一個秋日。

她尋問，爲什麼發生這幸福的不完全，不滿足？她有什麼不足之處？再需要什麼呢？這是命運不成——註定要愛奧勃洛摩夫？這戀愛是以他的溫和，對於善的純潔的信仰，尤其是他的親切，她在男子的眼睛中從未見過的親切來辯解的。

他不以瞭解的目光來回答她的一切瞥視，他的聲音，有時候和她不是在夢中，便是現實地一度聽見過的聲音，響得不同，那又有什麼關係……？這是她的想像，她的神經：去傾聽牠們，而想入非非，那又有什麼？

而最後，即使想擺脫這戀愛——又怎麼擺脫？事已成事：她既已戀愛了，那就不能像脫衣服似地，把戀愛任意脫下來。「一生不愛兩次，」她想。「人家說，這是不道德的……」

她就是這樣學習戀愛，試驗牠，以眼淚或者微笑來迎接每一新的步驟，深思熟慮牠。隨後便現出集中的表情，這表情把她的眼淚和微笑完全遮掩起，並且使得奧勃洛摩夫如此害怕。

可是她並不向奧勃洛摩夫暗示這些思想和這門爭。

奧勃洛摩夫却並不學習戀愛，他耽於自己甜蜜的微睡，這他曾經當斯托爾茲的面高聲地空想過。他時不時開始相信，生活是經常地一無雲彩的，而且再度夢見，在奧勃洛摩夫卡住有一些親切，友愛而無憂無慮的人物，坐在陽臺上，因爲十全十美的幸福而瞑想。

就是現在，他時不時還耽於這種瞑想，甚至有兩次，那是瞞着奧爾迦的，等待她姍姍地來到，竟在樹林裏睡熟了……忽然間出其不意地飛來一朵雲彩。

有一天，他們倆懶洋洋地，默默地從哪裏回來，剛要越過大路，迎面飛來一片塵雲，雲裏疾馳着一輛四輪馬車，車裏坐着叔尼奇卡和她丈夫，還有一位先生，還有一位太太……

「奧爾迦！奧爾迦！奧爾迦・賽爾格葉芙娜！」響開一片喊叫。

車子停下來。先生們和太太們全都走下車，圍住奧爾迦，開始寒喧和接吻，一下子都講起話來，好久沒有注意到奧勃洛摩夫。隨後忽然都向他瞧，一位先生戴着有柄眼鏡。

「這一位是誰？」叔尼奇卡靜靜地問。

「伊里亞・伊里奇・奧勃洛摩夫！」奧爾迦介紹他。一齊步行回家去。奧勃洛摩夫很不自在；他拉下在大夥兒後面，舉起脚來，要越過籬垣，打裸麥中間溜回家去。奧爾迦使眼色喚回他。

本來倒無所謂，但是這些先生和太太們，都這麼異樣地瞧他。而這本來也無所謂。早先，因爲他那睡樣的無聊的目光，和衣衫的落拓，人家一向就這樣瞧他。

但是先生和太太們又把這異樣的目光，從他身上轉到奧爾迦身上。這疑訝地瞧她的目光，突然間使他的心一冷；什麼東西開始咬嚙他，可是咬得苦痛得受不住，於是便回家去，沉思而憂鬱起來。

第二天，奧爾迦可愛的饒舌，和愛嬌的開玩笑，並不能使他高興。他不得不推托頭痛，來回答她固執的詢問，並且忍耐地聽任將七十五戈貝克的科倫香水澆在頭上。

隨後第三天，他們倆遲遲地回來之後，不知怎麼叔母竟異常會心地向他們，尤其是他，望一下，隨後把自己大而微腫的眼瞼垂下，可是眼睛似乎始終透過眼瞼望着，一路沉思地嗅着酒精。

奧勃洛摩夫覺得苦惱，可是不作聲。他並不決定把自己的疑惑向奧爾迦明告，怕驚擾她，使她恐怖，而且應當說眞話，也替自己害怕，怕以這樣嚴重的問題，來擾亂這不被擾亂而一無雲彩的和平。

這已經不是他，奧勃洛摩夫，是否錯誤的問題，而是他們的全部戀愛，獨自地，在樹林裏，有時候竟在深夜會面，是否錯誤的問題。

「我竟打主意接吻哩，」他恐怖地想：「可是以道德的法典而論，這是刑事的犯罪，而且不是最初的，微輕的犯罪！在這之前還有許多階段：握手哩，自白哩，寫信哩……這我們都已經過。然而，」他舉直頭，再往前想：「我的企圖是誠正的，我……」

突然間雲彩消散，他面前展開出燦爛得像節日一樣的奧勃洛摩夫卡，完全在輝亮之中，陽光之中，有綠油油的山丘，有銀樣的河流；他摟着她的腰，同奧爾迦沿着長長的林蔭路沉思地步行，坐在亭子裏，露臺上……

誰都向奧爾迦尊敬地低頭——一言以蔽之，這都是他向斯托爾茲講過的話。

「是的，是的，可是不是應當以這些來開始！」他又恐怖地想。「那三遍『愛，』了香花，愛的自白——全應當是畢生幸福的保證，而在一位純潔的女子不再重複。那我是什麼呢？我是誰呢？」像鎚子一樣在他頭腦裏敲擊。

「我是一位誘惑者，一名登徒子！只缺少像那位長着油膩膩的眼睛，紅血血的鼻子，淫猥的老無賴一樣，將一朶從女人那裏偷來的玫瑰花，揷在鈕孔內，向朋友耳朶邊低語自已的勝利，以便……以便……啊，我的天哪，我竟到了何等地步！這才是深淵呢！而奧爾迦並不高高地在上面飛翔，倒是在牠的底裏……爲什麼呢，爲什麼呢……」

他精疲力盡，像小孩子似地啼哭他生活的虹彩的突然蒼白，和奧爾迦的將爲犧牲。他的全部戀愛是犯罪，良心的汚點。

隨後，當他意識到，對這一切有一條合法的出路：將戴戒指的手向奧爾迦伸去（意謂結婚——譯者）時，不安的頭腦便晴朗一陣……

「是的，是的，」他懷着喜悅的戰慄說：「而回答將是含羞的同意底一瞥……她將一切話都不說，但是臉紅和微笑到靈魂深處，隨後她的眼睛將汪滿眼淚……」

眼淚和微笑，默然地伸出的手，隨後生動而得意洋洋的喜悅，與動的幸福的匆忙，隨後長長的談話，私自的低語，這信託的靈魂的低語，神秘的山盟海誓，將兩條生命融合成一條！

除開他們倆，誰都看不出的恩愛，將貫穿在瑣事之中，日常事件的談話之中。而且誰也不敢用眼光來侮辱他們……

他的臉忽然變得如此嚴肅而矜重。

「是的，」他獨白說：「這才是正當，高尚而堅實的幸福世界！我該害羞，至今都把這些花朵藏起，像小孩子似地飛翔在愛底芬芳之中，尋求會面，在月下散步，傾聽處女的心跳，捕捉她空想的戰慄……！天哪！」

他臉紅到耳朵邊。

「就在今天晚上，奧爾迦便會知道，戀愛賦與着怎樣嚴肅的義務；今天將是我們倆最後一次單獨會面，今天……」

他將手按向心口：牠猛烈地，但是平勻地跳着，和光明正大的人底心所應當跳的一樣。想到當他說他們倆不應當會面時，奧爾迦開初將多麼悲傷：他要預先探出她思想的姿影，陶醉於她的惶惑，隨後怯生生地宣佈自己的計劃，然後……他便又興奮起來。

隨後他夢想到她那含羞的同意，微笑與眼淚，默然地伸出的手，長久的神秘的低語，以及在全世界面前的接吻。

# 第十二章

他跑去找奥爾迦。家裏說，她出去了；他上村裏——也不在。看見她像天使昇天似地，在遠遠處走上山去，步履這麼輕盈，身段這麼婀娜。

他跟在她後面，但是她輕易脚不沾草，彷彿當眞飛着。上到半山，他便開始喊她。

她等待他，而他剛走攏兩沙尋（一沙尋兩兩米突餘——譯者）光景，她便又往前走，再在他與自己之間隔開很長一截路，立停下來，笑。

相信她不會從自己逃開去了，他終於立停下來。她朝他跑下幾步，伸手給他，一路笑，一路把他拖在自己後面。

他們倆走進灌木林裏；他脫下帽子，她便用手帕給他擦額角，而且開始用陽傘給他搧臉。

奥爾迦特別地活潑，嘵舌，有興緻，或者忽然發作一陣溫情，隨後一下子又墮入沉思之中。

「猜，我昨天幹什麽？」他們倆坐在蔭地裏時，她問。

「讀書？」

她搖搖頭。

「寫！」

「不。」

「唱歌？」

「不。算命！」她說。「伯爵夫人的女管家昨天來了；她會用紙牌算命，我便請她算一算。」

「唔，算出什麼啦？」

「沒有什麼。算出出行，隨後又是一羣人，和到處有一位美男子，到處有……當她當着卡提雅的面忽然說，鑽石形的王在想我時，我竟滿臉通紅。當她要說我在想誰時，我把紙牌一混，跑開了。是你在想我吧？」她突然問問。

「啊！」他說。「要是可以想得少些才好哩！」

「可是我呢？」她沉思地說。「我已經忘記另樣地生活。上星期，你鬧彆扭，兩天沒有來，——記　發脾氣嗎！——我竟忽然改變，變得脾氣很壞。我像你同查哈爾似地，同卡提雅吵架：看見她悄悄地哭，我竟一點也不可憐她。我不回答 ma tante 聽不見她說什麼話，什麼事也不幹，哪裏也不想去。可是你剛一來到，一下子就變得截然不同。我便把淡紫色的衣服送給卡提雅……」

「這是戀愛！」他感傷地發音說。

「什麼？淡紫色的衣服嗎？」

「一切事物！我從你的說話裏看出我自己：沒有你，我就沒有白日和生活，夜裏儘夢見開着花的山谷。看見你時，我便善良，活動；沒有你——便無聊，懶惰，想躺臥而不動心思……愛吧，別以自己的愛情爲恥吧……」

他突然住下嘴。「我這說的是什麼？我並非來講這個話的呀！」他想，而咳起嗽來，正要皺眉。

「可是我忽然死了呢？」她問。

「眞想得出！」他漫不經心地說。

「是的。」她說：「我會受凉，發燒；你上這裏來——我不在，上我們家裏，告訴你說：病倒了；明天仍然如此；我的百葉窗關着；醫生搖頭；卡提雅眼淚汪汪地踮着脚跑到你那裏，低語說：「她病得要死了……」」

「哎喲！……」奧勃洛摩夫突然間說。

她哈哈笑起來。

「那時候你怎麼樣？」她望着他的臉問。

「怎麼樣？我就要發瘋，或者自殺，但是你馬上會痊愈的！」

「不，不，別說了！」她害怕地說。「我們竟講到什麼話！不過死了你別上這裏來……我是怕死人的……」

他哈哈笑起來，她也笑了。

「我的天哪，我們倆竟是怎樣的孩子！」她一邊說，一邊從這閒談中清醒過來。

他又清清嗓子。

「聽我說……我想向您說話。」

「什麼？」她迅速地朝他轉過身來問。

他害怕地不作聲。

「唔，說呀，」她輕輕地拉着他的袖子，問。

「沒有事，是沒有事……」他說，畏縮了。

「不，莫非你心上有什麼事吧？」

他不作聲。

「假使是什麼可怕的事，那倒不如不說，」她說。「不，說吧！」她突然間又加添說。

「可是沒有事，是廢話。」

「不，不，有事的，說吧！」她糾纏說，緊緊地揪着他上衣的兩片折襟，揪得這麼近，他非得把臉左右轉動，才不至於吻着她。

他本可以不轉，但是她那嚇人的『決不』在他耳朵裏轟響。

「說！……」她糾纏說。

「不行，無此必要……」他遁辭說。

「你怎麼說，『信賴是相互幸福底基礎』『心的絲毫曲折，都不應當不叫朋友的眼睛讀知。』這是誰的話呀？

「我不過想說，」他慢吞吞地開始說：「我是如此愛你，如此愛你，假使……」

他支支吾吾着。

「唔？」她不耐煩地問。

「假使你現在愛上別人，而他能使你幸福，我就……默默地吞下我的悲哀，將我的位置讓給他。」

她突然把他的上衣放開手。

「爲什麼呢？」她驚異地問。「這我可不明白。我不把你讓給誰；我不要你同別人幸福。你這話太高深，我不明白。」

她的視線沉思地在樹木上面徘徊。

「那是說，你不愛我嗎？」隨後她問。

「剛相反，我愛你到獻身的程度，時刻都準備犧牲自己。」

「可是爲什麼呢？誰請你犧牲？」

「我是說，萬一你愛上了別人。」

「別人！你瘋了嗎？假使我愛你，爲什麼去愛別人？難道你愛別人嗎？」

「你聽我什麼呢？天知道我還說的是什麼，可是你倒相信！我想說的完全不是這個話……」

「那你想說什麼呢？」

「我想說，我在你面前犯着罪，早就犯罪了……」

「犯什麼罪？怎麼？」她問。「你不愛我嗎？說不定是開玩笑吧？快說！」

「不，不，完全不是那個話！」他苦楚地說。「你知道不知道，」他優柔不決地開始說：「我們的會面是……偷偷裏的……」

「偷偷裏的？怎麼是偷偷裏的呢？我差不多每一次都告訴ma tante，說我見了你……」

「當眞每一次嗎？」他不安地問。

「這害什麼事？」

「我犯着罪：我早該向你說，這……並未辦……」

「你說過了。」

「說過了嗎？噢！我的確……暗示過。那麼說，我已盡過自己的職。」

他胆壯了，欣然於奧爾迦如此輕易地解除他的責任。

「再有事嗎？」她問。

「再有……就只這個，」他回答說。

「不對！」奧爾迦肯定地說：「有事的；你沒有完全說出來。」

「我是想……」他開始說，希望用漫不在乎的聲調來講。

他立停下，她等待他。

「我們倆應當少會些面……」他胆怯地望望她。

她不開口。

「爲什麼呢？」想一下，她隨後問。

「有蛇咬嚙着我：這是良心……我們倆獨自就得這麼久：我很昂奮，我的心直發沉，你也很不安……我怕……」他困難地說完。

「怕什麼？」

「你年紀輕，不知道種種危險，奧爾迦。有時候人作不住自己的主；他裏面起着一股地獄的力量，黑暗蒙着心竅，可是眼睛閃着電光。澄清的頭腦暗昧着：對於純潔和無辜的尊敬全叫旋風捲走；人記不得自己；熱情吹拂着他，再也作不得自己的主——那時候脚底下便裂開深淵。」

他甚至戰慄了。

「唔，那又怎麼呢？讓牠裂開得了！」她瞪着他說。

他不作聲；或者是再沒有什麼可說，或者是不必再說什麼。

她看他半天，彷彿像寫下的文章似地，讀他額上的皺紋，並且追想他的每一句說話，每一副目光，心裏追溯自己的戀愛的全部歷史，直到花園裏那一次黑暗的晚間爲止，而突然臉紅起來。

「你儘胡說八道！」她望着旁邊，急口地說。「我在你眼睛裏沒有看見什麼電光呀……你看我，太抵像……我的乳母庫茲密尼契娜一樣！」她加添說，而笑起來。

「你是開玩笑，奧爾迦，我可是當眞地說……而且還沒有說完全。」

「再有什麼事？」她問。「這是什麼深淵呢？」

他嘆一聲氣。

「那就是，我們不應當……獨自會面……」

「爲什麼？」

「那不好……」

她沉思一陣。

「不錯，人家說，這是不好的，」她躊躇地說，「但是爲什麼呢？」

「知道了，傳開了，人家將說什麼話……」

「有誰說話？我又沒有母親：只有她才能問我，爲什麼我同你見面，也只有在她面前，我才哭着回答，說，我並非幹什麼壞事，而你亦然。她就會相信。此外還有誰呢？」她問。

「叔母，」奧勃洛摩夫說。

「叔母？」奧爾迦愴然地搖搖頭。

「她決不會問。就是我完全走開，她也不會去找我，打聽我，而我也不再跑回來向她說，上的哪裏，幹的什麼事。此外還有誰呢？」

「別人，每一個人……那一天，叔奇尼卡瞧着你和我微笑。同她在一起的先生和太太——也都微笑。

他便向她講，打那時候起他所感受的一切不安。

「只要她光是瞧我，」他加添說：「我倒無所謂：但是當同樣的目光落在你身上時，我的手脚便都冰冷……」

「唔？……」她冷笑地問。

「唔，打那時候起，我便日夜苦惱，費盡心機想怎樣來防止傳揚；担心別嚇了你……我早就想同你講……」

「枉費心機！」她反駁說。「不用你說我也知道……」

「怎麼知道的？」他驚異地問。

「是這樣的。叔尼奇卡同我談過，盤問過我，嘲弄過我，甚至教過我怎樣來對付你……」

「你沒有向我提過一句呀，奧爾迦！」他責備說。

「你也至今沒有向我講過自己的掛慮呀！」

「你怎麼回答她？」他問。

「什麼也沒回答！這有什麼可以回答？不過臉紅而已。」

「我的天哪！竟到了什麼地步：你臉紅啦！我們倆多麼不小心！這將發生什麼結果？

他疑問地看她。

「我不知道，」她簡短地說。

奧勃洛摩夫原想把掛慮同奧爾迦分担了安心一下，並且從她眼睛裏和明白的說話裏汲取一些意志力，現在沒有得到生動而決定的回答，便一下子洩氣了。

他的臉上現出躊躇，眼光愀然地向四下裏徘徊。他的內部已經發生輕微的寒熱。他差不多把奧爾迦忘了，眼前攢集着叔尼奇卡和她丈夫以及客人；聽到他們談笑。

平常很機智的奧爾迦，現在緘默着，冷淡地看着他，而且更其冷淡地說「我不知道。」可是他並不努力去把捉，或者不會把捉這「我不知道」的言外之意。

而他並不作聲；他的思想和計劃，沒有別人幫助，是不會成熟的，決不會像熟透的蘋菓似地自己落下來：非得採集不可。

奧爾迦望他幾分鐘，隨後穿上外套，從樹枝上取下頸卷，從容地戴在頭上，再取陽傘。

「上哪裏去。這麼早！」他說，忽然醒悟。

「不，遲啦。你說得對，」她沉思而陰鬱地說：「我們走得太遠了，沒有出路了：應當趕快分手，把過去的痕跡埋却。再會吧！」她冷淡而苦痛地加添說，於是垂倒頭，沿着小徑走去。

「奧爾迦，行行好，別走！怎麼可以不見面呢。而且我……奧爾迦！」

她並不聽他，走得更快些；砂子在她鞋底下乾燥地磔磔作響。

「奧爾迦·賽爾格葉芙娜！」他喊。

不聽他，向前走去。

「看在上帝份上，回來吧！」他不是以聲音而是以眼淚喊。「就是罪人，也應當聽一聽呀……我的天哪！她有沒有心肝？……女人就是這樣！」

他坐下，雙手掩住眼睛。已聽不見腳步。

「走了！」他近乎恐怖地說，而抬起頭來。

奧爾迦就在他跟前。

他歡喜地抓住她的手。

「你沒有走，不走了吧？」他說。「別走；記着，如果你走開——我便是死人！」

「可是如果不走開，我便是罪人，而你亦然：記着這句話，伊里亞。」

「噢，不……」

「怎麼不？要是叔奇卡和她丈夫再撞見我們在一起——我就毀了。」

他戰慄了。

「聽我說，」他急忙地，結結巴巴地開始說：「我沒有講完哩……」他又停下。

他在家裏覺得如此簡單，自然而必要，以爲是幸福而因此微笑的事，忽然變成一種深淵。他沒有勇氣來越過牠。步驟必須是堅決而勇敢的。

「誰來啦！」奧爾迦說。

一片脚步聲從小徑傳來。

「莫非是叔尼奇卡吧？」奧勃洛摩夫問，嚇得眼睛都凝然不動。

兩男一女，三位陌生人，走過去。奧勃洛摩夫放下心。

「奧爾迦，」他急忙忙地開始說，而且拉她的手：「上那邊沒有人的地方去吧。坐在這裏吧！」

他使她坐在長凳上，自己則坐在她旁邊的草上。

「你竟一怒而去，可是我却沒有把話說完全，奧爾迦，」他開口說。

「要是你戲弄我，我就再去了不回來。你一度中意過我的眼淚，現在說不定又喜歡看見我在你脚邊，就這樣逐漸地成爲你的奴隸，任情所欲，請教訓，隨後哭泣，嚇自己，嚇我，然後又問，我們怎麼辦呢？記着，伊里亞．伊里奇，」她突然從凳子上站起來，驕矜地加添說：「自從認識了你，我成長了不少，而且知道，你是怎樣所謂戲弄着我……可是你再也看不見我的眼淚……」

「噢，憑上帝，我並不戲弄你！」他勸服地說。

「在您倒更不好，」她冷淡地提示說。「對於您的一切恐懼，驚戒和啞謎，我來說一件事：直到今天會面爲止，我都愛你而不知道我該怎麼辦；現在可知道了，」她決然地結論說，準備走開：「不來請教您了。」

「我也知道了，」他拉着她的手，使她坐在櫈子上，說，隨後緘默一下，來壯壯氣。「想像一下看，」他開始說：「我的心充滿着一個思想，頭充滿着一個思想，但是意志和舌頭不服從我：想說，話不從舌頭上出來。然而又多麼簡單，多麼……幫助我吧，奧爾迦！」

「我不知道你心上有什麼事呀……」

「啊，看在上帝份上，你別這樣。你這副驕矜的眼光是在殺我，每一句話，都像冰霜一般凍我……」

她笑了。

「你瘋啦！」她把手放到他頭上說。

「這才對啦，我不是恢復思想與言語的天賦了嗎！奧爾迦，」他跪在她面前，說：「當我的妻子吧！」

她不作聲，從他背過臉去。

「奧爾迦，把手伸給我！」他繼續說。

她不伸。他自己取了，把來放在嘴脣上。她也不抽開。她的手暖烘烘，軟綿綿，而且略微有點濕滋滋。他試着望她的臉——她更加背過去。

「沉默？」他吻着她的手，着急地，詢問地說。

「乃同意之表示！」她靜靜地說完，依舊不看他。

「現在你感覺什麼？想什麼？」他問，回想着關於含羞的同意與眼淚的自己的空想

「就和您一樣，」她繼續眺望着哪裏的樹林，回答說；只有胸肺的起伏，表示她抑制着自己。

「她眼睛裏沒有眼淚？」奧勃洛摩夫想，但是她固執地望着底下。

「你不在乎嗎，你平靜嗎？」他說，試着把她拉到自己身邊。

「不是不在乎，而是平靜。」

「爲什麼呢？」

「因爲我早已預見這一點，習慣於這思想。」

「早已，」他驚愕地重複說。

「是的，從給你丁香花那一刻起……我心裏就把你喚做……」

她沒有說完。

「從那一刻起！」

他張開胳膊，要擁抱她。

「深淵在裂開啦，電光在發閃啦……當心些！」她狡猾地說，巧妙地避開他的擁抱，用陽傘擋開他的路膊。

他回想到那聲可怕的「決不」，便平靜下去。

「可是你從沒有說過，甚至作過一點表示呀……」他說。

「我們女子並非結婚，而是把我們嫁出去或者娶過去。」

「當眞從那一刻起嗎？……」他深思地重複說。

「你以爲不了解你，我就會單獨同你在這裏，每晚上坐在亭子裏，聽你和相信你嗎？」她傲然地說。

「那麼這是……」他面孔變色，放開她的手開始說。

他裏面起有一個古怪的思想。她懷着安詳的驕矜望着他，堅決地等待着；可是這時候他所希望的，却不是驕矜與堅決，而是眼淚，熱情，以及使人陶醉的幸福，那怕就是一霎也好，而隨後就讓生活毫不激動地安靜地流去！

而突然間，既沒有由於意外的幸福而突如其來的眼淚，又沒有含羞的同意！這怎麼理解呢！

懷疑之蛇在他心裏甦醒了，爬來了……她是愛他呢，還是僅僅嫁給他呢？

「可是另外有一條通幸福的路，」他說。

「什麼路？」她問。

有時候戀愛是不等待，不忍耐，不打算的……女子完全是一團火，一片戰慄，一下子體驗着苦痛與這樣的歡喜，以致……」

「我不知道這是什麼路。」

「是女子犧牲一切的路：安靜哩，公論哩，尊敬哩，而在戀愛之中去找得報酬……她把牠代替一切。」

「難道我們需要這條路嗎？」

「不。」

「你希望犧牲我的安靜與尊敬，走這路去尋求幸福嗎？」

「啊，不，不！我對天立誓，決不是！」他熱烈地說。

「那你爲什麼講呢？」

「眞的，我自己也不明白……」

「可是我倒明白：你是想知道，我肯不肯把我的安靜犧牲給你，同你去走這條路？對不對？」

「不錯，大概你猜到了……怎麼呢？」

「永遠不，決不！」她堅決地說。

他忖量一下，隨後嘆息一聲。

「不錯，這是一條可怕的路，女子追隨男子去走這條路——去毀滅，而始終愛他，是需要很强的愛情的。」

他詢問地瞧瞧她的臉：她竟一無什麼；只有眉毛上那條皺紋動一下，可是臉却平靜。

「想想看，」他說：「値不上你一個小指頭的叔尼奇卡，碰到你，一下子就會不認識你！」

奥爾迦微笑一下，而她的眼睛還是那麼明朗。可是奥勃洛摩夫由於自尊心的要求，竟着迷要得到奥爾迦的心的犧牲，而以此來陶醉。

「想想看，男子們走近你，不懷着胆怯的敬意，沉低眼睛，而帶着大胆而狡猾的微笑看你……」

他瞧瞧她，她在用陽傘用心地順着砂子撥一枚石子。

「你走進客廳，幾頂頭巾憤慨地晃呀晃呀的；其中一位就從你移開座位……而你的傲驕却始終如此，可是你就清楚地意識到，你是比她們高尚而好一些……」

「為什麼你向我講這些可怕的事？」她安靜地說。「我決不走那條路。」

「決不嗎？」奧勃洛摩夫沮喪地問。

「決不！」她重複說。

「不錯，」他深思地說，「你的力量不足以面對羞恥。也許你不怕死：可怕的不是死刑，而是對於死刑的準備，時時刻刻的拷問，你會受不住而憔悴下去——是不是？」

他儘向她的眼睛望去，看她怎麼。

她現得很快活：可怕的光景並不使她困惑；她嘴唇上漾着一片淺笑。

「我既不想憔悴，也不想死！完全不然，」她說：「可以不走那條路，而愛得更厲害……」

「那你為什麼不走這條路呢，」他執拗地，近乎懊惱地問，「要是你不怕？……」

「因為走這條路…… 到後來總是……分手的，」她說：「可是我……同你分手！……」

她停下，將一隻手搭上他的肩膀，長久地看着他，而忽然，把陽傘扔向一旁，雙臂迅速地，熱情地摟住他的頸項，吻一下，隨後滿臉通紅，把面孔貼上他的胸脯，靜靜地說。

「決不！」

他發出一聲歡喜的號泣，倒下來蹲臥在草上。

# 第三部

# 第一章

奧勃洛摩夫滿面光彩地回家去。他的血液沸騰，眼睛輝亮。覺得好像頭髮也在燃燒。就這樣走進自己的房間——而一下子，光彩消失了，眼睛帶着不愉快的驚愕，凝然地停下在一處地方：塔朗鐵也夫坐在他圈手椅內。

「怎麼儘等你不到？你在哪裏搖晃呀？」塔朗鐵也夫嚴厲地問，把自己毛茸茸的手向他伸過去。「而你那位老鬼竟完全放下不管；問他要吃的——沒有，要伏特加——也不給。」

「我在這裏樹林裏散步，」奧勃洛摩夫漫不經心地說，還沒有從因為同鄉在這個時候出現而起的忿怒之中回過神來！

他已經忘却這生活過很久的，陰鬱的環境，不習慣地窒息的空氣了。塔朗鐵也夫在一霎之間，彷彿把他又從天上拖到泥淖裏。奧勃洛摩夫苦惱地問自己：塔朗鐵也夫為什麼來呢？是否會躭久？想到他也許會躭到吃午飯，那時候他就不能上伊林斯基家去，便覺得苦惱。怎樣把他支使走呢，那怕花費一些代價也好——這是佔據奧勃洛摩夫的惟一的想頭。他默然地，陰鬱地等待着，看塔朗鐵也夫說些什麼。

「怎麼，老鄉，你不想去看看那房子嗎？」塔朗鐵也夫問。

「現在不需要了，」奧勃洛摩夫說，努力不看塔朗鐵也夫。「我……不往那裏搬了。」

「什麼？怎麼不搬了？」塔朗鐵也夫威脅地反問。「租了，又不搬了？可是租契呢？」

「什麼租契？」

「你忘了嗎？你訂了一年的租契。拿八百紙盧布來，那你愛哪裏就上哪裏。有四家住戶去看過，都想租：全拒絕了。有一家要租三年。」

奧勃洛摩夫現在只記得，搬到別墅來的那一天，塔朗鐵也夫曾經帶給他一頁紙，可是他並未唸，就急急忙忙簽上字。

「呵，我的天哪，我幹下什麼啦！」他想。

「可是我不需要房子了，」奧勃洛摩夫說：「我要出國去了……」

「出國！」塔朗鐵也夫打岔說。「是同那位德國人吧？哪裏的話，你不會去的！」

「爲什麼不去？我護照也有了：我來拿給你看。皮包也已買下。」

「不會去的！」塔朗鐵也夫漫不在乎他重複說。「而你倒不如把預付半年的租金拿出來吧。」

「我沒有錢。」

「隨你上哪裏弄去；我教母的哥哥，伊凡·馬脫威也奇，是不喜歡開玩笑的。馬上會上衙門告去：你就脫不了干係。況且我已把自己的錢付上，拿來還我。」

「你從哪裏得來這許多錢？」奧勃洛摩夫問。

「這關你什麼事？收到了一筆宿債，拿錢來！我是爲錢來的。」

「好吧，我一兩天就去把房子轉租給別人，可是現在我很匆忙。」

他開始扣上衣。

「可是你要怎樣的房子呢？比這再好的滿城都找不到。你不是沒有看過嗎？」塔朗鐵也夫說。

「我不要看，」奧勃洛摩夫回答：「爲什麼我往那裏搬？太遠了……」

「離什麼？」塔朗鐵也夫粗暴地問。

可是奧勃洛摩夫沒有說離什麼。

「離市中心，」隨後他加添說。

「離什麼市中心？這對你有什麼必要？躺臥嗎？」

「不，我現在不躺臥了。」

「怎麼這樣的？」

「就是這樣……我……今天……」奧勃洛摩夫開始說。

「什麼？」塔朗鐵也夫打岔說。

「不在家吃午飯……」

「你拿錢來，然後見鬼去！」

「什麼錢？」奧勃洛摩夫不耐煩地重複說。「我一兩天就上那邊去，同女房東講去。」

「哪一位女房東？教母嗎？她知道些什麼？娘兒們！不，你同她哥哥講去——那你就會明白！」

「唔，好吧；我去講去。」

「不錯，你等着吧！你拿了錢出來再去。」

「我沒有錢；須得借去。」

「唔，那麼現在至少把馬車錢付給我，」塔朗鐵也夫糾纏說：「三枚銀盧布。」

「你的車夫在哪裏？而且爲什麼要三枚銀盧布？」

「我打發他走了。怎麼爲什麼？他倒不想拉呢：「是砂路吧？」他說。從這裏去又是三枚銀盧布——合二十二盧布！」

「從這裏坐公共馬車去是半枚銀盧布，」奧勃洛摩夫說：「拿去！」

他給他四枚銀盧布。塔朗鐵也夫把來藏在口袋裏。

「爲了你賠上七個紙盧布，」他加添說。「再拿飯錢來！」

「什麼飯錢？」

「我現在趕不及進城了：就得在路上館子裏去吃；這裏什麼都貴：準敲我五個盧布。」

奧勃洛摩夫默然地取出一枚銀盧布，丟給他。他不耐煩得坐也不坐下，以便塔朗鐵也夫馬上走出去；可是他並不走。

「吩咐他們給我一點東西吃吃，」他說。

「你不是要在館子裏吃去嗎？」奧勃洛摩夫提示說。

「這是吃午飯的！可是現在不過一點多鐘。」

奧勃洛摩夫吩咐查哈爾去拿一點吃的東西來。

「什麼也沒有，沒有預備，」查哈爾冷笑地回答說，陰鬱地望着塔朗鐵也夫。「米海．安特烈也奇，什麼時候你才把老爺的襯衫和背心帶來呢？……」

「你說什麼襯衫和背心？」塔朗鐵也夫推託說。「早就還了。」

「什麼時候還的？」查哈爾問。

「你們搬家時候，我不是交給你手裏的嗎？你把牠們塞到哪裏角落裏，倒又問我要。」

查哈爾爲之一怔。

「啊，天哪！怎麼竟這樣無恥，伊里亞．伊里奇！」他一路朝奧勃洛摩夫轉身，一路喊起來。

「唱吧，唱這支老調吧！」塔朗鐵也夫反駁說。「喝茶喝去了，倒問我要……」

「那裏，我出世以來還沒有喝去過老爺的東西呢！」查哈爾嗄聲說。「您才……」

「住嘴，查哈爾！」奧勃洛摩夫嚴厲地攔住說。

「您不是從我們這裏拿走過一把地板刷子和兩只茶杯的嗎？」查哈爾又問。

「什麼刷子？」塔朗鐵也夫怒吼說。「啊，你這老無賴！倒不如去拿吃的東西吧！」

「您聽，伊里亞．伊里奇，他怎樣亂吠？」查哈爾說。「沒有吃的東西，家裏連麵包也沒有，阿妮茜雅出去了，」他說完了，便走出去。

「那你在哪裏吃午飯？」塔朗鐵也夫問。「眞奇怪：奧勃洛摩夫在樹林裏散步，不在家吃午飯……那你什麼時候上租屋去？秋天就在眼前。看看去吧。」

「好，好，一兩天就去……」

「可別忘了帶錢！」

「是，是，是……」奧勃洛摩夫不耐煩地說。

「唔，租屋裏不需要什麼東西吧？那邊，老兄，爲你把地板，天花板，窗子，門戶——統統油漆過：花一百多盧布呢。」

「是，是，很好……啊，我想告訴你這件事，」奧勃洛摩夫忽然間想起：「請你上法院去一趟，須得證明一張委任狀……」

「爲什麼我給你代表出庭？」塔朗鐵也夫回答說。

「我給你添一些飯錢，」奧勃洛摩夫說。

「上那裏去，費的鞋比你添的飯錢還要多。」

「坐車子去，我來付錢。」

「我可不能上法院去，」塔朗鐵也夫陰鬱地說。

「爲什麼？」

「那裏有些仇人，懷恨我，正在設計怎樣來謀害我。」

「唔，好吧，我自己去得了，」奧勃洛摩夫說，取起便帽來。

「上了租屋去，伊凡·馬脫威也奇便什麼事都會給您辦。這是一位寶貴的人，老兄，比不得任何暴發戶德國人！道地的俄國老衙門，三十年都坐在一只位子上，滿衙門兜得轉，錢也有，可是不僱車夫，燕尾服不比我的好；比水還靜，比草還低，說話聽不大見，不在外國流浪，像你這位……」

「塔朗鐵也夫！」奧勃洛摩夫用拳頭打一下桌子，喊：「不懂的事就別開口！」

塔朗鐵也夫對奧勃洛摩夫這種從未有過的手段，凸出了眼睛，甚至忘了把他看得比斯托爾茲低的侮辱。

「如今你怎麼啦，老兄……」他取起帽子，喃喃說：「多快當啊！」

他用袖子平平自己的帽子，隨後望望牠和放在架子上的奧勃洛摩夫的帽子。

「你不戴帽子的，你不是有便帽嗎，」他舉起奧勃洛摩夫的帽子，試着頭寸說：「借給我戴一夏天，老兄。」

奧勃洛摩夫默然地從他頭上摘下自己的帽子，把來放在原地方，隨後把雙臂交叉在胸前，等待塔朗鐵也夫出去。

「唔，見你的鬼！」塔朗鐵也夫笨拙地走過房門，說。「你，老兄，今天怎麼啦……那你同伊凡・馬脫威也奇講去，不帶錢去試試看。」

# 第二章

他出去了，可是奧勃洛摩夫心情不愉快地坐在圈手椅內，老半天才消釋去這粗暴的印象。最後，他想起了當天的早晨，於是塔朗鐵也夫醜陋的姿影便從他頭腦裏飛走；臉上又現出微笑。

他站在鏡子跟前，整上半天領帶。微笑半天，看自己面頰上是否有奧爾迦熱吻的痕跡。

「兩個『決不，』」他靜靜地，歡喜地昂奮着說：「而二者之間有多大的區別：一個已經謝了，可是另一個却開得多艷麗……」

隨後他越想越深入。他感覺得，光明的，無雲的戀愛底節日是過去了，事實上戀愛在成爲責任，牠同自己的生活混成一片，加入到牠尋常的作用之中，正開始褪色，失却虹彩。

說不定今天早晨牠最後的粉紅色的光線一閃之後，就從此不再燦爛地輝耀，却眼不見牠溫暖生活了吧；生活會吸收牠。牠會成爲生活的有力的，可是當然是隱蔽的發條。而從今以後，牠的表現將這麼單純而平凡。

詩在過去了，嚴肅的歷史要開始了：上法院，隨後上奧勃洛摩夫卡，蓋房子，向議會抵押領地，築路，同農民們打無限的交道，順序地工作，收穫，打穀，撥算盤珠，看管事的着急的面色，參加貴族選舉，出席審判廳會議。

偶然在哪裏，奧爾迦的眼光會一亮，會聽到，Casta Diva ，會匆忙地接一次吻，可是隨後又要去工作，上城裏，隨後又要見管事，撥算盤珠。

客人來了——還也並非安慰：開始講，誰釀多少酒，誰向國庫納多少阿爾申（一阿爾申等於○•七一一公尺強——譯者）布匹……這是怎麼回事？難道他向自己許下這個的嗎？這是生活不成？……可是人家就這樣生活，彷彿其中便是全部生活似的。安特烈就喜歡這種生活！

可是娶親，結婚——這終究是生活的詩篇，是現成的，開着的花朵。他想像他將怎樣領奧爾迦上祭壇；她——頭上插着橙花，蒙着長長的披紗。人羣裏作着驚愕的低語。她，胸脯靜靜地起伏着，頭驕傲而優美地垂倒着，含羞地把手伸給他，不知道該怎樣看大夥兒。她一會兒亮起微笑，一會兒流出眼淚，一會兒眉毛上面的皺紋又玩什麼思想。

在家裏，客人散了之後，依然穿着盛裝的她，像今天似地，撲到他胸口……

「不，我要跑到奧爾迦那裏去，我不能獨自思想和感覺，」他空想。「我要告訴每一個人，告訴全世界……不，最初告訴叔母，隨後是男爵，我要寫信給斯托爾玆——他準會吃一驚！隨後告訴查哈爾：他會一躬到地，高興得哭起來，我要給他二十五個盧布。婀妮茜雅會跑來，抓起我的手親吻，給她十個盧布……隨後，隨後我要高興得向全世界叫喊，叫喊得全世界都說：「奧勃洛摩夫幸福啦，奧勃洛摩夫娶親啦！」現在我要跑到奧爾迦那裏：那裏有持續的低語，兩條生命合成一條的海誓山盟等待我！……」

他便跑上奧爾迦那裏。她微笑着傾聽他的空想；可是他剛跳起來，要跑去向叔母說明，她的眉毛這麼一皺，他便畏縮下來。

「一句也不用向誰講！」她說，把手指按在嘴唇上，威嚇他講得低一些，莫叫叔母從隔壁房間裏聽到。「還不是時候哩！」

「什麼時候才是時候呢，要是我們倆之間都已經決定？」他不耐煩地問。「那現在幹什麼？從何起手？」他問。「總不能叉着手坐着呀。義務和認眞的生活已在開始……」

「不錯，已在開始，」她凝然地望着他，重複說。

「唔，我原想走第一步，跑上叔母那裏……」

「這是最後一步。」

「那第一步是什麼呢？」

「第一步……上法院去：不是需要寫什麼文件嗎？」

「不錯……我明天……」

「爲什麼不今天？」

「今天……今天這樣的日子離開你嗎，奧爾迦！」

「唔，好吧，明天吧。可是隨後呢？」

「隨後：告訴叔母，寫信給斯托爾茲。」

「不，隨後上奧勃洛摩夫卡……安特烈·伊凡尼奇不是寫信說，應當在村裏辦什麼事嗎，我不知道您在那裏有些什麼事，建築吧，是不是？」她看着他的臉，問。

「我的天哪！」奧勃洛摩夫說。「可是假使聽從斯托爾茲，那事情就一百年也達不到叔母那裏！他說，應當開始蓋房子，築路，興辦學校……這一切，整整一百年你也辦不了。我們一起去吧，奧爾迦，那時候……」

「可是我們上哪裏去呢？那邊有沒有房子？」

「沒有，舊房子壞了；我記得台階都已完全搖晃……」

「那我們上哪裏去呢？」她問。

「須得在這邊找房子。」

「爲這件事你也應當上城裏去，」她提示說：「這是第二步……」

「隨後……」他開始說。

「你且先把這兩步辦了，然後再……」

「這是怎麽回事？」奥勃洛摩夫悵惘地想：「旣無持續的低語，又無兩條生命合成一條的海誓山盟！怎麽竟全然不同，全然是另一回事。這位奥爾迦多麽奇怪啊！她並不停留在一處，並不甜蜜地幻想詩意的瞬間，彷彿她完全沒有空想，完全沒有耽於瞑想的要求！立刻就上法院去，上租屋去——正像安特烈一樣！怎麽他們都好像講妥了急急忙忙生活似的！」

第二天，他帶着一張有紋章的紙往城裏去，打着哈欠，望着斜刺裏，無可奈何地先坐車上法院。他不太知道法院在哪裏，便上伊凡·蓋拉西米奇那裏去打聽，須得在哪一部裏去作證。後者很高興看到奥勃洛摩夫，不吃早飯不肯放他走。隨後又派人去請一位朋友，以便向他打聽怎樣辦這件事，因爲他自己早已不問事。

早飯和協商到三點鐘才完畢，上法院去太遲了，而明天剛是星期六——不辦公，就得挨到星期一。

奧勃洛摩夫往費勃爾格·斯陀羅那自己的新租屋去。車子在兩邊是長長的籬笆的小巷裏走了半天。最後找到一位警察；警察說，這房子在同這條街並排的另一條街上——他還指指那條沒有房子，只有籬笆，草和泥淖裏的乾的車轍的街道。

奧勃洛摩夫又往前去，一路觀賞着籬畔的蕁麻，和探出籬笆來的山梨。最後，警察指指院子裏一所舊的小房子，加添說：

「就是這一所。」

「十等官瀰希尼青之未亡人寓此，」奧勃洛摩夫在門口讀到，便吩咐把車子趕進院子裏去。

院子就和房間一般大，因此車轅磕上屋角，嚇得一羣老母鷄咯咯咯向四面猛竄，有些甚至飛起來；一匹大黑狗開始帶着鏈子左右亂掙，絕望地汪汪大叫，試着要夠到馬們的嘴臉。

奧勃洛摩夫坐在同窗戶一般高的車子裏，走不出來。擺着木犀草，天鵝絨草和金錢菊的窗戶裏，人頭攢動。奧勃洛摩夫設法從車裏爬了出來；狗吠得更厲害。

他走上台階，和一位有皺紋的老太婆一撞，她穿着撒拉方（註一），一端掖在帶子裏。

「您會誰？」她問。

「會女主人，瀰希尼青娜太太。」

老太婆狐疑地把頭一沉。

「您不是要會伊凡・馬脫威也奇吧？」她問。「他不在家：他還沒有散辦公廳回來。」

「我要會女主人，」奧勃洛摩夫說。

這之間，屋子裏沒有停止過混亂。一會兒從這個戶窗裏，一會兒又從那個窗戶裏，有一個頭窺視；老太婆身背後的門，開一下又關上；從那裏探出種種不同的臉來。

奧勃洛摩夫旋轉身：院子裏有兩個孩子，一男一女，好奇地望着他。

從哪裏出現一位睡眼惺忪的農民，穿着毛皮外套，用手在眼睛上搖着太陽，懶洋洋地望着奧勃洛摩夫和車子。

狗始終低沉地，斷續地吠着，只要奧勃洛摩夫動彈一下，或者馬匹頓頓蹄子，就開始帶着鏈子跳躍和不休不歇地吠叫。

右面籬笆外面，奧勃洛摩夫看見一片其大無垠的菜園，種着捲心菜，左面籬笆外面，看得見有幾顆樹木和一座綠色的木亭子。

「您要會婀葛菲雅・馬脫威也芙娜嗎？」老太婆問。「有什麼事？」

「去稟報女主人，」奧勃洛摩夫說：「說我要見她：我租過這裏的房子。」

「您原來是新住戶，米海・安特烈也奇的朋友？等一下，我來稟報去。」

她打開門，便有幾個頭從門口跳開，跑進內屋裏去。他正趕上看見一位女人，裸露着頭頸和臂肘，未戴頭巾，皮膚白淨，很胖，她因爲被不相干的人看見了，便嫣然一笑，也從門口逃開去。

「請您到屋裏來，」老太婆回來說，便領奧勃洛摩夫經過小小的前室，走進一間很寬敞的屋子，請他等一下。「主人馬上就來，」她加添說。

「可是狗還儘吠着，」奧勃洛摩夫環顧着房間，想。

他的眼睛忽然停留在一些熟悉的物件上：滿房間都堆積着他的傢具。桌子蒙着灰塵；椅子成堆地堆在床上；褥子，食器和櫃子都雜亂無章。

「這怎麼的？竟沒有整理，沒有收拾嗎？」他說。「多髒啊！」

忽然他背後的門軋啦一響，他剛才看見裸露着頭頸和臂肘的那位女人走進房間來。

她在三十上下。皮膚很白淨，臉胖得好像血色也穿不過她的面頰。眉毛差不多完全沒有，可是在眉毛的地位，有兩條微微隆起的發亮的線條，疎疎朗朗地長一些亮晶晶的毛。眼睛淡灰而質朴，和臉上的全部表情一樣；手很白淨，但是粗糙；藍色的血管以大的結子凸出在外面。

衣服緊裹在她身上：分明她並不依仗任何技巧，甚或添一條裙子來增加臀部的寬窄，而削減腰身。因此，甚至罩上衣服的她的半身，在沒有披肩時，也可以不破壞她的貞節，供畫家或者彫刻家作堅實，健康的胸脯的模特兒。她的衣服，同漂亮的披肩和華麗的頭巾一比，見得又舊又破。

她料不到有客人來，奧勃洛摩夫求見她時，她便在家常衣服上，搭上自己星期日用的披肩，而在頭上蒙上一方頭巾。她怯生生地走進來，羞答答地望着奧勃洛摩夫，立停下來。

他起身致禮。

「我有榮幸見到潑希尼青娜太太嗎？」他問。

「是我，」她回答說。「您也許是要同家兄說話吧？」她躊躇地問。「他在辦公，五點以前不會回來。」

「不，我要見您，」當她離他儘遠儘遠地坐在沙發上，望着像馬衣一般把她直掩到衣裙的披肩兩端時，奧勃洛摩夫開始說。

「我租下了房子；現在因爲環境關係，必須在城的另一邊去找房子，所以我來同您談一下⋯⋯⋯⋯」

她愚鈍地傾聽和愚鈍地思索。

「現在家兄不在家，」隨後她說。

「可是這房子不是您的嗎？」奧勃洛摩夫問。

「是我的，」她簡短地回答。

「那我想，您自己就可以解決……」

「可是家兄不在家嘛：我們的事統是他經管的，」她初次向奧勃洛摩夫正視一下，又把眼睛落在披肩上，單調地說。

「她的臉單純，但是愉快，」奧勃洛摩夫謙遜地決定：「一定是一位善良的女人！」

這時候，從門後冲出一個女孩子的頭來。婀葛菲雅·馬脫威也芙娜威脅地，偷偷地向她點點頭，她便藏起來。

「令兄在哪裏恭喜？」

「在衙門裏。」

「在哪個衙門裏？」

「登記農民的地方……我不知道叫什麼名稱。」

她質朴地微笑一下，隨卽她的臉又作出自己尋常的表情。

「您不是獨自同令兄住在這裏嗎？」奧勃洛摩夫問。

「不，先夫的兩個孩子同我在一起；男的八歲，女的六歲，」女主人饒舌地開始說，她的臉已活潑一些：「還有我的祖母，害着病，不大好走動，就只上上禮拜堂，從前常同婀庫麗娜上市場去，但是現在從尼哥拉節起已不再去：脚發腫。就是在禮拜堂裏，也大半坐在凳子上。如此而已。有時候姑太太跑來作客，還有米海・安特烈也奇。」

「米海・安特烈也奇常上您這裏來嗎？」奧勃洛摩夫問。

「有時候來作一個月客：他同家兄是朋友，常在一起。」

不作聲了，窮於一切思想和言語了。

「您這裏多靜緻！」奧勃洛摩夫說。「要是狗不吠，那簡直以爲毫無生物呢。」

她嫣然一笑作回答。

「您時常出去嗎？」奧勃洛摩夫問。

「夏天偶然出去。最近，伊里亞星期五，上火藥局去過。」

「那裏有很多人去吧？」奧勃洛摩夫問，打敞開的披肩裏，望着高高的，像沙發靠墊一樣結實的，從來不激動的胸脯。

「不，今年不多；從早晨就下雨，可是後來又放晴。要不然去的人就多了。」

「您還上些什麼地方？」

「我們哪裏也很少走動。家兄同米海・安特烈也奇去釣魚，在那裏煮魚羹吃，可是我們始終在家裏。」

「當眞始終在家裏嗎？」

「憑上帝，是眞的。去年上柯爾庇諾去過，可是有時候我們也上這裏的樹林裏去。六月二十四號是家兄的命名日，要舉行午餐會，他衙門裏的官員都來吃午飯。」

「那您出去作客嗎？」

「家兄去的，可是我同孩子們只在復活節和聖誕節才上先夫親戚家去吃午飯。」

再沒有可說的話。

「您這裏有些花，您喜歡花嗎？」他問。

她莞爾一笑。

「不，」她說：「我們沒有功夫忙花。這是孩子們同婀庫里娜上伯爵花園裏去，園丁給的，而天竺葵和伽羅木則先夫在日就有在這裏。」

這當兒，婀庫麗娜忽然闖進房間；一匹大母鷄在她手裏撲着翅膀，絕望地咯咯叫着。

「是把這匹母鷄，婀葛菲雅•馬脫威也芙娜，拿給鷄販子嗎？」她問。

「你來作什麼，你來作什麼！走！」主婦含羞地說。「你瞧，有客人在！」

「我只是問一聲，」婀庫麗娜倒提住鷄脚，鷄頭朝下，說：「他給七十戈貝克。」

「走，上廚房裏去！」婀葛菲雅•馬脫威也芙娜說。「是那匹灰色的，有斑點的，不是這一匹，」她急忙地加添說，自己害起羞來，便把雙手藏在披肩底下，開始朝下面看。

「家務！」奧勃洛摩夫說。

「不錯，我們有很多母鷄；我們出賣鷄蛋和雛鷄。這條街上，別墅裏和伯爵公館裏，都從我們拿東西，」她更大胆地向奧勃洛摩夫望望，回答說。

她的臉作着一種能幹的，操心的表情；逢到講她所熟悉的題目，甚至愚鈍也消失了。而對於同任何肯定的，她所知道的目的無關的一切問題，她都以微笑和緘默來作答。

「該把這些東西理一理吧，」奧勃洛摩夫指着自己的一堆傢具，提示說。

「我們本來想理，可是家兄不許，」她活潑地打岔說，並且全然大胆地望望奧勃洛摩夫：「

『天知道他桌子裏和櫃子裏有些什麼……』他說：『往後還失了——就要連累我們……』」

她住下口，嫣然一笑。

「令兄爲人多小心啊，」奧勃洛摩夫加添說。

她又微微一笑，便再作出自己尋常的表情。

她的微笑大半用來掩飾在這一場合或者另一場合，應當說什麼或者幹什麼的無知。

「我等不得他回來了，」奧勃洛摩夫說：「也許您會向他轉達，因爲環境關係，我不需要這房子了，所以請求把牠轉讓別的住戶，而我這方面也來找找喜歡這房子的人看。」

她愚鈍地傾聽着，平勻地睒着眼睛。

「關於租契，費心說……」

「可是現在他不在家，」她重複說：「您不如明天再請過來吧：明天星期六，他不去辦公……

……」

「我忙得可怕，一分鐘都不空閒，」奧勃洛摩夫借口說。「您就費心說，定錢留着您用，而住戶我來找……」

「家兄不在家，」她單調地說：「他怎麼沒有回來……」便望望街上。「他走這裏窗前過：

來的時候看得見，可是並沒有呀！」

「唔，我要走了……」奧勃洛摩夫說。

「可是家兄回來時，向他怎麼說呢：您什麼時候搬過來？」她從沙發上站起來，問。

「您就把我求您的話轉告他，」奧勃洛摩夫說：「因爲環境關係……」

「您明天自己請過來同他談吧……」她重覆說。

「明天我不行。」

「那麼後天星期日吧：散了彌撒，我們總有伏特加和酒菜。米海·安特烈也奇也要來呢。」

「當眞米海·安特烈也奇也要來嗎？」奧勃洛摩夫問。

「憑上帝，是眞的，」她加添說。

「後天我也不行，」奧勃洛摩夫不耐煩地借口說。

「那就下星期吧……」她提示說。「可是什麼時候才搬來呢？我來吩咐他們把地板擦一擦，灰塵撣一撣，」她問。

「我不搬來，」他說。

「怎麼？那我們把東西往那裏放呢？」

「您費心向令兄說，」奧勃洛摩夫筆直地注視着她的胸脯，從容地開始說：「因爲環境關係……」

「可是怎麼這半天還沒有回來，竟看不見呀，」她望着隔開街道和院子的籬笆，單調地說。

「他的脚步我也知道：誰在木頭人行道上怎樣走都聽得見。這裏來往的人很少……」

「您會把我求您的話轉告他的吧？」奧勃洛摩夫一路說，一路鞠躬，走出去。

「過半個鐘頭，他自己就來……」主婦懷着不是她所固有的不安說，彷彿試着用聲音來留住奧勃洛摩夫。

「我不能再等了，」他決定說，一邊打開門。

看到他在台階上，狗便汪汪大叫，並且開始又帶着鏈子亂掙。支着臂肘睡覺的車夫開始倒退馬匹；老母鷄們又驚慌地向四面八方逃開去；幾個頭從窗子裏窺探。

「那我向家兄說，您來過了，」奧勃洛摩夫坐進車子時，主婦不安地加添說。

「不錯，您說，因爲環境關係，我不能把這房子留着自己用，要把牠轉讓給別人，或者就請他……找……」

「他總在這時候回來……」她心不在焉地聽着他，說。「我向他說，您要再來一趟。」

「不錯，一兩天我再來，」奧勃洛摩夫說。

在狗的絕望的吠叫之中，車子走出院子，在沒有鋪砌的小街的乾泥土上顚簸而去。

在這小街盡頭，出現一位穿着破外套的中年人，腋下夾着一個大紙包，拿着一支粗手杖，穿着橡皮套鞋，雖然天日又乾又熱。

他迅速地走着，看着兩邊，走得彷彿想把木頭人行道踩壞似的。奧勃洛摩夫回頭向他看一眼，看見他轉灣進潑希尼青娜家的大門而去。

「這一定是她哥哥回來了！」他結論說：「可是見他的鬼去！又要談上一個鐘頭，我却想吃東西，天氣又熱！而且奧爾迦在等我呢……等下一次吧！」

「走得快一些！」他向車夫說。

「可是另看房子呢？」他望着兩邊的籬笆，忽然想起。「非再回到莫爾斯卡耶街或者柯紐奧挪耶街不可……等下一次吧！」他決定說。

「走得快一些！」

註一：Sarafan俄國農婦所穿的無袖長帶的衣服。

# 第三章

在八月梢頭，下雨了，有火爐的別墅裏，烟囪冒出烟來，沒有火爐的，民居們便包着面頰來去，最後，別墅逐漸地空起來。

奧勃洛摩夫沒有向城裏露臉，而一天早晨，伊林斯基家的傢具在他的窗前搬運過。雖然他現在不再把搬家，路過哪裏吃一餐午飯和整天不躺臥當作一件英雄事業，可是他不知道晚上在哪裏宿夜。

公園和樹林空起了，奧爾迦的百葉窗關上了，獨自留在別墅裏，在他是絕對不可能的。他走過她的空屋子，繞遍公園，走下山，哀愁壓迫着他的心。

他吩咐查哈爾和婀妮茜雅上費勃爾格·斯陀羅那去，決定在那裏住到找得新房子爲止，可是自己跑進城，在館子裏匆匆忙忙地吃一頓午飯，而在奧爾迦家裏坐上一黃昏。

可是城裏的秋晚，並不像公園裏和樹林裏的漫長而明朗的白晝和黃昏。這裏他不能一天見她三次；這裏卡提雅不會跑上他那裏，他也不會派查哈爾走五維爾斯他路去送一封短簡。而這夏天的，開着花的戀愛底整個詩篇，就彷彿停頓下來，更懶怠地前進，好像牠的內容不足似的。

他們有時候緘默上半個鐘頭。奧爾迦專心着活計，用針默數着花樣的格眼，而他則耽溺在思想的混沌裏，生活在比現在遠爲遼遠的未來裏。

不過時不時他凝視着她，熱情地戰慄一陣，或者她向他瞥視一眼，在他眼睛內捉住優美的順從，和無言的幸福底光線，而粲然一笑。

他一連三天進城上奧爾迦家裏，在他們那裏吃午飯，藉口是，他那裏還沒有佈置，這個星期就要出門，因此不像在家似地蹲在新房子裏。

可是第四天，他覺得不便再去，於是在伊林斯基家附近躑躅一陣，便嘆息一聲回家去。

第五天，他們沒有在家吃午飯。

第六天，奧爾迦向他說，叫他上她要去的那家舖子去，隨後他可以送她步行回家，讓車子走在後面。

這一切都很不方便；他和她常遇見熟人，寒暄，有幾位還站下來講話。

「啊，我的天哪，多苦惱啊！」他恐懼和左右爲難得渾身大汗地說。

叔母也以懶洋洋的大眼睛看着他，沉思地嗅着酒精，彷彿是他叫她頭痛似的。而且他來去多麼遠！從費勃爾格·斯陀羅那坐車子來，晚上再回去——要三個鐘頭。

「我們向叔母講吧，」奧勃洛摩夫主張說：「那時候我可以從早晨就和您廝守，而誰也不會說話……」

「可是你上法院去過沒有？」奧爾迦問。

奧勃洛摩夫忍不住要說：「去過了，什麼事都辦了，」可是他知道，奧爾迦如此凝視着他，她馬上會在他臉上看出謊話來。他便嘆一聲氣作答。

「啊，要是你知道這是多麼困難啊！」他說。

「可是同房東的哥哥談了沒有？找房子了沒有？」隨後她問，並不抬起眼睛來。

「早晨他從來不在家，而晚上我總在這裏，」奧勃洛摩夫說，欣然於有充分的藉口。

現在是奧爾迦嘆一聲氣，可是沒有說什麼。

「明天我一定同房東的哥哥講去，」奧勃洛摩夫使她安心說：「明天是星期日，他不去辦公。」

「在未辦這一切之前，」奧爾迦沉思地說：「不能同叔母說，見面也應當少見幾次……」

「不錯，不錯……是眞話，」害怕了，奧勃洛摩夫加添說。

「星期日和我們的招待日，你在我們家裏吃午飯，此外是星期三，一個人，」她決定說。「此外我們可以在戲院裏見面：你知道我們什麼時候去，就也去。」

「不錯，這是眞話，」他說，欣然於她把調排見面日程的事擔在自己肩膀上。

「假使天日好，」她結論說：「我要上夏園去散步，你也可以上那裏來；這會使我們想起公園……公園！」她感情地重複說。

他默然地吻吻她的手，便向她告辭到星期日。她沒精打采地目送他走出，隨後便坐下在鋼琴跟前，完全沉緬在音響之中。她的心哭泣着什麼事，而音響也哭泣着。她想唱——唱不出！

第二天，奧勃洛摩夫起來，穿上在別墅裏穿的自己的奇特的燕尾服。他同睡衣早已告別，吩咐把來藏在衣櫥裏了。

查哈爾照常搖晃着托盤，笨拙地端着咖啡和麵包捲走到桌畔。在查哈爾背後，婀妮西雅照常從門後探出半個身子，看查哈爾是否把茶杯送到桌上，假使查哈爾把托盤平安無事地放在桌子上，就立刻悄無聲息地藏起來，假使托盤上落下一件東西，就急忙跳過去，搶住其餘的東西。這之際，查哈爾便破口大駡，開初駡東西，隨後駡老婆，並且用臂肘向她的胸脯揮揚作勢。

「多好的咖啡！這是誰煮的？」奧勃洛摩夫問。

「房東太太自己，」查哈爾說：「六天都是她煮的。『您，』她說，『把菊萵苣加得太多，煮卻並未煮到時候。讓我來煮！』」

「好啡咖，」奧勃洛摩夫又斟着一杯，說。「謝謝她。」

「這不就是她自己，」查哈爾指着側邊的房間的半開的門，說。「這是她們的食料間還是什麼，她在那裏幹活，那裏放着她們的茶，糖，咖啡以及食器。」

奧勃洛摩夫只看到房東的背脊，後腦和一部分雪白的頭頸，以及裸露的臂肘。

「她在那裏用臂肘這樣迅速地轉動什麼？」奧勃洛摩夫問。

「誰知道她！是熨着花邊什麼吧。」

奧勃洛摩夫看着臂肘怎樣轉動，背脊怎樣傴下去，又直起來。

她傴下去時，看得見潔淨的裙子，潔淨的襪子和圓滾滾，肥茁茁的腿。

「一位官員太太，可是臂肘倒像是什麼伯爵夫人的；還有笑渦哩！」奧勃洛摩夫想。

中午時分，查哈爾跑來問，要不要嘗嘗她們的麵餅：是房東太太吩咐來問的。

「今天是星期日，他們在烤麵餅！」

「唔，我想準是很好的麵餅吧！」奧勃洛摩夫漫不經心地說。「夾着洋葱和胡蘿蔔…………」

「這麵餅可不比我們奧勃洛摩夫卡的差，」查哈爾提示說：「夾着雛鷄和新鮮的菌子。」

「啊，這一定很好的：去拿來！是她們誰烤的？那位髒婆子吧？」

「那裏是她！」查哈爾輕蔑地說。「要不是房東太太，她連和麵也不會哩。房東太太自己始終在廚房裏。麵餅是她同婀妮茜雅兩個人烤的。」

五分鐘之後，一支裸露的胳膊，由他所見過的披肩掩着一點點，拿着一只盤子，上面裝着一大塊熱氣騰騰的麵餅，從側邊的房間向奧勃洛摩夫這邊探過來。

「謝謝您，」奧勃洛摩夫取着餅，愛嬌地應答說，望望門，便把目光注在高高的胸脯和裸露的肩膀上。門急遽地關上。

「不要伏特加嗎？」聲音問。

「我不喝；謝謝您，」奧勃洛摩夫更愛嬌地說：「您有些什麼伏特加？」

「自家做的：自己用醋栗葉子溜的，」聲音說。

「我倒從沒有喝過醋栗葉子溜的伏特加，請您給我嘗嘗看！」

裸露的胳膊又拿着盤子和一杯伏特加探過來。奧勃洛摩夫把來喝乾：他很喜歡這種酒。

「多謝，」他一邊說，一邊試着向門裏望去，可是門已訇一聲關上。

「怎麼您不叫人家看見您，向您道一聲早安呢？」奧勃洛摩夫責問說。

房東太太在門後微笑一下。

「我還穿着家常衣服，始終在廚房裏。這就穿衣服去。家兄馬上做完彌撒回來了，」她回答說。

「噢，a propos（註一）令兄，」奧勃洛摩夫陳述說：「我倒應當同他談一談。請他上我這裏來一趟吧。」

「好的，等他回來我告訴他。」

「這是你們誰在咳嗽？這是誰的乾咳嗽？」奧勃洛摩夫問。

「是祖母；她咳有八年了。」

而門便訇一聲關上。

「她多麼……單純啊，」奧勃洛摩夫想：「可是她裏面倒有些什麼……而且收拾得自己很乾淨！」

至今他還沒有同房東太太的『哥哥』認識。只是清早從床上，那也很難得，看見一個人腋下挾着一個大紙包，打籬笆的格眼裏閃過，消失在小街上，隨後，五點鐘，仍是這個人，挾着這個紙包，閃過窗前回家，消失在台階那面。可聽不見在家裏。

然而分明那裏住得有人，尤其是早晨：廚房裏刀子噼噼啪啦；女人在角落裏洗什麼東西，門旁劈柴火，或者兩輪車運水桶的聲音傳進窗戶內；牆那面有孩子們哭泣，或者老太婆固執地乾咳嗽。

奥勃洛摩夫有四間屋子，都是像模像樣的正屋。房東太太同家族住在兩間不像樣的屋子裏，哥哥則住在樓上所謂亭子間裏。

奥勃洛摩夫的書齋和臥室，窗戶都向着院子，客廳朝花園，大廳則面對種着捲心菜和馬鈴薯的大菜園，客廳的窗上掛着褪色的棉布窗帷。

挨牆壁擺下幾把素淨的胡桃樹木椅子；鏡子底下安放一張牌桌；窗台上擺着幾盆天竺葵和天鵝絨草，掛着四籠金翅雀和金絲雀。

房東太太的哥哥踮着脚趾走進來，以三鞠躬回答奥勃洛摩夫的問候。身上的制服完全扣着，因此看不出他有沒有襯衫；領帶打一個簡單的結子，兩端藏在下面。

他在四十上下，額角上一片筆直的短髮，顳顬上兩片漫不經心地迎風招展的同樣的短髮，相同不大不小的狗的耳朵。灰色的眼睛並不一下子就看東西，而是先偷偷裏看一下，第二次才停止下來。

他好像恥於自己的手，說話時，總試着把雙手藏在背後，或者把一只手插在胸口，而把另一只手藏在背後。向長官遞文件，作解釋，他都把一只手放在背後，而用另一只手的中指，指甲朝下，小心地指指某一行或者某一個字，一指過，就立刻把手藏到後面去，這也許是因爲手指又肥，又紅，而且微微發抖的緣故，所以他不無理由地覺得，時常把牠們露出來，並不十分合適。

「是您，」他把自己的二重視線，拋在奧勃洛摩夫身上，開始說：「吩咐我上您這裏來的吧。」

「不錯，我想同您談談關於房子的事。請坐！」奧勃洛摩夫殷勤地回答說。

在兩度邀坐之後，伊凡・馬脫威也奇才決定躬身向前，把雙手縮在袖子裏，坐下。

「因爲環境關係，我必須給自己另找一處房子，」奧勃洛摩夫說：「因此希望把這一處轉讓去。」

「現在轉讓可是難了，」向手指裏咳一下嗽，趕忙又把牠們藏在袖子裏，伊凡・馬脫威也奇回答說：「要是您在晚夏光臨，那時候倒有許多人來看房子。」

「我來過的，可是您不在家，」奧勃洛摩夫截住說。

「舍妹說過，」那官吏加添說。「可是您別担心房子：您在這裏會方便的。也許是鳥打擾您吧？」

「什麼鳥？」

「母鷄。」

奧勃洛摩夫雖然經常從清早起就聽見窗子底下母鷄的沉重的咯咯咯和雛雞的啫啫啫，可是他在乎那個嗎？他面前飛翔着奧爾迦的形像，輕易注意不到四下裏的事。

「不，這倒無所謂，」他說：「我以爲您是說金絲雀哩：牠們從早晨就開始囀鳴。」

「我們來把牠們拿走，」伊凡．馬脫威也奇回答說。

「這也無所謂，」奧勃洛摩夫陳述說：「可是我，因爲環境關係，不能住下去。」

「那就悉聽尊便，」伊凡．馬脫威也奇回答說。「可是假使找不到住戶，租契怎麼辦呢？您賠償損失吧？……那您就吃虧了。」

「可是要賠償多少呢？」奧勃洛摩夫問。

「我這就去拿賬目來。」

他去拿了租契和算盤來。

「喏，房租是八百紙盧布，收過一百定洋，下欠七百盧布，」他說。

「難道我在您這裏沒有住上兩星期，您當眞要取我全年的租金嗎？」奧勃洛摩夫截住他說。

「那怎麼辦呢？」伊凡・馬脫威也奇溫和而有良心地反駁說。「叫舍妹受損失可不公道。她是一位窮寡婦，就指着這房子上的收入生活；也許在雛雞和鷄蛋上掙幾個錢給孩子們穿衣服。」

「對不起，我可不能，」奧勃洛摩夫開始說：「您想，我沒有住上兩星期。這是什麼，爲什麼呢？」

「喏，租契上說，」伊凡・馬脫威也奇用中指指兩行文字，又把手指藏在衣袖裏，說：「請您唸一遍看：『倘余，奧勃洛摩夫，欲先期他遷，當將此屋以同一條件轉讓他人，否則當悉數償付潑希尼青娜太太之全年租金至翌年六月一日爲止，』」奧勃洛摩夫唸了一遍。

「這怎麼回事？」他說。「這太不公道啦。」

「可是非常合法，」伊凡・馬脫威也奇提示說：「您親自簽過字：這不是簽字嗎！」

手指又在簽字底下出現一下，便又藏起來。

「該多少呢？」奧勃洛摩夫問。

「七百盧布，」伊凡．馬脫威也奇開始仍以同一枚手指來撥算盤珠，每撥一次就趕忙把牠曲成拳頭：「再是馬廐和車屋一百五十盧布。」

他又撥動一下。

「對不起，我沒有馬，我並未餵：我要馬廐和車屋做什麼？」奧勃洛摩夫活躍地反對說。

「租契上有，」伊凡．馬脫威也奇用手指指着一行文字，提示說。「米海．安特烈也奇說，您要餵馬的。」

「米海．安特烈也奇扯謊！」奧勃洛摩夫煩惱地說。「把租契給我！」

「啫，請您把副張收起，可是租契是屬於舍妹的，」伊凡．馬脫威也奇把租契取在手裏，柔和地回答說。「此外，菜園和菜園所出之食料，捲心菜，蕪菁及其他蔬菜，以一人計，」伊凡．馬脫威也奇唸道：「約爲二百五十盧布……」

他想再撥算盤。

「什麼菜園？什麼捲心菜？我不知道您在說什麼！」奧勃洛摩夫近於威脅地抗議說。

「啫，有在租契裏呀：米海．安特烈也奇說，您以這個條件租用……」

「這是怎麼回事，你們竟沒有我就處理我的食桌？我可不要什麼捲心菜和蕪菁……」奧勃洛摩夫一邊說，一邊站起來。

伊凡·馬脫威也奇也從椅子上站起來。

「對不起，怎麼可以沒有您呢：這不是簽字嗎！」他反駁說。

肥手指又在簽字上面發抖，而全張租契在他手裏發抖。

「一共您算是多少呢？」奧勃洛摩夫不耐煩地問。

「還有油漆天花板和房門，改造廚房的窗戶，新添房門上的鐵搭——一百五十四盧布二十八戈貝克紙盧布。」

「怎麼，連這也出在我的賬上嗎？」奧勃摩洛夫吃驚地問。「這總是出在房東賬上的呀？誰會搬進沒有完工的房子？……」

「喏，租契上說，出在您的賬上，」伊凡·馬脫威也奇用手指遠遠裏指着紙上寫這句話的地方。「一共是一千三百五十四盧布二十八戈貝克紙盧布！」他把雙手連租契藏向背後，溫柔地說。

「可是上哪裏拿去？我沒有錢！」奧勃洛摩夫抗議說，一邊在房間裏走來走去。「我非常需要您的蕪菁和捲心菜呢！」

「那就悉聽尊便！」伊凡·馬脫威也奇靜靜地加添說。「可是您別担心：您在這裏會方便」他加添說。「至於錢……舍妹就等一等。」

「不行，我因爲環境關係不行！聽到沒有？」

「聽到了。那就悉聽尊便，」伊凡·馬脫威也奇退後了一步，順從地回答說。

「好吧，我來想一想，試着把這房子轉租去！」奧勃洛摩夫向那官員點點頭，說。

「才困難哩，可是悉聽尊便！」伊凡·馬脫威也奇結論說，便三鞠躬而退。

奧勃洛摩夫掏出皮夾，數一數錢：一共是三百零五盧布。他一怔。

「我把錢放上哪裏去了？」奧勃洛摩夫驚愕地，近於恐怖地問自己，「夏初從鄉下送來一千二百盧布，可是現在一共才三百！」

他開始計算和追想所有的支出，可是只想出二百五十盧布，

「錢上哪裏去了？」他說。

「査哈爾，査哈爾！」

「什麼事？」

「我們的錢都上哪裏去了？我們竟沒有錢了！」他問。

查哈爾開始在口袋內探摸，掏出一枚半盧布的銀幣，一枚十戈貝克的銀幣，放在桌上。

「唔，忘記交給您了，是搬運東西上剩下來的，」他說。

「幹嗎你塞些小錢給我？你說，八百盧布哪裏去了？」

「我怎麼知道呢？難道我知道您上那裏花的錢？您付車夫多少車錢？」

「不錯，坐車上也花去不少，」奧勃洛摩夫望着查哈爾，記起來。「你記得不記得，我們在別墅裏付過車夫多少錢？」

「哪裏記得，」查哈爾回答說：「有一次您吩咐我付三十盧布，我就這麼記得。」

「你要是記下來就好了！」奧勃洛摩夫責備他。「不識字可眞糟。」

「不識字我也活上一輩子了，謝天謝地，倒也並不比別人差！」查哈爾望着斜刺裏，回答說。

「斯托爾茲說得對，應當在鄉裏創辦學校！」奧勃洛摩夫想。

「唔，伊林斯基家就有過一位識字的，傭人們告訴我，」查哈爾繼續說：「可是他把銀器從食櫥裏偷走。」

「您看！」奧勃洛摩夫胆怯地想：「事實上，這些識字的——全是這種不道德的人：吃館子，拉手風琴，喝茶……不，辦學校早着哩！……」

「唔，還花過些什麼錢？」他問。

「我怎麼知道呢？噯，在別墅裏您不是給米海·安特烈也奇……」

「不錯，」想出了這兩筆錢，奥勃洛摩夫已經高興。「那麼付過車夫三十，付過塔朗鐵也夫好像是二十盧布……還有呢？」

他沉思地，詢問地望着查哈爾。查哈爾陰鬱地看着他。

「婀妮茜雅是否記得？」奥勃洛摩夫問。

「傻瓜哪裏記得？娘們知道什麼？」查哈爾輕蔑地說。

「我可記不起了！」奥勃洛摩夫沮喪地結論說：「沒有來過賊吧？」

「要是來過賊，那什麼都一齊拿去了，」查哈爾一路說，一路走出去。

奥勃洛摩夫坐下在圈手椅內，沉思起來。「我從哪裏去拿錢呢？」他想到冷汗直流。「鄉下什麼時候會送來，而且是多少呢？」

他望望鐘：兩點，該上奥爾迦那裏去了。今天是規定吃午飯的日子。他逐漸地快活起來，便吩咐雇車，坐上莫爾斯卡耶街去。

註一：法文，「提起」。

# 第四章

他向奧爾迦說，已同房東的哥哥談過，並且急口地憑空加添說，有希望在本星期內把房子轉讓去。

奧爾迦同叔母出去趕午飯之前作一次訪問，他便向附近去看房子。看到兩處；一處是四間，四千紙盧布，另一處是五間，討六千。

「可怕！可怕！」他一邊重複說，一邊掩着耳朶，從吃驚的門房跑開去。在這些數目上，加上不得不付給潑希尼青娜的一千多盧布，他嚇得竟得不出總數，只是加緊步子，跑上奧爾迦那裏去。

那裏正有些客。奧爾迦很活躍，有說，有唱，很引起熱狂。不過奧勃洛摩夫却心不在焉地傾聽，可是她是爲他說話和歌唱的，爲的要使他掛着鼻子，垂着眼瞼枯坐，而使他裏面的一切可以也繼續不斷地說話和歌唱。

「明天上戲院裏來，我們有一間包廂，」她說。

「晚上，滿路泥漿，又這麼遠！」奧勃洛摩夫想，可是望望她的眼睛，便以同意的微笑來回答她的微笑。

「定正廳的座，」她加添說：「下星期馬也夫斯基一家子要來了；ma tante 邀過他們上我們包廂裏來。」

她望望他的眼睛，看他將多麼高興。

「天哪！」他恐怖地想。「可是我一共才只三百盧布。」

「請求男爵去；他同那裏每一個人都認識，請他明天打發人去定座。」

她又嫣然一笑，他也望着她微笑一下，並且含着微笑去請求男爵；後者也含笑地答應打發人去買票。

「現在坐正廳，可是往後，把事情辦結束了，」奧爾迦加添說：「你就有權在我們包廂裏佔座位。」

最後微笑一下，笑得像完全幸福的時候一樣。

唷，當奧爾迦把花一般地由微笑蓋起的魅惑的遠景底幕，舉起一點點時，是怎樣的幸福吹在他身上啊！

奥勃洛摩夫竟把錢的事忘了；不過第二天早晨，看到房東的哥哥的紙包閃過窗前，他便想起委任狀的事來，於是就請伊凡·馬脫威也奇在法院裏去證明。後者把委任狀唸一遍，聲明說，其中有糢糊的一點，並且答應把牠弄清楚。

文件重行抄寫過，終於證明好，拿來付郵。奥勃洛摩夫勝利地把這件事告訴奥爾迦，便安心了很久。

他欣喜，在接到回信之前，不必去找房子，而房錢一點一點地往回來。

「這裏倒也很可住得，」他想：「就是離一切都遠，可是她們家裏的秩序倒蠻嚴峻，家務也料理得很好。」

事實上，家務是料理得非常之好。雖然奥勃洛摩夫個別起伙食，可是房東的眼睛却照看着他的廚房。

有一次，伊里亞·伊里奇走進廚房裏，發見婀葛菲雅·馬脫威也芙娜同婀妮茜雅差不多彼此摟着。

如果確有精神的同感，如果同類的心確會遠遠裏互相感應，那就決沒有像婀葛菲雅·馬脫威也芙娜和婀妮茜雅的同感證明得這樣歷歷如睹。從最初的一瞥，一言和一動起，她們就彼此理解和看重。

由於婀妮茜雅的種種方法，由於她以火棒抹布武裝着，捲起袖子，在五分鐘內把半年未用的廚房整理得有條有理，用刷子一下子把架子上，牆壁上和桌子上的灰塵擦去；用掃帚大刀闊斧地掃地板和板凳；一霎眼出清爐子裏的灰——婀葛非雅·馬脫威也芙娜便看重婀妮茜雅是怎樣的人，而且會成爲家務方面多麼偉大的幫手。

而婀妮茜雅，這回是輪到她，就只有一次看見婀葛非雅·馬脫威也芙娜怎樣在廚房內統治，怎樣以沒有眉毛的鷹眼看好呆鈍的婀庫麗娜的每一笨拙的動作；怎樣喝令取出，放上，燒熱，加鹽，怎樣在市場上只消看一眼，充其量用手指碰一下，便一無差池地斷定，母鷄生了有多少月，魚出水得是否長久，芫荽和生菜是什麼時候從田裏摘下的——她便懷着驚愕和敬畏來看她，並且斷定，她，婀妮茜雅，是逃避着自己的使命，她的用武之地——並不是奧勃洛摩夫的廚房，那裏，她的迅捷，動作底永久發作着的神經的狂熱，只是注意搶住查哈爾所飛落的盤子或者玻璃杯，那裏，她的經驗和考慮底精細，被丈夫暗暗的妒忌和愚蠢的高傲所窒息。兩位女人互相了解，而變得分拆不開。

奧勃洛摩夫不在家吃午飯時，婀妮茜雅便蹲在房東廚房裏，而且出於對工作的愛好，從這一角落跑到那一角落，把鍋子放上，取起，差不多在一轉瞬間，在婀庚麗娜來得及理解是怎麼回事之前，打開櫥子，把需要的東西拿到手，便又闔上。

代之，婀妮茜雅的酬勞是一餐午飯，早晨六杯咖啡，晚上也是那麼多，以及同房東太太一場開誠佈公的持續的談話，有時候則是信託的低語。

奧勃洛摩夫在家吃午飯時，房東便幫婀妮茜雅的忙，那就是，用言語或者手指，指出是否該把燒肉拿下來，或者太早，醬油裏要不要加上一些紅酒或者酸酪，或者魚不該這樣，而該那樣燒……

我的天哪，她們倆在家務上交換多少知識啊，那不單在烹飪方面，並且也在亞蔴布，線，縫紉，洗內衣，清滌絹花邊，花邊，手套，從種種料子上去除斑點，以及使用種種自家製的藥物，藥草方面——凡是觀察的智慧和永世的經驗導入生活的某一範圍裏的一切方面！

伊里亞・伊里奇早晨九點鐘起身，有時候看見房東的哥哥，腋下挾着紙包，閃過籬笆的格眼走去辦公，隨後用咖啡。咖啡始終那麼樣好，乳脂濃厚，麵包噴香，鬆脆。

隨後他吸雪茄，注意地傾聽母鷄沉重地咯咯咯，雛鷄們嗜嗜嗜，金絲雀和金翅雀轉鳴。他不叫把牠們拿走。

「使人想起鄉下，奧勃洛摩夫卡來，」他說。隨後便坐下來把在別墅裏開始唸的書唸下去，有時候拿一本書，漫不經心地躺在沙發上唸。

理想地寂靜，偶而一位兵士，或者一羣農民，腰帶裏塞着斧頭，在街上走過。很難得有一位小販，來到這偏僻之處，站在有格眼的籬笆跟前，喊上半個鐘頭：「蘋菓呀，阿斯脫刺罕的西瓜呀，」喊得你不願意也得買點什麼。

有時候瑪夏，房東的女兒，跑上他那裏，傳媽媽的話說，有賣胡椒菌或者橘黃菌的：他吩咐不吩咐給自己買一小桶，或者他把瓦尼亞，她的兒子，喚來，問他學過什麼，叫他唸或者寫，而看他寫得和唸得好不好。

要是孩子們沒有把門在自己後面關上，他便看見房東的裸露的頭頸，和一閃一閃，永久活動着的臂肘和背脊。

她始終幹着活，始終熨着，搗着或者擦着什麼，而且不再拘禮，披披肩，注意到他打半開的房門之間看着她，也只是微笑一下，便又在大桌子上忙碌地搗着，熨着和擦着。

他有時候帶着一本書走到房門口，向她看一眼，便同房東講話。

「您始終幹着活！」有一次他對她說。

她嫣然一笑，便又忙碌地開始旋轉咖啡磨子的柄，而她的臂肘如此迅速地畫着圓圈，以致奧勃洛摩夫的眼睛爲之發花。

「您不是要累了，」他繼續說。

「不，我慣了，」她回答說，轉着磨子。

「那沒有活的時候，您幹些什麼呢？」

「怎麼沒有活？總有活做的呀，」她說：「早晨預備午飯，飯後做針線，而晚上是晚飯。」

「難道你們還吃晚飯？」

「怎麼沒有晚飯？我們吃晚飯的。節日我們去做通夜彌撒。」

「這倒很好，」奧勃洛摩夫誇獎說。「上哪一個教堂？」

「上降生堂；這是我們的教區。」

「那唸什麼書不唸呢？」

她愚鈍地望望他，不作聲。

「您沒有書籍？」他問。

「家兄有，可是他並不唸。我們從館子裏拿報紙來，所以有時候家兄就高聲地唸……可是瓦尼俞卡（瓦尼亞之愛稱——譯者）有不少書。」

「您當眞從不休息嗎？」

「憑上帝，是眞的！」

「戲院也不去嗎？」

「聖誕節的時候家兄去的。」

「可是您呢？」

「我哪裏有功夫？去了晚飯怎麼辦？」她斜睨他一下。

「您不在家，廚娘也可以……」

「婀庫麗娜嗎！」她驚異地抗議說。「那怎麼行，我不在，她會做什麼？晚飯做到明天也做不出來。鑰匙都在我的手裏。」

沉默。奧勃洛摩夫欣賞着她的肥茁茁，圓滾滾的膂肘。

「您的手臂多好，」奧勃洛摩夫突然間說：「竟可以馬上畫出來。」

她微笑一下，有幾分含羞。

「有了袖子不方便，」她辯解說：「瞧，如今行的是怎樣的衣服，袖子全弄髒了。」

她不作聲了。奧勃洛摩夫也不作聲。

「一礦好咖啡，」房東太太獨自地低語說：「我就來把糖弄碎。還有，別忘了打發人去買肉桂。」

「您可應當嫁人！」奧勃洛摩夫說：「您是一位好主婦。」

她微笑一下，開始把咖啡裝入一只大玻璃瓶裏。

「實在的，」奧勃洛摩夫加添說。

「誰會娶我這有孩子的人？」他回答說，便開始在心裏計算什麼。「二十……」她沉思地說

「她果眞會把牠們全放上嗎？」

把瓶子放進櫥裏，便跑上廚房裏去。奧勃洛摩夫就走回自己的房間，開始唸書……

「還多麼新鮮，健康的一位女人，多麼好的主婦！她可眞應當嫁人……」他自言自語說，便沉思……關於奧爾迦的事。

逢到好天氣，奧勃洛摩夫就戴上便帽，在附近蹓躂；那裏陷進泥淖裏，這裏落在同狗們的不愉快的關係之中，回家來。

而家裏，食桌已經擺好，飲食旣如此鮮美，上菜又乾淨。有時候，打門裏探過來一支裸露的

路轉，拿着一只盤子——請他嘗房東的麵餅。

「這一帶又悄靜，又好，只是無聊！」奧勃洛摩夫一邊說，一邊去看歌劇。

有一次，從戲院裏很晚回來，他同車夫打了差不多一個鐘頭的大門；狗帶着鏈子竄跳和吠叫得聲音都發啞。他又挨凍又生氣，說，第二天就走。可是第二天，第三天，一星期都過去——他還是沒有走。

在未規定的日子，不看見奧爾迦，不聽見她的聲音，不在她眼睛內讀到同樣的，不變的嬌愛，戀愛和幸福，他便無聊。

代之，在規定的日子，他便像夏天那樣生活，聽她唱歌，或者望她的眼睛；有第三者在場，那只消對別人是冷淡的，可是對他是深切而有意義的她的一瞥，他就滿足。

然而，事情愈近冬天，他們的單獨會面變得愈少。客人們開始上伊林斯基家來，而奧勃洛摩夫就整幾天同她講不成兩句話。他們倆交換目光。她的目光有時候表現出疲乏和不耐煩。

她皺着眉看所有的客人。有兩次，奧勃摩洛夫甚至覺得無聊，有一天吃午飯之後，竟拿起帽子來。

「上哪裏去？」奧爾迦忽然走攏他來，搶住他的帽子，問。

「讓我回去吧……」

「爲什麼？」她問。她的一道眉毛比另一道高一些。「您要去做什麼？」

「沒有什麼……」他說，好容易撑着睡眼。

「誰讓您回去？您不是打算要睡覺吧？」嚴厲地，交替地望望他一只眼睛，再望望另一只，問。

「您說什麼？」奧勃洛摩夫活潑地回答說。「大白天睡覺！我不過是無聊而已。」

於是他便把帽子鬆手。

「今天要上戲院去，」她說。

「可並不一起在包廂裏，」他嘆息着加添說。

「那又有什麼？我們彼此相見，休息的當口你來看我們，散戲時你跑來扶我上車子，難道就算不了事嗎？……請您去！」她命令地加添說。「這是怎樣的新聞啊！」

沒有辦法，他便跑上戲院裏，彷彿想把舞台一口吞下去似地打哈欠，搔後腦，把一條腿疊在另一條腿上。

「啊，快點結束了，同她並排坐在一起吧，別這遠遠地跋涉到這裏來了！」他想。「要不然，在這樣的夏天之後，還要間歇地，偷偷地會面，扮演戀愛着的孩子的脚色……說眞話，要是結了婚，今天我就不上戲院裏來：我第六次聽這齣歌劇了……」

休息當口，他走上奧爾迦包廂裏，好容易才從兩位花花公子中間擠到她身邊。過了五分鐘，他便溜出來，停留在正廳入口的人堆裏。又是一幕開始，全都急急忙忙歸座。從奧爾迦包廂裏出來的兩位花花公子，也在這裏，可沒有看見奧勃洛摩夫。

「剛才在伊林斯基家包廂裏的那位先生是誰？」一位問另一位。

「是奧勃洛摩夫某某，」另一位漫不經心地回答說。

「這奧勃洛摩夫是什麼人？」

「是一位……地主，斯托爾茲的朋友。」

「噢！」另一位有意味地發音說。「斯托爾茲的朋友。他在這裏幹什麼？」

「Dieu sait！（註一）」另一位回答說，便統統散到各人的坐位上。可是奧勃洛摩夫卻叫這毫無意義的談話弄迷糊了。

「那位先生是誰？……是奧勃洛摩夫某某……他在這裏幹什麼……Dieu sait，」這一切都向他頭腦裏錘擊。

「是某某！」「我在這裏幹什麼！怎麼幹什麼？我愛奧爾迦！我是她的……然而，社會上不是已經發生問題了嗎：我在這裏幹什麼？人家都注意了……啊，我的天哪！怎麼辦呢，必須有什麼辦法才行呀……」

他不再看見，舞台上演些什麼，那裏出來些什麼騎士和女子，樂隊在轟響，可是他也聽不見。他向四下裏環顧，計算在這戲院內有多少熟人：喏，這裏，那裏——到處都坐得有，全在問：「上奧爾迦包廂裏去的那位先生是誰？……」「是奧勃洛摩夫某某！」全都說。

「不錯，『我是某某！』」他胆怯地，沮喪地想。「人家認識我，因爲我是斯托爾兹的朋友。爲什麼我在奧爾迦旁邊呢？『Dieu sait！』喏，喏，這兩位花花公子望着我，隨後又望着奧爾迦的包廂！」

他向包廂裏望一眼：奧爾迦的雙眼鏡正注在他的身上。

「啊，天哪！」他想。「可是她幹嗎不把眼睛從我移開呢？她在我這樣的人身上找到些什麼？竟成爲這樣的寶貝！，好像現在她是指着舞台……那兩位花花公子好像望着我笑呢……天哪，天哪！」

他又昂奮地猛搔一陣後腦，又把一條腿疊在另一條腿上。

她邀那兩位花花公子散了戲去喝茶，答應把抒情曲複唱一遍，關照他也去。

「不，今天不再去了；必須把事情快一點解決，然後……怎麼代理人不從鄉下送回信來呢？……我早就要去了，在動身之前同奧爾迦先訂了婚……啊，可是她始終望着我呢！眞不幸！」

不等待歌劇完畢，他便回家去。他的印象逐漸地擦了去，他又懷着幸福的顫慄獨自望着奧爾迦，噙着歡喜的擠出來的眼淚，傾聽她當衆歌唱，到家裏，不被奧爾迦知道地向沙發上一躺，可是不是睡覺，不是死木頭似地躺臥，而是空想她，在心裏體味幸福，展望着平靜的家庭生活的未來的遠景而激動，在這生活裏，奧爾迦將發着光亮——而她周圍的一切也都要發亮。展望着未來，他有時候不自覺地，有時候故意地，向半開的房門裏，眺望房東的閃動着的臂肘。

有一天，大自然和屋子裏都是理想地寂靜；既無馬車的轟隆，又沒有門的砰訇；前室裏，鐘擺勻稱地嘀嗒着，金絲雀們歌唱着；可是這並不破壞寂靜，而只是給與牠生活的若干陰影。

伊里亞·伊里奇滿不在乎地躺在沙發上，玩拋鞋，使牠落在地板上，舉向空中，在空中翻一個身，拖鞋掉下來，他便用腳從地板上檢起……查哈爾走進來，站在門口。

「做什麼？」奧勃洛摩夫漫不經心地問。

查哈爾不作聲，差不多筆直地，不是從橫裏，望着他。

「唔？」奧勃洛摩夫吃驚地望望他，問：「麵餅做好了，是不是？」

「您找到房子了沒有？」這一回輪到查哈爾問。

「還沒有。幹嗎啦？」

「我還沒有把一切清理好：磁器，衣服，箱子，都還山似地堆在儲藏室裏。要不要清理？」

「慢來，」奧勃洛摩夫心不在焉地說：「我在等鄉下的回信。」

「那麼說，婚禮要在聖誕過後了？」查哈爾加添說。

「什麼婚禮？」奧勃洛摩夫忽然間站起來，問。

「都知道是您的！」查哈爾肯定地回答說，好像說一件早已決定的事。「您不是結婚嗎？」

「我結……婚！同誰？」奧勃洛摩夫以驚愕的眼睛盯着查哈爾，恐怖地問。

「同伊林斯基小姐……」查哈爾還沒有說完，可是奧勃洛摩夫差不多已到他鼻子上。

「你說什麼，不幸的人，誰向你唆使這念頭的？」奧勃洛摩夫壓迫着查哈爾，以抑制住的聲音感情地叫喊。

「我怎麼不幸呢？謝天謝地！」查哈爾一邊說，一邊向門口退去。「誰？伊林斯基家的傭人還在夏天就說了。」

「嘛！……」奧勃洛摩夫朝上舉起一枚手指，威脅着査哈爾，說：「莫再說！」

「難道是我想出來的？」査哈爾說。

「莫說了！」奧勃洛摩夫威脅地望着他，重複說，向他指指門。

査哈爾便走出去，向全部房間嘆一口氣。

奧勃洛摩夫無法使自己平靜；他儘站在一個位置上，恐怖地望着査哈爾所站的地方，然後絕望地把雙手放在頭上，坐下在圈手椅裏。

「傭人們知道了！」在他頭腦內旋轉。「跟丁室裏，廚房裏有謠言了！竟一至於此！他竟敢問什麼時候結婚。可是叔母還沒有犯疑，或者假使犯疑，那也許是另外的，不好的……宥，宥，宥，她能怎麼想呢？而我呢？而奧爾迦呢？」

「不幸的人，我幹下什麼啦！」他把臉貼着靠墊，在沙發上移動着，說。「結婚！這戀人生活中詩意的一瞬，幸福底王冠——跟丁們，車夫們竟談起來了，當事情一點還沒有解決，鄉下的回信還沒有來，我的皮包還是空空如也，房子還沒有找到……」

他開始分析這査哈爾剛一談起，便一下子失去色彩的詩意的一瞬。奧勃洛摩夫開始看到問題的另一面，便痛苦地翻來覆去，仰臥，忽然間跳起來，在房間裏走上三步，又躺下去。

「唔，兆頭不妙！」査哈爾在前室裏獨自恐怖地想。「這都是鬼引我的！」

「他們從哪裏得知的？」奧勃洛摩夫重複說。「奧爾迦沒有作聲，我連自言自語也都不敢，可是前室裏已完全決定！這就是單獨會面，朝暉夕霞底詩篇，熱情的流盼和魅惑的歌唱的意義！唉，這些戀愛底詩是從無好結果的！應當先舉行婚禮，隨後再浮沉在桃色的雰圍之中……我的天哪！我的天哪！跑到叔母那裏，拉住奧爾迦的手，說：『這是我的未婚妻』吧！可是一切都未準備，沒有鄉下的回信，沒有錢，沒有住房！不，應當先從査哈爾頭腦裏敲出這思想，像止熄火災似地把謠言止熄，別叫牠傳佈，別叫牠有火與煙……結婚！結婚！結婚是什麼？」

想起早先自己關於結婚的詩的理想：一方長長的披紗，一枝橙花，人羣裏的低語，他便微笑起來。

可是色彩已不是原先的：在這裏的人羣裏，有老粗而骯髒的査哈爾和伊林斯基家的全體傭人，一排車輛，一些陌生的，冷淡地好奇的臉。隨後，隨後模糊地看見仍是那種乏味而怕人的事……

「應當從査哈爾頭腦裏敲出這思想，使他把這當作一件荒謬的事，」他決定，一會兒痙攣地興奮着，一會兒痛苦地沉思着。

一小時之後，他喊査哈爾。

査哈爾裝作未聽見，開始悄悄地望廚房裏跑去。他一無聲息地打開門，可是肋腹沒有觸着一扇，而肩膀同另一扇上那麼一撞，於是兩扇門訇一聲都敞開。

「査哈爾！」奧勃洛摩夫命令地喊。

「您要什麼？」査哈爾從前室裏回答。

「上這裏來！」伊里亞・伊里奇說。

「是不是要什麼東西？那您說了我就拿去！」他回答說。

「上這裏來！」奧勃洛摩夫間歇而固執地發言說。

「唉，倒是死了好！」査哈爾一邊走進房間，一邊嗄聲說。「唔，您要什麼？」他黏住在門洞裏，說。

「走攏來！」奧勃洛摩夫向査哈爾指着站立的地方，以莊嚴而神秘的聲音說，指得這麼近，査哈爾差不多就得坐在主人膝蓋上。

「我哪能走攏去？那裏太擠近了，我從這裏也聽得見呀，」査哈爾藉口說，頑固地停留在門洞裏。

「對你說走攏來嘛，」奧勃洛摩夫威脅地說。

查哈爾走上一步，便銅像似地站下來，朝窗外望着漫步着的母鷄，向主人刷子似地冲出着一邊的頰髯。伊里亞·伊里奇激動得在一個鐘頭之內已改了樣，臉好像瘦了些，眼睛不安地溜動着。

「唔，現在要來了！」查哈爾想，一邊變得越來越陰鬱。

「你怎麼能向主人作這樣荒謬的問話？」奧勃洛摩夫問。

「喏，來了！」查哈爾想，大睒着眼睛，苦痛地期待着『可憐的話。』

「我問你，你怎會把這樣荒謬的事裝進自己的腦袋裏的？」奧勃洛摩夫重複說。

查哈爾不作聲。

「聽到沒有，查哈爾？幹嗎你容許自己不單是想，甚至還講？……」

「伊里亞·伊里奇，不如讓我把婀妮茜雅叫來吧……」查哈爾說，便要向門口舉步。

「我要同你講，不同婀妮茜雅講，」奧勃洛摩夫反對說。「幹嗎你想出這種荒謬的事來？」

「不是我想出來的，」查哈爾說：「是伊林斯基家的傭人們講的。」

「可是誰告訴他們的？」

「我怎麼知道呢！卡提雅告訴的帥密翁，帥密翁告訴的尼基泰，尼基泰告訴的瓦西里沙，瓦西里沙告訴的婀妮茜雅，而婀妮茜雅告訴的我……」查哈爾說。

「天哪，天哪！全知道了！」奧勃洛摩夫恐怖地說。「這完全是無稽，荒謬，謠言，誹謗——你聽到沒有？」奧勃洛摩夫用拳頭在桌子上擊一下，說。「這是不可能的！」

「爲什麼不可能呢？」查哈爾毫不介意地打岔說。「結婚是平常的事！不光是您，人人都娶親的。」

「人人！」奧勃洛摩夫說。「你就擅於把我同別人，而且同人人打比！這是不可能的。沒有這回事，並且也沒有過！結婚——是很平常的事：聽到沒有？結婚是什麼？」

查哈爾向奧勃洛摩夫望望，看到憤怒地凝注在自己身上的眼睛，便立刻將目光轉到右首角落裏。

「聽着：我來向你解釋，這是什麼。『結婚，結婚，』閒散的男人，各種女人，小孩子，開始在僕役室裏，商店裏，市場裏講。人便不再被喚作伊里亞·伊里奇，或者彼得爾·彼得洛維奇，而喚作『未婚夫。』昨天誰也不要看他，可是明天卻誰都注目他，好像看哪一位無賴似地。在戲院裏，在街上，都不讓他通過。『喏，這就是未婚夫！』大家都耳語說。而且一天有多少人走攏他去，人人都竭力作出蠢笨的臉相，就像你現在似地，（查哈爾趕快又將目光轉向院子裏，）說些荒謬的話，」奧勃洛摩夫繼續說。「諾，這就是怎樣開端！而且還得每天像被咒詛的人一樣，從早晨就到未婚妻那裏，始終戴上淡黃色的手套，穿着簇新的衣服，不可以見得乏味，不可以正當地吃，喝，而得指着風和花束來生活！這要三四個月！明白沒有？那我怎麼成呢？」

奧勃洛摩夫住下口，瞧，這一番對於娶親的不方便的描寫，是否使查哈爾感動。

「要不要我走了？」查哈爾一邊問，一邊朝門口轉過去。

「不，等一下！你就擅於散佈假造的謠言，所以你得知道爲什麼這是假造的……」

「我有什麼要知道的？」查哈爾審視着牆壁，說。

「你忘了，未婚夫和未婚妻有多少奔走，紛忙。而且我有誰去給跑裁縫舖，靴店，木器店，你還是怎麼的？我一個人可不能同各方面分身。城裏便誰都會知道。『奧勃洛摩夫娶親啦——您聽說沒有？』——『眞的嗎？娶的誰？她是什麼人？什麼時候結婚？』」奧勃洛摩夫用種種聲音說。「就都只是這種談話！光這一件事我就要苦死，躺倒，可是你倒想出：結婚！」

他又望望查哈爾。

「要不要喊妸妮茜雅來？」查哈爾問。

「幹嗎要喊婀妮茜雅？作這輕率的推測的是你，不是婀妮茜雅。」

「唔，幹嗎今天上帝把這來罰我呢？」查哈爾嘆一口氣，嘆得甚至肩膀都聳起來，低語說。

「而且怎樣的花費？」奧勃洛摩夫繼續說。「可是錢在哪裏？你知道的，我有多少錢呢？」奧勃洛摩夫近於威脅地問。「而且住房在哪裏？這裏就得付一千盧布，再租一所又要三千，裝修又要多少！再有馬車，廚子，生活費！我從哪裏去拿？！」

「怎麼別人有三百名農奴也結婚的呢？」查哈爾反對說，可是自己便後悔，因為主人差不多從圈手椅跳起，向自己竄過來。

「你又是『別人』？看！」他用手指威嚇一下，說。「別人住兩間，或者至多三間屋子：飯廳和客廳統在一起；有人連睡也睡在裏面；孩子們就在一排上；全屋子只有一個女傭人幹活。太太親自上市場去。可是奧爾迦·賽爾格葉芙娜會上市場去嗎？」

「市場就我來去，」查哈爾提示說。

「你知道，我們從奧勃洛摩夫卡得到多少收入？」奧勃洛摩夫問。「聽到村長寫的話沒有？收入『減少兩千光景！』還有路要築，學校要辦，我得上奧勃洛摩夫卡去；那裏沒有地方可住，房子還沒有哩……怎麼能結婚？你怎麼想出來的？」

奥勃洛摩夫住下口。他自己也因爲這威脅人的，不快的展望而恐怖起來。薔薇花，橙花，節日的輝亮，人羣中驚愕的低語——一下子完全暗淡了。

他臉上變了色，沉思起來。隨後逐漸地回過神來向四下裏環顧一下，看見了查哈爾。

「你幹什麼？」他陰鬱地問。

「不是您吩咐站着的嗎！」查哈爾說。

「去吧！」奥勃洛摩夫向他不耐煩地揮揮手。

查哈爾趕忙向房門口舉步。

「不，等着！」奥勃洛摩夫忽然又喚住他。

「一會兒『去吧，』一會兒『等着！』」查哈爾用一只手拉住門，喃喃說。

「你怎麼胆敢散佈我這樣毫不恰當的謠言？」奥勃洛摩夫以着急的低語問。

「我什麼時候散佈過，伊里亞·伊里奇？這不是我，而是伊林斯基家的傭人們講的，說老爺求過婚……」

「噓……」奥勃洛摩夫威脅地揮着手，說：「莫再說一句！聽到沒有？」

「聽到了，」查哈爾怯怯地回答。

「再不散播這種荒謬的話了吧？」

「再不了，」查哈爾靜靜地回答，不了解一半的話，只知道是「可憐的」。

「記着，只要聽到人家講這件事，問起你——就說：這是無稽之談，從沒有這回事，並且是不可能的！」奧勃洛摩夫以低語加添說。

「是，是，」查哈爾輕易聽不見地低語說。

奧勃洛摩夫回頭看一眼，用手指向他威嚇一下。查哈爾睒着吃驚的眼睛，正踮着脚向門口走出去。

「是誰第一個講這件事的？」奧勃洛摩夫追上了他，問。

卡提雅告訴的帥密翁，帥密翁告訴的尼基泰，」查哈爾低語說：「尼基泰告訴的瓦西里沙……」

「而你洩漏給所有的人！我給你顏色看！」奧勃洛摩夫威脅地說。「散播對主人的誹謗！哼！」

「幹嗎您拿可憐的話來苦惱我呢？」查哈爾說：「我去喚婀妮茜雅來：她完全知道……」

「她知道什麼？說，馬上說！……」

査哈爾立刻走出房門，以異常的速度向廚房裏跑去。

「丟下煎鍋，上老爺那裏去！」他用大姆指對婀妮茜雅指指房門，說。婀妮茜雅便把煎鍋遞給婀庫麗娜，從帶子裏把衣裾拉出來，用手掌拍拍屁股，用食指抹抹鼻子，再走上主人那裏去。

她在五分鐘以內，就使得伊里亞・伊里奇安心，對他說，誰也沒有講過結婚的事；賭咒；甚至把聖像從牆上拿下來，說，她還是初次聽說這件事；剛相反，人家說的完全是另一囘事，說是男爵向那小姐求婚……

「男爵嗎！」伊里亞・伊里奇一下子跳起來，問，不單是他的心，連手脚也都冰冷。

「這也是無稽之談！」婀妮茜雅看到自己從火裏掉進了焰裏就趕忙說：「這不過是卡提雅向師密翁講，師密翁向瑪爾發講，瑪爾發向尼基泰把一切講得七纏八錯，而尼基泰說，『要是你們老爺，伊里亞・伊里奇，向小姐求婚，倒也好……』」

「這尼基泰是怎樣的傻瓜！」奥勃洛摩夫說。

「當眞是傻瓜，」婀妮茜雅重複說：「他連駕車出去時，也宛然睡着似的。就是瓦西里沙也不相信，」她急口地繼續說：「她還在聖母昇天日（註一）就向她說了・可是保姆親自對瓦西里沙講，小姐不想出嫁，豈有這等事，假使你們老爺想娶親，哪會好久沒給自己找到新娘子，少不久她還看到撒摩伊拉，甚至他也笑這件事：說什麼結婚？與其說像結婚，倒不如說像安葬，叔母老是頭痛，而小姐哭泣，不作聲；家裏連嫁奩也未預備；小姐有無數未補的襪子，就這也未得縫補；上星期甚至把銀器都典押掉……」

「把銀器都典押掉了？那她們也並沒有錢！」奧勃洛摩夫想。恐怖地把眼睛向四壁轉來轉去，隨後停留在婀妮茜雅鼻子上，因爲在她身上別無可以停留之處。她彷彿不是用嘴，而是用鼻子說了這一切。

「記着，莫開談廢話！」奧勃洛摩夫用手指對她威嚇着說。

「閒談什麼！莫說閒談，我連念頭也沒有想到，」婀妮茜雅括辣括辣說，彷彿劈着木片：「並且什麼事也沒有，今天我才初次聽說，我在上帝面前立誓，若有虛假，就叫打入地底下去！老爺向我說的時候，我竟還吃驚，害怕，甚至渾身發抖哩！這怎麼能够？結什麼婚？誰都沒有夢到。我始終坐在廚房裏，同誰也不講什麼。有一個月沒同伊林斯基家的傭人們見過面，連他們的名字也都忘了。而這裏同誰閒談呢？同房東太太談的只是家務；同老太太是不能談話的：她咳嗽，耳朵又不靈；婀庫麗娜是傻瓜，門房是醉漢；餘下就只是孩子們：同他們講什麼？而且我連那小姐的臉相也都忘了……」

「哦，哦，哦！」奥勃洛摩夫說，不耐煩地揮揮手，叫她出去。

「莫須有的事，怎麼可以講？」婀妮茜雅一路走出去，一路說完。「至於尼基泰說什麼，那可沒有為傻瓜們制下法律。我自己是想都沒有想到：成天價累得要命，——還想得到這上面？天知道是怎麼回事！牆上不是安着聖像……」隨着這些話，講話的鼻子向門外消失了 可是門外的話聲還聽得見一分鐘。

「就是這句話！連婀妮茜雅也反覆說：豈有這等事！」奥勃洛摩夫把手掌合在一起，以低語說。

「幸福，幸福！」隨後他傷心地說。「你是多麼脆弱，多麼靠不住啊！披紗，花冠，愛情，愛情！可是錢在哪裏？指什麼生活？就是你，愛情，純潔而合法的幸福，也得以金錢購買。」

從這一刻起，空想和安寧竟把奥勃摩洛夫委棄。他睡得不好，吃得少，茫然地，陰鬱地看一切事物。

他探究結婚問題的實際方面，看到，這固然是詩意的，可是同時也是向基本而重要的現實，向一串嚴肅的義務，實際而公認的一步時，他原想使查哈爾吃驚，而自己倒比他吃驚得更厲害。可是他原未這樣想像同查哈爾的談話，他記起，他想向查哈爾莊嚴地宣佈這件事，查哈爾會喜歡得哭出來，倒在他的脚邊，他就給他二十五個盧布，而婀妮茜雅十個……

他記起一切，那時候的幸福的顫慄，奧爾迦的手臂，她熱情的接吻……便暈倒了。「謝掉了，過去了！」在他裏面鳴響。

「現在怎麼啦？……」

註一：法文，『天知道』。

註二：Assumption Day，俄國舊曆八月十五日。

# 第五章

奧勃洛摩夫不知道，要以怎樣的眼睛去見奧爾迦，她要說什麼，自己要說什麼，便決意星期三不上她那裏去，而把會面拖延到星期日，那一天那裏有很多人，他們倆就無法單獨講話。

他不想把傭人們愚蠢的閒談告訴她，免得以無可矯正的不幸去驚擾她，可是不說也不容易；他不會得同她裝假：她準會把他藏在心之深處的一切從他得到。

達到這決定，他已經安下幾分心，便另寫一封信給鄉下的鄰居，自己的受託人，懇切地請求他儘可能地趕快回信。

隨後開始尋思，怎樣來利用這漫長而難堪的後天，那本來是叫奧爾迦的在場，他們倆精神上的看不見的談話和她的歌唱來如此充實的。可是現在查哈爾却這樣不合時宜地一下子驚擾了他！

他決意上伊凡・蓋拉西米奇那裏去，在他家裏吃午飯，以後儘可能地少去注意這難堪的日子。而那樣，在星期日之前，他就會來得及準備，而且說不定到時候鄉下的回信已來了。

後天來了。

狗的帶着鏈子的狂跳和吠叫吵醒了他。誰走進了院子，向誰問話。門房喊查哈爾。查哈爾給奧勃洛摩夫拿來一封從城裏郵局寄來的信。

「伊林斯基小姐寄來的，」查哈爾說。

「你怎麼知道的？」奧勃洛摩夫火冒地問。「胡扯！」

「在別墅裏的時候，她那裏老是送來這樣的信，」查哈爾重複着自己的話。

「她是否健康着？這是什麼意思呢？」奧勃洛摩夫一路想，一路啓封。

「我不想等到星期三了（奧爾迦信上寫）：好久不看見您，在我非常無聊，明天三點鐘準定在夏園等你。」

如此而已。

恐慌又從他心底裏升起，他又開始因爲不安而翻來覆去地想，怎樣同奧爾迦講話，對她作什麼臉相。

「我不會，我不能够，」他說。「去問斯托爾兹。」

可是他以她大概會同叔母或者另一位太太一起來這一想頭，來使自己安心——比方說，同馬利亞·師密諾芙娜，她是如此喜歡她，對她讚賞不迭的。當着她們的面，他希望怎麼藏起自己的心緒不甯，準備得健談而慇懃。

「剛是吃午飯時分：我的眞是時候！」他一邊想，一邊不無嬾怠地向夏園而去。

他剛走進長長的林蔭路，便看見一位蒙着面紗的女子，從一張凳子上站起；向他迎面走來。

他怎麼也沒有把她當作奧爾迦；獨自一個人！不可能的！她就不敢，而且也沒有藉口從家裏出來。

然而……步履倒彷彿是她的：雙脚這麼輕盈而迅速地滑動，彷彿不是跨步子，而是滑翔；同樣的微微向前偏倒的頭頸和腦袋，宛像她用眼睛儘在自己脚邊尋找什麼。

換上一個人，憑帽子和衣服就已認出來，可是他，同奧爾迦坐上整整一個早晨，隨後也從來說不出，她穿戴是的怎樣的衣服和帽子。

花園裏差不多沒有人：一位半老不老的先生迅速地走着：分明是作健身運動，還有兩位不是太太小姐，而是普通的女人，和一位領着兩個凍得臉色發靑的孩子的保姆。

樹葉已落，一切都望得見；樹上的烏鴉叫得這樣不愉快。然而晴朗，天日很好，假使好好地穿上衣服，那也很溫暖。

蒙面紗的女子已越來越近……

「是她！」奧勃洛摩夫說，便恐怖地站定，不相信自己的眼睛。

「怎麼，是你？你怎麼啦？」拉住她的手，他問。

「你來了，我多麼快活啊，」她說，並不回答他的問話：「我以爲你不來了，正開始害怕呢！」

「你怎麼上這裏來的？怎麼來法的？」他問，困惑了。

「得了；這有什麼大不了，有什麼要問的？這可眞是無聊！我想見你，便來了——就這麼着！」

她緊緊地握住他的手，愉快地，毫不扭心地望着他，這麼露骨而公然地享受從命運偷來的一瞬，以致他竟開始妬忌未得分有她的輕快的心情。然而，雖然他焦急，可是看到她臉上已失却用她的眉毛來表演，注入她額紋裏的集中的思想，他也不能不自忘一刻；現在她面貌上就沒有這不止一次地擾亂他的，奇怪的成熟。

這當口，她的臉呼吸着對命運，對幸福，對他的，如此孩子氣的信賴……她是非常可愛。

「啊，我多快活啊！我多快活啊！」她微笑着，看着他，重複說。「我原以爲今天見不到你。昨天我忽然如此悶悶不樂——不知道是什麼緣故，於是我便寫信給你。你快活嗎？」

她望望他的臉。

「幹嗎你今天這樣愁眉不展？不作聲？你不快活嗎？我原以爲你會快活得發瘋的，可是他倒宛然睡着一般。醒來吧，先生，奧爾迦同您在一起呢。」

她責備地，輕輕地把他從自己推開。

「你身體不好吧？你怎麼啦？」她釘住說。

「不，我身體很好，而且很幸福，」他急忙說，只爲不叫她看出自己心裏的秘密。「我只是着急，你怎麼獨自……」

「這是我所担心的，」她不耐煩地說。「要是我同 Ma tante 一起來難道倒好一些嗎？」

「好一些，奧爾迦……」

「要是我知道，我倒請她來了，」奧爾迦把他的手從自己手裏鬆開，以惱怒的聲音打岔說。

「我原以爲，在你，再沒有比同我在一起更大的幸福。」

「再沒有，並且不可能再有！」奧勃洛摩夫回答說，「可是你怎麼獨自……」

「不必半天都談這件事；倒不如談談別的吧，」她無所容心地說。

「聽我說……咦，我要說什麼，竟忘了……」

「不是要說，你怎麼獨自到這裏來的事嗎？」他不安地向四下裏望望說。

「不是！你就老惦着自己的事！怎麼不膩煩的！我要說什麼啦？……唔，沒有關係，慢慢兒會想起來的。啊，這裏多好啊：樹葉完全落了，feuilles d'automne（註一）——你記得雨果（註二）嗎？喏，那裏有太陽，奈乏河……我們上奈乏河坐船去……」

「你怎麼的？天老爺！天氣這樣冷，而我只穿一件棉外套……」

「我也穿的棉衣。這打什麼緊。去，去。」

她拖着他跑去。他堅持着，嘀咕着。然而，不得不坐上船，駛出去。

「你怎麼獨自上這裏來的？」奧勃洛摩夫焦急地重複說。

「告訴你怎麼嗎？」當他們駛到河中心時，她狡猾地撩惹說。「現在行了：你不會從這裏逃走了，而在那裏，你是會跑掉的……」

「是怎麼的？」他恐怖地說。

「明天上不上我們家裏來？」她問，以代回答。

「啊，我的天哪！」奧勃洛摩夫想。「好像她看出我的心思，知道我不想去。」

「來的，」他高聲地回答說。

「早晨就來，來一整天。」

他結結巴巴着。

「唔，那我就不說了。」

「來一整天。」

「你知道……」她一本正經地開始說：「我叫你今天上這裏來，就爲了告訴你……」

「什麽？」他吃驚地問。

「要你……明天上我們家裏來……」

「啊，我的天哪！」他不耐煩地截住說。「可是你怎麽上這裏來的？」

「上這裏？」她漫不經心地重複說。「我怎麽上這裏來的？來了就是來了……等一下……可是還有什麽講的！」

她掬起一手心的水，潑在他臉上。他瞇上眼睛，發抖，可是她卻笑起來。

「多冷的水，水都完全凍了！我的天哪！多愉快，多好啊！」她望着四下裏。繼續說。「我們明天再來，不過要直接從家裏來……」

「現在難道不是直接來嗎？你從哪裏來的？」他急忙地問。

「從鋪子裏，」她回答說。

「從什麼鋪子？」

「怎麼從什麼鋪子？我在花園裏不是已經說過了……」

「不，沒有說過……」他不耐煩地說。

「沒有說過！多奇怪！我竟忘了！我從家裏帶了一名跟丁上銀樓去……」

「唔？」

「唔，就這麼……這是什麼禮拜堂？」她忽然指着遠處，向船夫問。

「哪一所？那一所嗎？」船夫反問說。

「是斯摩爾納依禮拜堂！」奧勃洛摩夫不耐煩地說。「唔，上銀樓，後來呢？」

「後來……都是極好的東西……啊，我看到一支多好的手鐲！」

「並不是說手鐲的話！」奧勃洛摩夫剪住說：「後來怎麼啦？」

「唔，就這麼，」她漫不經心地加添說　銳敏地環視一下四圍的地方。

「跟丁現在在哪裏？」奧勃洛摩夫釘住說。

「回家去了，」她望着對岸的建築物，差不多沒有回答。

「而你呢？」他說。

「那裏多好啊！能不能上那裏去？」她用洋傘指着對岸，問。「你不是住在那裏嗎？」

「是的。」

「在哪一條街上，指給我看。」

「跟丁怎麼啦？」奧勃洛摩夫問。

「就這麼，」她毫不在意地回答：「我派他去拿手鐲。他回了家，我就上這裏來。」

「你幹嗎這樣呢？」奧勃洛摩夫凝視着她，說。

他作出一付吃驚的臉相。她也故意作出一樣的臉相。

「說正經話吧，奧爾迦；玩笑開夠了。」

「我並非開玩笑，當眞是這樣！」她安詳地說。「我故意把手鐲忘在家裏，可是Ma tante說我上銀樓去。你就無論如何想不出這一手！」她嬌矜地加添說，彷彿辦了一件大事。

「可是假使跟丁回到銀樓了呢？」他問。

「我留下話，叫他等我，說我上另一家舖子去了，其實是上這裏來……」

「可是假使馬利亞・米哈益羅芙娜問，另上哪一家舖子？」

「我就說，上裁縫那裏。」

「可是假使她去問裁縫呢？」

「可是假使奈乏河一下子完全流到海裏去，可是假使船翻了呢，可是假使莫爾斯卡耶街和我們的家崩坍了呢，可是假使你忽然不愛我了呢……」她說，又向他臉上潑一些水。

「跟丁該已經回來了，在等待了……」他抹着臉，說。「嗨，船夫，靠岸去！」

「不用，不用！」她吩咐船夫說。

「靠岸去！跟丁已經回來了，」奧勃洛摩夫重複說。

「讓他等去！不用靠岸！」

可是奧勃洛摩夫堅持自己的主張，急忙帶她走過花園，她却相反地，挨着他的胳膊，靜靜地走着。

「你忙什麼？」她說。「等一下，我想同你就一會兒哩。」

她偎貼着他的肩膀，湊近地望着他的臉，更靜靜地走着，可是他對她重實而沉悶地講着義務與責任。她浮着懶怠的微笑，偏倒頭，望着地下，或者湊近地望他的臉，心不在焉地傾聽，而思村別的事情。

「聽我說，奧爾迦，」最後，他莊嚴地開口說：「雖然冒着惹你惱怒，招致譴責在自己身上的危險，我還是應當斷然地說，我們走得太遠了。對你說這個話，是我的責任，我的義務。」

「說什麼話？」她不耐煩地問。

「我們幹得非常之糟，我們在偷偷地會面。」

「這話，你在別墅裏就已經說過，」她沉思地說。

「不錯，可是那時候我着了迷：一隻手推開，而另一隻手却抓住。你固然相信我，可是我……

……彷彿……欺騙了你。那時候，感情還是新穎的……」

「而現在感情已經不新穎了，你在開始厭煩了吧……」

「啊，不，不，奧爾迦！你這是不公平的。我是說，感情新穎，所以來不及清醒。良心使得我痛苦：你年輕，不太知道世界和人類，同時你又如此純潔，如此神聖地愛，你沒有想到，爲了我們現在所做的事，我們倆將遭受多麼嚴重的非難——尤其是我。」

「我們幹着什麼？」立停下來，她問。

「幹着什麼？你欺騙叔母，偷偷地從家裏出來，獨自同男子會面……試着把這一切在星期日當着客人的面說說看……」

「幹嗎不說？」她安詳地發言說。「說就說……」

「那你會看到，」他繼續說：「你叔母就要暈倒，女太太們就要逃開，而男子們就要狡猾而大胆地看你……」

她尋思一陣。

「可是我們不是——未婚夫和未婚妻嗎！」她反駁說。

「是的，是的，親愛的奧爾迦，」他緊握着她的雙手，說：「因此我們應當更嚴肅，每一步都更小心。我要驕傲地，公然地挽着胳膊帶你走下這條林蔭路，而別偷偷地，使人家在你面前尊敬地低下目光，而別大胆而狡猾地注視你，使誰都不敢發生懷疑，你，一位高傲的姑娘，竟能昏頭昏腦，忘了羞恥與教養，着迷和破壞責任……」

「我可沒有忘了羞恥，教養和責任呀，」她從他鬆出手，傲然地回答。

「我知道，我知道，我的無辜的安琪兒，可是這不是我所說的，而是人們和全世界所要說的，而且人家決不饒恕你這一點。你務必要了解我的希望。我希望，你在全世界的眼中，純潔和無可非難得像你在實際上一樣……」

她沉思着走去。

「你該了解，爲什麼我對你說這個話：你會不幸，而我將獨自負担這份責任。人家要說，我引誘你，故意把深淵從你隱藏起。你固然很純潔，同我很安靜，可是你會使誰相信這一點？誰會相信？」

「這倒是眞的，」顫慄一下，她說。「聽我說，」毅然地加添說：「我們把一切都告訴Ma tante，讓她明天就替我們祝福……」

奧勃洛摩夫臉色蒼白了。

「你怎麼啦？」她問。

「等一下，奧爾迦：幹嗎這樣匆促呢？……」他急忙地加添說。

他的嘴唇發着抖。

「你不是兩星期之前就催我了嗎？」她冷淡而注意地望着他，問。

「是的，那時候我沒有想到準備，可是準備才多呢！」他嘆息一聲，說。「我們只等鄉下來的信。」

「爲什麼要等信？難道這一封或者另一封信能够改變你的意向不成？」她更注意地望着他，

問。

「眞想得出來！不，可是爲了考慮還是需要的，必須告訴叔母，什麼時候結婚。同她，我不是講到愛情，而是講目前我還完全沒有準備的那些事務。」

「那等你收到了信再講吧，可是這之間，人人都會知道，我們訂了婚，而且我們要天天見面。我眞無聊，」她加添說：「我叫這些長長的日子苦死了，誰都注意，向我釘着，狡猾地暗示着你……這一切眞使我膩煩！」

「暗示着我？」奧勃洛摩夫好容易說出口。

「是的，都虧得叔尼奇卡。」

「你看，你看？那時候你不聽我，同我發火呢！」

「唔，有什麼可看的？我什麼都看不到，就看到你是懦弱者……我就不怕這些暗示。」

「不是懦弱，而是小心……可是，看在上帝份上，我們走開這裏吧：瞧，不是有一輛車子過來了。不會是熟人吧？啊！害得我這麼一身汗……走吧，走吧……」他害怕地說，並且害得她也恐怖起來。

「不錯，快走吧，」她低語地，急口地說。

於是他們倆一句話也不說，差不多跑着走下林蔭路，直到花園的盡頭，奥勃洛摩夫不安地向四下裏環顧着，她完全偏倒頭，蒙着面紗。

「那麼明天吧！」他們倆到了跟了等着她的那家舖子時，她說。

「不，不如後天吧……或者，不，星期五或者星期六吧，」他回答說。

「爲什麼？」

「可是……你知道，奥爾迦……我始終在想，信會不會及時到達？」

「也難說。可是明天準來吃午飯，聽到沒有？」

「不錯，不錯，好的，好的！」他急忙地加添說，可是她走進舖子去了。

「啊，我的天哪，竟到了什麼地步！多大一塊石頭忽然落在我的身上！現在我怎麼辦呢？叔尼奇卡！查哈爾！那些花花公子……」

---

註一：法文，『秋葉』。

註二：Hugo，或譯作嚣俄，法國的詩人，戲劇家兼小說家。（一八〇二——一八八五）

# 第六章

他沒有注意到，查哈爾給他的午飯是全然冷的，沒有注意到，吃罷午飯，竟置身床上，做了一個石頭一般堅實的夢。

第二天，一想到上奧爾迦那裏，他便顫慄一陣：那怎麼行！他活潑地想像，每一個人將怎樣意味深長地看他。

門房即使不然，可總是特別親切地迎接他。他要一杯水的時候，帥密翁便那麼急忙着跑去。卡提雅和保姆都以友誼的微笑目送他。

「未婚夫，未婚夫！」寫下在每一個人的額角上，可是他却還沒有求叔母的同意，他身無分文，而且他不知道什麼時候會有錢，甚至於不知道，今年將從鄉下得到多少收入；鄉下也沒有房子——好一位未婚夫！

他決定，在接到鄉下確定的消息以前，只在星期日，當着第三者的面，才同奧爾迦會面。因此，到明天，他從早晨起就沒有想到開始準備上奧爾迦那裏去。

他不刮臉，不穿衣服，懶洋洋地翻着上星期從伊林斯基家拿來的法國報紙，不一刻不停地看錢，不因爲時針好久不向前移動而皺眉。

査哈爾和婀妮茜雅以爲他照常不在家裏吃午飯，所以沒有問他，要準備些什麼。

他叱罵他們，聲明說，他並非每星期三都在伊林斯基家吃午飯，這是誹謗，他是在伊凡・蓋拉西米奇那裏吃午飯，往後，往後，除了星期日，總在家裏吃午飯，而且也並非每個星期日都出去。

婀妮茜雅便急遽地跑到市場，去買內臟來做奧勃洛摩夫心愛的湯。

房東太太的孩子們跑上他那裏：他校看了瓦尼亞的加法和減法，發現了兩處錯誤。給瑪夏劃了練習簿的條子，寫了大的A字，隨後傾聽金絲雀們怎樣囀鳴，向半開的門裏看房東太太的臂肘怎樣閃動。

一點過後，房東太太從門後問，要不要吃東西？他們烤得有乳酪餅。拿來一些乳酪餅和一高脚酒杯醋粟葉子浸的伏特加。

伊里亞・伊里奇的激動平靜了一些，他只是鈍然地瞑想，差不多直到吃午飯爲止。

吃罷午飯，他被睏懶克服，躺在沙發上，剛剛開始點着頭，房東太太的一扇門打開，婀葛菲雅・馬脫威也芙娜雙手托着兩大堆襪子出現了。

她把襪子放在兩張椅子上，奧勃洛摩夫便跳起來，拿第三把椅子請她坐，可是她不坐；這不是她的習慣：她是永久站立，永久操心和活動的。

「今天我把您的襪子清好了，」她說：「五十五雙，可是差不多都破了……」

「您多麼善良啊！」奧勃洛摩夫走攏她去，開玩笑地輕輕抓住她的臂肘，說。

她微笑一下。

「您何必煩心呢？我眞不好意思。」

「沒有關係，我們就幹的家務事：您沒有人給清理，而我樂意幹，」她繼續說。「這裏二十雙完全沒有用了：値不得再去補牠們。」

「不必了，請您就統統丟掉了吧！您何必去忙這些髒東西。可以買新的……」

「怎麼竟丟掉，爲什麼？這不是統統可以修補嗎，」她便迅速地數襪子。

「可是您請坐；幹嗎站着？」他向她勸坐。

「不，謝謝，沒有工夫，」她一邊回答，一邊再避開椅子。「今天是我們的洗濯日；必須把所有的內衣都準備下。」

「您是奇蹟，而不是主婦！」他把眼睛停留在她的喉嚨和胸脯上，說。

她微笑一下。

「那怎麼，」她問，「要不要把襪子修補？我來定一些棉花和綫。一位老太婆從鄉下給我們拿來，可是這裏犯不上買：都是蹩脚貨。」

「要是您這麼善良，那就費心吧，」奧勃洛摩夫說：「不過我眞不好意思叫您麻煩。」

「沒有關係；我們幹些什麼呢？這些我自己來補，這些給祖母；明天姑母就要來做客：晚上沒有事，就補補襪子。我的瑪夏已經開始學結東西，不過老是抽出針來：太大，不稱手。」

「當眞瑪夏也習慣結東西嗎？」奧勃洛摩夫問。

「憑上帝，是眞的。」

「我不知道怎樣來感謝您，」奧勃洛摩夫一邊說，一邊懷着早晨瞧着熱乳酪餅時一樣的滿足望着她。「非常，非常感謝你們，我不會欠下人情的，尤其是瑪夏；我要給她買一身綢衣，把她穿得像洋娃娃一樣。」

「您做什麼？幹嗎要謝我們？她哪裏要綢衣？便是棉布的也供她不起；就這麼她身上的一切也一下就穿破，尤其是鞋子：竟來不及在市場上買去。」

她站起來，取起襪子。

「您急急忙忙上哪裏去？」他說。「坐一下，我沒有事。」

「改天什麼時候，節日來坐吧，您也請上我們那邊去喝咖啡。可是現在是洗濯：我要去看看，婀庫麗娜開始沒有？……」

「唔，您請吧，我不敢留您，」奧勃洛摩夫望着她的背脊和臂肘，說。

「我還把您的睡衣從貯藏室裏拿來了，」她繼續說：「可以把牠補一補，洗一洗：料子多麼好：還可以穿很久。」

「不必！我不再穿牠了，我扔了，不要牠了。」

「唔，反正一樣，讓她們洗去：也許什麼時候您會要穿……到結婚的時候！」她一邊說完，一邊微笑着，訇一聲把門關上。

他的夢忽然飛走，他把耳朵尖起，眼睛睜大。

「她也知道了——大家都知道了！」他一邊說，一邊頹坐在給她準備的椅子上。「啊，査哈爾，査哈爾！」

又是「可憐的」話傾注在査哈爾身上，又是婀妮茜雅用鼻子說，『她初次聽到房東太太講起結婚，在同她的談話之中，甚至沒有提起過，並無什麼結婚，而且這事情有無可能？這一定是人類的仇敵想出來的，但願馬上鑽到地底下去，房東太太也準備將聖像從牆上拿下來，她沒有聽說過伊林斯基小姐，而是指另一位未婚妻……」

婀妮茜雅說得很多，以致奧勃洛摩夫揮揮手。第二天，査哈爾剛嘗試請求到郭洛霍費街舊房子去做客，奧勃洛摩夫便把那樣一些客人給他，以致他好容易才逃走。

「那裏還不知道，所以你必須去散播誹謗。坐在家裏！」奧勃洛摩夫威嚇地加添說。

星期三過去了。星期四，奧勃洛摩夫又收到奧爾迦從城裏郵局寄來的信，問，他不來是什麼意思，發生了什麼事。她寫，她哭了整整一黃昏，夜裏差不多沒有睡覺。

「這位安琪兒竟哭泣，不睡覺！」奧勃洛摩夫叫喊說。「天哪！她爲什麼愛我？我爲什麼愛她？我們爲什麼相逢呢？這都是安特烈：他把愛情像牛痘一樣種下在我們倆身上。這是什麼生活，儘是些激動和不安！什麼時候才是和平的幸福和安靜呢？」

他躺着大聲地嘆氣，起來，甚至走出去到街上，始終探求着生活底常規，在自然底無言的觀照，以及和平地繁忙的家庭生活底靜靜的，不大爬動的現象之中，探求一天一天地，一滴一滴地，靜靜地流去的，內容充實的那種存在。他不想把生活想像爲寬闊的喧囂奔騰，波濤洶湧的河流，有如斯托爾茲所想像的一樣。

「這是疾病，」奧勃洛摩夫說：「寒熱，激流，決堤與洪水的飛躍。」

他向奧爾迦寫信說，在夏園裏受了一點感冒，所以不得不喝熱的藥草，在家裏蹲上兩天，現在一切都已過去，他希望在星期日見到她。

她給他寫回信，獎賞他的保重身體，勸他如果必要的話，星期日也留在家裏，並且加添說，只要他保重自己，她倒甯可無聊一個星期。

這回信是尼基泰送來的，就是那位，據婀妮茜雅所說，閒話底主犯。他從小姐那裏給拿來些新書，奧爾迦託他唸一遍，見面時告訴她，這些書她是否值得一唸。

她要求關於健康的回音，奧勃洛摩夫寫下回信，親自把牠交給尼基泰，一直從前室裏送他到院子裏，再目送到耳門爲止，爲的是不使他想到跑上廚房裏去，在那裏重複「誹謗，」不使查哈爾走去送他到街上。

他因爲奧爾迦提議叫他保重身體，星期日不用前去而高興，便寫信給她說，爲了完全康復起見，的確需要在家裏再蹲幾天。

星期日，他訪問房東太太，喝咖啡，吃熱麵餅，到午飯時便着查哈爾上對岸去給孩子們買冰淇淋和糖菓。

查哈爾好容易才渡河回來：橋已經撤去，奈乏河正開始凍冰。星期三上奧爾迦那裏去，在奧勃洛摩夫已無法可想。

當然，可以馬上趕過對岸，在伊凡·蓋拉西米奇家裏住上幾天，而每天到奧爾迦那裏去，甚至吃午飯。

藉口是合法的：奈乏河把他留阻在對岸，來不及渡河。

這思想是奧勃洛摩夫最初的活動，他迅速地把雙脚落在地板上，但是思索一下，便作着担心的臉相，嘆着氣，慢慢地又躺在原處。

「不，讓謠言止息吧，讓訪問奧爾迦家的局外人把我暫時忘却，等我們宣佈爲未婚夫和未婚妻時，再天天看見我吧。」

「等待是乏味的，可是沒有辦法，」他一邊嘆息着加添說，一邊開始唸奧爾迦送來的書。

他唸了十五頁。瑪夏跑來喚他，想不想上奈乏河去：人人都跑去看，河是怎樣凍的。他就去了，又回來喝茶。

幾天這樣地過去。伊里亞·伊里奇無聊，唸書，到街上蹓躂，可是在家裏便向門裏窺看房東太太，同她交談一兩句話以解無聊。有一天，他甚至給她磨三磅咖啡，熱心得他的額角都汗水淋漓。

他要給她書唸。她慢慢地動着嘴唇，默唸一下書名，便把書交還，說，到聖誕節的時候，再向他借這本書，叫瓦尼亞高聲地唸，那時候祖母也可以聽，可是現在沒有工夫。

還之際，奈乏河上舖起了板橋，有一天，狗的帶着鏈子的蹦跳和絕望的吠叫，通報尼基泰帶着短簡，關於健康的問候和書籍的第二次的來臨。

奧勃洛摩夫生怕自己也非得在板橋上渡河不可，便躲避尼基泰，寫下回信，說，喉嚨有一點發腫，他還不敢出門，並且說，「殘酷的命運剝奪他的幸福，還得幾天才可以見到親愛的奧爾迦。」

他切實吩咐查哈爾，莫同尼基泰嚕舌，並且再用眼睛隨送他到耳門，而當婀妮茜雅從廚房裏突出鼻子來，想向尼基泰詢問什麼時，他用手指朝她威嚇一下。

# 第七章

一星期過去了。早晨起來，奧勃洛摩夫首先總不安地問，橋樑架起沒有？

「還沒有，」人家對他說，他便平和地度過一日，傾聽鐘擺的咯嗒咯嗒，咖啡磨子的軋啦軋啦和金絲雀的歌唱。

雛鷄們不再嗜嗜嗜叫，牠們已經變成半老不老的母鷄，躲在鷄塒裏。他沒有工夫唸奧爾迦送來的書：唸到一百零五頁，他便把封面朝上，倒扣放着，就這樣已經擱上幾天。

代之，他更頻繁地同房東太太的孩子們一起工作。瓦尼亞是如此伶俐的孩子，三次便記得歐洲的主要城市，伊里亞·伊里奇允許他下次過河，要送給他一個小的地球儀；瑪麗卡（瑪夏之愛稱——譯者）給他縫了三條手帕的邊——實在說，縫是縫得不好，可是她如此滑稽地用小手勞動，而且每縫得一維爾旭克（一維爾旭克等於十六分之一阿爾申，合四·四四五釐——譯者）便跑去給他看。

只要向半開着的門裏看到房東太太的臂肘，他便同她不斷地閒談，他已經慣於從臂肘的動作上，辨別出房東太太在幹什麼，篩，磨，或者熨什麼。

甚至試着同祖母講話，可是她怎麼也不能把談話終結：停頓在半個字上，用拳頭抵着牆，彎腰，咳嗽，宛像改正什麼困難的工作似地，隨後又嘆息——全部談話就這麼完結。

只有房東太太的哥哥，他完全未見過，只看見大的紙包在窗前閃過，可是他本人彷彿在屋裏聽也聽不到。甚至奧勃洛摩夫偶然走進他們聚成密密的一堆在那裏吃午飯的屋子時，他趕忙用手指抹抹嘴唇，躲進自己的亭子間去。

有一天早晨，奧勃洛摩夫剛輕快地醒來，喝着咖啡，查哈爾忽然報告，橋已架起。奧勃洛摩夫的心便別別地跳動。

「明天是星期日，」他說：「必得上奧爾迦那裏去，整天勇毅地忍受局外人有意義而好奇的目光，隨後對她聲明，打算什麼時候同叔母講。」

可是他還在不可能前進的那一點上。

他生動地想像，他將怎樣宣佈為未婚夫，第二天，第三天，各種各樣的太太和老爺將怎樣前來，他將怎樣一下子成為好奇的對象，人家將怎樣給他祝宴，為他的健康乾杯。隨後……隨後，依照未婚夫的權利與義務，他要給未婚妻帶去禮物……

「禮物！」他恐怖地獨自說，痛苦地哈哈大笑。

禮物！可是他只有二百盧布在口袋裏。就是送錢來，那也要到聖誕節，也許再遲些，等把穀物賣了，而且把穀物賣了，會到手多少，將是多大一筆數目——這一切都必須由信來說明，可是信却沒有。怎麼辦呢？再會吧，兩星期的安靜！

在這些煩惱之間，他描畫着奧爾迦的美麗的臉，她的柔毛的如語的眉毛和聰明的灰藍的眼睛，以及整個頭顱和髮辮，這髮辮她使牠低垂在後腦上，以便繼續和補充從腦袋到肩膀和胴體，她的整個身段的高貴。

可是他剛由於愛情而顫慄，一片沉重的思想馬上像石頭似地落在他身上：如何辦，做什麼，怎樣向結婚的問題接近，從哪裏拿錢，往後指什麼生活？……

「再等一下吧；恐怕明後天信會到了。」他開始計算，他的信應當什麼時候到達鄉下，鄰人可能延遲多少時間，寄回信來需要怎樣的期限。

「在這三天，至多四天以內，應當到了；等等再上奧爾迦那裏去吧，」他決定，況且，她未必知道橋已架起……

「卡提雅，橋架起了沒有？」同一天早晨醒過來，奧爾迦向自己的侍婢問。

這問話每天都被複述一遍的。奧勃洛摩夫沒有疑心這一點。

「不知道，小姐；今天沒有見到車夫和門房，尼基泰是不知道的。」

「你從不知道我所需要的事的！」奧爾迦躺在床上，審視着頭頸上的鍊子，不滿地說。

「我馬上打聽去，小姐。我心想您會醒來，不敢走開，要不然早就跑去了。」而卡提雅從房間裏消失了。

奧爾迦打開小棹子的抽屜，取出奧勃洛摩夫的最後一封短簡。「在生病，可憐的，」她焦慮地想：「他一個人在那裏，怪無聊……啊，我的天哪，馬上……」

她沒有想完畢，卡提雅已經滿面通紅地飛進房間：

「架起了，昨天晚上架起的！」她喜悅地說，趕忙把從床上跳起來的小姐接在手里，將寬上衣披在她身上，小拖鞋遞過去。奧爾迦迅速地打開抽屜，從那里取出什麼東西，放在卡提雅手里，卡提雅便吻一下她的手。這一切——從床上跳起來，把錢放在卡提雅手里，吻小姐的手，是在同一分鐘之內發生的。「啊，明天是星期日：這多湊巧！他要來了！」奧爾迦想，便敏捷地穿上衣服，迅速地喝罷茶，同叔母一起上舖子里去。

「明天我們上斯摩爾納依做彌撒去，Ma tante，」她請求說。

叔母把眼睛瞇一瞇，思索一下，隨後說：

「也好；不過多遠的路，Ma chere！冬天你竟想到這件事！」

奧爾迦之所以想到牠，只是因爲奧勃洛摩夫曾經用手把這禮拜堂指給他看過，她想在那里面祈禱……祈禱他健康，愛她，因爲她而幸福，以及……這躊躇不決和曖昧不明快一點了結……可憐的奧爾迦！

星期日來了。奧爾迦怎麼着把全部午餐巧妙地安排得合於奧勃洛摩夫的口味。

她穿上白衣服，把他送給她的手鐲藏在花邊底下，照他喜歡的樣子梳起頭；頭一天晚上吩咐把鋼琴調整好，早晨試唱一遍Casta diva。自從別墅回來歌聲沒有過這麼嘹喨。隨後開始等待。

在這等待之際，男爵遇見她，說，她又像夏天一樣地好看，可是瘦了一點。

「缺乏鄉下的空氣，和生活方式的紊亂，顯然影響了您，」他說。「您需要田野的空氣和鄉下，親愛的奧爾迦·賽爾格葉芙娜。」

他把她的手吻了若干次，以至染色的鬍鬚甚至留下小的斑點在她手指上。

「是的，鄉下，」她沉思地回答，可是不是對他，而是對空中什麼人。

「A propos 鄉下，」他加添說：「下個月您的案子就要結束了，而四月里您就可以到自己領到上去。大是不大，可是地勢——極好！您會滿意的。怎樣的房屋！花園！那邊山上有一座亭子：您會喜歡牠的。河面的風景……您不記得了，令尊離開那里，把您帶出來時，您才只五歲。」

「啊，我將多麼快樂啊！」她說，並且沉思。

「現在已經解決了，」她想：「我們倆要上那里去，可是在他知道這件事之前，先要……」

「下個月嗎，男爵？」她元氣地問。「眞的嗎？」

「眞得像您一般地固然漂亮，可是今天特別漂亮一樣，」他說了，便上叔母那里去。

奧爾迦留在原處，空想着接近的幸福，可是她決定不把這件消息和自己將來的計劃告訴奧勃洛摩夫。

她想跟蹤到底，在他懶惰的靈魂之中，愛情如何完成轉變，他終究如何擺脫重荷，他如何不在接近的幸福面前反抗，接到鄉下的順利的回信，輝亮地跑來，飛來，把回信放在她的腳邊，他們倆如何急走到叔母那裏，然後……」

然後她要突然對他說，她也有鄉下，花園，亭子，河面的風景和隨時可住的房屋，必須先上那裏，隨後再上奧勃洛摩夫卡去。

「不，我不要順利的回信，」她想：「他會驕傲，甚至不覺得因爲我有自己的領地，房屋，花園而快樂……不，不如讓他帶着不愉快的，說鄉下秩序紊亂，必須把親自前去的信，失常地跑來。他會魯莽地趕到奧勃洛摩夫卡，急忙地作一切必要的處置，忘却許多，不會處理，就怎麼處理一下，便趕回來，而忽然知道，原來不必趕去——有的是房屋，花園和風景很好的亭子，就是沒有他的奧勃洛摩夫卡，也有地方可住……是的，是的，我無論如何不對他說，要堅持到底；讓他上那裏去一趟，活動一下，恢復生活——一切爲了我，憑將來的幸福的名義！或者，不：幹嗎送他到鄉下去，同他離別呢？不，當他穿着旅行服裝，蒼白而悲哀地跑上我這裏，辭別一月時，我要突然對他說，夏季以前你不必去；那時候我們倆一起前去……」

她就這麼空想，於是跑上男爵那裏，巧妙地關照他，不到時候別把這消息告訴任何人，千萬別告訴『任何人』。這『任何人』她只是指奧勃洛摩夫。

「是，是，幹嗎告訴呢？」他保證說。「也許只告訴麥歇奧勃洛摩夫，要是說話談到……」

奧爾迦抑制住自己，冷靜地說：

「不，對他也別說。」

「您知道，您的意志在我就是法律……」男爵親切地加添說。

她也不無狡猾。要是當着別人的面，她很想望一望奧勃洛摩夫，她總先交替地望望其他三個人，隨後再望他。

多少的考慮——都是爲了奧勃洛摩夫。多少次，她的面頰上燒起兩片紅暈！多少次，她碰碰這個，碰碰那個琴鍵，看鋼琴是否調整得太高，或者把樂譜從一處移到另一處地方！而忽然他不來！這是什麼意思呢！

三點鐘，四點鐘——依然未來！到四點半，她的美麗和血色開始消失：她開始顯然地憔悴，蒼白地坐下在食棹邊。

可是其餘的人——却無所謂：誰也未注意到——吃着爲他準備的菜，作着如此快活而冷靜的談話。

吃罷午飯，到晚上——他也未來。她被希望和恐怖激動到十點鐘，便回進自己房間里。

最初，她把沸騰在心裏的一切憤怒，都傾注在他頭上；凡是在她語彙里的辛辣的諷刺，熱烈的言語。她在心裏無一不用來責罵他。

隨後，一下子彷彿她全身充滿了火，隨後又充滿了冰。

「他在害病；他只有一個人；他甚至信都不能寫……」在她頭腦裏一閃。

這信念將她澈底佔有，使她通夜未睡覺。她熱病地微睡兩小時，夜裏說夢話，可是後來到早晨起來，雖然蒼白，但是非常平靜，堅決。

星期一早晨，房東太太向奧勃洛摩夫的書齋窺視一下，說：

「有一位姑娘在找您。」

「找我？不會的！」奧勃洛摩夫回答。「她在哪裏？」

「就在這裏：她弄錯了，跑上了我們的台階。」

奧勃洛摩夫還不知道如何決定，卡提雅已經出現在他的面前。房東太太便走開去。

「卡提雅！」奧勃洛摩夫吃驚地說。「你怎麼啦？你做什麼？」

「小姐在這裏，」她低語地回答。「吩咐我來問……」

奧勃洛摩夫面孔變色。

「奧爾迦・賽爾格葉芙娜！」他恐怖地低語說。「假的吧，卡提雅，你開玩笑吧？別折磨我啦！」

「憑上帝，是真的：在雇來的馬車裏，停在茶館裏等待，正上這裏來。着我來說，叫把奈哈爾遣走。她過半個鐘頭就到。」

「不如我自己去吧。她怎麼能上這裏來？」奧勃洛摩夫說。

「來不及了；眼看着她就要進來；她以爲您是在害病。再會，我得跑去；她只是一個人，在等待我……」

便走了。

奧勃洛摩夫以異常的速度繫上領帶，穿起背心，靴子，叫查哈爾。

「查哈爾，你上次不是同我告假要過河上郭洛霍費街去會朋友嗎，現在去吧！」奧勃洛摩夫以熱病似的激動說。

「我不去，」查哈爾斷然地回答。

「不，你去！」奧勃洛摩夫執拗地說。

「工作日怎麼會朋友？我不去！」查哈爾頑固地說。

「去快活快活，主人開恩，放你走的時候，別固執……上朋友們那裏去吧！」

「見他們的鬼，朋友！」

「難道你不想同他們見見面嗎？」

「都是這種惡漢，再不見面也好！」

「去吧，去吧！」奧勃洛摩夫執拗地重複說，他的血已衝到頭上。

「不，今天我要整天蹲在家裏，而星期日也許去！」查哈爾冷靜地拒絕。

「現在馬上去！」奧勃洛摩夫昂奮地催促他。「你應當……」

「可是我幹嗎爲芝蔴大的事去走老遠的路？」查哈爾遁辭說。

「唔，那就去散步兩個鐘頭：瞧，你的臉多麼曚曚矓矓——吹吹風去吧。」

「臉就像臉：我們這種人的臉普通總是這樣的！」查哈爾懶洋洋地望着窗外，說。

「啊，我的天哪，馬上要來了！」奧勃洛摩夫拭着額上的汗，想。

「唔，請你散步去吧，請求你！喏，這是二十戈貝克銀幣，拿去同朋友們喝酒去。」

「我倒不如去蹲在台階上——要不然冷颼颼叫我上哪裏去？就是坐在大門口我也可以……」

「不，離大門遠一些，」奧勃洛摩夫元氣地說：「到另一條街上，往那邊，向左，朝花園……

……過河去。」

「多奇怪？」查哈爾想：「趕我出去散步；這倒從未有過。」

「我不如星期日去吧，伊里亞·伊里奇……」

「你走不走？」奧勃洛摩夫一邊切上牙齒說，一邊迫近查哈爾去。

杳哈爾消失了，奧勃洛摩夫又喊婀妮茜雅。

「上市場去，」他對她說：「去買午飯用的東西……」

「午飯用的東西統統買了，馬上就要做好了……」那鼻子說。

「莫說話，聽着！」奧勃洛摩夫喊得婀妮茜雅胆寒起來。

「去買……就是龍鬚菜吧……」他一邊說完，一邊尋思而不知道派她去買什麼。

「現在有什麼龍鬚菜，老爺？而且這裏上哪裏找去……」

「去！」他喊，而她便跑了。「儘快地往那裏跑，」他從後面對她喊：「而且別望四下裏看，可是回來就走得儘慢，別在兩個鐘頭之內露面。」

「這多奇怪！」在大門外遇見了婀妮茜雅，杳哈爾對她說。「趕我出來散步，給我二十戈貝克銀幣。我上哪裏散步去呢？」

「老爺自有道理，」伶俐的婀妮茜雅提示說：「你上伯爵的車夫阿節米那裏，請他喝茶去吧：他時常請你喝茶的。我要跑上市場去。」

「這多奇怪，阿節米？」杳哈爾對他說。「老爺趕我出來散步，給我喝酒的錢……」

「莫非他自己想大醉一場吧？」阿節米機敏地猜測說：「所以給你錢，不叫你眼饞。我們去吧！」

他向查哈爾睞睞眼，朝某一條街擺擺頭。

「我們去吧！」查哈爾重複說，也朝那條街擺擺頭。

「這樣奇怪：趕我出來散步！」他冷笑着向自己嘎聲說。

他們便走開去，可是婀妮芮雅跑到第一個十字路口，坐在籬後的溝裏，等待要發生的事。

奧勃洛摩夫傾聽，期待：誰抓住了耳門的門環，就在這同一瞬間，傳來了狗的絕望的吠叫，開始了帶着鏈子的蹦跳。

「該死的狗！」奧勃洛摩夫咬住牙齒，拿起帽子，趕到耳門邊，打開門，把奧爾迦近於摟抱地帶到台階口。

她是獨自一人。卡提雅在離大門不遠的車子裏等待她。

「你健康嗎？不躺着？你怎麼囘事？」他們倆走進書齋時，她既不脫去外套，又不摘下帽子，從腳到頭地打量着他，迅疾地問。

「現在我好些了，喉嚨痊愈了……差不多完全痊愈了，」他撫摸着喉嚨，輕輕地咳一聲嗽，說。

「爲什麼你昨天不來？」她一邊問，一邊用那種探索的目光望他，以致他一句話也說不出來。

「你怎麼竟敢出此舉動，奧爾迦？」他恐怖地說。「你知道不知道你做的是……」

「這以後再說！」她不耐煩地攔住說。「我問你：這是什麼意思，你不見人？」

他不作聲。

「不是長了麥粒腫吧？」她問。

他不作聲。

「你並沒有生病；你並沒有嚨嚨痛，」她皺上眉毛說。

「是沒有，」奧勃洛摩夫以學童的聲音回答。

「竟欺騙我！」她吃驚地望着他。「爲什麼？」

「我來向你作全部解釋，奧爾迦，」他辯解說。「有一個重大的理由迫使我兩星期未去……我怕……」

「怕什麼？」她一邊問，一邊就坐，並且把帽子和外套脫下來。

他把兩樣東西接住，放在沙發上。

『怕謠言，誹謗……』

「可是就不怕我晚上睡不成覺，天知道亂想些什麼，差一點沒有躺倒在床上嗎？」她以探索的眼光在他身上溜着說。

「你不知道，奧爾迦，我這裏正怎麼，」他指着心和頭，說：「我渾身在惴惴不安之中，好像在火裏一樣。你不知道，發生了什麼事？」

「發生什麼事了？」她冷淡地問。

「關於你和我的謠言，傳播得多遠啊！我不想使你着急，於是害怕露面。」

他對她講述從查哈爾，從婀妮茜雅聽來的一切，記起花花公子們的談話，結論說，從此以後他就睡不成覺，在每一瞥視內他都看到對於他們倆會面的疑問，責備，或者狡猾的暗示。

「可是我們不是決定在這星期同 Ma tante 說明嗎，」她反對說：「那時候這些謠言就應當止息了……」

「是的；可是不到這個星期，在未接到信以前，我不想同叔母談起。我知道，她要問我的不是我的愛情，而是領地，並且要究問詳細情形，這在未接到受託人的回信以前，我是無法說明的。」

她嘆息一聲。

「要是我不知道你，」她沉思地說：「天知道我會怎麼想。怕拿傭人們的謠言使我着急，可是倒不怕向我作出急人的事！我不再了解你。」

「我心思，他們的談話會使你激動。卡提雅，瑪爾發，帥密翁和還位傻瓜尼基泰，天知道在說些什麼……」

「我早已知道他們所說的話，」她若無其事地說。

「怎麼知道的？」

「是這樣。卡提雅和保姆早就把這件事向我報告，問起你，向我道喜……」

「果眞道過喜嗎？」他恐怖地問。「你怎麼呢？」

「不怎麼，就謝謝她們；送給保姆一條手巾，而她答應步行到西爾苟斯廟去謁聖。答應卡提雅要盡力使她嫁給那糖果商人：她有她的羅曼司……」

他以恐怖和驚愕的眼睛看着她。

「你每天上我們家裏：自然傭人們對這有閒話，」她加添說：「總是他們首先開始說話。叔尼奇卡從前也如此：爲什麼還使你還麼害怕？」

「那麼這些謠言從何而起的呢？」他徐徐地說。

「難道牠們就毫無根據？這不是確實的嗎？」

「確實的！」奧勃洛摩夫既非詢問，又非否認地重複說。「不錯，」他加添說：「實際是如此！你是對的：不過我不想叫他們知道我們的會面，因此我害怕……」

「你像小孩子似地害怕，發抖……我可不解！難道你在把我偷走不成？」

他不知所措了；她注意地望着他。

「聽我說，」她說：「這裏有某種虛僞，並非那麼一回事……走過來，把你心裏的一切說一說。爲了警戒起見，你可以一天，兩天——也許一星期不來，可是你該關照我，寫信給我。你知道，我已經不是小孩子，我不會叫無意識的事這麼輕易地困惑。這一切是什麼意思？」

他沉思一下，隨後吻吻她的手，嘆息一聲。

「這是我所想的，奧爾迦，」他說：「這一向我的想像總是爲了你被這些恐怖如此驚駭，頭被懸念如此苦惱，心因爲希望的倏而實現，倏而消失，因爲期待而傷痛，以致我整個機構都爲之戰慄：牠變得麻痺，要求甯靜，卽使片刻的甯靜也好……」

「爲什麼我的不麻痺，而我只在你身旁尋求甯靜呢？」

「你有青春的，堅強的力，你磊落地，泰然地戀愛，而我……可是你知道，我是怎樣愛你！」他一邊說，一邊滑落到地板上，吻她的手。

「我尚未十分知道——你是如此奇怪，我竟摸不着頭腦；我的理智和希望在熄滅了……我們馬上會不再互相了解：那時候才糟糕呢！」

他們倆默然不語。

「這些日子你幹些什麼？」她第一次用眼睛環視着房間，問。「你這房間不好：多矮的天花板！窗子小，壁紙舊……你還有些房間在哪裏？」

他趕忙領她去看全部房間，以便轉移這些日子他幹些什麼的問題。隨後她坐在沙發上，他又置身在她脚邊的地毯上。

「這兩星期你幹些什麼？」她質問說。

「唸，寫，想念你。」

「我那些書唸完了嗎？怎麼樣？我來把牠們帶回去。」

她從桌子上取起書，看看打開的那一頁：書頁上滿是灰塵。

「你竟沒有唸！」她說。

她看看團皺的繡花靠墊，雜亂無章的情景，灰塵蓬蓬的窗子，書桌，移移幾張蒙有灰塵的紙，在乾涸的墨水缸內動動筆，吃驚地望望他。

「你幹些什麼？」她重複說。「你沒有唸，也沒有寫？」

「時間太少，」他結結巴巴着開始說：「早晨起來，收拾房間，打攪我，隨後開始關於午飯的談話，一會兒房東太太的孩子們跑來請我改算題，一會兒又吃午飯 午飯之後……什麼時候有工夫唸書？」

「午飯之後你睡過覺，」她說得這麼肯定，以致在片刻的躊躇之後，他靜靜地回答：

「是睡過覺……」

「爲什麼？」

「爲的是不注意到時間：你並不同我在一起，奧爾迦。而沒有你，生活便無聊，難堪……」

他住下口，她嚴厲地望着他。

「伊里亞！」她認眞地開口說，「記得不記得，你在公園裏說，生活在你裏面開始燃燒，使我確信，我是你生活的目的，你的理想，抓住我的手說，牠是你的，記得不記得，我怎樣與你以同意？」

「這怎麼會忘了？不就是牠改變我全部生活？你不看見，我多麼幸福嗎？」

「不，我不看見；你欺騙了我，」她冷淡地說：「你又在消沉……」

「欺騙！你不罪過嗎？我憑上帝發誓，我可以馬上投身深淵！……」

「不錯，假使深淵此刻就在這裏脚底下，」她剪住說：「可是假使拖延三天，你就變卦，害怕，特別是，假使查哈爾或者婀妮茜雅開始閒談起這件事……這並不是愛情。」

「你懷疑我的愛情嗎？」他熱烈地說。「以爲我是爲自己，而不是爲你害怕才猶豫嗎？我不是像牆壁一樣保護你的令名，像母親一樣警醒，使得謠言不敢碰上你嗎……啊，奧爾迦！要求證據吧！我向你重複說，要是你同別人在一起能够更幸福，我可以毫無怨言地放棄自己的權利；要是需要爲你而死，我可以欣然地去死！」他噙着眼淚說完。

「毫不需要這種證據，沒有人向你要求！我要你的生命幹嗎？你做應當做的事吧。這是狡猾的人的策略，呈獻不必要的，或者無法呈獻的犧牲，爲的是不呈獻必要的犧牲。你並不狡猾——我知道，可是……」

「你不知道，這些熱情和担心，耗去過我多少健康！」他繼續說。「自從我認識你以來，我就沒有別的思想……就是現在，我還重複說，你是，而且只有你才是，我的目的。要是我失去你，我馬上會死，會發瘋！我現在就用你來呼吸，觀看，思想和感覺。你怎麼竟驚訝，在不看見你的這些日子裏，我入睡和消沉呢？我對什麼都討厭，乏味！我是一架機器：走路，做事，而不注意到自己在做什麼。你是這架機器的火與力，」他跪着，挺直着身子，說。

他的眼睛，像從前在公園裏一樣，輝亮起來。其中又照射出自尊心和意志力。

「我此刻準備上你所命令的地方，做你所希望的事情。當你瞧我，說話，唱歌的時候，我便感覺得我在生活……」

奧爾迦以嚴格的沉思，傾聽這些熱情的流露。

「聽我說，伊里亞，」她說：「我信任你的愛情和自己對你的權力。那你爲什麼用你的猶豫不決來驚赫我，爲什麼引起我的懷疑呢？你說，我是你的目的，而你如此怯生生，慢吞吞地向牠走去；可是你要走去的目的還遙遠哩；你應當高出於我。我正期待你這一點！我看見過幸福的人們，看見過他們怎樣戀愛，」她嘆息着加添說：「他們的一切都沸騰，他們的安靜也不像你的：他們並不垂倒頭；他們的眼睛睜開着；他們很少睡覺，他們活動！而你……不，並不像戀愛，並不像我是你的目的……」

她懷疑地搖搖頭。

「你，你！……」他又吻着她的手，在她脚邊激動着，說。「只有……你！我的天哪，多幸福啊！」他囈語似地重複說。「而你以爲——可能欺騙你，在這樣的覺醒之後又入睡，不成爲英雄！你們會看到……你和安特烈，」他繼續說，用受有靈感的眼睛環視着：「像你這樣一位女子的愛情，能把男子舉到怎樣的高度！瞧，瞧我！我不是再生了嗎，我此刻不是在生活嗎？我們離開這裏吧！走！走！我一分鐘也不能留在這裏；我覺得窒息，討厭！」他懷着眞正的憎惡，環顧着四周，說。「讓我今天用這些感情生活下去吧……啊，要是這股火，明天，以及永遠，像現在一樣燃燒我，那多好啊！要不然你不在——我便熄滅，消沉！現在我蘇醒了，再生了。我覺得，我……奧爾迦，奧爾迦！——你是全世界最美麗的，你是天字第一號女子，你是……你是……」

他把臉偎貼在她的手上，出起神來。舌頭上再也說不出一句話。他將一支手按住心口，來和緩激動，用熱情而溼潤的眼睛注向奧爾迦，而凝然不動。

「溫柔，溫柔，溫柔！」奧爾迦在心裏重複說，可是伴着嘆息，不像從前在公園裏一樣，而且墮入深深的瞑想之中。

「我該走了！」她回過神來，愛嬌地說。

他忽然醒悟。

「你在這裏，我的天哪！在我這裏？」他說，受有靈感的白光，變得怯生生地，向四下裏環視。舌頭上再也發不出熱烈的言論。

他急忙取起帽子和外套，心急慌忙地想把外套載到她頭上。

她哈哈大笑。

「不用爲我害怕，」她使他安心說：「Ma tante出去一整天；家裏只有保姆和卡提雅知道我出來。送我出去。

她把手臂伸給他，並不戰慄，落落大方，驕傲地意識着自己的白璧無暇，走過院子，在狗的絕望地帶着鏈子蹦跳和吠叫之中，登車而去。

從房東太太屋子的窗戶裏，有一些頭探望；從街角後面，從籬後的溝裏，探出婀妮茜雅的頭。

車子拐入另一條街，婀妮茜雅跑回來，說，她走遍整個市場，都找不到龍鬚菜。查哈爾過了三個鐘頭回來，睡了一晝夜。

奧勃洛摩夫在房間內走上半天，感覺不到自己的腳，也聽不見自己的腳步：也彷彿離地板四分之一阿爾申懸空行走。

帶走他的生命與幸福的馬車的輪子在雪上的轍軋聲一聽不見——他的不安便止息，頭和背脊便挺直，靈感的光便回到臉上，眼睛便因爲幸福與感動而潑潤。全身起一種溫暖，新鮮和元氣的感覺。又像早先似地，他想一下子上各處去，上任何遼遠的地方去：同奧爾迦一起上斯托爾兹那裏；上鄉下，到田野裏，樹林裏；想獨居在自己的書齋內，埋首工作；親自往雷屏斯卡斯碼頭，去開闢公路；唸剛出的，人人都談論的新書；上歌劇院——今天……

是的，今天她到過他這裏，他又要上她那裏，隨後上歌劇院去。這一天多麼充實啊！在這種生活內，在奧爾迦的氛圍氣裏，在她處女的光輝，元氣的精力，年青但是纖細，深刻而健全的頭腦底光線之中，呼吸多麼輕鬆啊！他宛然飛一般走着；彷彿誰帶着他滿房間走着似地。

「前進，前進！」奧爾迦說：「再向上，再向上，去到溫柔與優雅底力失去自己的權力，男子底統治開始的那條分界那裏！」

她把人生看得多麼瞭然啊！怎樣在這冊複雜的書籍裏，讀知着自己的道路，而且本能地推測着他的道路啊！兩條生命，像兩條河流似地，應當匯合：他應當是她的指揮者，領袖！

她看出他的力量，才能，知道他能有多少作爲，而順從地等待他的統治。奇妙的奧爾迦！沉着，不膽怯，單純，可是堅毅的女子，自然得像生活本身一樣！

「這裏的確多骯髒啊！」他環視着四周，說。「而這位安琪兒竟下降到泥沼裏，以自己的在場來聖潔牠！」

他懷有愛情地望着她所坐過的椅子，而一下子他的眼睛輝亮起來：在椅子附近的地板上，他看到一只小小的手套。

「信物！她的手：這是預兆！啊！……」他把手套貼到嘴唇上熱情地呻吟說。

房東太太從門裏張望一下，請他過去看亞麻布：有人拿來賣，要不要？

可是他枯燥地謝謝她，並不想看一下臂肘，却託辭說非常之忙。隨後沉緬在夏天的回憶裏，細溯一切詳情，追想每一顆喬木灌木，每一張凳子，每一句說過的話，覺得這一切都比他當時享受這些時更可愛。

他斷然地不再能支配自己，唱歌，同婀尼茜雅愛嬌地講話，打趣她沒有孩子，答應她孩子一出世，他就給施洗。他同瑪夏如此胡鬧，以致房東太太張望一下，把她趕回家去，免得妨礙住戶「工作」。

這一天餘下的時間，又增加些瘋狂。奧爾迦愉快，唱歌，隨後在歌劇院裏又有人唱歌，隨後他在她們家裏，喝茶時，在他同叔母，男爵和奧爾迦之間，進行這麼懇切而出於肺腑的談話，以致奧勃洛摩夫覺得自己完全是這小小的家族的一員，獨身生活過滿了；現在他有家了，他已牢固地把握住自己的生活；他有光明與溫暖了——生活在這光明與溫暖之中多好啊！

這一夜他睡得很少：儘在讀完奧爾迦送來的書，讀了一冊半。

「明天鄉下的信該到了，」他想，終於……他的心鼓動着……鼓動着！

# 第八章

第二天，査哈爾收拾房間，在書齋上發見一只小的手套，把來睇視半天，微笑一下，隨後交給奧勃洛摩夫。

「一定是伊林斯基小姐忘下的，」他說。

「惡魔！」伊里亞・伊里奇一邊怒喝，一邊從他手裏把手套奪下來。「胡扯！什麼伊林斯基小姐！這是女裁縫從舖子裏來試襯衫。你怎麼竟敢捏造？」

「怎麼是惡魔？我捏造什麼？房東太太屋子裏在講……」

「講什麼？」奧勃洛摩夫問。

「講伊林斯基小姐同了鬟來過這裏……」

「我的天哪！」奧勃洛摩夫恐怖地發言說。「可是他們怎麼知道伊林斯基小姐？不是你，便是婀妮茜雅，多言多語……」

忽然婀妮茜雅從前室的門裏探進半個身子。

「你怎麼不覺得罪過，査哈爾·脫羅非米奇，亂嚼舌頭？別聽他，老爺，」她說：「天理良心，誰也不會說，誰也不會知道……」

「呶，呶，呶！」他向她胸口揚着臂肘，對她嘎聲說。「你竟闖到不叫你來的地方來。」娳妮茜雅消失了。奧勃洛摩夫用雙拳向査哈爾威嚇一下，隨後迅速地打開通房東太太屋子的門。娳葛菲雅·馬脫威也芙娜正坐在地板上，剔選舊箱子裏的破爛；在她四週積有一堆堆破布，棉絮，舊衣服，扣子和另碎的毛皮。

「聽我說，」奧勃洛摩夫愛嬌地，可是激動地開口說：「我的傭人們在說種種無稽的話；您千萬別相信他們。」

「我什麼也未聽到過，」房東太太說。「他們在說什麼呀？」

「是關於昨天的訪問，」奧勃洛摩夫繼續說：「他們說，來的彷彿是某一位小姐……」

「誰上我們住戶家來，干我們什麼事？」房東太太說。

「可是不，請您別相信：這是澈頭澈尾的毀謗！並非什麼小姐，來的僅僅是一位縫襯衫的女裁縫。她來試身……」

「可是您在哪裏定襯衫的？誰給您縫的？」房東太太快活地問。

「在法國舖子裏……」

「送來　給我看一看；我有兩位小姑娘：針線做得比任何法國女人都好。我看見過，她們曾經帶來給我看，在替密脫林斯基伯爵縫製：誰也縫不出這樣的來。您身上的這些眞哪裏捍得上。」

「很好！我會記住的。不過您千萬別心思這是一位小姐……」

「誰上我們住戶家裏，干我們什麼事？即使是一位小姐……」

「不，不！」奧勃洛摩夫辯駁說。「上帝慈悲，査哈爾所說起的那位小姐，是高大個子，用低音說話的，而這位，女裁縫，聽上去好像是用一種高音說話：她有着美妙的嗓子。請您別心思……」

「這干我們什麼事？」當他走開去時，房東太太說。「那別忘掉，需要縫襯衫時告訴我：我那兩位熟人針線做得……她們叫麗沓維他．尼可拉芙娜和瑪麗亞．尼可拉芙娜……」

「好，好，忘不了，不過請您別心思……」

他便走開，隨後穿上衣服，到奧爾迦那裏去。

晚上回家，他在自己棹上發現一封從鄉下的鄰居，他的受託人，寄來的信。他跑到燈邊去唸

——而他的雙手便垂下來。

「敬請改委他人（鄰居寫道），因弟冗務蝟集，平心而論，實不克顧及閣下之領地。最好閣下親來[illegible]間一行，如能居留領地，自屬更佳。領地極好，惟荒蕪殊甚。首宜正確分配徭役及租稅；主人不在，此事無法辦理；農民素被縱容，不從新村長所言，而舊村長爲人詐僞，宜加監視。收入確數殊難估定。在目前紊亂情形之下，閣下或未必獲三千以上，且須本人在場始可。弟係由穀物計算收入，蓋租稅之希望甚惡；務須將若翟納諸掌握，杳究欠項——此則非三閱月不辦。年成頗佳，且價俏，若閣下親自經手售出，三月或四月間卽可得款。目下固並無分文現金也。至於經由威爾赫俚奧伏修築大路與橋樑一事，因久未奉覆，弟已與奥董卓夫及畢洛伏獨夫商決，由弟處築至聶爾基，如是奥勃洛摩夫卡將相距甚遙。最後弟重申前請，務懇及早命駕：在三個月內，卽可明瞭來年希望如何。再者，現值選舉時期：閣下是否有意候選爲地方審判官？幸速圖之。尊宅極劣（在末了添寫）。弟已令飼牛婦，老馭者及二老婢由此遷往農舍：長此留居，殊屬危險。」

信裏附有一張清單，開列收獲多少穀子，春打多少，送上店舖多少，打算賣去多少，以及諸如此類的經濟上的詳細情形。

「並無分文，三閱月，親來一行，杳究農民之事，明瞭收入，候選服官」——這一切以幻影的形式把奧勃洛摩夫包圍住。他彷彿夜間置身在樹林裏，每一顆灌木和喬木都見得是強盜，死屍，猛獸。

「然而這是一種恥辱：我不會屈服的！」他一邊重複說，一邊努力同這些幻影熟稔，好像胆怯者試着從　細的眼瞼中間瞥視幻影，感覺着心頭寒冷，手足虛弱似地。

奧勃洛摩夫原來作何期待！他以爲，信上會確定地說，他將有多少收入，而且毫無問題，越多越好，比方說，六七千吧；房屋還好，在蓋新屋子以前，需要時還可以住；最後，受託人給送來三四千——一言以蔽之，在這信上他會讀到在奧爾迦的短箭上所讀到的同樣的笑，生活底遊戲和愛情。

他不再在房間內離地板四分之一阿爾申懸空行走，同婀娌茜雅開玩笑，因幸福的希望而激動：牠們得往後移三個月；而且——不！在三個月內他只是整理事務，明瞭自己的領地，而結婚……

「關於結婚，不出一年想都不用想，」他怯生生地說：「不錯，要過一年，早不了！我還得寫完自己的計劃，同建築師作決定，隨後……隨後……」

他嘆一口氣。

「借債！」在他頭腦裏一閃，可是他把這思想推開去。

「那怎麼行！到期還不出怎麼辦？要是事情搞得不好，那時候人家就要追索，而至今清白而一無牽累的奧勃洛摩夫的姓氏就要……」上帝保佑！那時候就要向他的平靜和自尊心告別……不，不！別人自會借債，可是隨後苦惱，工作，不睡覺，宛然惡魔附身一般。不錯，債是惡魔，是除開錢無法祓除的魔鬼！

是有這種人，一輩子指別人過活，左右借債，毫不放在心上的！他們怎麼能安心睡覺，吃午飯——不明白！債！牠的結果——不是像懲役的囚徒一樣無窮的勞苦，就是不名譽。

把村子抵押嗎？這不是同樣的債務，不過無可懇求，無可拖延而已？每年償付——恐怕會連生活費都不剩。

幸福又移後一年！奧勃洛摩夫病樣地呻吟，倒在床上，可是突然間神志清醒，站起來。而奧爾迦說的什麼？怎麼向他，像向男子似地，呼籲，信仰他的力量？她期待他前進，達到向她伸出手，將她領在後面，指點道路給她看的那種高度！是的，是的！可是從何開始呢？

他想而又想，隨後忽然在自己額角上拍一下，便向房東太太屋裏走去。

「令兄在家嗎？」她向房東太太問。

「在家，可是睡了。」

「那就請他明天上我屋裏去，」奥勃洛摩夫說：「我需要會他。」

# 第九章

房東太太的哥哥以同樣的順序走進房間來，同樣小心地坐下在椅子上，雙手納在袖子裏，等待伊里亞·伊里奇開口。

「我收到鄉下一封極不愉快的信，是回答送去的委任狀的——記得吧？」奧勃洛摩夫說。「勞駕唸一唸。」

伊凡·馬脫威也奇取起信，以習慣的眼睛一行一行掃過去，而信在他手指裏微微顫動。讀罷，他把信放在棹上，便把手藏在背後。

「依您想，現在怎麼辦呢？」奧勃洛摩夫問。

「他在勸您上那邊去，」伊凡·馬脫威也奇說。「怎麼：一千二百維爾斯他算得什麼！過一個星期路就會好，去就是啦。」

「我完全失去了旅行的習慣，不慣常了，而且還是冬天，我承認這是困難的，我不想去……況且一個人在鄉下很無聊。」

「您有很多納租的農民吧？」伊凡・馬脫威也奇問。

「是的……我不知道：我已好久沒有在鄉下。」

「該知道哇：不知道怎麼成？那就查不出有多少收入。」

「是的，該知道，」奧勃洛摩夫重複說：「鄰居的信上也寫得有，可是事情已經近冬天了。」

「您想有多少年租？」

「年租？好像是……讓我想想看，我在什麼地方有一張單子……還是斯托爾茲那時候給作的，可是很難找：一定叫查哈爾塞到哪裏去了、我以後拿給您看……好像是，每戶三十盧布。」

「您的農民怎麼樣？生活如何？」伊凡・馬脫威也奇問。「殷富，或者破落，貧窮？徭役怎麼樣？」

「聽我說，」奧勃洛摩夫一邊說，一邊向他走攏去，信賴地抓住他制服的兩片折襟。

伊凡・馬脫威也奇迅速地站起來，可是奧勃洛摩夫又使他坐下。

「聽我說，」他間歇地，近於低語地重複說：「我不知道，徭役是什麼，農事是什麼，貧農是什麼意思，富農又是什麼意思，我不知道四分之一普特（註一）裸麥或者燕麥是什麼意思，值多少錢，哪一個月播種什麼，收割什麼，怎樣出賣和什麼時候出賣：我不知道，我是富，還是窮，一年以後是否飽足，還是窮得討飯——我什麼都不知道！」他放走制服的折襟，一邊從伊凡・馬脫威也奇退開去，一邊沮喪地結論說：「因此，你像對小孩子似地對我說話和勸告吧……」

「怎麼，該知道哇：不知道就不能作任何考慮，」伊凡・馬脫威也奇站起來，將一支手放在背後，另一支揷在懷裏，含着恭順的微笑說。「地主應當知道自己的領地，和怎樣處理牠……」他教訓地說。

「我可是不知道。要是能教，就教我吧。」

「我自己沒有研究過這些問題，非同知道的人商量一下不可。可是信上不是對您說，」伊凡・馬脫威也奇用中指，指甲朝下，指着信頁說：「叫您候選服官：這不是很好嗎！您就住在那裏，在地方審判廳服務，同時弄淸楚農事。」

「我不知道，地方審判廳是什麼，裏面幹些什麼事，怎麼服務！」奧勃洛摩夫一邊向伊凡・馬脫威也奇鼻子底下走攏去，一邊又富於表情地，但是低聲地說。

「會習慣的。您不是在這裏部裏服務過：事情到處都一樣，不過形式上有少許差別。到處都有指令，往來的公文，議定書……有了好的秘書，您擔什麼心事？不過簽簽字而已，要是您知道部裏怎麼辦事……」

「我不知道部裏怎麼辦事，」奥勃洛摩夫單調地說。

伊凡·馬脫威也奇將自己的二重目光向奥勃洛摩夫一瞥，便默然不語。

「一定是您始終唸書吧？」他含着同樣的恭順的微笑陳述說。

「書！」奥勃洛摩夫痛苦地回答，便住下口。

他無此勇氣，也無此必要，在這位官員面前打開靈魂的深處。

「我連書也不知道，」在他裏面一動，可是沒有出諸舌頭，而以悽然的嘆息來表達。

「那您總忙些什麼，」伊凡·馬脫威也奇謙遜地加添說，彷彿看出奥勃洛摩夫頭腦裏關於書籍的回答：「總不會……」

「會的，伊凡·馬脫威也奇：這裏就有您一個活生生的證據——我！我是誰？我是什麼人？去問查哈爾，他就會告訴您：『老爺！』不錯，我是老爺，而什麼事也不會幹！假使您知道，您就幹，假使可以，您就幫忙，爲了這勞力，要什麼您就拿什麼——學問之用在此！」

他開始滿房間走來走去，伊凡·馬脫威也奇却站在原處，每當奥勃洛摩夫走到那裏，他便全身微微地轉向那一隻角落。雙方都默然一陣子。

「您是什麼學校出身？」奧勃洛摩夫一邊問，一邊又站下在他面前。

「開始在中學校裏（註二），可是六年級上，家父便把我帶走，安置在機關裏。我們的學問算什麼！唸，寫，文法，算術，沒有更進一步。湊付着應付事情，便寒傖地混飯吃。您的情形可就不同：您做過眞正的學問……」

「不錯，」奧勃洛摩夫嘆息着承認說：「是眞的，我學過高等代數，政治經濟學和法學，可是始終沒有應付過事情。您不就看到，懂得高等代數，我不知道自己有多少收入。上鄉下去，聽，看——在我們家裏，在領地上，在我們的週圍，怎麼辦事——完全不是那種法學。上這裏來，心思怎樣用政治經濟學來出頭吧……可是人家告訴我，學問要慢慢地，恐怕到老年才對我有用，首先卻非仕宦不可，而仕宦只消一種學問——寫公文。於是我就沒有應付過事情，而單只當老爺，而您卻應付過？唔，那您替我決定怎樣轉圜吧。」

「可以，沒有什麼，」伊凡·馬脫威也奇終於說。

奧勃洛摩夫站下在他對面，等待他開口。

「可以把這一切委託一位老練的人，將委任狀移轉給他，」伊凡·馬脫威也奇加添說。

「可是哪裏去找這樣一個人呢？」奧勃洛摩夫問。

「我有一位同事伊帥・福米奇・査爵爾推：他略患口吃，可是是一位事務和老練的人物。經管一塊大的領地三年，可是主人就因爲口吃這一個理由把他辭退，於是他進了我們的機關。」

「可是可否信託他呢？」

「是最老實的人，請您不用扭心！只要討好委託者，他倒會花自己的錢的。他在我們那裏已服務十二年。」

「要是在服務，那他怎麼去呢？」

「沒有什麼，告四個月假就行。您請決定了，我就帶他到這裏來。大概他不會白去吧。」

「當然不，」奧勃洛摩夫確認說。

「您請假定旅費，一晝夜需要多少生活費，隨後，事情結束了，依據條件，付一筆酬勞。他會去的，沒有什麼！」

「我非常感謝您：您免去我許多麻煩，」奧勃洛摩夫把手伸給他，說。「他叫什麼名字？……」

「伊帥・福米奇・査爵爾推，」伊凡・馬脫威也奇一邊重複說，一邊迅速地用另一只袖子擦擦手，握一下奧勃洛摩夫的手，便立刻把自己的藏進袖子裏。「我明天就同他講，帶他來。」

「那就來吃午飯，我們來談一談。——我非常，非常感謝您！」奧勃洛摩夫一邊說，一邊目送伊凡·馬脫威也奇到門口。

註一：Pood 俄國重量名，一普特等於一八·三六公斤。

註二：Gymnasiu n 帝俄時代八年制中學校。

# 第十章

同一天晚上，伊凡·馬脫威也奇和塔朗鐵也夫坐在一幢一面朝奥勃洛摩夫所住的街道，另一面朝河岸的兩層樓房屋的樓上的一間房間裏。

這是所謂『酒店』，門口始終停有兩三輛空馬車，車夫們手裏拿着茶托坐在樓下。樓上是指定供奧勃爾格·斯陀羅那的『紳士們』用的。

在伊凡·馬脫威也奇和塔朗鐵也夫面前，放得有茶和一瓶甜酒。

「是眞正的約馬伊加（註一），」伊凡·馬脫威也奇用顫抖的手給自己斟着一杯甜酒，說：「你別小覰這請客，老兄。」

「你要承認，這請客是有名堂的，」塔朗鐵也夫回答說：「屋子也許會腐爛，而這樣的住戶却等煞不來。」

「對，對，」伊凡·馬脫威也奇打岔說。「可是假使我們的事情成功，查爾推上鄉下去——自有油水！」

「可是你眞小器，老兄：同你非講斤頭不可，」塔朗鐵也夫說：「我這樣一位住戶竟給五十盧布！」

「我可害怕，他威嚇着搬家呢，」伊凡·馬脫威也奇提示說。

「嚯，你這傢伙：還算能手哩！他會往哪裏搬！現在你別趕走他吧。」

「可是結婚呢？聽說他要娶親了。」

塔朗鐵也夫哈哈笑起來。

「他娶親！不會娶親的，你願意打賭嗎？」他反駁說。「他連睡覺都要查哈爾幫忙，我一向都施恩與他：要沒有我，老兄，他不是餓死，便已打入監牢。警官跑來，或者房東詢問什麼事，他總　事不知——全仗我！什麼都不懂得……」

「確實什麼都不懂得：他說，他不知道地方審判廳裏辦些什麼事，部裏亦然：自己有些怎樣的農民——也不知道。什麼頭腦！我竟笑出來了！……」

「而那租契，訂立的是怎樣的租契？」塔朗鐵也夫誇口說。「你老兄是起草公文的老手，伊凡·馬脫威也奇，的確是老手！你使我想起先父來！我原來也在行，可是不習慣了，確然不習慣了。一坐下：眼淚就從眼睛裏湧出來。唸也沒有唸，便抓起筆簽字！於是租契上又是菜園，又是馬廐，又是倉屋。」

「是的，老兄，只消唸也不唸便在文件上簽字的笨伯們，在俄國不死盡，我輩弟兄總可以生活。要不然，就糟糕了！你聽聽老人們的話看，那可大不相同！服務了二十五年，我儲下過什麼資本？在費勃爾格·斯陀羅那過活，不向世界上露臉是可以的：尙有一口好飯吃，我並不訴苦，麵包也吃不完！可是要有理節伊那耶街上的住宅，地毯，娶富家女，使孩子們貴顯——時光是過去了！而且，聽我說，臉相也不是那樣，瞧，手指是紅的，那爲什麼喝伏特加呢……可是怎麼不喝牠？你試試看！據說，我比跟丁都不如：如今連跟丁都不穿這樣的靴子，而且天天換襯衫。教育不同，——都叫乳臭小兒們給毀了：裝腔作勢，唸書，講法文……」

「可是事情不懂得，」塔朗鐵也夫剪住說。

「不，老兄，他們懂得：如今事情不同了：人人都喜歡更簡單，這損害着我們的一切。不必這麼寫：這是多餘的抄寫，時間的浪費，可以迅速一些……損害！」

「可是租契簽字了：倒並未損害！」塔朗鐵也夫說。

「那當然已是神聖的了。喝酒吧，老兄！派了奇爵爾推上奧勃洛摩夫卡去，他會擇到一點的：讓後代們以後得好處吧……」

「讓他們得去！」塔朗鐵也夫說。「可是是怎樣的後代：是再從的，非常遠房的。」

「我只怕他結婚！」伊凡・馬脫威也奇說。

「告訴你，別害怕。記住我的話。」

「是嗎？」伊凡・馬脫威也奇愉快地回答。「可是他盯上舍妹呢……」他低語地加添說。

「眞的嗎？」塔朗鐵也夫吃驚地說。

「不過別響！的確是眞的……」

「唔，老兄，」塔朗鐵也夫一邊詫異說，一邊竭力回過神來：「我竟連做夢也沒有想到！那她怎麼呢？」

「她怎麼？你是知道她的——就是那樣！」

他用拳頭匐一聲在棹子上打一下。

「難道她會保持自己的利益？一頭母牛，眞正的母牛：打她也吧，摟她也吧——總是笑迷迷，好像馬匹看着燕麥似的。要是換上另一位……阿唷唷！可是我不會鬆眼的——你知道，這會發出什麼氣味！」

註一：Jama ca，西印度約馬伊加所產甜酒，故名。

# 第十一章

「四個月！再要四個月強制，秘密會面，可疑的臉，微笑！」奧勃洛摩夫一路想，一路登伊林斯基家的樓梯。「我的天哪！這什麼時候才會完結呢？而奧爾迦却催我：今天，明天。她是如此固執，不屈不撓！說服她是難的……」

奧勃洛摩夫差不多一直走到奧爾迦的房間，沒有遇見誰。奧爾迦坐在臥室前面自己的小客廳裏，專心在看什麼書。

他突然出現在她面前，以致她嚇得一跳，隨後含着微笑，愛嬌地向他伸出手去，可是眼睛還彷彿在讀完那本書；她茫然地看着。

「你一個人嗎？」他問她。

「是的；Ma tante 上沙皇村去了；曾經叫我一起去。差不多就是我們倆吃午飯：只有馬利亞·帥密諾芙娜要來；否則我就不能招待你。今天你又不能說明。這始終多無聊啊！可是明天……」她加添說，並且莞爾一笑。「假使我今天上沙皇村去了，那怎麼樣呢？」她戲謔地問。

他默然不語。

「你犯愁嗎？」她繼續說。

「我收到鄉下一封信，」他單調地說。

「在哪裏？帶着沒有？」

他把信遞給她。

「我一點都摸不清，」她瞧了瞧信，說。

他從她拿過信來，高聲地唸了一遍。她便沉思起來。

「現在怎麼樣呢？」緘默了一陣，她問。

「我今天同房東太太的哥哥商量過，」奧勃洛摩夫回答：「他向我保荐一位代理人，伊帥•福米奇•查爵爾推：我要托他去辦這一切……」

「托不相識的生人！」奧爾迦吃驚地反對說。「收租稅，區分農民，照呼賣穀物……」

「他說，這是一位最誠實的人，和他同事過十二年……只是有一點點口吃……」

「房東太太的哥哥本人怎麼樣？你知道他嗎？」

「不知道；可是他好像是一位非常穩重的事務家，況且，我住在他家裏：不好意思欺騙的吧！」

奧爾迦默然不語，沉下眼睛坐着。

「否則非親自去不可，」奧勃洛摩夫說：「我承認，我不想去。我完全失去了旅行的習慣，特別是冬天……甚至從未旅行過。」

她儘看着地下，晃動着鞋尖。

「即使我去了，」奧勃洛摩夫繼續說：「那也斷然沒有結果：我不會得到利益；農民們會欺騙我；村長要說什麼，就說什麼——我非相信一切不可；想到多少，他就給多少錢。唉，安特烈不在這裏：要有他，一切都解决了！」他苦惱地加添說。

奧爾迦微笑着，那是，只是她的嘴唇笑一下，心可並不笑：心上倒痛苦着。她開始望着窗外，把一只眼睛瞇細一點點，目送着每一輛駛過去的馬車。

「同時這位代理人經管過一塊大的領地，」他繼續說：「可是主人就因爲口吃將他辭退了。我要給他委任狀，把那些計劃移轉給他：他要監督買造房屋的材料，要收租稅，賣穀物，把錢帶來，而那時候……我多快樂啊，親愛的奧爾迦，」他吻着她的手，說：「我不必離開你了！我原就受不住別離，沒有你……獨自在鄉下，這是可怕的！不過現在我們應當非常小心。」

她以如此大的眼睛瞥視他一下，等待他說下去。

「是的，」他徐緩地開始說，差不多結結巴巴着：「少會面；昨天甚至房東太太屋裏又講起我們……我可不願意這件事……等所有的事解决，代理人監督建築，把錢送來……這一切一年光景都會辦完的……那時候就不再別離，我們要告訴叔母，而……而……」

他望望奧爾迦：她已昏過去。她的頭側向一邊，牙齒露出在發靑的嘴唇後面。他因爲過度的喜悅和空想，沒有注意到，在說「事情解决，代理人監督」時，奧爾迦已是臉色蒼白，沒有聽見他的語句的結梢。

「奧爾迦！……我的天哪，她昏過去了！」他說，並且拉鈴。

「小姐昏過去了！」他向跑來的卡提雅說。「快拿水！……酒精劑……」

「天哪！一早晨還如此快活……她怎麼啦？」卡提雅一邊低語說，一邊從叔母桌子上拿來酒精，拿着一玻璃杯水手忙脚亂。

奧爾迦醒過來，由卡提雅和奧勃洛摩夫幫着從圈手椅裏站起身，搖搖晃晃走進自己臥室裏去。

「就會好的，」她微弱地說：「這是神經作用；夜裏沒有睡好。卡提雅，把門關上，您請等我一下：我就會復原了出來。」

奧勃洛摩夫獨自留下，把耳朵貼在門上，向鑰匙孔裏張望，可是什麼都聽不見，看不見。

過了半個鐘頭，他沿走廊走到女僕室裏，向卡提雅問。

「小姐怎麽啦？」

「不要緊，」卡提雅說：「她躺下了，便把我遣走；隨後我又進去過：她坐在圈手椅裏。」

奧勃洛摩夫再走回客廳裏張望——什麼都聽不見。

他用手指輕輕地叩一下——沒有回答。

他便坐下來沉思。在這一個半鐘頭之間，他翻覆地想了許多，在他思想裏起了許多變更，他作了許多新的決定。最後，他決定親自同代理人一起上鄉下去，可是首先要得到叔母對於婚事的同意，同奧爾迦訂婚，委託伊凡·蓋拉西米奇找房子，甚至借一筆錢……小小的一筆，就供結婚之用。

這筆債可以從穀子的收入來償付。那他幹嗎這樣沮喪呢？啊，我的天哪，不是轉瞬之間一切都可以改觀嗎！隨後，在鄉下，他同代理人監收租稅，於是最後寫信給斯托爾茲：後者會給他錢，隨即跑來替他把奧勃洛摩夫卡安排得像模像樣，他會到處開闢道路，架設橋樑，創辦學校……隨後他同奧爾迦一起在那裏！……天哪，這不就是幸福嗎！……怎麽她沒有想到這一切呢！

一下子他變得如此輕鬆，愉快：他開始從一只角落走到另一只角落，甚至靜靜地用手指作響，差一點沒有歡喜得叫出來，走近奧爾迦門口，用愉快的聲音靜靜地喚她。

「奧爾迦，奧爾迦！我有話向你說！」他把嘴唇貼在鑰匙孔上說。「你怎麼也料不到的……」

他甚至決定今天不離開她，等候叔母。「今天就向她說明，我要從這裏作爲未婚夫回去。」

門靜靜地打開，奧爾迦現出身來：他向她望一眼，忽然洩氣了：他的喜悅已歸於泡影：奧爾迦彷彿老了一些。她臉色蒼白，可是眼睛輝亮，在抿緊的嘴唇上，在每一五官上，都隱匿得有好像冰似地被強制的平靜和不動所凍結的，內心的緊張生活。

在她的目光裏，他看出一種決心，可是是什麼決心——却尚未知道，只是他的心別別跳，跳得從來沒有過。他的生活中，未曾有過這樣的瞬間。

「聽我說，奧爾迦，別這樣瞧我：我怕！」他說。「我改變主意了：應當完全另樣地安排：……」隨後一邊繼續說，一邊逐漸地放低聲調，住下口，努力來領悟她眼睛裏，嘴唇上和如語的眉毛上的，在他是新穎的意義。「我決定自己同代理人一起上鄉下去……以便在那裏……」他難以聽見地說完。

她默然不語，幻影似地凝視着他。

他隱約地猜到，有怎樣的判決在等待他，便取起帽子，可是躊躇動問：他怕聽到致命的，也許沒有上訴的判決。最後，他鼓起勇氣。

「我了解得對不對？……」他以改變過的聲音問她。

她徐緩地，溫柔地低下頭，表示同意。他雖然把她的意義已推測到這步程度，可是臉色蒼白，始終站在她面前。

她略有幾分疲憊，可是見得如此平靜和不動，宛然石像一般。這是當集中的計劃，或者受打擊的感情，突然給人以全力來支持自己——可是不過一剎那間——時的超自然的平靜。她相同一位受傷的人，用一支手按住傷口，以便說完需要說的話，而後死去。

「你不會恨我吧？」他問。

「爲什麼？」她微弱地說。

「爲了我對你所作的一切……」

「你作了什麼？」

「愛你：這是侮辱！」

她憐憫地微笑一下。

「爲了，」他垂下頭，說：「你犯了錯誤……也許你會饒恕我，要是記得我警告過，你將怎樣害羞，你將怎樣後悔……」

「我並不後悔。我覺得這樣痛苦，這樣痛苦……」她說，並且停下來換氣。

「我卻更糟，」奧勃洛摩夫回答：「可是我是咎由自取：你爲什麼要苦惱呢？」

「爲了自尊心，」她說：「我受罰了，我太信賴自己的權力——我的錯誤是在這裏，而不是你所害怕的事。我空想的並非處女的青春和美麗：我以爲，我會使你再生，你可以爲了我依然生活——可是你卻早已死了。我沒有預見到這錯誤，卻儘在期待，希望……於是乎！……」她費力地，嘆息着說完。

她便默不作聲，隨後坐下去。

「我不能站了：腿在發抖。由於我所作的事，就是頑石也應該活起來，」她以疲倦的聲音繼續說。「現在我什麼也不作，一步也不動，甚至夏園也不去了：全都沒用——你已經死了！你同意我嗎，伊里亞？」緘默了一下，她隨後加添說。「你決不會責備我吧，我出於自尊心，或者出於反覆無常，而同你分手？」

他搖搖頭。

「你信不信，我們倆已沒有餘地，已毫無希望？」

「不錯，」他說：「這是實在的。可是也許……」隨後猶豫不決地加添說：「過了一年……」

他沒有勇氣對自己的幸福加以決定的一擊。

「你眞以爲，過了一年你會安排好自己的事情和生活嗎？」她問。「想想看！」

他嘆息，沉思，同自己鬥爭。她在他臉上看出這鬥爭。

「聽我說，」她說：「我剛才向先母肖像看了半天，好像在她眼睛裏得到了勸告和力量。假使你現在，像一位誠實的人似地……你要記得，伊里亞，我們並非小孩子，不是開玩笑：事關終身！你認眞問問自己的良心，說——我相信你，我知道你：你會不會生活一輩子？你會不會爲了我成爲我所需要的人物？你是知道我的，所以你懂得我所要說的話。假使你勇敢而深思熟慮地說——是，那我就收回自己的決心：我的手在這裏，你要上哪裏，我們就上哪裏，出國也好，到鄉下也好，甚至上費勃爾格。斯陀羅那也好！」

他默然不語。

「假使你知道，我多麽愛你……」

「我所期待的，不是愛情的保證，而是簡短的回答，」她近於冷淡地擱住說。

「別苦我吧，奧爾迦！」他沉鬱地懇求說。

「怎麼，伊里亞，我對不對呢？」

「是，」他明瞭而決斷地說：「你是對的！」

「那麼我們該分手了，」她決心說：「在人家沒遇見你，沒看到我怎樣騷亂以前。」

他始終不走。

「要是你結了婚，以後又如何？」她問。

他默然不語。

「你會一天天更沉睡——對不對？而我呢？你知道的，我是怎樣的人？我永不會老，永不會懶於生活。而同你在一起，我會開始一天一天地生活，等待聖誕節，隨後等待謝肉節，出去作客，跳舞，而什麼也不想；躺下睡覺，會感謝上帝，一天很快竟過去了，到早晨醒來，又會希望今天像昨天一樣……這就是我們的將來——是不是？這難道是生活嗎？我會憔悴，死去……爲什麼呢，伊里亞？你是否會幸福……」

他痛苦地望天花板上看來看去，想離開原處，跑開去——可是腿不聽話。想說什麼——可是嘴裏乾燥，舌頭不轉．聲音不從胸口發出。他向她伸出手去。

「所以……」他用衰頽了的聲音開始說，可是沒有結束，而以目光說完：「再會！」

她也想說什麼，可是什麼也沒有說，向他伸出手去，可是沒有觸到他的手，便落下了，想也說一聲：『再會』，可是她的聲音斷下在一個字的半中間，變成假嗓子；臉痙攣地歪扭，她將手和頭擱在他肩膀上，啜泣起來。彷彿從她手裏把武器奪去了似的。聰明女子消失了——出現的只是一位對悲哀一無防禦的女子。

「再會，再會……」在她啜泣之間溜出來。

他默然不語，恐怖地傾聽她哭泣，不敢打攪她。不論對她，或者對自己，他都不覺得憐憫；他本身便是可憐。她頽坐在圈手椅裏，將頭貼在手帕上，頂住桌子，痛哭。她的眼淚，不像那一天在公園裏似地，像一股因爲突如其來的一時的苦痛而霎時迸流的熱流一樣流淌，卻像毫無憐恤地降注田畝的秋雨一樣，寒冷地，悽然地灑落。

「奧爾迦，」他終於說：「爲什麼你苦惱自己呢？你愛我，你不忍別離！了解我爲人的本色，愛我裏面的好處吧。」

她搖搖頭，並不舉起牠來。

「不……不……」隨後努力開口說：「別為了我和我的苦痛害怕。我知道我自己：我要把牠哭出來，隨後就不再哭泣，可是現在別阻止我哭泣……走開去……啊，不，等一下！……上帝在處罰我！……我覺得痛苦，啊，多麼痛苦啊……這裏，心裏面……」

啜泣又開始了。

「可是假使痛苦不停止，」他說：「而你的健康受害呢？這種眼淚是有毒的。奧爾迦，我的安琪兒，別哭吧……忘掉一切吧……」

「不，讓我哭！我哭的不是將來，而是過去……」她費力地發言說：「牠『謝掉了，過去了』……不是我哭，而是回憶在哭！……夏天……公園……你記得嗎？我可憐我們的林蔭路，丁香花……這一切都生根在我的心上：撕去是痛苦的！……」

她絕望地搖搖頭，一路啜泣，一路重複說：

「啊，多麼痛苦，痛苦啊！」

「要是你死了呢？」他突然恐怖地說。「想想看，奧爾迦……」

「不，」她抬起頭來，試着以淚眼望他一下，打岔說。「我最近才知道，我愛過你裏面，我曾經希望你有，斯托爾茲曾經向我指出，我同他曾經想出的東西。我愛過將來的奧勃洛摩夫！你優雅，純潔，伊里亞；你溫柔……是一匹鴿子；你把頭藏在翅膀底下——什麼也不再希望；你準備一輩子在屋頂下面咕咕咕叫……可是我並不如此：我覺得這不滿足，我再需要些什麼，可是究竟需要什麼——我不知道！你能否敎給我，說，我所不足的是什麼，把這一切給我，使我……可是溫柔……哪裏沒有！」

奧勃洛摩夫的腿站不住了；他坐下在圈手椅裏，用手帕揩雙手和額角。

她的說話是殘酷的：牠深深地侮辱了他：牠彷彿在內部燒灼他，從外部冰冷地吹他。他可憐地，痛苦而含羞地微笑作答，好像爲了裸體被人家責罵的乞丐一般。因爲興奮和侮辱而衰弱的他，含着還無力底微笑坐着；他的消熄了的目光，淸楚地說：「是的，我貧窮，可憐，乞丐似的……打，打我吧！……」

奧爾迦忽然明白，她的說話多少惡毒；她猛然地衝到他身畔。

「饒恕我吧，我的朋友！」她溫柔地，彷彿用眼淚開口說。「我不知道我在說什麼：我瘋了！完全忘掉吧；我們照舊吧；讓一切都像先前一樣吧……」

「不！」他說，突然站起來，以堅决的姿勢擋開她熱情的發作：「不會像先前一樣了！別因爲說了眞話不安：我活該……」他沮喪地加添說。

「我是一位空想家，幻想家！」她說。「我有着不幸的性格。爲什麼別些女子，爲什麼叔尼奇卡這樣幸福呢？……」

她又哭起來。

「走開吧！」她用手撕裂着濡濕的手帕，決定說。「我受不住了，在我，過去還是寶貴的……」

她又用手帕蒙住臉，努力抑住自己的啜泣。

「爲什麼一切毀滅了呢？」她忽然舉起頭來，問。「誰咒詛了你呢，伊里亞？你幹了什麼？你善良，聰明，溫柔，高貴……而……正在毀滅！什麼把你毀滅了呢？這種邪惡是沒有名目的……」

「有的，」他難以聽見地說。

她疑問地，以充滿眼淚的眼睛向他瞥視一下。

「奧勃洛摩夫主義！」他低語說，隨後取起她的手，想吻一下，可是不行，只是把牠緊緊地按在嘴唇上，而熱淚撲簌簌地滴到她手指上。頭也不抬，臉也不給她看見，他便轉身而去。

# 第十二章

天知道，他在哪裏蹓躂，一整天幹些什麼，可是深夜才回到家裏。房東太太首先聽見叩門和犬吠聲，便把婀妮茜雅和査哈爾從夢中喚醒，告訴他們老爺回來了。

伊里亞・伊里奇差不多沒有注意到，査哈爾怎樣給他解衣服，脫靴子，披在他身上——一件睡衣！

「這是什麼？」他朝睡衣看一眼，僅只問。

房東太太今天拿來的：她把牠洗過和補過了，」査哈爾說。

奧勃洛摩夫一坐在圈手椅內，就始終未動。

他週圍的一切，全沈浸在睡夢和黑暗裏。他支臂而坐，不注意到黑暗，不聽見時鐘的敲打。他的理智淹沒在一片無定形的，糢糊的思潮底混沌之中；牠們像空中的雲一般，毫無目的，毫無聯繫地飛馳——他一個也未把捉住。

心已死了：那裏，生命暫時靜下了。循着生命力底積起的壓力底正常的路，正徐徐地完成向生命，秩序和流暢的恢復。

這流注是非常殘酷的，奧勃洛摩夫不感覺得自己的肉體，不感覺得疲勞和任何要求。他可以像石頭一樣躺上一晝夜，也可以一晝夜走路，坐車，像機器一樣活動。

人或則逐漸地循着艱難的道路，造成對命運的恭順——而那時候機構便徐徐地，逐漸地發揮自己的一切作用，——或則被悲哀克服，再也站不起來，看這悲哀的程度，也看這人的性格而定。

奧勃洛摩夫不記得自己坐在哪裏，甚至是否坐下：機械地望着，而不注意到天色已經黎明；聽而不聞老太婆怎樣作乾咳嗽，門房怎樣在院子裏劈柴火，屋子裏怎樣叩打和轟響，視而不見房東太太和婀妮茜雅怎樣上市場去，紙包怎樣閃過籬笆。

不論雄鷄也吧，犬吠也吧，大門的軋啦軋啦也吧，都不能將他從昏迷之中引出來。茶杯轟響，茶炊嘶嘶作聲。

最後，到九點多鐘，查哈爾端着托盤打開通書齋的門，照例用一只脚倒踢關門，而且照例沒有踢中，然而托盤可還拿住：因爲長期實習而熟練了，同時他知道，婀妮茜雅從後面向門裏張着，只要他落下什麼，她便馬上跳過來，使他羞赧。

他把托盤貼在頰邊上，緊緊抱住，平安無事地走到床邊，剛想把茶杯放在床邊的桌子上，喚醒老爺——一看，床鋪未皺，老爺不在！

他猛一吃驚，茶杯便飛落在地板上，接着又是一只糖缸。他開始在空中搶住東西，而把托盤一晃，其他的便也落下。他只留得一把匙子在托盤上。

「這是什麼災殃？」他看着婀嘉芮雅檢拾糖，茶杯和麵包的碎片，說。「老爺上哪裏去了？」

而老爺面無人色地坐在圈手椅裏。查哈爾張着嘴巴向他瞥覷一眼。

「您爲什麼通夜坐在圈手椅裏，伊里亞·伊里奇，不睡覺呢？」他問。

奧勃洛摩夫慢慢地朝他轉過頭去，心不在焉地看看查哈爾，溢出的咖啡和散佈在地毯上的糖。

「而你爲什麼打破茶杯呢？」他說，隨後走近窗前去。

雪大片地紛飛，把地面厚厚地鋪起。

「雪，雪，雪！」他望着厚厚一層地蓋沒圍牆，籬笆和菜園裏的田畦的雪，無意識地重複說。「全埋上了！」隨後絕望地低語說，便躺在床上，作起粉樣的，不愉快的夢。

當他被房東太太屋子裏的門軋啦軋啦吵醒時，已是中午過後，從門裏伸進一支裸露的，拿一只盤子的手臂：，盤子裏是熱氣騰騰的麵餅。

「今天是星期日，」聲音愛嬌地說：「烤了麵餅，要吃嗎？」

可是他並未作答：他在發燒。

# 第四部

# 第一章

自從伊里亞·伊里奇患病以來，一年過去了。這一年給世界各處帶來許多變動：一個國家起了騷動，而另一個國家已經安定；宇宙的某一天體沒落了，而另一個却輝亮起來；這裏，世界制馭了生存的一個新的奧秘，而那裏，住宅和苗裔都化爲塵土。舊的生活歸於毀滅的地方，新的生活便像稚嫩的草木一樣萌芽……

而在費勃爾格·斯陀羅那，寡婦潑希尼靑娜家裏，雖然晝和夜和平地流去，並不帶一點突如其來的，劇烈的變動到單調的生活裏，雖然四季像去年一樣重複自己的作用，然而生活依然不停，儘改變自己的樣式，但是改變得同我們行星上地質的改變一樣緩慢地漸進：那裏，一座山悄悄地崩塌，這裏，大海好幾百年地把泥土帶來，或者從岸邊退去，而形成土地的增加。

伊里亞·伊里奇痊愈了。代理人查爵爾推，業已下鄉，將賣去穀物的錢全部送來，而滿意於從中支出的旅費，日用費和酬勞。

關於佃租，查爵爾推寫信說，這些錢收不到，農民們一部份破產了，一部份走散到不知道哪裏去了，而他正在就地竭力調查。

關於道路和橋樑，他寫信說，事情不急，而農民們與其幹興築新路和橋樑的工作，倒寧可過山越澗上商業的村子去。

一言以蔽之，報告和錢收得都滿意，而伊里亞・伊里奇絲毫沒有親自前去的必要，而對這方面便安心到來年。

關於建築房屋，代理人也處理了一下：和省裏的建築師一起確定了必需的材料的數量，他便留下命令叫村長一開春就運木材，並且吩咐造一間堆放磚塊的倉屋，因此奧勃洛摩夫只消春天上鄉下去，一邊祝福，一邊開始建築。他提議，在這時候以前，把佃租收下，再把領地押去，因此可以償付開銷。

病後，伊里亞・伊里奇很久都很陰鬱，整幾個鐘頭落在病樣的沉思裏，有時候竟不回答查哈爾的問話，不注意到他掉落茶杯在地板上，和不抹桌上的灰塵，或者房東太太節日拿麵餅走進來，發見他噙着眼淚。

隨後，無言的冷淡逐漸代替生動的悲哀。伊里亞・伊里奇好幾個鐘頭望着雪飄落和堆積在院子裏和街上，蓋沒柴火，雞塒，狗屋，小花園，菜園的田畦，柵欄的柱子變成一個個尖塔，萬物都死去，裹在壽衣裏。

他老半天傾聽着咖啡磨子的碾磨，狗帶着鏈子蹦跳和吠叫，査哈爾擦靴子，和鐘擺的有板有眼的嘀嗒之聲。

房東太太像先前一樣走進來，向他提議買什麼，或者吃什麼；房東太太的孩子們跑來：他以冷淡的親切對前者講話，替後者們定功課，聽他們唸，和沒精打采地，勉强地笑他們孩子氣的饒舌。

可是山逐漸地崩塌，海從岸邊退去，或者朝岸邊流注，而奧勃洛摩夫一點一點地恢復他從前的正常生活。

夏天，秋天和冬天，沒精打采地，乏味地過去。但是奧勃洛摩夫又等待春天，而且夢想到鄉下去。

三月裏烤雲雀餅，四月裏，人家把他的雙重窗框取下，而且宣稱說，奈瓦河已經解凍，春天已經來臨。

他在花園內蹓躂。隨後菜園裏種起菜來；各種節日來了：聖靈降臨節哩，七週節哩（註一），五月初一哩；這一切都用白樺樹的嫩枝和花環來表示；樹林裏喝起茶來。

從夏初起，屋裏便開始談論將到來的兩個大節日：聖・約翰節，房東太太的哥哥的命名日，和聖・伊里亞節，奧勃洛摩夫的命名日；這是心目中的兩件大事。每當房東太太碰巧買到，或者在市場上看見一腿上好的犢肉，或者烤成一塊特好的麵餅，她總說：

「啊，要是在聖・約翰節或者聖・伊里亞節碰到這樣的犢肉，或者烤成這樣的麵餅，那才好呢！」

講着伊林斯基的星期五，一年一度上火藥局去散步和柯爾庇諾地方斯摩倫斯基墓地的節期。窗子底下又聽見母雞的沉重的咯咯咯，和一代新的雛雞底嗜嗜嗜；雛鷄和新鮮菌子的麵餅，新醃的胡瓜過去了；很快又是漿果出現。

「鷄雛現在不好，」房東太太向奧勃洛摩夫說。「昨天兩對很小的，討價要七十戈貝克，然而有新鮮的鮭魚：要吃冷魚湯，天天都可以做。」

潑希尼青娜家的飲食是上好的，這不單因爲婀葛菲雅・馬脫威也芙娜是一位模範的主婦，這是她的天職，可是還因爲伊凡・馬脫威也奇・姆霍雅洛夫在飲食方而是一位老饕。他對於衣服和內衣都絕不介意：好幾年都只穿一套衣服，而花錢買一套新的是懷着嫌惡和困難的，他並不小心地把衣服掛起，却向角落裏丟作一堆。像小工一樣，只在星期六才更換內衣；可是在飲食上他却不惜費用。

在這一點上，他部分地由他從吃公事飯起，就替自己做成的獨特的邏輯所指導：「肚子裏有什麼，人家看不見——不會說閒話的；可是重甸甸的錶鍊，新的燕尾服，嶄亮的靴子——這一切會產生多餘的議論。」

因此，潑希尼青娜的食桌上出現得有頭等的犢肉，琥珀色的鱘魚，白色的山鷸。有時候，他親自在市場裏，或者米留精商店裏走來走去，像獵犬似地東嗅西嗅，在衣裾底下帶回來一匹上好的肥小母鷄，不惜四盧布買一只雌吐綬鷄。

他從交易所裏拿來酒，親自藏起，親自取用；但是桌子上，除開一瓶由醋栗葉釀成的伏特加以外，誰也從不會看見過什麼；那種酒他在樓上自己房間裏喝的。

他同塔朗鐵也夫出發去釣魚時，他的外套裏老藏有一瓶上等的馬特伊拉，而他們倆在「酒店」裏喝茶時，他帶去自己的甜酒。

泥土的逐漸沈澱，海底的顯露，和山的崩塌，正在一切方面完成，就在婀妮茜雅方面亦然：婀妮茜雅與房東太太的彼此傾心，已經變成不可分解的聯繫，變成一個存在。

看到房東太太參加在他的事情裏，奧勃洛靡夫有一次以開玩笑的形式，向她提議請她完全負責他的膳食，省去他種種麻煩。

她便滿臉喜色；她甚至自覺地微笑。她的活動範圍怎樣擴張了啊：現在是一份家事變成了兩份，或者說還是一份，可是多大的一份啊！此外，她到手了婀妮茜雅。

房東太太同哥哥談了談，到第二天，所有奧勃洛摩夫廚房裏的東西，便都搬到婀葛菲雅。馬脫威也芙娜廚房裏來；把他的銀器和陶器放在她的食櫥裏，而婀庫麗娜便從女廚司降爲照看禽鳥和菜園。

一切都大規模地幹去：買糖，買茶，買食糧，胡瓜，浸漬蘋菓和櫻桃，做菓醬——都採取宏大的手面。

婀葛菲雅．馬脫威也芙娜成長了，婀妮茜雅鷹翼似地伸直了自已的手臂，生活沸騰，而像河一般流去。

奧勃洛摩夫同全家在三點鐘吃午飯，只有房東太太的哥哥，隨後，大半在廚房裏，獨自吃飯，因爲他從衙門裏回來很遲。

茶和咖啡由房東太太親自送給奧勃洛摩夫，而不是査哈爾。

後者，要是高興，便抹抹灰塵，要是不高興，婀妮茜雅便像旋風似地飛進來，一部分用圍身，一部分用她裸露的手臂，幾乎用鼻子，一下子就把一切吹走，拂去，取下，整理好，而不見了；再不，當奧勃洛摩夫出去到花園裏時，房東太太親自向他房間裏張一眼，發見很雜亂，便搖搖頭，一邊向自己嘀咕什麼，一邊把枕頭打得像山一樣，於是望望枕套，又向自己低語說，需要更換一下，便把牠們取下來，再撣撣窗子，看看沙發背後，才走出去。

海底的逐漸沉澱，山的崩塌，淤積的泥土，加上輕微的火山的爆發——這一切主要地在婀葛菲雅·馬脫威也芙娜的命運裏完成了，但是誰也不會，尤其是她自己，注意到這一點。牠們只是因爲豐富的，出於意外的和無窮盡的後果而變成顯明。

爲什麼近來她變得不像自已了呢？

爲什麼從前，要是肉烤過頭，魚羹裏的魚煮過頭，蔬菜沒有放在湯裏，她嚴厲地，但是沉着而威嚴地向婀庫麗娜提示一通，就忘掉了，可是現在，要是發生這一類事，她會從桌邊跳起來，跑到廚房裏去，向婀庫麗娜痛罵一陣，甚至向婀妮茜雅作慍色，而到第二天，親自留心，蔬菜放下沒有，魚煮過頭沒有。

也許可以說，她不好意思在外人眼裏見得在治家方面不嚴密，她的自尊心和所有她的活動都集中在這上面。

好吧。可是爲什麼從前，晚上八點鐘以後 她就睡眼惺忪，到九點鐘，弄睡了孩子們，查看了廚房內的火熄了沒有，煙道閉了沒有，一切都整齊了沒有，就去就寢，——不到早晨六點鐘，任何大炮便都吵不醒她？

現在，要是奧勃洛摩夫上戲院去，或者蹲在伊凡·蓋拉西米維奇家裏，很久不回來，她就睡不成覺，翻來覆去，劃十字，嘆息，閉上眼睛——怎麼也睡不成！

街上有人叩門，她就馬上抬起頭來，有時候從床上跳起來，打開氣窗，聽：是不是他？

要是有人叩大門，她就急忙穿上裙子，跑到廚房裏喚醒查哈爾或者婀妮西雅，着他們去開大門。

也許可以 ，這一點表明她是一位忠實的主婦，她不喜歡自己家裏雜亂，房客夜裏等在街上，直到喝醉的門房聽到才開門，最後，繼續不斷的叩門也許會吵醒孩子們……

好吧。可是爲什麼，當奧勃洛摩夫患病時，她不讓任何人走進他的房間，用氈毯和地毯把房間鋪上，掩上窗帷，假使瓦尼亞或者瑪夏作出一點點叫嚷，或者大聲地笑一笑，如此善良而親切的她，便會勃然大怒呢？

爲什麼，她不信賴查哈爾和婀妮西雅，通夜坐在他床邊，直到早彌撒爲止，不將眼睛從他移開去，隨後，急忙披上外套，在一張紙片上以大的字母寫上『伊里亞，』跑到禮拜堂裏，將這張紙遞到祭壇上，祈求健康，隨後跑到一只角落裏，跪下，長時間地臉貼在地板伏拜，隨後趕忙跑到市場裏，不安地回家，瞥視一下房門，低語地問婀妮茜雅：

「怎麼樣？」

可以說，這不過是女性底有力的特徵——憐憫與同情而已。

好吧。那末爲什麼，當奥勃洛摩夫痊愈之際，一冬天很陰鬱，不大同她講話，不向她房間裏張望，不對她幹的事發生興趣，不同她說笑——她便消瘦，一下子對於每一件事都變得如此冷淡，如此無可奈何呢：她磨咖啡——而不知道自己在幹什麼，或者擱上這麼一大些菊萵苣，以致喝都不能喝——而不覺得，彷彿沒有舌頭似的。婀庫麗娜沒把魚燒熟，哥哥嘀嘀咕咕，離桌而去：她，好像石頭一樣，彷彿沒有聽到。

從前，誰也沒有看見過她深思，而且這也和她不相稱：她老是走來走去，活動，銳敏地注視一切，看到一切，而現在忽然，石臼放在膝上，彷彿熟睡似地一動不動，隨後忽然開始用杵子擣得狗都吠起來，以爲有人在叩大門。

但是奥勃洛摩夫剛一復原，他剛一現出親切的微笑，剛一開始像先前一樣看她，愛嬌地向她房門張望和尋開心——她便又發胖，家事便又活潑，元氣而快樂地進行，就只有一個小小的獨特的陰影：從前，好像構造很好的機器一樣，整然地，有規則地成天活動，她走路流暢，講話不高不低，磨咖啡，劈糖塊，篩什麼，坐下去縫紉，她的針像鐘擺一般有板有眼地來去；隨後她不慌不忙地站起來；在上廚房裏去的半路上停下，打開食櫥，取出什麼，拿走——一切都像機器一樣。

而現在，伊里亞·伊里奇已成爲她家庭的一員時，她搗得和篩得便不同了。幾乎忘下了自己的花邊。開始縫紉，安靜地坐下去，忽然奧勃洛摩夫喊查哈爾要咖啡——她三跳出現在廚房裏，彷彿瞄準什麼似地張大眼睛觀看，抓起一把調羹，就着光倒出三調羹來，看煮好沒有，咖啡清不清，有無渣滓，乳脂裏有無奶皮。

要是做奧勃洛摩夫心愛的菜，她便望着煎鍋，掀開蓋子，嗅嗅，嘗嘗，隨後親自拿起煎鍋，放在火上。要是爲他擦杏仁，或者搗什麼，她便如此使勁，而熱烈地擦和搗，以致滿身大汗。

所有她的家事，搗，熨，篩等等——都得到一種新的活生生的意義：伊里亞·伊里奇的安甯和便利。從前她把這看作一種義務，現在牠成爲她的愉快了。按她自己，她已開始過一種充實而樣的生活。

可是她不知道自己在幹什麼，她從未自問，而是無條件地，一無抵抗，一無魅力，一無戰慄，一無熱情，一無漠然的預覺，一無疲憊，一無神經的遊戲與音樂地走到這甜蜜的羈軛之下。彷彿她忽然改信另一種宗教，不追究這是什麼宗教，牠的教義是什麼，便皈依牠，而盲目地信奉牠的規律。

不知怎麼，這竟自己落在她身上，她像走到烏雲底下似地，旣不後退，又不往前跑，彷彿傷一次風，或者患一次不治的熱病那麼簡單地愛上了奧勃洛摩夫。

她自己一點都沒有犯疑：要是人家把這告訴她，那在她倒是新聞呢——她會微笑一下而害起羞來。

她默然地接受對於奧勃洛摩夫的義務，研究他每一件襯衫的特徵，計數他襪子磨破的窟窿，知道他用哪一支脚從床上起來，注意他什麼時候眼睛上要長麥粒腫，他吃什麼菜，吃多少，他快活呢還是無聊，睡得多不多，彷彿她一輩子，都這麼辦，並不問自己，奧勃洛摩夫同她什麼關係，她要這麼奔忙爲什麼。

要是人家問她愛不愛奧勃洛摩夫，她會又微笑一下而肯定地回答，可是當奧勃洛摩夫住在她那裏一共才一個星期時，她也會這樣回答的。

爲的什麼或者幹嗎她剛是愛上他呢？幹嗎她無所愛地出嫁，無所愛地活到三十歲，而現在忽然臨到她身上了呢？

雖然愛情叫作反覆無常，莫明其妙，像疾病一樣發生的感情，然而牠同一切東西一樣，也有自己的法則和原因。而假使這些法則至今研究得很少，那是因爲被愛情所襲擊的人，不會用學術的眼睛來留心，印象怎樣偷跑進他的靈魂，夢一般桎梏他的感覺，從頭迷瞎他的眼睛，從哪一瞬間起，他的脈搏和心開始跳得更厲害，怎樣從昨天起突然發生一種致死靡它的信服，和自我犧牲的渴望，自我怎樣漸漸地消失，而變成『他』或者『她』，智慧怎樣變得異常遲鈍或者異常銳利，意志怎樣委身於另一個人的意志，怎樣頭顱垂倒，雙膝戰抖，眼淚顯現，熱病發生……

婀葛菲雅．馬脫威也芙娜從前很少看見過像奧勃洛摩夫這樣的人，而要是看見，那也從遠遠裏，他們也許合她的意，但是他們生活在另一個，而不是她的氛圍裏，她毫無機會去接近他們。

伊里亞．伊里奇不像她已故的丈夫，十等官潑希尼青一樣，以小而匆忙的快步走起，並不鈔寫無窮的文件，並不因爲遲到衙門而害怕得發抖，瞧每一個人，並不像請求他給自己駕上鞍子騎在自己身上似的，而是如此大胆和自由地瞧一切人和一切事物，彷彿要求對自己從順一般。

他的臉並不粗糙，並不微紅，而是白皙和優美的；手也不像她哥哥的——並不顫抖，並不緋紅，而是又白又小。他坐下，把一條腿放在另一條腿上，用手托住頭——他幹起一切，都如此隨意，安詳而美麗；講話不像她哥哥和塔朗鐵也夫，也不像她丈夫；有許多話她甚至不懂，但是感覺得這聰明，美麗而異常，而且就是她懂的事，他說起來似乎也和別人不同。

他穿絕細的內衣，天天把牠換洗，用香肥皂洗臉，清潔指甲——他渾身都這樣美好，這樣乾淨，他可以不做事，事實上，他眞什麼也不幹，有別人替他幹每一件事：他有奄哈爾和另外三百名奄哈爾！……

他是一位老爺，他燦爛而輝亮！同時他又這樣親切；他走路和動作都多麼柔和，手的撫摸竟和天鵝絨一樣，而她丈夫用手撫摸，却像捶打一般！他看東西和講話，也都這樣柔和，這樣親切……

她並不想，並不意識到這一切，假使有人想要探究和解釋，奧勃洛摩夫之出現在她生活裏，所給與她精神上的印象，那就應當這樣，而不另樣地解釋。

伊里亞·伊里奇知道，他給這份人家，上自房東太太的哥哥，下至鎖在鏈子上的狗，（自他出現以來，牠開始領三倍多的骨頭，）帶來了怎樣的意義，但是他不知道，這意義植根得多麼深，而他對房東太太的心得到了多麼出乎意外的勝利。

在她對自己的飲食，內衣和房間的煩瑣的操心之中，他只看到她性格的主要特徵的一種表現，這還在初次訪問時，當婀庫麗娜出其不意地拿一只掙扎着的母鷄走進房間來，而婀葛菲雅·馬脫威也芙娜，雖然被女廚司不合時宜的熱心弄得困惑，然而還是同她說，出賣的不是這一只，而是那只灰色的母鷄，他便已經注意到。

婀葛菲雅·馬脫威也芙娜本人不單沒有勇氣向奧勃洛摩夫獻媚，或者把心裏所起的念頭向他表示一點點，而且一如上面所說，她從未意識到或者知道這一點，甚至忘了，才不久之前，她心裏還沒有這念頭，而她的愛不過表現爲至死靡它的無限的信服而已。

奧勃洛摩夫看不出她對自己的態度的眞正的性質，而繼續把這理解爲她的性格。潑希尼寄娜的如此正常，如此自然而一無私慾的感情，在奧勃洛摩夫，在她四圍的　，和她本人都還是一個秘密。

牠的確一無私慾，因爲她在禮拜堂裏供蠟燭，祈求奧勃洛摩夫健康，只是要他痊愈而已，這件事他是從來不知道的。她夜裏坐在他枕邊，到天明走開，而事後並不講起牠。

他對她的態度更遠爲簡單：婀葛菲雅·馬脫威也芙娜，和她永久活動的臂肘，操心的，停留在一切上的眼睛，從食櫥到廚房，從廚房到貯藏室，又從那裏到地窖的永久的來去，對家庭的和家事的一切便利的無所不知，在他，都是像海洋一樣浩渺無際的，無法破壞的平靜的生活理想底化身，這種生活的畫面，在童年時代，在父親的屋頂之下，就不能磨滅地印在他的心上。

正像他的父親，祖父，兒子們，孫子們和客人們懶散地，平靜地坐在或者躺在那裏，知道屋子裏有的是永久在他們周圍來去的，操心的眼睛，給他們縫衣服，吃，喝，穿衣裳，穿靴子，弄他們睡覺，臨死給他們閉上眼睛的，永不休歇的手，這裏，奧勃洛摩夫一動不動地坐在沙發上，看到一件活的迅速的東西在爲他的利益而活動，知道明天太陽也許不出來，旋風也許掩蔽天空，暴風也許從宇宙的這一頭吹到那一頭，但是湯和燒肉仍會出現在他桌上，內衣仍會乾淨而新鮮，蛛網仍會從牆上掠去，而他仍會不知道這一切是怎麼幹的，不必費事去想自己要些什麼，牠仍會給猜測而拿到他眼前，這不是由查哈爾骯髒的手，粗暴而懶惰地，而是由乾淨雪白的手，和裸露的臂肘，帶着親切而溫柔的目光，和深深地信服的微笑拿來的。

他同他房東太太每天越來越親暱，他沒有想到過戀愛，就是他才不久像一場天花，痲疹或者熱病一樣經驗過的，回想起來都戰慄的那種戀愛。

他同婀葛菲雅·馬脫威也芙娜親近——就彷彿接近使人越來越溫暖，但是不能愛牠的火一樣。

午飯之後，他欣然地留在她房間裏吸烟斗，看她怎樣把銀器和陶器收在碗櫥裏，取出杯子，倒咖啡，把一只杯子洗得和擦得特別當心，首先倒出來，遞給他，看他滿意不滿意。

她的房門開在那裏時，他欣然地把眼睛停留在她肥茁茁的頸項和圓滾滾的臂肘上，甚至房門半天不打開時，他便自己用脚悄悄地把牠打開，而同她開玩笑，同孩子們遊戲。

但是假使一早晨過去，他沒有看見她，他也並不無聊；午飯之後，他時常走去睡上兩個鐘頭，以代同她留在一起；但是他知道，只消他一醒來，他的茶就會準備好，甚至就在他醒來的那一分鐘上。而重要的是，這一切都是平靜地做去：他的心上沒有過腫塊，他一次也沒有因爲担心會不會看到房東太太，她將怎麼，對她怎麼說，怎樣回答她的問話，她將怎樣瞧看而激動過他——全無這等事情。

他沒有經驗過憂悶，不眠之夜，甜的和苦的眼淚。他坐着吸煙，看她縫紝，有時候說幾句話，有時候什麽也不說，同時他却覺得平靜，不需要任何東西，哪裏也不想去，彷彿他所需要的，全有在這裏。

婀葛菲雅．馬脫威也芙娜不做任何督促，任何要求。他也不起任何富於自尊心的希求，慾望，對於英雄事業的憧憬，以及時光在過去，他的力量在破滅，不論善事惡事他都沒有幹過，他在怒閒，無爲，而不在生活的這惱人的苦悶。

彷彿一支看不見的手，像一顆貴重的植物一樣，把他安放在暑熱不臨的陰地裏，雨落不到的屋頂之下，看護他，撫育他似的。

「您的針在鼻子跟前來去得多快啊，婀葛菲雅・馬脫威也芙娜！」奧勃洛摩夫說。「您穿上來得這麼快，我眞怕您把鼻子縫上裙子去呢。」

她微微一笑。

「我就縫完這一行，」她近乎獨自地說，「就要吃晚飯了。」

「晚飯有些什麼菜？」他問。

「鹽漬捲心菜和鮭魚，」她說。「鱘魚到處沒有：所有的舖子我都走遍了，我哥哥也去問過——沒有。說不定如果捉到活鱘魚——車行街的一位老板定下了——他們答應切一段給我們。還有犢肉，煮粥……」

「這好極了！您想出得多好啊，婀葛菲雅・馬脫威也芙娜！不過婀妮茜雅別忘了。」

「有我照顧着。聽到噓噓噓沒有？」她把通廚房的門打開一點點，回答說。「已經在煮着啦。」

隨後縫完一行，咬斷線，捲起活針，帶到臥室裏去。

就這樣，他像接近溫暖的火一樣接近她，而有一天，接近得很近，幾乎發生大火，至少小的閃爍。

他正在自己房間裏　步，向房東太太門口轉過身來，看她的臂肘在非常迅速地活動。

「始終忙着！」他一路說，一路走進她房間去。「這是什麼？」

「搗肉桂，」她像望看深淵一樣望着石臼，用杵子毫不容情地搗着，回答說。

「假使我打攪您呢？」他拿住她的臂肘，不讓她搗，問。

「放手！還得搗些糖，和倒些酒做布丁哩。」

他依舊握住她的臂肘，而他的臉在她的後腦邊。

「說，假使我……愛您，怎麼樣呢？」

她微微一笑。

「您會愛我嗎？」他又問。

「爲什麼不愛？上帝命令過我們愛每一個人。」

「假使我吻您呢？」他一邊低語說，一邊傴到她臉頰邊，以致他的呼吸燒灼她的臉頰。

「現在不是復活節週，」她帶着一片微笑說。

「唔，吻我一下！」

「要是上帝容許，我們活到復活節，那就可以接吻了，」她說，毫不驚訝，慌亂或者胆怯，却像一匹在給牠套軛子的馬一樣筆直地一動不動站在那裏。他輕輕地吻一下她的頭頂。

「當心我會把肉桂撒了，就沒有得擱在您的布丁裏了，」她提示說。

「沒有關係！」他回答說。

「怎麼您睡衣上又有污點了？」她把睡衣的裾拿在手裏，担心地問。「好像是油吧。」她嗅嗅那污點。「您在哪裏沾上的？不是長明燈裏滴下來的吧？」

「我不知道在哪裏弄來的。」

「準是在門上擦來的？」婀葛菲雅・馬脫威也芙娜忽然推測說。「昨天把鉸鏈塗過油——老是格啦格啦。趕快脫下來給我，我來把牠去掉，洗一洗：明天就沒有了。」

「親切的婀葛菲雅・馬脫威也芙娜！」奧勃洛摩夫將睡衣懶洋洋地從肩膀上脫下來，說。「您知道怎麼：我們去住在鄉下吧：那裏才眞是家事！什麼都有：菌子，莓子，菓醬，家禽塲，家畜欄……」

「不，我幹嗎要去？」她嘆息一聲結論說。「生在這裏，一輩子住在這裏，死也應當死在這裏。」

他懷着輕微的激動望着她，但是他的眼睛並不輝亮，或者充滿眼淚，精神並不憧憬高處，憧憬英雄事業。他只要坐在沙發上，眼睛不離開她的臂肘。

註一：復活節後第七個星期四。

# 第二章

聖・約翰節是一個盛大的日子。伊凡・馬脫威也奇前一天就沒有去辦公，像瘋子一樣在街上來來去去，每一趟不是帶一個袋子就是帶一只籃子回家。

婀葛菲雅・馬脫威也芙娜三晝夜只靠咖啡過活，光替伊里亞・伊里奇做三道菜，而其他的人就隨便吃點什麼。

婀妮茜雅甚至頭天晚上全然沒有睡覺。只有查哈爾睡足了她的一份和自己的一份，而以半輕蔑的態度，滿不在乎地看待所有這些準備。

「在我們奧勃洛摩夫卡，每一個節日都這樣備菜的，」他對從伯爵廚房裏請來的兩位廚子說：「有五道甜食，而調味品之類，你就數不清楚！客人們吃整整一天，第二天亦然，而殘餘我們還吃五天。剛吃完，眼看客人們又來了——於是又來一通，而這裏不過一年一次！」

吃午飯時，他第一個向奧勃洛摩夫送菜，而且無論如何不聽從去向一位頭頸裏掛一枚大的十字架的先生送菜。

「我們老爺是世家，」他驕矜地說：「而這些是什麼客人！」

坐在桌子末端的塔朗鐵也夫，他完全不送菜，或者認為多少適合，就倒多少食物到他盆子上！

所有伊凡・馬脫威也奇的同事，三十來人，全都出席。

大的鱘魚，八寶雛鷄，鶉，冰淇淋和上等酒——這一切儼然地刻劃出一年一度的節日。

到末了，客人們彼此擁抱把主人的趣味捧到天上，隨後坐下去玩牌。姆霍雅洛夫鞠躬，道謝，說，爲了款待貴賓們這幸福，他不惜犧牲三分之一的年俸。客人們到早晨才好容易散去，於是家裏又寂靜到伊里亞節。

那一天，奧勃洛摩夫所有的外客，只是伊凡・蓋拉西米奇和亞力克先也夫，那位不言不答的客人，在這小說的開場，曾經在五月一號來請伊里亞・伊里奇上葉卡德琳霍夫去的。奧勃洛摩夫不但不願意輸給伊凡・馬脫威也奇，而且竭力以這一帶地方所不知道的精美的山珍海味來誇耀。

有空心包子以代油膩的魚肉包子；上湯之前，先上牡蠣；有紙包雛鷄和菌子，蜜汁肉，頂嫩的蔬菜，英國式的湯。

桌子中央安一個龐大的波羅蜜，四圍是桃子，櫻桃，杏子。花瓶裏有鮮花。

剛開始吃湯，塔朗鐵也夫剛因爲包子裏不擱東西這愚蠢的主意，開始咒罵包子和廚子，忽聽得狗的絕望的吠叫和帶着鏈子的蹦跳。

一輛馬車駛進院子裏，誰在詢問奧勃洛摩夫。誰都爲之目瞪口呆。

「去年的朋友裏哪一位記起了我的命名日吧，」奧勃洛摩夫說：「不在家，說我不在家！」他對查哈爾低語地喊。

在花園裏亭子裏吃午飯，查哈爾正趕出去謝絕來客，半路上卻撞見斯托爾茲。

「安特烈．伊凡尼奇！」他歡喜地嗄聲說。

「安特烈！」奧勃洛摩夫大聲地向他喊，趕來擁抱他。

「多湊巧，剛趕上吃午飯！」斯托爾茲說：「給我東西吃；我餓了。好一陣子找你！」

「來，來，坐下！」奧勃洛摩夫一邊忙亂地說，一邊使斯托爾茲坐在自己身邊。

斯托爾茲一出現，塔朗鐵也夫便第一個迅速地越過籬笆，步入菜園裏去；跟着他，伊凡．馬脫威也奇躲在亭子後面，再消失到自己房間裏。房東太太也從座位上站起來。

「我打攪你們了，」斯托爾茲跳起來，說。

「上哪裏去，幹什麼？伊凡．馬脫威也奇！米海．安特烈也奇！」奧勃洛摩夫喊。

他使昂東太太仍坐在原　，而伊凡・馬脫威也奇和塔朗鐵也夫却已無法喚回。

「從哪　來，怎麼來的，要躭擱很久吧！」撒下一句句的問話。

斯托爾茲有事情夠來兩星期，隨後要上鄉下，去基輔，再往天知道哪裏去。

在食桌上，斯托爾茲講話講得很少，但是吃却吃得很多：可見他的確是餓了。其他的人更其默然地吃去。

吃罷午飯，一切從桌上收拾去。奧勃洛摩夫吩咐把香檳酒和塞爾志茲水（註一）留在亭子裏，便同斯托爾茲兩個人留下來。

他們倆緘默了若干時候。斯托爾茲凝然地望他半天。

「怎麼啦，伊里亞!?」終於他說，可是說得如此嚴峻，如此疑問，以致奧勃洛摩夫望着下面，一言不發。

「那末是『永不』了？」

「什麼『永不？』」奧勃洛摩夫問，彷彿不了解似的。

「你已經忘了：『現在或者永不！』」

「我現在……和從前不同了，安特烈，」終於他說：「我的事，謝謝老天爺，都很有條理了：我並不悠閒地騙你，計劃已近乎完成，訂閱了兩份雜誌，你留給我的書，差不多已統統唸完……」

「那爲什麼沒有出國？」斯托爾茲問。

「這是被……妨礙了……」

他結結巴巴起來。

「被奧爾迦嗎？」斯托爾茲富有意味地望着他問。

奧勃洛摩夫的臉一紅。

「怎麼，你果眞聽到了……她現在在哪裏？」他瞥視一下斯托爾茲，迅速地問。

斯托爾茲不回答，繼續看他，深深地望進他的靈魂裏。

「聽說她立刻同叔母出國去了，」奧勃洛摩夫說：「在……」

「在她知道自己的錯誤之後，」斯托爾茲說完。

「難道你知道了……」奧勃洛摩夫問，困惑得不知道向哪裏藏身。

「全知道了，」斯托爾茲說：「甚至連丁香花的事也知道了。你不害羞，你不痛苦嗎，伊里亞？你不被後悔和遺憾燃燒嗎？……」

「別講了，別提起了！」奧勃洛摩夫急忙攔住他：「當我看到，我和她之間橫亘得有怎樣一道深淵，當我確信，我匹配不上她時，我就害了一場熱病……啊，安特烈。要是你愛我，就別苦惱我，就別提起她：我早就對她指出過錯誤，她不肯相信……我當眞沒有多大罪過……」

「我並不歸罪你，伊里亞，」斯托爾茲友愛而溫柔地繼續說：「我讀過你的信。最有罪的是我，其次是她，再其次才是你，而且很輕。」

「她現在怎麼樣？」奧勃洛摩夫胆怯地問。

「怎麼樣：悲傷，流無可慰藉的淚和咒詛你……」

斯托爾茲每說一句，奧勃洛摩夫的臉上就出現驚愕，同情，恐怖，悔恨。

「你說的是什麼，安特烈！」他從座位上站起來，說。「看在上帝份上，我們此刻，馬上就去；我要伏在她脚邊請求寬恕……」

「坐着別動！」斯托爾茲笑着攔住說：「她很快活，甚至幸福，囑照我問候你，而且想寫信，但是我勸住她，生怕這會使你激動。」

「唔，謝天謝地！」奧勃洛摩夫近乎噙着眼淚說：「我多麼快活啊，安特烈，讓我吻你一下，並且爲她的健康乾杯。」

他們倆各人喝一杯香檳。

「她現在在哪裏？」

「現在在瑞士。到秋天，就要同叔母到自己領地上去。我現在就爲這件事到這裏來：還得在法院裏最後奔走一下。男爵沒有把事情辦完；他想向奧爾迦求婚了……」

「眞的嗎？那末這是實在的了，」奧勃洛摩夫問：「唔，她怎麼呢？」

「當然是：拒絕嘍；他一惱便走開了，而我現在就得把事情結束！下星期就一切結束了唔，你怎麼啦？幹嗎你將你躲在這偏僻之處？」

「這裏和平，安靜，安特烈，誰也不打攪我……」

「打攪你什麼？」

「工作……」

「對不起，這裏簡直是奧勃洛摩夫卡，只是更壞些，」斯托爾茲望着四下裏，說。「我們上鄉下去吧，伊里亞。」

「上鄉下……好的，也許：那裏馬上就開始建築了。不過不是一下子就去，安特烈，讓我考慮一下看……」

「又是考慮！我知道你的考慮的：會像兩年之前考慮出國一樣地考慮。我們下星期就走吧。」

「怎麼一下子，下星期就走？」奧勃洛摩夫自衞說。「你本來在活動，但是我却不得不準備一下……我一切都在這裏：我怎麼丟下牠？我什麼也沒有。」

「可是什麼也不需要。唔，你要什麼吧？」

奧勃洛摩夫不作聲。

「我的健康很壞，安特烈，」他說：「氣喘得很厲害。又長起麥粒腫來，一會兒這只眼睛上，一會兒那一只，腿也開始發腫。而且有時候夜裏睡熟了，彷彿有人突然打我的頭或者背脊，以致我跳起來……」

「聽我說，伊里亞，我認眞告訴你，你非得改換生活方式不可，要不然你會得水腫病，或者中風的。對於你的前途，希望已經完了：要是奧爾迦這一位安琪兒沒有在她的翅膀上將你從你的泥沼裏帶出來，那我就沒有辦法了。但是替自己選一個小小的活動範圍，整頓領地，同農民們交往，參預他們的事，蓋房子，種樹……——這一切你都應當，而且可以做去。我不會放下你的。現在我不單聽從自己的希望，並且也聽從奧爾迦的意志：她願意——聽到沒有？——你別完全死去，別把自己活埋，而我答應把你從墳墓裏掘出來……」

「她還沒有忘記我嗎！我可不配消受！」奧勃洛摩夫感情地說。

「不，她沒有忘記你，而且恐怕決不會忘記你：她不是那種女子。你還應當到她的地上去作客呢。」

「不過現在不行，看在上帝份上，現在不行，安特烈！讓我忘了吧。啊，這裏還……」

他指指心。

「這裏還怎麼？不是戀愛吧？」斯托爾茲問。

「不，慚愧和悲哀！」奧勃洛摩夫嘆息着回答。

「唔，好吧！我們到你領地上去吧：你不是非蓋房子不可，現在是夏天，寶貴的時期要過去了……」

「不，我有一位代理人。他現在在鄉下，想一想，隨後就可以去。」

他開始在斯托爾茲面前吹牛說，他寸步未行便把事情安排得很好，代理人在調査逃走的農，有利地出賣穀物，給他送來了一千五百盧布，而且今年多半會把佃租收集和送來。」

斯托爾茲一路聽這談話，一路拍手。

「你是在被圈劫！」他說。「從三百名農民身上到手一千五百盧布！代理人是誰？是怎樣的人？」

「不止一千五百，」奧勃洛摩夫糾正說：「他從賣去穀物的收入裏，拿過一筆酬勞……」

「多少酬勞？」

「眞的記不得了。可是我來拿給你看：我在那裏有一筆賬。」

「唉，伊里亞！你當眞是死了，破滅了！」他結論說。「換上衣裳，到我那裏去！」

奧洛勃摩夫正開始反對，但是斯托爾茲差不多硬把他帶到自己那裏，以自己的名義寫下一張委任狀，叫奧勃洛摩夫簽上字，告訴他說，在奧勃洛摩夫親自到鄉下，並且習慣農事之前，他要把奧勃洛摩夫卡租下來。」

「你將得到三倍多的錢，」他說：「不過我不長久當你的佃客，——我有我自己的事。我們現在就上鄉下去。或者你跟着我來。我要到奧爾迦領地上去一趟：離你那裏三百維爾斯他路，我要到你那裏，把代理人趕跑，整理一下，隨後你親自到場。我不放下你的。」

奧勃洛摩夫嘆一口氣。

「唉，生活！」他說。

「生活怎麼？」

「生活擾人，沒有安靜！但願躺下睡覺……以至永遠……」

「那是，要把火熄了，留在黑暗裏！好一種生活！啊，伊里亞，那怕你稍爲用哲理推究一下，當眞的！生活會一霎即逝，而你願意躺下睡覺！讓牠繼續不斷地燃燒吧！啊，要是活兩三百年多好啊！」他結論說：「可以完成多少事情啊！」

「你是另一回事，安特烈，」奧勃洛摩夫反對說：「你有翅膀：你不是生活；你是飛：你有才能，自尊心，瞧，你並不胖，並不害麥粒腫，後腦並不發痒……你好像構造得不同……」

「喔，得了！人是給創造下自己安排自己，甚至改變自己的本性的，可是他長了一個肚子，遂以爲是自然將這副重荷加諸他身上！你也長過翅膀，可是你將牠們解去了。」

「牠們在哪裏呢，我的翅膀？」奧勃洛摩夫沮喪地說。「我什麼也不會……」

「那是你不要會，」斯托爾茲攔住說。「沒有一個人，什麼也不會的，憑上帝，沒有的！」

「可是我就不會，」奧勃洛摩夫說。

「聽你的話，那你連寫公文給衙門裏，寫信給房東也不會的，但是不是給奧爾迦寫信了？信裏不是沒有把『所』字和『云云』混起來？信紙是縐子的，墨水是從英國舖子裏買來的。而且筆還漂亮……是不是？」

奥勃洛摩夫臉紅起來。

「需要的時候，思想和言語都會來，就是在哪裏出版小說也行。而不需要時，你就不會，眼睛也看不見，手裏也孱弱！你在童年時代，在奥勃洛摩夫卡，在叔母們，保姆們和叔父們中間，便已失去你的才能。從不會穿襪子起頭，而以不會生活終結。」

「這一切也許是眞的，安特烈，但是沒有辦法，無可挽回的了！」伊里亞决然地嘆一口氣，說。

「怎麼無可挽回！」斯托爾茲火冒地反對說。「多無意義的話。聽我的話辦去，那就可以挽回！」

但是斯托爾茲獨自上鄉下去，奥勃洛摩夫却留在市裏，答應到秋天才去。

「怎麼對奥爾迦說呢？」臨行之前，斯托爾茲問奥勃洛摩夫。

奥勃洛摩夫垂頭，悽然地默不作聲；隨後嘆一口氣。

「別對她提起我！」終於他困惑地說：「對她說，沒有看見我，沒有聽說過我……」

「她不會相信的。」斯托爾茲反對說。

「唔，對她說我破滅了，死了，完蛋了……」

「她會哭泣而好久無可慰藉：爲什麼要使她悲傷呢？」

奧勃洛摩夫感動地沉思一下；眼睛濡溼。

「唔，好吧；我來對她撒一個謊，說你在靠她的記憶生活，」斯托爾茲結論說：「而且在尋求嚴肅而正經的目標。你得注意，生活的目標乃是生活本身和勞動，而不是女人：在這一點上你們倆都犯了錯誤。她將多麼滿意！」

他們倆告別了。

註一：Seltzer Water，德國產的一種鑛泉。

# 第三章

聖・伊里亞節的翌日，塔朗鐵也夫和伊凡・馬脫威也奇晚上又在酒店裏會面。

「茶！」伊凡・馬脫威也奇陰鬱地吩咐，而當跑堂的把茶和甜酒送來時，他將酒瓶不滿地推回給他。「這不是甜酒，是鐵釘水！」他從外套口袋裏取出自己的酒瓶來，說，便拔去塞子，給跑堂的聞一下。「往後你別塞出你這種東西來！」他提示說。「怎麼，老兄，事情不妙呢！」跑堂的走開了，他說。

「不錯，鬼把他帶來了！」塔朗鐵也夫憤怒地回答說。「這德國人是怎樣一個流氓啊！他把委任狀毀了，自己把領地租下了？這種事你聽說過沒有？他要剝這羊皮。」

「要是他知道實情，老兄，我怕有的是事。他一知道，佃租已經收了，但是是我們收起了，也許會起訴呢……」

「起訴！你竟膽小起來了，老兄！査爵爾推也不是初次伸爪子弄地主的錢，他會藏起尾巴來的。他會給農民們收條不成：當然面對面拿。德國人會火冒，嚷嚷，他就不過如此。還會起訴！」

「是嗎？」伊凡・馬脫威也奇一邊說，一邊快活起來。「唔，喝酒吧！」

他替自己和塔朗鐵也夫斟上甜酒。

「眼看好像在世界上不能生活了，但是喝上酒，你便能生活！」他自慰說。

「這之際你要辦一件事。老兄，」塔朗鐵也夫繼續說：「你要開一些賬單——喜歡開什麼就開什麼，柴火，捲心菜，唔，你喜歡開什麼都行，好在奧勃洛摩夫現在把家事交給你妹妹，你把總數記在開銷上。而查爵爾推一到，我們就說，他帶到多少佃租，已充了開銷。」

「而如果他把帳單收下，隨後拿給德國人看，德國人核算一下，那就……」

「哪有的事！他會把牠們塞在哪裏，連鬼也拿不到。德國人什麼時候才會來，到那時候已忘掉了……」

「是嗎？喝酒吧，老兄，」伊凡・馬脫威也奇向杯子裏斟着酒說：「用茶來沖淡這好東西才是可惜呢。你聞聞看：三個銀盧布呢！要不要叫一個捲心菜肉湯？」

「行。」

「嗨，跑堂的！」

「不。是怎樣的流氓！」租借給我吧，」他說，「塔朗鐵也夫又憤怒地開始說：「你我俄國人是不會想到這種事的！這酒店也有德國人的氣味。那裏老是什麼農地和租借。等着吧，他會用股票使他苦惱哩。」

「那些股票是什麼東西？我始終沒有好好地弄清楚？」伊凡・馬腚威也奇問。

「德國人的發明！」塔朗鐵也夫惡意地說。「譬如說，有一位無賴發明蓋耐火的房屋，而著手建築一個城市：沒有錢，他便開始出賣證券。假定每張五百盧布吧，而一羣笨伯便把牠們買下。並且彼此轉讓。風聞這企業進行得很好，證券便漲價，不好——便完全破產。證券你會留下，但是錢沒有了。城市在哪裏？你問：他們說，燒掉了，沒有造成，而那位發明者却帶着你的錢逃跑了。這就是股票！那德國人會把他拖進去的！倒也奇怪，怎麼至今還沒有拖進去？是我始終阻擋，施恩於我的同鄉！」

「不錯，這議論終結了：事情已經解決，收在檔案裏了——我們再也不從奧洛洛摩夫卡收集佃租了……」姆霍雅洛夫說，微醉了。

「可是見他的鬼！你的錢用鏟子也掘不盡！」塔朗鐵也夫反對說，「也有幾分朦朦朧朧：財源是可靠的，儘汲就是，別疲乏。喝酒吧！」

「這算什麼財源，老兄？一輩子儘拿一盧布和三盧布的鈔票……」

「可是不是拿到二十年了，老兄：這不是罪過嗎！」

「已經二十年了！」伊凡．馬脫威也奇團着舌頭回答：「你忘了我一共才當到第十個年頭的祕書。而以前只有十戈貝克和二十戈貝克的銀幣在袋內晃晃盪盪，而有時候，說也慚愧，時常非拿銅板不可。這是什麼生活！哎，老兄！世界上有的是多麼幸福的人，只要向別人耳語一聲，或者口授一行文字，或者僅僅在紙上簽下自己的名字——一下子口袋裏便飽滿得像枕頭一樣，那怕在上面睡覺也行。若是這樣工作一下，」他一邊提示說，一邊醉得越來越厲害，「請願者們差不多看不見他的面，或者敢於走近他去。登上馬車，喊一聲，『上俱樂部！』而那裏，在俱樂部裏，佩有勳章的人們便同他握手，他玩牌不是玩五戈貝克的注，而吃起午飯來，吃起午飯來——啊！是恥於提起捲心菜肉湯的：會皺眉和鄙夷。冬天故意弄雛鷄佐午膳，四月裏吃草莓！家裏，太太穿綃的花邊，孩子們有家庭女教師，孩子們頭髮刷得光光，衣服穿得漂亮。啊，老兄！天堂有是有的，但是罪孽不讓我們進去。喝酒！嗐，捲心菜肉湯拿來了！」

「別訴苦了，老兄，這不是罪過嗎：你有資本，而且是很好的一筆……」醉了的塔朗鐵也夫說，眼睛紅得像是出血。「三萬五千銀盧布——不是鬧着玩的！」

「小聲些，小聲些，老兄！」伊凡・馬脫威也奇打岔說。「怎麼，始終是三萬五千啊！什麼時候才會達到五萬！卽使有了五萬，也進不了天堂。就要結婚，仔仔細細過日子，計算每一個盧布，放棄約馬伊加酒的念頭——這是什麼生活！」

「可是平靜呀，老兄；這一位一盧布，那一位兩盧布——瞧，每天也藏得七個盧布呢・沒有吹毛求疵，沒有寃枉，沒有汚點，沒有煙。而有時候署名在大事業之下，那隨後就一輩子用肋腹去擦。不，老兄，這不是罪過嗎！」

伊凡・馬脫威也奇沒有聽他，早在想別的事。

「聽我說，」他凸出眼睛，因爲什麼事喜歡起來，忽然說，以致酒意都差不多淸醒了：「可是不，我害怕，我不說，我不把這種小鳥放出頭腦去。這才是寶貝飛來了……喝，老兄，快喝！」

「你不告訴我，我不喝，」塔朗鐵也夫一邊說，一邊把酒杯推開去。

「事情很重要呢，老兄，」姆霍雅洛夫望着門口低語說。

「唔？……」塔朗鐵也夫不耐煩地問。

「我碰到一宗意外的運氣。唔，你知道，老兄，這等於署名在大事業之下，憑上帝，是這樣！」

「可是是什麼事，你說不說？」

「可是怎樣的油水？油水？」

「唔，」塔朗鐵也夫催促說。

「等一下，讓我再想想看。不錯，這是無可破壞的，這是合法的。就這麼着，老兄，我來告訴你吧，這是因爲我需要你：沒有你我就搞不好。要不然，上帝是見證，我就不會告訴你，這不是叫旁人與聞的事。」

「難道我在你是旁人嗎，老兄？好像我替你服務不止一次了 當過證人，鈔寫過……記得不記得？你竟是這樣的豬玀！」

「老兄，老兄！閉上嘴。你這是怎麼，竟像一尊大炮一樣轟擊！」

「這裏有什麼鬼會聽見？我不記得自己不成？」塔朗鐵也夫困惱地說。「幹嗎你使我苦惱呢？唔，講吧。」

「聽着：伊里亞·伊里奇有一點胆小，任何手續都不知道：那時候因爲租契的事，便失去了頭腦，人家把委任狀歸還他，就不知道怎麼着手，甚至不記得有多少佃租的收入，他自己說：「

我什麼也不知道』……」

「唔？」塔朗鐵也夫不耐煩地問。

「唔，他上我妹妹那裏走動得太頻繁。那一天，他直坐到十二點過後，在前室裏撞見了我，竟好像沒有看見。所以我們還要留神事情如何，隨後……你從旁同他講，沾辱人家名譽是不好的，她是一位寡婦！告訴他，人家已經知道這件事：現在她嫁不出去了：告訴他，有人求婚，是一位富商，可是現在聽到他夜夜坐在她屋裏，不要了。」

「唔，那又怎麼樣，他會吃驚，倒在床上，豬一般翻來覆去，唉聲嘆氣——如此而已，」塔朗鐵也夫說。「有什麼利益呢？油水在哪裏？」

「你怎麼不明白！可是你得告訴他，我要告他去，好像有人窺伺過他，有的是人證……」

「唔？」

「唔，要是非常吃驚，你就告訴他，可以和解，犧牲一筆小小的資本就是。」

「他哪裏有錢呢？」塔朗鐵也夫說。「恐怖時，他答應是會答應的，那怕一萬也行……」

「那時候只要你向我睞睞眼，我就把借據預備下……用我妹妹的名義，說『立借據人奧洛洛摩夫茲借到寡婦某某人名下一萬盧布，限若干時日償還等等。』」

有什麽益處呢，老兄？我不明白：錢不是要落到你妹妹和她孩子們手裏去了嗎？油水究竟在哪裏？」

「而我妹妹要給我一張同樣數目的借據：我來使她簽字。」

「她如果不簽呢？堅持呢？」

「我妹妹嗎？」

伊凡・馬脫威也奇細聲細氣地笑起來。

「她會簽的，老兄，她會簽，她會問也不問是什麽，便簽自己的死刑宣判書，只是微笑一下，會向一旁七歪八曲地寫『婀葛菲雅・潑希尼靑娜』，而決不知道簽的是什麽。你知道嗎：我們倆可以站在一旁：我妹妹對十等官奧勃洛靡夫有債權，而我對十等官夫人潑希尼靑娜有債權。讓那德國人發火去——是合法的事！」他向上擧起發抖的手，說。「喝酒，老兄！」

「合法的事！」塔朗鐵也夫歡喜地說。「喝酒。」

「要是進行成功，過兩年可以再來一次；合法的事！」

「合法的事！」塔朗鐵也夫贊許地點點頭，說。「我們再來一次！」

「再來一次！」

而他們倆便喝酒。

「假使你那位同鄉堅持，預先寫信給那德國人，」姆霍雅洛夫戒愼地提示說：「那時候，老兄，形勢便不妙！我們是無法起訴的：她是寡婦，不是黃花閨女！」

「寫信！怎麼會寫信！過兩年會寫的，」塔朗鐵也夫說。「而若是堅持——那我來罵他……」

「不，不，千萬使不得！會把一切破壞的，老兄：他會說我們强迫他簽的字，也許告我們毆打，便是刑事案子了。不，這不行！但是可以這樣：預先同他吃吃喝喝：他喜歡醋栗葉溜的伏特加。等他頭腦一發眩，你便向我睒睒眼：我就帶着借據進來。他不會看那數目，便像那時候簽祖契一樣簽上字，隨後在公證人那裏證明一下，就被詢問也行。像他這樣的老爺，不好意思承認在酒醉之中簽的字；合法的事！」

「合法的事！」塔朗鐵也夫重複說。

「那時候讓奧勃洛摩夫卡歸他的後嗣吧！」，

「讓它歸去！乾杯，老兄。」

「爲了笨伯們的健康！」伊凡·馬脫威也奇說。

他們倆便幹杯。

# 第四章

現在應當倒退若干，回到斯托爾茲趕奧勃洛摩夫命名日到達之前，遠離開費勃爾格。[illegible]陀羅那的另一處地方。那裏，讀者會遇見一些熟人，關於她們，斯托爾茲沒有把知道的事完全告訴奧勃洛摩夫，這是由於某種特殊的考慮，或者也許因爲奧勃洛摩夫沒有完全詢問她們的事，這多半也是由於特殊的考慮。

某一天，斯托爾茲在巴黎的一條林蔭大道上漫步，茫然地溜眼看行路的人和店鋪的招牌，並不將眼睛停留在任何東西上。從俄國，不論從基也夫，奧特薩，或者彼得堡，他都很久沒有接到來信。他覺得很無聊，又郵寄出三封信，正回家去。

突然間他的眼睛驚異地，一動不動地停留在什麼東西上，可是隨後仍歸於尋常的表情。兩位女太太從林蔭大道一拐，走進一家店鋪裏去。

「不，不會的，」他想：「怎麼想出來的！我早該知道的！這不是她們。」然而他走近這鋪子的窗子，隔着玻璃去諦視這兩位女太太：「一點也看不出，她們背着窗子站着。」

斯托爾茲走進鋪子去，開始問什麼貨。女太太之中的一位朝光亮轉過身來，他認出是奧爾迦·伊林斯基——而又認不準！他想衝到她身邊，却又停下，開始凝然地望她。

我的天哪！改變得多厲害！是她，又不是她。面貌是她，可是蒼白，眼睛似乎窪了一點，嘴唇上也沒有稚氣的微笑，沒有無所容心的天眞爛漫。一會兒是嚴重的，一會兒是悲哀的思想，在她眉毛上翺翔，眼睛說着一大些從前不會知道和不會說的話。她見得不像從前那樣坦率，明朗而安詳；整個臉龐上浮一片悲哀的或者模糊的雲。

他向她走攏去。她的眉頭微皺；她狐疑地對他望上一分鐘，隨後認出是他：眉毛便展開，而對稱地伏臥，眼睛輝亮出靜靜的，不劇烈的，但是深深地喜悅的光。如果心愛的妹妹這樣欣欣然見他，每一位當哥哥的都會感到幸福的。

「我的天哪！是您啊？」她以透入靈魂深處的，快活到癟滴滴的程度的聲音說。

叔母迅速地轉過身來，三個人便一下子講起話來。他責備她們沒有寫信給他；她們聲辯。她們來這裏才只第三天，正在到處找他。在一處地方，人家對她們說，他上里昂（註一）去了，她們遂不知道怎麼辦。

「可是你們怎麼想到上這裏來的呢？一聲也不告訴我！」他責備說。

「我們準備得這樣迅速，以致不想寫信給您，」叔母說。「奧爾迦想使您吃驚一下。」

他望望奧爾迦：她的臉並不確認叔母的話！他更凝然地看看她，可是他的觀察不能透入她，達到她。

「她怎麼啦？」斯托爾茲想。「我向來一下子就猜透她，可是現在……改變得多厲害啊！」

「您多發育啊，奧爾迦·賽爾格葉芙娜！長成了，成年了，」他高聲地說：「我不認識您了。而才只一年光景沒有見面。您幹些什麼，您怎麼啦？講，講！」

「哦……沒有什麼特別的事。」她端詳着一塊衣料，說。

「您的歌唱怎麼了？」斯托爾茲一邊問，一邊繼續研究在他是新穎的奧爾迦，試着在她臉上讀出他所不熟習的表情，可是這表情像電光一樣一閃便不見。

「好久沒有唱了，有兩個月了，」她漫不經心地說。

「而奧勃洛摩夫怎麼了？」他忽然問。「活着嗎？他沒有信嗎？」

這裏，要不是叔母及時來幫忙，也許奧爾迦會不自覺地洩露自己的秘密。

「您想想看，」她一路說，一路走出舖子去：「他向來每天都在我們家裏，隨後一下子不見了。我們準備出國，我派人上他那裏去——聽說是病了，不見客：於是沒有見面。」

「您也不知道嗎？」斯托爾茲担心地向奧爾迦問。

奧爾迦正用有柄眼鏡凝視駛過的一輛馬車。

「他的確患病了，」她裝作注意看那輛駛過的馬車說。「瞧，Ma tante，坐在車裏過去的好像是我們的旅伴。」

「不，您給我關於我的伊里亞的回答，」斯托爾茲執拗說：「您同他怎麼了？爲什麼不會帶他一道來？」

「Mais ma tante vienr de dire，」（註二）她說。

「他懶惰得可怕，」叔母陳述說：「而且這樣不善交際，只要有三四位客人上我們家來，便馬上回家去。您想想看，在歌劇院裏定了座，竟連一半日子也沒有聽到！」

「他沒有聽到盧比尼（註三），」奧爾迦加添說。

斯托爾茲搖搖頭，嘆一口氣。

「你們怎麼決定來的呢？就久嗎？什麼事使你們忽然想到到這裏來的？」斯托爾茲問。

「爲了她，依醫生的勸告，」叔母指着奧爾迦說。「彼得堡分明於她的健康有影響，我們便走開一冬天，不過還沒有決定在哪裏過冬！在尼士（註四）呢，還是在瑞士。」

「不錯，您改變了很多，」斯托爾茲一邊沉思地說，一邊注目在奧爾迦身上，研究她每一條血管，看進她眼睛裏去。

伊林斯基家在巴黎住上半年：斯托爾茲是每天的和惟一的交談者和嚮導。

奧爾迦顯然地開始復原：她從沉思轉爲平靜與冷淡，至少在表面上如此。她內心裏起什麼——那只有天知道。可是她逐漸地同斯托爾茲變得像早先一樣友善，雖然他逗她笑時，她不再像先前一樣稚氣地，銀樣地轟然大笑，而不過有節制地微笑。有時候甚至好像因爲自己不能不笑而困惱。

他立刻看出，不能再逗她笑：她時常眉毛高出一道，伏臥得不對稱地，皺着額角，望着他，傾聽他的可笑的戲謔，却並不微笑，繼續默然地望着他，彷彿懷着不耐煩，或者懷着對他的輕率的責備，或者，不回答他的開玩笑，突然帶着一副固執得叫他因爲自己漫不注意的空洞的談話而感得慚愧的目光，向他提出一個深奧的問題來。

有時候，她表示內心如此厭倦於日常的人間的空虛的紛忙和曉舌，以致斯托爾茲不得不突然移入他很少而且不願意同女人們一起進去的另一寮圍裏。費去多少心思和智慧的機巧，才使奧爾迦深刻而疑問的眼光，變得明朗而平靜，而不再渴望，不再疑問地尋求什麼遠遠裏在哪裏掠過他去的事物。

每當因爲他一句不小心的解釋，她的目光變得冷淡，嚴峻，眉頭皺緊，一片無言的，可是深深地不滿的陰影，佈滿她的臉上，他多麼不安啊！他不得不在此後兩三晝夜，使用智慧的最細緻的活動，甚至於狡猾，熱心，以及自己應付女人的一切本領，才好容易一點一點地從奧爾迦的心中把晴朗的曙光喚起到臉上，把妥協的溫柔喚起到目光裏與微笑裏。

時不時，他被這鬥爭所苦，向晚回家。而當他勝利地走出來時，他却感到幸福。

「我的老天爺，她多麼成熟啊！這小姑娘多麼發育啊！誰是她的老師？她在哪裏學來這人生的功課的？由男爵嗎？他是如此圓滑，由他花花公子的句子裏，你什麼也汲取不到！也不會由伊里亞！……」

他不能夠理解奧爾迦。而第二天又跑到她那裏，便已經小心地，懷着恐懼讀她的臉，時常很棘手，只有靠自己的全部智慧與實生活知識的幫助，來克服表現在奧爾迦面貌上的一切問題，疑惑和要求。

手裏擎着經驗的燈，他走進她知慧與性格底迷宮去，每天發見和研究些新的特性和新的事實，却始終沒有看到深處，只是驚異而慌亂地注視，她的智慧怎樣約求每天急需的食糧，她的精神怎樣不休止，始終乞求經驗與人生。

別人的活動與生活，一天一天更增加到斯托爾玆的一切活動與一切生活上去：用鮮花，書籍，樂譜和畫册圍繞住奧爾迦，斯托爾玆就安心下來，以爲給自己的女友充實了許久的餘暇，便跑去工作，或者視察某一些礦穴，某一處模範的領地，或者跑到交際社會裏去和新的或者有名的人物相識和會面，隨後疲憊地回到她那裏，坐在她的鋼琴旁邊，在她的歌聲之下休息一下。而突然看到在她臉上有早已預備下的問題，眼睛裏有等候回答的固執的要求。而不知不覺地，無可奈何地，逐漸地，他把自己看到的事物及其所以然都講給她聽。

有時候，她表示希望親自見聞他所見聞的事物。他便重複自己的工作：同她一起去看一所建築，一處地方，一架機器，去讀刻在石上或者壁上的古舊的事跡。逐漸地，不知不覺地他習慣當着她的面出聲地思想與感覺，而有一天，在一番嚴格的自省之後，他忽然發覺，他已開始兩個人生活，而不是一個人生活。

差不多不自知地，彷彿自言自語一般，他當着她的面，高聲地評論自己得來的寶貝的價值，而對自己和她發生詫異，隨後担心地檢查，她眼光裏是否剩有問題，臉上是否浮現滿足的思想底曙光，她的眼光是否像戰勝者的似地目送他。

要是證明如此，他便懷着驕傲與顫慄的激動回家去，而夜裏很久偷偷裏做第二天的準備。最乏味的必要的事，在他並不覺得乾燥無味，而只是必要：這些事更深地進入他生活的基礎裏，肌理裏；思想，現像的觀察，並未[illegible]默然地，漫不注意地歸入記憶的擋案裏，却把鮮明的色彩加添在每一天上面。

當他不等待她的疑問的，渴望的目光，趕忙懷着熱心與毅力，在她面前拋出新的給養，新的材料時，奧爾迦蒼白的臉上，佈滿多麼熱烈的曙光啊！

當她的智慧，帶着同樣的當心和可愛的順從，在他的目光裏，每一句言語裏，捉住什麼時，當他們倆銳敏地彼此相看——他看她，眼睛內是否剩有問題，她看他，有沒有剩下什麼未說完，或者忘下未說，或者最壞的是，上帝保佑！是否無視向她展開任何糢糊的，她所不能接近的一角，發表自己的思想時，他本人也是十足地幸福。

問題越重要，越複雜，他越深切地注意對她解釋地，她的意味深長的目光便越長久，越凝然地停留在他身上，這目光便越溫暖，越深切，越由衷。

「奧爾迦這孩子！」他吃驚地想：「她竟凌駕我啦！」

他從沒有這樣瞑想過任何東西地瞑想着奧爾迦。

春天，他們一齊上瑞士去。還在巴黎時，斯托爾茲就已經決定，今後沒有奧爾迦他便不能生活。解決了這問題，他就開始解決，沒有他奧爾迦能不能生活的問題。可是這問題他却不這麼容易能解決。

他慢慢地，前後瞻顧地，小心地走進牠去，一會兒摸索，一會兒大胆地前進，而且想，他漸漸接近目標，就要捉住某一無疑的信號，瞥視，言語，無聊或者高興了：還需要輕描淡寫的一筆，奧爾迦眉毛的輕易看不出的一動，她的一聲嘆息，這秘密明天就可以分曉：他被愛着！

他在她臉上讀到她對於自己的孩子似的信賴；有時候，她從沒有這樣瞧過任何人地來瞧他，要是她有母親的話，那恐怕只有對母親這樣瞧法吧。

她不把他的蒞臨，閒暇，成天的討好，當作一種恩惠，戀愛的諂媚的禮物，心的殷勤，而僅僅當作一種義務，彷彿他是她的兄長，父親，甚至丈夫：而這就是許多，就是一切。而她本人，在每一言語，同他在一起的每一個步履上，都如此自由而誠懇，彷彿他對她有無可爭辯的威信和權威。

他也知道自己具有這種權威：她時時刻刻確認牠，說她只相信他一個人，而且可以一輩子盲目地只信賴他，而在全世界上再不信賴別人。

當然他以此自傲，可是一位略有年紀，有智慧，有經驗的叔伯，甚至男爵，要是他是有光明的頭腦，有性格的人，也可以以此自傲。

可是這是愛的權威不是——問題就在這裏？在這權威之中，有沒有攙入一些牠的魅人的瞞騙，諂媚的迷幻，在這迷幻之中，女子是準備作殘酷的錯誤，並且以此錯誤爲幸福的？

不，她對他是如此有意識地服從。這是眞的，當他展開什麼意見，或者在她面前披肝瀝膽時，她的眼睛是燃燒的；她把視線來澆灌他，可是始終看得出爲什麼；有時候她自己也把原因說出來。可是在戀愛之中，功績都這樣盲目地，莫明其妙地得來，而且幸福就在這盲目之中。要是她給觸犯了，立刻看得出是什麼觸犯了她。

他從沒有不意地看到過一次突如其來的臉紅，到吃驚的程度的喜悅，懶怠的，或者火似地顫慄的瞥視，而如果有與這相像的事，那是當他說日內就要上意大利去，她的臉好像被痛苦扭歪了一下，不過他的心剛因這稀有而寶貴的瞬間停止鼓動和充血，一切又突然像用紗蒙上了；她天眞而露骨地說：

「我不能同您一起上那裏去，多可惜啊，我倒非常想去！可是你會把一切告訴我，而且彷彿我親自到過那裏一樣。」

而魅力卻被這對誰都不隱藏起的，公然的希望，和這對他談話的藝術的卑俗而形式的讚美所破壞了。他只要收集一切最小的特點，他只要編成一個最細的花邊，而只剩完成某一個網眼——馬上就……

而突然她又變得安靜，平穩，單純，有時候甚至冷淡。她坐着做活，默然地傾聽他，時不時舉起頭來，向他投去如此好奇的，疑問的，向事情單刀直入的一瞥，以致他不只一次困惱地拋下書，或者中止做什麼解釋，跳起身來，走開去。車轉身來——她的吃驚的眼光正目送他：他害臊起來，便往回走，想出什麼話來剖辯。

她如此單純地傾聽和相信。甚至她並無懷疑，並無狡猾的微笑。

「她愛我呢，還是不愛我呢？」這兩個問題在他頭腦裏遊戲。

要是愛我，那她爲什麼這樣小心，這樣諱莫如深，要是不愛我，那又爲什麼這樣殷勤，這樣從順？他從巴黎上倫敦去一個星期，預先沒有說起，就在動身的那一天，跑去把這告訴她。要是她突然間吃驚，而孔變色——那就完畢了，秘密就明白了。他就幸福了！可是她緊緊地握住他的手，若惱起來：他絕望了。

「我將非常無聊，」她說：「我能够哭的呢，我現在好像孤兒一般，準備哭泣。Ma tante！

你瞧，安特烈·伊凡尼奇要走啦！」她哭聲地加添說。

她把他切斷了。

「她還訴諸叔母！」他想。「這是不够的！我看出她難過，也許愛我的吧……可是這種愛，費這麼多時間，注意和殷勤，就可以像交易所裏的貨物一樣買到……我不回來了，」他陰鬱地想。「奧爾迦這孩子！她向來惟我之命是聽的。她怎麼啦？」

而他便墮入深深的沉思之中。

她怎麼啦？他知道一件小事情，就是她一度戀愛過，已經儘可能經驗過女孩子的不會駕馭自己，突然地臉紅，拙劣地隱藏起心痛，初戀的熱烈，以及戀愛的熱病的徵候的時期。

知道這一點，他就會明白她愛他不愛他這個秘密，或者至少會明白，爲什麼變得這樣難以猜測她心裏所起的念頭。

在瑞士，凡是旅行者所去的地方，他們也到處跑遍。可是他們往往更喜歡停留在人跡罕至的清靜所在。他們，或至至少斯托爾茲這樣忙於「自已的事，」以致他們旅行得疲倦了，這旅行在他們已退居後景。

他跟着她登山，看懸崖，看瀑布，而在每一畫幅之中，她都是在前景裏。他跟着她沿某一條狹仄的小徑走去，而叔母則坐在下面馬車裏；他偷偷裏銳敏地留心，她怎樣上昇山巔，立停，換氣，而且以怎樣的眼光看他，首先一定是看他：他已經獲得這確信了。

這個原也很好：心上感覺得又溫暖又光明，可是隨後她突然向這所在瞥視一眼，便迷迷忽忽，自忘於觀照的微睡之中——而他就不再在她面前。

他微微一動，說一句話，她記起自己，她就猛吃一驚，有時候竟喊出來：顯然，她忘了他是在這裏還是在遠處，或者簡直忘了世界上到底有沒有他。

可是後來，在家裏，在窗邊，在露台上，她又向他獨自談話，談得很久，把心裏的印象和盤托出，直到完全形諸言語爲止，而且談得熱烈而熱中，有時候停下來找尋字眼，趕快抓住他所暗示的辭句，而對這幫忙的感謝的光線來得及在他的眼睛裏一閃。或者，疲乏得蒼白地坐在一把大圈手椅內，只是熱望而永不疲勞的眼睛對他說，她想聽他講話。

她一動不動，一言不發地傾聽，可是一點也不聽漏。他已經住下口，她還聽着，眼睛還詢問着，而他便以新的力量，新的感發繼續講下去，來回答這無言的挑戰。

這個原也很好：光明，溫暖，心臟跳動；意思是，她在這裏生活，她再也不需要什麼：她的光明，火與理性就在這裏。可是她突然間疲倦地站起來，而以剛才在詢問的同一的眼睛，請求他走開去，或者她要想吃東西，而以這樣的胃口吃着……

這一切原也非常之好：他不是一位空想家；同奧勃洛摩夫一樣，他也不希望突發的熱情，不過原因是不同的。然而他希望，在沿平坦的軌道流去之前，感情先在源頭那裏熱烈地沸騰一下，以便在這裏面汲取痛飲，隨後一輩子知道這股幸福底源泉是從哪裏湧出來的……

「她愛我不愛呢？」他懷着苦惱的激動，幾乎淌着血汗，差一點沒有流淚地說。

這問題在他裏面越來越燃燒，像火焰一樣包圍着他，桎梏着他的意向：這已經不是戀愛底，而是生命底一個主要的問題。他靈魂裏現在沒有餘地給別的什麼東西了。

似乎在這半年之間，戀愛底一切苦痛與拷問一下子都在他身上聚集和完成了，這戀愛底苦痛與拷問，他在同女人們相遇之際，是如此巧妙地警戒的。

他感覺得，要是這種智慧的，意志的，神經的緊張，再延長幾個月，他健康的身體也將忍受不住。他理解到——這他至今都不知道——在這些靈魂同熱情的眼不見的鬥爭裏，力量怎樣消耗，無血的不治的傷怎樣躺在心頭，惹起呻吟，生命怎樣消逝。

地已失却幾分對於自己的力量的傲慢的信念；聽到人家講起另一些人，由於種種原因，就中也有……由於戀愛，失却理性，憔悴下去，他已不再輕率地開玩笑。

他感覺得恐怖。

「不，我要把這個結束了，」他說。「我要像早先一樣看進她的靈魂裏去，到明天——我或是幸福，或是走開去！」

「我沒有精力了！」他望着鏡子裏說下去。「我完全不像樣了……眞够受了！……」

他便筆直朝目標，那就是朝奧爾迦，走去。

而奧爾迦怎樣呢？她沒有看出他的態度，還是對他無情呢？

她不能看不出他的態度：不如她細緻的女子們，也會得分辨友誼的獻身和殷勤同另一種情感的溫柔的表現。如果對她的眞實的，不虛僞的，並非由誰煽起的道德有可靠的理解，就不能認她爲風騷。她是超出這種卑俗的弱點的。

還剩得推測的是，並無一切實際的見地，她是否喜歡像斯托爾茲這樣一個人的不斷的，充滿智慧與熱情的崇拜；當然是喜歡的：這崇拜恢復她的被侮辱的自尊心，而且逐漸地又把她放在她從那上面跌下來的座子上：她的自負心逐漸地蘇醒了。

可是她怎麼想：應當用什麼來解決這崇拜呢？牠總不能始終表現在斯托爾茲的搜索同她的頑固的沉默的這永久的角鬥之中。至少她是否豫感到，她這一切角鬥並不是徒然的，他會打勝這一陣仗，在這上面他已經放上那麼多的意志與性格？他是否白白裏耗費這火和光彩？奧摩洛勃夫和那次戀愛的形像，會不會沉沒在牠的光線裏？……

這她一點也不理解，不明瞭地意識到，却絕望地同這些問題和她自己鬥爭，不知道怎樣逃出這混沌。

她怎麼呢？總不能逗留在躊躇不決的狀態之中：這隱在胸中的感情的無言的遊戲與鬥爭，遲早會形諸言語——關於過去，她將如何作答呢？她將如何稱呼這過去，如何稱呼對斯托爾茲的感情呢？

要是她愛斯托爾茲，那麼那一次戀愛是什麼？——風騷，輕浮，或者更壞一些？想到這一點，她的臉便羞得通紅沸熱。這種罪名她不肯歸在自己身上的。

要是那是第一次純潔的戀愛，那她對斯托爾茲的態度是什麼呢？——又是遊戲，欺騙，寫的引誘他結婚，把自己輕浮的行爲遮掩起來的精細的打算嗎？……一想到這一層，她便變得冰冷而蒼白。

如果不是遊戲，不是欺騙，不是打算，那麼……又是戀愛嗎？

由於這一假定，她迷失了：在第一次之後過了七八個月——又發生第二次戀愛！誰會相信她？她將怎麼提起牠，而不引起驚愕……說不定輕蔑呢！她連想也不敢想一下，她沒有這權利！

她發掘自己的經驗：可是找不到一點關於第二次戀愛的見聞。她想起叔母們，老處女們，種種有才智的人們，最後，作家們，「戀愛問題的思想家們」的權威——從各方面都聽到毫不寬恕的判決：「一位女子就只眞正戀愛一回。」奧勃洛摩夫也這樣下過自己的判決。她想起叔尼奇卡，她會怎樣談第二次的戀愛，可是從由俄國來的人嘴裏聽說，她的朋友已經轉到第三位了……不，她對斯托爾茲並無戀愛，而且也不能夠有，她決定！她愛過奧勃洛摩夫，而這次戀愛已經死了，生活之花已經永遠凋謝了！他對斯托爾茲只有友誼，建立在他的輝煌的性格，隨後，他對她的友誼，注意，信賴的基礎之上。

就這樣她把這思想，甚至對自己老朋友的戀愛的可能性也都排斥去。

這就是斯托爾茲所以不能在她的臉上或者說話裏捉到任何跡兆，或者積極的冷靜，或是感情的倏忽的一閃，甚至就是越出溫暖的，由衷的，可是普通的友誼的境界僅只一線的感情的火花的原因。

要一下子了結這一切，她只有一個辦法：一看出在斯托爾茲裏面產生着戀愛的徵兆，便給牠營養和出路，而趕快走開去。可是她已經失掉這時機：這時機早已過去了，這之際，應當預見到，假的感情會演化爲熱情；而且這並不是奧勃洛摩夫：她從他跑不上哪裏去的。

假定這在肉體上是可能的，在精神上她也不可能走開去：開初，她只是享受舊有的友誼的權利，而且像先前一樣，在斯托爾茲裏面發見，一會兒是一位嬉戲的，有機智的，滑稽的交談者，一會兒是生活現象——他們所遭遇的，或者飛掠過他們的，占有他們的一切——的一位忠實而深刻的觀察者。

可是他們倆會面得越頻繁，精神上便越接近，他的脚色便變得越活躍：從觀察者他不被感覺地轉移爲現象的解釋者，她的指導者。他眼不見地變成了她的理性和良心，而發生了一些新的權利，新的秘密的羈絆，這羈絆網絡着奧爾迦的全部生活，除却她小心地把牠從他的觀察和判斷隱藏起的惟一的神聖的一角。

她接受了這對自己的智慧和心的精神上的監護，而且知道自己也應份地獲得了對於他的影響。她們倆交換了權利；她怎麼不知不覺地，默然地容許了這交換。

現在怎麼突然把一切拿走呢？……況且，這裏面有這麼多的……這麼多的事情……愉快，變化……生活……要是沒有了這個，她將一下子怎麼辦呢？而且她起意要跑開的時候，就已經遲了，她沒有那個力氣了。

沒有同他在一起度過的每一天日子，沒有信賴他和同他分有的每一個思想——這一切在她都失却了自己的色彩和意義。

「我的天哪！要是我能是他的妹妹啊！」她想：「在那樣一個人身上，不僅是在智慧方面，並且也在心的方面，有永久的權利，合法地，公開地，享受他的在場，不必爲牠付出重大的犧牲，悲苦，和可憐的過去的自白，那多麼幸福啊！而現在我是什麼？他走開去——我不僅沒有權利留住他，並且應當希望分手；而假使留住他，我對他說什麼呢？我有什麼權利希望每一分鐘看他，聽見他呢？……因爲我無聊，因爲我愁悶，因爲他教我，安慰我，因爲他對我有益和取悅。這當然是理由，但是不是權利。而我給他什麼作交換呢？當其他這麼多女子會認爲自己幸運的時候，無私慾地讚賞我，而不敢想到互戀的權利嗎……」

她苦惱和沉思怎樣從這狀態之中脫身出來，而看不到任何目標，盡頭。前途只是他的幻滅和永恆的別離的恐怖。有時候，她想把一切都告訴他，以便將自己的和他的鬥爭一下子全都結束，但是剛一想到這點，她便透不過氣來。她感覺得害羞，苦痛。

最奇怪的是，自從她變得同斯托爾茲分離不開，他占有她的生活以來，她便不再尊重自己的過去，甚至以牠爲羞。男爵，譬如說，或者另外什麼人知道了，那她當然會困惑，會踢躇不安，但是她不會苦惱得像現在想到斯托爾茲會知道這件事而苦惱一樣。

她恐怖地想像，他的臉上將表現什麼，他將怎樣瞧她，說什麼，隨後想些什麼。她會突然在他面前見得如此無足輕重，軟弱，淺薄。不，不，無論如何不！

她開始觀察自己，而恐怖地發覺，她不僅恥於自己過去的羅曼斯，而且也恥於牠的主人公……

……這裏，對於自己從前的朋友的深深的信服忘恩負義的悔恨燃燒着她。

說不定她對自己的羞恥會習慣，會忍受：人對什麼事都會習慣的！要是她對斯托爾茲的友誼沒有任何貪慾的企圖和希望。可是即使她將心的一切狡猾而阿諛的低語窒息下去，也不能駕馭想像的夢幻：這另一次戀愛的形象，時常違反她的權力，停留和輝亮在她的眼前；不是同奧勃洛摩夫在一起，不是在懶怠的微睡之中的，而是在多方面生活的，連同牠的一切深奧，一切蠱惑和悲哀的，廣大舞台上的豪華的幸福的——同斯托爾茲在一起的幸福的空想，發展得越來越誘惑。

那時候她流淚於自己的過去，而不能把牠洗去。她從空想裏醒過來，更爲小心地安身在沉默與痛苦着斯托爾茲的友誼的恬靜底無法透過的牆壁後面•隨後忘却自己，重又一無私慾地陶然於朋友的在場，魅惑，殷勤，信賴，直到對於自己已經喪失權利的幸福的不合法的空想再提醒她，她的前途業 已失去，粉紅色的空想業已過去，生命之花已經凋謝。

多半，隨着年歲，她會變得安於自己的境遇，而像所有的老處女一樣，放却對於將來的希望，會陷入冷漠無情，或者開始行好事；可是當她從斯托爾茲脫口而出的若干言語裏，清楚地看到，她已經失却作爲朋友的他，而獲得作爲熱情的崇拜者的他，她的不合法的空想便突然闖出更爲怕人的姿態來。友誼湮沒在愛情裏面了。

她在發見牠的那天早晨，臉色很蒼白，一整天沒有出去，激動，同自己鬥爭，想現在得怎麼辦，自己負的是怎樣的義務——而什麼也想不出。她只是咒詛自己，最初爲什麼不克服羞恥，不早些將過去向斯托爾茲說明，而現在倒還得克服恐怖哩。

當她的胸口作痛，那裏眼淚沸騰時，當她想提到他那裏，將自己的戀愛，不是以言語，而是以啜泣，痙攣，昏厥來講，使他看出贖罪來，她也下過決心。

她聽到過別人在類似的場合怎麼辦。例如，叔尼奇卡曾經把騎兵旗手的事告訴過自己的未婚夫，說她愚弄過他，他是一個小孩子，她故意使他在嚴冬之中等待，直到她走出來登上馬車，等等。

叔尼奇卡不會躊躇於談起奧勃洛摩夫，說她同他開過玩笑來散散心，他是這樣滑稽，能不能愛「這樣一只口袋，」這誰也不會相信的。可是卽使叔尼奇卡的丈夫和許多別人能够證明這種行爲爲正當，斯托爾茲可不能。

奧爾迦也許可以將過去的事件提出得漂亮一些，說，她只是想把奧勃洛摩夫從深淵裏救出來，爲此故，這麼說，才使用友誼的風騷……來救治一個垂死的人，隨後再離開他。可是這個話未免太穿鑿，太牽强，而且無論如何是虛僞的……不，無可樂救了！

「天哪，我在怎麼的深淵裏啊！」她苦惱地獨白說。「說明吧！……啊，不！讓他許久，永遠不知道這件事吧！可是不說明——又等於偷竊。這同欺騙諂媚一樣。天哪，幫助我吧！……」

但是並無幫助。

無論她怎麼樂意斯托爾茲的在場，可是時不時她倒希望不再會見他，以輕易注意不到的陰影來透入他的生活，不以不合法的熱情來翳暗他的明朗而有理性的存在。

她會悲哀自己不成功的戀愛，哭泣過去的事，把關於過去的記憶埋葬在靈魂裏，隨後，也許會像許多人一樣，找到『一位適當的對手，』成爲賢良而操心的妻子和母親，把過去算作處女的空想，不是生活而是熬受生活。凡是女子都是這麼辦的！

可是這裏事情不在她一個人，這裏關涉到另一個人，而這另一個人把自己最好和終極的人生希望安放在她身上。

「爲什麼我……戀愛過呢？」她憂悶地苦惱，並且回想那天早晨在公園裏奧勃洛摩夫想跑開去，他當時曾經想，要是他跑開去，她的生活之書便要永久闔上了。她曾經如此大胆而輕易地把戀愛和生活的問題解決，在她一切都曾經覺得很淸楚——於是一切糾纏成一個解不開的結子！她聰明自用，以爲只消單純地瞧，筆直地走去——人生就會像地毯一樣從順地展開在脚下，如今怎樣！……甚至不能把罪過脫卸在誰的身上：只有她一個人有罪！

並不氾疑斯托爾茲是爲什麼而來，奧爾迦無所容心地從沙發上站起來，放下書，走去迎接他。

「我不打攪你吧？」他一邊問，一邊坐下在她朝湖的房間的窗前。「您是在唸書嗎？」

「不，我已經唸停當：天在暗了。我是在等待你！」她柔和，友情而信任地說。

「那倒更好：我要和你談一談！」他替她另搬一張圈手椅到窗前，一本正經地陳述說。

她一怔，便痲痺在原處。隨後機械地頹坐在圈手椅內，垂倒頭，並不抬起眼睛，身心惱亂地坐着。她想這時候處身在離這地方一百維爾斯他以外。

在這一瞬間，過去在她的記憶裏像電光一般閃過。「要審判了！人生不能像玩偶似地玩弄的！」她聽到一個局外人的聲音說：「別同牠開玩笑吧——要付代價的！」

他們倆默然得有幾分鐘。他顯然在聚精會神。奧爾迦害怕地望望他消瘦了的臉，蹙攏的眉頭，和抿緊的有堅決的表情的嘴唇。

「內麥息斯（註五）！……」她內心裏戰慄着想。雙方都彷彿在準備決鬥。

「當然您猜到我要說什麼話吧，奧爾迦・賽爾格葉芙娜？」他詢問地望着她，說。

他坐在兩窗之間的牆壁下，牆剛把他的臉遮住，同時窗子裏進來的光線直射在她的身上，他遂能夠讀她的心裏的一切。

「我怎麼能知道呢？」她靜靜地回答。

在這位危險的敵手之前，她已不再有那種經常向奧勃洛摩夫顯露的意志和性格的力，洞察力和自制力。

她了解，要是她至今能夠躲過斯托爾茲的銳利的眼睛，成功地作戰，這不像在同奧勃洛摩夫的鬥爭之中似地，完全靠自己的力量，而只是靠斯托爾茲的頑固的緘默，他的隱諱的行爲。可是在這公開的戰場上，優勢就不在她的一邊，所以用「我怎麼能知道呢？」這句問話，只是想贏得一維爾旭克的空間和一分鐘的時間，使敵人更明瞭地曝露自己的計劃。

「您不知道嗎？」他純朴地說。「好吧，我來講吧……」

「唔，別講！」她突然閒衝口而出。

她抓住他的手，彷彿懇求寬恕似地瞧着他。

「你瞧，我猜到你是知道了！」他說。「那爲什麼『別講』呢？」隨後悲哀地加添說。

她默不作聲。

「要是你預見到，我遲早要說出來，那您當然知道給我什麼答覆的吧！」

「我預見到，而且苦惱過！」一邊說，一邊靠在椅背上，並且從光亮轉開身去，在心裏喚薄暗趕快來幫助自己，使他讀不到自己臉上的困惑與苦悶的交戰。

「苦惱過！這是一個怕人的字眼，」他近於低語地發言說：「這是但丁的『永遠放棄希望吧。』我再沒有可說的了：言盡於此。但是謝謝您這一點，」他嘆着一口深深的氣，加添說：「我從混沌與黑暗之中出來了，至少知道我該怎麼辦了。我的惟一的解救是趕快逃走！」

他站起來。

「不，看在上帝份上，不！」她趕到他那裏，重又抓住他的手，吃驚而懇求地說。「可憐我吧：我將變成什麼樣子？」

他坐下，她也坐下。

「可是我愛着您，奧爾迦・賽爾格葉芙娜！」他近於粗暴地說。「您看到了，在這半年之內我是怎麼啦！您希望什麼呢？完全的勝利嗎？要我憔悴或者發瘋嗎？我多謝您！」

她面孔變色了。

「走吧！」她帶着抑制住的侮辱和無法隱藏的深深的悲哀底尊嚴說。

「饒恕我吧，眞對不起！」他謝罪說。「這裏我們什麼也沒有明白，便已經爭論起來。我知道您不能希望爭論，但是您也不能站在我的地位上，因此您以我的行爲——逃走——爲奇怪。有時候，一個人不自覺地成爲利己主義者。」

她在圈手椅內移動地位，彷彿坐得不舒服似的，可是一言不發。

「唔，就讓我留下來：這又如何？」他繼續說。「當然，您會向我提供友誼；可是不如此牠還不是我的嗎。我走開去，過一兩年牠依舊是我的。友誼，奧爾迦・賽爾格葉芙娜，當牠是年青的男女之間的戀愛、或者老人們之間的戀愛的回憶，這東西是好的。但是上帝保佑！要是牠一方面是友誼，而另一方面是戀愛呢。我知道，您同我在一起並不乏味，可是我同您在一起怎樣呢？」

「是的，要是如此，您走吧，上帝與你同在！」她輕易聽不見地低語說。

「留下！」他高聲地沉思：：「在刀口子上來往　好一種友誼！」

「難道我就輕鬆一些？」她出其不意地反駁說。

「您爲什麼？」他元氣地問。「您……您並不愛呀……」

「我不知道，憑上帝發誓，我不知道！可是假使您……假使我現在的生活怎樣改變一下，我將如何呢？」她沒精打彩地，近於獨白地加添說。

「我該怎麼了解這個呢？看在上帝份上，對我說明吧！」被她的說話，以及她說話的深深的眞誠的語調所困惑的他，一邊說，一邊將圈手椅移攏她去。

他試着諦視一下她的面貌。她默然不語。她胸頭燃燒着使他安心，將「苦惱過」這個字收惘，或者將牠解釋得同他所了解的不同的願望；可是怎麼解釋　她自己也不知道，只是茫然地感覺到，他們倆都處在虛僞的態度之中，都處在要命的躊躇底重壓之下，他們倆都因這躊躇而痛苦，只有他，或者她同他的幫助，才能把過去和現在導入明朗和秩序裏。但是要這麼辦，就必須渡過深淵，把自己遭遇過的事向他說明：她是多麼希望，又多麼害怕——他的判決啊！

「我自己一點都不了解；我比您更在混沌和黑暗之中！」她說。

「聽我說，您信任我不信任我？」他取住她的手，問。

「無限地，像信任母親似地——這您是知道的，」她羸弱地回答。

「那麼把我們倆分別以來您所遭遇過的事告訴我。我現在看不透您，而從前我能在您臉上讀您的念頭：好像這是我們倆互相了解的惟一的方法。您同意嗎？」

「啊，是的，這是必要的……應當怎麼樣把牠結束了……」她因爲這逃避不了的自白而愁悶地說。「內麥息斯！內麥息斯！」她一邊想，一邊把頭垂在胸口。

她注目地下，不言語。由於這幾句單純的話，尤其是由於她的沉默，一陣恐怖襲上他的靈魂。

「她在苦惱啦！天哪！她遭遇過什麼事了呢？」他前額冷下去地想，並且感覺得自己的手足在發抖。他想像着什麼十分可怕的事。她依舊默然不語，顯然在同她自己鬥爭。

「所以……奧爾迦·賽爾格葉芙娜……」他催促說。

她不作聲，只是再作了一個在黑暗裏看不出來的神經的動作，只聽到她的綢衣服怎麼綷縩一下。

「我在定定神，」她終於說：「要是您知道多麼困難啊！」隨後一路加添說，一路轉向一邊，努力克服內心的鬥爭。

她希望，斯托爾茲不從她嘴裏，而用任何奇蹟來知道一切。幸而天色暗了一些，她的臉已經在陰影之中：只能改變聲音，說話是從她舌頭上出不來了，彷彿她難於用什麼語調起頭似的。

「我的天哪！我應當多麼有罪呢，要是我這樣羞恥，痛苦！」她內心裏苦惱着。

她不是向來以這樣的信念來左右自己的和別人的運命，這樣聰明，有力的嗎！而現在輪到她像女孩子一樣發着抖！對過去的羞愧，對現在的自尊心的拷問，虛僞的態度苦惱得她……無法忍受！

「我來幫助您……您……戀愛誰了嗎？……」斯托爾茲費力地說出來，因爲自己這句話而覺得如此痛苦。

她用沉默來確認。恐怖重又襲上他來。

「愛的誰？這不是秘密吧？」他問，竭力想說得很堅毅，可是自己覺得牙齒在發抖。

而她更加苦惱了。她想說出另一個姓名，揑造出另一件故事。她躊躇了一陣，可是沒有辦法：好像一個人當危險到千鈞一髮的時機，跳下峻峭的崖岸，或者投身火焰似地，她突然說：

「奧勃洛摩夫！」

他爲之一呆。沉默延長了兩分鐘。

「奧勃洛摩夫！」他吃驚地重複說，「這是假的！」隨後壓低了聲音，肯定地加添說。

「是眞的！」她安靜地說。

「奧勃洛摩夫！」他重新重複說。「不可能的！」重又確信地加添說。「這是一個錯誤：您並沒有理解自己，奧勃洛摩夫，或者甚至於戀愛。」

「我說，這不是戀愛，這是另外什麼！」他固執地重複說。

「是的，我曾經向他賣弄風情，牽他的鼻子，使他不幸……隨後，依您的見解，在對您着手！」她以抑制住的聲音發言說，在她的聲音裏又沸騰起侮辱底眼淚。

「可愛的奧爾迦．賽爾格葉芙娜！別生氣，別這樣說話：這不是您的語調。您知道，我一點都不這麼想。可是我想不到，我不明白，怎麼奧勃洛摩夫……」

「然而他値得您的友誼；您不知道怎樣尊重他，爲什麼他不値得戀愛呢？」她辯護說。

「我知道，戀愛不如友誼那麼苛求，」他說：「牠甚至時常是盲目的，並不因爲功績而戀愛——往往如此。可是戀愛需要一些無法下定義，無法稱呼，而在我這位無可比擬，可是笨拙的伊里亞身上所沒有的什麼東西，有時候是一些瑣事。這是我所以驚異的緣故。聽我說，」他元氣地繼續說：「我們決不會這樣澈底，這樣互相理解的。別以詳情爲恥，別愛惜自己半個鐘頭，把一切都講給我聽，我再告訴您，這會經是什麼，甚至說不定會是什麼……我始終覺得……不是這麼一回事……啊，假使這是眞的！」他鼓舞興奮地加添說。「假使是奧勃洛摩夫，而不是別人！奧勃洛摩夫！這意思是您並不屬於過去，屬於戀愛，您是自由的……講，快講！」他以安靜的，近於快活的聲音結論說。

「是的，看在上帝份上！」她信賴地回答，欣然於從自己身上取下了一部分的鏈子。「我一個人要發瘋了。假使您知道我多麼可憐！我不知道，我是否有罪，我是否害臊於過去，是否惋惜牠，是否希望將來，或者絕望……您講起過自己的苦惱，可是沒有犯疑我的苦惱……您聽我講到底，不過別以理智來聽：我怕您的理智；不如以心來聽：也許牠會斷定，我是沒有母親的，我像在樹林裏一樣……」她靜靜地，以壓低的聲音加添說。「不，」隨後急忙地糾正說：「別愛惜我！假使那是戀愛，那就……走開去吧。」她停頓一下。「往後，當只是友誼再說話時，就回來。假使那是輕浮，風騷，——那就處罰我，跑得遠一些，忘掉我。聽我說。」

他緊緊地握住她的雙手作答。

開始了奧爾迦的長而詳盡的自白。她明確地，一句一句地，把很久這樣咬嚙她的，她爲之臉紅的，從前使她感動和幸福，後來忽然掉進悲哀和疑慮的深淵裏的一切，從自己的頭腦裏，移轉到別人的頭腦裏。

她講起散步，公園，自己的希望，奧勃洛摩夫的神志清明和墮落，丁香花，甚至講起接吻。只是用緘默來越過花園裏那一個悶熱的黃昏——多半因為還沒有決定，那時候她發作的是什麼情緒。

起初只聽得她混亂的低語，可是越講她的聲音越明晰和自由；牠從低語轉爲半音，隨後昇高到完全的胸聲。她安靜地講完，彷彿轉述別人的故事一般。

在她面前，幕啓開來，直到如今她所害怕凝視的過去便自己展開。她的眼睛向許多事物睜開了，要不是黑暗的話，她還會勇敢地向自己的交談者瞥視一下。

她說完了，等待宣判。可是回答是死一樣的靜寂。

他怎麼啦？不聽到說話，動作，甚至呼吸，彷彿誰都沒有同她在一起似的。

這啞然無言又把疑惑投在她的身上。沉默延續着。這沉默是什麼意思呢？這位全世界最洞察，最寬大的審判官，對她準備什麼宣判呢？其他一切人都會無情地判她爲有罪，只有他一個人能當她的辯護士，她會選他……他會理解一切，權衡輕重，比她自己解決得更合於她的利益！可是他默然不語。她的案子果眞失敗了嗎？……

她又恐怖起來……

房門打開，丫鬟拿進來的兩枝蠟燭把他們的一角照得通亮。

她向他投去胆怯，可是熱望而疑問的一瞥。他交叉着雙手，以那樣溫柔而坦率的眼睛望着她，享樂着她的狼狽。

她的心放下了，溫柔起來了。她安心地舒一口氣，差一點沒有哭出來。她頓時恢復了對於自己的寬大，對於他的信任。她像一個被寬恕，安慰和愛撫的孩子似地幸福了。

「講完全了嗎？」他靜靜地問。

「講完全了！」她說。

「那他的信呢？」

她從書函夾裏拿出信來，遞給他。他走攏蠟燭去，唸罷，放在桌子上。於是眼睛又帶着她久已沒有在他眼睛內見到的那種表情轉到她身上。

她面前站着從前那位自信的，有幾分滑稽而無限地善良的，嬌縱她的朋友。他臉上並沒有苦痛的陰影和疑慮。他取起她的雙手，一一吻過，隨後深深地沉思。她也平靜下去，一眼不眨地觀察他臉上的思想的活動。

忽然他站起來。

「我的天哪，要是我知道事情關涉到奧勃洛摩夫，我就不這樣苦惱了！」他這樣愛嬌地，這樣信任地望着她說，彷彿她沒有這可怕的過去似的。

她的心上如此快活，變得很悠然。她覺得輕鬆了。她開始明白，她原只對他一個人羞愧，可是他倒並不處罰她，並不逃走，全世界的審判在她有什麼關係！

他已經又自制，快活；可是這在她還不够。她看到自己已被認爲無罪；可是像一位被告似地，她希望聽到這宣判。而他取起帽子來。

「您上哪裏去？」她問。

「您興奮了，休息休息吧！」他說。「我們明天談吧。」

「您要我通夜睡不成覺嗎？」他一邊截住說，一邊拉住他的手，使他坐在椅子上。「你想不說這曾經……是什麼，我現在如何，將來……又如何，便走開嗎？可憐我吧，安特烈．伊凡尼奇：誰會對我說呢？要是我該罰，誰會責罰我，或者……寬恕我呢？……」她加添說，並且以這樣溫情的友誼望他一下，以致他放下帽子，差一點沒有跪下在她的面前。

「安琪兒——允許我說——我的安琪兒！」他說。「別憑白無故地苦惱自己吧：處罰您或者騙知您，都不需要。我甚至沒有話可加到您的敍述上。您能有什麼疑惑呢？您想知道，這曾經是什麼，喚作什麼嗎？您早已知道了。奧勃洛摩夫的信在哪裏？」

他從桌上取起信來。

「聽着！」他唸道：「『您現在的『愛』並不是現在的戀愛，而是將來的。這不過是戀愛的不自覺的要求，因爲缺乏眞正的營養，牠有時候表現在女人對小孩子的，對另一位女人的愛撫之中，甚至簡直表現在眼淚或者歇斯蒂里的發作之中！……您『犯有錯誤』（斯托爾茲着重在這個字上唸道）：在您面前的並不是您所期待和空想的那一位。等着吧——他會來的，那時候你就要覺悟，您就要着惱和羞愧於自己的錯誤……』」

「您看，這是多麼眞實啊！」他說。「您曾經羞愧和着惱於……錯誤。沒有什麼可加到這上面。他是對的，可是您並未相信，您全部的罪過就在這裏。您們那時候就該分手：可是他被您的美色所克服……而您被……他鴿子似的溫柔所感動！」他微帶嘲弄地加添說。

「我並未相信他，我以爲心並不錯誤。」

「不，有錯誤的，而且有時候錯誤得多麼要命！可是在您並未直到心上，」他加添說：「一方面是想像和自尊心，另一方面是薄弱……而您害怕，一生不會有另外的快樂，這蒼白的光線會照亮您的一生，而隨後是永久的夜……」

「而眼淚呢？」她說。「難道我哭泣的時候，牠們不是從心裏來的嗎？我並未撒謊，我是誠心誠意的……」

「我的天哪！女人對於什麼事都會哭泣的！您自己就說過，您曾經爲那束丁香花，那張心愛的凳子難過。這上面您再加上受騙的自尊心，未成功的救助者的脚色，若干習慣……有多少原因流淚啊！」

「那連我們的會面，散步，也是錯誤嗎？您記得我……到過他那裏……」她狼狽地說完，似自己也想消抑自己的說話。

她努力自己控制自己，只是爲了使他更熱心地替她辯護，自己在她眼內越來越正定。

「由您的敍述看得出，在最後幾次會面時你們就沒有什麼話可講。你們這所謂戀愛是缺乏內容的；牠不能够再往前去。你們在別離之前便已經分手，而且不是對戀愛，而是對你們自己想出來的戀愛幻影忠實——這就是全部秘密。」

「而接吻呢？」她如此靜悄悄地低語說，以致他不是聽到，而是猜到。

「啊，這是重要的，」他以滑稽的嚴肅發言說：「爲了這件事應當剝奪您………一道午飯柔」

他更爲愛嬌，更爲深情地望着她。

「開玩笑不是這樣一個『錯誤』的辯解！」她嚴肅地回答說，被他的冷淡和漫不在乎的語調所觸惱。「要是您用什麼殘酷的言語來懲罰我，用眞正的名稱來稱呼我的過失，我倒會輕鬆一些。」

「要是事情不是關涉到伊里亞，而是另一位，我就不會開玩笑，」他辯解說：「那時候這錯誤也許……以不幸來結束；可是我知道奧勃洛摩夫……」

「另一位，決不！」她面孔一紅，攔住說。「我比您更知道他……」

「您瞧！」他承認說。

「可是假使他……改變了，蘇醒了，聽從了我的話……難道那時候我不會愛他嗎？難道那時候也是謊話和錯誤嗎？」她說，以便從各面看事情，莫使得殘留一星汚點，任何啞謎。

「那是假使另一個人在他的地位，」斯托爾茲打岔說：「毫無疑問，你們的關係會演變成戀愛，鞏固起來，而那時候……可是這是同我們不相干的另一件羅曼司和另一位主人公。」

她嘆一口氣，彷彿從精神上脫卸了最後的重荷。雙方都默然不語。

「啊，多幸福啊……痊愈了，」她徐徐地發言說，彷彿花朵開放一般，並且向他投去這樣深深地感謝的，還樣熱烈而從未有過的友誼的一瞥，他似乎在這瞥視之中看到自己徒然地捕捉了差不多一年的火花。一陣喜悅的顫慄通過他身上。

「不，痊愈的是我！」他說，便沉思起來。「呵，要是我只消知道還羅曼司的主人公是伊里亞呵！浪費了多少時間，糟蹋了多少精力！爲的什麼？幹嗎？」他近於憤懣地重複說。

可是一下子他彷彿從還憤懣之中清醒，從沉重的深思之中回過神來。額紋平了，眼睛愉快。

「可是分明這是不可避免的：然而我現在多麼安心……多麼幸福呵！」他狂喜地加添說。

「好像是一場夢，彷彿什麼事都未有過！」她一邊沉思地，輕易聽不見地說，一邊吃驚於自己的突如其來的復活。「你不單去除了我的羞愧，悔恨，並未也去除了我的悲哀，苦痛——一切……你這是怎麼幹的？」她靜靜地問。「這一切，這……錯誤會過去嗎？」

「我想已經過去了！」他初次用熱情的眼睛望她一下，並不遮掩着他，說：「那是說曾經發生的一切。」

「那……將……不是錯誤……是眞事吧？……」她問，並未說完。

「還裏就寫得有，」他重又取起信來，決定說：「『在您面前的並不是您所期待和空想的那一位：他會來的，您就要覺悟……」和鍾情，我要添上，鍾情得莫說一年，就是整整一輩子對於這戀愛也太少，不過我不知道……是誰？」他注目着她，說完。

她沉倒眼睛和抿緊嘴唇，可是眼光從眼臉中間透出外面，嘴唇抑制着微笑，可是沒有抑制住。她向他望一眼，而從靈魂裏笑出來，笑得她眼淚都淌出來。

「我對您說過，您所發生的是什麼，甚至將是什麼，奧爾迦．賽爾格葉芙娜，」他結論說。

「可是您對不讓我結束的我的問話，不向我作什麼回答呀。」

「可是我能說什麼呢？」她狽狼地說。「假使我能說您這樣需要和……您這樣應得的話，我有沒有這權利？」以低語加添說，而害羞地向他一瞥。

在這瞥視之中，他似乎又看到從未有過的友誼底火花；他又由於幸福而顫慄起來。

「別忙，」他加添說：「當您心的哀悼，禮節的哀悼完畢時，再告訴我我應得什麼吧。這一年已經告訴了我一些什麼。而現在你只是解決這個問題吧：我走呢，還是……留下？」

「聽我說：您還是同我賣弄風情！」她突然間快活地說。

「呵，不！」他莊重提地示說。「這不是先前的問題，現在牠有另外的意義了：假使我留下，那是……憑什麼權利呢？」

她一下子狼狽起來。

「您知道，我並非賣弄風情！」他笑，滿足於自己的捉住了她。「在今番的談話之後，我們倆應當另樣地互相對待了：我們倆已經不同昨天一樣了。」

「我不知道……」她低語說，越來越狼狽。

「允許我給您忠告嗎？」

「說吧……我會盲目地實行的！」她近於以熱情的從順加添說。

「在等待他來到之際，嫁給我吧！」

「我還不敢……」她激動地，可是幸福地，用雙手掩着臉，低語說。

「爲什麼不敢呢？」他使她的頭偏在自己身上，也以低語問。

「可是這過去呢？」她像對母親似地把頭放在他胸口，又低語說。

他靜靜地從她臉上把她的手拿開，吻吻她的頭，長久地欣賞着她的狼狽，滿足地望着她的淌了出來，又被眼睛吞下去的眼淚。

「會凋謝的，像您的丁香花一樣！」他結說論。「您受過課：現在利用牠的時候來了。開始着生活了：把你的將來交給我，什麼也別想——我擔保一切。我們上叔母那裏去吧。」

斯托爾茲很遲才回家。

「我找到自己的幸福了，」他以慕戀的眼睛望着樹木，天空，湖，甚至從水面昇起來的霧，想。「等到了！這麼多年感情的渴望，忍耐，精神力的經濟！我等待得多久呵——完全得到酬報了：喏，這就是一個人最後的幸福！」

現在在他眼內一切都被幸福遮掩了：辦公處啦，父親的載重馬車啦，羚羊皮手套啦，油膩的賬單啦——一切事務的生活。在他記憶裏只是他母親的芬芳的房間，赫爾茲的變調，公爵的迴廊，碧眼，敷着髮粉的栗色的頭髮復活起來——而這一切又被奧爾迦溫柔的聲音所蓋沒：他在心頭聽她的歌唱……

「奧爾迦——我的妻啊！」他熱情地顫慄一下，低語說。「一切都找到了，沒有什麼要尋找的了，沒有什麼地方再要去了！」

他在幸福底沉思的昏昏然之中回家去，不注意到道路，街道……

奧爾迦目送他半天，隨後打開窗戶，呼吸幾分鐘夜的涼爽；激動漸漸地平息下去，胸脯平勻地呼吸着。

她向湖上和遠處注目，這樣靜靜地這樣深深地沉思，彷彿是睡熟了。她想捉住自己的思想和感覺，可是不能。思想漂浮得像波浪一樣平勻，血液在脈管裏這樣流暢地流動。她體驗着幸福，可是不能確定，這幸福在哪裏起迄，是什麼。她想，爲什麼自己這樣沉靜，平和，無可破壞地美好，爲什麼自己這樣安詳，這之間……

「我是他的未婚妻啦……」她低語說。

「我是未婚妻啦！」一位姑娘等待到了照亮她的一生的這一瞬間，以驕傲的顫慄想，而高高地成長，並且從高處眺望這黑暗的，她昨天獨自地和不被注意地走過的小徑。

那爲什麼奧爾迦不顫慄呢？她也獨自地，不被注意地沿小徑走過，「他」也在十字街頭遇見她，伸手給她，領她不是到眩目的光線底輝亮裏，而彷彿到寬闊的河流底泛濫裏，廣漠的原野和友情地微笑的山丘上。她的目光並不由於輝亮而瞇細，心臟並不痲痺，想像並不燃燒。

她懷着靜靜的喜悅把目光安放在生活的泛濫，牠的廣闊的原野和綠油油的山丘上。顫慄並不通過她的肩膀，目光並不燃燒着驕傲：不過當她把目光從原野和山丘轉移到伸手給她的那個人身上時，她感覺到，眼淚徐徐地流淌在她的面頰上……

她始終睡着似地坐着——她的幸福底夢是如此平靜：她並不動彈，差不多並不呼吸。沉潛在渾忘的境界之中，她把心中的目光注在某一個有着溫和的輝耀，溫煦和芬芳的靜靜的深夜裏。幸福底幻夢展開寬闊的翅膀，徐徐地，像天上的雲似地，漂浮在她的頭上……

她在這夢裏沒有看到自己包在薄紗和絹花邊裏兩個鐘頭，隨後畢生包在日常的襤褸裏。她沒有夢見節日的宴會，燈火，歡呼；她夢見幸福，可是是如此單純，如此沒有裝飾的，以致她又一次沒有驕傲的顫慄，只是懷着深深的感動低語說：「我是他的未婚妻啦！」

註一：Lyons，法國東南部的一個城市。

註二：法文，「我叔母剛才說過了」。

註三：Rubini，

註四：Nice，法國東南部的一個城市。

註五：Nemesis，復讎之女神。

# 第五章

我的天哪！當斯托爾茲不期地來到奧勃洛摩夫那裏吃午飯的那次命名日之後一年半，奧勃洛摩夫屋子裏的一切，見得多麼陰鬱而無聊啊。伊里亞·伊里奇本人也皮膚鬆弛，無聊滲入了他的眼睛，從那裏像一種疾病似地窺望着。

他在房間裏走來走去，隨後躺下望天花板，從書架上取起一冊書，用眼睛走馬看花地看幾行，便打哈欠，開始用手指在桌子上打鼓。

查哈爾變得更笨拙，更骯髒；他臂肘上出現了補綻；他見得如此窮苦，飢餓，彷彿吃得壞，睡得少，並且做三個人的工作似的。

奧勃洛摩夫身上的睡衣穿破了，上面的破綻無論縫得多麼當心，可是牠不是沿線縫，而是到處都在破裂：早該置新的了。床上的被也已用破，有地方有補綻了；窗帷早已褪色，雖然洗乾淨，可是總像破布片一樣。

查哈爾把舊的桌布拿來，鋪在靠近奧勃洛摩夫的半張桌子上，隨後咬住舌頭，小心地把食器和一瓶伏特加拿來，放下麵包，走開去。

通房東太太屋子的門打開，婀葛菲雅・馬脫威也芙娜迅速地拿着盛有炒蛋的噬噬地發響的煎鍋進來。

她也改變得可怕，並不有利於自己。她瘦了一些。沒有圓圓的，白白的，不發紅，不發蒼白的面頰了；疏朗朗的眉毛沒有光澤了；她的眼睛窪下去。

她穿一身舊的棉布衣服；她的手由於工作而日灸和粗硬起來；由於火，由於水，或者由於二者。

婀庫圓娜已經不在這一家。婀妮茜雅又在廚房裏，又在菜園裏，又照呼鷄，又擦地板，又洗衣服；她一個人處理不了，於是婀葛菲雅・馬脫威也芙娜願意不願意自己也在廚房內工作：她很少搗、篩和擦，因爲很少用咖啡，肉桂和杏仁，而關於花邊她已忘却想到。現在她更時常非剁碎葱子，磨擦山葵和類似的香料不可。她臉上有深深的沮喪。

可是她並不爲自己，爲自己的咖啡嘆息，不因爲自己沒有機會忙碌，大規模地料理家務，搗肉桂，放香蘭精在調味品裏，或者煮濃厚的乳酪而悲傷，而是因爲伊里亞・伊里奇已一年不吃這東西，因爲咖啡他不從最好的鋪子裏一普特一普特地取來，而在小鋪子裏十戈貝克十戈貝克地買；乳酪不是由芬蘭女子拿來，而也由那家小舖子供給牠們；因爲她拿給他用繃硬的，擱死在那家舖子裏的火腿來調味的炒鷄蛋做早餐，以代多汁的肉片。

這是什麽意思呢？因爲一年來，斯托爾茲從奧勃洛摩夫卡絲毫不爽地送來的收入，都拿來償付奧勃洛摩夫出給房東太太的借據。

房東太太哥哥的『合法的事』得到了意外的成功。塔朗鐵也夫第一次暗示醜事時，伊里亞．伊里奇便臉紅而狼狽起來；隨後成立和解，隨後三個人一起喝酒，而奧勃洛摩夫簽上借據，以四年爲期；而過了一個月，婀葛菲雅．馬脫威也芙娜簽上同樣的借據給哥哥名下，並不犯疑簽立的是什麽，爲什麽要簽立。哥哥說，這是房屋上必要的文書，吩咐她寫：「立據人某某（官階，名字和姓氏）親具。」

她只是以需要很多簽字爲麻煩，於是請求哥哥倒不如叫瓦尼烏夏（瓦尼亞的愛稱——譯者）代簽，『他寫得漂亮，』而她也許會弄糟什麽。可是哥哥固執地要求，而她就曲曲彎彎，傾斜而大大地簽上字。關於這件事便從沒有再談起過。

奧勃洛摩夫簽字時，一部份以這筆錢會落到孤兒身上來自慰，而隨後第二天，當他頭腦清新時，他便羞慚地想起這件事，而努力把牠忘却，避免同哥哥會面，而假使塔朗鐵也夫談起牠，他便威嚇馬上搬出這房子，上鄉下去。

隨後，他從鄉下收到銀錢時，哥哥就跑到他那裏，解釋說，開始從收入裏馬上付款，在他，伊里亞·伊里奇，將比較輕鬆；三年內債款便付清，否則期限一到，把文書送去追比時，領地就須歸諸公賣，因爲奧勃洛摩夫沒有這筆現金，而且也不像會有。

當斯托爾茲所送來的，完全歸爲償付債務，而他只留得小數目的錢過活時，奧勃洛摩夫看出自己陷於怎樣的窘地。

哥哥急於同自己的債務人在兩年以內了結這件自願的交易，免得有什麼事怎樣來妨礙牠，於是奧勃洛摩夫便陡然陷在困難之中。

起初，因爲他不知道自己口袋裏有多少錢的習慣，他並不十分注意到這一層；可是伊凡·馬脫威也奇竟想到向一位穀物商的女兒求婚，租一個人的住宅，搬出去。

婀葛菲雅·馬脫威也芙娜家務上的手面一下子中止了：鱘魚，雪白的犢肉，吐綬雞開始出現在另一處廚房裏，姆霍雅洛夫的新住宅裏。

那裏，每天晚上燈火輝煌，聚集着哥哥的未來的親戚，同事和塔郎鐵也夫；那裏什麼都有。

婀葛菲雅·馬脫威也芙娜和婀妮茜雅忽然張着嘴巴，閒空地垂着雙手，逗留在空空的煎鍋和瓶罐左右。

娴葛菲雅・馬脫威也芙娜第一次知道，她僅只有房屋，菜園和雛鷄，她菜園裏並不生長肉桂和香蘭精；看到市場裏的老板們逐漸停止向她帶着微笑低低地鞠躬，這些鞠躬和微笑開始歸諸她哥哥新雇的，胖胖的，穿得像模像樣的女廚司了。

奧勃洛摩夫把哥哥留給他過活的錢完全交給房東太太，而她三四個月照舊拚命地磨一普特一普特的咖啡，搗肉桂，煮犢肉和土綏鷄，直到花去最後七十個戈貝克，跑到他那裏說她沒有錢了的最後一天爲止。

他爲了這消息，在沙發上翻來覆去三次，隨後向自己的抽屜裏看看：他也沒有錢了。開始回想：他們放到哪裏去了，而什麼也想不起來；用手在桌子上摸索，沒有銅幣，問查哈爾，後者連做夢也沒有看見。她跑到哥哥那裏，天眞地說，家裏沒有錢了。

「你同那位貴人把我給他過活的一千盧布花到那裏去了？」他問。「我從哪裏拿錢去？你知道，我在正式結婚：我養不起兩個家，你同那位老爺應該量入爲出才是。」

「哥哥，你怎麼把那位老爺來責備我呢？」她說。「他待你怎麼樣？他誰也不礙，獨自地生活。不是我招引他來住房子的；是你同米海・安特烈也奇。」

他給她十個盧布，說，再沒有了。可是後來同塔郎鐵也夫在『酒店』裏把事情考慮了一下，決定，不能把妹妹和奧勃洛摩夫這樣拋棄，也許事情會達到斯托爾茲那裏，後者會突然跑來，調查，難保不怎麼改變一下，連你追比債務也來不及，縱使這是『合法的事』，他是德國人，因而是狡猾的！

他按月再給五十盧布，預定在三年以後從奧勃洛摩夫的收入裏把這筆錢要還，可是當時向妹妹說明，甚至發誓說，一文也不再給了，而且計算他們應當起怎樣的伙食，怎樣減少支出，甚至指定什麼時候吃什麼菜，計算她在雛雞上，捲心菜上可以有多少收入，決定，指這一切很可以舒舒服服地生活。

婀葛菲雅・馬脫威也芙娜一輩子第一次不沉思家務，而沉思另外什麼事，第一次不因爲惱怒婀庫靈娜的打破食器，不因爲哥哥責罵魚未煮熟而哭泣；她第一次遇到可怕的窮困，可是不是對自己，而是對於伊里亞・伊里奇可怕。

「這位老爺怎麼突然間，」她思考：「會吃有牛油的蕪菁以代龍鬚菜，羊肉以代山鷄，鹽漬的雪魚，或者說不定從小舖子裏買來的凝煮物以代哈脫契那的鱘魚，琥珀色的鱘魚……」

可怕！她沒有想到底，便急忙地穿上衣服，雇一輛馬車，跑到丈夫的親戚們家裏，不是在復活節和聖誕去赴親屬的午餐會，而是清早晨，懷着焦急、不尋常地發言和詢問，怎麼辦，並且向他們借錢。

他們有許多的錢：一知道這是爲伊里亞・伊里奇，他們馬上會給的。如果這是爲她自己的咖啡，茶，爲孩子的衣服，鞋子，或者爲其他類似的幻想，她就不會結結巴巴地開口，可是這是在極端迫切的需要：爲伊里亞・伊里奇買龍鬚菜，烤用的山鷄，他喜歡法國的豌豆。

可是親戚驚訝一下，沒有給她錢，而說，要是伊里亞・伊里奇有什麼東西，金的或者就是銀的，甚至毛皮，就可抵押，有的是那種慈善家，付給請求的數目的三分之一，直到他又從鄉下收到錢。

這一實際的教訓，在別的時候也許會不觸到她的頭，在這位天才的主婦頭上飛過去，用任何方法也不會使她領會這教訓，可是現在她以心的智慧來理解，考慮一切和秤量……作爲嫁奩收下來的自己的珍珠。

第二天伊里亞・伊里奇毫不犯疑地喝醋栗葉子溜的伏特加，吃上等的鮭魚，吃心愛的內臟，和白的新鮮的山鷄。婀葛菲雅・馬脫威也芙娜同孩子們吃傭人的菜湯和粥，只是爲了同伊里亞・伊里奇作伴才喝兩杯咖啡。

緊跟着珍珠，她從神聖的箱子裏取出飾扣，隨後是銀器，隨後是外套……

從鄉下送錢來的日期到了：奧勃洛摩夫把來完全交給她。她贖回珍珠，付去飾扣，銀器和毛皮的利息，給他燒龍鬚菜。山鷄，只是爲了樣子起見，同他一起喝咖啡。珍珠又回到原來的地方。

她一星期一星期地，一天一天地殫精竭力，苦惱，度苦日子，出賣披肩，打發人出賣漂亮的衣服，而仍舊穿棉布的家常衣服，裸露臂肘，星期日用一方舊的用破的頸卷來掩上頭頸。

就爲此故她瘦下去，就爲此故她的眼睛窪下去，就爲此故她親自給伊里亞·伊里奇送早餐。

當奧勃洛摩夫向她說，明天塔朗鐵也夫，亞力克先也夫或者伊凡·蓋拉西米奇要到他這裏來吃午飯時，她甚至有足够的勇氣來作出愉快的面容 午飯辦得鮮美而伺候潔淨。她並不羞辱主人。可是這些操心費去她多少激動，奔忙，向老板們懇求，隨後失眠，甚至眼淚啊！她忽然間多麼深深地浸在生活的膠擾之中，多麼了解自己幸福的和不幸福的日子啊！可是她愛這種生活：不管自己的眼淚和操心的一切痛苦，她不肯把牠去換她不知道奧勃洛摩夫時，在滿滿的，撲落撲 和嗤嗤嗤的蒸鍋，煎鍋和瓶罐之間威嚴地統治，指揮阿庫麗娜和門丁時的從前的靜靜的生活之流。

當她突然想到死亡時，她恐怖得甚至發抖；雖然死亡會把她不涸的眼淚，每日的奔忙和每夜的不寧一下子結束掉。

伊里亞·伊里奇進早餐，傾聽瑪夏唸法文，坐在姍葛菲雅·馬脫威也芙娜房間裏，看她給瓦尼奇卡（瓦尼亞之愛稱——譯者）補短上衣，把牠一會兒這面，一會兒那面地翻 翻去十次，同不斷地跑到廚房裏去看午飯吃的羊肉燒得怎樣，到做魚湯的時候沒有。

「你怎麼始終操心，眞的？」奧勃洛摩夫說：「放下吧！」

「要不是我，誰來操心？」她說。「我在這裏只要打上兩塊補綻，便做魚湯去。我這瓦尼亞是多頑皮的孩子！上星期我才把這短上衣補得像新的一樣——又撕破了！你笑什麼，」她朝坐在桌邊，穿着只用半邊背帶吊起的褲子和襯衫的瓦尼亞轉過身去。「瞧，到早晨也不會補完，那你就不能跑出大門去。一定是孩子們撕破的：打過架了吧——說實話？」

「不，媽媽，是牠自己破的，」瓦尼亞說。

「自己破的！蹲在家裏，溫習功課吧，莫滿街亂跑了！只要伊里亞·伊里奇再說你的法文學得不好，——我就把你的靴子也脫去：你就迫不得已蹲在家裏唸書了！」

「我不愛學法文。」

「為什麼？」奧勃洛摩夫問。

「法文裏有許多不好的話……」

婀葛菲雅·馬脫威也芙娜臉紅了。奧勃洛摩夫哈哈哈笑起來。準是他們早先已經作過關於「不好的話」的談話。

「閉嘴。頑皮的孩子，」她說。「不如擦擦鼻子吧，看到沒有？」

瓦尼烏夏哼一下鼻子，可是沒有擦。

「等着，從鄉下拿到了錢，我來給他縫兩件上衣，」奧勃洛摩夫揷嘴說：「一件藍色的短上衣，一件明年用的制服：要進中學校了。」

「唔，他還是穿舊的去，」婀葛菲雅·馬脫威也芙娜說：「家用需要錢哩。我們來好備醃肉，我來給你煮果醬……去看看婀妮茜雅把酸乳酪拿來了沒有……」

她站起來。

「今天做的什麼？」奧勃洛摩夫問。

「鱸魚湯，燒羊肉和凝乳包子。」

奧勃洛摩夫默然不語。

忽然來了一輛馬車，有人敲耳門，開始了狗的帶着鏈子的竄跳和吠叫。

奧勃洛摩夫以爲是誰到房東太太這裏來：肉商，蔬菜商，或者其他類似的人物，便走回自己屋子裏去。這種訪問尋常總伴同討價，主婦方面的回絕，隨後是商人方面的恐嚇，隨後是主婦方面的請求緩一緩，隨後是罵詈，房門和耳門的砰砰嘭嘭和狗的猛烈的竄跳和吠叫——一般地不愉快的場面。可是來的是一輛馬車——這是什麼意思呢？肉商和蔬菜商是不坐馬車來的。

忽然房東太太吃驚地跑進他房間裏來。

「找你的客！」她說。

「誰；塔朗鐵也夫或是亞力克先也夫？」

「不，不，是聖．伊里亞節吃午飯的那一位。」

「斯托爾茲嗎？」奧勃洛摩夫一邊驚慌地說，一邊向四下裏環顧，往哪裏走開：「天哪！他將說什麼，當他看到……對他說我出去了！」他急忙地加添說，便跑到房東太太房間裏去。

婀妮茜雅剛好趕去迎接客人。婀葛菲雅．馬脫威也芙娜來得及把命令傳達給她。斯托爾茲相信是相信，不過詫異奧勃洛摩夫怎麼不在家。

「唔，對他說，我過兩個鐘頭來，來吃午飯！」他說，便往近處，公園裏走去。

「來吃午飯！」婀妮茜雅吃驚地轉述說。

「來吃午飯！」婀葛非雅・馬脫威也芙娜恐怖地對奧勃洛摩夫複述說。

「須得另做一餐午飯　」他緘默了一下，決定說。

她把充滿恐怖的目光轉到他身上。她一共只剩得半個盧布，而到哥哥發錢的一號還有十天哩。誰也不賒賬了。

「來不及了，伊里亞・伊里奇，」她胆怯地提示說：「讓他有什麼吃什麼吧……」

「他不吃這個的，婀葛非雅・馬脫威也芙娜；他不能忍受魚湯，甚至鱘魚的也不吃；羊肉也不入口的。」

「可以在臘腸舖裏拿一個舌頭！」她突然間，彷彿受有靈感似地，說：「離這裏很近。」

「這也好，這也可以；可是買一點蔬菜，　鮮的豆子……」

「豆子八十戈貝克一磅！」在她喉嚨裏一　，可是沒有出來到舌頭上。

「好的，我去買去……」決定了用捲心菜換豆子，她說。

「要一磅瑞士的乾酪！」他命令說，不知道婀葛非雅・馬脫威也芙娜的方法：「再不要什麼了！我來道歉，說，沒有料到……可是假使能弄一個什麼肉湯。」

她正走出去。

「酒呢？」他忽然間想起。

她以新的恐怖的一瞥來作答。

「須得打發人買辣斐德酒去，」他冷靜地結論說。

# 第六章

過了兩個鐘頭，斯托爾茲來了。

「你怎麼啦？你多麼改變，皮膚發皺和蒼白呵！你身體好不好？」斯托爾茲問。

「不好，安特烈，」奧勃洛摩夫擁抱着他說：「左腿什麼老是發麻。」

「你這裏多骯髒呵！」斯托爾茲環顧着說：「你幹麼不拋掉睡衣呢？瞧，儘是些補綻！」

「習慣了，安特烈；捨不得分開。」

「而這些被，這些窗帷……」斯托爾茲開始說：「也習慣了嗎？捨不得換去這些破布爛片嗎？對不起。你竟能在床上睡覺？你怎麼啦？」

斯托爾茲凝然地望着奧勃洛摩夫，隨後又望望窗帷和床。

「沒有什麼，」奧勃洛摩夫狼狽地說：「你知道，我向來不很在乎自己的房間的……不如吃午飯吧，嗨，查哈爾！快把桌子鋪上。唔，你怎麼啦，躭久嗎？從哪裏來？」

「知道我怎麼並且從哪裏來嗎？」斯托爾茲問：「難道活動世界的消息達不到你這裏？」

奧勃洛摩夫好奇地望着他，等待他開口。

「奧爾迦怎麼啦？」他問。

「竟沒有忘！我以爲你會忘了呢，」斯托爾茲說。

「不，安特烈，難道能够把她忘了？這意思是忘掉我什麼時候生活過，在樂園裏過……而現在！……」

他嘆息一聲。

「可是她在哪裏呢？」

「在自己領地上管理家務。」

「同叔母一起？」奧勃洛摩夫問。

「也同丈夫一起。」

「她嫁了嗎？」奧勃洛摩夫圓睜起眼睛，忽然發言說。

「你幹嗎吃驚呢？莫非是回憶吧？……」斯托爾茲靜靜地，近於優美地加添說。

「呵，不，不！」奧勃洛摩夫一邊辯解說，一邊回過神來。「我並沒有吃驚，可是詫異；不知道這爲什麼刺戟我。結婚很久了吧？幸福不幸福？看在上帝份上，告訴我。我感覺得，你從我身上卸除了一個大的重荷！雖然你向我保證過，她寬恕我了，可是你知道……我並未安心！什麼東西始終咬嚙我……可愛的安特烈，我多麼感謝你呵！」

他這樣從心裏喜悅，這樣在自己沙發上雀躍，這樣動彈，以致斯托爾茲欣賞着他，甚至受着感動。

「你多麼善良呵，伊里亞！」他說。「你的心值得她！我來向她轉告一切。」

「不，不，別講！」奧勃洛摩夫打岔說。「她知道我聽到她的結婚而喜悅，會以爲無感覺呢。」

「喜悅難道不是感情，况且還一無私心？你只是以她的幸福而喜悅。」

「眞的，眞的！」奧勃洛摩夫攔住說。「天知道我在說些什麼……誰呀，誰是這位幸福的人？我還沒有問哩。」

「誰？」斯托爾茲重複說。「你多麼遲鈍呵，伊里亞！」

奧勃洛摩夫忽然把凝然不動的目光停留在自己朋友身上：他的面貌凍殭了一陣，血色從臉上跑走了。

「莫非是……你吧？」他突然問。

「又吃驚了！吃驚什麼？」斯托爾茲笑笑說。

「別開玩笑，安特烈，說實在話！」奧勃洛摩夫激動地說。

「憑上帝，並非開玩笑。我同奧爾迦結婚一年了。」

奧勃洛摩夫臉上的驚愕逐漸消失，把地位讓給平和的瞑想，他尚未抬起眼睛，可是過了一分鐘，他的瞑想便已經充滿靜穆而深深的喜悅，而當他徐徐地瞥視斯托爾茲時，他的眼光裏已經有感動和眼淚。

「可愛的安特烈！」奧勃洛摩夫擁抱着他，發言說。「可愛的奧爾迦……賽爾格葉芙娜！」隨後抑制住狂喜，加添說。「上帝親自祝福過你們！我的天哪！我多麼幸福啊！告訴她……」

「我要告訴她，我不知道另外的奧勃洛摩夫！」深深地感動的斯托爾茲截住說。

「不，告訴她，提醒她，我爲了領她到路上才同她相遇，我祝福這次相遇，祝福她在新的路上！假使是別人將怎麼樣呢？……」他恐怖地加添說：「而現在，」他快活地結論說：「我並不臉紅自己　脚色，並不後悔；重荷從心上卸下了；現在一切　朗了，我幸福了。天哪！我感謝你！」

他又激動得差一點沒有在沙發上跳躍：一會兒流淚，一會兒發笑。

「査哈爾，拿香檳酒佐午飯！」他喊，忘了自己一文莫名。

「我要把一切都告訴奧爾迦，一切！」斯托爾茲說。「她不能忘懷你並不是徒然的。不，你值得她：你的心像井一樣深澈。」

査哈爾從前室裏探出頭來。

「請你過來！」他向主人睒着眼睛說。

「什麼事？」他不耐煩地問。「去！」

「請你給我錢！」他低語說。

奧勃洛摩夫一下子不作聲了。

「唔，不用的！」他向門口低語說。「就說忘了，來不及了！去吧！……不，上這裏來！」他大聲地說，「你知道一件新聞嗎，査哈爾？道喜吧：安特烈·伊凡尼奇結婚了！」

「呵，老爺！上帝領我活到眼見這樣的喜事！道喜啦，安特烈·伊凡尼奇老爺；上帝給你萬壽無疆，子孫繁昌。呵，天哪，多高興呵！」

査哈爾鞠躬，微笑，發出嘶嗄聲。斯托爾茲取出一張鈔票來，遞給他。

「喏，給你，爲自己買一件上衣去，」他說：「瞧，你活像討飯的。」

「娶的誰，老爺？」查哈爾抓着斯托爾茲的手，問。

「奧爾迦·賽爾格葉芙娜——記得嗎？」奧勃洛摩夫說。

「伊林斯基小姐！天哪！多好的一位小姐！伊里亞·伊里奇那時候罵得我在理，我這匹老狗！是我，罪過，我錯：把一切都移在您身上。那時候是我告訴伊林斯基家的傭人們的，不是尼基泰！結果倒正是毀謗。啊，天哪，啊，天哪！……」他一邊重複說，一邊往前室裏走出去。

「奧爾迦叫你到我們鄉上去做客；你的戀愛冷下去了，沒有危險了：不會嫉妒了。我們去吧。」

奧勃洛摩夫嘆息一聲。

「不，安特烈，」他說：「我怕的不是戀愛和嫉妒，可是我仍然不上你們那裏去。」

「那你怕什麼呢？」

「怕羨慕：你的幸福在我將是一面鏡子，我將在這裏面始終看到自己的痛苦和被戕害的生活；我已經不會另樣地生活了，我不能了。」

「得了吧，可愛的伊里亞！不願意你也要像你周圍的人們一樣生活。你要計算，管理家務，唸書，聽音樂。她的嗓子現在多麼改進啊！你記得Casta diva嗎？」

奧勃洛摩夫揮揮手，叫他別提起。

「我們去吧！」斯托爾茲堅持說。「這是她的意志；她不會放下的。我會疲倦，可是她不會。這是那樣的火，那樣的生活，甚至我也時常受譴責。過去又會在你靈魂裏醱酵。你會回想到公園，丁香花，而活動起來……」

「不，安特烈，不，看在上帝份上，別提醒我，別使我活動！」奧勃洛摩夫認眞地截住他。「這使我痛苦，並不是安慰我。回憶：當牠們是關於活生生的幸福的回憶時，便是一首最偉大的詩，當牠們關聯到乾枯的創傷時，便是燃燒一樣的痛苦……我們談別的吧。不錯，我還沒有謝你對我的事情，對我的領地的煩勞。我的朋友！我不能，我沒有力量；你在自己的心裏，在自己的幸福裏，在奧爾迦……賽爾格葉芙娜身上找尋感謝吧，可是我……我……不能！原諒我直到如今沒有自己解除你這煩勞。可是春天快來了，我一定會上奧勃洛摩夫卡去的……」

「你知道奧勃洛摩夫卡變得怎樣了？你認不得牠了！」斯托爾茲說。「我沒有寫信給你，因爲你不寫回信。橋造起了，房屋去年夏天已蓋上屋頂。你只要按自己的趣味，再煩勞內部的裝修——這我不管。一位新的管事，我的人，在經管。你看見過開支報告沒有？……」

奧勃洛摩夫默然不語。

「你沒有唸過牠們嗎？」斯托爾茲望着他，問。「牠們在哪裏？」

「等一下，飯後我來尋找；須得問一聲査哈爾……」

「啊，伊里亞．伊里奇！眞叫人笑也不是，哭也不是。」

「我們飯後找吧，開午飯！」

斯托爾茲皺着眉坐下食桌去。他回想到聖．伊里亞節：牡蠣咧，波羅蜜咧，鷸鳥咧；而現在看到厚的桌布，沒有瓶塞，用紙頭塞上的裝醋和油的五味瓶；盆子上每人一大塊黑麵包，叉子是斷柄的。給奥勃洛摩夫送上魚湯，而他則是麥糊湯和煮雛鷄，隨後在羊肉之後運上一道綳硬的舌頭。備得有紅的酒。斯托爾茲斟上半杯，嘗一口，把杯子放在桌子上，便不再嘗試。伊里亞．伊里奇一杯連一杯地喝下兩杯醋栗伏特加，貪饞地吃起羊肉來。

「這酒完全不行！」斯托爾茲說。

「請原諒，急急忙忙來不及上河對面去，」奥勃洛摩夫說。「你不要醋栗伏特加嗎？很好的，安特烈，嘗嘗看！」

他再斟上一杯，喝下。

斯托爾茲吃驚地望望他，可是不作聲。

「婀葛菲雅・馬脫威也芙娜自己溜的：很好的一位女人！」奧勃洛摩夫說，微醉了。「我承認，沒有她我不知道怎樣在鄉下生活：你找不到這樣的主婦。」

斯托爾茲微皺起眉頭，傾聽他。

「你以爲這一切是誰做的？婀妮茜雅嗎？不！」奧勃洛摩夫繼續說。「婀妮茜雅照料雞鴨，在菜園裏割捲心菜的雜草，擦地板；而這都是婀葛菲雅・馬脫威也芙娜幹的。

斯托爾茲既不吃羊肉，也不吃凝乳包子，放下叉子，看奧勃洛摩夫以怎樣的胃口吃這一切。

「現在你不會再看到我反穿襯衫了，」奧勃洛摩夫一邊說下去，一邊吮吸一塊骨頭：「她會檢査一切，照看一切，一只未補的襪子也沒有——都是她自己。而且怎樣煮咖啡！飯後我來請你喝。」

斯托爾茲帶着着急的臉相，默然地傾聽。

「現在她的哥哥搬走了，想到結婚了，所以你知道家務已經不像從前那樣龐大。從前是一切都在她手裏這樣沸騰！從早到晚都這樣飛來飛去：一會兒上市場，一會兒上商店……你知道，我告訴你吧，」奧勃洛摩夫結論說，舌頭不很聽使喚：「給我三四千盧布，我就不會請你吃舌頭和羊肉：會給你整條的　魚，鮎魚，頭等的精肉。而婀葛菲雅・馬脫威也芙娜沒有廚子就會做出奇蹟來——眞的！」

他又喝下一杯伏特加。

「喝酒，安特烈，眞的喝酒吧：很好的伏特加！奧爾迦·賽爾格葉芙娜不會替你做這種東西的！」他含糊地說。「她會唱『Casta diva，』可不會這樣做伏特加！也不會做那種夾雛鷄和菌子的麵餅！從前只在奧勃洛摩夫卡這樣地烤，而現在這裏！而且好在並非廚子；天知道廚子用怎樣的手調麵餅的味；而婀葛菲雅·馬脫威也芙娜——本身便是淸潔！」

斯托爾茲尖起耳朶，注意地傾聽。

「而且她的手是白的，」被伏特加弄得非常糊裏糊塗的奧勃洛摩夫繼續說：「吻一下也不錯！現在因爲什麼事都是自己做，變硬了！親自代替我漿襯衫哩！」奧勃洛摩夫感情地，近於流淚地發言說。「當眞如此，我親眼看到的。別人的妻子也不這樣照看——當眞的！很好的一位女人，婀葛菲雅·馬脫威也芙娜！嗨，安特烈！同奧爾迦·賽爾格葉芙娜搬到這裏來，在這裏租一所別墅吧：生活就有趣了！在樹林裏喝茶，伊林斯基星期五上火藥局去，荷馬車裝着食品和茶炊跟在我們背後。躺在那裏草上，毯子上！婀葛菲雅·馬脫威也芙娜會敎給奧爾迦·賽爾格葉芙娜家務，當眞會敎的。不過現在變糟了：她哥哥搬走了；而要是給『我們』三四千盧布，我就會給你吃那樣的吐綬鷄……」

「你收到過我五千！」斯托爾茲突然說。「你把牠們花上哪裏去了？」

「可是債務呢？」奧勃洛摩夫忽然脫口而出。

斯托爾茲從座位上跳起來。

「債務？」他重複說。「什麼債務？」

於是他像一位嚴厲的教師似地望着躲躲閃閃的孩子。

奧勃洛摩夫忽然不做聲了。斯托爾茲移坐到他的沙發上。

「你欠誰的債了？」他問。

奧勃洛摩夫清醒了一些，回過神來。

「誰也不欠，是我瞎說，」他說。

「不，你現在反扯謊，而且扯得不高明。你有什麼事？你怎麼啦，伊里亞？噢！所以是羊肉和酸酒！你沒有錢！你花上哪裏去了呢？」

「我眞欠下債……不多，房東太太的伙食……」奧勃洛摩夫說。

「爲了羊肉和舌頭！伊里亞，說，你遭了什麼事？這是怎樣的故事：哥哥搬走了，家務變糟了……這兒有點不妙。你欠下多少債？」

「按借據，一萬……」奧勃洛摩夫低語說。

斯托爾茲跳起來，又坐下。

「一萬？欠房東太太？爲了伙食？」他恐怖地重複說。

「是的，拿得不少；我曾經生活得非常闊綽……你記得，波羅蜜咧，桃子咧……所以我就負債……」奧勃洛摩夫喃喃說。「可是談這個幹什麼？」

斯托爾茲不回答他。他在斟酌：「哥哥搬走了，家務變糟了——確實如此：一切見得貧乏，寒傖，骯髒！房東太太是怎樣的女人呢？奧勃洛摩夫稱讚她！她照料他；他熱心地談起她……」

斯托爾茲捉住了眞相，面孔忽然變色。他渾身一冷。

「伊里亞！」他問。「這位女人……她同你什麼關係？……」

可是奧勃洛摩夫把頭伏在桌上，打起磕睡來。

「她在刼掠他，從他拖走一切……這是日常的故事，我却至今沒有猜到！」他想。

斯托爾茲站起身，迅速地打開通房東太太屋子的門，以致她看到他，便把調咖啡的匙子吃驚地從手裏掉下去。

「我需要同你談一談，」他客氣地說。

「請上客廳裏去，我馬上就來，」她胆怯地回答。

便在頭頸上搭上一方頸巻，跟着他走進客廳，坐在沙發的一端。她身上已經不披披肩，她努力把雙手藏在頸巻底下。

「伊里亞·伊里奇給過你借據沒有？」他問。

「沒有，」他帶着遲鈍的驚異的目光回答：「他沒有給過我任何字據。」

「怎麼沒有任何字據？」

「我沒有看到過任何字據！」她帶着同樣的遲鈍的驚異堅持說。

「借據！」斯托爾茲重複說。

她思索了一下。

「您同家兄談一談吧，」她說：「可是我沒有看到過任何字據。」

「她怎麼，是傻瓜呢還是無賴？」斯托爾茲想。

「可是他欠你債沒有？」他問。

她遲鈍地向他望一眼，隨後她的臉突然領悟，甚至表現出着急。她回想到押掉的珍珠，銀器，外套，而想像斯托爾茲是暗示這筆債務，不過無論如何也不能明白，他怎麼知道這件事的，關於這一秘密她一句話也沒有漏出過，不僅對奧勃洛摩夫，甚至對每一戈貝克都要報告的婀妮茜雅。

「他欠你多少錢？」斯托爾茲不安地問。

「什麼也沒有欠！一個戈貝克也沒有欠！」

「在我面前遮掩，害羞，這楚貪的傢伙，女騙子！」他想。「可是我仍會達到目的。」

「而一萬盧布呢？」他說。

「什麼一萬盧布？」她帶着不安的驚異問。

「按借據伊里亞·伊里奇欠您一萬盧布——是或者否？」他問。

「他什麼債也沒有欠。齋期裏欠過肉舖子十二個半盧布，那在第三個星期就還了；賣牛奶女乳酪錢也付了——他什麼債也沒有欠。」

「難道你沒有他的文件嗎？」

她遲鈍地瞥視他一眼。

「你同家兄談一談吧，」她回答說：「他住在對街杳米卡洛夫的宅子裏，就在這裏，宅子裏還有一所地窖。」

「不，請允許我同你談，」他決然地說。「伊里亞·伊里奇認爲自己是欠您的債，而不是欠令兄……」

「他沒有欠我債，」她回答說：「至於我押掉銀器，『珍珠』和毛皮，那是我爲自己押掉的。爲瑪夏和自己買鞋子，爲瓦尼烏夏買襯衫，和付給蔬菜舖子。一個戈貝克也沒有用在伊里亞·伊里奇身子。」

他望着她傾聽和探究她的說話的意義。似乎只有他一個人接近婀葛菲雅·馬脫威也芙娜的秘密的解答，而他一路同她講話，一路投在她身上的，忽視的，近於輕蔑的目光，不由自主地變成好奇的，甚至同情的目光。

在珍珠和銀器的抵押上，他隱約地讀出一半她的犧牲的秘密來，不過不能決定，牠們是出於純粹的獻身，或是出於任何未來的幸福的希望。

他不知道，爲他悲傷或者爲伊里亞喜歡。分明是，他沒有欠她債，這筆債是她哥哥的一種欺詐的詭計，可是另一方面許多別的事情倒都明白了……這銀器和珍珠的抵押是什麼意義呢？

「那你對伊里亞·伊里奇並沒有債權？」他問。

「您費心同家兄談一談，」她單調地回答說：「現在他應該在家裏。」

「您是說伊里亞．伊里奇沒有欠你債？」

「一個戈貝克也沒有欠，憑上帝，是眞的！」她望着聖像，劃着十字，賭咒說。

「您會在證人面前確認這句話嗎？」

「在每一個人面前，那怕在懺悔式的時候！──至於我押掉『珍珠』和銀器，那是爲了我自己的花費……」

「很好！」斯托爾茲攔住她。「明天我同兩位熟人一起到您這裏來，您不會拒絕在他們面前說這同樣的話嗎？……」

「您不如同家兄談吧，」她重複說：「要不然我穿得不那麼……老是在廚房裏，不行，怎麼見生人呢？要責怪的。」

「沒有關係，沒有關係；在你簽了字據之後，就在明天我要同令兄會面……」

「我完全失去了寫字的習慣。」

「沒有多少要寫，一總才兩行。」

「不，放過我吧：不如讓瓦尼烏夏寫吧：他寫得很乾淨……」

「不，您別拒絕，」他堅持說：「假使您不簽字據，那意思是伊里亞．伊里奇欠你一萬盧布。」

「不，他什麼也沒有欠，一個戈貝克也沒有，」她重複說：「天理良心！」

「這麼說您就應該簽字據。明天見。」

「明天您不如找家兄去……」她目送着他說：「嗐：就在對街的拐角上。」

「不，在我來之前，請您莫向令兄說什麼，否則對伊里亞．伊里奇很不愉快……」

「那我什麼也不告訴他！」她聽從地說。

# 第七章

第二天，娴葛菲雅．馬脫威也芙娜給斯托爾茲一張證明書，說她對奧勃洛摩夫並無任何債權。斯托爾茲帶着這張證明書突如其來地出現在她哥哥面前。

這在伊凡．馬脫威也奇是一個眞正的雷擊。他取出文件，用右手的發料的中指，指甲朝下，指指奧勃洛摩夫的簽字和公證人的證明。

「法律嘛，」他說：「不干我的事；我只是照應舍妹的利益，而伊里亞．伊里奇拿的什麼錢，我不知道。」

「您的事不會就此完結的，」斯托爾茲一路離開，一路向他威嚇。

「合法的事嘛，而且不干我的事！」伊凡．馬脫威也奇一邊辯解說，一邊把雙手藏進袖子裏。

第二天，他剛到衙門，將軍的一名信差便跑來說，將軍要他立刻上他那裏。

「上將軍那裏！」全衙門的人恐怖地重複說。「爲什麼？什麼事？不是要什麼案卷吧？究竟要哪一件案卷？快，快！把案卷歸檔，作目錄！是什麼事呢？」

晚上，伊凡・馬脫威也奇神魂顚倒地走進『酒店。』塔朗鐵也夫已經在那裏等待他半天。

「什麼事，老兄？」他不耐煩地問。

「什麼事！」伊凡・馬脫威也奇單調地發言說。「你心思是什麼事？」

「挨罵了還是什麼？」

「挨罵了！」伊凡・馬脫威也奇模倣他的口氣。「倒不如挨打哩！而你倒好！」他責備說：「竟不告訴我，這德國人是怎樣的人！」

「我不是對你說過，是流氓！」

「流氓算什麼！我們看到過流氓！爲什麼你不告訴我他有勢力呢？他同將軍就像我同你一樣彼此稱呼『你』。要是知道了，我還會同這種人打交道！」

「可是不是合法的事嗎！」塔朗鐵也夫反對說。

「合法的事！」姆霍雅洛夫又模倣他。「去在那裏說去：舌頭就會黏住喉頭。你知道，將軍問我什麼？」

「什麼？」塔朗鐵也夫好奇地問。

「『是眞的嗎，你同某一個惡棍灌醉了地主奧勃洛摩夫，强迫他簽一張借據給你妹妹名下？』」

「是這樣說嗎：『同某一個惡棍』？」塔朗鐵也夫問。

「不錯，是這樣說的……」

「那這惡棍是誰呢？」塔朗鐵也夫又問。

伊凡·馬脫威也奇向他看一眼。

「眞不知道嗎？」他易怒地說。「不就是你？」

「怎麽把我連累上呢？」

「向那德國人同自己的同鄉道謝吧。那德國人完全嗅出了，盤問出了……」

「你該指出另一個人的，老兄，而關於我，你該說我沒有在那裏！」

「瞧，你是怎樣的神聖！」伊凡·馬脫威也奇說。

「將軍問『是眞的嗎，你同某一個惡棍……』的時候，你怎麽回答的？這裏你該把他哄騙一下。」

「哄騙一下？你哄騙去吧！眼睛怎麽綠油油的！我使勁想說：『假的，是誹謗，大人，我連知道都不知道任何奧勃洛摩夫，這都是塔朗鐵也夫！……」可是舌頭上出不來；只是倒在他脚邊。」

「他們怎麼呢，想起訴還是什麼？」塔朗鐵也夫聽不見地問。「我果然是不相干的；你老兄却……」

「不相干！不相干?!不，老兄，要是到了絕路，那你就第一個：誰勸奧勃洛摩夫喝酒的？誰羞辱的，誰威嚇的？……」

「我教唆的，」塔朗鐵也夫說。

「你是未成年還是什麼？我連知道什麼都不知道，曉得都不曉得。」

「這是沒有良心，老兄！你經過我的手拿到多少錢，而我一共才到手三百盧布……」

「怎麼，完全叫我一個人負責？你多伶巧呵！不，我連知道什麼也不知道，」他說：「可是舍妹因爲婦女不懂事，請求我把借據在公證人那裏作證一下——如此而已。你和杳爵爾推是見證，你們要負責的！」

「你該對令妹好好的：她怎麼敢於反對哥哥呢？」塔朗鐵也夫說。

「舍妹是傻瓜；你同她有什麼辦法？」

「她怎麼呢？」

「怎麼？她哭泣，可是堅持說：『伊里亞，伊里奇斷然沒有欠我債！我沒有給過他任何錢。』」

「你可是有她的借據，」塔朗鐵也夫說：「你不會損失自己的錢的……」

姆霍雅洛夫從口袋裏取出妹妹的借據，把牠撕作一片一片，遞給塔朗鐵也夫。

「喏，拿去，我送給你吧，要不要？」他加添說。「從她拿什麼呢？房屋同菜園還是什麼？連一千盧布也不値：完全在崩壞了。而且我怎麼，是異敎徒還是什麼？讓她同孩子們討飯去？」

「那是要開始審問了？」塔朗鐵也夫胆怯地問。「這裏該怎麼避重就輕：老兄，你救救我吧！」

「什麼審問？不會舉行任何審問，將軍會經威嚇要把我們驅逐出境，可是那德國人從中調停，不要羞辱奧勃洛摩夫。」

「是這樣嗎，老兄！好像肩膀上去掉了一座山！我們喝酒吧！」塔朗鐵也夫說。

「喝酒？由什麼收入喝酒？你的還是什麼？」

「你的呢？今天大概得到七個銀盧布了吧？」

「什——麼！收入完蛋了；將軍說的什麼話，我沒有說哩。」

「怎麼啦？」塔朗鐵也夫忽然又吃驚一下，問。

「吩咐辭職。」

「是這樣嗎，老兄！」塔朗鐵也夫朝他圓睜起雙眼，說。「唔，」他狂怒地結論說：「現在我要把同鄉痛罵一頓！」

「你就只是罵！」

「不，隨你怎麼，我還是要罵！」塔朗鐵也夫說。「然而，眞的，我不如等待一下；瞧，我想出了什麼念頭；聽我說，老兄！」

「又是什麼事？」伊凡・馬脫威也奇躊躇地重複說。

「此刻可以辦一件好的事。不過可惜你已從那裏搬出來……」

「什麼事呢？」

「什麼事！」他望着伊凡・馬脫威也奇，說。「窺察奧勃洛摩夫和妹妹，他們倆在那裏烤什麼麵餅，然後……證人！那樣子德國人也不會有什麼辦法。而且你現在是自由的哥薩克人：你要是起訴——是合法的事！恐怕德國人也要害怕，和解哩。」

「倒也確實可以！」嫫霍雅洛夫沉思地回答。「你出起主意來很不笨，不過不適宜於辦事，奇舒爾推也如此。可是我來想想看，等一下！」他一邊說，一邊精神活躍起來。「我要給他們顏色看！我來把自己的女廚子派到舍妹廚房裏去：她會同婀妮茜雅交朋友，探明一切，然後……喝酒吧，老兄！」

「喝酒吧！」塔朗鐵也夫重複說。「隨後我還是要把同鄉罵一頓！」

斯托爾茲嘗試把奧勃洛摩夫帶走，可是後者請求只把他留下一個月，請求得斯托爾茲竟不能不發生同情。依他的說話，他需要這一個月來結束一切賬目，交出房屋，把彼得堡的事這樣清理一下，以便不再回到這裏來。隨後需要購買佈置鄉下房屋用的一切東西；最後，他想爲自己找一位像婀葛菲雅·馬脫威也芙娜一樣的好女管家，甚至並不絕望於勸她把房屋賣去，移住到他鄉下，到適合她的——複雜而龐大的家務底——舞台上。

「提起房東太太，」斯托爾茲剪住他：「我倒想問你一聲，伊里亞，你對她是什麼關係……」

奧勃洛摩夫忽然臉紅起來。

「你想說什麼呢？」他急忙地問。

「你知道得很清楚，」斯托爾茲提示說：「否則不會爲之臉紅。聽我說，伊里亞，要是這當口可以作什麼警告，那我憑我們的全部友誼，請求你小心……」

「小心什麼？哪有這種事！」奥勃洛摩夫狼狽地辯護說。

「你講起她來如此熱心，我當眞開始想，你……」

「愛她還是什麼，你想說？哪有這種事！」奥勃洛摩夫帶着裝出來的笑容打岔說。

「而且更壞的是，假使這裏沒有任何精神的火花，假使只是……」

「安特烈！難道你知道過我是一位非精神的人嗎？」

「那你爲什麼臉紅呢？」

「爲的是你許能有這樣的念頭。」

斯托爾茲懷疑地搖搖頭。

「當心，伊里亞，別陷進坑裏去。單純的女人，髒汚的生活，令人窒息的環境，愚鈍，粗魯——呸！……」

奥勃洛摩夫默然不語。

「唔，再會吧，」斯托爾茲結論說：「那我就告訴奥爾迦，我們要在夏天看到你，要不是在我們那裏，就是在奧勃洛摩夫卡。記着：她不會放下你的！」

「一定，一定，」奧勃洛摩夫肯定地回答：「你甚至添上一句，假使她容許，我就在你們那裏過冬。」

「多愉快呵！」

斯托爾茲當天啓程，晚上塔朗鐵也夫便跑上奧勃洛摩夫這裏。他忍不住不替伊凡．馬脫威也奇把他好好地罵一通。他沒有把一件事加以考慮，就是，奧勃洛摩夫在伊林斯基家的交際社會裏，便已經不習慣像他一類人物的出現，對粗魯和厚顏無恥的無感覺與寬容，已變爲憎惡。這早已明顯了，甚至當奧勃洛摩夫還住在別墅裏，便已經表示出一部分，可是從那時候起，塔朗鐵也夫就訪問得他較少，同時都當着別人的面，所以他們倆之間沒有起什麼衝突。

「您好，老鄉！」塔朗鐵也夫惡意地說，並不伸出手來。

「您好！」奧勃洛摩夫望着窗外，冷淡地回答。

「怎麼，把自己的恩人送走了？」

「送走了。怎麼？」

「好一位恩人！」塔朗鐵也夫惡毒地繼續說。

「怎麼，叫你不悅意嗎？」

「我倒想把他弔死哩！」塔朗鐵也夫憎惡地啞聲說。

「是嗎！」

「把你也弔在同一顆白楊樹上！」

「爲什麼要如此？」

「應該老老實實做事：要是欠債，那就付，別規避。你現在做了什麼？」

聽我說，米海·安特烈也奇，莫叫我再聽到你這些話：因爲懶惰，因爲不關心，我一向都聽你：我以爲你總有一點點良心，可是毫無良心。你竟同那狡猾漢欺騙我：你們倆哪一個更壞——我不知道。不過你們倆我覺得都可惡。我的朋友把我從這愚蠢的事件中救了出來……」

「好一位朋友！」塔朗鐵也夫說。「我聽說，他把你的未婚妻也搶走了；恩人，沒有什麼可說！唔，老兄，你是傻瓜，老鄉……」

「請您停止這些好聽的話吧！」奧勃洛摩夫阻止他。

「不，我不停止！你不想知道我，你這忘恩負義之徒！我使你定居在這裏，替你找到一位女人——一件寶貝。安靜，種種的便利——一切都給與你，完全施恩於你，而你竟把嘴臉扭開去。

找到了一位恩人：德國人！把你的領地租了去；哼，你等着吧：他會剝你的皮，再給你股票的。他還會讓你討飯的，記着我的話！你是傻瓜，我對你說，而且不止傻瓜，況且還是畜生，忘恩負義的畜生！」

「塔朗鐵也夫！」奧勃洛摩夫威嚇地叫喊說。

「叫喊什麼？我倒要向全世界叫喊，說你是個傻瓜，畜生！」塔朗鐵也夫叫喊說。「我和伊凡·馬脫威也奇看護你，照應你，像農奴似地伺候你，踮着脚走路，看承你的眼色，而你倒在上司面前毀謗他；現在他沒有位置，沒有麵包吃了！這是卑劣，醜惡！你現在應當給他一半財產；出一張期票給他名下：你現在並未喝醉，神志很清明，出給我吧，我對你說，否則我不會走的……」

「幹嗎你這樣叫喊，米海·安特烈也奇？」房東太太和婀妮茜雅從門後窺探一下，說。「兩位過路人已立停下來，在聽是什麼叫喊……」

「我要叫喊，」塔朗鐵也夫嚷嚷說：「讓這笨伯羞辱！讓這騙子德國人欺騙你，既然他現在同你愛人商量妥了……」

房間裏響起一聲響亮的巴掌。被奧勃洛摩夫打在面頰上的塔朗鐵也夫頓時就靜下來，頹坐在椅子上，吃驚地以發呆的眼睛向四下裏轉動。

「這是怎麼？這是怎麼——咦？這是怎麼！」他蒼白而喘息，捧着面頰說。「凌辱嗎？你會受到這報償的！我馬上就向總督遞呈文：你們看到沒有？」

「我們沒有看到什麼！」兩位女人同聲地說。

「啊！這裏有陰謀，這裏是强竊！一夥騙子！行刼，謀命……」

「滾出去，流氓！」奥勃洛摩夫叫喊說，憤怒得蒼白而顫慄。「馬上滾出去，要不然我把你像狗一樣宰了！」

他用眼睛尋找着棍棒。

「天哪！遭搶啦！救命呀！」塔朗鐵也夫叫喊。

「查哈爾！把這惡漢丟出去，叫他不敢上這裏來露眼！」奥勃洛摩夫叫喊說。

「走吧，這是上帝，這是門！」查哈爾指着聖像和門，說。

「我不是上你這裏，我是上教母家，」塔朗鐵也夫嚷嚷說。

「對不起！我不要您，米海·安特烈也奇，」婀葛菲雅。馬脫威也芙娜說：「您一向是訪問哥哥，不是我！我覺得您比苦蘿蔔還壞。大喝，大吃，還要駡。」

「啊，竟這樣，教母！好，令兄會讓您知道的！而您會受到凌辱的報償的！我的帽子在哪裏？見你們的鬼！强盜，殺人者！」他一路叫喊，一路走過院子。「你會受到凌辱的報償的！」

狗帶着鏈子蹦跳和汪汪吠叫。

從此以後，塔朗鐵也夫和奧勃洛摩夫便未再見面。

# 第八章

斯托爾茲幾年沒有到彼得堡來。他有一次只是短時間地看一看奧爾迦們領地和奥勃洛摩夫卡。伊里亞·伊里奇收到過他一封信，信裏安特烈勸他親自下鄉，把整頓得有條有理的領地接收到自己手裏，而自己同奥爾迦。賽爾格葉芙娜却爲了兩項目的，跑上克里米亞（註一）的南方的海岸去：爲了自己在敖得薩（註二）的事務，爲了産後失調的太太的健康。

他們移住在海岸的悄靜的一角。他們的家質樸而不大。牠的內部的構造，有像外部的建築一樣的獨特的風格，而所有的裝飾都帶有主人們的思想與個人趣味的跡象。他們親自帶來許多各種各樣的東西；從俄羅斯和國外給他們送來許多包裹，皮包，車儎。

安樂底愛好者，看到傢具底一切外表的不調和，古舊底畫，斷臂折腿的彫像，有時候瞧脚的，可是對回憶寶貴的彫版，小玩意兒，也許會聳聳肩膀，恐怕鑒識家的眼睛才會不止一次地看着這幅或者那幅畫，年久發黃的什麼書，古磁，或者寶石和貨幣，燃起熱切底火來。

可是在這各種時代的傢具之中，在對誰都沒有意義，可是對他們倆標明幸福的一小時，値得記憶的一分鐘的小玩意兒之中，在書籍和樂譜底一片汪洋之中，呼吸得有溫暖的生活、和刺戟智慧與審美感情的某種東西；到處不是呈現着不眠的思想，便是輝耀着人工美，好像周圍輝耀着永久的自然美一樣。

這裏像安特烈的父親所有過的高高的寫字桌，羚羊皮手套也找到了地位；在裝鑛物，貝殼，剝製的禽鳥，種種粘土，商品和其他標本的櫃子旁邊，一件油布外套掛在角落裏。在一切東西的中間，在體面的地位，金光燦爛地閃耀着一架有鑲嵌的伊拉特大鋼琴。

葡萄樹，常春籐和木犀草結成的網子，把住宅自上至下地掩蓋起。從走廊裏望得見海，從另一面望得見通城裏的大路。

當安特烈從家裏出去辦事時，奧爾迦就在那裏瞭望他，看到他，她便下來，穿過綺麗的花壇，長長的白楊的林蔭路，老是帶着喜悅得通紅的面頰，輝亮的眼睛，老是懷着性急的幸福底同樣的熱烈，撲到丈夫胸前，雖然她結婚巳經不止一二年。

斯托爾茲對戀愛和結婚的看法，也許是獨特的，誇張的，可是在任何場合上都是獨立的。在這一點上，他遵循一條自由的，在他以爲是單純的道路：可是在學得作這些「單純的步伐」之前，他通過多麼艱難的一所觀察，忍耐與勞苦底學校啊！

他從自己的父親倣效到對人生的一切，甚至瑣事，都毫不苟且的態度；也許會從他倣效到學究的嚴肅，那是德國人用來護送自己的目光和生活的每一步履的，就是夫婦關係也在其內。

好像石板上的目錄一樣，老斯托爾茲的生活向每一個人公然地描下，其中再無什麼含意。可是母親——以自己的歌曲和溫柔的語，後來公爵的形形色色的一家，再後來大學，書籍和社會——這一切把安特烈從父親所描下的筆直的軌道引開去；俄羅斯的生活便描畫自己看不見的花樣，而從無色的目錄繪成鮮明寬廣的圖畫。

安特烈並不對感情加以學究的桎梏，甚至倒給沉思的空想以合法的自由，只是努力不失去一脚底下的基礎」，雖然由於自己德國人的天性，或者由於其他什麼原因。從空想中清醒過來，他總不能抑制結論，而忍受任何生活的註釋。

他的肉體强健，因爲他的精神强健。少年時代，他貪玩而頑皮，而不頑皮時，便在父親的監督之下從事工作。他沒有工夫耽溺在空想之中。他的想像並未腐敗，心靈並未損害；母親銳利地注意着這二者的純潔與童貞。

青年時代，他本能地保護着自己力量的新鮮，隨後很早就開始明白，這新鮮是產生强健與快樂，構成男子氣概的、靈魂應當在那種男子氣概裏鍛鍊，以便莫在無論什麼生活面前變成蒼白，不把牠當作沉重的羈軛，十字架，而只當作義務看待，而同牠堂堂地作戰。

他對心靈和牠神秘的法則獻出許多思考的操心。意識地和無意識地觀察着美在想像上的反映，隨後印像的轉化爲感情，牠的徵候，遊戲，出路，看着自己的周圍，向生活推進，他爲自己作成一個信念，那就是，戀愛以阿節米特（註三）的槓杆的力量推動着世界；在不理解和濫用戀愛的場合，有多少虛僞和醜惡，在戀愛裏就有多少普遍的，無可爭論的眞實和幸福。幸福在哪裏？邪惡在哪裏？牠們之間的界限在哪裏呢？

逢到『虛僞在哪裏？』的問題，他的想像中便展開現在的和過去的一些斑雜的假面具。他含着微笑，一會兒紅着臉，一會兒皺上眉頭，望着戀愛底男主人公和女主人公底無盡的行列：望着戴鋼手套的堂・吉訶德們（註四），別離五十年仍舊互相信任的，有堂・吉訶德的思想的貴婦人們；望着有紅噴噴的面孔和純朴的凸出的眼睛的牧童們，帶着羊子的絜洛斯們（註五）。

在他面前出現着穿花邊，上髮粉，眼睛裏閃耀着智慧和放蕩地微笑的侯爵夫人們；後來是自射，自縊和自盡的維特們（註六）；再後來是永久流淌戀愛底淚眼，進修道院的，憔悴的處女們，和臉上有口髭，眼睛裏有狂暴的火的，最近的主人公們，天眞而自覺的唐・裘安(們註七)，以及生怕人家疑心他戀愛而顫慄，偷偷裏却鍾愛自己的女管家的才智之士……一切，一切！

遂到「眞實在哪裏？」的問題，他便遠遠近近，在想像中和用眼睛搜尋，同女子單純地，誠實地，可是深切而不可分解地接近的例子，却找不到；要是覺得找到了，那也只是這麼覺得而已，隨後就得幻滅，而他遂憂鬱地沉思，甚至絕望。

「分明這種幸福並不十足地給與，」他想：「或者用這種戀愛底光來照亮的心是羞怯的：牠們害羞而躲藏，並不試著駁倒才智之士；也許牠們可憐他們，以自己的幸福底名義饒恕他們向花朵的泥淖裏踐踏，因爲缺乏土壤，在這泥淖裏花朵是不能深深地生根，而成爲蔭庇全生涯的喬木的。」

他注視婚姻和丈夫，而在他們對妻子的態度之中，老是看到斯芬克士（註八）同牠的謎，宛然不可解的，未說完的什麼東西；同時這些丈夫却並不沉思神妙的問題，而以那樣均勻的，自覺的步伐走婚姻的路，彷彿他們沒有什麼要解決和尋找似的。

「莫非他們是對的吧？也許的確再不需要什麼了，」他一邊懷疑自己地想，一邊注視他們像通過婚姻底ABC或者客套似地通過戀愛，好比走進交際社會，鞠一個躬一樣，便——急忙辦事去。

他們性急地從肩膀上卸却人生的青春；有許多人甚至往後一輩子都對自己的妻子側目而視，

彷彿憎恨自己曾經愚蠢得愛過她們似的。

另一些人很久都不把戀愛拋棄，有時候竟直到老年，可是他們也決不拋棄色情狂的微笑……最後，大部份人結婚，就像人家收買領地，享受牠實質的利益一般：妻子把良好的秩序帶入家庭——她是主婦，母親，孩子們的家庭教師；而對待戀愛，就像一位務實的主人對待領地的形式一樣，那就是，一經習慣，以後就決不注意牠。

「這是怎麼：是由自然底法則而來的先天的無能呢，」他說：「還是缺乏訓練和教育？……這決不失却自然的魔力，不穿丑角的服裝，變形而不消滅的共鳴在哪裏呢？這到處泛濫，無孔不入的幸福，這生命的液汁底自然的色彩是怎樣的呢？

他預言地向遠遠裏眺望，而在那裏，像在霧裏似地，對他出現一個感情底形像，而在一起還有一個女子底形像，披着感情底顏色，輝耀着感情底色彩，如此單純，可是光明而純潔的一個形像。

「空想，空想！」他一邊說，一邊微笑着從思想底無益的刺戟之中清醒過來。

可是這空想的輪廓，却違反他的意志，生活在他的記憶裏。

最初，他在這形像裏夢見一般的女子的將來；當他後來在發育和成熟了的奧爾迦身上，不僅看到盛放的美麗底繁華，並且也看到準備生活，渴望對生活理解和鬥爭的力量，他的空想底一切素質時，他心裏便發生一個年久的，差不多已經被他遺忘的戀愛底形像，而在這形像裏開始夢見奧爾迦，而且他覺得在遙遠的未來，不穿丑角的服裝，而濫用的真實，可能是在他們倆的共鳴之中。

斯托爾茲並不戲弄戀愛與婚姻的問題，並不把任何其他打算，金錢，親戚，地位，混雜在這問題裏，然而他沉思，他外部的至今不倦的活動，怎麼會同他內部的家庭生活調和，他怎麼會從遊覽者，批發商人一變而爲蟄居家中的人物？假使他要從這外部的奔忙安靜下來，那用什麼來充實他的家庭生活呢？撫養和教育孩子們，指導他們的生活，當然並不是容易和徒勞的課題，可是離牠還遙遠哩。而這之前，他將做什麼呢？

這些問題久已而且時常使他不安，他却並未感得獨身生活的重壓，他頭腦裏沒有想到過，只要剛感到接近美色，他的心一跳動，便把婚姻的鏈子套在自己身上。就爲此故，他彷彿對少女奧爾迦也都無視，只把她當作有大希望的，可愛的孩子讚賞；閑着玩笑，他順便把新穎的大胆的思想，正確的人生觀投進她熱切而富於感受性的智慧之中，想不到和猜不到，在她靈魂裏繼續一種對於現象的生動的理解，確實的見解，而隨後把奧爾迦和自己的漫不經意的功課一齊忘却。

時不時，看到她裏面閃爍着不完全尋常的智慧的特色和見解，她裏面並沒有虛僞，她並不尋求一般的崇拜，她的感情來去得單純而自由，全無別人的東西，而一切都是自己的，而這自己的又如此勇敢，新鮮和堅實——他總奇怪她這是從哪裏得來的，而不認得自己的揮發性的功課和註釋。

若是那時候他把注意停留在她身上，他就會領會到，她差不多獨自走自己的路，受着叔母表面上的監督，免得走上極端，可是七位保姆，祖母們，叔母們底權威，連同家族，家庭，階級，陳舊的風俗，習慣，格言底傳統，並不以繁多的監護重壓在她身上；人家並不強迫他領她走久經踐踏的小路，她是走一條新的小徑，在這小徑上，她得用自己的智慧，見解和感情來貫通自己的軌道。

自然一點也沒有以這個來侮辱她；叔母並不專制地支配她的意志和智慧，而奧爾迦自己推測和理解許多，用心地觀察人生，在傾聽其他之際，也傾聽……自己的朋友的言論和忠告……

他一點也沒有領會到這個，而只是對於她的將來，遙遠的將來，期待許多，却從不會把她指定爲自己的伴侶。

而她，由於自尊，羞怯，很久沒有讓他推測自己，而只是在國外，在苦惱的鬥爭之後，他才驚異地看到，這大有希望而他所遺忘的孩子，已成長爲怎樣一個單純，力量和自然底深淵，還深淵是他得充實，而從未充實的。

最初很久，他不得不同她天性底活潑鬥爭，阻止靑春底狂熱，把她的衝動納入一定的範圍，給她的生活以主流，然而是暫時的：他剛信賴地閉上眼睛，不安又起來了，生活的泉源又湧起，又聽到不安的智慧和驚擾的心底新的問題：那時候他就得安靜她的被刺戟的想像，把她的自尊心鎭定或者喚起。她沉思一個現象——他便急忙把打開這現象的鑰匙遞給她。

對偶然事件的信仰，錯覺的霧，從生活上消失了。遠景在她面前輝亮而自由地展開，她像在透明的水裏似地，在這遠景裏看到每一塊石子，每一條溝坑，隨後是澄淸的水底。

「我幸福啊！」她感激地回顧着自己過去的生活，低語說，並且嘗試着未來，回想起曾經在那沉思的蔚藍的夜間，在瑞士夢見過的，自己的少女的幸福的夢，而看到這個夢像影子似地在生活中漂浮。

「幹嗎這幸福落到我頭上來呢？」她謙遜地想。

她沉思，有時候竟至害怕，這幸福會不會中止。

一年一年過去，可是他們倆並不倦於生活。靜寂來臨了，感情的衝動平息了；生活的彎曲已被理解和耐性而勇敢地忍受，可是他們倆的生活却始終並不緘默。

奧爾迦已被敎育到嚴密地理解生活的程度；她和安特烈的兩個存在已匯合成一條河床；狂放的熱情已不能忞肆；他們倆的一切都和諧而平靜。

似乎可以在這博得的安靜之中就寢，而像僻靜之處的居民一樣地享福，後者一天聚會三次，打着哈欠作尋常的談話，沉入愚鈍的微睡裏，從早晨疲倦到晚上，因爲一切都想遍，說完和做盡，再沒有什麼要說和要做，而『世界上的生活就是這樣的。』

表面上，他們倆所做的都像別人所做的一樣。雖非黎明即起，可是起得很早；喜歡喝茶時坐得久，有時候竟好像懶洋洋地默不作聲，隨後分散到各人的一隅，或者在一起工作，吃午飯，坐車到田野裏，從事音樂……像所有的人一樣，像奧勃洛摩夫所空想的一樣。

不過他們倆沒有微睡和沮喪；毫不無聊和無感覺地度日子；沒有萎靡的目光和言語；談話始終不完，時常都很熱烈。

他們倆嘹亮的聲音傳到各個房間，達到花園裏，或者好像在彼此面前描畫自己空想的雛型一般，他們倆靜靜地互相訴說發生的思想底舌頭所捉不住的最初的活動，發展，輕易聽不見的靈魂的低語……

而他們倆的沉默——有時候正是奧勃洛摩夫慣常空想的沉思的幸福，或者對於互相提供的無窮的材料單獨地思索的工作……

他們倆在萬古長新而輝亮的自然美之前，時常陷入無言的驚奇之中。他們敏感的靈魂不能習慣於這美麗：大地，天空，海——全都喚起他們倆的感情，他們倆便默然地並排坐着，以同一眼睛和同一靈魂眺望這創造的光輝，而無言地彼此理解。

他們倆並不冷淡地迎接早晨；不能愚鈍地沒入溫暖，有星的南國之夜的薄暗裏。把他們喚起的是思想的永久的活動，靈魂的永久的刺戟，兩個人一起思索，感覺和說話的要求！……

可是這些熱烈的爭論，恬靜的談話，讀書和長途散步的對象是什麼呢？

是一切，還在國外，斯托爾茲就失却獨自讀書和工作的習慣：這裏，他便同奧爾迦面對面兩個人一起思想。他好容易才得趕在她思想和意志底疲憊的匆忙後面。

他在家庭裏將做些什麼的問題，已經靜息和自己解決。他甚至得把她引入自己的勞動的事務生活，因為生活裏沒有活動，她就像沒有空氣似地感得窒息。

任何建築，自己或者奧勃洛摩夫領地上的事情，公司的業務——沒有一件事不被她知道或者參加而辦去。沒有一封信不對她讀過而發出，任何思想，尤其是實行，都不掠過她去；她知道一切，而且因爲他對一切發生興趣，她便也發生興趣。

最初他這麼辦，是因爲隱藏不過她：寫信，同受託人，同任何承包人進行談話——都在她的眼前；隨後他由於習慣便繼續如此，可是終於變成他的必要。

她的批評，忠告，贊成或者不贊成，在他成爲必不可少的校正：他看到，她理解得正同自己一樣，考慮和論斷得不比自己差……查哈爾忿怒自己妻子的這種才能，許多人也忿怒——可是斯托爾茲倒幸福。

而讀書和做學問——是思想的永久的營養，他的無窮的發展！奧爾迦嫉妒未拿給她看的每一冊書籍，每一篇雜誌的論文，當他按自己的見解，認爲不宜把任何太嚴肅，乏味，她所不能理解的東西拿給她看的時候，她竟當眞發火或者感到侮辱，喚這爲衒學，庸俗，落伍，罵他爲「舊式的德國的假頭髮。」由於這一原因，他們倆之間發生着一些生動的，刺戟的場面。

她發火，可是他笑，她便發火得更厲害，只有在他中止開玩笑，同她分有自己的想思，智識或者讀書時，那時候才和解。結果是，凡是他所必須和希望知道和誦讀的，她也都需要。

他並不把做學問的技術硬敎給她，以便後來懷着最愚蠢的誇耀，以「博學的妻子」來自傲。假使在她言語之中漏出一句話來，甚至暗示這一抱負，他倒臉紅得，她以無知 愚鈍的目光來回答在智識界固然尋常，可是在當今的婦女教育還難以理解的問題更時爲厲害些。他只是想望。而她卻加倍想望，每一件事——她不單都知道，而且也都理解。

他並不給她畫圖表和數字，可是向她談論一切，誦讀許多，並不衒學地避免任何經濟學的理論，社會的或者哲學的問題，他熱心地，熱情地談論：彷彿對她描畫無盡的，生動的智識底畫幅一般。往後，詳情從她的記憶中消失，可是在她富有感受性的智慧裏，圖畫決不磨平，色彩決不失去，他用來照亮爲她創造的宇宙的火決不熄滅。

當他注意到，這股火的火花後來怎樣在她眼睛裏輝亮，傳授給她的思想的回聲怎樣在言論中鳴響，這一思想怎樣進入她的意識和理解，在她的智慧裏改造一下，從她言語之中流露出來，並不枯燥和生硬，卻帶着女性的優美底光彩，尤其是，假使從講過，讀過和描畫過的一切裏出來的任何有效的一滴，像珍珠似地沉到她生活的澄清的水底時，他竟驕傲和幸福得發抖。

有如一位思想家和藝術家，他爲她編織理性的存在，而且一輩子，不論在求學時代，或者同生活鬥爭，解脫生活的纏繞，一邊堅强，一邊在男子氣概底試驗之中鍛鍊自己的那些艱苦的日子，還從不會像現在這樣深深地專心一意，看護着自己妻子的精神底這不息的火噴火作用！

「我多麼幸福呵！」斯托爾茲獨白說，而以自己的方法空想當結婚的甜蜜的歲月過去時的未來。

遠遠裏，又一個新的形像在向他微笑，不是利己的奧爾迦，不是熱情地戀愛的妻子，不是後來在無色的，誰也不需要的生活裏枯萎的母親保姆的形像，而是另外的，崇高的，差不多會有過的什麼東西……

他夢見整個幸福的一代底精神生活和社會生活底創造者母親和參與者。

他恐怖地沉思，她的意志與力量夠不夠……而急忙地幫助她趕快征服生活，積貯勇氣同生活鬥爭——就是現在，趁他們倆都年青力壯，趁生活寬恕他們，或者生活的打擊不見得沉重，趁悲哀湮沒在戀愛之中的時候。

他們倆也有暗淡的日子，可是並不長久。事業的失敗，金錢的大量支出——這一切都微微地觸動他們一下。這就叫他們付出多餘的着急，旅行，隨後很快便忘掉了。

叔母的死喚起奧爾迦痛苦的眞心的眼淚，把一個陰影投在她生活上有半年光景。

產後最生動的危險和無窮的担心是孩子們的疾病，可是危險剛一過去，幸福又回來了。

最使他焦慮的是奧爾迦的健康：她產後很久才復原，雖然復原，可是他並不中止焦慮這一件事。他不知道有更可怕的悲哀。

「我多麼幸福啊！」奧爾迦一邊靜靜地重複說，一邊欣賞自己的生活，而在這種自覺的瞬間，時不時陷入沉思之中……尤其是從結婚三四年後的某一時期起。

人是奇怪的！她的幸福越充實，她變成越沉思，甚至……越恐懼。她開始嚴肅地觀察自己，而理解到，擾亂她的是生活的靜寂，和幸福的瞬間的生活的休止。她強迫地從精神上抖去這沉思，而加速生活的步子。熱病地尋找喧囂，活動，憂慮，請求同丈夫一起進城，嘗試向世界上，向人間望一眼，可是並不長久。

世事的紛擾正微微地觸動她，她便趕回自己的一隅，從精神上除去任何痛苦的，不習慣的印象，重新不是隱入家庭生活的細小的憂慮之中，整幾小時不離開育嬰室，負起母親保姆的責任，便是同安特烈熱中讀書，談論『正經而乏味的事』，或者讀詩，談到意大利去的旅行。

她害怕陷入同奧勃洛摩夫的無感覺相似的任何東西裏。可是無論她怎麼努力從精神上除去這些定期的麻痺的瞬間，和精神的睡眠，幸福的幻夢最初還時不時向她爬去，藍蔚的夜包圍她，以微睡束縛她，隨後又是沉思的休止，彷彿生活的休息一般，而後來是……困惑，恐懼，疲憊，一種鈍然的悲哀——在不安的頭腦裏，聽得見一些茫然的，模糊的問題。

奧爾迦敏銳地傾聽，拷問自己，可是什麼也沒有拷問出，不明白精神時不時在要求什麼，搜尋什麼，而只是要求和搜尋什麼，甚至——說來可怕——好像苦悶，好像幸福的生活在她不多，好像她倦於生活，要求一些更新的，從未有過的現象，再往前眺望似地。

「這是什麼？」她恐怖地想。「果眞還須得和可以希望什麼嗎？上哪裏去呢？沒有地方！前面沒有路了……果眞沒有了嗎，我果眞完成生活的圈子了嗎？果眞這裏是一切……一切嗎？……」她的靈魂說，而有一些話未說完……奧爾迦焦急地向四下裏環顧，誰不會知道和偷聽這靈魂的低語吧……用眼睛詢問天空，海，樹林……哪裏也沒有回答：那裏是窵遠，淵深和暗黑。

自然始終說同樣的話，她在自然裏看到不斷的，可是千篇一律的生活之流，沒有頭，沒有尾。

她知道向誰詢問這些焦慮，而且會找到答案，可是是怎樣的答案？假使這是不結果實的智慧底怨艾，或者更壞的是，不是爲同情創造的，非女性的心底渴望，那將如何！天哪！她，他的偶像——竟沒有心，而有冷淡的，什麼也饜足不了的智慧！當這些新的，空前的，可是他當然知道的痛苦，展開在他面前時，他將怎樣跌倒啊！

當她的眼睛，與自己的意志相反，失却天鵝絨一般的柔軟，怎麼見得枯燥和熱烈，當她臉上堆有沉重的雲塊時，她便躲開他，或者稱病，雖然使盡一切努力，她也不能勉強自己微笑，講話，只是冷淡地聽取政治界最熱烈的新聞，科學上新的步驟的最珍奇的解釋，藝術上新的作品。然而她不想哭泣，沒有像神經遊戲，她處女的力量覺醒和表現時的，突如其來的顫慄。不，不是那麼一回事！

「這是什麼呢？」當她在美麗的沉思的黃昏，或者在搖籃旁邊，甚至在丈夫的愛撫和說話中間，突然變得無聊，對一切冷淡時，她便絕望地問。

她忽然好像硬化和不作聲了，隨後以假裝的活潑奔忙，來掩飾自己奇怪的疾病，或者推託頭痛，上床就寢。

可是她不容易躲過斯托爾茲銳利的目光：她知道這一點，臨到要作談話時，內心裏便如此着急地準備，就像先前準備作過去的自白一樣。談話來了。

某一天晚上，他們倆沿着白楊的林蔭路散步。她差不多吊在他肩膀上，而深深地緘默。她被自己莫明其妙的一陣發作所苦惱，不論他說什麼，她都簡短地回答。

「奶媽說，奧琳卡（奧爾迦的愛稱，這裏是指他們女兒奧爾迦——譯者）夜裏咳過嗽。明天不去請醫生嗎？」他問。

「我給她喝過熱藥，明天不讓她出去散步，那時候再看吧！」她單調地回答。

他們倆默然地走到林蔭路底。

「幹嗎你不回答自己的朋友叔尼奇卡的信呢？」他問。「我儘等儘等，差一點沒有錯過郵班。這已是她第三封信沒有回音了。」

「是的，我想趕快把她忘了吧……」她說，便又默不作聲。

「我代你向畢邱林道好了，」安特烈又開口說：「他鍾愛你，所以這也許安慰他一點，他的小麥沒有在期限內趕到地點。」

她枯燥地微笑一下。

「是的，你講過了，」她冷淡地回答。

「你怎麼，想睡覺嗎？」他問。

她的心一跳，這並非第一次，只要一開始接近實際的問題，便往往如此。

「倒還不，」她以裝出來的元氣說：「怎麼？」

「身體不好嗎？」他又問。

「不，你怎麼這樣想呢？」

「唔，那你是無聊！」

她把雙手緊緊地按在他肩膀上。

「不，不！」她以人工地輕快的聲音否認說，然而就在這聲音之中，彷彿眞是無聊在鳴響似地。

他領她走出林蔭路，把她的臉轉向月光。

「朝我看！」他說，並且向她的眼睛凝視。

「或許以爲你……不幸呢！你的眼睛今天這樣奇怪，而且不單是今天……你怎麼啦，奧爾迦？」

他摟着她的腰又領她走進林蔭路。

「你知道：我……餓了！」她一邊說，一邊努力作笑。

「別扯謊，別扯謊！我不喜歡扯謊的！」他以假裝的嚴厲加添說。

「不幸！」她使他停在林蔭路上，責備地重複說。「是的，我之所以不幸，恐怕是……太也幸福了！」她用如此優美而柔和的聲調說完，以致他吻她一下。

她勇敢了一些。她或許是不幸的推測，雖然輕鬆和開玩笑，却出其不意地引起她打開心胸。

「我並不無聊，而且也不會無聊：這你自己也知道，當然也當相信自己的話；我並未害病，可是……我覺得悲哀……有時候……你就是——一位容受不了的人，要是隱瞞不過你！是的，悲哀，我可不知道爲什麼！」

她把頭擱在他肩膀上。

「原來如此，爲什麼呢？」他向她偏下去，靜靜地問她。

「不知道，」她重複說。

「然而應當有原因呀，要不是在我，要不是在你的環境，那就在你本身裏面。有時候這種悲哀正是疾病的萌芽……你身體健康嗎？」

「不錯，也許如此，」她嚴肅地說：「是這一類的事，雖然我什麼也不覺得。你看到我怎樣吃飯，散步，睡覺，工作的。忽然間好像什麼東西找上我來，一種憂鬱症吧……我覺得生活中……好像缺少什麼似的……可是不，你別聽我；這完全是空談……」

「講，講！」他生氣勃勃地釘住說。「唔，生活中缺少什麼：還怎麼呢？」

「有時候我好像害怕，」她繼續說：「牠別改變和完畢了……自己也不知道！或者我是被這愚蠢的思想苦惱：再往後怎麼呢？……這幸福……和整個生活……是什麼呢？」她說得聲音越來越低，害臊着這些問題：「所有這些喜悅，悲哀……自然……」她低語說：「都把我再往哪裏拖去，我變得什麼都無以滿足……我的天哪！我甚至以這些愚蠢爲恥……這是幻想……你別注意，別留心……」她一邊以懇求的聲音加添說，一邊向他撒嬌。「這悲哀馬上會過去，而我又會像此刻一樣明朗，快樂！」

她當眞害羞，彷彿請求他寬恕自己的「愚蠢」，胆怯而愛嬌地偎貼他。

丈夫詢問她半天，她像病人對醫生似地，把悲哀的徵候講上半天，說出一切糢糊的問題，向他描畫精神的騷亂，以及——當這海市蜃樓一消失——她能回想和注意的一切。

斯托爾茲垂頭至胸，又沿着林蔭路走去，懷着不安和躊躇，專心一意地思索妻子的曖昧的自白。

她看他的眼睛，可是什麼也未看到，當他們倆第三次走到林蔭路底時，她不讓他掉頭，輪到她把他領出到月光裏，質問地向他眼睛裏望一下。

「你幹什麼？」她羞怯地問。「在笑我的愚蠢，是不是，這悲哀是很愚蠢的，對不對？」

他默然不語。

「怎嗎你不作聲？」她不耐煩地問。

「雖然你一定知道我早就注意你，你可很久默不作聲；讓我也緘默和思索一下吧。你出給了我一個難題。」

「瞧，你現在開始思索，可是我將因爲你會獨自想出來而苦惱。我白白裏告訴你的！」他加添說。「你倒不如說些什麼話吧……」

「我對你說什麼呢？」他沉思地說。「也許又是你的神經失常：那麼着是醫生，而不是我，來決定你是怎麼回事。明天須得去請醫生……要是不是這個……」他開始說，便又沉思。

「什麼『要是不是這個』，說！」她不耐煩地釘住說。

他儘思索着往前走。

「咦，說呀。」她搖着他的手說。

「或者是想像的過分：你太活躍了……或許你已經達到那個時期……」他近於獨白地，小聲地說完。

「請你大聲講，安特烈！你獨自喃喃時，我可忍受不住！」她訴苦說：「我告訴了你許多蠢話，你倒垂倒了頭，在小聲地低語！同你一起在這黑暗裏，我竟覺得可怕……」

「我不知道說什麼好……『悲哀襲來，某些問題使人不安』：從這個話你了解些什麼？我們再來談談這個問題看吧：似乎應當再洗海水澡……」

「你剛才獨白過：『要是……或許……達到』：你這是怎麼個思想呢？」她問。

「我想……」他慢慢地，沉思地發表說，自己並不相信自己的思想，彷彿也以自己的言論爲恥似的：「你知道嗎……有一些瞬間……我就是想說，要是這不是任何失常的徵兆，要是你十分健康，那或許是你成熟了，達到生活停止生長……沒有啞謎，生活全部開放的那個時期了。」

「似乎你想寫我老了吧？」她迅速地打岔說。「你竟敢！」她甚至威嚇他一下。「我還年青力壯……」她挺直着身子，加添說。

他哈哈笑起來。

「別害怕，」他說：「似乎你決不想老吧！不，不是這個……到老年，力量就衰落而停止同生活鬥爭。不，你的悲哀，疲勞——要是這僅只是我所想的——倒無寧是力量的徵兆……生動的，興奮的智慧底追求，有時候努力越出生活的界限，當然找不到答覆，而表現爲悲哀……對生活一時的不滿……還是向生活質問牠的秘密的靈魂底悲哀……或許你也是這麼回事……要是如此——這並不是悲哀。」

她嘆息一聲，可是似乎大部分由於喜悅，她的危懼完結了，她並不在丈夫眼前跌倒，卻相反地……

「可是我們幸福；我們智慧並不闊氣；我並不空想；我們生活是多樣的——」還要什麼呢？這些問題有什麼用處？」她說。「這是疾病，壓迫！」

「不錯，恐怕是對於未經什麼訓練，蒙昧而薄弱的智慧的一種壓迫。這悲哀和疑問或許使許多人發過狂；另一些人却當作醜陋的幻影，智慧底譫語……」

「幸福溢過邊際，如此希望生活……而這裏突然混入某種悲哀……」

「啊！這是付帕羅米修士底火（註九）的代價！忍受還不够，還得愛這悲哀，尊敬你的疑念和疑問：牠們是生活底溢出的剩餘，奢侈，當沒有粗野的希望時，大抵表現爲幸福的絕頂；牠們並不生長在日常生活之中：哪裏有不幸和窮困，那裏就不至於此；人羣往前進，不知道這疑念底霧，疑問的苦悶……可是在適時地遇到牠們的人，牠們倒並非大棍子，而是可愛的客人。」

「可是無法對付牠們：牠們使人苦悶和冷淡……差不多對一切……」她猶豫地加添說。

「可是會久嗎？隨後牠們使生活新鮮，」他說。「牠們領我們到一處什麼也望不見的深淵，強迫我們懷着更大的愛再注視生活……牠們喚起已經試驗過的力量來同自己鬥爭，彷彿爲了不讓牠們睡眠似的……」

「被某些霧和幻影所苦惱！」她訴苦說。「一切都光明，而這裏突然有某種不祥的陰影落在生活上！難道就沒有方法嗎？」

「怎麼沒有！生活上的支柱！要沒有這支柱，就是沒有疑問，那生活也使人不快！」

「怎麼辦呢？屈服和苦悶嗎？」

「沒有什麼，」他說：「以剛毅不屈來武裝自己，而忍耐地，固執地走自己的路。我們倆不是泰坦神族（註十），」他擁抱着她繼續說：「我們倆不會同曼弗萊德和浮士德（註十一）一起對叛逆的問題作旁若無人的搏戰，不會接受牠們的挑戰，而會垂倒頭，謙遜地體驗艱苦的瞬間，隨後生活，幸福……而又微笑。」

「假使他們決不放下我們：悲哀越來越令人不安呢？……」她問。

「那有什麼？我們就當作生活的新的要素，來接受牠……可是不，這種事沒有的，我們不會有的！這不是你的悲哀；這是人類的通病。有一滴濺在你身上……當一個人脫離生活……沒有支柱的時候，這一切都是可怕的。而在我們倆……假定你這悲哀是我所想的，而不是任何疾病的徵兆……那倒更糟糕。這就是我會在牠面前一無防禦，一無力量地跌倒的不幸……要不然，難道霧，悲哀，某些疑念，疑問，能奪去我們的幸福，我們的……」

牠沒有說完，可是她像瘋子似地投身到他懷抱裏，雙手勾住他的頭頸，宛然酒神巴卡斯的信從一般，在熱情的昏迷之中，麻浮一陣。

「沒有霧，沒有悲哀，沒有疾病，甚至也沒有……死亡！」重又幸福，安靜和快活的她，狂喜地低語說。她覺得從未像此刻這樣熱情地愛過他。

「當心莫叫命運把你的怨言偷聽去，」他用優雅的小心所喚起的，迷信的言語結論說：「當作忘恩負義！牠不喜歡不尊重牠的禮物的人。至今你還只認知生活，可是得體驗牠。等着吧，等生活達到高潮，不幸和勞苦來到……而牠們會來的——那時候……就不會顧到這些問題了……培養力量吧！」斯托爾茲近於獨白地，靜靜地加添說，來回答她熱情的發作。在他的說話裏，鳴響得有悲哀，彷彿他已經看到遠遠裏的「不幸和勞苦」。

頓時被他悲哀的聲音所感動的她，默然不語。她無限地相信他，也相信他的聲音。她被他的沉思所感染，便也專心一意，緘口不語。

靠在他身上，她機械地和徐徐地沿着林蔭路走去，耽溺在固執的沉默之中。她害怕地，跟着丈夫，向生活的遠處眺望，那裏，據他的說話，「試驗」的時期要到來，「不幸和勞苦」正等待着。

她開始夢見另一個夢，不是藍蔚的夜，展開的是生活的另一面，不是透明而悠閒的，在寂靜之處，在無限的豐富之中，同『他』單獨在一起的一面……

不，那裏她看到一連串用眼淚洗去的損失和剝奪，避免不了的犧牲，斷食和强制地放棄產生在悠閒之中的怪想的生活，由一些新的，他們倆現在所不知道的感情而起的　哭和呻吟；她夢見疾病，事業的七顚八倒，喪失……

她發抖和無力，可是懷着剛勇的好奇心注視這新的生活的形像，恐怖地環視牠，而測量自己的力量……在這夢裏，只有愛情不背棄她，牠作爲新生底可靠的守衞站立着；可是就是愛情也迥然不同！

旣無牠熾熱的呼吸，又無輝亮的光線和藍蔚的夜；經過幾年，在深邃而威脅的生活把從容受在自己身上的遙遠的愛情面前，一切都見得是兒戲。那裏聽不到接吻和笑，在自然與人生底節日，在花間的園亭裏的，發抖地深思的談話……一切都『萎謝和過去了。』

這不枯萎，不破滅的愛情，在一致的悲哀期間，像生活力一樣堅强，橫在他們倆的臉上，輝亮在徐徐地，默然地交換的綜合的苦痛的目光裏，在對生活的拷問，無限的互相的忍受之中，在抑住的眼淚與悶住的啜泣之中聽得見……』

是一些雖然遙遠，可是明顯，確定而威脅的夢，靜靜地定注到侵襲奧尔迦霧似的悲哀和疑問裏。

在丈夫的令人安心而堅毅的言語之下，在對他無限的信任之中，奧爾迦從自己謎樣的，人人都不知道的悲哀，和從預言而威脅的未來的夢，休息一下，便大胆地前進。

「霧」後，光明的早晨，同母親和主婦的操心一起來了；那裏，花園，原野和丈夫的書齋向自己招手。不過她並不以毫無罣慮的自我享樂來遊戲人生，而以秘密而有精神的思想來生活，準備，等待……

她長得越來越崇高……安特烈看到，他的女子與妻子的從前的理想，是難以達到的，可是他卻以這理想在奧爾迦身上蒼白的反映爲幸福：這他也決沒有料到。

這之間，他很久，差不多整整一生，還得大爲担心，在自尊的，驕傲的奧爾迦眼中，維持自己男子的尊嚴在某一高度上，這並非出於庸俗的嫉妒，而爲的是不叫瓚結晶的生活黯晤；而要是她對他的信仰那怕動搖一點點，這就可能發生。

許多女子一點也不需要這個：一度出嫁，她們便把丈夫的品質，是好是壞都順從地接受，無條件地適應爲她們準備下的境遇和寨圍，或者向最初的偶然的魅惑同樣順從地屈服，立刻認爲不可能對牠反抗，或者不覺得需要對牠反抗，而說：「命運，熱情，女子是柔弱的創造物」等等。

即使丈夫在智慧上——這男子的魅惑的力量上——凌駕人輩，那些女子却把丈夫的這種優越當作某種貴重的頸飾來驕傲，而且只是在這智慧對她們可憐的女性的詭計始終盲目的場合上。而要是他敢於向她們狡猾的，渺小的，有時候邪惡的存在底小小的喜劇裏透視，他們便由於這智慧而苦痛和緊迫。

奧爾迦不知道這對盲目的命運的順從底邏輯，不理解女性的耽溺和魅惑。一度認識了自己挑選的人的價值和對自己的權利，她便信他，而且因此愛他，而停止信他，便也停止愛他，就像對奧勃洛摩夫所發生的一樣。

可是那時候她的腳步還是躊躇，意志還是動搖；她剛觀察和思索人生，剛意識自己智慧與性格的要素和收集材料：創造工作尚未開始，人生之路尚未推測。

然而她並非盲目地，却懷着他是她男性的完全底理想底化身這一意識來信仰安特烈。她對他的信仰愈强烈，愈自覺，他愈難維持在某一高度上，充當不單是她智慧和心底的也是她想像底英雄。而她對他信仰到，不承認在他們倆之間，除了上帝以外，有其他的媒介，其他的審級。

因此，她所認知的價值，就是降低一線，她也忍受不住；他性格裏或者智慧裏每一假的音符，都會引起振動的不和諧。幸福底崩壞的建築，會把她埋葬在廢墟之下，或者，假使她的力量依然完全，她便會找尋……

的。

可是不然，這樣的女子並不犯兩次錯誤……在這種信仰，這種愛，減退以後，復活是不可能

斯托爾茲因自己充實的，興奮的，其中絢爛着不凋萎的春天的生活而深深地幸福，並且嫉妒地，活動地，銳利地開鑿牠，保護牠和愛撫牠。只要回想到奧爾迦離破滅只差得一髮；這推測的道路——合而爲一的他們兩個存在可能分開；人生之路底無知可能使一個破滅的錯誤實現；奧勃洛摩夫……時，恐怖便從靈魂的奧底昇起來。

他發着抖。怎麼啦！奧爾迦處在奧勃洛摩夫給她準備的生活裏！她——在一天一天日子的爬行之中，充當鄉下的太太，自己孩子的保姆，主婦——如此而已！

一切疑問，疑忿，生活的一切熱病，會都跑到家務的操心上，節日，賓客和家族集會的期待上，誕生和命名上，丈夫的無感覺和睡眠中去！

結婚會只是形式，而無內容，手段和目的；會成爲訪問，招待賓客，午餐會和晚餐會，空談的一個寬闊而不變的框子……

她怎麼忍受這生活呢？最初一路奮鬥，一路搜尋和推測生活的秘密，哭泣，苦惱，後來習

慣，發胖，吃喝，睡覺，遲鈍……

不，她不會如此的：她——哭泣，苦惱，憔悴，而在愛她的，善良而無力的丈夫的擁抱之中死去……可憐的奧爾迦！

而要是火不熄滅，生活不死，要是力量抵抗而要求自由，要是她像被軟弱的手捕獲一隻的，有力而炯眼的雌鷲一樣，撲動翅膀，衝到那高高的巖崖上，那裏牠看到一匹比自己更有力而炯眼的雄鷲呢？……可憐的伊里亞！

「可憐的伊里亞！」有一天，想起了往事，安特烈大聲說。

奧爾迦聽到這名字，突然把雙手連刺繡落到膝上，把頭往後一仰，深深地沉思起來。他的感嘆引起了她的回憶。

「他怎麼啦？」隨後她問。「真沒法探聽嗎？」

安特烈聳聳肩膀。

「想想看，」他說：「我們是生活在沒有郵政，人們一經向各處分散，就互相當作死了，而事實上確也失蹤得杳無音信的時代。」

「你該再向自己隨便哪一位朋友寫信去：至少該探聽一下……」

「什麼也不會探聽到，除了我們已經知道的以外，就是他在同一的房子裏活着，健康着——還我不用朋友也知道。至於他遭些什麼事，在怎樣忍受自己的生活，精神上死了沒有，或者還閃爍着生活的火花——這不是第三者探聽得出的……」

「哦，別這麼講，安特烈：聽着叫我害怕和痛苦！我又想知都，又害怕知道……」

她準備哭泣。

「春天我們就要上彼得堡，——自己探聽去吧。」

「探聽還不够，須得作一切……」

「我難道沒有作過嗎？我勸告他，爲他奔忙，整理他的事兽在少數——他就是對這應和一下也好！當面，他準備作一切，而剛一離限——對不起：又做夢了。就像同醉漢麻煩一樣！」

「爲什麼要離限呢？」奧爾迦不耐煩地反對說。「同他就得斷然行動：使他同自己一起登車，把他帶走。現在我們就要移住到領地上；他將離我們很近：我們來把他一起帶去吧。」

「這就給我們麻煩了！」安特烈一邊議論說，一邊在房間裏走上走下，「而且麻煩不盡！」

「你以他爲累嗎？」奧爾迦說。「這倒是一件新聞！我初次聽到你抱怨這宗麻煩。」

「我並非抱怨，」安特烈回答說：「而是議論。」

「那這議論從何而起的呢？你自己就承認過，這是乏味的，麻煩的——是不是？」

她探索地向他瞥視一下。他否定地搖搖頭。

「不，並非麻煩，而是無用：這我有時候也想的。」

「別說啦，別說啦！」她阻止他。「我又要像上星期一樣，整天想這件事而苦悶了。若是你對他的友誼已經熄滅，那出於對人的愛，你也應當担負這麻煩。若是你疲乏了，那我就獨自前去，而且非同他一起不就出來：他將被我的請求所感動；我覺得，要是我看到他被壓倒了，死了，我將痛哭一陣！或許眼淚……」

「會使他復活，你心思是？」安特烈攔住說。

「不，不會使他恢復活動，可是至少會使他環顧自己的周圍，而把自己的生活改變得好一些。他將不在泥淖裏，而同我們一起，接近同自己相等的人。那時候我剛出現，他便馬上醒悟而害羞……」

「你還像從前一樣愛他嗎？」安特烈開玩笑地問。

「不！」奧爾迦認真地，沉思地，彷彿望着過去，說。「我不像從前一樣愛他，可是他裏面有一點我所愛的，和對牠始終信任的東西，我不會像另一些人一樣改變的……」

「誰是另一些人？說，你還毒蛇，傷人吧，咬吧：我，是不是？你可錯了。若是你要知道眞情，那是我教給你愛他，而且差一點沒有把你引到幸福。要沒有我，你就會毫不注意地走過他去，原是我使你明白的，他裏面也有不比別人差的智慧，只是被一切髒汚掩蓋了，壓倒了，而在悠閒之中睡熟了。要不要我來告訴你，爲什麼他對你寶貴，爲什麼你還愛他？」

她點點頭表示同意。

「爲的是他裏面有比一切智慧更寶貴的東西：一顆誠實的，篤信的心！這是他天生的黃金；他把牠無瑕地保持了一生。他因爲推撞而跌倒，冷却，終於被壓倒，幻滅，失去了生活的力量而熟睡，可是沒有失却誠實和篤信。他的心並未發出過一個假的音符，髒汚並未黏住牠。任何漂亮的謊話誘惑不了他，什麼也不能引他到虛僞的路上去；任憑整個海洋的髒汚和邪惡在他周圍汹湧，任憑全世界都中毒而鬧得七顚八倒——奧勃洛摩夫決不會向虛僞的偶像膜拜，他的靈魂裏永遠純潔，光明，誠實……這是一個結晶的，透明的靈魂；這樣的人不多；是稀有的：這是人羣中的珠！他的心你無可收買；你隨時隨地可以信賴牠。這就是你對牠始終信任，而我就爲此故決不以替他操心爲累的東西。我知道許多有高貴品質的人，可是從未遇見一顆更純潔，更光明和更單純的心；我愛過許多人，可是都沒有像奧勃洛摩夫這樣持久而熱烈。一度認識了，就無法停止愛他。是不是如此？猜到沒有？」

奧爾迦把眼睛沉到手工上，默然不語。安特烈沉思起來。

「不就如此嗎？還有什麼呢！」隨後醒悟過來，快活地加添說。「我已完全忘却他的「鴿子似的溫柔」……」

奧爾迦笑起來，迅速地放下自己的刺繡，跑攏安特烈去，雙手勾住他的頸頸，用發亮的眼睛向他的眼睛筆直望上幾分鐘，隨後把頭擱在丈夫肩膀上，沉思起來。在她記憶之中復活起奧勃洛摩夫溫良的，沉思的臉，他的柔和的目光，順從，隨後他的可憐的，羞怯的，別離時他用來回答她的譴責的微笑……她覺得如此痛苦，如此可憐他……

「你不會放下他，拋棄他吧？」她說，並不從丈夫頸頸上取去手。

「決不會！除非什麼深淵出其不意地迸開在我們之間，一道牆昇起來……」

她吻丈夫一下。

「你在彼得堡要帶我到他那裏去嗎？」

他躊躇地默不作聲。

「去不去，去不去？」她固執地要求回答。

「聽我說，奧爾迦，」他一邊說，一邊努力從她雙手的環裏把頭頸解放出來：「首先應當……

……」

「不，你說：去，允許我吧，我不放下你的！」

「也許去，」他回答說：「不過第一次不去，第二次的時候去：我知道你會怎樣的，假使他

……」

「別說啦，別說啦！……」她打岔說。是的，你會帶我去的：我們倆一起來作一切吧。你一個人就不會，就不肯！」

「就這麼吧；可是你會惱亂的，也許要很久呢，」他說，不完全滿意於奧爾迦的强迫他的同意。

「記着，」她一邊結論說，一邊坐在原處：「要在『你們倆之間迸開一條深淵，或許昇起一道牆來』時，你才放棄。我不會忘却這些話的。」

---

註一：Crimea，在俄羅斯南部，亞速海與黑海之間的一個半島。

註二：Odessa，靠近黑海，烏克蘭西南部的一個城市。

註三：Archim des，希臘的一位數學家，（西紀前二八七——二一二）。

註四：Don Quixote，西班牙西萬提斯所著的同名的小說的主人公。

註五：Ch'loe傳爲希臘Longus（四五世紀時）所著的名爲Daphnis and Ch'loe的田園小說中的女主人公。

註六：Weather德國歌德所著的少年維特之煩惱中的主人公。

註七：Don Juan，西班牙Seville省有一放蕩的貴族，名唐·裘安，旣汚一女子，又與其父決鬥而殺之。事見西班牙古傳。

註八：Sphinx，獅身女面有翼之怪物，出謎以問行人，不能答者卽殺之。出於希臘神話。

註九：Prometheus的神名，曾盜天火以與世人，宇斯神大怒，縛之於高加索山，使兀鷹食其肝臟。亦出於希臘神話。

註十：Titans，天神烏朗奴斯與地神機阿之子女。亦出於希臘神話。

註十一：Manbred與Faust，歌德（一七四九——一八三二）所著之浮士德中的人物。

# 第九章

平和與寂靜休憩在費勃爾格・斯陀羅那，牠未鋪的街道，木人行道，憔悴的花園和蕁麻繁茂的溝渠上面。那裏籬笆下面，頸上套着一條破爛繩子的山羊，在勤奮地吃草，或者愚鈍地打瞌睡。正午時分，在人行道上走過的一位書記的漂亮的，高高的靴跟，格格作響，一扇窗戶裏的棉布窗帷晃動一下，從天竺葵後面便有一位官員太太的臉在窺看，或者在一處花園裏的籬笆上面，忽然探出一位姑娘的鮮潔的臉來，而頓時就藏起，跟着又探出另一位的同樣的臉來，也即消失，隨後又出現第一位，又換上第二位；聽得見玩蹺蹺板的姑娘們的尖叫和哈哈大笑。

在潑希尼青娜家裏，一切寂然。你走進院子，就會被生動的田園詩所包圍：母鷄和公鷄們慌慌張張，逃去躲在角落裏；狗開始一路帶着鏈子跳，一路吠叫，婀庫靂娜停止擠母牛的奶，而門房也停手劈柴火，兩個人都好奇地向來客眺望。

「您找誰？」他問，聽到伊里亞・伊里奇的，或者房東太太的名字，便默然地指指台階，又着手劈火柴，而來客沿着一條潔淨的，鋪上砂子的小徑，走上石級上鋪有素色的，潔淨的地毯的台階，拉動擦得亮晶晶的門鈴的銅柄，婀妮茜雅，孩子們，有時候主婦本人，或有查哈爾——查哈爾是最後一位——便來開門。

在潑希尼青娜家裏，一切都見得家務的如此豐富和充實，從前婀葛菲雅・馬脫威也芙娜同哥哥一起生活的時候，就不曾這樣過。

廚房，貯藏室，食櫥——都安放得有食器，大的，小的，圓的和橢圓的菜盆，醬油碟子，茶杯，一堆一堆的盤碟，鐵鍋，銅鍋和瓦鍋。

櫃子裏陳列得有久已贖回，現在決不抵押的自己的銀器和奧勃洛摩夫的銀器。

有一整排一整排巨大的，大肚子的和微小的茶具，和若干排磁茶杯，簡單的，有畫的，鍍金的，有座右銘的，有燃燒着的心的，有中國人的。有一些裝咖啡，肉桂和香蘭精的大玻璃瓶，水晶的茶具，裝奶油和醋的五味瓶。

隨後一整櫥一整櫥堆滿包裹，瓶子，裝家常的藥，藥草，外用藥水，膏藥，酒精，樟腦，藥粉和薰香的小箱子；還有肥皂，洗花邊，去汚跡的材料，以及其他，其他——凡是你在每處鄉間的任何人家，每一位當家的主婦那裏找得到的。

當婀葛菲雅・馬脫威也芙娜突然打開裝滿這一切物品的櫥門時，她本人也抵抗不住這些麻醉性的香氣的一股味道，起初也要把頭向旁邊別轉一刻。

貯藏室裏，火腿，乾酪，塊糖，曬乾的魚，一袋一袋乾菌，芬蘭人那裏買來的堅果，掛到天花板上，以防老鼠損壞。

地板上堆有一些裝奶油的桶，裝酸乳酪的大的蓋起的瓶罐，盛鷄蛋的籃子——無一不備！須得另一位荷馬的筆，來完全地，詳盡地列舉堆積在這家庭生活的小小的約櫃的一切角落裏，一切橱架上的東西。

廚房是這偉大的主婦和她有價値的助手婀妮茜雅眞正的活動場所。一切都有在家裏，一切都近在手邊，在固定的地方，可以說，一切都有條有理和潔淨，假使整個屋子裏不剩下一隅，那裏，一道光線，一絲新鮮的空氣，主婦的眼睛，婀妮茜雅迅速的，掃蕩一切的手從來都透不進去。這是奋哈爾的房間或者巢穴。

他的房間是沒有窗戶的，永久的黑暗助長由人的住處構成黑暗的獸穴。若是奋哈爾有時候在那裏發見主婦，懷有任何改良和清潔的計劃，他便宣稱，這不是女人家決定的事，應當在哪裏和怎樣放刷子，靴墨和靴子，爲什麽他的衣服成堆地放在地板上，床鋪在火爐後邊的角落裏，滿是灰塵，這不干誰的事，穿這衣服和睡在這床鋪上的是他，而不是她。至於他留在自己房間裏的一柄笤帚，幾塊木板，兩方磚，一個桶底和兩片柴火，他要沒有牠們就無法[illegible]家事，其所以然——他却沒有說明；再說，灰塵和蛛網並不妨礙他什麼，一言以蔽之，他並不向她們廚房裏拱鼻子，所以也不希望她們驚動他。

他有一次發見婀妮茜雅在那裏，竟以這樣的輕蔑傾瀉在她身上，以臂肘這樣認眞地向她的胸脯威嚇，以致她害怕向他看。當事情移到上級歸伊里亞・伊里奇裁奪時，主人便走去看，隨而從嚴辦理，可是把頭伸進查哈爾的房門，向那裏的一切望上霎，一他只是吐一口唾沫，而一言未發。

「怎麼，你們帶來的嗎？」查哈爾向同伊里亞・伊里奇一起跑來，希望他的參與會引起任何改革的婀葛菲雅・馬脫威也芙和婀妮茜雅說。隨後他滿臉發出獨特的笑，笑得眉毛和頰髯向四面飛動。

在其他房間內，到處都光明，潔淨和鮮艷。舊的褪色的窗帷不見了，客廳和書齋的門窗都用藍色的和綠色的幕，和有紅色花綵的棉織窗帷掩起——都是婀葛菲雅・馬脫威也芙娜的手工。枕頭白得像雪，高聳得像山一樣，差一點沒有頂到天花板；被是絲織的，塡棉花的。

整幾星期，房東太太的房間被幾張拉開而一張接連一張的牌桌所堵塞，牌桌上鋪起伊里亞・伊里奇的這些被和睡衣。

婀葛菲雅·馬晚威也芙娜親手裁剪，塡棉花和縫綴牠們，把自己結實的胸脯貼緊活計，把眼睛注向牠，當必須咬斷線時，甚至把嘴巴也注向牠，一邊熱心地，孜孜不倦地勞作，一邊謙遜地以這個想頭來酬勞自己，就是，這件睡衣和這些被是要使伊里亞·伊里奇穿蓋，溫暖，得到愛撫和休息的。

他成天躺在自己沙發上，觀察她裸露的臂肘怎樣跟着針線前後動作。他不止一次地在穿過線和咬斷線的聲音之中微睡，好像從前在奧勃洛摩夫卡一樣。

「活也做够了吧，累了吧！」他勸止她。

「上帝喜歡人勞苦的！」她回答說，不把眼睛和手臂從活計上移開。

咖啡還像起初，幾年以前，他搬上這裏時那麼小心，乾凈和有滋有味地遞給他。鵝雜湯，擱巴爾馬乾酪（註一）的通心粉，魚肉包子，冷湯，自己家裏的雛鷄——這一切以嚴格的順序，彼此更換，而使這小小的人家的單調的日子得到愉快的變化。

窗戶裏從早到晚都射進快活的太陽光，半天在一邊，半天在另一邊，好在兩邊都是菜園，沒有什麼擋住牠。

金絲雀們高興地囀鳴；天竺葵和孩子們偶然從伯爵花園裏帶來的風信子，在小小的房間內發出強烈的香氣，同純哈佛那雪茄，和房東太太猛烈地動着臂肘搗着的肉桂和香蘭精的味道愉快地混在一起。

伊里亞・伊里奇彷彿在生活的金框子裏度日，在這框子裏，宛像在透視畫裏一樣，只改變着日夜四季的尋常的盈虧；沒有別的變化，尤其是把往往是苦味的和混濁的沉澱，從全部生活的底裏攪起來的重大事件。

自從斯托爾茲從房東太太哥哥的偷搶的債務之下，把奧勃洛摩夫卡救轉，哥哥和塔朗鐵也夫完全遠去以後，敵對的一切便也從伊里亞・伊里奇生活裏一齊遠去。現在圍繞他的是如此單純，善良而愛他的人，他們全都同意以自己的存在來支持他的生活，幫助他不注意和不自覺生活。

婀葛菲雅・馬脫威也芙娜正在自己生活的頂點；她生活，和感覺到從未生活得如此充實，不過也像從前一樣，從不能把牠表達出來，或者不如說，她頭腦裏從未起過這個念頭。她只祈求上帝，給伊里亞・伊里奇延年益壽，使他免去一切「悲哀，憤怒和貧乏，」而把自己，自己的孩子和全家，委諸上帝的意志。然而她臉上經常表出同一的幸福，一種充實，滿足，無所希望，從而稀有，在其他一切氣質是不可能的幸福。

她發胖了；胸脯和肩膀輝亮着同樣的滿足和充實，眼睛裏閃耀着溫良和僅是家務的掛心，從前用來順從的婀妮茜雅，婀庫麗娜和門房中間，統治一家的那種威儀和平靜，又向她回復了。她照舊不是走路，而好像從食櫥滑行到廚房，從廚房滑行到貯藏室，而懷着自己在作什麼的充分的自覺，有板有眼地，慢吞吞地發布命令。

婀妮茜雅變得比以前更活潑，因為工作加多了；她始終依着房東太太的話 活動，紛忙，奔跑和工作。她的眼睛甚至更明亮，鼻子，這如語的鼻子，比她的一切更顯著，因為操心，思索和計劃而發着紅，就是舌頭默不作聲，她也說着說話。

她們倆都穿着得適合各人的地位與職掌。房東太太置有一口大的衣櫥，掛一排綢衣，斗篷和外套；頭巾是在河對岸，大概是理節伊那耶街定做的，鞋子不是從阿帕拉克池，而是從勸工場買來的，而帽子——你想想看，是從莫爾斯卡耶街買來的哩！而婀妮茜雅，做完了廚房的工作，尤其是星期日，便穿起毛織的衣服。

只有婀庫麗娜還是把衣裾塞在帶子裏來去，而門房甚至在暑期裏也不能同羊皮外套分手。關於查哈爾，沒有什麼話可說：他將灰色上衣改成了短上衣，可不能够決定，他的褲子是什麼顏色，領帶是用什麼材料做成的。他擦靴子，隨後睡覺，坐在大門口，遲鈍地眺望寥寥的行人，或者，最後，坐在附近的小雜貨店裏，以同樣的方法做從前，起初在奧勃洛摩夫卡，從來在郭洛霍費街上所做的同樣的事。

而奧勃洛摩夫本人呢？奧勃洛摩夫本人是這安靜，滿足與毫無風波的寂靜底完全而自然的反映與表現。眺望着和沉思着自己的生活，越來越安於這生活，最後他決定，他再無什麼地方要去，再無什麼東西要追求，他生活的理想已經實現，雖然沒有詩意，沒有想像曾經用來向他描寫在故鄉的農民和僕役中間的地主的，豪闊而悠然的生活之流的那些色彩。

他把自己現在的生活，看作同樣的奧勃洛摩夫卡生活的繼續，只是地方色彩和一部分時間不同而已。而這裏，像在奧勃洛摩夫卡一樣，他也能廉價地逃避生活，做生活的便宜買賣，而向自己確保不受擾亂的安靜。

他內心裏因爲從下面閃亮着大的喜悅的電光，轟響着大的悲哀的雷鳴的地平線下，逃開了生活底煩擾和苦痛的要求與恐怖，而感得勝利，在這地平線上，活動着虛偽的希望和幸福底壯麗的幻影，人給自己的思想咬嚙和耗蝕，給熱情殺害，理智失敗和勝利，人不斷地交戰，而渾身傷痕地離開戰場，可還是不滿意，不饜足。並未體驗到在戰鬥中得來的快樂，他精神上把牠們拒絕開，而只在與活動，戰鬥和生活無關的，被遺忘的一隅，感覺得心地的平靜。

而要是他的想像又沸騰，被遺忘的回憶，未實現的空想又復活，要是對於這樣，而不另樣地過去的生活的良心上的譴責又活動——他便睡得不安，醒轉來，從床上跳起來，有時候以絕望底冰冷的眼淚，哭泣永久熄滅的，光明的生活的理想，好像人家以生前替他做得事情不够這一自覺底痛苦的感情，來哭泣親愛的死人一樣。

隨後他望望自己的周圍，嘗嘗一時的幸福，而一邊安靜下來，一邊沉思地眺望夕陽怎樣悄靜而安詳地沒在晚霞的火裏，終於決定，他的生活不單如此單純而毫不困難的組成，而且也是被創造，甚至被命定得這樣的，爲的是表現人生底理想底平靜的一面的可能性。

他以爲，表現人生底騷亂的一面，以創造的和破壞的力量來推動人生，是別人分內之事：每一個人有自己的使命！

這就是奧勃洛摩夫卡的柏拉圖（註二）所作成的，在義務與使命底一些嚴格的要求和問題之中催眠他的哲學！而且他也不是當作鬥技場裏的鬥劍者，而是當作鬥技的平和的看客被生養和敎育的，他怯弱而怠惰的靈魂是受不住幸福的騷亂與生活的打擊的——因此，他用本身來表現生活的一面，而在生活中收穫什麼，改變什麼，後悔——都沒有的。

年齡越增加，激動和悔恨發生得越稀少，他像從生活別轉身子，給自己挖掘墳墓的隱居的老人們一樣，把自己的餘生悄靜而逐漸地裝在由自己的手作成的，平易而寬闊的棺材裏。

他已經不再容想整頓領地和全家搬去的事。斯托爾茲所任用的管事，正確地在聖誕節前給他送來一筆極大的收入，農民們給運來穀物和家禽，滿屋子絢爛着豐盈和快樂。

伊里亞·伊里奇甚至餵有一對馬，可是由於他獨特的愼重，餵的是這樣的一對，只是在第三下鞭子以後，牠們才從台階出動，而在第一鞭和第二鞭時，只有一匹馬搖晃一下和向旁邊踏出一步，隨後第二匹搖晃一下和向旁邊踏出一步，隨後緊張地伸開頸頸，背脊和尾巴，牠們倆一齊行動，點着頭向前跑去。牠們拉着車載瓦尼亞到奈乏河對岸的中學校，和載房東太太買種種東西。

在謝肉節週和復活節週，全家和伊里亞·伊里奇本人都坐車出去散步和上戲棚子，偶或定一個包廂，也是全家，上戲院子去。

夏天，在聖·伊亞里星期五，出發到郊外——到火藥局去，生活以一些尋常的事件來更迭，而假使生活的打擊完全不達到這小小的平和的一隅，竟可以說，並不帶來毀滅的變化。然而不幸的是，震撼山的基礎和廣大的空間的霹靂，也傳到鼠穴內，雖然弱一些，糢糊一些，可是對於鼠穴仍然可以感知。

伊里亞·伊里奇像在奧勃洛摩夫卡似地吃得有胃口而多，也像在奧勃洛摩夫卡似地走動和工作得懶洋洋而少。不管年齡增加上去，他還是毫不在意地喝果汁酒，醋栗葉子溜的伏特加，更其毫不在意地在午飯之後睡得很長久。

忽然間這一切都改變了。

一天，在白晝的休息與微睡之後，他想從沙發上起來，却起不來，想說話——舌頭也不服從他。他吃驚地只是揮手，喚人來幫助自己。

他若是只同査哈爾一起生活，那他能用手發電報直發到早晨，而終於死去，這件事要第二天才會知道，可是房東太太的眼睛，像神的眼睛一樣照臨他：她不需要智慧，只需要心的猜測，便知道伊里亞·伊里奇情形有些不妙。

這猜測剛啓發她，婀妮茜雅已經飛上馬車請醫生，房東太太便用冰來圍繞他的頭，從神秘的櫥裏把所有的酒精和外用水藥一下子都取出來——凡是習慣和風聞教她使用的一切。甚至査哈爾這時候也能穿上一只靴子，而就這麼穿着一只靴子，同醫生，房東太太和婀妮茜雅一起在主人身邊看護。

使伊里亞·伊里奇恢復知覺，替他放血，隨後向他說明，這是一陣中風，他須得過另一種方式的生活。

除去在寥寥幾個場合，禁止他喝伏特加，啤酒和果子酒，咖啡，隨後還禁止他吃一切油膩的，肉類和有香料的東西，反之，吩咐他每天運動，只在晚上適度地睡眠。

要沒有娲葛菲雅・馬脫威也芙娜的眼睛，這就一點不會實行，可是她懂得怎樣來導入這一體制，那就是，使全家服從她，而一會兒使狡猾，一會兒使愛嬌，把奧勃洛摩夫從喝酒，睡午覺，吃油膩的魚肉包子這些誘惑的嘗試引開去。

他剛一打瞌睡，房間裏一張椅子就這麼自己翻倒，或者一件舊的，毫無用處的陶器，在鄰室裏吧嗒一聲打破，要不就孩子們吵鬧——像是往外奔跑！若是這不中用，便響起她優美的聲音：喚他，問他什麼事。

花園的小徑是通菜園的，伊里亞・伊里奇早晚沿着牠作兩小時的散步。她同他一起走，若是她不能，那就是瑪夏，或者瓦尼亞，或者我們的舊相識，馴順的，對每一個人都順從，對每一件事都同意的亞力克先也夫。

現在伊里亞・伊里奇就靠着瓦尼亞的肩膀，徐徐地沿着小徑走去。瓦尼亞，經差不多是青年了，穿着中學校的制服，好容易抑制住自己元氣而急促的步子，合着伊里亞・伊里奇的步調。奧勃洛摩夫用一條腿並不全然自由地步行着——還是中風的後果。

「唔，瓦尼亞，我們到房間裏去吧！」他說。

他們倆便向門口走去。婀葛菲雅·馬脫威也芙娜迎着他們出現了。

「還麼早你們上哪裏去？」她問，不讓他們走進去。

「不早了！我們倆來回走了二十次，而從這裏到蘿笆怕有五十沙尋，那就是走了兩維爾斯他。」

「走了有多少次？」她問瓦尼烏夏。

後者結結巴巴起來。

「別扯謊，朝我看！」她望着他的眼睛，威嚇說。「我馬上會知道的。記着，星期日我要不讓你出去作客了。」

「不，媽媽，實在我們走了……十二次。」

「啊，你竟這樣無賴！」奧勃洛摩夫說。「你儘摘金合歡，我可每一次都數了的……」

「不，再走一下！我魚湯也沒有做好哩！」主婦決定說，當他們的面砰一聲把門關上。

而奧勃洛摩夫願意不願意總得再數八次，然後才走進房間。

那裏，大圓桌上魚湯冒着熱氣。奧勃洛摩夫坐在自己的地方，獨自坐在沙發上，挨着他，婀葛菲雅·馬脫威也芙娜坐在右首椅子上，一個三歲的孩子坐在左首一把小的，有橫檔的兒童椅上。孩子旁邊坐着瑪夏，已是一位十三歲的姑娘，然後是瓦尼亞，而最後，剛是今天，亞力克先也夫坐在奧勃洛摩夫對面。

「稍等一下，讓我再給你一尾鯉魚：竟買到這麼肥的！」葛婀菲雅·馬脫威也芙娜一路說，一路把一尾鯉魚擱在奧勃洛摩夫盆子上。

「要是有包子就這吃才好哩！」奧勃洛摩夫說。

「忘了，眞忘了！昨晚上起就想的，我好像沒有記性了！」葛婀菲雅·馬脫威也芙娜使着狡猾說。「也忘了替您，伊凡·亞力克先也維奇，在炸肉上加捲心菜，」她向亞力克先也夫轉過去，加添說。「別見怪。」

這又是使狡猾。

「沒有關係；我什麼都能吃，」亞力克先也夫說。

「的確，幹嗎你不給他做火腿帶豌豆，或者牛排呢？」奧勃洛摩夫問。「他喜歡的……」

「我親自去看過，伊里亞·伊里奇，沒有好的牛肉！可是我吩咐給您做了一道櫻桃糊：知道您喜歡的，」她向亞力克先也夫轉過去，加添說。

櫻桃糊對於伊里亞·伊里奇是無害的，因此對每一件事都同意的亞力克先也夫就應當喜歡牠和吃他。

午飯之後，什麼人和什麼事都無法阻止奧勃洛摩夫躺臥。他尋常就躺在這裏的沙發上，但是不過躺一小時而已。爲了不使他睡熟，主婦就在這裏的沙發上給他斟上咖啡，孩子們就在這裏的地毯上玩耍，而伊里亞·伊里奇願意不願意都必須參加在內。

「莫再撩安特烈烏夏：他快哭出來了！」瓦尼奇卡撩惹着孩子時，奧勃洛摩夫叱責他說。

「瑪謇卡，當心安特烈烏夏磕在椅子上！」當孩子在椅子底下爬着，他擔心地警告說。

而瑪夏便趕過去帶出她所喚作的「弟弟」來。

一切寂靜得一刻，主婦出去到廚房裏，看咖啡煮好了沒有。孩子們已文靜下來。房間裏聽到一片鼾聲，起初是輕輕的，像經過消音了的，後來響一些，而當阿葛菲雅·馬脫威也芙娜拿着熱氣騰騰的咖啡壺出現時，這鼾聲竟使她吃驚，像在馬車夫的小屋裏一樣。

她向亞力克先也夫責備地搖搖頭。

「我喚醒過他的，可是他不聽我，」亞力克先也夫辯解說。

她急忙把咖啡壺放在桌上，從地板上提起安特烈烏夏來，靜靜地使他坐在伊里亞·伊里奇沙發上。孩子爬過去，爬到他面孔旁邊，一把抓住他的鼻子。

「嗬！什麼？是誰？」伊里亞・伊里奇醒過來，不安地說。

「您睡熟了，而安特烈烏夏爬上去把您弄醒了。」主婦愛嬌地說。

「我什麼時候睡熟了？」奧勃洛摩夫一邊聲辯說，一邊把安特烈烏夏抱在手裏。「難道我沒有聽見他怎麼用小手向我爬上來嗎？我完全聽到的！啊，這樣淘氣：抓人家鼻子！我來給你顏色看！等着就是！」他撫弄着和寵愛着孩子說。然後把他放在地板上，向滿房間嘆一口氣。「講些什麼吧，伊凡・亞力克先也維奇！」他說。

「統講講了，伊里亞・伊里奇：沒有什麼可講的了，」那一位回答。

「唔，怎麼會沒有？您在人家出入：沒有什麼新聞嗎？我想您唸什麼的吧？」

「是的，有時候也唸，或者別人唸，講，而我聽。昨晚上我在亞力克先・斯披里獨尼奇那裏，他的少爺，一位大學生，朗讀……」

「他朗讀些什麼？」

「關於英國人，說他們把武器和火藥輸送到什麼地方。亞力克先・斯披里獨尼奇說，要有戰事了。」

「他們輸送到哪裏？」

「到西班牙或者印度——記不得了，不過公使非常不滿。」

「哪一國的公使，」奧勃洛摩夫問。

「這也忘了！」亞力克先也夫一邊說，一邊把鼻子向天花板翹起，努力回憶。

「同誰發生戰事？」

「好像是同土耳其的一位帕夏（註三）吧。」

「唔，政治方面再有些什麼新聞？」緘默了一陣，伊里亞．伊里奇問。

「他們寫，地球儘在冷却：總有一天會完全凍結的。」

「什麼！這也是政治嗎？」奧勃洛摩夫說。

亞力克先也夫猛吃一驚。

「特米脫里．亞力克先也奇起初提到政治，」他聲辯說：「後來就一直唸下去，唸完時也沒有說。我知道，這是文學。」

「關於文學，他唸些什麼？」奧勃洛摩夫問。

「他唸，最好的作家是特米脫里也夫，卡拉姆精，巴鄒希柯夫和助柯夫斯基……」

「普希金（註四）呢？」

「普希金沒有在內。我自己也會想，爲什麼他不在內呢。他不是一位顯才嗎，」亞力克先也夫說，把天字發音作頭字。

接着是一陣靜默。主婦把手工帶來，一邊開始把針穿來穿去，一邊時不時望伊里亞・伊里奇和亞力克先也夫，並且以銳敏的耳朵諦聽，什麼地方有無紊亂和喧噪，查哈爾有無在廚房裏同婀妮茜雅吵嘴，院子裏的耳門有無吼啦吼啦的聲音，那就是，門房有沒有跑到「酒店」裏去。

奧勃洛摩夫靜靜地耽於緘默和沉思。這沉思是似眠非眠，似醒非醒的：他並不把思想集中在什麼上面，毫不在乎地讓牠們隨意徜徉，安靜地諦聽心的有板有眼的跳動，像一位對什麼都不注目的人似地，偶或平穩地睒睒眼睛。他墮入不定的謎樣的狀態，一種幻覺之中。

有時候，一個人以爲自己體驗另一次在什麼時候和什麼地方生活過的瞬間時，一些罕有而簡短的沉思的瞬間，便降臨到他身上。也許他夢裏看到過發生在他面前的現象，也許從前什麼時候生活過，而忘掉了，可是他現在看見同當時一樣的一些臉坐在自己旁邊，聽到一度說過的同樣的話：想像無力把他再送到當時的場合，記憶並不使過去蘇甦，而只是引起沉思。

現在奧勃洛摩夫就是如此。他被一片曾經在哪裏有過的寂靜所籠罩，那熟稔的鐘擺喇嗒喇嗒，聽得到咬斷線的聲音；重複着聽慣的說話和低語。

「我怎麼也不能把線穿入針孔：你來吧，瑪夏，你的眼睛尖利些！」

他懶怠地，機械地，好像不自覺地望着主婦的臉，從他記憶的深處昇起一個熟識的，他在哪裏看見過的形像。他思忖，在什麼時候和什麼地方聽到過這個……

他看到父母家裏一間又大又暗，用一支油燭來照明的客廳，圓桌子旁邊坐着亡故的母親和她的客人：她們默然地縫紉着，父親默然地踱步着。現在和過去融會和混和在一起。

他夢見自己已到達那洞天福地，河裏流着蜜和牛奶，人都吃非用勞力得來的麵包，穿繡金和繡銀的衣服。

他聽着夢和預兆的故事，盆子的叮噹，小刀的鏗鏘，緊偎着保姆，傾聽着她老人的，顫抖的聲音。

「密莉脫莉莎·基爾畢節芙娜！」她向他指着房東太太的形像說。

他覺得，同當時一樣的雲在蒼穹裏漂浮，同樣的風吹入窗戶，戲弄他的頭髮，奧勃洛摩夫卡的一匹吐綬鷄在窗下漫步和吵鬧。

現在狗在吠了：一定有客人來了。莫非安特烈同父親從威爾赫俚奧伏來吧？這是他的一天假日。實際上，這一定是他：脚步越來越近，門打開了……「安特烈！」他說。實際上，安特烈是在他面前；可是不是一個孩子，而是一位成人。

奧勃洛摩夫醒悟了：是眞事，不是幻覺，眞正的，確實的斯托爾茲站在他的面前。

房東太太迅速地抱起孩子，從桌子上拿走自己的手工，牽開孩子們；亞力克先也夫便也消失，留下斯托爾茲和奧勃洛摩夫兩個人，默然不語，凝然不動地彼此對看。斯托爾茲就這樣用眼睛穿透他。

「是你嗎，安特烈？」奧勃洛摩夫激動得聽不大出地問，好像一位戀人剛在長期的別離之後問自己的伴侶。

「是我，」安特烈靜靜地說。「你活着嗎，健康着嗎？」

奧勃洛摩夫擁抱他，緊緊地貼着他。

「啊，」他發出長長的一聲來作答，在這啊的一聲之中，他把久已潛藏在靈魂裏的悲哀和喜悅的全部力量，發洩了出來，這或許從他們倆分別以來，他對什麼人和什麼事都從未發洩過。

他們倆坐下來，又凝然地彼此對看。

「你健康着嗎？」安特烈問。

「是的，現在託上帝的福。」

「那害過病嗎？」

「是的，安特烈，我中過一次風……」

「眞的嗎？我的天哪！」安特烈吃驚而同情地說。「後來倒沒有什麼？」

「是的，不過左腿不能自由支配……」奧勃洛摩夫回答。

「啊，伊里亞·伊里奇！你怎麼啦？竟完全衰頹了！這一向你做些什麼！豈非笑話，我們倆一不見面，五年已過去了！」

奧勃洛摩夫嘆息一聲。

「幹嗎你沒有到奧勃洛摩夫卡去？爲什麼不寫信？」

「向你說什麼呢，安特烈。你是知道我的，別再問吧！」奧勃洛摩夫悲傷地說。

「那始終在這裏，這住宅裏嗎？」斯托爾茲環顧着房間，說：「沒有搬動過嗎？」

「是的，始終在這裏……現在我再也不搬了！……」

「怎麼，斷然不搬了嗎？」

「是的，安特烈……斷然不搬了。」

斯托爾茲凝然地望他一下，便沉思起來，並且開始在房間裏走來走去。

「奧爾迦・賽爾格葉芙娜怎麼樣？健康着嗎？在哪裏？還記得嗎？……」

他並未說完。

「健康着，而且記得你，彷彿昨天才分別似的。我馬上就告訴你她在哪裏。」

「孩子們呢？」

「孩子們也健康着……可是說，伊里亞：你是開玩笑吧，要在這裏耽下去？我是爲你才來的，要把你帶上我們鄉下去……」

「不，不！」奧勃洛摩夫壓低了聲音，望着房門說，分明着慌了。「不，請你莫開頭吧，莫說吧……」

「爲什麼？同你什麼相干？」斯托爾茲開始說。「你知道我的：我久已給自己出下這個課題，不會放棄的。直到如今，種種事情把我支開去，現在我可自由了。你應當同我們一起生活，接近我們：我同奧爾迦既這麼決定，就這麼做去。謝天謝地，我竟發見你依然如此，倒並不更壞一些。這我並未希望……我們去吧！……我準備硬把你帶走呢！非另樣地生活不可，你知道……」

奧勃洛摩夫不耐煩地講着這長篇大論。

「請你別讓嚷，輕一些！」他懇求說。「那裏……」

「那裏怎麼？」

「會聽到的……房東太太會心思我當眞想走呢……」

「唔，那又怎麼樣？讓她心思去！」

「啊，這怎麼行！」奧勃洛摩夫截住說。「聽我說，安特烈！」他驀然以堅決的，從未有過的語調說：「莫作無益的嘗試，莫勸我吧：我要留在這裏。」

斯托爾茲驚愕地看看自己的朋友。

奧勃洛摩夫安詳而堅決地望着他。

「你是毀了，伊里亞！」他說。「這房屋，這女人……這全部全活…………不行：去吧，去吧！」

他一把抓住他的衣袖，把他拉到門口。

「幹嗎你要把我帶去？上哪裏？」奧勃洛摩夫固執着說。

「出這個洞穴，這片泥沼，上有健全和正常生活的廣大世界去！」斯托爾茲嚴正地，近於命令地堅持說。「你目下在哪裏？你變成什麼了？自己想想看，難道你給自己準備的就是這種生活部，像鼴鼠在洞裏似地睡覺？你回想回想一切看……」

「別提醒吧，別騷亂過去吧：你喚不回來的！」奧勃洛摩夫臉上帶着思想說，充分意識着悟性和意志。「您想把我怎麼辦？我同你在引我去的那個世界，是永遠脫離了：你無法把破裂的兩半銲接起來，綿合起來。我連弱點一起生根了在這洞穴裏！若是你試着扯去牠——會死的。」

「可是你看看，你在哪裏，同誰在一起？」

「我知道的，我感覺的……啊，安特烈，一切我都感覺，都理解：我久已害羞活在世上了！可是即使曾經想走，也不能同你一起走你的路……上一次也許還可能……現在……（他沉低眼睛，停止片刻）現在晚了……去吧，別爲我逗留吧。我值得你的友誼——這是上帝看到的，可是不值得你還些張羅。」

「不，伊里亞，你在說什麼話，可是沒有說完。可是我依舊要把你帶走，就因爲我懷疑你才要帶走……聽我說，」他說：「穿上什麼衣服，到我那裏去，在我那裏度黃昏吧。我要講給你聽許多許多的事：你不知道我們那裏現在沸騰什麼事，你沒有聽說過吧？……」

奧勃洛摩夫詢問地看着他。

「你是不見人的，我竟忘了：去吧，我要把一切都告訴你……你知道吧，誰在這裏大門口車子裏等待我……我去叫她來！」

「奧爾迦！」奧勃洛摩夫忽然吃驚地叫出來。他甚至面孔變色。「看在上帝份上，別讓她到這裏來，你走吧！看在上帝份上，再會吧，再會吧！」

他差不多把斯托爾茲推出去；可是後者並不動彈。

「我不能沒有你跑到她那裏去：我立過約的，聽到沒有，伊里亞？若非今天，那就明天，你只會拖延我，可不會趕跑我……明天，後天，我們依舊要見面的！」

奧勃洛摩夫默然不語，垂倒頭，不敢看一下斯托爾茲。

「究竟什麼時候？奧爾迦要問我的。」

「啊，安特烈，」他擁抱着他，把頭擱在他的肩膀上，用溫柔的，懇求的聲音說。「全然放棄我吧……忘却吧……」

「怎麼，永遠嗎？」斯托爾茲一邊驚愕地問，一邊從他懷抱裏脫出身來，望他的臉。

「是的，」奧勃洛摩夫低語說。

斯托爾茲從他退後一步。

「這是你嗎，伊里亞？」他責備說。「你拒絕我，爲了她，爲了這位女人！……我的天哪！」他差不多叫喊說，彷彿由於突如其來的痛苦。「我剛才看見的這個孩子……伊里亞，伊里奇！

逃開這裏吧，走吧，快走吧！你多麼墮落啊！這位女人……她是你什麼……」

「孩子！」奧勃洛摩夫沉着地發言說。

斯托爾茲一呆。

「而這孩子——是我的兒子！叫作安特烈，以紀念你！」奧勃洛摩夫一下子說完，從身上卸掉了一副秘密的重担，安詳地換一口氣。

現在是安特烈面孔變色，以驚愕的，差不多無意義的眼睛向四下裏轉來轉去。他面前忽然『迸開一道深淵』，昇起『一堵石牆』而奧勃洛摩夫彷彿不在了，彷彿從他眼內消失了；落下去了，他只感覺到，一個人同朋友別離以後，興奮地急忙要看見那位朋友，而知道他早已不在了，死了，那時候所體驗的那種燃燒的苦悶。

「他毀了！」他機械地低語說。「我向奧爾迦說什麼呢？」

奧勃洛摩夫聽到他最後幾個字，想說什麼話，可是說不出。他將雙手伸給斯托爾茲，他們倆便默然地，緊緊地互相擁抱，就像人們在作戰之前，臨死之前互相擁抱似的。這擁抱窒息住他們的說話，眼淚，感情……

「別忘掉我的安特烈！」是奧勃洛摩夫以逐漸消失的聲音說出來的最後一句話。

安特烈默然地，徐徐地走出房間，徐徐地，沉思地走過院子，登上馬車，而奧勃洛摩夫坐下在沙發上，用臂肘支着桌子，雙手掩住臉。

「不，我不會忘掉你的安特烈的，」一路走過院子，斯托爾玆一路悽然地想。「你是毀了，伊里亞：沒有什麼向你說的，你的奧勃洛摩夫卡已不再是窮鄉僻壤，牠的輪值已來到了、陽光已照射在牠的身上！我不告訴你了，四年以後，牠將成爲車站，你的農民們將跑出去築堤，隨後沿鐵道把你的穀物運到碼頭去……然後……學校，教育，再往後……不，新的幸福的曙光會使你驚愕，牠會刺痛你不習慣的眼睛的。可是我要將你的安特烈引導到你不能去的地方去……並且同他實行我們倆靑年時代的空想」。「再會吧，古老的奧勃洛摩夫卡！」他最後一次回顧一下小屋的窗戶，說。「你時代落伍了！」

「怎麼樣？」奧爾迦問，心別別地猛跳。

「沒有什麼！」安特烈枯燥地，不連貫地回答。

「他活着嗎，健康着嗎？」

「是的，」安特烈不願意地回答。

「幹嗎你這麼快就回來了？爲什麼沒有喚我進去，或者把他帶來呢？讓我去！」

「不行！」

「那裏發生些什麼事？」奧爾迦吃驚地問。「難道『深淵迸開』了嗎？你可否告訴我？」

他不作聲。

「究竟那裏發生些什麼事？」

「奧勃洛摩夫主義！」安特烈陰鬱地回答，而對於奧爾迦更進一步的詢問，都一直保持怏怏不樂的沉默，直到家裏。

註一：Parmesan意大利北部Parma地方所產的乾酪。

註二：Plato，希臘的哲學家，（西紀前四二七——三四七）。

註三：Pasha，土耳其的文武高級長官。

註四：Pushkin俄國的詩人，（一七九九——一八三七）。

# 第十章

五年過去了。費勒爾格·斯陀羅那也有了許多變化：通往潑希尼青娜家的那條荒涼的街上，已建起一些別墅，其中聳立一幢長長的，石造的公家建築，擋礙着陽光愉快地射入這懶惰和安靜底平和的收容所的窗玻璃。

房屋本身也舊了一些，見得不經心，不乾淨，好像一個未修面，未洗臉的人。油漆剝落了，簷溝有幾處破了：因此院子裏汪著一些泥潭，泥潭上，像以前一樣，舖着狹窄的木板。誰走入耳門時，那老黑狗並不元氣地帶着鏈子竄跳，只是嘶嗄而懶怠地吠叫，並不從狗屋裏爬出來。

而屋子內部又有些怎樣的變化！現在在那裏統治的是另一位女人，嬉戲的並非從前的孩子們。粗暴的塔朗鐵也夫的紅瘦的臉，又時不時在那裏出現，而溫和的，順從的亞力克先也夫不再前來。奈哈爾和婀妮茜雅也都不見了：一位新的胖胖的女廚子，在廚房裏料理，不願意地，粗暴地執行婀葛菲雅·馬脫威也芙娜靜靜的指揮，還是那位婀庫麗娜，衣裙塞在帶子裏，洗着缸鉢和壺罐；還是那位矇矓欲睡的門房，還是穿着那件毛皮外套，在狗屋裏悠閒地度着殘生。在清早和午餐時分的一定時間、『哥哥』腋下夾着大紙包，冬夏都穿着套鞋，又閃過有格眼的籬笆。

奧勃洛摩夫怎麼了？他在哪裏？在哪裏？——他的身體安息在鄰近的墓地裏，僻靜處所的灌木叢中，質樸的屍灰罐內。友誼的手所插植的丁香枝子，在墳墓上瞌睡着，苦艾穩靜地發着芬芳。彷彿寂靜之神親自守護着他的安眠。

妻子的愛護的眼睛，無論多麼銳利地照應他生活的一瞬間，可是永久的安靜，永久的靜寂，和日子的懶洋洋地一天一天往前爬，靜靜地停止住他生命的機器。伊里亞・伊里奇顯然是毫無疼痛，毫無苦惱地死去的，就像忘了上發條的鐘停止走動一樣。

誰也沒有看見他最後的瞬間，聽到他臨終的呻吟。一年以後，又發過第二次中風症，而又安甯地過去：不過伊里亞・伊里奇變得蒼白而羸弱，吃得少，上花園裏走動得少，越來越沉默而深思，有時候甚至哭泣。他預感到死的迫近，而害怕牠。

他曾幾度昏厥，而都過去。一天早晨，婀葛菲雅・馬脫威也芙娜照常給他送進咖啡去——發見他睡在眠床上似地，優美地安息在臨終的床上，不過頭從枕上移開了一些，一支手痙攣地壓在心口，分明血液就集中和停止在那裏。

婀葛菲雅・馬脫威也芙娜守寡三年：這之間一切又都變成老調。哥哥包過工，可是破了產，面：種種狡猾和請託，竟在『登記農民』的衙門裏，回任從前書記的位置，便又步行去上班，帶回些二十五戈貝克的，半盧布的和二十戈貝克的銀幣，把來充實藏得遠遠的小箱子。家務又變成奧勃洛摩夫未來以前一樣粗糙，簡單，可是肥膩而豐盛。

哥哥的妻子，伊麗娜·潘節力也芙娜扮演着一家之中首要的脚色，那就是，她保有權利，起身得晚，每天喝三次咖啡，換三次衣服，只照料一項家務，就是她的襯裙要漿得儘可能地硬。此外她就一事不做，而婀葛菲雅·馬脫威也芙娜照舊是一家之中活動的鐘擺：她招呼廚房和食桌，給全家斟茶和咖啡，縫衣服，照呼內衣，孩子們，婀庫麗娜和門房。

可是爲什麼如此呢？她不是地主奧勃洛摩夫的太太嗎；她原可以不需要什麼人和什麼東西，個別地，獨立地生活。什麼事能迫使她負起別人家務的重担，煩忙別人的孩子和這一切瑣事呢，或則由於愛情的吸引，家庭關係的神聖的義務，或者由於一片日常的麵包，女人才獻身在這些上面的？正當地是她的僕役的査哈爾和婀娓茜雅在哪裏？最後，她丈夫留下的一件活生生的信物，小安特烈烏夏在哪裏？她前夫的孩子們又在哪裏？

她的孩子們已都有立身之處，那就是，瓦尼烏夏已修畢學業，就任公職；瑪馨卡已嫁給一位官廳的監督，而安特烈烏夏由斯托爾茲夫婦請求領去教育，並且當作自己家庭的一員。婀葛菲雅·方馬脫威也芙娜從不曾把安特烈烏夏的命運同自己從前的孩子們的命運，等量齊觀和混在一起，雖然她心裏也許不自覺地給與他們同等的地位。可是她以整個鴻溝把安特烈烏夏的教育，生活式和將來的生活從瓦尼烏夏和瑪麐卡的生活劃分。

「他們是什麼？同我自己一樣的骯髒人，」她漫不在意地說：「他們生來是黑身體，而這一位，」她差不多懷着敬意加添說，若非胆怯地，那就小心地撫愛着安特烈烏夏：「這一位——是少爺！看他多麼白晳，正像熟的水果；怎樣的小手和小脚，而頭髮像絲一樣。活像那死者！」

因此她毫不爭論地，甚至懷着幾分喜悅，同意斯托爾茲領去教育的建議，認爲他眞正的地位是在那裏，不是在這裏『黑暗之中』，同髒汚的外甥們，哥哥的孩子們在一道。

奧勃洛摩夫死後半年，她同婀妮茜雅和査哈爾住在屋裏，悲哀欲絕。她踐踏成一條小徑到丈夫的墳墓，眼睛也都哭腫，差不多不吃不喝，只靠茶來營養，往往通夜不闔眼，而疲乏透頂。她從不向誰訴苦，似乎越離開死別的一瞬，她越緘默，越縮進自己的悲哀裏，而同每一個人，甚至婀妮茜雅隔絕。誰也不知道她心裏如何。

「你們太太還在哭丈夫哩，」向他買食糧的市場上的掌櫃向女廚子說。

「還在爲丈夫難過哩，」墓地敎堂的執事指着她向燒聖餅的女人說，這無可慰藉的寡婦每星期都上那裏去祈禱和哭泣。

「依舊還在傷心，」哥哥家裏的人說。

某一天，哥哥全家人馬，連同孩子們，甚至塔朗鐵也大，出其不意地忽然都跑到她家裏，藉口是來慰唁。紛紛地作老生長談的安慰：「莫毀了自己，爲孩子們保重」的勸告——這一切，在十五年前，第一位丈夫死去時，已向她說過，那時候會產生預期的效果，可是現在爲什麼竟在她裏面喚起苦悶和憎惡。

當他們談到另一件事，向她說，現在他們又可以一起生活，「在自己人中間過悲慘的生活」在她輕鬆一些，而在他們也好，因爲誰也不如她會得治家時，她倒遠爲輕鬆。

她請求給她期限來考慮，隨後再傷心了兩個月，到末了才同意一起生活。這時候斯氏爾茲已把安特烈烏夏攜往自己家裏，遂剩她一個人。

她穿着黑衣服，頸頸裏圍着黑的毛織圍巾，影子似地從房間走到廚房，照舊開閉食櫥，縫紉，熨花邊，可是靜靜地，並不上勁；彷彿不願意地，用靜靜的聲音說話；不像從前一樣，眼睛從一件東西移到另一件，毫不介意地向四下裏瞧看，現在眼睛裏含有集中的表情和潛藏在內心裏的思想。這思想，好像在她意識地和長久地注視自己丈夫的死人面孔的那一瞬間，就看不出地停留在她臉上，從此沒有離開她。

她在屋子裏行動，用手做需要做的一切，可是她的思想並不參與在裏面。自他故世以後，她好像在丈夫的屍體上忽然感悟自己的生活而深思牠的意義，而這深思遂永遠像影子似地躺在她臉上。隨後把活生生的悲哀哭了出去，她便集中在喪夫的意識上：除開小安特烈烏夏以外，其它一切在她都已死去。只有當她看見安特烈烏夏時，生活的表徵才在她裏面覺醒，面貌才活潑，眼睛才充滿喜悅的光彩，隨後注滿回憶的眼淚。

她對周圍的一切都是生疏的：哥哥因爲白花去或者吃虧一個盧布，肉被燒焦，魚不新鮮而發火，嫂子因爲襯裙漿得軟，茶不釅和冷而惱怒，胖女廚子言行粗暴，婀葛菲雅‧馬脫威也芙娜什麼也不在意，彷彿說的不是她，甚至聽不見他們譏誚的低語：「太太，地主夫人！」

她以自己悲哀的尊嚴和恭順的緘默來回答一切。

反之，在聖誕節，復活節，狂歡節的快樂的晚上，當家裏每一個人歡呼，歌唱和吃喝時，她在普遍的快樂之中，忽然熱淚橫流，躲到自己房間裏去。

隨後又集中神思，有時候竟好像懷着驕傲和憐憫看哥哥和他妻子。

她了解，她的生活活動過和輝亮過，上帝曾經把靈魂放進她的生活，又取了出來，太陽曾經在她裏面照耀，却又永遠暗黑……眞是永遠：，然而她的生活也永遠獲得了意義：現在她已經知道，她爲什麼生活，而生活得並非徒然。

她像愛情人，丈夫和主人一樣十足地愛奥勃洛摩夫；不過她像從前一樣，决不能向誰說出牠來，而且周圍的人誰也不會了解她的。她到哪裏去找這言語呢？在哥哥，塔朗鐵也夫和嫂子的語彙裏，是沒有這些字眼的，因爲沒有這種了解：只有伊里亞·伊里奇會了解她，可是她從未向他發表，因爲那時候自己也不了解，而且也不會得。

隨着年齡，她對於自己的過去理解得越多，越明瞭，而把來隱藏得越深秘，變得越緘默，越集中。一雙眼似地飛過去的七年的穩靜的光，已灌注進她全部生活，她再也不希望什麼，再也不上哪裏去。

只有當斯托爾茲從鄉下來過多時，她才跑到他家裏，貪得不饜地看安特烈烏夏，懷着慈愛的胆怯撫愛他，隨後想向安特烈·伊凡尼奇說些什麼話，稱謝他，把集中和一無出路地居留在自己心中的一切，在他面前和盤托出：他是會了解的，可是她不會這麼辦，只是撲到奥爾迦身邊，用嘴唇貼住她的手臂，流淌這樣一陣熱淚，以致那一位不由自主地也同她一齊哭泣，而深爲感動的安特烈便急忙走出房間。

他們全體由一片共同的同情，對死者的純潔得像水晶一樣的靈魂的同一的記憶連繫着。他們請求她一同到鄉下去，住在一起，在安特烈烏夏身邊，她只重複一句話：「生在哪裏，一輩子住在哪裏，也應當死在哪裏。」

斯托爾茲徒然把經營領地的清單交給她，歸她的收入送來，她把一切都退回，請求他替安特烈烏夏保管。

「這是他的，不是我的，」她固執地重複說：「他需要牠，他是老爺，而我就這麼也可以過活。」

# 第十一章

一天正午前後，兩位紳士在費勃爾格．斯陀羅那木人行道上行走：他們後面靜靜地隨行着一輛馬車。其中一位是斯托爾玆，另一位——他的朋友，一位文人，肥碩，長着冷淡的臉，深思的，彷彿朦朦矓矓的眼睛。他們倆走到一所教堂門口；彌撒剛完，人向街上推擁：頭裏是一些乞丐。他們討到很多和各種各樣的錢。

「我倒想知道乞丐是從哪裏來的？」文人說，望着乞丐們。

「怎麼從哪裏？從各種裂縫裏和角落裏爬出來的……」

「我並非問這個，」文人回答說：「我是想知道：怎麼會淪爲乞丐，落到這步田地的？這是突然地，還是逐漸地變成的，眞的還是假的？……」

「爲什麼你要知道？莫非想寫一冊Mysteres de Petersbourg（註一）吧？」

「也許……」文人懶洋洋地打着哈欠說。

「現在正是機會：問隨便哪一個，出一枚銀盧布他就會把自己的全部歷史賣給你，你便寫下來，轉賣圖利。唔，這老頭兒就像一個乞丐的典型，最普通的。喂，老頭兒！過來！」

老頭兒應着呼喚轉過身，摘下帽子，向他們走攏。

「善心的老爺們！」他嗄聲說。「幫助一個在三十次戰鬥中殘廢的，窮苦的老兵吧……」

「査哈爾！」斯托爾茲吃驚地說。「是你嗎？」

査哈爾突然住下嘴，隨後用手在眼睛上擋住太陽，凝然地看斯托爾茲。

「對不起，大人，不認識您……全然瞎了！」

「把自己主人的朋友斯托爾茲忘了，」斯托爾茲責備說。

「哦，哦，安特烈·伊凡尼奇老爺！天哪，瞎眼看不見了！老爺，親爹！」

他手忙脚亂，要捉住斯托爾茲的手，沒有捉到，便吻吻他的衣裾。

「上帝竟領我這該死的狗活到遇見這樣的樂事……」他號叫說，旣非哭着，又非笑着。

他的整個臉蛋，從額角到下顎，彷彿被紫色烙印過。此外，鼻子上還蒙着靑色。頭頂完全禿了；兩部頰髯還像先前一樣龐大，可是蓬亂和糾纏得同毛氈一般，每一部裏都好像放得有一球雪。身上穿一件破舊的，完全褪色，缺少一片裾的外套；赤脚穿一雙舊的破爛的套鞋；手裏拿一頂毛皮的，完全磨破的帽子。

「唷，善心的主哪！今天賜我怎樣的恩典過節啊……」

「你怎麽落到這步田地的？爲什麽？你不羞嗎？」斯托爾茲嚴厲地問。

「啊，安特烈．伊凡尼奇老爺！有什麽辦法？」查哈爾重重地嘆一口氣，開始說。「指什麽糊口？從前，婀妮茜雅在世的時候，我並不這樣飄泊，有一片麵包吃，她患虎列拉一死——天國是她的吧——太太的哥哥便不願留我，把我喚作吃閒飯的。米海．安特烈也奇．塔朗鐵也夫始終等機會，每當我走過他，從後面踢我一脚：不成其生活了！熬受了多少的責駡。您信不信，老爺，一片麵包都沒有進喉嚨。要不是太太，上帝保佑她健康吧！」查哈爾劃着十字加添說：「我早就凍死了。她給我衣服過冬，要多少便多少麵包，以及爐台的一角——都是出於她的恩惠才給的。而爲了我她也挨到責備，於是我就信足走出來了！現在已是我過悲慘生活的第二年……」

「爲什麽不就事呢？」斯托爾茲問。

「如今你在哪裏找事去，安特烈．伊凡尼奇老爺？就過兩次事，可是不討好。現在一切不同了，不像從前一樣了；變壞了。從僕要認識字的；高貴的老爺們已不用從僕，免得前室裏擁滿人。都只用一名，很少用兩名從僕的地方。自己脫靴子：發明了一種機器！」查哈爾痛心地說。

「恥辱，羞恥，沒有老爺的氣派了！」

他嘆息一聲。

「總算在一位德國買賣人那裏弄到了位置，坐在前室裏：一切進行得很好；可是他派我去伺候食堂！這豈是我的事情？有一天，端了一件食器，是波希米亞貨（註二）還是什麼，地板又光又滑——用來使人跌倒似的！我的腿忽然一溜開，整個食器便連同托盤啷噹掉在地下：唔，於是把我趕走！第二回，一位老伯爵夫人中意我的外貌：『看起來很可尊敬』，她說，便雇我當司閽。是一件好的老式的職務：只是莊嚴地坐在椅子裏，把一條腿擱在另一條腿上，擺動，誰走來時，不必馬上回答，先是咆哮，隨後按需要或者放進來，或者一把頭頸推出去；而對於好的客人，大家都知道：這樣地用鎚矛反手一揮！」查哈爾用手臂做出反手一揮的樣子。「不用說，是引人羨慕的！可是碰到太太這樣不好說話——保佑她吧！有一次，上我房裏一看，看見一只臭蟲，便頓足叫喊，好像是我想出臭蟲的！什麼時候有沒得臭蟲的人家！另一次她走過我身旁，覺得我發着酒氣……眞是這樣的人！就把我辭退了。」

「可是你的確發着酒氣，現在也是有！」斯托爾茲說。

「出於憂愁，安特烈·伊凡尼奇老爺，憑上帝，是出於憂愁，」查哈爾痛苦地皺起鼻孔，嗄聲說。「也試過當車夫。受雇於一位主人，可是腳凍傷了：力氣小了，人老了！碰到一匹劣性的馬，有一次牠投身到車子底下，差一點沒有把我壓爛，另一次踩過一位老太婆，我給帶進警察局裏……」

「唔，够了，別飄泊，也別醉酒吧，到我那裏來，我給你地方住，我們一起上鄉下去——聽到沒有？」

「聽到的，安特烈．伊凡尼奇老爺，可是……」

他嘆息一聲。

「無意離開這裏，離開墳墓！我們的恩人，伊里亞．伊里奇」他號叫說：「今天我又追念過他，天國是他的吧！上帝竟把這樣的主人帶走！他是爲人家快活而活的，原該活一百歲才是……」查哈爾皺着面孔，啜泣說。「今天我到過他墳地上；每逢我走到這一帶，我總上那裏，坐下來，坐着；眼淚直流。有時候竟這樣地沉思，四下裏靜悄悄，覺得好像在叫：「查哈爾！查哈爾！」甚至背脊上一陣寒顫！得不到這樣的主人了！而他多麼喜歡您——上帝在天國裏記得他的靈魂吧！」

「唔，來看一下安特烈烏夏：我要吩咐他們給你飯吃，衣服穿，隨後隨你願意怎麼！」斯托爾茲說，並且給他一些錢。

「要來的：怎麼不來看安特烈。伊里奇？恐怕成爲大人了吧！天哪！上帝領我活到怎樣的喜悅啊！要來的，老爺，上帝保佑您康健和萬壽無疆……」查哈爾在駛走的車子後面喃喃說。

「唔，你聽見這乞丐的歷史了吧？」斯托爾茲向自己的朋友說。

「他所提起的還伊里亞．伊里奇是什麼人？」文人問。

「奧勃洛摩夫：我向你談起他許多次了。」

「是的，我記得這名字：他是你的學伴和朋友。他怎麼了？」

「死了，毫無名堂地完事了。」

斯托爾茲嘆息和沉思。

「可是並不比別人愚蠢，心地像玻璃一樣乾淨和光明；高貴，親切，却——完事了！」

「爲什麼呢？爲什麼理由呢？」

「理由……什麼理由！奧勃洛摩夫主義！」斯托爾茲說。

「奧勃洛摩夫主義！」文人困惑地重複說。「這是什麼？」

「我馬上講給你聽：讓我歸納一下思想和記憶。而你寫下來：也許對誰有用吧。」

他遂把寫在這裏的講給他聽。

註一：法文，「彼得堡之神秘」。

註二：Bohemia。捷克斯洛伐克西部的一省。

一九四三·九·廿一晨九時一刻全部譯畢

# 後記

今天才把這部原稿完全校閱一過。趁這機會想把翻譯的經過寫下在這裏。

大概九年之前吧，那時候我在青島，周圍是一些熱情的朋友，業餘一起從事文藝工作。其中有一位奧勃洛摩夫型的人，——他在職業崗位上是傑出的——於是另一位朋友便特地從英國訂購一冊英譯的奧勃洛摩夫來，請他翻譯，或者至少閱讀，來刺戟他。可是那位奧勃洛摩夫型的朋友，嚴格地說，是我的老師，接受了下來，却好久沒有理會牠，我遂不管自己英文程度的貧弱，自告奮勇担任把牠譯成中文，以便他的閱讀。幸好有一位日本朋友知道我做這工作，給我找來一本日譯，我就利用我更貧弱的日文智識得一參考機會。

我這一件工作是如此開始的。

歷時一年，譯成全書十分之八，生活和戰爭使我移轉到重慶來。隨身携來原稿的第一第二兩嗎，其餘都扔下在淪陷的故鄉，據家信說，在家裏的廚房內。

到此，又學得一些俄文，遂訂來一冊原文本，想逐頁對讀，以增進俄文程度。恰好有一位文藝界的前輩，知道我做過這工作，好意地督促我把牠整理出來，我便鼓勇依據原文將舊譯的第一第二兩部大加修改，再由原文譯出第三第四兩部。又共費時十四個月。

由上所述，我的各種語言程度都幼稚得不堪，只憑一片熱心和毅力才產生這譯本，——如果可以稱爲譯本——所以希望大家指正。我是文藝的學徒，需要先進們的誘掖。

我所依據的本子是蘇聯國家文藝出版局一九三五年版的原文，N, Duddington 譯，倫敦J. M. Dent and Sons, Ltd. 一九三二年版的萬人叢書，和昭和八年春陽堂發行的山內封介的譯本。

最後，應當向督促我譯全，幫助我得到出版機會的H先生，和爲我搜尋譯本，校閱和抄寫原稿的朋友們致謝。

一九四三年十月十七日

# 什麼是奧勃洛摩夫主義？

杜布洛留濤夫作
上官蓉譯

很久以前人們就覺察到了：最有名的俄國小說和故事底所有主人翁，都由於看不見生活中的目的和不能為他們自己找到適當的事業而痛苦着。因為這個緣故，他們對一切工作感覺厭煩和憎惡，因而顯得和奧勃洛摩夫極其相似。真地，去打開，例如「葉夫金尼．奧尼金」，「當代英雄」，「誰之罪」，「羅亭」或「無用的人」，或「施乞格諸夫省的哈孟雷特」（註一），——在他們中之任何一個，你將找到那些和奧勃洛摩夫的絲毫無差的特質——

——當讀了「奧勃洛摩夫」後，人們停下來去思索那在文學中引起了這種典型的是什麼的時候，人們感到一個新的生活底微風。這不能僅僅歸於作者底個人才能以及他底眼光底寬闊。偉大的天才和最寬大最人道的觀念，在生產了如上所述的過去的典型的那些作家中也找得到。但事實是，自從這些中的第一個，奧尼金底出現，到現在為止，三十年已經過去了。那時是在胚胎中的，那時是以曖昧的語句低語着的，此刻已經採取了一個確定的，具體的形態，已經被公開地，高聲地宣佈着。陳舊的句子已散失了它底意義，在社會本身已經出現了對於真實的工作之要求。

白托夫（註二）和羅亭（註三），具有眞正高尙而尊貴的傾向的人不僅不能够把握住必然性，而且也不能想像到和壓迫着他們的現實作一場可怕的，正直的鬥爭的即將到來的可能性。他們進入一座深邃而不爲人所知的森林，走過一個池沼，看到在他們脚底下各種的爬虫和大蛇，而攀上一株樹，——一面去看看是否他們不能發現什麼地方有一條路，一面去休息着，而最低限度暫時地使自己免除了陷入泥沼或被螫刺的危險。尾隨他們的人們期待着他們說一點什麼，而且尊敬地看着他，宛如看着那些作領袖的人。可是這些領導者從他們所攀緣到的高處什麼也沒有看到：森林是太廣大，太稠密了。

然而，當爬樹時，他們抓破了他們底臉，弄破了他們底脚，殘害了他們底手。他們痛苦，他們困憊，在安置了一個舒適的地位於樹上之後，他們必須使自己休息。那是眞的，他們並沒有爲大家的利益做什麼，他們不曾發現出路來，而且他們沒有說出什麼。那些站在他們底下的，必得爲自己清出一條穿過森林的路，不用他們底幫助。但是誰敢向這班不幸的人投一塊石頭，來使他們從高處墜下呢？他們是已在那兒在經過了那些困難之後安居了，而且心存着公共的福利。他們有別人底憐憫，他們甚至沒有被要求去參加清除森林，另一種工作落在他們身上，而他們將它做了。如果這沒有結果，那不是他們底過錯。每一位過去的作家能够從這種觀點觀察他底奧勃洛摩夫英雄，而他是對的。對於這點，也加上了這個事實：找出一條從森林到大路的途徑之希望是被全體旅行者長久地保持着，正如同他們底信心裏被長久地保持在攀上了樹的領導者底眼光遠大之中。

但漸漸地事情變得更明白，而且取了一個不同的轉變。領導者對這樹木發生了一種愛好：他們異常雄辯的討論走出泥沼和森林的途徑和方法。他們在樹上發見了一種果實，拋下了果殼之後，他們就享受着它。他們邀請了幾位從羣衆中選出的人到他們那兒去，而這些人爬上去，停留在那兒，並不去尋找道路，却去吃那果子。現在在眞實的意義上，他們是奧勃洛摩夫了。站在下面的可憐的旅行者陷入泥沼中，大蛇螫咬他們，爬虫威嚇他們，而樹枝打着他們底臉。終於，羣衆決定了要行動，並且需要取回那些新近爬上樹去的；可是奧勃洛摩夫們一言不發，用果實饜足着他們自己。於是羣衆轉向它底先前的領導者，乞求他們下來並且在共同的工作中幫助他們。可是領導者們又重複着古舊而陳腐的話語：找路是必要的，然而想淸除森林是無益的。

可憐的旅行者這才看出了他們底錯誤。摒棄了他們，說：「够了，你們全部是奧勃洛摩夫！」他們開始用力地，不停地工作着：他們砍倒了樹，以之做成一座穿過池沼的橋，展開了一條小徑，殺死了那些妨礙着他們的大蛇和爬虫，而不再注意那些有着堅强的秉性的聰敏的夥件，那些白曹林（註四）和羅亭，對於他們，人們先前是完全倚賴着而且那樣欽羨着的。最初，奧勃洛摩夫主義者鎮靜地瞧着大家的行動，但後來，照着他們底慣例，他們失去了勇氣而開始叫了：「呵，呵！別那樣做，停下！」當他們覺察到他們坐於其上的樹將被砍倒時，他們叫着，「注意，我們會被殺死的，於是所有那些美麗的觀念，所有那些高揚的感情，所有那些人道的傾向，那雄辯，那悲憫，那對於各種美麗而高貴的物事的愛，那些是曾經存在於我們身上的，都將隨着我們一同消滅。停止，停止！你們在幹着什麼？」

可是旅行者曾經千百次地聽到過這些美麗的言詞，他們繼續着他們底工作，不給他們以任何注意。奧勃洛摩夫主義者有另一個機會挽救他們底聲譽：讓他們從樹上爬下去，參加別人的工作。可是，和平常一樣，他們對於要做什麼是茫茫然。「猝然間你們怎樣期望我們呢？」他們失望地重複着，並且他們向那對他們失去了尊敬的，愚蠢的羣衆猛擲着無益的咒罵。

然而，羣衆是對的。如果它已經意識到實際工作底必要，則是否白曹林或奧勃洛摩夫站在前面，對於它可以是無關重要。我可並不斷言白曹林在特定的環境中會行動得和奧勃洛摩夫一模一樣；這些特定的情況使得他在一個全然不知的方向中發展。但是一個巨大的天才所創造的典型是永久的：即現在也有某些人活着，他們可說是代表着奧尼金，白曹林等等底一部分，並不是在外形上，在這方面他們可以發展在新的環境中。可是却準確得一如他們是被普希金，萊蒙托夫和屠格涅夫所描繪的。但在社會意識（Soeial Consciousness）上，他們總是朝着奧勃洛摩夫變化的。

並不能說，這種變化是已經完成了；不，即使現在成千成萬的人正浪費着他們底時間於談話，成千成萬的人準備把這種談話看作工作。可是這種變性正在開始的事，乃是被岡察洛夫所創造的奧勃洛摩夫底典型證明了的。如果這種確信，即在過去引起了那樣多歡悅的，那些似乎是天才的性格乃是完全不重要的，還沒有在至少社會之一小部分中成熟，則它（指變性——譯者）底出現是不可能的。從前他們被各種斗蓬覆蓋着，以各種髮式被打扮着，而且用一切的才能勾引着別人。但現在奧勃洛摩夫出現在我們底前，剝去了他底裝飾，正如同他，寡言的，從一個美麗的台座被移到一個柔軟的低榻，罩着寬大的長服，而不是斗蓬。「他在做什麼？」「那裏是他生命底意義和目的？」的問題被直接而明白的提出，它沒有爲枝節問題所困擾。這是這樣的，因爲從事社會勞動的時代終於來到了或正在來到着。由於這種理由，我們說在岡察洛夫底小說中我們看到了時代底徵兆。

眞的，讓我們看被人保有着的關於那些先前被認作眞正的社會勞動者的，有教養而且有口才的饕餮者的觀念如何地改變了。

這裏在你面前是一個年青的人；他非常漂亮，靈敏，有敎養。他進出上流社會。並且在那裏他成功了。他驅車到戲院，到跳舞會和假面跳舞會，他穿得和吃得很高貴，他讀書並且寫得很正確。他底心只是被上流生活底秩序激動着，但他也有着關於較高級的問題的觀念。他喜歡談到激情，談到那些古老的偏見和那些墳墓中的命運的神祕。他有一些可敬的規條；他能够將舊日莊園勞動的重担改換爲輕微的地租的繳納；他能够不利用一個他所不愛的女孩子底無經驗；他能够不把任何特殊的價値歸於他底凡俗的成功。他那樣高高地站在圍繞着他的上流社會之上，以致他意識到了它底空虛；他甚至可以離開社會而住於鄉村；只是，不知道爲他自己找什麼工作，時代沉重地壓着他。沒有事情要做，他和他底朋友爭論着而且輕率地把他殺死在一次決鬥中。幾年之後他又出現於社會，而且和一個女人戀愛，她底愛他自己以前拒絕過，因爲他會被迫爲她而放棄他的漂泊的生涯。在這個人身上你認出了奧尼金。但是仔細地看他：這是奧勃洛摩夫。

在你面前有另外一個人，有着一個更易激動的靈魂，一個更顯著的自我主義。他宛如天生地具有了那形成對於奧尼金是關心底目標的一切。他並不困腦於他底服裝和衣着；他是世界上一個用不着所有那些的人。他不需要選擇他底言語，也不需要以他底虛飾的知識來炫耀：不用所有這些，他底舌頭却如利刃般銳敏。他眞正地蔑視人們，充分明白他們底弱點，他確實知道怎樣去戰勝女人底心，並非短時間地，而是長時間，時常是永久地。任何阻礙了他的物事，他知道如何去移開或摧毀。他只有一個不幸：他不知道往何處去。他底心是空虛的，而且對任何物事都冷漠。他曾經經歷過種種事情，甚至在年青的時候，那人們能够以金錢獲得的各種快樂已使他疲倦；他也憎惡愛世俗的美女，因爲這不會給他底心以任何東西；他討厭科學，因爲他明白旣沒有光榮也沒有愉快倚靠着它們，無知無識者乃是最愉快的人，而光榮是一個成功問題；戰爭底危險不久困擾了他，因爲在它們之中他看不到任何意義，也因爲他很容易地習慣了它們。

總之，甚至一個他眞正喜歡的鄉村女孩底眞誠的，純潔的愛也煩惱着他：他甚至在她身上沒有找到任何對於他底衝動的滿足。然則它們是些什麼衝動呢？它們牽引他往那裏去呢？爲什麼他不以他靈魂底全力量將自己獻給它們呢？這是因爲他自己並不了解它們，並且不去尋找思考以他底靈魂底力量去做什麼的這種麻煩。這樣，在嘲謔蠢漢中，在擾亂無經驗的處女之心中，在和別人心靈底事件相混雜，惹起吵鬧，對於瑣事顯示出虛假的勇敢，毫無激動地鬥爭中，他度過了他底生命——你記起了這是白曹林底歷史，記起了他幾乎是以這樣的話向馬克遜，馬克遜米奇（註五）解釋着他底性格。請仔細地觀察他，甚至在他身上你將看到奧勃洛摩夫。

這裏是另外一個人，他以較大的自覺走着他底路。他不僅了解他是被賦以偉大的力量，他並且知道他有一個偉大的志向。似乎是，他甚至懷疑這志向是什麼，而且在什麼地方它將被發現。他是高貴的，誠實的，雖則時常他沒有償債；他熱忱地討論着並非瑣細的事件，而是較高級的問題；他向我們保證他準備爲着人類的利益而犧牲自己。在他底心目中，所有的問題都被解决了，各種物事都被帶入一種現存的，和諧的關係中；以他的有力的言語他引誘着無經驗的青年，以致他們，聽了他底話，覺得他們是被召喚到什麼偉大的事物去。

現在，他消耗他底生命於什麼呢？於開始每一件事情而不終結它，於分散自己於各種方向，於熱心地追求着事情而不完成它們。他和一個女孩戀愛了，那女孩最後告訴他，不管她母親底禁止，她是準備着屬於他的；於是他答道：「天！這樣你底母親並沒有同意！怎樣一個突然而來的打擊！上帝，多麼快！沒有什麼事可做，——我們必須服從。」而這就是他全部生活底一幅眞實的圖畫。你已經知道了這是羅亭。不，這仍是奧勃洛摩夫。如果你仔細地觀察他，並且把他和同時代的生活底需要面對面地放置起來，你自己將會達到這結論。

所有這些人有共同的一點：在生活中他們沒有一種工作作爲他們底最基本的必要，作爲他們底心底至善，他們底宗教，那是可以有機地與他們共同成長的，因此從他們奪去它就意味着取去他們底生命。一切物事都存在於他們之外，沒有東西在他們本性中有根源。如果被强迫於外界的必要，他們可以做點什麼，就像奧勃洛摩夫去拜訪那些斯托茲（註六）帶他去的地方，爲娥爾加（註七）帶來樂譜和書籍，並且讀那她使得他讀的東西。但是在那偶然放置於他們身上的工作中，他們沒有他們底靈魂。如果別人不需酬報地供獻他們以他們底勞作獲得的，外界的，使生活安適的東西，他們會欣欣然離開他們底工作。憑籍他底奧勃洛摩夫主義，奧勃洛摩夫官吏將停止上辦公廳去，如果那不會對於他底薪俸或擢升有妨礙。戰士將立誓不去摸他底武器，如果他被給以同樣的境況，如果他們也允許他保有那美麗的，在有些時候是非常有用的制服。教授將放棄他底演講，學生放棄他底研究，作家放棄他底著作，演員將不在舞台上出現，藝人將打碎他們底鑿或者他們底調色板，去以雄辯的方式表白着自我，如果他們能夠知道無代價地獲得他們此刻以工作獲得的那些東西的方法。

他們談論着高尚的目的，談論着道德義務底意識，談論着被浸潤於社會底利益——但是好好地考察它，你將發現除掉話語和話語，什麼也沒有。他們最誠摯，最眞實的目的是他們底要休息，要晨服（註八）的目的，而他們底活動不是別的，只是「一件可尊敬的晨服」（這用語並不是我底），用它們掩蓋了他們底空虛和冷漠。即使最有教養的人，像那具有了一個活潑的性格和一顆溫暖的心的，在實際生活中也非常容易和他們底觀念與計劃分離，很容易和圍繞着他們的現實和平相處，雖則他們不停地說它是卑下而可鄙的。這就是說，他們說到和夢想着的一切，在他們底情形，却是無關係的，外界的；而在他們靈魂底深處却根置着一個夢，一個理想，——一個最無騷動的休息，寂靜主義，奧勃洛摩夫主義。許多人甚至不能想像到這種人，他爲着愛好它而工作着，由於偏愛——

——如果現在我看到一個地主討論着人類底權利以及個人底發展之必要，——我從他第一句話就知道他是一個奧勃洛摩夫。

如果我遇到一個官吏，他抱怨着官廳程序底複雜和困難，——他是一個奧勃洛摩夫。

如果我從一個軍官聽到關於遊行底困累的豪話，對於漫步底無用的勇敢的討論，等等，我確信他是一個奧勃洛摩夫。

當我在定期刊物中讀到對於溺職的寬大的詈罵以及對於我們所期望和希冀的東西終於是做到了的快樂底言詞，——我想這些一定是從奧勃洛摩夫卡（註九）來的書信。

當我置身在有教養者當中，他們熱情地探求着人類底需要，而且他們多年來以不減的熱誠談論着關於得賄賂者，關於壓榨，關於各種違法的同樣的逸聞，偶而甚至是新鮮的。——我不自主地感到我是被移到老奧勃洛摩夫卡了。

打斷這些人底喧囂的辯論，對他們說：「你們說如此如此是錯的；那麼，要做什麼呢？」他們不知道。向他們提出最簡單的方法，而他們會說：「但請問，爲什麼這樣急呢？」你可以確信他們將那樣說，因爲奧勃洛摩夫們不能說別的。繼續你和他們的談話並且問他們：「你們打算做什麼呢？」他們將給你以和羅亭給娜泰雅（註十）的是同樣的回答：「做什麼？自然，服從命運。做什麼？我很清楚這是多麼痛苦，多麼艱難而不能忍受的，但是評判你自己」——諸如此類的。你將從他們得不到別的東西，因爲所有他們身上都是奧勃洛摩夫主義底印記。

最後，誰將以那果戈里那樣夢寐求之而俄羅斯曾如此長久又如此渴望地期待着的，萬能的語句「前進！」來激動他們於那場所呢？到現在爲止，對於這個問題沒有答案，無論在社會上或文學上。岡察洛夫，他知道怎樣把握並向我們描繪我們底奧勃洛摩夫主義，不能够禁止向那仍舊有力地統治着我們社會的，普遍的幻覺獻出他底頌辭；他決定埋葬掉奧勃洛摩夫主義，而且對它來一篇葬理的講道。「分別了，老奧勃洛摩夫卡，你已經活過了你底日子，」他用斯多茲底嘴說了，可是他却說了一個謊。全俄羅斯，曾經讀過或將讀「奧勃洛摩夫」的，將不同意這話。不，奧勃洛摩夫卡是我們底眞正的國家；它底所有者是我們底教育者，它底三百個薩哈爾（註十一）永遠準備着爲我們服務。在我們每個人身上有奧勃洛摩夫底巨大的部分，而在我們底墓牌上寫上銘文，這未免是太早了。

（註一）這些是普希金，萊蒙托夫，赫爾岑，屠格涅夫，薩爾蒂可夫，屠格涅夫底著作。

（註二）「誰之罪」底主角。

（註三）「羅亭」底主角。

（註四）「當代英雄」底主角。

（註五）「當代英雄」底人物之一。

（註六）「奧勃洛摩夫」底人物之一。和奧勃洛摩夫相反，他是一個實際的，精力充沛的，宗拜工作和能力的德國人。

（註七）「奧勃洛摩夫」底人物之一，一個敏感而熱情的少女。

（註八）奧勃洛摩夫於他底彼得堡住屋裏，在他底床舖的晨服之間打發掉自己底日子。「他底寬大的晨服，用哈里遜女士（Miss Harrison）底話說，統治着整個的故事，作爲『表示肉體上或精神上不可能被弄得整潔的』『一種易卜生式的象徵。』」（引自D.S.米爾斯基之「俄國文學史」。）

（註九）「奧勃洛摩夫」中一個國家底名稱。

（註十）「羅亭」底女主角。

（註十一）奧勃洛摩夫底男僕，與其主人十分和諧。

# 岡察洛夫小傳

伊凡・亞力山特羅維奇・岡察洛夫，是與我們所熟知的，他的同時代的小說家戈果理，屠介涅夫，陀斯妥也夫斯基，和托爾斯泰等齊名的。

一八一二年六月六日，生於新毗爾斯克一家富商家裏。二歲上，他父親便死了。乃由他母親和老祖父撫養長大。先在本地貴族的小學校裏受初等教育，學習法國話，旋在莫斯科某學校裏修中等教育，十八歲，入莫斯科大學文科。

大學一畢業，就回到故鄉新毗爾斯克，充當那裏的總督的祕書。不久，轉任彼得堡財政部裏一宗差使。在這裏，他作了十五年以上的官。

一八五二年，作爲一位海軍上將的祕書，搭乘帆船「琶爾拉大號」作世界周航。途次日本長崎時，克利米亞戰爭爆發了，他遂不得不經由西伯利亞這無聊而寫長的旱路回去。這一次航行底文學上的成績是，一八五六年出版的，題作「帆船琶爾拉大號」的一部旅行記。同年，被任爲嚴厲的俄羅斯檢查制度改革後的第一任檢查官。似乎就在這時候他回去寫「奧勃洛摩夫」的。這部終於在一八五八年上出版了。一八七三年，任彼得堡郵政局長。

他在文學上的活動，始於一八四七年的處女作『一件平常的故事』，兩年之後，寫『奧勃洛摩夫的夢』，一八五六年，『帆船琶爾拉大號』，一八五七年，發表『奧勃洛摩夫』前編，翌年，又將後編完成。同時，他還從事另一部比『奧勃洛摩夫』更長的小說『懸崖』，事實上，這部小說他時作時輟了有十多年，終於在一八六九年上才出版。他的著作，主要的就是這一些。此外還有一八七二年的一篇神經病的短篇小說『一件不平常的故事』一八七九年的一篇傳記的文章『落後還比不到好一些』一八八七——八年的『紀念品』，一八八一年的一篇批評的描寫『白林斯基』，以及一八八六年的一篇短篇小說，『虛無主義者馬克』。

一八九一年九月十五日以獨身終，現在安眠在亞力山大·奈夫司基大聖堂的墓地裏。

世界文學譯叢

★

中華民國三十五年十月

滬再版

0001—2000

# 奧勃洛摩夫

著者　岡察洛夫

譯者　齊蜀夫

出版者　新知書店
上海・重慶

經售者　聯營書店
重慶・漢口・成都